두 발로 쓴
백두대간 종주
일기

두 발로 쓴
백두대간 종주
일기

ⓒ 조지종, 2019

초판 1쇄 발행 2019년 8월 30일
2쇄 발행 2021년 1월 15일

지은이   조지종
펴낸이   이기봉
편집   좋은땅 편집팀
펴낸곳   도서출판 좋은땅
주소   서울 마포구 성지길 25 보광빌딩 2층
전화   02)374-8616~7
팩스   02)374-8614
이메일   gworldbook@naver.com
홈페이지 www.g-world.co.kr

ISBN   979-11-6435-572-3 (03810)

이 도서의 국립중앙도서관 출판예정도서목록(CIP)은 서지정보유통지원시스템 홈페이지(http://seoji.nl.go.kr)와 국가자료공동목록시스템(http://www.nl.go.kr/kolisnet)에서 이용하실 수 있습니다. (CIP제어번호 : CIP2019032286)

두 발로 쓴
백두대간 종주
일기

조지종
지음

이 글을 쓰는 이유

백두산에서 시작해서 지리산으로 이어지는 장대한 산줄기인 백두대간. 내게는 넘볼 수 없는 거목이었다. 산줄기 종주를 시작한 2006년 당시에는 그랬었다. 그런 거목을, 그렇게 장대한 산줄기를 넘었다. 그것도 혼자서. 당시에 백두대간은 나에게 돌파구였다. 그즈음 가슴에 맺힌 직장과 사회에 대한 회의는 자연스럽게 나를 산으로 내몰았다.

산을 찾기 시작했다. 서울 근교 산이었다. 가리지 않고 다 넘었다. 넘는 산마다 산행기록을 남겼다. 아주 촘촘히. 하나둘씩 산 친구가 생기기 시작했다. 산행 정보도 점차 쌓였다. '한국의 100대 명산'이 있다는 것도, '시도별 명산'이 있다는 것도 그때 알았다. 주말마다 산으로 나섰고, 이렇게 오르는 산들의 정상에서 나를 돌아보게 되었다. 산다는 게 뭔지를, 어떻게 사는 것이 잘 사는 것인지를 고민하기 시작했다.

산에서 가치를 찾고 싶었다. 1대간 9정맥 종주를 결심했다. 그냥 넘는 게 목표가 아니었다. 넘는 산줄기마다 아주 자세한 기록을 남기기로 했다. 결심은 섰지만 두려움이 앞섰다. 산행 경력도 일천했지만

'내가 백두대간을 넘을 수 있을까?' 하는 의구심이 더 큰 걸림돌이었다. 순서를 바꿔서 넘기로 했다. 아홉 개의 정맥을 먼저 넘기로 했다. 백두대간보다 상대적으로 수월할 것이라고 생각했었다.

일단 정맥 종주를 시도한 후 백두대간 종주 가능성을 판단하려는 것이었다. 이렇게 해서 장장 12년간에 걸친 나의 '1대간 9정맥 단독 종주' 거사가 시작되었다. 시작부터 끝날 때까지 혼자서 했다. 자료 조사도, 산을 찾아갈 때도, 마루금을 넘을 때도, 돌아올 때도 항시 혼자였다. 이유가 있다. 기록 때문이다. 걸으면서 산줄기의 모든 것을 기록하기 위해서는 혼자만의 시간이 필요하다. 통제나 간섭없이 혼자 걸을 때만이 가능한 것이다.

이 글을 세상에 내놓는 이유가 있다. 백두대간을 종주한 이유이기도 하다. 세 가지다. 첫째는 '세밀한 백두대간 마루금'을 보다 많은 사람들에게 알리고 싶어서다. 백두대간 종주에 관심 있는 사람들이 자세한 루트를 몰라서 망설이고 있다는 소릴 들었다. 그래서 이 책만 읽으면 아무리 초심자라도 길을 잃지 않고 마루금을 이어갈 수 있도록 하기 위해서다. 다음으로는 잊혀진 백두대간을 다시 세상에 알리고, 백두대간 종주 붐을 일게 한 선배들의 노고를 세상에 알리기 위해서다. 마지막으로는 역사로서의 흔적을 남기기 위해서다. 백두대간 종주 붐도 언젠가는 시들 수 있고, 종주 길도 언젠가는 변해 버릴지도 모른다. 아예 사라져 버릴지도 모른다.

그때 이 책은 제 역할을 할 것이다. 중심을 잡아 줄 것이다. 그럴 수 있도록 산행기록을 남겼고, 이 책은 '그런 기록'을 그대로 담고 있다. 그런 기록은 '마루금 찾기'에 큰 비중이 있음을 밝힌다. 이 글은 허구가 아니다. 먼 훗날 백두대간 마루금에 논란이 있을 때 사가들에게 이 글은 중요한 자료가 될 것이다. 내가 선조들의 저술에 도움을 받았듯이 말이다.

나는 역사학자나 지리학자가 아니다. 학문적으로 백두대간을 연구하지도 않았다. 하지만 지금 넘을 수 있는 남한 내 중심 산줄기인 백두대간과 아홉 개의 정맥 모두를 처음부터 끝까지 단 한 뼘도 빠트리지 않고 두 발로 직접 걸었다. 바보처럼 뚜벅뚜벅 걸었다. 무모하다 할 만큼 고지식하게 걸었다. 걸으면서 눈으로 보고 가슴으로 느낀 모든 것을 기록했다. 산길의 형세는 물론 주변 환경, 능선의 오르막과 내리막, 안부와 갈림길, 암릉, 주변 수종, 들머리 날머리의 환경과 진입하는 교통편, 그날의 날씨까지도 모두 기록했다.

산길을 걷는 것이 내게는 숙명인 것 같다. 백두대간과 아홉 개의 정맥 종주를 마친 지금도 산길을 넘어 출퇴근을 하고 있다. 산속을 헤매며 밥벌이를 하고 있으니 감사할 일이기도 하다. 사람들은 내게도 물었다. 왜 산에 오르느냐고. 이에 대해서는 회자되고 있는 산악인들의 대답이 있다. 영국의 등반가 조지 말로리는 말했다. '산이 거기에 있어서'라고. 폴란드 보이테크 쿠르티카는 '등산은 인내의 예술이다.'라고 했다. 나는 조금 다르다. 굴레가 되어 버린 의무 때문인 것 같다. 우리 산줄기 전부를 내 발로 직접 걸어 보고 그 길을 세상에 널리 알려야 한다는 생각을 갖고 있다.

산행 기록은 주관적일 수밖에 없다. 같은 길이지만 보는 눈에 따라서, 마음에 담는 생각에 따라서 다를 수 있다. 겨울에 걷는 산길과 여름에 걷는 산길이 다르고, 홀로 걷는 산길과 여럿이서 걷는 산길이 또 다르다. 걷는 이마다 중요시하는 관점도 다르다. 그럼에도 나는 최대한 객관적인 눈으로 보려고 했음을 밝힌다.

백두대간은 한반도 자연생태계의 중심축이고, 이 땅의 모든 생명을 보듬는 살아 꿈틀대는 땅이다. 그래서인지 정부에서는 '100대 민족문화상징'의 하나로 백두대간을 선정했다. 다행스럽게도 국민들의 백두대간에 대한 관심은 날로 커지고 있다. 이와 비례해서 조국의 산하를 두 발로 느끼려는 백두대간 종주자도 하루가 다르게 늘고 있다. 바람직한 현상이다. 마음은 있지만 아직도 백두대간의 실체가 두려워서, 루트를 몰라서, 특히 구간별로 오고 가는 교통편을 몰라서 망설이고 있는 사람이 있다면 이 책이 크게 도움이 될 것이다. 그렇게 썼다. 이 책을.

2019년 5월. 조지종

차례

3. 백두대간 종주를 마치면서 · 456

일러두기

- 괄호의 시간 표시는 당시 현장에서 측정한 시간으로 특정 지점까지의 소요시간을 예측할 수 있도록 가급적 자주 표기하였다. 또 괄호의 거리 표시 단위는 km이다.
예) (부봉삼거리 1.9)는 부봉삼거리까지 1.9km라는 의미이다.
- 구간별 소요시간에는 휴식과 식사시간이 포함되었다.
- 구간을 나눈 기준은 하루에 걸을 수 있는 거리와 그 지점의 교통편을 고려해서 정했다. 원칙적으로 금요일 저녁에 출발해서 토, 일요일 이틀간 두 구간을 걸었다.
- 구간별 거리는 포항 셀파산악회에서 실측한 자료를 참고하였다.

1.

백두대간

백두대간이란?

백두대간이 뭔가? 우리 국민이라면 이미 많은 사람들이 알고 있을 것이다. 그동안 전개된 홍보활동이나 주변 사람들의 백두대간 종주 체험 등을 통해서다. 먼저 법적 정의부터 살펴보자. '백두대간 보호에 관한 법률'에는 "백두대간이란 백두산에서 시작하여 금강산, 설악산, 태백산, 소백산을 거쳐 지리산으로 이어지는 큰 산줄기를 말한다."라고 규정되어 있다. 한반도의 뼈대를 이루는 장대한 산줄기라는 의미다. 그렇다. 이 장대한 산줄기는 기점인 백두산에서 시작해서 한반도의 내륙을 타고 내려와 국토의 골격을 이룬다. 백두산에서 동남쪽으로 내려오다가 추가령에 이르고, 추가령에서 태백산으로, 태백산에서 속리산으로, 속리산에서 지리산까지 내려가서 끝을 맺는다. 길이가 자그마치 1,400km이다.

이 장대한 산줄기에는 백두산, 포태산, 백암산, 금강산, 설악산, 오대산, 두타산, 함백산, 태백산, 소백산, 속리산, 삼도봉, 덕유산, 지리산 등 해발고도 1,000m가 넘는 고봉들이 요소요소에 우뚝 뿌리를 내리고 있다. 또 백두대간은 2차적 산줄기인 여러 개의 정맥이 좌우로 분기되는 분기점 역할도 하고 있다. 이런 백두대간의 개념은 조선 후기 실학자인 신경준이 저술한 것으로 알려진 『산경표』에 정리되어 있다(산경표의 저자에 대해서는 이설 있음).

산경표에서는 우리나라의 '중심 산줄기'를 1대간 1정간 13정맥으로 구분하여 정리하였는데, 여기에서 1대간은 백두대간을, 1정간은 장백정간을, 13정맥은 청북정맥, 청남정맥, 해서정맥, 임진북예성남정맥, 한북정맥, 한남정맥, 한남금북정맥, 금북정맥, 금남정맥, 금남호남정맥, 호남정맥, 낙동정맥, 낙남정맥 등을 말한다.

그런데 요즘 백두대간을 찾는 사람들이 늘고 있다. 고무적인 현상이다. 왜일까? 백두대간은 이 땅의 모든 생명을 보듬는 살아 꿈틀대는 땅일 뿐만 아니라 인문지리적으로도 매우 중요한 역할을 한다. 다른 산줄기들과 함께 전국의 각 지역을 나누는 잣대 역할을 하는 것이다. 그래서 잘 가꾸고 보전하여 후손들에게 온전하게 물려줘야 할 문화유산인 것이다. 그래서일까? 지난 2018년 9월 18일부터 20일까지 3일간 평양에서 열렸던 3차 남북 정상회담 때에는 두 정상이 손을 맞잡고 백두대간의 기점인 백두산에 올랐고, 천지를 산책하기도 했었다.

한반도 중심 산줄기에 대한 두 인식

우리나라는 국토의 70% 정도가 산지일 정도로 예로부터 산과 밀접한 관련이 있었고 산지로부터 큰 영향을 받으며 살아왔다. 산은 강을 낳고, 우리 민족은 그 강을 따라 생활의 터전을 마련해 왔다. 산과는 떼려야 뗄 수 없는 관계였다. 수많은 크고 작은 산이 이어져 하나의 산줄기를 이룬다. 그런 산줄기들은 북에서 남으로 이어져 한반도의 중심축이 되고, 중심축을 중심으로 동에서 서로, 서에서 동으로 이어져 전체적으로 우리나라 산줄기 체계를 이룬다. 이렇게 형성된 한반도의 중심 산줄기를 이해하는 시각에는 두 가지가 있다. '전통 산지인식체계'와 '현 산맥체계'이다.

전통 산지인식체계는 예로부터 우리 선조들이 인식하고 있던 산줄기 체계로 조선시대 지리서인 산경표에 기록되어 있는 '1대간 1정간 13정맥' 체계를 말한다. 땅 위에 있는 산과 강을 기준으로 해서 실제 땅의 모습과 일치하도록 산줄기를 이어나갔다. 그래서 산줄기가 강에 의해서 끊기지 않고 연속적이다. 현 산맥체계는 일제강점기 때 일본 지리학자에 의해 조사 연구된 산맥론으로 우리가 국민학교 시절부터 배웠던 차령산맥, 노령산맥, 태백산맥 등으로 부르는 산줄기 체계를 말한다. 이것은 산과 산의 산등성이를 따라 죽 이어나간 것이 아니라 땅 속의 지질구조를 따라 죽 이어나갔기 때문에 땅 속의 지질구조와 땅 위의 산줄기가 제대로 일치하지 않는다는 비판이 있다.

이런 현 산맥체계가 들어섬으로 해서 우리의 전통적인 산줄기 개념인 백두대간 체계는 자취를 감추게 되었다(조석필, 1997. 안강,

2004). 당시의 시대적인 상황 때문에 검증이나 아무런 비판도 없이 말이다. 그러나 다행스럽게도 최근에 현 산맥 체계의 문제점을 지적하며 우리의 전통 산지인식체계인 백두대간을 찾자는 운동이 활발하게 전개되고 있다.

백두대간 찾기 운동

백두대간 찾기 운동은 잊혀진 이름을 찾아 주고 훼손된 산줄기를 회복시키자는 것이다. 이름 찾기는 일제 시대 잔재인 현 산맥체계가 들어섬으로 해서 사라져 버린 순수한 우리 산줄기 이름을 되찾자는 것이다. 1대간, 1정간, 13정맥의 이름을 찾자는 것으로 그 핵심은 백두대간에 있다. 이것은 우리 땅의 정체성을 확립하는 것으로 매우 중요하고 후손된 도리이다. 현재 백두대간은 광산개발, 도로건설, 고랭지 채소밭 개간, 헬기장 건설 등으로 심각하게 훼손되었다. 하루빨리 복원시키고 더 이상 훼손되지 않도록 해야 할 것이다.

백두대간 찾기 운동은 한 사람의 끈질긴 노력의 결실로 시작되었다. 산악인이자 오랫동안 고지도를 연구해왔던 고 이우형님에 의해서다. 이우형님은 조선시대 지리서인 『산경표』(조선광문회에서 간행한 활자본)를 고서점에서 발견하자 이를 토대로 연구를 거듭하였고, 드디어 마음속 숙제로 남아 있던 우리나라 산줄기 문제를 해결하였다. 이우형님은 1986년에 신문지상을 통해 백두대간의 존재를 세상에 알렸고, 이후 학술지 등에도 우리나라 산줄기 관련 기사를 게재하는 등 백두대간 알리기에 전심전력을 다하였다.

이우형님의 『산경표』 발견을 계기로 우리 산줄기에 대한 관심은 날로 커졌고 이후 연구가를 비롯하여 뜻있는 많은 분들, 그리고 관련단체와 정부가 백두대간 살리기에 나서게 되었다. 박용수님은 1990년에 조선광문회본 『산경표』를 해설과 함께 영인본으로 간행하였고, 의사인 조석필님은 저술활동(『산경표를 위하여』(1993), 『태백산맥은 없다』(1997))을 통해 백두대간 종주 붐을 일으켰고, 현진상님은 한글세대를 위하여 『한글 산경표』(2000)를 발간하였고, 박성태님은 한반도 산의 족보를 정리한 『신산경표』(2004)를 발간하는 등 백두대간 살리기 운동은 활발하게 전개되었다.

뿐만 아니라 1980년대 중반부터 백두대간 개념이 확산되면서 백두대간 종주에 나선 수많은 산악회와 산악인들도 백두대간 홍보 붐에 일조를 했다. 산악회 중에서는 '포항셀파산악회'를 언급하지 않을 수 없다. 셀파산악회는 그동안 알려진 백두대간의 거리가 들쭉날쭉한 것을 안타깝게 여기고 실측하기로 결정, 1999년 종주대원을 모집하여 50미터 줄자로 실측하여 백두대간 남한구간 거리가 735.6km임을 밝혀냈다. 그리고 산을 사랑하는 많은 산악인들도 백두대간 종주기를 인터넷에 올리는 등 백두대간 종주 붐이 계속되도록 하였다.

이런 시민들의 자발적인 백두대간 찾기 운동은 결국 정부를 움직였다. 산림청이 중심이 되어 백두대간 보호를 위한 법적, 제도적 시스템을 마련하였다. 산림청은 1995년에 백두대간 실태조사를 하였고, 1996년에는 백두대간 관련 문헌집 발간, 또 2000년에는 백두대간 보전관리 기본계획을 수립하였고, 2003년에는 '백두대간 보호에 관한 법률'까지 제정, 공포하기에 이르렀다.

이 법 제정은 대단한 의미가 있다. 현 산맥체계의 등장으로 사라질 위기에 놓였던 전통 산지인식체계인 백두대간이 법적 존재로 인정받아 다시 살아난 것이다. 뿐만 아니라 백두대간 보호를 위한 체계적인 관리와 보호 시스템이 갖춰졌다. 정부가 백두대간 보호를 위해 노력한 흔적은 더 있다.

산림청 자료에 의하면 백두대간은 이렇게 설명되고 있다. "백두대간은 우리 민족 고유의 지리인식체계이며 백두산에서 시작되어 금강산, 설악산을 거쳐 지리산에 이르는 한반도의 중심산줄기로서, 총길이는 약 1,400km에 이른다. 지질구조에 기반을 둔 산맥체계와는 달리 지표 분수계(分水界)를 중심으로 산의 흐름을 파악하고 인간의 생활권 형성에 미친 영향을 고려한 인간과 자연이 조화를 이루는 산지인식 체계이다."라고. 여기에서 눈에 띄는 대목이 있다. "민족 고유의 지리인식체계", "지질구조에 기반을 둔 산맥체계와는 달리 지표 분수계(分水界)를 중심으로 산의 흐름을 파악했다"이다.

"민족 고유의 지리인식체계"라는 것은 산경표에 나타난 우리 선조들의 전통적 지리 인식을 말하는 것이고, "지질구조에 기반을 둔 산맥체계와는 달리 지표 분수계(分水界)를 중심으로 산의 흐름을 파악했다"는 것은 고토 분지로의 산맥체계와는 결이 다르다는 것을 말한 것이다. 정부의 공식적인 반응으로 봐도 될 것이다. 최근에도 산림청은 백두대간 능선이 통과하는 주요 고개 등에 표지석을 설치하여 백두대간이 지닌 가치와 중요성을 각인시키는 사업을 추진하고 있다. 고무적인 흐름이다. 하지만 이를 유지, 보존하고 더욱 완벽하게 보호·관리하는 것은 현재를 살아가는 우리 모두의 몫이다. 이를 위해서 우선적으로 이뤄져야 할 것이 있다. 크게 세 가지다.

첫째, 현 산맥체계와 산경표에서 말하는 우리나라 전통산지인식체계에 대한 논란을 하루빨리 종식시키는 일이다. 둘째, 백두대간 훼손지를 복원하는 일이다. 마지막으로 이젠 백두대간뿐만 아니라 정맥에 대해서도 그 보호, 관리 방안을 마련해야 할 것이다. 우리나라 중심 산줄기에 있어서 백두대간은 줄기이고 정맥은 가지인 셈이다. 줄기와 가지가 함께 튼실해야 등뼈가 튼튼하고 제 역할을 할 수 있다.

나는 이렇게 백두대간을 넘었다

내가 백두대간에 관심을 갖게 된 것은 순리였던 것 같다. 당시 사회현상에 대해 회의를 품게 되었고, 직장을 통해 한 인간의 욕망을 성취하기는 쉽지 않다는 것을 알게 되었다. 뭔가 새로운 결정이 필요했다. 그때 지인들로부터 우리나라 산줄기에 대해 듣게 되었고, 이때에 소위 산악인들 사이에 주고받던 '1대간 9정맥'이라는 말이 귀에 꽂혔다.

산을 기웃거리기 시작했다. 처음에는 서울 근교 산을 오르내렸고, 점차 범위를 넓혔다. 한국의 100대 명산을 찾았고, 시도별 명산을 찾아 전국을 쏘다녔다. 많은 산을 오른 만큼 그에 대한 정보도 축적되었다. 우리나라 중심 산줄기인 백두대간과 아홉 개의 정맥에도 관심이 깊어졌다. 욕심이 생겼다. 나도 백두대간과 정맥을 넘어 볼까? 이런 생각으로 고민하던 때가 2005년쯤이다.

이렇게 산을 오르기 시작할 때부터 나는 항상 혼자였다. 어느 산을 가든지 혼자였고 오르는 산마다 반드시 산행기를 적고, 인터넷을 통해 공개했다. 산을 오르고, 산행기를 적고, 인터넷 공개가 마치 한 세트처럼 움직였다. 당연히 이후에 진행된 백두대간과 아홉 개 정맥 종주도 처음부터 끝까지 혼자서 했다. 혼자 준비했고, 혼자 고민했고, 혼자서 넘었다. 혼자 두려워했고, 혼자 기뻐했다. 아직도 미스터리한 것이 있다. 내가 백두대간과 아홉 개 정맥을 모두 넘으려고 했던 진짜 속마음이 무엇이었을까? 산이 좋아서? 건강을 위해서? 호기심에? 아니다. 대외적으로 말은 그렇게 했을 수 있지만 기록 때문이다. 시작은 호기심에서 출발했을 수 있지만 기록 때문이었다. 내 나라 중심 산줄기를 두 발로 직접 걷고 그것을 모두 기록으로 남기고 싶었다.

여기에 꼭 덧붙일 게 있다. 그런 나의 기록이 우리나라 중심 산줄기를 종주하고자 하는 사람들에게 나침판 역할을 할 수 있기를 바랐다. 나의 산행기만 손에 쥐면 아무런 정보가 없는 사람도 어렵지 않게 산줄기를 넘을 수 있도록 해 주고 싶었다. 사실이다. 그럴 수 있도록 산행기를 적었다. 구간마다 들머리와 날머리에 접근하는 교통편과 주변 환경을 자세히 적었고, 능선의 오르막과 내리막, 안부와 갈림길, 수목, 위험 지역, 길이 헷갈리는 지점 등을 모두 기록했다.

1대간 9정맥을 종주하겠다고 마음먹고서도 완주할 것이라는 확신은 없었다. 그래서 정맥부터 시작했다. 막연하게나마 정맥이 백두대간보다 더 쉬울 것 같아서였다. 그때 첫 번째로 택한 게 한북정맥이었다. 집에서 가까울 뿐만 아니라 비교적 능선 길이도 짧아서다. 이걸 끝내고 계속할지는 그때 봐서 결정하기로 했다. 한북정맥 종주 중에 발목 인대가 파열되는 사고(2006. 7. 19.)가 있었지만 어렵지 않게 마칠 수 있었다.

조금은 자신이 붙었다. 주저 없이 다음 정맥을 넘었다. 한남정맥이었다. 한남정맥이 한북정맥과 인접해 있다는 것, 북에서 남으로 내려가게 된다는 것 정도가 두 번째로 택한 이유이다. 이때까지도 아홉 개 정맥을 모두 종주하겠다는 확신은 못했다. 계속 실험이었다. 이후 한남정맥을 마치고 금북정맥, 한남금북정맥까지 마치면서부터 결심을 굳혔다. 아홉 개 정맥을 모두 마치고 반드시 백두대간까지 마무리

하겠다고. 이때 집안의 반대는 극심했다. 주말만 되면 모든 걸 팽개치고 산으로 나가는 가장이었으니 그럴 만도 했다. 더구나 혼자서 안전은 안중에도 없이 산속을 헤집고 다녔으니. 한동안 흔들리기도 했고, 하다 보니 재미가 붙은 것도 사실이다. 무엇보다도 내 산행기록을 본 독자들의 댓글은 큰 힘이 되었다. 급기야 반드시 해야 할 의무로까지 여겨졌다.

앞서 말했듯이 1대간 9정맥 종주는 처음부터 끝까지 혼자서 했다. 단 한 번도 산악회를 이용하거나 단체 팀에 편승하지 않았다. 성격상 여럿이서 어울리는 것을 좋아하지도 않았지만 무엇보다도 구속이 싫고 단체 산행에서는 제대로 걸을 수가 없어서다. 제대로 걷지 못한다는 것은 온전히 내 식대로 걸을 수 없다는 것이다. 나에게 산줄기 종주는 단순하게 땅을 밟고 지나는 것이 아니었다. 초입에서부터 날머리에 이르기까지 모든 것을 기록하고 촬영하는 식이었다. 이런 것들은 여러 사람과 함께 걸을 때는 할 수 없다. 혼자서 부담해야 하는 만만치 않은 경비를 생각하면 단체 산행의 이점에 솔깃하기도 했지만, 나만의 산행방식인 기록과 촬영이라는 뚜렷한 목표 앞에서는 흔들리지 않았다.

가고 올 때의 교통편도 항시 대중교통을 이용했다. 이유가 있다. 공부 때문이다. 버스나 기차 속에서 그 지역을 배우는 것이다. 도로를 익히고 마을을 스케치하고 현지인들과의 대화를 통해 지역 실정을 알고 세상을 배우는 것이다. 버스 안에서는 그 지역의 노인들을 많이 만난다. 이런 분들의 모습을 살피는 것과 어르신들과의 대화는 내게 큰 도움이 되었다.

백두대간 종주에는 많은 시간을 투자해야 하는 만큼 이왕이면 많은 것을 얻으려고 했다. 집 문을 나설 때부터 돌아올 때까지를 전부 공부하는 시간으로 활용했다. 버스를 타고 가는 시간조차도 허투루 보내지 않았다. 갈 때는 버스 안에서 선답자의 산행기를 읽으면서 안전 산행에 만전을 기했고, 돌아오는 버스 안에서는 지친 다리를 풀어 주는 회복 운동과 종주 중에 메모한 기록을 정리하며 승차 시간을 활용했다. 아홉 개 정맥 종주를 하는 동안은 재직 중이었기에 주로 금요일 저녁에 출발해서 토요일 하루 온종일 산길을 걸었다. 하지만 백두대간 종주는 금요일 저녁에 출발해서 토요일과 일요일 이틀간을 꼬박 걸었다. 하루에 10시간씩 20km를 걷는 것을 원칙으로 했다.

잠은 찜질방과 야영으로 해결했고, 한 구간을 마치면 A4 용지로 10쪽 분량의 산행기록을 남겼다. 그리고 그때마다 인터넷에 공개했다. 기록은 능선을 걸으면서 수기로 메모하고 스마트폰으로 촬영했다. 종주 중에는 안전을 최우선으로 했다. 사소한 사고는 얼마든지 있을 수 있지만 대형 사고는 절대로 있어서는 안 되기 때문이다. 대형 사고는 자칫 몇 년을 이어온 산줄기 종주를 중단해야만 하는 참사로 이어질 수도 있어서다. 대형 사고가 없었던 것은 아니다. 2012년 9월 1일 호남정맥 열다섯 번째 구간을 종주할 때였다. 해질녘에 길을 잃고 밤을 맞아 우중의 공포 속에서 헤매다가 불가피하게 119에 구조요청을 해야만 했다. 대형 사고였지만 그렇다고 그대로 주저앉을 수만은 없었다.

이 사고로 자숙 차원에서 6개월 정도 중단했지만 포기할 수는 없었다. 이후 백두대간을 종주할 때도 위험은 곳곳에 도사리고 있었다.

하루 종일 걸어도 사람 구경을 할 수 없는 산속을 헤매기가 일쑤였다. 지금 생각하니 1대간 9정맥 종주를 혼자서 한다는 것은 너무 위험한 모험이었다. 예전과는 달리 요즘의 종주 여건은 양호한 편이다. 그동안 많은 산악인들이 마루금을 오르내렸고, 선답자의 표지기와 지자체 등에서 설치한 이정표가 요소요소에 있어서다. 그렇지만 개인적으로 반드시 준비해야 할 것들이 있다. 철저한 자료 조사는 기본이고 반드시 지도와 개념도를 지참해야 한다. 특히 홀로 종주하는 사람들에게 개념도와 나침판은 필수품이다.

종주 시기는 계절을 가리지 않았고, 배낭은 가급적 가볍게 꾸렸다. 식사도 빵과 떡, 김밥 등으로 간소하게 준비했다. 가장 신경 써서 준비한 것은 마루금 이해와 사고 대비책이다. 출발 전에 선답자의 산행기는 여러 사람의 것을 정독했고, 종주 중 불의의 사고에 대비해서 도중 탈출로까지도 머릿속에 챙겼다. 복장은 간소하게 준비하면서도 방한복은 사시사철 배낭 속에 넣었다. 12년간 산줄기 종주를 하면서 내내 마음에 걸린 것은 무릎 후유증에 대한 불안이었다. 그래서 처음부터 무릎보호대를 착용했고, 양손에 스틱을 사용한 것은 물론, 등산화에 무릎보호용 깔창을 깔고서 시작했다. 그래서인지 지금까지도 무릎에 눈에 띄는 이상은 없다. 다행이고 감사할 일이다.

1대간 9정맥 종주. 쉽지 않지만 누구나 할 수 있다. 대신 몇 가지 조건이 있다. 뚜렷한 목표 의식과 강한 의지력 그리고 기본적인 체력만은 갖추고 있어야 한다. 길고 험한 산줄기를 종주하는 여정에는 반드시 난관이 있기 마련이다. 가족의 반대라든가 사고에 대한 두려움, 목표에 대한 회의 등이 그것들이다. 이런 난관들도 자기 확신이 있을 때는 극복할 수 있다. 이 목표를 이루면 내가 최고가 될 것이라는, 나의 힘든 발걸음이 후답자에게 가볍고 사뿐한 길을 선사하게 될 것이라는 기대 말이다. 도중에 반드시 유혹도 있을 것이다. 대충 하려는, 일부를 건너뛰려는 유혹들 말이다. 이런 것들은 목표가 뚜렷하지 않을 때에 발생된다. 그럴 때마다 맘 속 깊이 새겨야 한다. 혼자서 걷는 산길이라도 내 양심만은 보고 있다는 사실을.

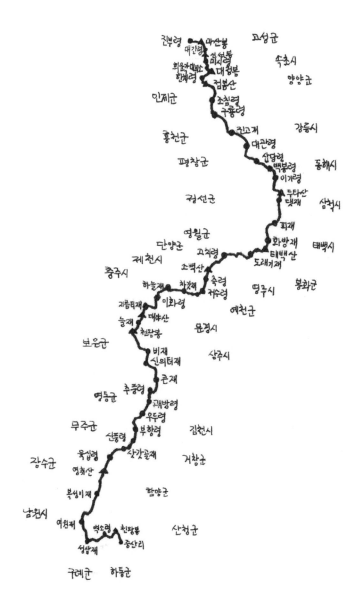

진부령 · 마산봉 · 고성군
대간령 · 설악령 · 속초시
희운각 · 대청봉 · 양양군
미시령 · 대청봉
한계령 · 점봉산
안제군 · 조침령 · 강릉시
구룡령
진고개
홍천군 · 대관령
평창군 · 삽담령 · 동해시
백봉령
이거령
정선군 · 두타산 · 삼척시
댓재
영월군 · 피재
단양군 · 화방재 · 태백시
제천시 · 고적령 · 태백산
소백산 · 도래기재
충주시 · 하늘재 · 죽령 · 봉화군
찬갓재 · 저수령
이화령 · 예천군
지름티재 · 대야산 · 영주시
늘재 · 문경시
보은군 · 청화산봉
비재 · 상주시
신의터재
영동군 · 곤재
추풍령
괘방령 · 김천시
우두령
무주군 · 신동령 · 부항령
옥십령 · 샅갓골재 · 거창군
장수군 · 영취산
함양군
북성이재
남원시 · 여원재 · 산청군
벽소령 · 천왕봉
성삼재 · 중산리
구례군 · 하동군

백두대간 이동 경로

부항령

853봉

김천시

833봉

덕산재

대덕산

무주군

삼도봉

소사고개

삼봉산

산불령

갈미봉

대봉

지봉

거봉

횡경재

백암봉

동업령

삿갓골재대피소

삿갓봉

황령치

장수덕유산

낙덕유산

거창군

향미봉

육십령

깃대봉

민령

977봉

영취산

백운산

중고개재

장수군

중재

광대치

봉화산

치재

복성이재

아막산성

새맥이재

사치재

고남산

매요리

여원재

남원시

수정봉

고기리

산청군

따봉재

함양숲

장터목대피소

지리산 천왕봉

작은고리봉

연하천대피소

덕평봉

요타리대피소

성삼재

벽소령대피소

백소령대피소

영신봉

노고단

삼각봉

토끼봉

중산리

구례군

하동군

중산리에서 부항령까지

2

백두대간 종주 일기

　1대간 9정맥 종주의 대미를 장식할 마지막 산줄기 앞에 섰다. 백두대간 종주를 시작하려는 것이다. 아홉 개 정맥은 이미 마쳤다. 대개 사람들은 백두대간을 먼저 찾지만 나는 반대였다. 정맥을 먼저 넘었다. 이유가 있다. 백두대간을 무겁게 생각했었다. 백두대간은 백두산 장군봉에서 시작해서 지리산 천왕봉에 이르는 산줄기로, 이번에 종주하게 될 남한 지역은 진부령정상에서 지리산 천왕봉까지로 약 735km에 이른다. 이 능선 상에는 진부령, 미시령, 설악산, 한계령, 오대산, 대관령, 두타산, 태백산, 소백산, 죽령, 계립령, 이화령, 속리산, 추풍령, 삼도봉, 덕유산, 육십령, 영취산, 지리산 등의 고봉과 준령이 있다.

　백두대간 줄기는 북쪽에서 남쪽으로 내려오면서 여러 정맥을 분기시켰다. 나는 그런 분기점들을 이미 아홉 개 정맥을 종주할 때 모두 밟았고 확인했다. 백두대간은 그만큼 나와는 친숙해져 있다. 이번 종주를 통해 그 분기점들을 다시 만날 생각을 하니 기대도 되고 설레기까지 한다.

　오늘부터 시작하는 백두대간 종주 역시 홀로 찾고 홀로 걷고 홀로 기록하게 된다. 1회에 2박 3일로 두 구간씩 걷고, 한 달에 2회 정도 시도하여 2년 내에 마칠 생각이다. 준비는 끝냈다. 백두대간 종주에는 두 가지 난제가 있다. 출입통제 구역과 고도의 위험지대 통과 문제다. 이 난제를 어떻게 해결하느냐가 완주의 관건이다.

백두대간 출입통제 문제는 단순히 생태계 보호 측면만 고려해서는 안 된다. 통제구역 진입 행위를 무조건 범죄로 규정하는 것은 단견이다. 뒤에서 더 자세히 언급할 것이다. 그리고 고도의 위험지대는 로프를 타야 하는 긴 직벽과 험악한 암릉구간을 말한다. 이 문제는 고민스럽지만 피할 도리나 별도의 해결책은 없다. 안전에 최우선을 두되 정공법으로 부딪칠 것이다. 대간 종주길에서도 이전의 정맥 종주에서처럼 마루금의 모든 것을 자세히 기록할 것이다.

첫째 구간(지리산 천왕봉에서 벽소령대피소까지)

2015. 9. 13.(일), 맑음

백두대간 첫째 구간은 지리산 천왕봉에서 벽소령까지이다. 천왕봉은 경남 산청군, 함양군에 걸쳐 있는 지리산에서 가장 높은 봉우리이고, 벽소령은 노고단에서 천왕봉에 이르는 지리산 종주 코스의 중간지점에 위치한 잿등이다. 이 구간에는 천왕봉, 장터목대피소, 연하봉, 삼신봉, 촛대봉, 세석대피소, 영신봉 등의 고봉과 대피소가 있다. 고봉이 있지만 봉우리 사이의 표고차가 크지 않고, 길이 잘 나 있어서 큰 어려움 없이 넘을 수 있다. 또 대피소가 세 곳이나 있고, 중간에 샘물도 있다.

천왕봉을 품고 있는 지리산은 전남 구례군, 전북 남원시, 경남 산청군·함양군·하동군 등 3개도 5개 시군에 걸쳐 있는 남한에서 2번째로 높은 산으로 1967년 12월에 국립공원 제1호로 지정되었다. 옛날부터 민족의 영산으로 불렸고, 한라산, 금강산과 더불어 삼신산의 하나로 부르기도 한다. 1,500m가 넘는 20여 개의 봉우리가 천왕봉, 반야봉, 노고단의 3대 주봉을 중심으로 병풍처럼 펼쳐져 있다. 개인적으로는 이번이 세 번째 지리산 종주 길이다.

서울 남부터미널에서 밤 11시 30분에 출발, 종점인 중산리에는 다음날 새벽 2시 58분에 도착. 바로 중산리 탐방지원센터와 로터리 대피소를 거쳐 지리산 정상인 천왕봉에는 아침 7시 33분에 도착, 역사적인 백두대간 종주 첫걸음을 내디뎠다.

중산리 버스정류장에서(02:58)

9월 12일 토요일 밤 11시 30분. 서울 남부터미널에서 출발하는 중산리행 심야버스에 오른다. 승객은 7~8명. 기사 양반의 엄명에 승객들 모두 반항 모드에 빠져 침울한 분위기. 빈 좌석이 널려 있는데도 무조건 배낭은 전부 짐칸에 놓으라고 한다. 무슨 심술인지? 신발을 절대 벗지 말라는 더 센 명령을 내리기도. 버스 기사로서 할 수 있는 말이지만 심야버스를 탄 승객들에 대한 배려는 눈곱만큼도 없다. 그런 기사의 일방적인 엄명에도 순하게 따르는 등산객들. 뭐가 맞는지, 누가 옳은지를 모르겠다. 버스는 산청군 원지, 덕산을 거쳐 새벽 2시 58분에 중산리 정류소에 도착한다.

중산리 새벽녘의 사위는 그믐밤의 현상을 그대로 반영하듯 완전 깜깜. 숲도 바람도 숨을 죽이고 자취를 감춘 칠흑의 밤이다. 무심한 별빛만 초롱초롱하다. 버스에서 내린 승객들은 하나둘씩 가로등 불빛 아래에서 등산 장비를 챙긴다. 내게는 이번이 세 번째 지리산 종주길이지만 이런 한밤중 산행은 처음이다. 남들에게 뒤질세라 서둘러 장비를 챙긴다. 하나둘씩 머리에 불빛을 달고 시멘트 길을 따라 오른다.

한발 늦게 나도 출발한다(03:13). 이곳에서 중산리매표소까지는 넓은 시멘트 포장도로. 도보로는 약 30분 거리. 주변은 아무것도 보이지 않는 깜깜하고 막막한 세상. 헤드랜턴이 비출 때만 실루엣이 등장할 뿐 사방은 어둠 그 자체다. 기록이 큰 목적 중의 하나인 내게는 첫날부터 아주 불리한 여건이다. 띄엄띄엄 올라가던 헤드랜턴 불빛이 다시 합류한 곳은 탐방지원센터에서다(03:37).

이곳엔 벌써 와서 대기 중인 또 다른 등산객들이 있다. 나는 멈추지 않고 바로 오른다. 혹시나 천왕봉 일출을 놓칠까 염려해서다. 사방은 암흑. 쉼 없이 흘러내리는 계곡 물소리만이 정적을 깬다. 앞서가는 불빛도, 뒤따르는 말소리도 오늘 같은 어둠 속에선 큰 위안이된다. 혼자가 아님을 느낀다. 정신없이 오른다. 밝은 낮이라면 메모하느라 정신이 없을 텐데, 기록은 포기한 지 오래다. 천왕봉에 제 시간에 도착해 일출을 제대로 보느냐가 더 중요해서다.

지금쯤 칼바위를 지났을 시각인데 그것도 모른 채 오르기만 한다. 돌길이 계속된다는 것, 점점 오르막 경사가 심해진다는 것, 그래서 등허리엔 이미 땀으로 범벅이 됐다는 사실만 감지하면서 계속 오른다. 나보다 늦게 출발한 등산객들이 한두 명씩 나를 추월하기 시작한다. 추월당하지만 아무렇지도 않다. 초반에 너무 서둘러 힘을 쓴 탓일까? 벌써 지친 것 같다. 천왕봉 정상에서의 일출은 포기할 수밖에.

그새 날이 많이 밝아졌다. 평지 같은 보드라운 흙길이 나타나더니 저만치 앞쪽에 불빛이 보인다. 잠시 후 로터리대피소에 이른다(05:10). 로터리대피소는 중산리에서 천왕봉으로 오르는 중간에 위치해 있고, 대피소 바로 위에는 법계사라는 사찰이 있다. 대피소에서 내려다보는 앞쪽 산 너머가 많이 밝아졌다. 마치 그쪽에 큰 도시라도 있는 것처럼. 사실은 조금 있으면 해가 뜬다는 신호다. 이곳에서 잠시 휴식을 취한 후 오른다.

천왕봉으로 오르는 등로는 익숙하다. 가장 힘든 구간이기도 해서 기억 속에 쏙 박혀 있다. 오르자마자 샘이 나오고 이어서 법계사에 이른다. 법계사는 조계종 13교구의 본산인 쌍계사의 말사로 우리나라에서 가장 높은 곳(해발 1,450m)에 위치한 절이다. 경내는 마치 대낮처럼 밝게 불이 켜져 있고 은은한 불경 소리는 고요히 잠든 수목 위에 내려앉는다.

한 40분쯤 올랐을까 했는데 사람들의 웅성거림이 들린다. 여명의 붉은 빛에 감탄하는 소리다. 나도 오르는 것을 멈추고 자리를 잡는다. 일출을 맞기 위해서다. 가히 환상적이다(06:01). 일출의 순간보다 오히려 더한 감동이다. 순간순간 주변 하늘이 핏빛으로 물들면서 꿈틀거리는 빨간 핏덩어리가 솟아오른다. 모두가 탄성이다. 나도 숨을 멎고 몇 가지 소원을 읊조린다. 다시 오른다. 커다란 입석 바위가 서 있는 개선문을 통과하고(06:33), 천왕봉 정상에 이르는 마지막 계단 앞에 선다. 숨은 이미 턱밑까지 차올랐다. 이전 종주 때는 보지 못했던 계단이다. 계단 덕분에 생각보다 쉽게 오른다. 계단 꼭대기에 이르자 천왕봉 정상석이 보이기 시작한다. 지리산 정상에 도착한 것이다(07:33).

천왕봉 정상에서(07:33)

정상석 주변에는 인증샷을 위해 순서를 기다리는 등산객들로 발 디딜 틈이 없다. 나도 그 대열에 합류한다. 바람이 심하진 않지만 아래쪽과는 온도 차가 크다. 손이 시리다. 날씨는 맑아 주변 조망은 아주 시원스럽다. 기대했던 신비로운 운해는 보이지 않지만 사방의 산줄기 풍광은 환상적이다. 겹겹이 이어지는 산줄기들, 사이사이에 깔린 구름 조각들. 지리산이 아니면 볼 수 없는 황홀경이다. 산을 좋아하는 사람들에겐 지리산은 잘 알려져 있다.

이곳에 있는 지리산 설명문으로 대신한다. "지리산은 높이 1,915m, 동서길이 50㎞, 남북길이 32㎞, 둘레 약 320㎞로 일명 방장산·두류산이라고도 한다.······주능선은 동쪽에서부터 서쪽으로 하봉·중봉·제석봉·촛대봉·칠선봉·형제봉·명선봉·토끼봉 등이 있고······" 오늘로 세 번째인 천왕봉 정상에 선 이 순간이 내게는 특별한 의미가 있다. 이미 아홉 개의 정맥을 모두 완주하고 1대간 9정맥 종주의 대미를 장식할 마지막 관문에 선 것이다. 앞으로 약 2년간 이 대간의 줄기를 따라 북쪽으로 오를 것이다. 누구도 대신해 줄 수 없음을 안다. 산을 넘고, 바람과 구름과 초목을 친구 삼아 걷고 또 걸을 것이다.

출발한다. 정상에서 주능선을 따라 내려간다. 등로는 돌길에 암릉 계단. 잠시 후 큰 바위가 터널처럼 이어진 통천문에 이른다(07:54). 통천문은 예전 그대로다. 그 사이 수많은 세월이 흘렀지만 아직도 그대로다. 자연이 원래 그런 것이리라. 이곳에서도 암릉과 계단이 이어진다. 통천문을 지나니 여태껏 보지 못했던 이색적인 풍경이 나타난다. 제석봉의 고사목들이다. 피 맺힌 상흔들의 시위 현장이다(08:21). 제석봉은 함양군과 산청군의 경계를 이루는 지리산에서 세 번째로 높은 봉우리다. 봉우리 일대의 완만한 비탈은 고사목으로 뒤덮여 있다. 한국전쟁 후까지만 해도 아름드리 전나무·잣나무·구상나무로 숲이 울창했는데 자유당 말기에 권력자 친척의 횡포로 이렇게 고사목만 남게 되었다. 한심한 노릇이다.

등로 양쪽으로는 로프가 설치되어 있다. 로프 너머에는 야생화와 고사목들 천지다. 쉼 없이 삶과 죽음이 순환한다는 증표다. 우리 인간 세계와 별반 다를 게 없다. 얼마 후면 우리도 저렇게 될 것을 생각하니 가슴이 먹먹해진다. 돌탑도 보인다. 내려갈수록 고사목 숫자는 넘쳐나고, 꼿꼿하게 서 있는 모습이 오히려 처량하다. 이정표가 나온다(장터목 대피소 0.6). 가파른 돌계단이 이어지고 사람들의 웅성거림과 함께 건물이 보이기 시작하더니 장터목대피소에 도착한다(08:41). 장터목대피소는 우리나라에서 가장 고지대에 있는 대피소다(1,750m). 옛날에는 이곳에 큰 장이 서서 주변 사람들이 올라와서 물건을 매매했다고 한다. 이곳에는 주능선 외에 여러 길이 있다. 북쪽으로는 백무동으로 내려가는 길이 있고, 남쪽으로는 중산리계곡으로 내려가는 길이 있다.

등산객 중 일부는 중산리에서 천왕봉을 거치지 않고 바로 이곳으로 오기도 한다. 옹기종기 모여 식사하는 등산객들의 모습이 보기 좋다. 예전 그대로다. 양지바른 담벽도, 취사장도 대만원이다. 나도 취사장 안으로 들어가서 아침을 해결한다. 식사를 마치고 서쪽 주능선을 따라 내려간다(09:14). 같은 방향으로 진행하는 등산객은 없다. 바람이 좀 더 일기 시작한다. 날씨는 쌀쌀하다. 이제부터는 흙이 섞인 돌길이다. 곧 통나무 계단으로 바뀐다. 등로 주변은 여전히 잡목이다.

잠시 후 일출봉에 도착한다(09:31). 정상에는 약간의 공터와 이정표가 있다(세석대피소 3.0). 정상 주변은 온통 잡목. 바람이 갈수록 세게 분다. 내려가다가 오르니 연하봉이다(09:37). 이곳에도 이정표가 있다. 내려간다. 이제부터는 햇빛을 직접 받아야 한다. 잡목 숲마저 없어졌기 때문이다. 돌이 박힌 길을 오르내린다. 산길 중 가장 걷기 힘든 길이다. 철계단을 넘으니 삼신봉에 도착한다(09:51). 삼신봉 역시 암봉이다. 이곳에 포토존이 있다. 주변 풍광이 환상적이다. 다시 내려가다가 무명봉 아래를 걷는다. 무명봉을 지나 다시 오르락내리락하다가 바위가 무질서하게 솟아 있는 촛대봉에 이른다(10:45).

촛대봉에서(10:45)

암봉인 촛대봉은 지리산 최대 고원지대인 세석평전 동쪽에 솟아 있다. 봉우리 모양이 마치 촛농이 흘러내린 것 같다 해서 붙여진 이름이다. 이곳에서부터 세석평전자연관찰로가 시작된다. 세석대피소로 향한다. 한참 내려가니 세석대피소 건물과 그 뒤의 영신봉이 보이기 시작한다. 이곳 세석대피소와 영신봉은 금년 2월 낙남정맥 종주 첫날에 왔던 곳이다. 백무동에서 밤중에 눈길과 얼음길을 타고 이곳으로 올라왔었다.

그때는 하얀 눈만 보였고, 이곳 대피소 취사장에서 혼자 아침밥을 먹었었다. 추위에 벌벌 떨면서다. 그때가 엊그제 같은데 벌써 가을이다. 정말 반갑다. 바로 세석대피소 입구에 이른다(11:01). 세석대피소는 촛대봉과 영신봉 사이에 있는 세석평원에 자리 잡고 있다. 대피소 중 가장 규모가 커 한꺼번에 190명 정도를 수용할 수 있다. 이정표가 먼저 보인다. 우측은 한신계곡을 거쳐 백무동으로, 좌측은 거림골, 대성리, 쌍계사, 청학동으로 내려가는 길이다.

바로 대피소로 내려간다. 대피소 앞마당 의자에는 가을볕을 받으며 산속의 가을을 만끽하고 있는 등산객들이 빼곡하게 둘러앉아 있다. 보기에도 참 좋다. 샘물이 있는 곳으로 내려간다. 식수도 보충하고 조금은 죄송하지만 양치질까지 하는 사치도 부려본다. 햇볕 따사로운 가을날 산속의 한때……. 이를 어떻게 표현해야 좋을까? 암튼 너무 좋다. 행복하다. 지난 2월의 혹독한 추위가, 빈 취사장의 썰렁함이 뇌리에서 떠나질 않고 오버랩되어 스친다. 떠날 때다. 완만한 오르막. 잠시 후 영신봉에 이른다(11:28). 영신봉은 낙남정맥이 시작되는 지점이고 낙동강, 섬진강, 금강을 이루는 물길이 세 곳으로 흘러드는 삼파수다. 남쪽 비탈면에는 산청군 시천면 거림골, 하동군 화개면 큰세개골이 있고, 북쪽 비탈면에는 함양군 마천면의 한신계곡이 있다. 이곳에는 정상 표지판과 이정표 역할을 겸하는 팻말이 세워져 있다.

실제 정상은 이곳에서 우측 조금 위에 있다. 지금은 출입금지구역으로 통제하고 있어 오를 수 없다. 정상에 오를 수 없는 아쉬움을 안고 칠선봉으로 향한다. 여전히 돌길이다. 등로 주변의 잡목도 그대로다. 긴 계단을 지난다. 부자간에 산행 길에 나선 모습이 포착된다. 아주 좋아 보인다. 중학생으로 보이는 학생은 빈 몸으로 앞서고 등짐을 무겁게 진 아버지가 땀을 뻘뻘 흘리면서 뒤따른다.

그래도 보기에 좋다. 보이는 그 자체보다는 어떻게 보느냐가 더 중요한 게 아닐까? 완만한 능선을 오르내린다. '곰 출현지역'이라는 경고판이 나오고, 잠시 후 칠선봉에 이른다(12:31). 주위에 일곱 개의 큰 암봉들이 보인다. 이곳 이정표는 벽소령대피소가 4.4km 남았음을 알린다. 바로 내려가자마자 오른다. 좁은 돌길이다. 등로 주변은 산죽과 잡목이 대세다. 비교적 완만한 능선이 이어지고, 조금 가다가 능선을 벗어나 좌측 옆등으로 진행한다. 이곳 봉우리가 덕평봉이다.

능선으로 계속 오르니 덕평봉 정상에 이른다. 옆등을 따라 한참을 가니 선비샘이다(13:29). 선비샘에는 파이프로 연결된 샘물이 쉬지 않고 흐른다. 보기만 해도 마음이 넉넉해진다. 한 잔 떠 마신다. 감로수가 따로 없다. 샘 옆에는 선비샘의 유래가 적혀 있다. 벌써 세 번째 읽는 문장이다. 그대로 옮긴다.

"옛날 덕평골에 화전민 이 씨라는 노인이 살았다. 노인은 천대와 멸시를 받으며 살아서, 죽어서라도 남에게 존경을 받고 싶어 자식들에게 자신의 묘를 상덕평의 샘터 위에 묻어 달라고 유언을 하였다. 효성스런 자식들은 그의 주검을 샘터 위에 묻었고, 그로부터 지리산을 찾는 사람들이 샘터의 물을 마시고자 하면 자연스럽게 허리를 구부려서 무덤으로 절을 하는 형상이 되어 죽어서 남들로부터 존경 아닌 존경을 받게 된 것이다."

그리고 보니 나도 그분께 절을 한 셈이다. 계속 진행한다. 이번에는 넓은 임도로 이어지고 '낙석주의'라는 안내판이 연속해서 나온다. 등로 우측은 바위를 깎은 듯 가파른 절벽이고 좌측은 낭떠러지다. 이런 딱딱한 돌길이 한참 동안 이어지더니 어느새 포근한 흙길로 바뀌고, 잠시 후 벽소령대피소 건물이 보이기 시작한다(14:25).

벽소령대피소에서(14:25)

오늘의 최종 목적지 벽소령대피소에 도착했다. 벽소령의 달 풍경은 지리산 10경 중 제4경으로 꼽힐 정도로 유명하다. 대피소에는 한가롭게 가을날의 오후를 즐기고 있는 몇 명의 등산객과 관리인의 모습이 보인다. 입실 시간은 6시. 그때까지 뭘 하나? 고민 아닌 고민이 생긴다.

이렇게 백두대간 종주 첫구간을 무사히 마친다. 아직도 대피소 앞 길에는 주능선을 따라 좌우로 오가는 등산객들의 모습이 끊임없다. 천왕봉 일출 욕심 때문에 중산리 출발선에서 무리한 탓으로 예상 외로 고전했지만 여유 있는 산행이었다. 이제 겨우 첫구간을 마쳤다. 아주 긴 긴 날이 남았다. 맘껏 즐길 것이다. 목표 달성도 중요하지만 걸음걸음 그 과정들을 더 소중히 여길 것이다. 모든 것을 자세히 관찰하고 기록할 것이다. 걷는 걸음걸음이 언젠가는 역사가 될 것이기에 그렇다. 밤이 되면 그동안 모자랐던 잠을 푹 잘 것이다. 어떤 산악인이 말했다. 가장 아름다운 정열을 산에 바쳤다고. 그리고 이 세상에서 받지 못한 보수를 산에서 받았다고. 나도 이 걸음에 나의 모든 것을 불태울 것이다. 그래서 반드시 나의 한계를 확인하고 싶다. 야심차게 준비한 백두대간 종주, 첫 걸음이 성공적이다.

(오늘 걸은 길)

중산리→로터리대피소→천왕봉→제석봉→장터목대피소→연하봉 →삼신봉→촛대봉→세석대피소 →영신봉→칠선봉→덕평봉→벽소령 대피소(16.14km, 11시간 12분)

(교통편)

* 갈 때

1. 서울남부터미널에서 중산리: 매주 금, 토요일 23:30 출발

2. 서울고속버스터미널~진주: 06:00~21:00까지, 20분 간격. 심 야 22:10, 23:10, 00:10

3. 진주에서 중산리: 시내버스 이용(06:10부터 21:10까지 15회 운행)

* 올 때

1. 구례 시외버스터미널~서울: 06:40~19:45까지 하루 10회 운행
2. 구례구역에서 서울행 기차: 00:02, 05:36, 07:45…18:31,
   20:10까지 16회

둘째 구간(벽소령대피소에서 성삼재까지)

2015. 9. 14.(월), 맑음

백두대간 종주 둘째 날. 어제에 이어서 연속이다. 모처럼 잠을 푹 잤다. 피곤하기도 했지만 대피소 침상 구조가 개선된 덕분이다. 오늘은 벽소령에서 성삼재까지다. 벽소령은 노고단에서 천왕봉까지 이르는 지리산 종주 코스의 중간 지점이고, 성삼재는 구례군 산동면 좌사리와 광의면 사이에 위치한 고개로 지리산 능선 종주의 시발점이다. 이 구간에는 형제봉, 명선봉, 토끼봉, 화개재, 삼도봉, 임걸령, 노고단 등의 높고 낮은 산과 잿등 그리고 연하천 대피소가 있다. 구간 길이도 짧지만 고도차가 높은 봉우리가 없어 무난하게 마칠 수 있다. 널널하게 여유부리며 가도 된다.

새벽 4시 30분. 장비를 챙겨 대피소를 나섰지만 깜깜한 어둠이 발길을 붙잡는다. 자꾸 망설여진다. 어제 중산리에선 이보다 더 일찍 출발했어도 일말의 주저함이 없었는데……. 그땐 주변에 등산객이 있었고, 천왕봉 정상에서의 일출이라는 큰 목표가 있었기 때문이다. 다시 되돌아서기를 반복. 5시 30분에서야 겨우 출발, 벽소령대피소 문을 나선다.

벽소령대피소에서(04:30)

아직도 주변은 캄캄. 통제문을 나서니 노고단을 향한 능선으로 이어진다(05:30). 우측에는 함양 음정으로 가는 길이 표시되어 있다(음정 6.5). 능선 위로 오르자 돌길과 바위지대가 이어진다. 이 길 역시 세 번째 걷는 셈. 몇 번을 와도 생소하긴 마찬가지다. 바위지대는 계속되고, 날도 서서히 밝아 온다. 형제봉을 오르기 전에 너럭바위에 이른다(06:00). 이곳에서 기다렸다가 일출을 맞기로 한다. 몇 분을 기다렸지만 감감 무소식. 구름에 가려진 탓에 붉게 물든 여명에 만족하고 그냥 나선다. 대신 햇빛에 반사된 형제봉 암봉과 저 멀리 나타난 반야봉을 카메라에 담는다.

조금은 가파른 오르막을 오르니 큰 바위 앞에 형제봉 이정표가 나타난다(06:30). 정상은 아닌데 성급한 이정표다. 아마도 이 바위 자체를 가리키는 것 같다. 이정표를 지나 로프와 암릉이 있는 오르막을 오르니 형제봉 정상에 도착한다(06:38). 형제바위는 옛날에 성불 수도하던 두 형제가 여성의 유혹을 경계하려고 서로 등을 맞대고 오랫동안 부동자세로 서 있다가 몸이 굳어져 지금의 모습이 되었다고 한다. 아, 여기에도 내 스승이. 깊은 산속이지만 대간길 구석구석에는 이런 스승이 있다.

정상에는 작은 바위 두 개가 나란히 있고 노고단이 12.5km 남았다는 이정표가 있다. 내려간다. 계속해서 암릉이다. 암봉을 넘고 내려가니 비교적 걷기 좋은 길이 이어진다. 그것도 잠깐. 바로 오르막 돌길이다. 오르막 끝에 무명봉에 이른다(07:04). 이젠 연하천대피소가 1.2km 남았다. 다시 내려간다. 주변은 여전히 산죽과 잡목들이다. 연하천 방향에서 오는 등산객들을 만난다. 평일인데도 젊은 등산객들이다. 무슨 일일까? 무직자? 실직자? 아니면 휴가를 내고……. 괜히 궁금해진다.

다시 비교적 넓은 공터가 있는 봉우리에 이른다(07:12). 봉우리에서 내려가자마자 갈림길이다(07:15). 삼각고지다. 좌측에는 삼각고지 지킴터가 있다. 이정표도 보인다. 좌측은 연하천으로, 우측은 음정으로 가는 길이다. 연하천을 향해 좌측으로 진행한다. 완만한 능선길이 한동안 이어진다. 등로 양쪽은 로프가 설치되었고 바닥엔 목침이 놓여 있다. 등산객 보호용이 아니고 자연보호용이다. 조용한 산중에서 기계음이 들리기 시작하더니 잠시 후 연하천대피소에 도착한다(07:30). 대피소는 공사 중이다. 화장실을 신축해 놓고 우측에 새로운 건물을 짓고 있다. 이 높고 깊은 산중에서 중장비로 공사를 하는 것이 신기해서 관리자에게 물었더니 중장비랑 자재는 헬기로 운반했다고 한다. 그럴 수밖에……. 고개가 끄덕여진다.

연하천 대피소는 작고 시설이 낡아 전부터 등산객들 사이에 불평이 많았었다. 반면 항시 넘치는 샘물로 다른 대피소에 비하여 경쟁력을 갖기도 한다. 산중에서 물이 얼마나 중요한지를 생각하면 이해가 갈 것이다. 이곳에서 차분하게 아침을 먹으려 했는데 공사 때문에 차질이 생겼다. 한쪽 구석에서 쭈그리고 앉아 주섬주섬 찬밥을 쑤셔 넣는다. 중장비의 기계음을 반찬 삼아서. 식수를 보충하고 출발하려는데, 안내판에 부착된 사진들이 번뜩 눈에 띈다. 지리산의 계절별 야생화가 정리되어 있다. 진작부터 이런 꽃 이름을 알고 싶었기에 촬영해 둔다. 이정표를 확인하고(화개재 4.2, 노고단 10.5) 바로 출발한다(08:05).

출발해서 10m 정도 돌길을 오르니 긴 목재 계단이 이어진다. 한참동안 오르니 명선봉 아래에 이른다. 정상은 좀 더 위에 있다. 명선봉 능선은 한국전쟁 때 빨치산과 국군들이 치열한 전투를 벌인 곳이어서 '피의 능선'이라고 불린다. 명선봉에서 내려다보이는 빗점골은 남부군 총사령관이던 이현상이 최후를 맞은 곳이다. 명선봉을 지나 내려가는데 '곰 출현지역'이라는 안내판이 있다. 약간 긴장이 되지만 밝은 대낮이어선지 오히려 곰이라도 한번 만났으면 하는 호기심이 발동한다. 크고 작은 봉우리를 지나 긴 내리막이 이어진다. 우측은 철제 난간이 설치된 인조목 계단이다. 바위가 있는 무명봉에 올라서서 내려간다(08:52). 가파르지는 않지만 긴 오르막이 시작되더니 토끼봉 정상에 이른다(09:21).

토끼봉 정상에서(09:21)

정상에서 50m 정도 뒤에 헬기장과 이정표(화개재 1.2)가 있다. 내려간다. 등로 양쪽은 철쭉 군락지로 철쭉이 사람 키를 훌쩍 넘는다. 로프로 보호되고 있다. 집단 고사목 지대가 또 나온다. 긴 내리막이 계속되다가 좌측에 집채만 한 바위가 있는 곳에서 바위를 왼쪽에 끼고 오르다가 내려가니 화개재에 이른다(09:46). 화개재는 지리산 장터 중 하나로 경남 쪽에서 올라오는 소금과 해산물, 전북에서 뱀사골로 올라오는 삼베와 산나물 등을 물물 교환하던 장소다. 지금은 지역 간 도로가 개설되어 사람들이 편하게 이동하고 있지만, 옛날에는 어떻게 등짐을 지고 이 높은 곳을 오르내렸을까? 상상만 해도……. 화개재에는 화개재통제소라는 작은 시설물이 있고 탐방안내도, 이정표(우측으로 반선 9.2, 직진으로 노고단 6.3)가 있다.

다시 오른다. 삼도봉으로 오르는 길이다. 긴 목재 계단이 시작되더니 삼도봉에 도착한다(10:26). 삼도봉은 전북 남원시, 전남 구례군,

경남 하동군의 3개도에 걸쳐 있다. 삼각뿔에는 각각 전라남도, 전라북도, 경상남도라고 새겨져 있다. 이곳은 등산객들의 단골 쉼터다. 삼도봉에 서고 보니 옛일이 생각난다. 벌써 11년 전이다. 지리산을 처음 종주하던 때, 그때 이 자리에는 극기훈련차 이곳에 온 '현대'라는 유니폼을 입은 신입사원들이 이 너럭바위 전체를 차지하고 있었다. 그새 10여 년의 세월이 흘렀다. 넓은 바위에서는 서너 명의 등산객이 쉬고 있다. 잠시 쉰 후 출발한다.

삼거리를 지나 막 오르막이 시작되는 지점에서 좌측에 있는 묘지 1기를 발견한다. 산행 중 처음 보는 묘지다. 어떻게 이런 곳에 묘지를? 이번에는 반야봉 삼거리에 이른다(10:39). 우측은 반야봉으로, 좌측은 노고단으로 가는 길이다. 좌측으로 진행한다. 한참을 가니 노루목에 도착한다(10:51). 노루목에는 바위와 약간의 공터가 있다. 좌측으로 내려간다. 완만한 능선이 이어진다. 모처럼 표지기가 보인다. 어제 이후 처음 보는 표지다. 내 것도 하나 매단다. 고만고만한 능선 길을 한참 동안 걷고 나니 임걸령에 이른다(11:35).

임걸령은 지리산 노고단에서 반야봉으로 이어지는 능선의 중간 지점에 있는 천혜의 요지다. 고령(高嶺)임에도 불구하고 우뚝 솟은 반야봉이 북풍을 막아 주고, 노고단 쪽 능선이 동남풍을 막아 주기 때문이다. 좌측에는 바위가 있고 '추락주의'라는 경고문이 있다. 우측 아래에는 임걸령 샘이 있는데, 파이프로 연결된 샘에서는 물이 펑펑 쏟아진다. 이 샘은 수량이 많고 물맛 좋기로 유명하다. 식수를 보충하고 시원한 물로 얼굴까지 씻고 출발한다. 등로는 계속 완만한 능선으로 이어지고 한참 걸으니 '피아골 대피소 2.0km' 표지판이 눈에 띄면서 피아골삼거리에 도착한다(11:53).

피아골삼거리에서(11:53)

이곳에도 이정표가 있다. 좌측은 피아골대피소(2.0)와 직전마을(6.0)을, 직진으로는 노고단(2.8)을 가리키고 있다. 이곳 좌측 아래에 피아골이 있다. 피아골 단풍은 지리산 10경의 하나로 꼽힐 정도다. 피아골은 임진왜란, 한말 격동기, 여순반란사건, 6·25전쟁 등 싸움이 벌어질 때마다 많은 사람이 이곳에서 목숨을 잃었다. 직진한다. 잠시 후 돼지령에 이른다(12:07). 돼지령에는 헬기장과 이정표가 있다. 철쭉에 둘러싸인 헬기장을 지나고 바위에 쌓인 돌무더기가 있는 곳을 지난다.

계속해서 키 큰 잡목 숲을 헤쳐 나간다. 완만한 길을 한참 동안 가니 노고단 고개에 이른다(12:59). 넓은 공터에는 평일임에도 많은 사람들이 햇볕 좋은 가을날을 즐기고 있다. 좌측 정상에는 돌로 쌓은 제단이 있다. 노고단은 신라시대부터 지금까지 제사를 지내며 국운을 기원하는 신성한 곳이다. 또 이곳에서 바라보는 노고단 운해는 지리산 10경 중 2경으로 꼽힐 만큼 절경이다.

이정표가 가리키는 대로 이곳에서 0.4km 떨어졌다는 노고단 대피소로 내려간다. 잠시 후 노고단 대피소(12:59)에 도착한다. 이곳에서 성삼재로 가는 길은 두 가지가 있다. 지름길을 택한다. 대피소에서 큰 도로를 따라 내려가자마자 바로 좌측에 이정표가 있는 곳에서 좌측 방향인 '성삼재 돌계단'이라고 표시된 쪽으로 내려간다. 돌계단이 끝나니 다시 큰 포장도로가 나오고, 포장도로를 따라 좌측으로 진행하다가 우측에 이정표가 있는 곳에서 우측 목재 계단으로 내려간다. 바로 큰 도로를 만나 쭉 내려가니 성삼재에 이른다(13:28).

성삼재는 지리산 능선 서쪽 끝에 있는 고개로, 옛날 삼한 시대에 마한의 왕이 성씨가 다른 세 명의 장군에게 지키게 했던 고개라 하여 붙여진 이름이다. 성삼재 주차장에는 자동차들이 빼곡하고 관광객들도 많다. 먼저 구례행 버스 시각과 다음 구간 들머리를 확인해 둔다. 성삼재 휴게소에는 커피숍, 등산복 매장, 식당, 그리고 시원스런 전망대까지 갖춰져 있다. 전망대에서는 구례군 산동면 일대가 시원스럽게 조망되고, 다음 주에 오를 3구간 능선도 뚜렷히 올려다 보인다.

이렇게 백두대간 두 번째 구간 종주를 마친다. 비교적 이른 시각에 마쳤다. 산뜻한 출발에 멋진 마무리. 백두대간 완주의 서광이 보이는 듯하다. "온갖 일들이 치밀하게 묶여 있는 오늘날, 비록 일시적이나마 완전한 자유로운 삶의 방식의 하나가 등산이다."라고 말한 어느 인사의 말이 생각난다. 염려했고 망설였던 백두대간 종주의 출발, 그러나 시작은 반드시 답을 준다는 걸 오늘도 스스로 입증해 보였다. 올 때마다 반갑게 맞아 주는 지리산에게 감사한다. 9월 중순의 따뜻한 하루, 또 이렇게 지나간다.

(오늘 걸은 길)

벽소령대피소→형제봉→삼각봉→연하천대피소→명선봉→토끼봉→화개재→삼도봉→노루목→임걸령→돼지령→노고단→성삼재 (17.22km, 7시간 58분)

(교통편)

* 갈 때

1. 서울 남부터미널에서 함양: 07:30부터 23:00까지 9회 운행

   서울 남부터미널에서 하동: 06:30부터 22:00까지 10회 운행

★ 함양 마천면 삼정마을과 하동 화개면 의신마을에서 벽소령까지는 도보나 택시 이용

* 올 때

1. 구례 시외버스터미널~서울: 06:40부터 19:45까지 10회 운행, 3시간 10분 소요

2. 구례구역에서 용산행, 서울행 기차: 00:02, 05:36, 07:45… 18:19, 18:31, 20:10

셋째 구간(성삼재에서 여원재까지)

2015. 10. 13.(화), 맑음

하루가 다르게 가을이 깊어간다. 이룬 것 없이 시절이 쉬 지날까봐 두렵다. 서둘러 보지만 만사가 촘촘한 그물로 연결된지라 의욕을 낸다고 그리 되는 것만도 아니다. 생각도 생각으로만 그칠 때가 많다. 날마다 아쉬움만 내뱉을 뿐, 진전이 없다. 세상 일이 그리 쉬울라고? 그렇다고 두고 볼 것만은 또 아니다. 마음을 다잡는다.

백두대간 세 번째 구간을 넘었다. 성삼재에서 여원재까지다. 성삼재는 구례군 산동면 좌사리와 광의면 사이에 위치한 고개로 지리산 능선 종주의 시발점이고, 여원재는 남원시 이백면과 운봉읍 사이에 위치한다. 이 구간에는 작은고리봉, 묘봉치, 만복대, 정령치, 큰고리봉, 수정봉, 입망치 등의 높고 낮은 산과 잿등이 있다. 이 구간도 봉우리와 봉우리 사이의 고도차가 그리 크지 않고 전반적으로 완만한 능선으로 이어진다.

특별하게 위험한 지역은 없으나, 큰고리봉 정상에서 고기리마을에 이르는 능선은 지리산 반달곰 활동지역이어서 그 지역을 통과할 때는 약간 불안할 수 있고, 고기리에서 노치마을을 찾아갈 때는 도로를 따라가야 하기 때문에 순간 망설일 수 있는데 이때 지역주민에게 한 번만 묻는 수고를 하면 된다.

이 구간을 걷는 동안은 우측 방향에 자리 잡은 천왕봉, 반야봉 등의 지리산 주요 봉우리들을 감상할 수 있고, 또 유유히 산골을 파고

드는 지리산 운해를 감상할 수도 있다. 세 번째 구간만의 보너스다. 또 이번 구간에서 새롭게 발견한 사실은 대간길 주변 주민들의 자부심이 대단하다는 것이다. 백두대간상에 살고 있다는 자부심의 발로가 아니겠는가.

구례구역에서(03:04)

10월 12일 용산역에서 밤 10시 45분에 출발한 기차는 곡성을 거쳐 구례구역에는 새벽 3시 4분에 도착. 역사를 빠져 나오자 사방은 칠흑의 어둠. 앞쪽에 불빛이 번쩍번쩍. 성삼재행 버스 헤드라이트 불빛이다. 기차에서 내린 승객들이 우르르 달려간다. 자리를 놓칠까봐서다. 버스는 출발한 지 10여 분 만에 시외버스터미널에 도착(03:21). 기사 양반이 알린다. 3시 50분에 출발하니 그때까지 승차하라는 당부다.

3시 50분에 터미널을 출발한 버스는 꾸불꾸불 고갯길을 올라 성삼재에는 4시 25분에 도착. 사방은 캄캄. 버스 기사는 어둠 속에서 등산 장비를 챙길 수 있도록 헤드라이트를 켜 놓는 센스를 발휘한다. 등산객들은 신속한 동작으로 장비를 챙겨 하나둘씩 노고단을 향해 오른다. 다 오르고 나만 남는다. 버스도 떠났다.

그 많은 등산객들 중 백두대간을 북진하는 종주자는 나 혼자뿐이다. 너무 어둡고 바람이 심해 선뜻 나설 수가 없다. 처음부터 혼자였더라면 이것저것 재지 않고 겁 없이 출발했을 텐데 20여 명이 같이 있다가 혼자만 달랑 남게 되니 두려움이 앞선다. 일단 좀 더 날이 밝기를 기다린다. 추위도 피할 겸해서 화장실로 들어간다. 동쪽 하늘이 어둠을 뚫고 검붉어지기 시작한다. 일출의 몸부림이다(05:53).

어둠이 완전히 가시진 않았지만 출발한다. 주차장을 거쳐 포장도로를 따라 100여 미터를 내려가니 3구간 들머리에 이른다(05:56). 초입에 이정표가 있다. 완만한 초입의 계단을 넘는다. 주변에 어떤 젊은이의 추모비가 있다고 했는데, 어둠 때문에 발견하지 못했다. 완만한 능선은 가파른 오르막으로 변하고 한참 동안 힘겹게 오르니 고리봉이다(06:39). 정상에 있는 아담한 정상석에는 고리봉이라고 적혔지만 사람들은 이곳을 작은고리봉이라고 부른다. 좀 더 가면 큰 고리봉이 있어서다. 이곳에서 둘러보는 주변 조망이 장관이다. 운해가 자욱하게 깔린 산골도 그렇고 편안하게 누워 있는 산줄기도 환상적이다.

묘봉치를 향해 내려간다. 등산로 양쪽에는 키 작은 산죽들이 있다. 묘봉치에 이른다. 이제부터는 구례 땅을 벗어나 남원 땅을 걷게 된다. 묘봉치는 상위마을로 가는 갈림길이자 헬기장이기도 하다. 다시 만복대를 향해 진행한다. 앞이 탁 트인다. 마치 민둥산을 오르는 것처럼 큰 나무나 관목조차도 없다. 오를수록 완만하고 부드럽다. 한참 후 억새풀 군락지를 지나고, 만복대 정상에 이른다(08:22). 정상에는 정상석과 이정표가 있다(정령치 2.0).

정상의 넓은 공간에는 바위와 초지가 대부분이다. 이곳에서 보는 산골의 운해는 마치 꿈속의 세계처럼 일렁거린다. 뒤로는 작은고리봉과 노고단이, 앞쪽으로는 정령치와 큰고리봉이 시야에 포착된다. 바람이 심해서 바로 내려간다. 갈림길에 이르러 우측으로 진행하니 등로는 완만한 능선으로 이어지고 간간이 바위가 나타난다. 지루할 정도로 오래 내려간다. 긴 목재 계단이 나오고 그 끝에 정령치에 이른다(09:18).

정령치에서(09:18)

정령치는 남원시 주천면 고기리와 산내면 덕동리를 잇는 잿등으로 2차선 포장도로가 지나고 있다. 넓은 주차장과 휴게소가 있고 주변은 습지보전지역이다. 휴게소 위쪽은 자연학습로로 개발했다.

정령치 안내문에는 "정령치는 기원전 84년에 마한의 왕이 진한과 변한의 침략을 막기 위해 정씨 성을 가진 장군으로 하여금 성을 쌓고 지키게 했다는 데서 지명이 유래되었다. 또한 이곳은 신라시대 화랑이 무술을 연마한 곳으로 산정에는 옛날의 역사를 실증이라도 하듯 지금도 군데군데 유적이 남아 있어……"라고 적혀 있다. 이곳에서 한참 동안 머물다가 휴게소 좌측 돌계단을 넘어 출발한다. 돌계단 위 공간은 자연학습장으로 꾸며져 있고 갖가지 자료와 설명들이 있다.

이곳에서 등로는 우측 산으로 이어진다. 등로 주변은 생태보전지역이다. 완만한 능선이 끝나고 이어지는 돌계단을 넘으니 마애불상군과 개령암지 갈림길이 나온다. 좌측으로 진행한다. 이어서 가파른 오르막이 시작되고, 힘겹게 20여 분을 오르니 큰고리봉에 도착한다(10:05). 큰고리봉은 남원시 주천면과 산내면의 경계를 이룬다. 정상에는 삼각점과 이정표가 있다(직진 바래봉 8.6, 후방 정령치 0.8). 이곳에서도 천왕봉과 토끼봉이 보인다. 만복대도 보이고 노고단까지 시원스럽다. 모처럼 눈이 호강한다. 이런 황홀경을 혼자 보기에는 정말 아깝다. 등로는 좌측으로 이어진다. 그런데 내려가는 초입에 '이곳은 반달곰 활동지역이니 당장 돌아가시오.'라고 적힌 플래카드가 있다. 난감하다. 길은 이곳뿐인데……. 플래카드를 무시하고 좌측으로 내려선다.

급경사 내리막이다. 응달지역이라 땅에는 물기가 남아 미끄럽다. 한참 동안을 내려가니 완경사 능선으로 변한다. 계속 내려가니 우측에 녹슨 철망이 있는 곳에 이른다. 철망을 따라 내려가다가 등로는 좌측으로 틀어진다. 묘지를 지나고서부터는 아래쪽에서 자동차 소리가 들리기 시작한다. 고기삼거리가 가깝다는 암시다. 등로는 키 큰 소나무들로 우거진 솔숲으로 이어진다. 이윽고 긴 목재 데크가 나오더니, 내려서니 고기삼거리다. 고촌마을에 도착한 것이다(11:28). 좌측에는 최근에 건설한 듯한 다리가 있다. 다리와 반대 방향인 우측으로 조금 이동하면 선유산장 건물이 있다.

이곳에서 산장 주인께 길을 물었다. 종주자들로부터 자주 듣던 질문이어서인지 금방 알아차리고 설명해 주신다. 60번 지방도로를 따라 계속 직진하라고 한다. 이제부터 도치마을까지는 도로만 따라 가면 된다. 좌측 가로수에 간간이 표지기가 걸려 있다. 주변 들녘은 황금물결이다. 풍요로움이 넘친다. 잠시 후 좌측에 자리 잡은 들꽃향기 펜션을 지난다. 덕치버스정류소 삼거리에 이르러서 좌측으로 진행한다. 버스정류소 형태가 특이하다. 지붕은 기와집, 아래는 최신식 건축. 좌측으로 100여 미터를 진행하니 또 삼거리. 노치마을 표석이 나오고(11:50), 우측으로 진행한다. 바로 운천교회 건물이 나오고 이어서 덕치보건진료소가 나온다.

계속 노치마을을 향해 진행하다가 첫 번째 삼거리에서 우측으로 30여 미터를 진행한 다음 두 번째 삼거리에서 좌측으로 틀어 코스모스 길을 따라 노치마을로 들어간다. 도중에 많은 비닐하우스가 나오고 포도 노점도 보인다. 마을 안 버스정류소가 있는 삼거리에서 좌측으로 진행한다. 특이한 벽화 옆에는 '노치쉼터'라고 적혀 있다.

이곳에서 마을 안으로 들어가 노치샘터에서 우측 골목으로 들어간다. 이어서 마을의 보호수인 소나무 네 그루가 있는 곳으로 향한다. 이 마을에서 식수도 보충하고, 아직까지도 지게질을 하신다는 88세 된 노인으로부터 많은 조언을 들었다. 사람 일은 알 수 없으니 이런 산속은 절대 혼자 다니지 말라는 고언에 고개가 숙여진다. 이 마을 사람들은 마을 안으로 백두대간이 지난다는 자부심을 갖고 있다. 또 주민들이 그렇게 친절할 수가 없다. 노인께서는 대화를 끝내고 손수 나를 보호수 소나무 네 그루가 있는 곳까지 데려다 주신다.

이제 등로는 산길로 이어진다. 통나무 계단이 나오면서 가파른 오르막이 시작된다. 한참을 땀나게 오르니 구룡폭포 갈림길에 이른다(12:34). 이제 수정봉이 1.34km 남았다. 갈림길에서 1시 방향으로 오르니 10여 분 만에 덕운봉에 이른다(12:43). 정상에는 소나무 가지 사이에 표지판이 걸려 있다. 통나무 계단으로 내려가다가 바로 오른다. 고인돌 같은 바위를 지난다. 연산골 갈림길도 지난다. 비교적 완만한 능선이 이어진다. 높지 않은 몇 개의 봉우리를 더 넘고 통나무 계단을 넘어서니 수정봉 정상이다(13:11).

수정봉 정상에서(13:11)

수정봉은 남원시 주천면 효기리와 운봉읍 덕산리의 경계를 이룬다. 정상에는 정상석, 삼각점과 이정표(여원재 4.2, 100분) 그리고 수정봉에 대한 안내문이 있다. 바로 내려간다. 등로에 허물어진 돌들이 널려 있다. 이 돌들을 넘어 내려간다. 풀로 덮인 헬기장을 지나 계단을 내려가니 입망치에 이른다(13:42). 입망치는 남원시 이백면 과립리와 운봉읍 엄계리를 잇는다. 이곳에서 통나무 계단으로 올라 전주이씨 묘지 옆으로 지나간다. 조금 내려가다가 오르막이 시작된다. 비교적 심한 급경사 오르막이 이어지고 몇 개의 봉우리를 더 넘는다. 마지막 봉우리라선지 발걸음은 무겁기만 하다. 긴 통나무 계단을 넘으니 각일봉 정상이다(14:19). 정상에 소나무에 표지판이 걸려 있다. 잠시 쉬어 간다.

매 구간 이 시각은 발걸음 대신 머리가 바빠진다. 특별히 내가 좋아하는 시간이다. 걸으면서 떠올렸던 생각들을 정리할 수 있고, 명상과 사유도 곁들일 수 있어서다. 돌계단을 따라 내려간다. 여원재가 1.65km 남았다는 이정표를 통과하고 계속해서 능선을 오르내린다. 돌계단을 또 오르다가 옛 성곽으로 생각되는 곳도 통과한다. 잠시 후 무명봉에 이른다. 내려가다가 묘지 1기를 통과한 후 능선 갈림길에서 우측으로 진행한다. 임도를 만나서 우측으로 내려간다. 100여 미터를 진행하다가 다시 우측 산길로 들어선다. 다시 임도에 이른다. 한참 후 통나무 계단을 내려서니 또 임도가 나온다. 로프가 설치된 곳이 나오더니(14:50) 여원재가 0.84km 남았다고 알리는 이정표가 나온다(14:56). 통나무 계단도 나오고 소나무 숲도 나온다(15:03).

임도 우측으로 50m 정도 진행하다가 다시 산길로 들어선다. 여원재가 0.8km 남았다는 이정표를 지나니 드디어 시야가 트이고 도로들이 보이기 시작한다. 바로 아래쪽에 화려한 묘지들도 내려다보인다. '여원재 민박'이라고 적힌 입간판이 나온다. 시멘트 도로를 따라 좌측으로 진행하다가 삼거리에서 직진으로 나아간다(15:09). 이정표는 여원재가 0.24km 남았다고 알린다. 이정표가 자주 보인다. 잠시 후 전봇대가 있는 곳에서 우측 산길로 진입한다. 빨간 지붕이 보이기 시작하더니 철망울타리를 지나자 민박집에 이른다.

민박집 처마에는 마치 식당처럼 갖가지 취사도구들이 걸려 있고, 빨랫줄에는 수많은 표지기들이 걸려 있다. 빨간지붕 민박집을 지나니 좌측에 평상이 놓여 있다. 낙엽과 먼지가 수북한 걸 보니 이용한 지 오래된 것 같다. 계속 진행하니 길은 세로로 바뀌고 통나무 계단이 나오면서 여원재에 이른다(15:17). 여원재는 삼국시대 신라와 백제의 경계였고 현재는 남원시 운봉읍과 이백면의 경계다. 오고 가는 차량도 비교적 많다. 우측에는 여원재휴게소가 있고 통나무 계단 바로 아래에는 '동학농민혁명유적지백두대간'이라고 적힌 안내문과 이정표가 있다. 도로 건너편에는 장동마을 버스 정류소가 있고, 정류장 좌측으로 10여 미터 떨어진 곳이 백두대간 4구간 들머리다.

오늘은 이곳에서 마치고, 내일 4구간을 이어갈 계획이다. 새벽의 쌀쌀했던 찬 기운은 온데간데없고 하루 종일 청명했다. 이렇게 또 10월의 하루가 속절없이 지나간다.

* 여원재에서 버스로 남원 세화당 한의원까지 가서 인근에 있는 찜질방 이용.

(오늘 걸은 길)

성삼재→작은고리봉→묘봉치→만복대→정령치→큰고리봉→고기

삼거리→노치마을→덕운봉 →수정봉→입망치→각일봉→여원재(20.6 km, 9시간 21분)

(교통편)

＊갈 때

1. 용산역에서 구례: 05:20부터 22:45까지 15회 운행

2. 서울 남부터미널에서 구례: 06:30부터 22:00까지 10회 운행

3. 구례시외버스터미널에서 성삼재: 03:50부터 17:40까지 8회 운행

＊올 때

1. 여원재에서 남원까지: 시내버스 자주 있음(25분 소요)

2. 남원역에서 서울까지: 00:20부터 21:57까지 21회 있음

3. 남원 고속버스터미널에서 서울: 06:00~22:20까지 15회

넷째 구간(여원재에서 복성이재까지)

2015. 10. 14.(수), 맑음

어제에 이어 연속이다. 오늘은 여원재에서 복성이재까지이다. 여원재는 남원시 이백면과 운봉읍 사이에 있는 잿등이고, 복성이재는 장수군 번암면 논곡리와 남원시 아영면 성리를 잇는 잿등이다. 이 구간에는 615봉, 785봉, 고남산, 통안재, 사치재, 697봉, 새맥이재, 781봉 등의 산과 잿등이 있다. 이 구간에서는 길 찾기에 주의할 곳이 두 군데 있다. 고남산중계탑에서 통안재를 찾아가는 것과 매요리에서 사치재를 찾아가는 길이다.

통안재의 정확한 위치는 종주자마다 의견이 다른데, 그것은 대간 상에 중계탑을 설치해 버려 대간길이 흐트러져 버렸고 또 사이사이에 임도를 개설해 버렸기 때문이다. 매요리에서 사치재로 가는 길은 두 가지 방법이 있는데, 사치마을 초입 삼거리에서 좌측의 사치마을로 가는 방법과 직진하여 좌측 능선을 타고 가는 방법이다. 이런 사실을 알고 간다면 실수가 없을 것이다. 또 이 구간은 재밌는 설화가 서린 곳이다. 여원재, 고남산 제단지, 아막성이 그것들이다. 어제는 남원 땅을 걸었다면 오늘은 장수군 땅을 밟게 된다.

여원재에서(06:25)

찜질방에서 새벽 4시에 기상. 찜질방 주인이 알려준 24시 콩나물국밥집으로 향한다. 40대 남성 두 분이 운영하는 음식점이다. 반숙 달걀을 두 개나 덤으로 준다. 하루 종일 뛸 것을 생각해서 국물까지 깨끗이 비운다. 아직도 어둠은 그대로지만 버스 정류소로 향한다. 세화당 한의원 맞은편에 있는 도통초교앞 정류소에 도착(05:25). 6시 5분 정시에 버스가 도착. 버스에 오르면서 교통카드를 찍으려는데 기사님이 가로막는다. 기사님 왈, 남원에서 밖으로 나갈 때는 내리면서 찍고, 들어올 때는 타면서 찍는다고 한다. 20분 만인 6시 25분에 여원재에 도착.

날은 샜지만 약간 어둑어둑. 어제와 달리 상당히 기온이 높을 듯. 하차 지점에서 남원방향으로 10여 미터를 후진하면 백두대간 4구간 초입. 이정표와 등산안내도 그리고 여원재에 대한 안내문이 있다. 등로를 확인하고 오른다(06:29). 초입에는 통나무 계단이 있고 몇 개의 표지기도 보인다. 올라서자마자 마치 뒷동산 같은 소나무밭이 나온다. 안부를 지나자 바로 묘지 2기가 나오면서 완만한 능선이 이어진다. 동네 뒷동산을 걷는 기분이다. 한참을 진행해도 고도차는 거의 없다. 우측 아래로는 가끔씩 들녘이 보이기도 한다. 장동마을 들녘이다. 장동마을 진입로에 이르자(06:37) 이정표가 보인다(고남산 5.2).

진입로를 따라 마을 안으로 들어간다. 주변은 논과 밭이다. 이곳에서 등로에 주의해야 한다. 많은 종주자들이 알바를 하는 곳이다. 진입로에 들어서면 좌측의 파란지붕과 우측의 빨간 기와지붕이 얼른 눈에 띈다. 등로는 이 두 집 사이의 골목으로 이어진다. 그 골목 앞에서 좌회전하여 오른다(06:40). 골목 우측은 빨간색 양철 울타리가 있다. 100여 미터를 진행하면 우측에 쓰러진 이정표가 있는데(06:41) 등로는 이곳에서 우측 산으로 이어진다. 등로 잇기에 주의가 필요한 곳이다. 우측 산으로 오르는 초입은 길 흔적이 희미하다. 약간 허물어졌고, 썩은 통나무 계단이 놓여 있다.

우측 산으로 오른다(06:42). 고도차가 점점 높아지면서 솔숲이 이어진다. 걷기 좋은 흙길이다. 등로 양쪽에 묘지가 있다. 한참을 오르는데 우측으로부터 붉은 태양이 떠오른다(06:52). 이미 뜬 태양이지만 그동안 산에 가려졌었다. 일출로 생각하고 카메라에 담는다. 잠시후 수레길을 만나 좌측으로 40여 미터 정도 가다가 좌측으로 틀어지는 지점에서 등로는 우측으로 이어진다. 묘지를 만나고, 20m 정도 진행하니 다시 수레길을 만난다. 수레길을 따라가다가 좌측으로 진행하니 다시 묘지를 만난다. 한참 만에 무명봉에 이른다(07:14). 정상에서 우측으로 내려간다. 계속 거미줄을 훔치면서 간다. 거미의 밤샘 작품일텐데 미안하다.

잠시 후 정상에 소나무가 있는 작은 봉우리에 이른다(07:28). 봉우리에서 우측으로 내려가다가 바로 좌측으로 틀어 내려간다. 다시 묘지 1기가 있는 낮은 봉을 넘고 내려간다. 계속 솔향 그윽한 솔 숲길이다. 시간만 넉넉하다면 이것저것 살피며 게으름을 피워도 좋을 것 같다. 솔밭 사이로 비치는 아침 햇빛이 싱그럽다. 계속 걷기 좋은 흙길 오르막이다. 다시 또 낮은 봉을 넘고 좌측으로 내려간다. 3기의 묘지가 있는 비교적 큰 묘역 위를 통해 오른다. 고남산에 가까워지자 암릉이 나타나고, 이곳에 로프가 설치되어 있다(08:06). 암릉을 넘어서자 목재 데크가 연속해서 세 번 나온다. 주의가 필요할 정도로 가파르다. 우측은 남원일대의 운해가 장관이다. 카메라에 담는다(08:08). 암릉과 목재 데크를 넘으니 고남산 정상이다(08:18).

고남산 정상에서(08:18)

고남산은 남원시 운봉읍과 산동면에 걸쳐 있다. 정상에는 삼각점, 고남산제단지 설명문, 산불감시무인카메라와 산불감시초소가 있다. 초소 안에는 최근까지 감시 활동이 있었던 듯 취사도구가 있다. 이곳 제단지는 고려 우왕 6년 왜구가 인월역에 진을 치고 약탈을 일삼을 때 이성계 장군이 이곳에 올라 필승의 산신제를 올린 곳이라고 한다. 역사의 현장이나 다름 없다. 조금 내려가니 키 큰 풀들로 빽빽하게 뒤덮인 공터가 나오더니 그 가운데에 아주 큰 고남산 정상석이 우뚝 서 있다(08:22). 정상은 공간이 좁아서 이곳에 세운 것 같다. 정상석을 확인하고 좌측으로 이동한다. 풀로 뒤덮인 헬기장을 통과한다.

중계탑을 향해 가고 있다. 중계탑 주변은 철조망으로 통제되고 있다. 철조망을 따라 좌측 아래로 내려간다. 통나무 계단이 움푹 패여 걷기에 아주 불편하다. 잠시 후 시멘트 도로에 이른다(08:35). 이곳에도 백두대간 안내도가 세워져 있다. 이곳에서 등로는 시멘트 도로를 따라 우측으로 이어진다. 중계탑 정문 직전에서(08:36) 등로는 정문 앞에 있는 두 개의 전봇대 사이로 이어진다. 전봇대에 많은 표지기가 걸려 있다. 전봇대 위쪽에는 모레 적재함도 있다. 전봇대 사이로 내려서니 급경사 내리막이 이어지고 다시 두 번째 시멘트 도로를 만난다. 이곳에서도 위쪽으로 약 60m 정도 오르다가 좌측 많은 표지기가 걸려 있는 곳에서 산 아래로 내려가야 한다(08:46).

40m 정도 내려가니 세 번째 시멘트 도로를 만난다. 이곳에서 상당한 주의가 필요하다. 시멘트 도로 위쪽으로 계속 표지기가 있기 때문이다. 그런데 등로는 아래쪽으로 내려가야 한다. 이곳에서 많은 시간

을 알바한 후에야 어렵게 등로를 찾았다. 아래쪽으로 조금 내려가다가 도로가 우측으로 휘어지는 지점에 이른다.

좌측 풀숲에 '통안재'라고 적힌 코팅지가 있다(08:54). 그 아래쪽에는 전봇대가 하나 있다. 이곳에서 좌측 산으로 올라가야 한다(08:55). 통안재에서 산으로 올라서자마자 등로는 우측 능선으로 이어진다. 완만한 능선이 계속된다. 걷기 좋은 솔숲이다. 묘지를 만나 직진길을 버리고 우측으로 진행한다. 우측에 저수지가 보인다. 운봉읍 임리 소재 불당제다. 좌측 멀리로는 높은 기둥을 세워 만든 고가도로가 보인다(09:59). 아마도 88고속도로인 것 같다. 한참을 진행하니 안부사거리에 이른다. 우측 아래에는 큰 묘지가 있다. 도로를 건너 다시 산으로 오른다. 완만한 능선은 계속된다.

한참을 가다가 밭 가장자리를 따라 진행한다. 우측에는 너른 들녘이 자리잡고 있다. 축사가 보이기도 한다. 농촌풍경이 아름답게 펼쳐진다. 밭을 지나 산으로 접어들자 수레길이 나타나고, 잠시 후 안부사거리에 이른다. 매요마을 입구다(10:15). 입구에는 '백두대간 등산로'라고 적힌 이정표가 쓰러져 있다. 쓰러져서도 제 역할을 다한다. 이곳에서 등로는 좌측 아래에 있는 매요마을로 이어진다. 좌측으로 내려간다. 첫 번째 가옥 앞에서 우측으로 진행한다. 이곳에서부터는 앞에 보이는 교회를 바라보면서 진행하면 된다. 삼거리에서 마을 주민을 만나 등로를 물으니 아주 친절하게 설명해 주신다. 이곳 매요마을은 대간을 타는 사람들이 잠깐 쉬면서 막걸리를 한잔하는 곳이다. 그런데 오늘은 그럴 수 없다. 길 찾기에 바빠서다.

마을 회관을 지나니 버스정류소가 있는 삼거리에 이른다. 이곳에서 좌측으로 진행하니 바로 매요휴게실이라고 적힌 가옥이 나온다. 주인이 없어 그 앞 텃밭에서 일하고 계시는 분께 양해를 구하고 이곳 마당에서 식수를 보충한다. 잠시 후 매요교회와 폐교된 운성 초등학교가 나온다. 이곳을 지나서면부터는 2차선 지방도로가 이어지고, 한참 진행하니 삼거리에 이른다(10:35). 남원시와 경계인 장수군이 시작되는 곳이다. 경계라고 해 봤자 표지판 하나 덜렁 서 있을 뿐 크게 달라지는 것은 없다. 들녘도 산도 그 들녘 그 산이다. 그런데 이곳이 대간 종주자에게는 아주 중요한 지점이다.

삼거리 가운데에 사치마을 입구임을 알리는 표석이 있다. 이곳에서 등로는 직진과 좌측 두 방향이 가능하다. 직진으로 가면 가산리 마을을 거쳐 사치재로 가게 되고, 좌측으로 가면 장수군 사치마을을 통과하여 바로 사치재로 가게 된다. 나는 좌측을 택했다. 좌측 넓은 포장도로를 따라 한참을 가니 공사 중인 삼거리에 이른다. 삼거리에서 직진하면 사치마을 회관 앞에 이른다(10:50). 육교 아래로는 88고속도로가 지난다. 이제부터는 장수군 땅을 걷는다. 마을 회관에서 도로를 따라 오르니 좁은 길로 바뀌고, 계속 오르니 '백두대간사치재'라고 적힌 터널에 이른다(11:06). 터널 좌측의 절개지를 따라 오른다. 절개지는 최근에 공사가 끝나서인지 아직도 풀포기 하나 없이 맨흙 그대로다.

터널 위 꼭대기에서 100m 정도를 내려가니 이정표가 있다(12:13, 복성이재 5.17). 우측에는 88고속도로가 지난다. 이곳에서 산으로 오른다(나는 터널 직전의 굴다리를 통과하여 반대편으로 가는 바람에 1시간 정도 알바). 벌써 오늘 두 번씩이나 알바를 했다. 사서 하는 생고생, 누굴 탓할 수도 없다. 산길은 로프가 설치될 정도로 가파르다. 로프가 끝나고 계단이 시작되더니 정상에 이른다(12:27). 정상에는 헬기장이 있다. 헬기장을 지나 우측으로 진행하니 억새와 잡목이 있는 완만한 능선길이 이어지고 잠시 후 갈림길이다. 직진으로 가다가 묘지 1기를 지나니 암릉도 나온다. 한참 동안 힘겹게 오르니 697봉에 이른다(12:48).

697봉 정상에서(12:48)

정상에서 배낭을 내려놓고 잠시 숨을 고른다. 산길을 걷다 보면 으레 자신을 돌아보게 된다. 우연히 만나 지금까지 좋은 관계를 유지하고 있는 분들이 생각난다. 그분들은 살갑지 못한 나를 아직까지도 배려해 주고 있다. 이젠 내가 그들을 이해할 차례다. 그들이 내게 했듯이. 내려간다. 완만한 능선을 따라 한참을 가니 새맥이재에 이른다(13:21). 두 나무 사이에 표지판이 걸려 있다. 표지판에는 좌측으로 30보를 가면 샘이 있다고 적혀 있는데 아무리 찾아봐도 보이지 않는다. 우측 아래에는 풀로 뒤덮인 넓은 공터가 있다. 가로질러 산으로 오른다. 가파른 오르막이다. 큰 바위를 넘고 무명봉에 이른다(14:02). 무명봉에서 내려가니 계속해서 솔숲이 이어진다.

급경사 오르막이 이어지더니 다시 무명봉이다(14:10). 내려가니 희미한 흔적이 남아 있는 헬기장을 지난다. 헬기장에서부터는 비교적 완만한 능선으로 이어진다. 등로 양쪽에는 철쭉나무들이 빽빽하다(14:16). 완만한 능선을 오르내린다. 낮은 봉우리를 넘고 내려간다(14:26). 안부에서 오르니 완만한 능선 오르막이 또 시작된다. 다시 소나무가 있는 무명봉에 이르고(14:32), 내려가다가 안부에서 오르니 781봉에 이른다(14:37). 정상에는 큰 바위와 소나무 그리고 약간의 공터가 있을 뿐이다. 조금은 허무하다. 바로 내려간다. 등로 양쪽에는 많은 철쭉들이 있다. 통나무 계단과 키 큰 억새가 밀집한 지역을 지난다. 한참 후 안부사거리에 이르고(14:58), 직진으로 오르니 돌계단으로 이어진다(14:59). 성터 흔적이 보이고 그 좌측에는 큰 돌탑이 있다.

성터 흔적인 돌덩이들을 넘고 계속 오르다가 묘지 1기가 있는 봉우리에서 내려가니 좌측으로 성터 흔적이 계속 이어진다. 잠시 후 '아막성'이라는 안내판이 있는 아막산성터에 이른다(15:06). 아막산성은 백제와 신라 사이에 격렬한 영토쟁탈전이 벌어졌던 곳이다. 허물어져가는 성벽이지만 저 속에는 수많은 사연들이 얽혀 있을 것이다. 지난 역사가 그러했듯이. 성터를 넘고 내려서니 엄청나게 많은 돌이 쌓인 곳을 통과한다(15:09). 바로 이정표가 나온다(복성이재 1.2). 안부에 이르고, 직진으로 오르다가 내려가니 급경사 내리막이 시작되고 잠시 후 또 안부에 이른다. 이곳이 복성이뒷재이다(15:17).

이곳에서 능선을 넘어서 내려가면 통나무 계단으로 이어지다가 또하나의 잿등에 이른다(15:20). 이 잿등 양쪽은 큰 도로가 개설되어 있다. 이정표가 있다(봉화산 4.2, 고남산 15.5). 이곳에서 직진으로 오르니 넓은 묘지가 나온다. 묘지 가운데로 통과하니 비포장 임도에 이른다. 이곳 이정표는 복성이재가 0.12km 남았다고 알린다. 임도를 가로질러 올라가서 계단을 통해 내려가니 오늘의 마지막 지점인 복성이재에 이른다(15:32). 좌측은 장수군 번암면 논곡리, 우측은 남원시 아영면 성리 방향이다. 오늘은 이곳에서 마친다. 다음 구간 들머리는 우측 성리마을 방향으로 30m 정도 내려가야 한다.

청명한 전형적인 가을날이었다. 종주 중에 두 번씩이나 길을 찾지 못해 많은 시간을 허비하고 불필요한 땀을 쏟긴 했지만 이틀간의 연속 종주를 큰 사고 없이 마치게 되어 다행이다. 이렇게 또 가을날의 하루가 저문다.

(오늘 걸은 길)

여원재→장동마을→562봉→595봉→615봉→785봉→고남산→통안재→유치재→매요→사치재→697봉→새맥이재→781봉→아막산성터→복성이뒷재→복성이재(21.48km, 9시간 7분)

(교통편)

＊갈 때

1. 동서울터미널에서 인월: 07:00부터 24:00까지 9회

2. 서울고속버스터미널에서 남원: 06:00부터 22:20까지 18회

3. 남원공용터미널에서 여원재: 운봉행 버스 이용(06:00부터 자주 있음)

＊올 때

1. 복성이재에서 남원까지: 우측 성리마을 쪽으로 10분 정도를 내려가면 철쭉슈퍼가 나옴. 이곳에서 100m 정도 더 내려가면 버스 정류소가 있음(막차는 16:10경).

2. 남원역에서 서울: 00:27부터 21:57까지 21회
3. 남원 고속버스터미널에서 서울고속버스터미널까지: 06:00~22:20
   까지 15회

다섯째 구간(복성이재에서 영취산까지)

2015. 10. 31.(토). 맑음

벌써 또 한 해의 낙엽을 밟아야 한다. 그새 뭘 했다고? 역량껏 용썼으나 흔적은 미미하다. 그래, 그래도 움츠러들진 말자. 희망이란 게 있다. 어둠도 벗이 될 수 있다는 것을 알았다. 어둠도 보호막이 될 수 있다는 것을 알았다. 어둠이기에 벗이 되고 어둠이기에 보호막이 될 수 있었다. 예기치 못한 야간산행이 되어 버린 백두대간 5구간 종주를 통해서다.

이틀간 연속해서 백두대간 5, 6구간을 마쳤다. 5구간은 복성이재에서 영취산까지이다. 복성이재는 남원시 아영면과 장수군 번암면의 경계를 이루는 고개이고, 영취산은 장수군 장계면에서 함안군으로 넘어가는 잿등인 무룡고개 위에 위치해 있다. 영취산은 백두대간상에 있으면서 금남호남정맥이 시작되는 발원지이기도 하다. 이 구간에는 매봉, 치재, 꼬부랑재, 봉화산, 944봉, 광대치, 월경산, 중재, 755봉, 백운산, 1,066봉, 영취산 등의 높고 낮은 산과 잿등이 있다.

이 구간도 그렇게 험하거나 위험하지 않다. 다만 중고개재에서부터 백운산에 이르는 오르막이 길고 가팔라서 힘들 수 있다. 이 구간에는 남원시가 자랑하는 철쭉제로 유명한 봉화산이 있고, 영취산 아래에는 샘과 정자가 있어 연속 종주자들의 야영 적지다. 또 이곳은 구간 끊기가 좀 애매할 수 있다. 육십령까지 끊을 경우에는 30km가 넘는 긴 거리가 부담되고, 영취산까지 끊을 경우에는 교통편이 좋지 않아서다. 그래서 나는 영취산에서 야영하기로 하고 육십령까지를 두 구간으로 나누었다.

인월 터미널에서(03:02)

10월 30일 밤 11시 40분. 서울 남부버스터미널에서 출발한 인월행 버스는 다음날 새벽 3시 2분에 인월터미널에 도착. 버스에서 내린 승객 대부분은 편의점 안으로 직행한다. 다음 목적지로 갈 때까지 머물기 위해서다. 등산객의 대부분은 뱀사골 단풍을 즐기려는 가을산 마니아들이다. 오늘도 나와 같은 방향으로 갈 사람은 눈을 씻고 봐도 없다. 잠시 후 호출받은 택시들이 속속 도착, 등산객들이 하나둘씩 편의점을 빠져나가더니 채 30분도 안 되어 점원과 나 두 사람만 남는다. 내가 타고 갈 버스는 아침 6시 42분에 있다.

인월은 남원시의 동쪽에 위치한 시골치고는 비교적 번화한 시골 면 소재지다. 지리산 등산의 교통요지이기도 하다. 편의점 점원과 작별 인사를 나누고 6시 30분에 버스정류소로 향한다. 정류소는 편의점에서 우측 대로를 따라 200m 정도 직진거리에 있는 첫 번째 사거리에서 우측으로 50m 정도를 진행하면 나온다. 먼저 '제일당'이라는 금은 방이 나오고 그 위쪽에 '파출소사거리'라고 표시된 버스정류소가 있다. 인월 전통시장 입구이기도 하다. 염려했던 것과는 달리 날씨는 포근하다. 버스는 어김없이 6시 42분에 정류소에 도착. 버스에 오르면서 기사님께 아부성 인사를 드린다. 버스가 출발하자마자 기사님께 하차 지점을 말씀드리는 것도 잊지 않는다.

어디를 갈 것인지 기사님께서 되묻는다. 복성이재라고 하니 하차

지점을 정정해 주신다. 성리마을이 아닌 하성마을이라고. 자상한 기사님! 아부성 인사가 위력을 발휘하는 것 같다. 나 한 명의 승객을 태운 버스는 거침없이 달려 6시 58분에 하성마을 승강장에 도착. 이곳에서 복성이재까지는 지름길을 택해 도보로 이동한다. 지름길은 하차한 버스 승강장에서 약간만 후진하면 우측에 있다. 리어카 정도가 다닐 수 있는 시멘트 도로다. 이 도로를 따라 오른다. 도로 우측에는 큰 비닐하우스 3동이 연속으로 있다. 한참을 오르니 비료공장이 나온다. 공장을 지나니 삥 돌아서 오는 원래의 2차선 포장도로와 만난다. 이 도로를 따라서 오르니 잠시 후 복성이재에 도착한다(07:17).

복성이재는 2차선 포장도로가 지나고 있다. 아쉽게도 이곳까지 노선 버스가 없다. 이곳에는 이정표, 복성리 마을 표석, 복성이재 유래를 알리는 안내문이 있다. 복성이재는 변도탄이라는 분이 임진왜란에 대비 북두칠성 중에 복성 별빛이 멈춘 이곳에 자리를 잡아 움막을 지었다 해서 붙여진 이름이다. 이곳에서 들머리는 지난번 4구간을 마칠 때 내려선 지점에서 우측 아영면 방향으로 30여 미터를 내려온 곳에 있다. 초입에 이정표가 있고, 이정표 뒤에는 '철쭉식당'을 알리는 조그마한 입간판이 있다. 준비를 마치고 출발한다(07:43).

초입에 들어서니 입구 양쪽에 이제 막 빨갛게 물든 단풍나무들이 도열해 있다. 들어서자마자 좌측으로 틀어 오른다. 오르다가 바로 우측으로 오른다. 등로 우측에는 묘지가 있고 좌측에는 철망울타리가 있다. 완만한 능선 오르막이 이어지다가 정상 직전에서부터는 철쭉과 억새가 나오더니 매봉 정상에 도착한다(08:03). 정상에는 '봉화산 철쭉군락지'라고 적힌 정상석, 산불감시무인카메라와 전망대, 그리고 조금 후 도착하게 될 봉화산 설명문이 있다. 우측으로 내려간다. 목재 데크로 이어진다. 주변에는 키 큰 철쭉나무와 잡목이 많다. 한참을 내려가니 '봉화산 3.0킬로' 이정표가 눈에 들어오면서 치재에 이른다(08:22). 치재를 건너 직진으로 오른다. 계단을 넘으니 사각정자가 나온다. 완만한 능선이 이어지고 주변은 철쭉 군락지답게 키 큰 철쭉이 빽빽하다. 이후에도 비교적 완만한 능선이 이어지다가 두 번 정도 힘든 오르막을 넘으니 봉화산 정상이다(09:35).

봉화산 정상에서(09:35)

봉화산은 장수군 번암면, 남원시 아영면, 함안군 등 2개도, 3개 시군의 경계에 위치한다. 정상에는 정상석, 삼각점, 봉화대, 전망대, 산불감시무인카메라가 있다. 사방에서 10월의 가을향이 진동한다. 실컷 취하고 내려간다. 나무 계단이 이어진다. 주변은 온통 억새 천지다. 가벼운 바람에도 나풀거리는 억새의 살랑거림이 장관이다. 억새군락지를 넘어서니 임도에 이르고 잠시 후 봉화산 쉼터에 이른다(09:57). 쉼터는 임도상에 있고 우측 구석진 곳에 봉화정이라는 팔각정자가 있다. 이곳에서도 천왕봉, 반야봉 등 지리산 고봉들이 다 보인다. 바로 몇 주 전에 이 두 발로 모두 넘었던 봉우리들이다. 감회가 새롭다.

대간 종주길은 어쩌면 인생 역정과 같다. 고통 뒤엔 반드시 환희가 따르고, 대가 없이는 어떤 유익한 결과물도 얻을 수 없고, 시작이 있으면 반드시 끝이 있다. 임도를 건너 오른다. 무명봉 정상을 오르다가 직전에서 우측 숲에 걸린 반가운 표지판을 발견한다. '연비지맥분기점'이라고 적힌 준, 희씨가 설치한 표지판이다. 아무튼 준, 희씨는 대단한 분이란 걸 오늘도 확인한다. 잠시 후 무명봉 정상에 도착한다. '무명봉'이라고 적힌 표지판이 있다. 아마도 산 이름이 무명봉인 것 같다. 이곳이 남원시 아영면, 장수군 번암면, 함안군 백전면의 경계라는 설명문도 있다.

바로 내려간다. 억새 숲이 한참 이어지다가 잡목이 있는 낙엽 길로 바뀐다. 잠시 후 944봉에 도착한다(10:45). 그런데 표지판이 떨어져 낙엽에 묻혀 있다. 임시방편이지만 나뭇가지에 매달아 둔다. 이곳에서 잠시 휴식을 취하는 중에 나와는 반대로 백두대간을 남진하고 있는 J3클럽 단체 등산객들을 만난다. 20여 명이 넘는 대규모 산악회원들이다. J3클럽 표지기는 정맥을 종주하면서도 자주 봤을 정도로 유명하다. 궁금했었는데, 이런 곳에서 그들을 만날 줄이야……

내려간다. 등산로 복원 중이라면서 우회하라는 안내판이 나오고, 산약초 재배지라면서 출입을 금지한다는 안내판도 나온다. 급경사 내리막이 이어지고 바위가 나오더니 산죽도 보이기 시작한다. 잠시 후 안부에 이른다(11:45). 안부에서 완만한 능선을 계속 오르니 광대치다(12:20). 이곳에도 이정표가 있다(중치 3.2). 우측은 함안군 백전면 대안리 방향이다. 직진으로 가파른 오르막을 넘으니 능선갈림길이 나오고, 좌측으로 진행한다.

주변은 온통 잡목이고 등로에는 낙엽이 수북하다. 이렇게 추풍에 젖은 낙엽들을 밟으면서 걷는 것이 참 좋다. 또 가파른 오르막이 시작된다. 다시 능선갈림길에 이르고, 능선에는 수십 개의 표지기들이 걸려 있는 높은 철망울타리가 있다. 울타리 너머는 약초시범단지다.

내 표지기를 걸고 인증샷을 날린다. '1대간 9정맥 Joing54'도 자랑스럽게 한 공간을 차지한다.

좌측 능선을 따라 오른다. 잠시 후 월경산에 이른다(13:12). 정상 표지판은 이곳에 설치되었지만 실제 정상은 우측으로 200m 정도 떨어져 있다. 좌측으로 진행한다. 2~3분 정도 오르다가 좌측으로 내려간다. 사방이 울긋불긋, 계절의 순환을 실감한다. 간간이 산죽이 나타난다. 등로는 여전히 잡목 숲속의 낙엽 길. 그 흔한 소나무를 이곳에서는 구경할 수 없다. 로프가 나오더니 우측은 잣나무 숲으로 변한다(13:56). 잠시 후 중치에 이른다(13:58). 이곳 우측은 함양군 백전면 중기마을 방향이고, 좌측은 장수군 번암면이다. 중치 건너편에는 큰 나무 한 그루가 있고, 등로는 그 큰 나무를 지나 오르막으로 이어진다.

산죽이 나타나고 가파른 오르막이 시작된다. 한참을 오르다가 봉우리 직전에서 좌측 산 허리를 따라 오른다. 한참을 오른 끝에 695봉에 이른다. 아무런 표시도 없다. 개념도를 통해 695봉임을 알 수 있을 뿐이다. 힘이 많이 든다. 박배낭 때문이다. 평소보다 걷는 속도가 많이 줄었다. 산에 올 때마다 겪는 고통이면서도 아직까지도 익숙해지지 않은 것이 오르막 넘기다. 말없이 앞으로만 나아가야 하는 두 발이 불쌍하다. 기계적이다. 때로는 산속에서도 한눈팔고 싶은 유혹을 느낀다. 순간이나마 피로를 잊기 위해서다.

755봉도 아무런 느낌 없이 지난다. 755봉을 지나고 오늘 처음 묘지를 만난다. 인근에 마을이 있다는 암시다. 능선 좌측 아래로는 마을이 보인다. 의자 두 개가 놓여 있는 곳에 이른다. 반갑다. 의자 위에 그대로 쓰러져 잠시 쉰다. 정말 힘이 든다. 예상보다 훨씬 많은 시간이 걸리고 있다. 해 지기 전에 백운산에 도착할 수 있을지 염려된다. 어떻게 넘었는지도 모르는 사이에 두 발은 중고개재를 넘고 있다(14:58).

이정표는 백운산이 2.5km 남았음을 알린다. 다시 오른다. 다리 힘이 모두 빠졌다. 5분 오르고 10분을 쉬어야 할 판이다. 아직도 백운산 정상은 까마득하다. 너무 힘이 들어 잠시 누운 사이에 잠이 들기도 한다. 혼자서 기합을 넣어 보기도 한다. 졸지 않기 위해서다. 해 지기 전에 백운산 정상에 도착해야 될 텐데 불안하다. 백운산 정상에서도 영취산까지는 1시간 30분 정도를 더 가야 한다. 오늘은 불가피하게 야간산행으로 이어질 것 같다. 오르다 쉬다를 반복한 끝에 큰 백운산 정상에 이른다(17:22).

백운산 정상에서(17:22)

백운산은 섬진강과 낙동강의 분수령이다. 분수령은 근원이 같은 물이 두 줄기로 갈라져 흐르기 시작하는 산마루를 말한다. '백운산'이라는 산 이름이 전국에 30여 개나 있는데 이곳이 가장 높다. 정상에는 정상석이 두 개 있다. 최근에 설치한 아주 큰 것과 전부터 있었던 작고 아담한 것이다. 이정표도 삼각점도 헬기장도 있다. 해는 막 지려는 듯 산에 걸려 있다. 갈 길이 바빠 바로 내려간다.

해가 산 아래로 빠지려고 한다. 많이 어두워졌다. 헤드랜턴을 착용하고 내달린다. 엎친 데 덮친 격으로 돌길이다. 이젠 해도 자취를 감췄다. 계속 내달린다. 몇 번의 안부를 지난다. 앞쪽 어둠 속에서 빨간 불빛이 깜박거린다. 혹시나 사람인가 하고 불러본다. 불안해서다. 그런데 아니다. 119 구조대에서 설치한 조난자를 위한 경광등이다. 지금껏 종주하면서도 이런 것은 처음 본다.

몇 번의 봉우리를 넘고 억새 숲을 뚫고 오르니 봉우리 정상이다 (18:33). 약간의 공터와 이정표가 있다(영취산 0.8). 의자도 3개 놓여 있다. 랜턴으로 주변을 둘러본다. 1,066봉이라고 적힌 표지판이 숲 속 나뭇가지에 걸려 있다. 이제 높은 봉우리는 다 넘은 셈이다. 바로 내려간다. 걷기에 불편함이 없는 흙길이다. 어둠만이 문제다. 발 앞만 주시하며 내달린다. 한참을 내려가니 오르막에 이르고, 오르막을 넘어서니 영취산 정상석이 랜턴에 비친다(18:58). 랜턴을 비춰 가면서 영취산을 둘러본다. 작년 3월 22일 금남호남정맥 종주를 시작할 때 본 것과는 판이하게 다르다. 그때는 유적 발굴 중이라 정상이 파헤쳐지고 어수선했는데, 깔끔하게 정비되었다.

영취산은 백두대간에서 기억할 만한 산이다. 금남호남정맥이 이곳에서 시작되기 때문이다. 영취산에 도착하여 맨 먼저 확인한 것은 금남호남정맥 종주 당시 내가 걸었던 나의 표지기다. 그런데 보이지 않는다. 내 표지기뿐만 아니라 표지기를 걸었던 그 나무 자체가 없어졌다. 유적발굴이 끝나고 주변을 정비하면서 나무들을 베어 낸 것이다. 다시 새 표지기를 건다. 오래 걸려 있을 수 있는 그런 나뭇가지에. 정상석, 삼각점, 돌탑, 이정표 등을 확인하고 좌측 아래로 내려간다. 무령고개 쪽이다. 오늘 저녁은 이곳에서 보내고 내일 다시 6구간을 종주할 계획이다.

오늘 하루 정말 힘들었다. 무거운 배낭 때문이었다. 덕분에(?) 예상 못했던 야간산행을 했다. 어찌됐든 무사히 목적지에 도착해서 다행이다. 이렇게 백두대간의 긴 여정도 조금씩 줄어든다. 10월의 마지막 밤, 장수군의 어느 산중에 홀로 서 있다. 어둠과 나. 앞에도 옆에도 뒤에도 어둠뿐. 예기치 않은 야간 산행 탓이다. 산을 제대로 알지 못해서다. 한없이 인자한 산도 의욕만 가지고 덤비는 자에겐 채찍을 든다. 이렇게 또 10월의 마지막 날이 저문다.

　* 영취산 정상 좌측 아래에 평상이 하나 있고, 좀 더 내려가면 평상이 3개나 있다. 식수도 있다. 이곳에서 야영을 하고 다음날 6구간을 마쳤다.

(오늘 걸은 길)

복성이재→매봉→치재→꼬부랑재→다리재→봉화산→944봉→광대치→중재→695봉→755봉→백운산→1066봉→영취산(19.64km, 11시간 15분)

(교통편)

*갈 때

1. 동서울터미널에서 인월: 07:00부터 24:00까지 9회 운행

2. 서울고속버스터미널에서 남원까지: 06:00부터 22:20까지 18회 운행

3. 인월에서 복성이재: 인월 사거리파출소앞 정류소에서 버스 승차, 성리마을에서 하차

* 올 때

1. 무룡고개에서는 대중교통 없음(장계까지 택시 이용)

2. 장계에서 전주 또는 장수로 이동: 버스 자주 있음

여섯째 구간(영취산에서 육십령까지)

2015. 11. 1.(일), 약간 흐림

주요 일간지 1면 톱 타이틀, '진실한 사람만 선택해 달라.' 대통령의 국무회의 석상 발언이다. '국민심판'을 주문한 것에 다름 아니다. 그것도 총선이 가까워 오고 있는 요즘에. '물갈이' 소리가 횡횡하는 요즘에. 많은 국민이 귀 기울이고 있을 국무회의 석상에서 말이다. 대통령의 선거 중립의무를 모르는 바가 아닐 텐데. 국민들이 이 정도는 알고 있는데 말이다. 국민을 우습게 보는 걸까? 부적절을 넘어선……. 나는 듣지 않은 것으로 하련다.

어제에 이은 연속 종주. 백두대간 6구간을 넘었다. 6구간은 영취산에서 육십령까지다. 영취산은 장수군 장계면에서 경남 함안군으로 넘어가는 잿등인 무룡고개 위에 있고, 육십령은 장수군 장계면과 함안군 서상면을 잇는 잿등으로 지금은 2차선 포장도로가 지나고 있다. 이 구간에는 덕운봉, 977.1봉, 민령, 구시봉 등의 산과 잿등, 사람 키를 넘는 산죽 지대와 바람에 날리는 억새꽃이 아름다운 억새 지대가 있다. 이 구간은 구간 거리가 아주 짧다. 몇 개의 암봉이 있지만 대부분 우회로가 개척되어 있고, 키가 넘는 산죽 지대가 있지만 제초되어 등로는 뚜렷하다. 샘터도 두 곳이나 있어서 식수 걱정은 안 해도 된다.

어려움이 있다면, 들머리와 날머리에서의 교통편이 좋지 않다는 것이다. 유관 자치단체나 산림청이 알아야 할 것이 있다. 깃대봉이라는 봉우리는 구시봉으로 바뀐 것 같은데 만약 구시봉이 맞다면 기존의 모든 이정표도 구시봉으로 수정해야 할 것이다. 종주 중에 본 이 정표에는 전부 '깃대봉'이라고 표시되어 있었다. 한 가지 더 바람을 말하자면, 육십령 휴게소 관계자들이 좀 더 높은 공공의식을 가졌으면 한다.

등산객들이 교통편을 물으면 귀찮겠지만 외지인이라는 걸 감안해서 최소한 알고 있는 사실만이라도 그대로 말해 주었으면 한다. 그것이 어렵다면 종이에 써서 적당한 곳에 붙여 놓아도 될 것이다. 한편, 이 사회는 아직도 타인의 어려움을 자신의 아픔으로 이해하고 상부상조하려는 선량한 사람들이 많다는 것을 확인했다. 육십령고개에서 귀경 교통편 때문에 당황하는 나에게 감마로드 산악회는 자기들 차에 나를 태워 주는 감동을 보여 주었다.

영취산 정상에서(07:09)

어제 저녁은 너무 피곤해서 텐트를 치자마자 잠이 들었다(20:00). 깨어 보니 새벽 4시. 추워서 더 이상 잘 수도 없었다. 그렇지만 일어나기도 싫어 미적거리다가 5시에 기상. 의외로 날이 포근하다. 바람도 없다. 어둠만 아니라면 당장 출발해도 좋을 것 같다. 그러나 그럴 필요가 없어 계속 미적거린다. 오늘은 구간 거리가 짧아서다. 날이 많이 밝았다. 샘가에서 양치질까지 마치고 출발한다(06:42). 배낭도 한결 가벼워졌다. 이곳 무룡고개에서 영취산 정상으로 오르는 길에는 곳곳에 목재 데크가 설치되어 있다. 20여 분 만에 영취산 정상에 도착(07:09). 백두대간 6구간의 출발점에 선다. 어제 어둠 속에서 둘러보았던 정상을 다시 살핀다. 정상석을 비롯한 여러 시설물들을 다시 촬영한다. 어제 저녁에 새로 건 나의 표지기도 촬영해 둔다.

어제는 어둠 때문에 보지 못했던 새로운 표지판이 발견된다. 정상에서 무룡고개쪽으로 10여 미터 떨어진 나뭇가지에 걸려 있다. 금남호남정맥분기점임을 알리는 표지판이다. 약간 구름이 있어 흐린 날씨가 예상되지만 바람 한 점 없이 고요하다. 산행에는 최적의 날씨가 될 것 같다. 산행 중 마음이 이렇게 편해 보기도 처음이다. 오늘은 최대한 즐기리라 다짐하며 6구간을 출발한다(07:19).

영취산 정상에 저자 표지기(1대간 9정맥 joing54)를 하나 걸었다.

정상에서 내려선다. 돌계단이다. 잠시 후 낙엽길이 이어지더니 돌계단으로 바뀐다. 등로 주변은 잡목 일색. 그 흔한 소나무는 보이지 않는다. 날씨는 여전히 바람 한 점 없이 고요. 구름 낀 탓으로 동쪽 산 위만 조금 밝고 흐리다. 마치 잠시 후 비라도 내릴 듯하다. 완만한 능선 내리막으로 이어지더니 어제 저녁에 백운산에서 내려오면서 본 119구조대 경광등이 또 보인다(현 위치번호 함양 1-1). 내리막 끝에 약간의 공터와 소나무가 있는 곳에 이른다(07:43). 공터의 아늑함을 보니 이곳도 야영 적지겠다는 생각이 든다. 오르막이 시작되면서 무성한 산죽 터널이 시작된다. 키가 넘는 산죽이다. 봉우리 전체가 산죽으로 뒤덮였다. 이어 작은 봉우리에 도착한다(07:59).

흐린 날씨는 여전하지만 조금씩 바람이 인다. 낮은 봉우리들을 오르락내리락 한다. 덕운봉을 눈앞에 두고 긴 오르막으로 이어지는 봉우리를 향해 오른다. 다시 정상 우측이 암벽으로 형성된 봉우리를 향한다. 덕운봉이다. 등로엔 산죽이 무성하지만 등산객들을 위해 제초 작업이 이뤄져 걷기에는 불편함이 없다. 역시 관청의 역할이 참 크다. 잠시 후 덕운봉 정상에 이른다(08:19). 정상에 있는 이정표는 민령이 5.3km 남았음을 알린다. 이정표가 세워진 우측은 90도 절벽인데 아쉽게도 추락방지용 로프가 없다. 뒤돌아보니 어제 지나온 백운산 줄기가 뚜렷하다. 그 우측으로 이어지는 금남호남정맥의 줄기도 새삼스럽다. 바로 작년 3월 저 줄기를 타고 내달렸는데…….

내려가자마자 다시 오르막이 시작된다. 오르막 끝에 암봉에 도착한다. 이곳에서 내려가는 길도 여전히 키 큰 산죽터널이다. 연속해서 두 개의 암봉을 넘는다. 다시 긴 산죽터널을 지나니 또 암봉에 이르는데 좌측으로 우회하여 암봉 허리를 돌아 오른다. 잠시 후 무명봉 정상에 이른다(08:40). 내려가는 길은 돌계단. 다시 암봉 앞에 이르고, 이번에는 우측으로 우회한다. 우회로가 잘 정비되어서 전혀 불편함이 없다.

우회로를 통과하니 또 무성한 산죽터널이 이어진다. 오르막이 나오고, 암봉이 나오고, 우회로가 있고, 산죽터널이 나오는 것도 다 이유가 있을 것이다. 자연의 이치일 것이다. 나의 깨달음의 반은 산길에서 이루어졌다고 해도 과언이 아니다. 산길은 참 오묘하다. 안부가 다르고 봉우리 정상이 다르다. 오르막이 다르고 내리막이 다르다. 그 느낌이. 그곳에서 각기 다른 깨우침을 얻는다. 산길은 곧 깨달음의 터전이다. 안부에서 오르는 좌측은 소나무 군락지다. 산에서 소나무를 보는 것은 당연하겠지만 이렇게 반가운 것은 또 웬일일까?

이정표가 나온다(08:54). 육십령이 9.0km라고 알린다. 오늘의 최종 목적지가 언급된다는 것 자체가 반갑다. 오르다가 높은 봉우리 정상 직전에서 또 우측으로 우회한다. 이곳 역시 우회로가 조성되었다. 산죽 터널이 있기는 이곳도 마찬가지. 그나마 통로가 있어 다행이다. 낙남정맥상에 있는 묵계재 생각이 난다. 그곳 산죽 지대는 발 디딜 틈조차 없을 정도로 키를 넘는 산죽이 빽빽했다. 앞뒤를 분간할 수가 없었다. 사람의 손길이 전혀 닿지 않는 원시 밀림 같았다. 그곳에 비하면 이곳 산죽은 양반이다. 산죽은 봉우리 정상까지 이어지고, 정상에서 내려가니 다음 봉우리까지 또 산죽 지대가 계속된다. 출발부터 지금까지 계속 산죽 지대나 마찬가지다. 다시 작은 봉우리를 넘고 가파른 오르막을 오르는데 이곳 역시 암봉이고, 이번에는 좌측으로 우회하여 오른다.

잠시 후 암봉 정상에 이르러(09:21) 잠깐 휴식을 취한다. 휴식이라기보다는 여유를 갖고 주변을 조망한다. 앞쪽으로 마을과 들녘이 보인다. 함안군 서상면 금당리다. 뒤돌아서면 어제 내려온 백운산에서부터 영취산을 거쳐 이곳까지의 능선이 뚜렷하다. 내려선(09:31) 안부에도 이정표가 있다(육십령 6.5). 좌측은 낙엽송 지대다. 다시 오른다. 긴 오르막이 시작되더니 977.1봉 정상에 이른다(09:39). 정상에는 정상 표지판이 있다. 앞쪽으로는 구시봉으로 이어지는 대간 능선이 눈앞에 펼쳐지고, 두 시 방향으로는 서상면 금당리의 논밭들이 아주 가까이 다가선다. 내려간다. 완만한 능선길이 이어지고, 미세한 바람에도 흔들거리는 억새들의 향연이 장관이다.

잠시 후 수많은 표지기들이 보이더니 전망암으로 불리는 북바위에 도착한다(10:05). 이곳에도 이정표가 있다(민령 1.4). 종점이 점점 가까워 온다는 암시다. 이곳에서 좌측 아래로는 장수군 오동저수지가 보이고, 저수지 위쪽에는 논개 생가가 있다. 논개는 임진왜란 후 왜군의 승전을 축하하기 위해 모인 촉석루로 나가 왜장을 껴안고 남강으로 뛰어내려 충절의 상징이 된 여인이다. 그런데 지금까지 논개는 기생으로만 알려졌으나 병마절도사 최경희의 첩이었다는 새로운 의견이 대두되고 있다.

내려간다. 모처럼 급경사 내리막이 시작된다. 능선 끄트머리에서 좌측으로 틀어 내려간다. 양쪽에 진달래가 빽빽하다. 이어서 솔숲이 이어진다. 좌측은 잣나무 군락지다. 억새밭이 나오더니 안부에 이른다. 민령이다(10:37). 민령은 예전에는 장수군과 함양군이 서로 넘나들던 고개인데 지금은 잡목이 우거져 유명무실하다. 소나무 한 그루가 우뚝 서 있고 진달래도 있다. 억새밭을 향해 오른다. 가파른 오르막이 끝나니 또 억새밭이 이어진다. 이곳에서 뒤돌아보면 능선 지하를 통과하는 고속도로가 더 뚜렷하게 보인다. 여기저기에 눈길을 뺏겨 힘든 오르막도 잊은 채 구시봉에 이른다(11:20).

구시봉 정상에서(11:20)

정상에는 정상석과 삼각점이 있고, 이정표도 있다(육십령 2.5). 국기봉이 3개나 있고 구급 약품함도 있다. 앞쪽으로는 할미봉과 서봉, 그리고 남덕유산의 웅장한 모습이 다가선다. 그런데 이곳 구시봉이 이전까지는 깃대봉으로 불렸던 것 같다. 자료조사 때 이곳은 모두 깃대봉으로 표기되어 있었다. 정상석에 이렇게 뚜렷하게 '구시봉'으로 적혀 있는데 말이다.

내려간다. 앞에는 넓게 펼쳐진 억새밭, 그 너머에는 높게 솟은 봉우리가 있다. 잠시 후 억새밭에 이르고, 우측으로 진행한다. 한참을 가다가 등로는 내리막으로 이어진다. 20여 분을 내려가니 파이프를 통해 물이 졸졸 흐르는 샘이 나온다(11:39). 옆에는 깃대봉 샘터라고 적힌 표지판과 함께 시구가 적혀 있다. 맘껏 물을 마시고 빈 병도 채운다. 이제 육십령도 머잖은 것 같아 샘터에서 여유를 갖고 쉰다.

쉬는 동안에 아래로부터 끙끙거리며 올라오는 두 명의 등산객을 만난다. 군산에서 온 분들인데, 오늘은 영취산까지 간다고 하는 40대 초반의 젊은이들이다. 이들과 많은 산 이야기를 하고 헤어진다. 헤어지면서 이들이 건네는 사탕 3개를 받는다. 입에 물고 가라면서 인사하는 이들이 고맙다. 산길을 걷다 보면 왜 그리도 고마운 것들이 많은지. 말벗이 되어주는 사람이, 이정표가, 숲 그늘이, 직벽에 놓인 로프가, 한낮에 뺨을 간지르는 한 줌 바람이 그렇게 고마울 수 없다.

내려간다. 잠시 후 안부에 이르고, 오르다가 능선 좌측 옆등을 타고 진행한다. 다시 능선에 이어진다. 능선 우측은 낙엽송 지대다. 잠시 후 이정표를 만난다(12:26). 이곳에서 직진은 대간길이고, 우측은 구 휴게소로 내려가는 길이다. 직진으로 2분 정도를 진행하니 또 이정표가 나온다(12:28, 남덕유산 8.0, 육십령휴게소 0.1). 좌측으로 내려간다. 긴 나무 계단 끝에 육십령휴게소에 도착한다(12:31).

육십령에서(12:31)

육십령에는 휴게소와 넓은 주차장, 그리고 왼쪽에 팔각정자가 있다. 우측으로는 장수와 함양을 잇는 2차선 포장도로가 이어지고 있다. 도로 위에는 백두대간을 잇는 동물이동로가 설치되어 있다. 우선 휴게소에 들어가 장수나 함양으로 들어가는 버스시각을 물었다. 매정한 휴게소 관계자는 이곳에는 버스가 없다고 단정적으로 말한다. 이렇게 야박할 수가……. 말하는 태도에 속이 상했지만 배가 고파서 식사부터 주문했다. 식사를 마치고, 버스가 없다는 말이 이상해서 함양 쪽으로 내려가 보니, 바로 함양군 육십령마을이 나오면서 우측에 또 주차장과 화장실이 나온다. 그리고 주차장 끝에 허름한 휴게소 건물이 보인다. 이곳이 옛날 휴게소다. 자료를 조사할 때 보았던 그 휴게소다.

잃어버린 그 무엇을 찾아낸 것처럼 반갑다. 휴게소에 들어가 주인에게 버스 시각을 묻는 순간 그곳에서 식사를 하고 있던 등산객들이 내게 묻는다. 어디를 갈 것인지를. 서울로 간다고 하니, 자기들 버스로 같이 가자는 것이다. 알고 보니 이들은 장거리 산행으로 유명한 감마로드 산악회원들이었다. 이렇게 반갑고 고마울 수가!!! 이 감마로드 산악회에서 정맥과 대간길에 건 표지기를 그동안 수없이 봐 왔었다. 그리고 궁금했었다. 대체 어떤 팀이기에 이렇게 요소요소마다 빠짐없이 표지기를 걸었을까? 어제는 J3클럽을, 오늘은 감마로드를 만나는 행운의 산행길이다. 순간, 생각한다. 나는 당장 하루 살 길이 고달픈 그 누구에게 아무 계산 없이 작은 도움이라도 준 적이 있던가? 부끄럽다.

이렇게 6구간을 마친다. 구간거리가 짧고 길이 평탄해 여유롭게 걸었다. 자료조사 때 구간 결정에 갈팡질팡하던 순간이 떠오른다. 종주를 마치고 나니 이렇게 개운한 것을……. 편안한 하루였다. 조금 전 휴게소 관계자가 한 말, 이곳에는 노선버스가 없다던 무책임한 답변도 이젠 이해하련다. 잠시 후면 감마로드 팀과 함께 서울로 향할 것이다. 아직도 해는 중천이다.

(오늘 걸은 길)

영취산→소나무가 있는 공터→산죽터널→덕운봉→암봉→977.1봉→북바위→민령→귓대봉→깃대봉샘터→육십령(11.27km, 5시간 12분)

(교통편)

* 갈 때

1. 서울 남부터미널에서 장계(09:20, 10:40, 13:40, 14:35) 또는 전주(06:10~20:30까지, 30분 간격), 전주 시외버스터미널에서 장계(자주 있음. 첫차: 06:15)

* 올 때

1. 육십령에서 전주(18:30) 또는 육십령에서 수동(16:30), 수동에서 함양(자주 있음), 함양시외버스터미널에서 동서울터미널행 버스: 18:00
2. 전주에서 서울행 버스나 기차 이용: 자주 있음

일곱째 구간(육십령에서 삿갓골재대피소까지)

2015. 12. 27.(일), 맑음

"나 자신의 인간 가치를 결정짓는 것은 내가 얼마나 높은 사회적 지위나 명예 또는 얼마나 많은 재산을 갖고 있는가가 아니라, 나 자신의 영혼과 얼마나 일치되어 있는가이다." 법정 스님이 산문집 『홀로 사는 즐거움』에서 하신 말씀이다. 기회 있을 때마다 이 글을 되뇌곤 한다. 그렇다고 내가 영혼과 일치된 삶을 살았다고 말하진 못한다. 수시로 기억했고, 애는 썼지만 역부족이다. 지금껏 10여 년이 넘게 중심 산줄기를 종주하고 있다. 장기적인 과제다. 상당히 어렵다. 체력도, 소요경비도 문제지만 엄청난 기회비용을 지불해야만 한다. 숱한 어려움을 겪었다. 가장 견디기 힘든 것은 가정의 반대와 몰이해다. 영혼과 일치된 삶이 이렇듯 어렵다. 그러나 어쩌겠는가. 내가 꼭 하고 싶은 일이고, 이것이 내 인생에 반드시 필요한 일인데…….

백두대간 7, 8구간은 우여곡절 끝에 출발이 이뤄졌다. 한 번은 국립공원 출입통제기간 때문에 또 한 번은 폭설로 인한 등산객 사망사고가 발생되어 미루다가 가까스로 날을 잡았다. 7, 8구간은 처음부터 끝까지 덕유산 줄기를 걷게 된다. 이 구간에는 영·호남이 교류할 수 있는 큰 잿등이 세 개나 있다. 육십령, 동업령, 신풍령이다. 도상거리 33km 정도로 하루에는 종주가 어렵다. 다행인 것은 중간 지점에 대피소가 있어 이 대피소를 이용하면 이틀 연속 종주로 가능하다. 그런데, 이 구간은 매년 많은 눈이 오는 지역으로 지난 12월 16일에는 등산객 사망사고가 발생하기도 했다. 그래서 출발 전에 신경을 많이 써야만 했다.

7구간은 육십령에서 삿갓재까지이다. 육십령은 장수군 장계면과 함양군 서상면 경계에 있는 잿등이고, 삿갓재는 거창군 북상면 월성리 황점 마을과 무주군 안성면 명천리 원통골을 이어주는 잿등이다. 이 구간에는 육십령, 할미봉, 서봉, 남덕유산, 월성재, 삿갓봉 등의 산과 잿등이 있다. 거리는 짧지만 약간 힘든 구간이다. 할미봉과 긴 오르막이 있는 서봉 때문이다.

육십령에서(11:00)

두 번의 연기라는 우여곡절 끝에 7구간 종주에 올랐다. 12월 27일 오전 7시. 서울 남부터미널에서 출발한 버스는 9시 30분에 전주 시외버스터미널에 도착. 시외버스터미널에서 9시 40분에 출발한 버스는 장계터미널에는 10시 55분에 도착. 이곳에서 육십령까지는 노선버스가 없어 바로 택시를 이용한다. 육십령에는 11시에 도착. 육십령은 신라 때부터 교통의 요충지였고 지금도 영호남을 연결하는 26번 국도가 지나고 있다.

육십령은 임진왜란 당시 덕유산 의병들이 넘나들었던 곳으로 옛날에 이 고개를 넘으려면 산적 때문에 육십 명 이상이 모여야만 넘어갈 수 있다고 해서 붙여진 이름이다. 지난 11월 1일 6구간을 마친 후 57일 만에 다시 찾은 육십령. 휴게소도 육십령 표석도 모두가 그대로다. 변화라면 그때처럼 많은 사람들이 보이지 않는다는 것이다. 한겨울이고 오전 이른 시각인 때문이다.

바로 들머리로 향한다. 들머리는 휴게소에서 생태 통로인 굴다리를 통과하여 함양 쪽으로 약 30여 미터를 가다가 '등산로'라고 적힌 표지판이 있는 곳이다. 표지판 옆에는 이정표와 함께 덕유산국립공원 안내도가 세워져 있고, 그 아래에는 서상면 육십령 마을이 자리잡고 있다. 덕유산은 동서로 영남과 호남을 나누는 거대한 산이다. 그런 만큼 대표적인 몇 개의 산으로 구분된다.

가장 높은 봉우리인 향적봉 일대를 북덕유산, 육십령에서 올라서는 남쪽 봉우리를 남덕유산 그리고 남덕유산의 서쪽에 있는 봉우리를 장수덕유산이라고 부른다. 덕유산국립공원 안내도 우측을 따라 오른다. 뚜렷한 등로는 아니지만 사람들이 다닌 흔적이 있다. 완만한 오르막을 2분 정도 오르니 생태 통로로부터 이어지는 능선에 서게 된다. 능선을 따라 우측으로 진행한다. 등로는 흙길. 주변엔 소나무가 많다. 날씨는 맑지만 바람 끝은 차다.

완만한 능선을 오르내린다. 한참 동안 오르니 솔숲이 시작되고 오르막은 가팔라진다. 통나무 계단으로 이어지고 암릉에 로프까지 등장한다. 잠시 후 이정표가 있는 봉우리에 선다(11:55, 서봉 6.4). 앞쪽으로 할미봉이 보인다. 좌측으로 내려간다. 로프가 나오고, 이어서 완만한 능선을 오르내리다가 헬기장에 도착한다(12:01). 헬기장은 마른 억새가 뒤덮고 있다. 이곳에서는 할미봉이 지척으로 다가서고 좀 더 멀리에 서봉과 그 우측의 남덕유산까지도 훤하다. 바로 오른다. 다시 내려가는데 이곳에도 로프가 있다. 안부에서 오르니 주변은 참나무 일색이다. 갈수록 바람은 세차게 불어 댄다. 할미봉으로 오르는 길은 암릉의 연속이다. 또 로프가 이어진다.

잠시 후 할미봉 정상에 이른다(12:25). 할미봉은 본래 쌀가마가 쌓인 모습이라 해서 합미봉(合米峰)이라 불렸는데 발음이 잘못 전해져 할미봉이 되었다고 한다. 너럭바위가 깔린 정상에는 정상석과 삼각점, 이정표, 등산안내도가 있다. 우측 아래로는 함양군 서상면 일대가 그림처럼 펼쳐지고, 좌측 아래로는 장수군 일대가 훤하다. 두 시 방향으로는 남덕유산의 고봉까지도 가까이 다가선다. 바로 내려간다. 이정표가 있는 삼거리에 이른다(12:29). 좌측에는 반송마을과 대포바위가 있고 직진으로는 서봉이 3.53km 남았다고 이정표가 알린다. 내려가자마자 목재 데크가 시작된다. 그런데 계단이 무척 가팔라서 겁이 난다. 한쪽 난간을 잡고 조심스럽게 내려간다. 만약에 눈이 녹지 않았더라면……. 생각만 해도 아찔하다.

목재 데크가 끝나고 다시 수직 암릉이 이어진다. 로프가 있긴 하지만 위험하다. 수직 암릉을 벗어나니 또 암릉이다. 역시 로프가 있다. 하늘이 참 맑고 높다. 긴장한 나와는 전혀 상관없다는 듯이. 산길을 걷는 나나 하늘 길을 걷고 있는 구름이나 같은 공간에 있지만 품고 있는 생각은 다를 것이다. 구름은 어찌 저리도 무사태평한지……. 한 번 더 목재 데크를 내려서고 나서야 완만한 능선을 오르내린다. 다시 공터가 있는 봉우리(13:10). 봉우리에서 내려서니 산죽이 등장한다. 일요일이어서 많은 등산객들을 만나게 된다. 잠시 후 삼거리에 이른다(13:17). 우측은 덕유교육원을 거쳐 영각사로, 직진은 서봉으로 향하는 길이다. 서봉을 향해 내려선다. 별 특징이 없는 능선을 오르내린다.

다시 산죽이 등장하더니 이정표가 나온다(남덕유산 3.6). 다시 오른다. 산죽이 계속 나오고, 가파른 오르막이 시작된다. 여전히 많은 등산객들을 만난다. 알고 보니 영각사에서 남덕유산, 서봉을 거쳐 내려오는 등산객들이다. 계속해서 등산객들의 발길이 끊이질 않는다. 가파른 오르막이 계속되다가 헬기장이 나온다(13:53). 헬기장을 지나 암릉에 이르니, 이젠 서봉이 지척이다. 암릉을 지나서도 오르막은 계속된다. 내리막길도 암릉이다. 얼었던 땅이 녹기 시작해서 질퍽하기까지 하다. 산죽은 계속되고 긴 오르막이 또 시작된다. 몇 번이고 쉬게 된다. 예상 못했던 길고 험한 오르막이다. 암릉이 또 나오더니 이정표가 보인다(남덕유산 1.5). 몹시 힘이 든다. 어느새 방향은 우측으로 틀어지고, 드디어 장수덕유산(서봉)에 도착한다(15:54).

서봉은 장수의 5대 명산 중 한 곳으로 장수 지역 사람들은 이 산을 장수덕유산이라고 부른다. 암반이 깔린 정상에는 정상석 대신 표지목이 있다. 삼각점도 보이고 헬기장도 있다. 사방으로 탁 트인 조망이 시원스럽다. 가까이로는 동쪽으로 남덕유산이 지척이고, 북쪽으로는 삿갓봉, 향적봉까지 다 보인다. 아래쪽으로는 멀리 깃대봉, 영취산까지 보이는 듯 아련하다. 정상에서 출발한다. 헬기장을 지나 내려가는 등로는 긴 철계단으로 이어진다. 50m도 넘게 보이는 가파른 철계단이다. 아직도 눈이 조금씩 남아 있어 미끄럽다. 그러나 할미봉에서 내려오는 가파른 계단을 이미 경험해서인지 그렇게 두렵지는 않다.

난간을 잡고 조심스럽게 내려간다. 철계단을 내려서고부터는 능선에 많은 눈이 쌓였다. 응달지역이라 아직 덜 녹았다. 완만한 능선을 오르내린다. 이젠 눈길을 걷는다. 산죽이 이어지고 잠시 후 안부에서 오른다. 그리 가파르지 않은 오르막을 넘으니 삼거리 갈림길이다. 이정표가 있다(좌측은 삿갓골재 대피소 4.2, 우측은 남덕유산 0.1). 대간길에서 조금 벗어났지만 모른 체할 순 없다. 우측 남덕유산 정상으로 향한다. 완만한 오르막. 100여 미터를 오르니 남덕유산 정상에 이른다(16:51).

남덕유산 정상에서(16:51)

남덕유산은 덕유산의 최고봉인 향적봉에서 남쪽으로 약 15km 지점에 위치한 덕유산의 제2 고봉이다. 향적봉이 백두대간에서 약간 비켜나 있는 반면 남덕유산은 백두대간의 분수령이어서 대간 종주자들에게는 오히려 향적봉보다 의미 있는 산이다. 암봉인 정상에는 정상석과 이정표가 있다. 우측에는 영각사로 내려가는 길이 있고 아랫마을이 한눈에 들어온다. 이곳 정상은 영각사에서 출발한 등산객들이 단골로 찾는 코스이기도 하다. 하루 해가 넘어가려는 듯 서쪽하늘이 석양처럼 물들기 시작한다. 멋진 석양을 배경으로 인증샷을 날리고 내려선다. 조금 전의 삼거리로 내려가 삿갓재 방향으로 향한다. 잠시 후 갈림길이다. 월성재 방향인 오른쪽 내리막길로 향한다. 이동통신탑이 나오고(17:15), 다시 이정표가 나온다(동업령 9.5).

눈길은 계속된다. 한참 동안 내려서니 안부에 이른다(17:27). 월성재다. 월성재는 동쪽의 거창군 북상면 월성리와 서쪽의 장수군 계북면 양악리를 연결해 주는 고개다. 이곳 이정표는 우측은 황점마을(4.0), 좌측은 양악리를 알리고 직진으로는 삿갓골재가 2.9km 남았음을 알린다. 어두워지기 시작한다. 아직도 1시간 30분 정도는 더 가야 할 것 같은데……. 걸음을 재촉한다. 오르막이 계속된다. 몇 개의 봉우리를 넘어도 삿갓봉은 나타나지 않는다. 날이 어두워 헤드랜턴을 착용한다. 그렇게도 피하고 싶은 야간산행으로 이어진다. 올라서야 할 봉우리는 많지만 다행히도 봉우리 옆등으로 진행하도록 등로가 이어지고 있어서 그나마 다행이다.

이젠 사방이 완전히 어두워져서 등로 외에는 아무것도 볼 수 없다. 봉우리 옆등을 한참 동안 진행하다가 이정표를 발견한다. 삿갓봉이 0.1, 대피소가 0.9km 남았다는 반가운 소식이다. 그리고 보니 이곳 위에 있는 봉우리가 삿갓봉인데도 모르고 그냥 산허리를 돌아 진행한 것이다. 밤길이라 삿갓봉을 오르지 않고 그냥 대피소로 향한다. 바람 끝은 갈수록 차다. 한참을 진행하니 불빛이 보이기 시작하고, 갈수록 밝아지고 커진다. 검은 물체를 둘러싼 불빛이 눈앞으로 다가서고, 잠시 후 최종 목적지인 삿갓재 대피소에 이른다(19:02). '살았구나.' 하는 안도의 한숨이 저절로 나온다. 예상치 못했던 야간산행이 되어 내심 걱정이 컸었다.

삿갓재 대피소는 2층으로 된 최신식 건물이다. 아마 국립공원 대피소 중 가장 최근에 설치되었을 것이다. 어둠 속에서도 대피소 모습이 인상적으로 기억된다. 건물 우측 공터에는 몇 개의 탁자가 놓여 있다. 탁자에서 조금 떨어진 곳에는 화장실 건물이 있다. 너무 추워서 아이젠만 벗고 안으로 들어선다. 서둘러 대피소 등록을 마치고 숙소로 들어선다. 숙소에 배낭을 내려놓고 부랴부랴 1층 취사실로 내려간다. 너무 배가 고파서다. 순간 깜짝 놀란다. 뜻밖의 인사를 만난 것이다. 취사장 한쪽에서 4~5명의 일행들과 식사를 하고 있는 전 문화부 장관이다. 이런 깊은 산중에서 장관을 만나게 될 줄이야……. 한가하지 않을 분이 그냥 산행도 아닌 1박까지 하면서…….

　이분에게는 그럴만한 이유가 있을 것이다. 예기치 못한 일들을 자주 직면한다. 오늘만 해도 그렇다. 뜻하지 않은 야간산행도 그렇고 직장에서 모시던 장관을 이런 곳에서 만나게 된 것도 그렇다. 이게 사람 사는 모습일 것이다. 취사장에선 아직도 숟가락 부딪치는 소리가, 숙소에서는 관리인 몰래 술잔을 기울이는 정겨운 모습들이 이어진다. 나는 내일의 난코스를 대비해서 일찍 잠자리에 든다.

　우여곡절이 많았던 백두대간 덕유산 코스를 이렇게 마친다. 연기에 연기를 거듭했던 출발 일자. 예기치 못한 야간산행. 산다는 것, 쉽지 않다. 그러나 나만의 속도로 꾸준하게 갈 것이다. 뒤에 처질지언정 결코 멈추지 않을 것이다. 내가 나를 안다. 나를 믿는다. 별빛이 총총한 가운데 겨울밤이 깊어 간다.

(오늘 걸은 길)

육십령→헬기장→할미봉→수직 암릉→서봉→긴 철계단→남덕유산
→월성치→삿갓봉→삿갓골재대피소(12.53km, 7시간 57분)

(교통편)

＊갈 때

1. 서울 고속버스터미널과 남부터미널에서 전주: 06:10~20:30까지, 30분 간격으로 운행

2. 전주 시외버스터미널에서 장계: 버스 자주 있음.

* 올 때

1. 삿갓재에서 월성리 황점 마을로 도보 이동, 버스로 거창으로 이동
2. 삿갓재에서 명천리 원통골로 도보 이동, 버스로 무주까지 이동

여덟째 구간(삿갓골재대피소에서 신풍령까지)

2015. 12. 28.(월), 오전 눈바람에 짙은 안개, 오후 갬

어제에 이은 연속 종주. 8구간은 삿갓재에서 신풍령까지이다. 삿갓재는 거창군 북상면 월성리와 무주군 안성면 명천리를 이어 주는 잿등이고, 신풍령은 거창군 고제면과 무주군 무풍면을 잇는 잿등이다. 이 구간에는 무룡산, 동업령, 백암봉, 횡경재, 싸리듬재, 지봉, 대봉, 갈미봉, 신풍령 등의 고봉과 잿등이 있다. 그 옛날 교통 사정이 좋지 않던 시절에 영호남을 연결해 주던 잿등이 있는 의미 있는 구간이다. 다만 거리가 길어서 시간 관리에 신경써야 하고, 덕유산 줄기인 만큼 겨울철에는 눈이 많은 점을 감안해야 한다. 지난 16일 이 구간을 넘던 단체 등산객 사망사고가 있었기에 출발 전에 많은 고민을 했다. 어떤 산이든 사전에 철저한 준비와 대비가 필요하지만, 특히 장거리 종주 산행은 항시 최악의 경우까지 생각해야 한다.

삿갓재 대피소에서(04:30)

어제 저녁 대피소 관리인의 말이 영 맘에 걸린다. 가급적이면 오늘 8구간을 넘지 말라고 했다. 거리가 길고, 며칠 전 폭설로 인한 사망사고가 발생했고, 더구나 혼자서 가기에는 너무 위험하다는 것이다. 저녁 내내 고민을 했지만 결론은 강행이다. 이미 알고 온 길이다.

긴 거리와 악천후로 평소보다 많은 시간이 소요될 것으로 예상되어 이른 새벽에 출발하기로 하고 잠을 청했지만, 불안 때문인지 깊은 잠을 이룰 수 없다. 정확히 새벽 4시 30분에 대피소 문을 나섰지만 도저히 발걸음을 뗄 수 없다. 심하게 바람이 불고 너무 추워서다. 금년 들어서 최고로 추운 날씨라는 것은 일기예보를 들어서 알고 있지만, 예상했던 것 이상이다. 30분 후에 출발하기로 하고 5시에 대피소를 나섰지만 강풍과 추위는 마찬가지. 다시 안으로 들어와 30분을 더 기다린 후, 5시 30분에 대피소를 나선다. 강풍과 추위는 여전하지만 더 이상 늦출 수 없어서다. 그렇다간 오늘 목적지까지 갈 수 없을지도 모른다. 마지막으로 대피소를 한번 빙 둘러보고 발길을 옮긴다.

다행인 것은 싸늘하지만 달빛이 함께 한다는 것이다. 완만한 오르막을 올라서니 바로 넓은 공터가 나온다. 좌측에는 이동통신탑으로 보이는 물체가 서 있다. 공터를 지나니 고도차가 거의 없는 등로가 한동안 이어진다. 10여 분을 진행하니 헬기장에 이른다(05:40). 헬기장을 지나 완만한 능선을 오르내린다. 이정표가 나온다(05:47, 향적봉 9.7). 잠시 후 앞이 터지면서 긴 목재 계단이 보인다. 주변은 허허벌판이다. 목재 계단을 따라 오른다. 바람이 엄청나게 불어 댄다. 눈바람이다. 한참 동안 계단을 따라 오르니 다시 공터. 잠시 후 무룡산 정상에 도착한다(06:31). 무룡산은 덕유산 줄기 중간에 위치해서 '중덕유산'으로 취급된다. 정상석, 삼각점 그리고 이정표가 있다(향적봉 8.4).

바람이 너무 세차서 그대로 서 있을 수 없다. 진행 방향만 확인하고 바로 좌측으로 이동한다. 향적봉을 가리키는 방향으로 내려간다. 목재 계단이 이어진다. 잠시 후 다시 한번 더 목재 계단을 내려간 후부터는 완만한 능선이 한동안 이어진다. 조그마한 암봉에 이른다(07:20). 바위 위에는 작은 돌탑이 올려져 있다. 옆에는 이정표가 있다(동업령 2.0). 내려간다. 산죽 밭이 나오기도 한다. 바위길이 나오고 봉우리를 넘어서니 안부 비슷한 곳에 전망대처럼 보이는 목재 데크가 있다. 동업령이다(08:07).

동업령에서(08:07)

동업령은 무주군 안성면 공정리에 소재한 고개로, 공정리 통안에서 거창군 북상면 월상리로 넘어가는 잿등이다. 동업령은 사거리인데 좌측으로 내려가면 안성탐방지원센터가 있고, 우측은 병곡리로 내려가게 된다. 덕유산안내도와 이정표가 있고(백암봉 2.2) 그 옆에는 구급함이 있다. 우측 넓은 공터에는 목재 데크가 있다. 어제 그렇게 맑던 하늘이 오늘은 쌩쌩 부는 찬바람으로 가득하다. 너무 추워서 안내도조차 살필 수가 없다. 견딜 수 없는 추위에 밀려 서둘러 백암봉으로 향한다. 완만한 능선길을 따라 오르니 갈림길에 이른다(08:36). 갈림길에도 이정표가 있다(백암봉 1.3). 직진으로 오르막을 오른다.

두 번의 암봉을 넘는다. 긴 돌길도 나온다. 여전히 눈바람이 세차다. 이 순간이 오늘의 고비인 것 같다. 이미 해가 떴을 텐데도 날은 전혀 밝아지지가 않는다. 어디가 동쪽인지도 알 수 없다. 계속해서 오르니 가파른 오르막이 시작된다. 암릉이 나오더니 다시 계단이 이어진다. 계단이 끝나니 다시 암릉, 다시 계단으로 반복되더니 계단 끝에 돌길이 이어진다. 앞쪽이 뚫리면서 잠시 후 백암봉에 도착한다(09:22). 백암봉은 덕유산 최고봉인 향적봉에서 삿갓봉으로 내려가는 능선상에 있는 봉우리다. 송계삼거리라고도 한다. 사방천지가 눈이다. 하늘과 눈만 보인다. 그 사이에 내가 떨며 서 있다. 봉우리 정상이라는 흔적을 찾을 수가 없다. 정상석도 보이지 않는다.

간신히 이정표만 확인한다. 직진으로 향적봉이 2.1, 우측에 횡경재가 3.2, 뒤쪽은 삿갓재가 8.4km라고 알린다. 덕유산 안내도가 있으나 볼 수 없다. 너무 추워서다. 촬영을 위해 잠시 장갑을 벗는 순간 손이 얼어 버린다. 잠시도 서 있을 수 없어 바로 내려간다. 이곳에서 대간길은 90도 우측으로 틀어서 횡경재로 이어진다. 그런데 엄청난 눈이 쌓여 있어 신경이 곤두선다. 내려가는 등로는 완만한 능선. 겨울철만 아니라면 상당히 걷기 좋은 길일 수도 있겠다. 눈 때문에 몇 번을 넘어진다. 한참 내려가다가 조금은 가파른 오르막이 시작되더니 오르막 끝에 무명봉에 이른다(10:19).

이젠 횡경재가 1.7km 남았다. 아직도 40분 정도는 더 가야 할 것 같다. 내려간다. 구름이 걷히기 시작한다. 우측부터 조금씩 밝아진다. 그러나 바람은 여전하다. 다시 완만한 능선을 오르내린다. 그러다가 또 봉우리 정상에 선다(10:36). 이정표에는 귀봉이라고 표시되어 있고, 남덕유분소가 4.2km라고 적혀 있다. 내려간다. 완만한 능선을 오르다가 암릉을 만나(10:49) 내려간다. 10여 분을 내려가니 횡경재다(11:05). 소박한 표지판이 있다. 이정표와 함께(신풍령 7.8, 우측으로 송계사 3.0) 덕유산 안내도도 있다. 우측 송계사로 내려가는 길이 뚜렷하다. 신풍령은 아직도 4시간 정도는 더 가야 할 것 같다. 좌측으로 내려간다. 내려가다가 오르니 무명봉에 이르고(11:22), 바로 좌측으로 내려간다.

10여 분을 내려가니 안부에 이른다(11:35). 싸리등재다. 이곳에도 이정표가 있다(신풍령 6.6). 안부에서 오르니 긴 오르막이 시작된다. 한참 올라가니 헬기장이 나오고(12:02), 좀 더 오르니 지봉 정상이다 (12:10). 정상에는 큼지막한 정상석과 이정표가 있다(신풍령 6.1). 지봉은 못봉이라고도 부르는 모양이다. 지봉의 '지'가 '연못'을 가르키는 것 같다. 그런데 이곳이 지난 16일 27명의 단체 등산객들 중 한 사람이 추위 때문에 사망사고가 발생한 지점이란 걸 생각하니 순간 아찔하다. 가신 분의 명복을 빈다. 정상은 사방이 탁 트여 둘러보는 주변 경관이 아주 시원스럽다. 백암봉에서 이곳까지의 대간 줄기가 펼쳐지고 향적봉과 무룡산까지 보이는 듯하다. 진행 방향으로는 우측으로 약간 틀어져서 대봉과 갈미봉이 아주 가깝게 다가선다.

좌측으로 내려간다. 작은 암릉이 이어진다. 무명봉에 이르러서 바로 좌측으로 내려간다. 완만한 내리막을 한참 동안 내려가니 우측으로 틀어서 내려가게 되는 곳에 이른다. 이곳에서 상당한 주위가 필요하다. 지형상으로 보면 직진으로 계속 내려가야 할 것 같은데 대간길은 우측이다. 눈이 쌓여서인지 상당히 애매하다. 일단은 표지기를 따라서 우측으로 내려가야 한다(나는 이곳에서 직진으로 내려가는 바람에 20분 정도를 알바). 이런 실수를 할 때마다 옆에 누구라도 있었으면 하는 생각을 하게 된다. 두 사람의 판단이 훨씬 나을 것 같아서다.

산길을 걷다 보면 때로는 사람앓이를 하게 된다. 하지만 이것조차도 수양이고 깨우침이라고 생각하니 다시 평정심을 찾는다. 산길의 고마움에 또 고개를 숙인다. 우측으로 내려가니 급경사 내리막으로 이어지고 로프가 나온다. 내리막이 끝나고 안부에 이른다. 월음재다

(13:16). 직진으로 긴 오르막이 시작된다. 등로 주변에 싸리나무들이 많다. 몇 번을 쉬다가 오른다. 오전과는 달리 많이 갠 날씨다. 바람도 거의 멎었다. 추위도 사라진 지 오래다. 이젠 시간만이 문제다. 한참 동안 땀을 흘리니 대봉에 이른다(14:05).

대봉 정상에서(14:05)

정상에는 상당한 공터, 정상 표지판과 이정표가 있다(신풍령 3.6). 이젠 종착지도 머잖았다. 언제부턴가 내 삶의 자세에도 변화가 왔다. 혼잣말을 하기도 하고 자신에 대한 자문이 늘었다. 발전일까? 나이 탓이겠지. 갈미봉을 향해 우측으로 내려간다. 등로 주변에는 잡목들이 많다. 낮은 봉을 넘고, 또 넘으니 급경사 내리막으로 이어진다. 로프가 설치되어 있다. 다시 안부에 이른다(14:28). 아주 오래된 시멘트 표석이 있다. 건설부 시절에 설치한 국립공원임을 알리는 표석이다. 안부에서 직진으로 긴 오르막이 이어진다.

10여 분 만에 암봉 정상에 이른다(14:39). 정상에는 바위만 있다. 또 좀 전 안부에서 봤던 시멘트 표석이 이곳에도 있다. 내려가다가 안부를 거쳐 오르니 갈미봉에 이른다(14:45). 갈미봉은 칡산이라는 의미인데, 이 산 아래에 칡목고개와 칡목마을이 있어 붙여진 이름이다. 정상에는 거창군에서 세운 자그마한 정상석과 이정표가 있다(신풍령 2.6). 이젠 1시간 정도면 신풍령에 도착할 것 같다.

완만한 내리막을 2~3분 정도 내려가니 급경사내리막 돌길로 변한다. 눈길이라 미끄럽고 불편하다. 한참 동안 내려가니 완만한 내리막으로 바뀌더니 바로 급경사 내리막으로 바뀐다(15:06). 역시 비탈을 대비한 로프가 설치되어 있다. 로프를 잡고 내려간다. 시멘트 표석이 자주 보인다.

안부에 이른다(15:19). 안부 좌우측은 낙엽송 지대다. 직진으로 오른다. 잠시 후 폐헬기장처럼 보이는 곳에 이른다(15:27). 다시 안부에 이르고(15:32), 가파른 오르막을 오르니 끝에 '배봉'이라고 적힌 봉우리에 이른다. 삼각점과 이정표가 있다(신풍령 1.0). 아마도 이곳이 빼봉인데 배봉이라고 적은 것 같다. 내려가다가 오르니 다시 무명봉에 이르고(15:55), 이후에도 삼각점이 있는 봉우리를 두 개 더 넘는다.

송전탑을 만난 지점에서 절개지를 따라 우측으로 내려간다. 잠시 후 임도처럼 보이는 길에 들어서고 신풍령(빼재)에 이른다(16:13). 빼재는 삼국시대부터 전략적 요충지였다. 이곳에 주둔하고 있던 군사들이 야생동물을 잡아먹어 동물의 뼈가 주위에 쌓이다 보니 뼈재라고 불렀는데, 경상도 사투리로 빼재가 되었다고 한다. 지금은 잿등 아래로 터널을 뚫었기 때문에 이 잿등을 넘는 차량은 거의 없다. 이곳 신풍령은 9구간을 시작하면서 이미 한번 왔던 곳이다. 이곳 정자에서 1박 하면서 9구간을 넘었다. 잿등 아래는 '백두대간생태교육장' 건설이 한창이다. 정자도, '수령'이라고 적힌 표석도 그때 보던 그대로다.

해도 많이 저물었다. 금년의 마지막 산행을 마무리하는 순간이다. 염려했던 8구간을 무사히 마치게 되어 무척 기쁘다. 나의 전성기, 생애 최고의 순간은 언제였을까? 아직 오지 않았다. 그날을 기대하며 오늘도 걷는다.

＊ 신풍령에서 거창 방향으로 25분 정도 내려가면 빼재터널과 버스 종점이 있음.

(오늘 걸은 길)

삿갓골재대피소→무룡산→동업령→백암봉→귀봉→횡경재→싸리등재→못봉→월음령→대봉→암봉→갈미봉→1039봉→신풍령 (20.0km, 10시간 43분)

(교통편)

＊ **갈 때**

1. 서울 남부터미널에서 거창(07:30부터 11회), 동서울터미널에서 거창(08:30부터 8회)

2. 거창읍에서 월성리 황점 마을까지 군내 버스, 황점마을에서 삿갓재까지 도보 이동

＊ **올 때**

1. 신풍령에서 빼재마을로 도보 이동 후 거창행 버스(08:35, 11:25, 13:55, 17:05)

2. 거창읍에서 동서울행 버스(13:30, 14:30, 16:30, 18:30)

아홉째 구간(신풍령에서 부항령까지)

2015. 11. 21.(토), 많은 구름, 안개, 이슬거리

혜민 스님은 말했다. 행복은 먼 미래가 아닌 바로 지금 느낄 수 있어야 진짜 행복이라고. 그리고 지금 행복을 느끼기 위해서는 나와 내 주변 사람들 간에 따뜻한 관계를 만들어 가야 한다고. 그러다 보면 그 과정 속에서 느끼게 된다고. 우리 인간은 온 우주와 연결된 존재여서 끊임없이 세상과 순환하면서 연결감을 느낄 때 몸은 건강해지고 마음은 행복함을 느끼게 된다고. 즉 행복은 먼 미래나 거창한 무언가에 있는 것이 아니라 평소 지인들을 만나 밥을 먹으면서 손뼉 치고 웃는 그 순간 속에 있다는 것이다. 지금 이 순간의 일상 속에……

11월 21일부터 백두대간 9, 10구간을 넘었다. 9구간은 빼재에서 부항령까지다. 빼재는 거창군 고제면과 무주군을 잇는 잿등이고, 부항령은 김천시 부항면과 무주군 무풍면을 잇는 잿등이다. 이 구간에는 수정봉, 된새미기재, 삼봉산, 794봉, 소사재, 삼도봉, 대덕산, 덕산재, 833봉 등의 높고 낮은 산과 잿등이 있다. 이 구간은 특히 구간 나누기가 애매하다. 교통편 때문이다. 덕산재까지 나누면 교통편은 괜찮은데, 다음 구간까지의 거리가 너무 길고, 부항령까지 할 경우에는 교통편이 어렵게 된다. 그래서 나는 부항령까지를 9구간으로 끊고, 부항령에서 야영을 한 후 다음날 10구간을 넘기로 했다.

9구간에는 1,000m가 넘는 고봉이 4개나 있어 주변 조망이 좋기로 소문이 났지만, 하루 종일 안개와 구름낀 날씨 때문에 내내 땅만 보고 걸어야 했다. 많이 아쉬웠다. 고봉들이 연속되지만 넘기 어려울 정도로 위험한 곳은 없다. 다만 삼봉산을 넘은 후 만나게 되는 암봉 다음에 이어지는 갈림길에서는 등로 잇기에 주의가 필요하다. 갈림길에서는 90도로 꺾이는 우측 아래 골짜기로 내려가야 되는데, 지형 상으로는 직진으로 가야 할 것처럼 보인다. 더구나 직진 방향으로 표지기도 걸려 있다. 참고로 7, 8구간을 넘을 시기인 11월 16일부터 12월 15일까지는 입산 통제기간이어서 9, 10 구간을 먼저 넘었다.

빼재에서(04:00)

하루 전날(11. 20.) 동서울터미널에서 출발하여 오후 4시에 거창 시외버스터미널에 도착. 바로 옆에 있는 시내버스터미널로 이동하여 빼재행 버스시각을 확인 후 빈 시간을 이용해 이른 저녁식사를 마친다(밀양 돼지국밥/7,000원). 빼재행 버스는 40분 정도를 달린 후 빼재터널 입구에 도착. 9구간 들머리는 터널 우측으로 난 구 도로를 따라 오르면 된다. 시멘트도로를 따라 25분 정도를 오르니 빼재 정상에 이른다. 정상에 있는 8각 정자에 어둡기 전에 텐트를 친다. 봉우리 사이의 골바람이 바로 텐트로 향한다. 밤사이 추위가 예상된다. 사람도 무섭고 짐승도 두렵다. 잘 때 텐트 안을 밝히고 자야 할지, 끄고 자야 할지가 벌써부터 고민이다. 이런저런 고민 끝에 밤이 깊어가고, 새벽 4시에 잠이 깬다.

아침을 간단히 해결하고 들머리로 향한다. 들머리는 시멘트 도로를 따라 거창 쪽으로 2분 정도 내려가면 좌측에 있다. 들머리인 목재 데크 앞에 도착(06:07). 주변은 아직도 깜깜하다. 초입에 이정표가 있다(삼봉산 4.1). 목재 데크를 따라 오른다(06:15). 데크가 끝나고 돌계단이 이어진다. 좌측에 로프가 설치되어 있다. 돌계단도 끝나고 흙길 세로가 이어지더니 잠시 후 능선에 이른다(06:28). 능선 우측을 따라 오른다. 잔뜩 흐린 날씨다. 주변에는 잡목이 많다. 26분 만에 수정봉에 도착(06:54). 정상에는 이정표가 있다(삼봉산 3.9). 우측으로 틀어서 내려간다. 잠시 후 또 이정표가 나온다(07:03, 삼봉산 3.1). 그런데 거리 표시가 이상하다. 채 10분도 걷지 않았는데 800m를 걸었다니……. 아직 어둠이라 주변 조망은 제로다. 계속 오른다. 특이한 자작나무 두 그루가 눈에 띄더니 바로 된새미기재에 이른다(07:10).

이곳 이정표는 좌측으로는 삼봉산을, 우측으로는 거창 봉삼리를 가리킨다. 좌측으로 오른다. 등로 좌측은 낙엽송 지대다. 이슬 맺힌 넝쿨지대를 통과한다. 억새도 나타난다. 이어서 전망암에 도착하지만 안개가 자욱해 주변은 아무것도 보이지 않는다. 전망암에서 왼쪽으로 1분 정도 내려가다가 완만한 능선을 따라 걷는다. 삼봉산이 2.0km 남았다고 알리는 이정표를 만나고(07:48), 계속 오른다.

봉우리 직전에서 우측으로 90도 틀어서 진행한다. 산죽이 나타나고 넝쿨과 억새가 또 나온다. 이미 바짓가랑이는 척척해졌다. 통나무 계단을 따라 내려간다. 좌우측은 자작나무 일색이다. 멧돼지가 파헤친 흔적이 곳곳에 있다. 바로 사거리 안부인 호절골재에 도착한다(08:15). 이정표가 있다(삼봉산 0.6). 안부에서 직진으로 오른다. 또 산죽이 나타나고 가파른 오르막이 시작되더니 금봉암 갈림길에 도착한다(08:31).

직진으로 오르니 삼봉산 정상이다(08:42). 삼봉산은 거창군 고제면과 무주군 설천면 사이에 있는 산으로 3개의 봉우리로 이루어졌다. 덕유산이 시작되는 첫머리에 자리 잡고 있어 덕유 원봉이라고도 한다. 정상에는 정상석 두 개와 삼각점 그리고 돌무더기가 있다. 좁은 공간에 산죽과 잡목이 있다. 안개 때문에 주변 조망은 제로다. 바로 내려간다. 작은 봉우리를 하나 넘고 내려가다가 다시 오르니 암봉에 직면한다. 아주 위험한 곳이다.

좌측으로 우회하여 진행한다. 나뭇가지에 개인택시 광고물이 걸려 있다. 그만큼 이 지역 출구 교통편이 좋지 않다는 암시다. 암봉을 통과하자 갈림길에 이른다(09:19). 이곳에서 약간의 주의가 필요하다. 지형상 대간길은 직진으로 이어질 듯하지만(직진으로 표지기도 있다) 우측 골짜기로 내려가야 한다. 우측으로 내려가니 급경사 돌길 내리막이 시작된다.

계속 내려가다가 대포 형상을 한 바위가 있는 곳에 이르자(09:40), 로프가 설치되어 있다. 돌길이 끝나고 완만한 내리막으로 이어지다가 안부에 이른다(09:57). 안부에는 철문이 있다. 문은 열려 있고 수많은 표지기들이 철문에 걸려 있다. 우측은 묵밭으로 묵혀졌다. 문을 통과하여 산으로 오른다. 좌측은 낙엽송 지대다. 등산화가 젖어 걷기에 불편하다. 이곳에서 잠시 휴식 후 출발한다. 시멘트 기둥이 발견된다. 마치 문 지주처럼 보인다. 다시 묵밭이 나온다. 이어서 배추밭 왼쪽 가장자리를 따라 내려간다. 넓은 고랭지 배추밭인데 품질은 별로다. 가장자리를 따라 내려가다가 왼쪽 능선으로 내려간다. 다시 소나무 숲길로 들어선다(10:21). 능선을 따라 내려가다가 우측으로 내려가니 시멘트 임도인 소사재에 이른다(10:30).

소사재는 왼쪽의 무주군 무풍과 오른쪽의 거창 고제면을 잇는 고개로 1,089번 지방도로가 지나고 있다. 지금은 잿등 위에 터널 형식의 생태통로를 조성 중이다. 공사가 끝나면 대간길은 통로 위를 통과하게 될 것이다. 이곳에서 대간길 잇기에 주의가 필요하다. 일단 공사 중인 통로를 통과하여 30m 정도 내려가면 좌측에 소사마을 표석이 나온다. 그 뒤엔 탑선 슈퍼가 있다. 이곳에서 우측 도로변을 보면 이정표가 보이는데, 이정표는 초점산(삼도봉) 방향을 가리킨다. 이곳으로 진행해야 한다. 오르는 초입은 리어카 정도가 다닐 수 있는 시멘트 도로다. 바로 오른다. 시멘트 도로 끝에 흙길이 이어진다. 이곳에서도 등로 잇기에 약간의 주의가 필요하다. 이 길을 따라 가다가 삼거리가 나오면 좌측으로 진행해야 한다. 이어서 묘지를 통과하면 묵밭이 나오는데, 묵밭 가운데로 진행한다. 양쪽에 묘지들이 있다. 묵밭을 통과하면 낙엽송 숲으로 진입하게 된다.

약간 헷갈릴 수 있으나 산봉우리를 향하여 오른다고 생각하면 될 것이다. 다시 밭 가장자리를 따라 가니 또 시멘트 도로를 만나고, 이정표가 나온다(초점산 2.4). 잠시 후 갈림길에 이르고, 직진으로 오른다. 갈림길 중앙에는 화려한 묘지가 조성되어 있다. 시멘트 도로 끝에 이르면 우측에 '부산농장'이라는 비닐하우스가 있고, 좌측에는 쌈용 배추밭이 있다. 이곳에서 우측 산으로 오른다. 오르는 초입에 대덕산을 알리는 소박한 표지판이 있다. 등로는 낙엽송 숲길에서 소나무 숲길로 바뀐다. 소나무 숲길에서 우측으로 50m 정도 진행하면 좁은 삼거리가 나온다.

이곳에서 좌측 세로로 진행한다. 좀 복잡하다. 아주 좁은 길이고 세로 우측은 미끄러운 낭떠러지다. 약간의 주의가 필요하다. 세로를 따라 진행하다가 시멘트 도로 삼거리에서 위로 오른다. 오르는 길 좌측은 비닐하우스, 우측은 밭이다. 잠시 후 대덕산을 알리는 이정표가 나오는데, 이곳에서 도로를 버리고 우측 산으로 오르면 된다(11:27). 초입은 통나무 계단으로 이어진다. 이곳에서 휴식을 취한다. 점심을 먹기 위해서다.

여기까지 오기가 좀 복잡했다. 거듭 말하지만 산봉우리를 향하여 오른다고 생각하면 된다. 눈비인지 이슬거리인지 계속 내린다. 일기예보를 확인했지만 결국은 오보다. 눈비를 섞어 먹는 점심이다. 떡 한 번 베어 물고 물 한 모금 마신다. 마지못해 억지로 쓸어내린다. 고역이다. 다시 출발한다(11:45). 가파른 오르막을 한참 오르니 이정표가 나온다(12:34, 초점산 0.4). 좌측으로 오르니 완만한 능선길이 시작되고 잠시 후 삼도봉 정상에 이른다(12:47).

삼도봉 정상에서(12:47)

삼도봉은 전북 무주와 경북 김천, 경남 거창의 3개도 경계선에 있는 봉우리이다. 같은 이름을 가진 삼도봉이 우리나라에 세 군데 있다. 지리산 삼도봉(경남, 전북, 전남의 3도)과 내일 오르게 될 민주지산에 딸린 삼도봉(경북 금릉군, 전북 무주군, 충북 영동군의 3도) 그리고 이곳 삼도봉(전북 무주, 경북 김천, 경남 거창의 3도)이다. 정상에는 정상석과 의자 두 개, 대덕산 등산안내도, 이정표(좌측으로 대덕산 1.4, 우측으로 덕산 2리 2.8)가 있다. 여기까지 오기가 좀 복잡

했디. 갑자기 조선시대 지리서인 산경표가 생각난다. 그 책의 저자(신경준으로 알려졌지만 이설 있음)는 어떻게 전국의 고봉들을 그렇게 정확하게 표시할 수가 있었을까? 측량기구도, 교통수단도 변변하지 못했을 그 시대에. 선인들의 지혜에 감복하지 않을 수 없다.

이정표에 표시된 대로 대덕산을 향해 좌측으로 내려간다. 등로는 돌길이고, 좌측은 그물이 설치되어 있다. 주변에는 잡목들이 많다. 10여 분을 내려가니 안부에 이른다(13:03). 안부 주변에는 산죽이 있다. 안부에서 오르니 산죽과 억새가 계속되고, 잠시 후 무명봉에 이른다(13:28). 정상에는 억새와 싸리나무가 있다. 내려가는 길에도 잡목과 억새가 있고, 헬기장에 이어 대덕산 정상에 이른다(13:41). 대덕산은 무주군, 거창군, 김천시에 걸쳐 있는 명산이다. 정상에는 헬기장, 삼각점, 정상석 두 개 그리고 이정표가 있다(덕산재 3.5). 산길을 걷는 것이 내게는 약인 것 같다. 가슴 깊이 쌓인 원한이나 증오 같은 것도 이런 산길에 들어서면 어느새 녹아 버린다.

정상에서 우측은 김천이다. 이제부터는 경남을 떠나 경북지역으로 들어선 셈이다. 정상 공터 주변에는 억새만 남아 있다. 대덕산의 기를 흠뻑 받고 내려간다. 안개는 갈수록 심해진다. 등로 주변은 키 작은 산죽이 계속된다. 30분쯤 내려가니 얼음골 약수터가 나온다(14:12). 약수터 주변에는 수많은 표지기가 걸려 있고, 새파란 산죽들로 둘러싸였다. 이곳에 내 표지기도 하나 건다. 맘껏 약수를 마시고 식수통을 가득 채워 내려간다. 지그재그로 된 급경사 내리막을 한참 동안 내려간다. 질퍽질퍽한 등로는 미끄럽기까지 하다. 한참을 내려가다가 우측으로부터 들려오는 '쏴아' 하는 소리를 듣는다.

계곡물 흐르는 소리다. 한참 후 완경사 내리막으로 바뀌고, 작은 봉우리를 몇 개 더 넘는다. 이번에는 암벽에 직면한다. 다행이도 목재 데크가 설치되어 있다. 잠시 후 덕산재에 도착한다. 덕산재는 김천시 대덕면과 무주군 무풍면을 잇는 잿등이다. 등산 안내도와 덕산재 표석 그리고 이정표가 있다(부항령 5.2). 염려된다. 앞으로도 5.2km를 더 가야 하는데……. 덕산재에서 대간길은 십승지 무풍이라는 입간판이 있는 방범초소 옆으로 이어진다. 초소를 지나 산으로 진입한다. 낙엽송 숲길이다. 다시 가파른 오르막이 시작되더니 통나무 계단이 이어진다. 한참을 오르니 833봉 정상이다(15:42).

833봉 정상에서(15:42)

정상에는 의자 두 개와 이정표가 있다. 갈 길이 멀다. 산속은 시시각각 어두워진다. 서둘러야겠다. 좌측으로 90도 틀어서 내려간다. 완만한 능선 내리막이다. 잠시 후 묘지 1기가 나오고, 더 진행하니 전망데크가 나온다. 지형상 어디를 조망할 그런 곳이 아닌데 갑작스럽다. 전망대 좌측 아래로 설치되어 있는 목재 데크를 따라 내려간다. 소나무 숲을 통과하고 다시 목재 데크로 이어지는 오르막을 오른다. 이곳도 멧돼지 흔적이 역력하다. 등로를 온통 파헤쳐 놓았다. 수령이 아주 오래된 주목 옆을 통과한다(15:58). 이어서 무명봉에 이르고 (16:04), 좌측으로 내려간다. 등로는 참나무 잎이 깔린 낙엽길이다. 약간은 미끄럽다.

완만한 능선 내리막이 이어진다. 이곳은 솎아베기 작업중이다. 쓰러진 나무토막들로 등로가 막혔다. 이래저래 힘이 든다. 안부에 이른다(16:18). 여러 개의 안전모와 기계톱들이 정렬되어 있다. 작업을 마친 인부들이 그대로 놓고 내려간 것이다. 안부에서 오른다. 가파른 오르막이다. 좌측은 낙엽송 지대다. 잠시 후 또 이정표를 만난다 (16:39). 옆에는 의자 두 개가 있다. 부항령이 2.4km 남았음을 확인한다. 앞으로 빠른 걸음으로 1시간 정도면 목적지에 도착할 것 같다. 바로 오른다. 또 낙엽송 지대가 시작된다. 잠시 후 무명봉에 이르고 (16:49), 내려간다. 날이 어둑어둑해졌다. 조급해진다. 뛴다. 다시 봉우리에 선다. 853.1봉이다(16:57).

정상에는 삼각점과 의자 두 개가 있다. 이젠 부항령이 1.7km 남았다. 내려가려다 정상 한쪽 나뭇가지에 매달린 표지판을 발견한다. 준, 희씨가 매달은 853.1봉 표지판이다. 준, 희씨는 정말 대단한 분이다. 내려간다. 통나무 계단이다. 마음은 급한데 군데군데 계단이 패여 걷기가 아주 불편하다. 새벽부터 이어지던 안개는 아직도 여전하다. 어둡기까지 하다. 야간산행에 대한 두려움이 엄습한다. 능선이건 정상에서건 주변 조망은 애초부터 봉쇄된 하루였다. 일기예보를 확인했지만, 예보가 틀린 건지 아니면 '구름 많음'에 대한 나의 해석이 잘못된 건지……. 정신없이 내달린 끝에 작은 봉 두 개를 더 넘고 다시 돌탑이 있는 봉우리에 올라선다(17:28). 돌탑만 확인하고 바로 내려간다. 5~6분을 내려가니 묘지 1기가 나온다(17:35).

이어서 넓은 안부에 이른다. 부항령에 도착한 것이다(17:37). 부항령은 백두대간 고개 중 경상도와 전라도를 잇는 최북단 고개다. 안부 중앙에는 옛 위엄을 잃지 않으려는 듯 부항령 표석이 늠름하게 자리 잡고 있다. 좌우를 잇는 임도에는 풀이 무성해 어둠 속에서도 쓸쓸함이 묻어 난다.

오늘은 이곳에서 마치고, 야영 장소를 찾아 우측으로 내려간다. 아래쪽은 삼도봉 터널을 통과하는 차량 불빛이 현란하다. 힘든 하루였다. 하루 종일 시야를 가린 안개 때문이다. 겉옷이 다 젖었고 등산화도 척척하다. 이렇게 또 11월의 한 조각이 소리 없이 저문다.

* 부항령에서 우측으로 600m 내려가면 터널 입구에 이르고 터널에서 200m 정도 떨어진 지점에 팔각정자가 있다. 이곳에서 야영 후, 다음날 10구간 종주를 마쳤다.

(오늘 걸은 길)

신풍령→1050봉→된새미기재→호절골재→금봉암 갈림길→삼봉산→794봉→소사재→삼도봉→대덕산→덕산재→833봉→853봉→부항령(20.5km, 11시간 22분)

(교통편)

* 갈 때

1. 서울 남부터미널에서 거창: 07:30∼23:00까지 11회 운행
2. 거창 시내버스터미널에서 빼재: 07:40, 10:20, 12:50, 16:10

* 올 때

1. 부항령에서 택시를 불러 무주나 김천 방향으로 나와야 됨(버스 없음).

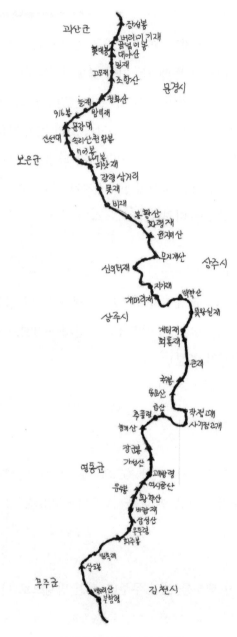

과산군

장성봉
버리미기재
곰넘어봉
밀재
꽂대봉
대야산
고모재
조항산

문경시

늘재
청화산
916봉
밤터재
문장대
선선대
속리산천왕봉
77일봉
피앗재
갈령삼거리
못재
비재

보은군

봉황산
화령재
윤재미산
무지개산

상주시

신의터재
자가재
개머리재
백학산
윗왕실재

상주시

개터재
머룡재
큰재

국봉
용문산
답산
작전고개
추풍령
사기점고개
눌여산

장군봉
가성산
고개방령
여시골산
운수봉
황학산
바람재
삼성산
우두령
쾌주봉

명동군

밀목재
삼도봉

무주군

백리산
부항령

김천시

부항령에서 버리미기재까지

열째 구간(부항령에서 우두령까지)

2015. 11. 22.(일), 구름 많음. 주변 조망 불가

나이 든다는 것. 생각만으로도 불안하다. 늙는 것이 자연스런 현상인데, 태어난 것이 죄는 아닐 텐데 말이다. 요즘 젊은이들 사이에선 나이 든 사람들을 노인충(蟲)이라고 부른다. 해 주는 것 없으면서 대접만 받기 때문이라나. 젠장……. 어떻게 대처해야 하나? 기가 차서 할 말을 잃는다. 우리가 그동안 해 놓은 게 얼만데, 이 사회와 후손들에게 기여한 것이 얼마인데 말이다. 우린 누리지 말고 기여만 하라는 건가? 좀 더 배려하고 좀 더 따뜻한 사회를 생각해 본다. 산을 오르다 보면 쓰러져 가는 고사목을 군말 없이 떠받치고 있는 주변의 어린 나무들을 발견하곤 한다. 그때마다 발걸음을 멈추게 된다. 참으로 보기 좋은 모습이어서다. 아주 자연스런 현상이다. 이게 순리이고 집단을 유지해 가는 질서가 아닐까.

어제에 이어 10구간을 넘었다. 부항령에서 우두령까지이다. 부항령은 김천시 부항면과 무주군 무풍면을 잇는 잿등이고, 우두령은 영동군 상촌면과 김천시 구성면을 잇는 잿등이다. 이 구간에는 1,170봉, 삼도봉, 1,124봉, 밀목재, 1,089봉, 1,175봉, 1,162봉 등의 높고 낮은 산과 잿등이 있다. 이 구간에는 고봉이 많지만 오르내리는 고도차가 그리 크지 않아 걷기에는 큰 어려움이 없다. 또 이 구간에는 삼도봉이라는 전설적인 봉우리가 있어 무주, 영동, 김천 지역 등산객들의 발길이 끊이지 않는다. 굳이 어려움을 찾자면, 1,175봉에서 내려가는 직벽 암릉을 내려가는 것과 마지막 지점인 우두령에 도착했을 때 교통편이 좋지 않다는 것이다.

부항령에서(06:58)

어제 저녁 8시쯤 잠이 들어 중간에 깨기를 반복. 새벽 4시에 다시 잠이 들어서 6시에야 기상. 자고 일어나니 비는 오지 않았는데도 모든 것이 젖어 있다. 밤새 떠다닌 안개 때문. 아침식사를 하는 둥 마는 둥 부랴부랴 서둘러 텐트를 철거하고 부항령으로 향한다(06:58). 부항령에는 7시 7분에 도착. 부항령 안부 중앙에 자리 잡은 표석은 여전히 늠름하다. 어제 저녁에 보지 못했던 안내문을 새롭게 발견하고 촬영해 둔다. 구름이 잔뜩 끼고 짙은 안개가 떠다닌다. 10m 앞도 분간하기 어려울 정도다. 바로 오른다. 경사가 급한 초입 오르막을 넘어서니 바로 완만한 능선으로 바뀐다. 계획보다 늦게 출발했기에 아침부터 초조하다. 최종 목적지인 우두령은 반드시 예정된 시각까지 도착해야 하기 때문이다.

발걸음을 옮길 때마다 '두둑, 두둑' 하는 소리가 들린다. 비는 오지 않는데도 나뭇가지에 맺힌 물기들이 바람에 흔들려 떨어지는 소리다. 급경사 완경사 능선이 반복된다. 주변은 잡목들. 첫 봉우리인 무명봉에 도착한다(07:23). 이곳에도 이정표가 있다(백수리산 1.4, 삼도봉 6.6). 바로 내려간다. 어둠이 어느 정도 걷혔지만 비상용으로 헤드랜턴을 착용한다. 혹시나 모를 멧돼지들의 행동에 미리 경고를 하기 위해서다.

능선은 급경사로 바뀌더니 잠시 후 절정에 이르고 묘지 1기가 보인다(07:34). 묘지를 지나니 바로 갈림길(07:35). 갈림길에서 직진은 원래의 대간길인 오르막길이고 우측으로 난 우회길은 걷기 편한 길이다. 우회길 초입에 특이한 표지기가 걸려 있다. '딸과 함께 하는 백두대간'이다. 나도 우측으로 우회한다. 가급적이면 시간을 절약하여 예정된 시각까지 우두령에 도착하기 위해서다. 완만한 오르막이 계속된다. 18분 정도를 진행하니 직진 오름길 능선과 만난다(07:53). 이정표도 있다(백수리봉 0.56).

계속해서 오르니, 암릉이 나오고 잠시 후 백수리봉 헬기장(1,030봉)에 이른다(08:14). 이곳에서 반가운 산우들을 만난다. 일산산벗산악회 회원들이다. 10여 명이 무박으로 어제 저녁에 내려와 덕산재에서 출발한 종주팀이다. 이들과 많은 이야기를 나눈 후 이들보다 먼저 헬기장을 떠난다. 헬기장에서 발길을 옮기자마자 백수리산 정상석이 나타난다. 정상석을 지나 조금 진행하다가 좌측으로 틀어서 급경사 내리막을 내려간다.

오늘도 이 산속엔 나 혼자겠거니 생각했는데 이 능선상에 다른 사람이 있다고 생각하니 크게 안심이 된다. 오르막을 넘고 억새가 깔린 안부에 이른다. 억새 지대인 안부의 우측 끝에 긴 노란천이 매달려 있다. 뭘까? 두려운 마음에 바로 눈길을 거두고 발걸음을 재촉한다. 무속인의 소품일 거라고 맘 편하게 생각해 버린다. 다시 오른다. 무명봉을 넘고 좌측으로 내려간다(08:51). 안부를 지나고, 산죽이 나오면서 오르막이 시작된다. 엄청 긴 오르막이 다시 이어진다. 높은 무명봉에 이른다(09:38).

주변은 안개 때문에 아무것도 볼 수 없다. '이렇게 높은 산이 왜 무명봉일까' 하는 의구심만 안고 내려간다. 완만한 능선길. 주변엔 잡목이 많다. 잠시 후 1,170.4봉에 도착한다(09:51). 정상에는 삼각점만 보인다. 대신 짙게 깔린 구름과 바람이 산이 살아 있음을 말해준다. 내려간다. 긴 목재 데크를 통과하니(10:01) 억새 지대가 이어진다. 그런데 왜 이곳에 목재 데크가 있는지를 모르겠다. 늪지대여서? 그저 추측일 뿐이다. 가시거리가 짧아 모든 게 수수께끼로 남는다.

억새 지대가 끝나고 평지 같은 능선이 이어진다. 다시 산죽과 함께 오르막이 이어진다. 오르막 끝에 무명봉에 이른다(10:28). 무명봉에서 우측으로 내려가서 다시 안부를 지나 또 무명봉을 넘는다(10:56). 이번에도 우측으로 내려간다. 다시 널찍한 갈림길에 이른다(11:07). 갈림길에는 많은 날개가 달린 큼지막한 이정표가 있다. 우측에 있는 산삼약수터에 내려가 식수를 보충한다. 이곳에서 5분 정도 휴식을 취한 후 직진으로 오르니 정상까지 계단으로 이어지다가 삼도봉 정상에 도착한다(11:32).

삼도봉 정상에서(11:32)

제일 먼저 눈에 띄는 것은 거대한 삼도봉 대화합 기념탑이다. 마치 무슨 조각공원에 들어선 느낌이다. 그런데 그리 좋은 인상은 아니다. 역사성이 더 묻어날 수 있게 조성했으면 하는 아쉬움이 남는다. 삼도봉은 경북, 전북, 충북의 3개도가 만나는 지점이다. 기념탑에도 경북 금릉군, 전북 무주군, 충북 영동군의 지역표시를 해 놓았다.

이곳에 오르는 루트도 북쪽의 충북 황간에서 물한계곡으로, 서쪽의 전북 무풍 대불리에서, 동쪽의 김천 해인동에서 올라오는 길이 있다. 정상석 외에도 이정표, 널찍한 나무판 그리고 비교적 넓은 공터가 있고, 백두대간과 삼도봉의 유래도 적혀 있다. 좌측 아래에는 헬기장도 있다. 적혀 있는 삼도봉 유래에 의하면, 삼도봉은 삼국시대에는 신라와 백제가 국경을 이루었던 역사의 현장이고, 조선 태종 때에 이 봉우리에서 3도가 나뉜다고 해서 삼도봉이란 이름이 붙여졌다고 한다.

역시 안개 때문에 주변 조망은 불가하다. 많은 등산객들이 점심을 먹기 위해 자리를 잡는다. 나는 바로 내려간다. 촉박한 오늘 일정 때문이다. 이곳에서 등로는 진행 방향 기준으로 두 시 방향으로 이어진다. 11시 방향에는 헬기장이 있다. 삼도봉대화합기념탑을 남겨놓고 밀목령으로 향한다(11:40). 계단을 내려서니 조그만 봉우리에 이르고, 이곳에서는 우측으로 내려가야 한다. 바윗길에 이어 계단길이 길게 이어진다. 계단을 내려가다 보면 마치 오던 길로 되돌아가는 느낌이다. 이곳에서 방향 감각을 잃을 수도 있다. 한참을 내려가니 사거리 안부에 이르고, 좌측에 글씨가 희미한 큰 이정표가 세워져 있다(12:10). 좌측은 영동 황간에서 물한계곡으로 올라오는 길이고, 우측은 김천 해인동에서 올라오는 길이며, 직진으로 가면 밀목령에 이른다.

직진으로 오른다. 바로 헬기장이 나오고 오르막은 계속된다. 등로 주변은 온통 억새 구덕이다. 10여 분을 오르니 전망암이 나온다. 전망바위를 지나면서 주변은 잡목 천지로 변한다. 진행하기에 큰 불편은 없지만 포근한 솔숲이 그립다. 완만한 능선을 한참 동안 이어가니 1,124봉에 이른다(12:39). 1,124봉은 봉우리 정상이라기보다는 오르막 끝이라는 표현이 더 정확할 것 같은 평범한 봉우리다. 이곳에도 이정표(밀목재 1.02)와 삼각점이 있다. 우측으로 거의 90도를 틀어서 내려간다. 돌길로 이어진다. 주변은 억새 군락지가 이어지고 안개 속에서도 바람에 흔들리는 억새가 인상적이다. 고만고만한 봉우리를 넘는다. 평지처럼 완만한 능선이 이어지기도 한다. 고도가 완만해서인지 걸음이 빨라진다. 잠시 후 밀목재에 이른다(13:07). 밀목재도 다른 안부와 별반 다를 게 없다. 밀목재라는 표시도 누군가가 이정표 기둥판에 써 넣었을 정도로 관리가 허술하다.

이곳 이정표는 우두령은 방향 표시만 되어 있고, 삼도봉은 2.86km라고 거리 표시까지 해놓았다. 좌측은 영동 물한리, 우측은 김천 대야동이다. 직진으로 오른다. 오르막이 끝나고 한참 동안 완만한 능선을 오르내린다. 정글지대에 이른다. 밀림처럼 빽빽한 붉은색 줄기들이 뒤엉켜 몇 겹이고 이어진다. 다행히도 등로는 정비되어 통행에 큰 불편은 없다. 숲이 무성할 여름이면 힘들겠다. 한참을 가다가 특이한 표지판을 발견한다(14:07). 이곳이 폐광지역으로 지반이 안정되지 않아 땅이 꺼져 가는 위험이 있으니 통과 시 서로의 간격을 5m 이상으로 하고 절대로 등산로를 이탈하지 말라는 김천시장의 경고판이다.

경고판을 보고 나니 괜히 불안해 후딱 지나간다. 폐광 위험지역을 지나고 정신없이 가다 보니 1,089봉은 언제 지났는지도 모르게 지나버렸다. 이후에도 붉은색 줄기는 여러 번 등장하고, 진행하다가 좌측 나뭇가지에 '660봉 분기점'이라고 적힌 표지판을 발견한다. 이곳도 붉은색 넝쿨지대다(14:21). 혹시 이곳이 1,089봉인지도? 내려간다.

또 넝쿨지대가 나온다. 1,111봉에 직면해서 봉우리에 오르지 않고 좌측 사면으로 우회한다. 다행이다. 이번에는 무명봉에 이르고(14:48), 내려가다가 안부에서 오른다. 바위지대가 이어지더니 온통 바위로 이루어진 1,175봉에 이른다(14:54).

1,175봉 정상에서(14:54)

정상에는 뾰족한 바위만 있다. 날씨가 흐려 정상에서 보이는 것은 안개 속에 희미하게 나타나는 알 수 없는 실루엣뿐이다. 시간이 많이 흘렀다. 자꾸만 우두령 도착시간이 염려된다. 바로 내려간다. 내려서는 길은 암릉지역. 아주 위험하다. 특히 오늘처럼 빗길에 미끄러운 날은 정말 조심해야 할 것 같다. 직벽 암릉이 20m가 넘을 것 같다. 우회로만 있다면 우회하겠지만 할 수 없이 내려선다.

로프에 의지해 겨우 내려간다. 직벽 암릉을 내려서고도 가파른 내리막은 한참 동안 계속된다. 주변은 잡목뿐이다. 잠시 후 안부에 이르고(15:27), 바로 오른다. 완만한 능선 오르막이 계속 이어진다. 그렇게 한참을 오르고 있는데 갑자기 잔디밭으로 연결된다. 그 잔디를 넘어서니 아담한 정상석이 보인다. 석교산 정상이다(15:57). 1,207m 라는 고봉을 생각하면 아주 초라한 정상석이다. 이전의 삼도봉과 같은 화려하고 거대한 정상석은 아니더라도 고봉의 높이만큼은 예우를 해 줬으면 좋겠다.

산도 높이만 가지고 예우하지는 않는 모양이다. 세상사 알 수 없지만 어쩐지 서운하다. 그럼에도 산은 한마디 말이 없다. 산을 통해 나를 돌아본다. 나에 비춰 산의 거대함을 알게 된다. 잘 산다는 것은 어떤 삶일까? 힘든 삶이어야 진짜가 아닐까? 무거운 삶, 깊디 깊은 삶 말이다. 이런저런 생각을 안고 내려간다. 등로는 우측으로 이어진다. 완만한 능선 내리막이다. 20여 분을 내려가니 자작나무 군락지가 나오고(16:23), 5분여를 내려서니 평평한 공터에 이른다. 이곳이 1,162봉인 것 같다(16:28). 평평한 공터는 폐헬기장이다. 한쪽에는 오래된 주목이 서 있다. 외관상으로는 봉우리 정상 같지가 않다. 시간이 너무 많이 지체됐다. 바로 내려간다. 완만한 능선 내리막. 안부에 이르더니(16:43) 이어지는 등로는 봉우리로 향하지 않고 좌측으로 우회한다.

바람이 일기 시작한다. 날씨는 하루 종일 안개, 짙은 구름, 이슬거리가 계속된다. 급경사 내리막으로 이어진다(16:55). 내리막을 내려서는데 우두령 민박을 알리는 광고판이 보인다. 민박 광고판을 지나 다시 오르막이 시작되고, 잠시 후 이번 구간 마지막 봉우리인 814봉에 올라선다(17:14). 정상에는 삼각점이 있다. 삼각점만 확인하고 바로 내려간다. 바람이 더 세게 인다. 다시 급경사 내리막이 시작된다. 생각해 보니 1,162봉에서 지금까지 계속 내리막길이었다. 골이 패인 통나무 계단이다. 걷기가 불편하다. 아직 위험할 정도는 아니지만 헤드랜턴을 착용한다. 부상 방지를 위해서다. 하늘에 떠 있는 송전탑의 윗부분이 보이기 시작하더니 평평한 곳에 세워진 송전탑이 있는 곳에 이른다(17:22). 송전탑 우측에는 철조망이 있다. 철조망을 지나니 녹색 철망이 나오고 그 좌측에는 플래카드가 설치되어 있다. 생태통로로 지나지 말라는 안내문인 것 같다(어두워서 정확히 읽지 못함).

녹색 철망에는 표지기 몇 개가 걸려 있다. 철망 우측으로 내려간다. 잠시 후 우두령에 도착한다(17:26). 잿등 위에는 생태 통로가 연결되어 있고, 김천 쪽에는 매일유업농장 정문이 있다. 영동 쪽에는 등산안내도와 이정표, 또 우두령을 상징하는 큰 소 조각 작품이 있다. 그 한쪽에는 입산을 관리하는 초소도 있다. 잿등은 완전히 어둠이 깔리고 사방은 고요하다. 도로 양쪽에 세워진 지역표시판만이 헤드랜턴에 순간순간 반짝일 뿐이다. 집에 갈 일이 걱정이다. 이 시각에 대중교통은 없다. 원래 계획은 우두령에서 상촌면 흥덕리로 내려가서 버스로 황간 터미널로 갈 계획이었다. 일기불순으로 종주시간이 지체되어 원래 계획에 차질이 생겼다.

어둠 속에서 이런저런 생각으로 한참을 고민하고 있는데 구세주가 나타난다. 일산산벗산악회 팀을 싣고 가는 버스를 만난 것이다. 낮에 산중에서 그 팀원들과 앞서거니 뒤서거니 만나기도 했었다. 그러다가 삼도봉에서 헤어지게 됐는데, 결정적으로 우두령에서 다시 만난 것이다. 정신만 차리면 살 길이 있다고 했던가? 산악회 대장에게 사정을 얘기하니 흔쾌히 동승을 허락한다. 암울했던 순간이 또 이렇게 기쁨으로 바뀔 수가! 이런 경우를 '지옥에서 천당으로'라고 했던가…….

11월도 다 지나려는 듯 깜깜 세상으로 빠져드는 낯선 땅 우두령. 전생에 무슨 인연이 있어 내가 지금 이곳에 서 있을까? 소리 없이 사라져가는 '하루'라는 아까운 생의 마디. 밖은 이슬거리가 내리기 시작한다.

(오늘 걸은 길)

부항령→1030봉→1170봉→삼도봉→삼막골재→1124봉→밀목재
→1089봉→1175봉→화주봉→1162봉→815봉→우두령(19.25km, 10
시간 19분)

(교통편)

* 갈 때

1. 동서울터미널에서 김천까지(10:10, 14:10, 18:10), 김천 터미널
   에서 지례까지 농어촌버스 이용(첫차 06:00), 지례에서 부항령
   까지는 택시 이용(17,000원)

* 올 때

1. 우두령에서 영동군 상촌면 흥덕리까지 도보로 이동(30~40분
   소요), 흥덕리에서 황간터미널까지 버스 이용(15:20, 18:30), 황
   간에서 서울(07:50, 12:30, 17:30)

열하나째 구간(우두령에서 괘방령까지)

2015. 12. 9.(수), 구름 많음

이 사회의 병폐를 부숴 보겠다고, 누가 뭐래도 혼자서 그 길을 묵묵히 걷겠다고, 결과에 상관없이 그 길을 끝까지 가겠노라고 가당찮은 다짐을 했던 게 언제였던가. 그래서 쉽게 흥분하고 분노하고 늘 주변을 싸늘하게 만드는 장본인으로 지탄받아 온 지 얼마였던가. 그런 나, 한 점 검댕 없이 깨끗했을까? 늘 한 치 흐트러짐 없이 정도를 걸었다고 장담할 수 있을까?

선인들의 옛말인 '화쟁(和諍)'을 생각한다. 다양한 생각과 의견 등의 대립을 소통으로 화해시켜 더 높은 차원의 통합을 이뤄 내는 것을 말한다. 화쟁과는 거리가 먼, 타협 없이 한 길로만 치달렸던 나의 과거를 고백하지 않을 수 없다. 맞는 것도 언제나 맞는 것은 아닐 테고, 어디서나 맞는 것도 아닐 텐데 말이다. 주변의 폐습을, 상대의 과오를 내 식으로만 판단하고 바꾸려고 들면 관계는 회복불능의 상태로 악화될 수도 있다는 걸 왜 몰랐을까. 산길, 마루금에서 지혜를 얻는다. 나를 죽여 나를 찾는다. 내일도 마루금을 찾아 나서는, 나서야 할 이유다.

백두대간 11구간을 마쳤다. 우두령에서 괘방령까지다. 우두령은 영동군 상촌면과 김천시 구성면을 잇는 잿등이고, 괘방령은 김천시 대항면과 영동군 매곡면을 잇는 잿등이다. 이 구간에는 삼성산, 여정봉, 바람재, 형제봉, 황악산, 백운봉, 운수봉, 여시골산 등의 높고 낮은 산과 잿등이 있다. 특별히 어려운 지점이 없고, 구간 거리가 짧아 여유를 갖고 넘을 수 있다. 또 구간 내내 이정표나 쉴 수 있는 의자, 구급약품함 등이 잘 갖춰져 있어 해당 지자체의 세심한 배려에 감탄하게도 된다. 다만 들머리에 진입하는 교통편이 애매하여 단독 종주자들은 출발 전에 많은 고민을 할 것이다. 사실 나는 우두령에서 괘방령까지를 한 구간으로 끊었지만 다음 구간인 추풍령까지를 한 구간으로 해도 괜찮을 것 같다. 거리가 24km 정도이고 소요시간도 11시간 정도면 충분해서다.

황간 버스터미널에서(09:18)

종주에 앞서 고민을 많이 했다. 구간 끊는 것도 그렇고, 진입로와 교통편 관련해서도 그렇다. 결국은 당일치기로 결정했고, 당초의 야영 계획도 산장 숙박으로 바꿨다. 추위와 배낭 무게 때문이다. 비용이 좀 더 들었지만 결과는 대만족. 무엇보다도 시간적으로 여유가 있었다.

서울 고속버스터미널에서 6시 40분에 출발한 고속버스는 영동을 지나 황간에는 9시 10분에 도착. 그런데 특이한 것은 고속도로변에 정류소가 있다는 것이다. 이런 경험도 처음이다. 황간 버스터미널은 이곳에서 10여 분 정도 떨어진 곳에 있다. 하차한 고속도로변에서 개구멍처럼 생긴 쪽문을 통해 가파른 계단을 내려간다. 다시 고속도로 지하통로를 이용해 반대편 마을 쪽으로 이동한다. 5분 정도를 진행하니 삼거리가 나오고, 좌측으로 이동하니 바로 황간 버스터미널이다(09:18). 이곳에서 9시 50분에 출발한 군내버스는 10시 26분에 홍덕리 마을 입구에 도착. 하차한 지점에서 우두령까지는 도보로 이동해야 한다(50분 정도 소요).

출발하자마자 '아차' 하는 소리가 나도 모르게 나온다. 주변 산에 널린 희끗희끗한 눈을 보고서다. 겨울철 장거리 산행엔 무조건 아이젠 소지가 필수인데 깜박하고 잊었다. 엎질러진 물. 그렇게 많은 눈은 없으리라 애써 자위하며 발길을 재촉한다. 그런데 20여 분이 지났을 즈음 뒤에서 자동차가 올라오고 있다. 속도를 줄이며 달려오는 차 앞에서 손을 드니 그대로 멈춰 준다. 내 사정을 들은 운전자는 바로 타라고 한다. 알고 보니 이분은 산불감시 담당자로 우두령으로 출근하는 중이었다. 오늘은 왠지 운수가 좋을 것 같다.

우두령에서(10:45)

덕분에 우두령에는 10시 45분에 도착. 이분은 예산 출신으로 조기 퇴직하고 처가가 있는 거창으로 귀농하여 3년 정도 농사 짓다가 다른 사업을 준비하는 동안에 기간제 산불감시요원으로 취업한 것이다. 이분과 이런저런 이야기를 나누고 헤어져, 서둘러 갈 길을 준비한다. 11월 22일 이후 두 번째로 찾은 우두령. 그새 변할 리 없다. 이정표도 생태통로도 우두령 상징인 대형 소 조각작품도 그대로다.

초입에 서니 11시가 넘는다(11:03). 날씨는 비교적 포근하다. 이정표를 확인하고(황악산 7.0), 목재 계단을 넘는다. 주변에 듬성듬성 눈이 쌓였다. 우측에 녹색 철망이 나타난다. 오르막이 끝나자 바로 이정표가 나오고(바람재 4.8) 그 우측에는 넓은 헬기장이 있다. 이곳에서부터는 완만한 오르막이 시작된다. 등로 주변에는 앙상한 가지만 드러낸 잡목들이 있고, 길은 낙엽이 깔린 부드러운 흙길이다. 참 걷기 좋다. 이 세상에서 가장 아름다운 길이 뭐냐고 묻는다면 주저하지 않고 말할 것 같다. 이런 산길이라고.

오르막이 끝나고 봉우리 정상에 선다. 870봉이다. 의자 1개가 놓여 있다(11:23). 좌측으로 내려가다가 바로 오른다. 다시 봉우리 하나를 넘는다. 이곳에도 의자 2개가 있고 이정표도 있다(바람재 3.6). 정상에는 약간의 눈이 있다. 내려간다. 다시 오르막이 시작된다. 완만한 능선 오르막은 가파른 오르막으로 바뀐다(11:42). 통나무 계단이 설치되어 있다. 다시 무명봉에 선다(11:51). 정상에는 의자 1개가 있고, 눈이 쌓여 있다. 내려간다.

넝쿨지대가 나온다. 앙상한 붉은 줄기들이 뒤엉켜 있다. 억새 지대가 이어진다. 다시 넝쿨과 억새 지대가 반복된다. 등로는 부드러운 흙길이다. 이런 길 바닥의 모난 돌부리와 주변의 넝쿨들을 보면 그 속에서 뛰놀던 소싯적 내가 생각난다. 다시 통나무 계단을 오른다. 계단을 넘으니 삼성산 정상이다(11:58). 정상에는 정상석과 삼각점이 있고, 의자 4개가 보기 좋게 놓여 있다. 의자를 배치하면서 많은 고민을 했겠구나, 하는 생각이 든다. 이정표도 있다(바람재 2.5). 구름 때문에 전망은 트이지 않는다.

좌측으로 내려간다. 10여 분 만에 안부에 이른다(12:11). 안부에는 눈과 억새, 의자 2개와 이정표가 있다(바람재 2.0). 바로 오른다. 무명봉 앞에서 우측으로 우회한다. 가파른 오르막이 시작된다. 봉우리를 하나 넘고 내려간다(12:26). 소규모 암릉이 이어지고 우측에는 로프가 있다. 전망바위에 이른다(11:27). 좌측 아래로는 홍덕리

마을이 보인다. 잠시 후 다시 이정표가 나온다. 이제 바람재까지는 1.2km 남았다. 오른다. 억새 지대가 나오고 이어서 여정봉에 도착한다(12:38). 의자 3개와 이정표가 있다(우측으로 황악산 3.0, 괘방령 8.4). 바람재 표시가 없는 것을 보니 머지않은 모양이다. 이곳에서 찹쌀떡으로 점심을 대신하고 우측으로 내려간다(13:06). 눈이 녹아 질퍽하다. 잠시 방심하는 사이에 미끄러져 내 몸무게에 깔린 스틱이 구부러지는 불상사가 발생한다. 조심하라는 신호인 것 같다.

다시 공터에 이른다. 억새가 공터를 메웠고 의자 4개가 있다. 이런 시설물들은 김천시의 작품이다. 이번 구간에는 등산객을 위한 편의 시설이 아주 잘 갖춰져 있다. 등로에 대한 김천시의 관심을 알 수 있다. 잠시 후 '백두대간 복원구간'이라는 통제판이 설치된 곳에 이른다. 급경사 내리막이 시작된다. 긴 통나무 계단을 내려서니 우측에 로프가 설치되어 있다. 계단이 끝나면서 다시 억새 지대가 이어지고, 바람재에 이른다(13:29). 바람재는 예전부터 바람이 세차게 불어 풍령이라고 했다. 우두령과 예전에 한양으로 과거를 보러 가는 영남 유생들이 주로 이용했다는 괘방령을 잇는 연결지점이기도 하다. 넓은 억새밭이 펼쳐져 있고 표시석, 안내판, 의자 3개 그리고 이정표가 있다(황악산 2.3). 이곳의 좌측은 영동군 상촌면 궁촌리로 내려가는 길이다.

출발한다. 가파른 오르막이 시작된다. 도중에 의자 2개가 놓여 있고, 가파른 오르막은 계속된다. 한참을 오르니 우측의 신선봉에서 올라오는 길과 만나는 삼거리 갈림길에 이른다(14:03). 이곳에도 이정표가 있다(우측의 신선봉 1.4, 좌측의 황악산 1.4). 의자 2개와 구급

약품함도 있다. 김천시청의 세심한 배려는 이곳에서도 확인된다. 좌측으로 오른다. 10여 분 만에 형제봉에 이른다(14:19). 정상에는 안양산죽산악회에서 설치한 정상 표지판이 나뭇가지에 걸려 있고, 김천시에서 설치한 이정표와 국가지점번호판이 있다(라마 4206 9057, 김천소방서 054-436-7119). 좌측 아래에 저수지가 보인다. 이제 황악산도 머잖았다. 바로 내려간다. 갈수록 주변 조망은 뚜렷해지고 황악산도 올려다 보이기 시작한다. 한참 동안 진행하니 또 다른 갈림길에 이른다. 우측은 능예계곡으로, 대간길은 직진이다. 우측 아래 김천 시내가 보이기 시작하더니 잠시 후 황악산 정상에 이른다(14:45).

황악산 정상에서(14:45)

정상에는 거대한 정상석과 삼각점, 돌무더기, 백두대간해설판이 있다. 조금 아래에는 헬기장과 이정표가 있다. 정상석 뒷면에 표기된 설명에 의하면, 황악산은 큰 산 '악(岳)'과 한반도의 중심에 위치한다 하여 다섯 방위를 상징하는 오방색의 중앙을 가리키는 '황(黃)'자를 따서 황악산이라 했다고 한다. 백두대간해설판 내용은 지금까지 본 것 중 가장 명료하게 백두대간을 정리한 것 같아서 소개한다.

"백두대간은 백두산 장군봉에서 시작하여 지리산 천왕봉까지 이어지는 1,400km의 크고 긴 산줄기를 말하며, 한반도의 자연적 상징이며 동시에 한민족의 인문적 지리적 기반이라 할 수 있다. 10대강 물줄기의 발원지이고 한반도의 명산들이 대부분 자리 잡고 있으며 남한의 경우 6개도와 32개 시군에 걸쳐 있다. 모든 산줄기가 백두대간과 통한다는 개념으로 김정호의 대동여지도와 이중환의 택리지 등이 모두 이 개념을 바탕으로 만들어졌고 조선 후기 여암 신경준은 산경표를 통해 개념을 완성시켰다. 산경표에서는 우리나라의 큰 산줄기를 1대간 1정간 13정맥으로 구분하여 정리하고 있는데 이 중에서 근간이자 기둥이 되는 가장 큰 산줄기가 바로 백두대간이다. 백두대간은 백두산에서 지리산까지 이어지는 대간산맥, 하나의 단절이 없는 대분수령, 한반도 남북을 달리는 대산맥축으로 정리할 수 있을 것이다."라고 적혀 있다.

정상에서 조금 내려가니 헬기장이 나오고 이정표가 보인다. 이정표는 우측은 직지사, 직진은 곤천산 방향을 가리킨다. 이정표를 의식하면 등로 잇기에 약간의 혼란이 있을 수 있는데, 이곳에서는 일단 직진하다가 미세한 갈림길이 나오는 곳에서 우측으로 내려가면 된다(곤천산으로 가지 말라는 의미임). 그리고 이후부터는 삼거리 갈림길까지 계속해서 직지사 방향만 따라 내려가면 된다. 우측 끝에는 바위가 있는데 전망암 역할을 하고 있다. 내려가는 등로엔 눈이 많이 쌓였고 한쪽에 로프가 설치되어 있다. 한참 내려가니 의자 2개가 있는 쉼터에 이르고(15:13), 이곳에도 국가지점번호가 있다. 내려간다. 돌길이다. 이정표를 만나 직지사 방향으로 내려간다. 이어서 통나무 계단도 나온다. 또 이정표가 나온다(15:29, 좌측으로 직지사 1.6). 이번에는 좌측으로 틀어서 내려간다. 잠시 후 또 직지사가 1.3이라고 적힌 이정표가 나오고(15:35), 우측으로 틀어서 내려간다.

소나무가 하나둘씩 보이기 시작한다. 급경사 내리막이 시작되고 이곳에도 로프가 설치되어 있다. 무명봉에 오르기 직전에서 좌측 옆등으로 우회하여 오른다. 잠시 후 갈림길에 이른다(15:51). 갈림길에는 의자 4개와 이정표가 있다(우측으로 직지사 0.7, 직진은 여시골산). 직진으로 오른다. 황악산에서 여기까지 계속 내리막길이었으나 이제부터 오르막이 시작된다. 이번에는 김천시에서 설치한 태양광 자동방송시스템이 나온다. 이어서 운수봉 정상에 이른다(16:01). 정상에는 아담한 정상석과 의자 4개, 그리고 이정표가 있다(여시골산 1.6, 괘방령 3.1). 이제 괘방령도 멀지 않았다.

조금 내려가니 통나무 계단으로 이어지고 갈림길에 이른다. 좌측으로 내려간다. 급경사 내리막이 이어지고, 다시 작은 봉우리 두 개를 넘고 안부에 이른다. 안부에는 의자 2개가 있다. 안부에서 오른다. 역시 이곳도 통나무 계단으로 이어진다. 봉우리를 넘으니 다시 낙엽 깔린 흙길이 시작된다. 가을 산을 걷는 기분이다. 다시 소나무도 하나둘씩 보이기 시작한다. 또 의자가 2개 있는 안부에 이르고, 오른다. 잠시 후 여시굴에 이른다(16:23). 여시굴은 바위굴인데 주변을 로프로 둘러쳐서 출입을 금지시키고 있다. 한쪽에 설명문이 있다. "이곳은 여시골산의 대표적인 여시굴로서 예로부터 여우가 출몰하여 여시골짜기라고 알려졌으며, 그로 인해 여시골산이라고 불려진다"라고. 작은 봉우리를 넘고 안부에서 한참을 오르니 여시골산 정상에 이른다(16:23).

여시골산 정상에서(16:23)

정상에는 정상석과 의자 2개, 이정표가 있다(괘방령 1.5, 가성산 5.2). 하루 종일 구름 낀 날씨. 여전히 주변 조망은 시원찮고 뒤돌아서니 우뚝 선 황악산 줄기만 실루엣처럼 나타난다. 조금 내려가니 급경사 내리막으로 바뀌면서 통나무 계단이 나온다. 한참 동안 내려가니 우측에 녹슨 철망이 있다. 계속 내려가니 배수로가 나오고(17:08) 좌측 아래로 건물이 보인다. 바로 2차선 포장도로에 이른다. 괘방령에 도착한 것이다(17:09).

이곳에 설치된 괘방령 안내문에는 "인근의 추풍령이 국가업무를 수행하는 중요한 역할을 담당했던 관로였다면 괘방령은 과거시험 보러 다니던 선비들이 즐겨 넘던 과거길이며 한성과 호서에서 영남을 왕래하는 장사꾼들이 관원들의 간섭을 피해 다니던 상로로서 추풍령 못지않은 큰 길이었다."라고 적혀 있다. 좌측에는 괘방령 산장, 장승과 장원급제길이라고 적힌 큰 기둥이 있으며 그 옆에는 매곡면 각 마을을 상징하는 거대한 돌탑이 있다. 우측 절개지 위에는 괘방령 표석이 있고, 김천시를 알리는 행정표지판도 있다. 이곳에서 대간길은 도로 건너 산으로 이어진다. 오늘은 이곳 산장에서 숙박하고 내일 12구간을 종주할 계획이다.

후련하다. 이 구간 때문에 얼마나 많은 고민을 했던가! 구간 끊기가 애매하고 들머리 진입 교통편이 좋지 않아서였다. 기분 좋은 하루다. 아침에 예상하지 못했던 자동차를 편승하는 바람에 우두령까지 가는 도보 이동시간을 단축시켰고, 전체적인 구간 거리가 짧아 하루 종일 여유 있는 산행이었다. 또 김천시의 철저한 등로 관리에 감탄한 하루였다. 이번 종주로 기타 강습을 빼먹은 것은 아쉽지만 이래저래 상쾌한 하루다. 이젠 주변 들녘도 어둠속으로 숨어든다. 괘방령을 넘나드는 자동차들의 속도도 빨라졌다.

 * 산장 주인은 저녁식사를 준비해 놓고 시내에 가 버리는 바람에

호젓한 산장에서 혼자서 만찬을 즐기고 산중의 밤을 마치 내가 주인인 것처럼 편안하게 보냈다.

(오늘 걸은 길)

우두령→986봉→1030봉→바람재→갈림길→형제봉→황악산→백운봉→운수봉→여시골산→궤방령(12.85km, 6시간 9분)

(교통편)

＊갈 때

1. 서울고속버스터미널에서 황간: 06:40, 11:50, 16:40. 2시간 30분 소요.

2. 황간에서 흥덕리까지 군내버스: 07:30, 09:50, 14:30, 17:40. 35분 소요.

3. 흥덕리 입구에서 도보로 우두령까지 이동(약 50분 소요)

＊올 때

1. 괘방령에서 김천시외버스터미널: 11-8, 천덕에서 출발 15:30, 19:30

2. 김천에서 서울까지: 07:30, 09:00, 10:00, 11:00, 13:00, 14:00, 15:00, 17:00, 18:30

열두째 구간(괘방령에서 추풍령까지)

2015. 12. 10.(목), 짙은 구름, 안개, 가늘은 비

정맥과 산맥의 차이가 뭐냐는 질문을 가끔 받는다. 그때마다 머뭇거리게 된다. 답변할 자료가 없어서가 아니다. 확신하거나 통일된 답을 아직 찾지 못해서다. 그동안 이런저런 관련 자료를 많이 뒤져봤지만 어디에도 시원한 답은 없었다. 그렇지만 그러는 사이에 내 것으로 굳어진 생각들은 갖고 있다. 그걸 꺼내고자 한다.

결론부터 말씀드리면, 의도하는 것은 정맥과 산맥이 유사하다. 한반도의 중심 산줄기라는 것이다. 다만 표기하는 용어가 다르고, 용어 제정 주체가 다르고, 그 근거나 기준이 달라서 속 내용에 차이가 있다. 배경 설명이 필요할 것 같다. 우리나라 중심 산줄기는 아주 오래전부터 산경표 등 선조들의 기록에 대간, 정간, 정맥으로 분류되어 있는데, 우리 선조들은 지상에 있는 산과 강을 바탕으로 하여 산줄기를 이어 나갔다. 그래서 산줄기는 실제 땅의 모습과 어긋남이 없는 것이다.

이런 식으로 우리나라의 중심 산줄기를 정리하여 전체를 1대간(백두대간) 1정간(장백정간) 13정맥으로 분류하였다(이 중 남한에는 백두대간과 아홉 개의 정맥이 있다). 또 백두대간이란 용어도 역사적으로 아주 오래전부터 사용되었다. 신라 말기 승려 도선이 지은 옥룡기를 시작으로 이후 산경표 같은 고문헌에서 자주 발견된다. 이렇듯이 백두대간과 정맥에 대한 개념은 아주 오래전부터 우리 선조들이 사용해 온 산줄기 명칭이다. 반면, 산맥이라는 것은 일본인 지질학자

고토 분지로가 1900년과 1902년 사이, 겨우 14개월이라는 짧은 기간에 한반도 지질조사를 한 후에 나온 결과물이다. 이것은 보이지도 않는 땅속의 지질구조에 근거하여 지상의 산들을 분류한 것이다. 그래서 그런 산줄기는 실제 땅의 모습과는 다르기도 하다.

그런데 그런 산맥 개념이 교과서에 실리게 되면서 우리 고유의 대간, 정맥이라는 용어가 사라져 버렸다. 그러다가 1980년대부터 일부 고지도 연구가, 산악인, 환경단체들을 중심으로 백두대간, 정맥이라는 용어를 쓰게 되면서 다시 우리 고유의 산줄기 이름을 찾자는 움직임이 일고 있다. 지금 우리가 넘고 있는 백두대간과 정맥 종주도 그런 운동의 일환이다. 산맥과 정맥. 무엇이, 누가 옳을까? 답은 관련 학자들의 몫으로 남겨야 할 것 같다.

백두대간 12구간을 넘었다. 괘방령에서 추풍령까지이다. 괘방령은 김천시 대항면과 영동군 매곡면을 잇는 잿등이고, 추풍령은 김천시 봉산면과 영동군 추풍령면 사이에 있는 고개이다. 이 구간에는 가성산, 장군봉, 663봉, 눌의산 등이 있다. 4~5시간이면 마칠 수 있는 아주 짧은 거리다. 위험한 곳이나 험한 지점도 없는 아주 평이한 등산길이다. 이렇게 짧게 구간을 끊은 것은 들고 날 때의 교통편, 그리고 이틀 연속 종주의 골칫거리인 숙소 문제 때문이다.

괘방령 산장에서(07:10)

어제 저녁에 연거푸 마신 커피 탓인지 늦게까지 불면과 씨름하다가 새벽녘에야 겨우 잠이 들었다. 초겨울 산장의 새벽은 그야말로 적막강산. 산장과 작별을 위해 아침 일찍 주인을 불렀으나 무반응. 할 수 없이 고맙다는 인사를 맘속으로 드리고 문을 나선다(07:10). 밖은 아직도 캄캄. 어둠 속에서 뺨에 물기가 닿는다. 떠다니는 안개비다. 괘방령 도로에서 다시 주변 시설들을 촬영해 둔다.

오늘 오전은 가끔 비가 온다고 했다. 궂은 날씨를 각오하고 12구간 초입으로 향한다(07:39). 산장에서 도로를 건너 김천 방향으로 40m 정도 이동하면 구간 초입이다. 이정표가 있다(가성산 3.7). 짧지만 가파른 오르막으로부터 시작된다. 썩은 나무 계단이 이어진다. 빗방울이 눈에 띄게 굵어진다. 2분가량 오르니 등로는 완만한 오르막으로 바뀐다. 주변은 거의 참나무 일색. 등로는 그 잎들이 쌓인 부드러운 흙길. 감촉이 참 좋다. 때 묻지 않은 아침 산의 속살들을 밟는다. 신선한 공기가 무척 고맙게 느껴진다. 이러니 자연 앞에 겸손할 수밖에.

한참을 가다가 좌측을 둘러본다. 공장형 건물이 보인다. 농산물 가공시설인지, 창고인지? 잠시 후 임도사거리에 이른다(07:48). 직진으로 오르니 다시 가파른 오르막으로 변한다. 오르막 끝에 작은 봉우리 정상이다(07:56). 좌측으로 내려간다. 지난 구간에선 보기 어렵던 소나무가 듬성듬성 보인다. 안부를 거쳐 다시 가파른 오르막을 넘는다. 좌측으로 90도 틀어서 오른다. 잠시 후 418봉에 이른다(08:03). 바로 내려간다. 짧은 급경사 내리막이 반복된다.

좌측에 소나무 군락지가 나오고, 안부에 이른다(08:12). 안부 좌측은 영동군 매곡면 오리골에서 올라오는 길이다. 옅지만 길 흔적이 있다. 좌측 아래에서 중장비 작업 소리가 들린다. 부지런하게도 이른 아침부터……. 직진으로 오른다. 가파른 오르막이 시작되더니 능선

갈림길에 이른다. 우측으로 진행하니 봉우리 정상이다. 정상에서 내려가다가 다시 우측으로 오른다. 바람이 일기 시작한다. 작은 빗방울은 여전하다. 안개는 갈수록 짙어지고……. 작은 봉우리를 넘으니 낙엽이 깔린 흙길이 이어진다. 앞쪽으로부터는 안개 속에서도 우뚝 선 가성산의 모습이 드러난다. 순간 거대함에 압도당한다.

　내려가면서 몇 번의 안부를 지난다. 완만한 능선을 오르내린다. 다시 갈림길에 이르고(08:37), 좌측 능선을 따라 오른다. 잠시 후 안부 삼거리에 이르고, 직진으로 오른다. 우측에 잔디가 전혀 없는 묘지 1기가 있다. 다시 봉우리 정상에 선다(08:47). 특이하게도 소나무가 많다. 내려간다. 내려가자마자 바로 오른다. 상당히 가파르다. 다시 봉우리를 넘는다. 좌측은 낙엽송 지대. 계속 오른다. 이곳도 참나무잎이 수북하게 깔린 흙길이다. 안개 자욱한 산속. 시야는 거의 제로지만 그나마 촉감 좋은 낙엽길이 위안이 된다.

　암릉이 시작된다(09:07). 작은 바위들이 널린 길이다. 암릉이 시작되는 초입에 고사목이 서 있다. 곧 쓰러질 듯 애처로운 모습이 어설프다. 누군가 밑동에 등산용 수건을 감아 주었다. 곧 쓰러질 것에 대한 아쉬움, 그동안 등산객들의 이정표가 되고 친구가 되어 준 수고에 대한 보답일까? 이 산을 오르는 수많은 등산객들이 한번쯤은 생각했을 그런 고사목이다. 이젠 저승에서의 수명마저 다한 모양이다. 저승 다음은 무슨 세상? 암튼 다시 새로운 삶으로 이어지겠지. 부디 더 나은 삶을, 더 고귀한 활동을 빌어 본다. 갈수록 안개는 짙어지고 이젠 시야가 거의 제로다. 오르막 끝에 이른다(09:21). 우측으로 틀어서 오른다. 우측 옆에는 분재처럼 아름다운 소나무가 절벽에 걸려 있다. 가까이 볼수록 진가가 드러난다. 그 아래는 무시무시한 절벽. 바로 오른다. 다시 작은 봉우리를 넘으니 이번에는 가성산 정상이다 (09:28).

가성산 정상에서(09:28)

정상은 특이하게도 시멘트로 포장되었다. 바닥에는 잎이 넓은 낙엽이 깔려 있고, 한쪽 끝에 아담한 정상석이 자리잡고 있다. 사방은 짙은 안개가 깔려 아무것도 볼 수 없다. 인증샷만 날리고 좌측으로 내려간다. 급경사 내리막이다. 다시 암릉이 시작된다. 역시 자그마한 바위와 돌들이 섞인 길이다. 안개가 차츰 걷히기 시작한다. 시야가 조금씩 되살아난다. 이곳에서도 듬성듬성 잔설이 보인다. 잠시 후 무명봉에 이른다(09:43). 바로 내려간다. 역시 급경사 내리막이다. 안부에 이르고(09:55), 바로 오른다. 다시 안개가 짙어지기 시작한다. 날씨 변덕이 심하다. 이어서 장군봉에 도착한다(10:06). 양쪽 귀퉁이가 깨진 정상 표지판이 나뭇가지에 매달려 있다. 부산낙동산악회에서 매단 표지판이다. 표지판 아래에는 수많은 표지기들이 걸려 있다. 내려간다.

안부에서부터 완만한 능선 오르막으로 바뀐다. 우측에 묘지 1기가 나타난다(10:24). 계속 오른다. 오르막 끝에서 우측으로 틀어서 오르다가 내려간다. 다시 오르니 억새가 나타나고 작은 바위봉에 이른다. 이곳에서 내려가다가 오르니 또 억새 지대. 이어서 다시 작은 바위가 있는 봉우리다. 663봉인 것 같다. 내려가다가 또 오른다. 안개가 걷히기 시작한다. 여전히 옷이 젖을 정도의 안개비는 계속이다. 가파른 오르막인 암릉이다. 이곳에도 왼쪽에 묘지 1기가 있다. 잠시 후 헬기장이 나타나더니 눌의산 정상에 이른다(10:49). 정상에는 너럭바위가 마치 장판처럼 깔려 있고, 그 위엔 아담한 정상석이 있다. 삼각점도 보인다. 정상에서 등로는 두 곳으로 이어진다. 우측으로 난 길은 김천시 봉산면 광천리로 내려가는 능선이고, 대간길은 좌측이다. 좌측으로 내려간다.

숲에서 신비한 새소리가 들려온다. 처음 들어보는 새소리지만 편안하게 들린다. 이런 게 살아 있는 자연의 모습이리라. 저런 자연과 우리 인간이 교감하고 공존할 때만이 세상은 평화롭고 인간은 행복할 것이다. 10여 분을 내려가니 헬기장이 나온다(10:58). 곳곳에 방공호가 나오기도 한다. 잠시 후 급경사 내리막이 시작되고 로프가 설치되어 있다. 급경사 비탈에 빗물까지 겹쳐 등로는 아주 미끄럽다. 로프를 잡고 조심스럽게 내려간다. 큰 바위를 만나 좌측으로 우회한다. 앞쪽으로부터는 자동차 소리가 들리기 시작한다. 추풍령이 가까워졌다는 신호다. 잠시 후 이정표가 나타난다(11:15, 추풍령 2.1). 이정표를 지나고서도 다시 한번 급경사 내리막이 이어진다. 역시 로프가 있다. 두 번째 로프가 있는 곳을 지나고서부터는 완만한 능선 내리막으로 변한다. 솔밭도 지난다. 솔밭을 지나고서도 완만한 능선 내리막은 계속된다. 잠시 후 좌측에 넓은 묘역이 있는 곳에 이르고(11:32), 이곳에서부터는 마치 임도처럼 넓은 길을 따라 내려간다.

눌의산 등산안내도가 세워진 곳에 이른다(11:36). 주변에 묘지들이 많다. 다시 넓은 묏벌안에 들어선다. 가장자리를 따라 내려가다가 3분의 2 지점에 이르렀을 때에 우측으로 틀어 묘지 가운데로 내려간다. 묘지를 벗어나자 우측 울타리에는 때 아닌 개나리가 피어 있다. 철을 잊은 개나리가 신기하고 기특하고 애처롭다. 지구 온난화 현상 때문? 세상이 하 어수선해 미쳐 버린 걸까? 촬영해 둔다.

시멘트 포장도로를 따라 내려간다. 앞에는 경부고속도로가 가로질러 달리고 있다. 잠시 후 고속도로 직전에 이르고, 이곳에서 도로 아래 굴다리를 통과한다(11:42). 굴다리를 빠져나와 계속 시멘트 포장도로를 따른다. 이번에는 영화 속에서나 봄 직한 굴다리처럼 생긴 지붕이 있는 통로에 이르고, 이곳을 통과한다. 통로 중간쯤에 있는 삼거리에는 장승으로 이정표를 만들어 세웠다. 이곳 삼거리에서 우측으로 진행하면 지하 통로를 벗어나게 되고 시멘트 도로를 따라 계속 가게 된다. 빗방울은 갈수록 굵어져서 이미 옷은 다 젖었다.

마을에 접어들고 대평사거리에 닿는다. 표지판은 삼거리라고 적혀 있다. 이곳에서 등로는 우측 추풍령 당마루로 이어진다. 좌측으로 가면 추풍령 삼거리, 버스터미널 등이 나온다. 대평사거리에서 우측으로 진행한다. 우측에 장마루 식당이 나오더니 계속 진행하니 오늘의 최종 목적지인 추풍령 당마루에 이른다(11:58). 당마루에는 추풍령 노랫말이 적힌 거대한 표석, 아기자기하게 꾸며 놓은 소공원이 있다. 맞은편에는 대간 종주자들의 숙소로 자주 이용된다는 카리브모텔이 있다. 비는 그칠 것 같지 않다. 오늘은 이곳에서 마치기로 한다. 애매한 교통편 때문에 많은 고민을 했던 11, 12구간을 이렇게 끝낸다. 고민했던 것과는 달리 구간 길이가 짧아 수월하게 마쳤다. 겉옷과 등산화까지 젖은 상태. 꿈에 그리던 추풍령 땅을 밟은 훈장으로 생각하련다. 천연덕스런 겨울비는 쉼 없이 내린다.

(오늘 걸은 길)

괘방령→418봉→가성산→장군봉→663봉→눌의산→추풍령
(10.89km, 4시간 19분)

(교통편)

* 갈 때

1. 서울고속버스터미널과 동서울터미널에서 김천까지: 버스 자주
   있음
2. 김천 시외버스터미널에서 괘방령까지: 15:30, 19:30

* 올 때

1. 추풍령역에서 서울역까지: 06:42, 07:57, 10:32, 13:28, 15:27,
   20:44
2. 추풍령터미널에서 황간, 김천, 대전으로 이동하여 상경하는 교
   통편도 있음.

열셋째 구간(추풍령에서 큰재까지)

2016. 2. 4.(목), 맑음

'인류 역사상 9번째로 히말라야 8천미터급 14좌 완등'이라는 대기록을 세운 세계적인 산악인 엄홍길을 기억할 것이다. 그런 엄홍길이 8,000m 고봉을 오르면서 가장 두려웠다고 말한 것이 무엇일까? 눈사태, 낙석, 크레바스 등이 떠오를 것이다. 아니다. 엄홍길은 말했다. 자신과의 싸움이었다고. 8,000미터급 고봉에서 죽음과 직결되는 눈사태나 크레바스가 어찌 두렵지 않았겠는가. 하지만 강인한 정신력은 이런 것들조차도 극복할 수 있었다는 것이다. 실제로 엄홍길은 그랬다. 죽음 직전에 이르기도 했고, 여러 번의 죽을 고비를 넘기기도 했다. 하지만 그때마다 반드시 해내고야 말겠다는 강인한 정신력으로 이런 것들을 모두 극복했다.

목표는 소중하고 가치가 있지만 저절로 이뤄지는 것은 없다. 뼈를 깎는 고통을 감수하고 강인한 정신력으로 무장한다면 이루지 못할 것도 없을 것이다.

2월 4~5일 이틀간 13, 14구간을 넘었다. 이 두 구간은 상당히 대조적이다. 13구간은 봉우리 사이의 표고차가 커서 넘기에 힘이 들고, 14구간은 표고차가 작아 걷기가 참 편안하다. 13구간은 오르는 산마다 정상석이 있는데, 14구간은 백학산만이 유일하게 정상석이 있다. 13구간은 19km, 14구간은 24km로 차이가 나는데도 소요시간은 비슷했다. 그만큼 14구간의 등로가 평탄하다는 반증이다. 연속해서 종주하는 이틀 동안 등산객은 물론 그 어떤 사람도 볼 수 없었다. 참 싸늘한 산길이었다.

13구간은 추풍령에서 큰재까지다. 추풍령은 김천시 봉산면과 영동군 추풍령면 사이에 있는 고개이고, 큰재는 상주시 공성면과 화동면을 잇는 잿등이다. 이 구간에는 금산, 사기점고개, 작점고개, 687봉, 용문산, 국수봉 등의 산과 잿등이 있다. 이 구간도 무난하나 무좌골산에서부터 687봉에 이르는 오름길은 새로운 봉우리가 계속 이어지기에 약간 지루할 수 있다.

김천역에서(01:48)

한 달이 넘는 공백을 깨고 대간 종주에 나섰다. 2월 3일, 서울역에서 22:50에 출발한 부산행 열차는 다음날 새벽 01:48에 김천역 도착. 의외로 춥다. 역 광장에서 좌측을 보면 긴 육교가 보인다. 일명 그린로우드다. 육교 끝 지점에서 내려서면 허름한 골목 같은 곳에 이른다. 앞쪽에는 하나로마트 건물이 있다. 골목을 따라 조금 가면 대로. 대로 맞은편에는 GS편의점이 있다. 대로를 건너 GS편의점이 있는 곳에서 우측으로 50m 정도 가면 김천 시외버스터미널이고, 좌측으로 10분 거리에 스파밸리 찜질방이 있다. 추풍령행 첫버스는 06:30. 그때까지의 공백이 문제. 잠시 고민하다가 인근 음식점에서 시간을 보내기로 결정. 아침식사를 겸해서 음식점에서 시간을 보내다가 06:00쯤 시외버스터미널로 되돌아와서 06:30에 출발하는 추풍령행 버스에 오른다. 승객은 나 혼자뿐.

추풍령 당마루 정류소에서 하차(06:58). 아직도 주위는 어둑어둑.

추풍령 공원 방향으로 100m 정도를 가다가 경부고속도로 지하차도를 통과하면 바로 추풍령 당마루공원. 주변은 주택과 상가가 보이는 작지 않은 마을. 어디를 봐도 잿등이라는 생각은 들지 않는다. 모텔과 고속도로 사이로 난 길로 진행한다. 도로 좌측에는 추풍령특산물 직판장이 있고 좀 더 진행하면 민가와 비닐하우스가 이어진다. 잠시 후 13구간 초입에 이른다(07:06). 초입은 바람이 더 세다. 몹시 춥다. 장갑을 이중으로 착용한다. 당장 추위를 피하는 게 급선무라 신속하게 산으로 오른다. 통나무 계단이 이어지고 주위에 몇 개의 표지기가 보인다. 아직도 눈은 다 녹지 않고 부분적으로 하얗다. 등로는 흙길. 완만한 능선이 점차 가팔라지고 중턱쯤 이르자 이정표가 나타난다 (금산 0.2). 가파른 오르막이 이어지더니 정상 주위를 둘러친 로프가 보이기 시작하고, 잠시 후 금산 정상에 이른다(07:29).

금산 정상에서(07:29)

산 좌측이 떨어져 나간 반쪽짜리 정상. 정상에는 준, 희씨가 설치한 정상 표지판이 외롭게 펄럭인다. 부들부들 떨고 있다는 표현이 더 맞을 것 같다. 산을 절개한 주인공들을 원망하는 듯 하다. 몹쓸 사람들……. 정상에 올라서서도 정상 땅을 밟지 못한다. 진입을 차단한 로프 때문이다. 사실은 정상이 존재하지 않을지도 모른다. 채석을 위해 다 파헤쳐 도려냈기 때문이다. 아쉬움을 삼키고 로프 밖에서 정상의 모습을 상상만 하고 내려선다. 등로는 우측으로 이어진다. 내려가는 길은 돌길. 좌측은 산을 깎은 채석장의 한 쪽. 등산객들의 사고를 방지한답시고 로프가 설치되어 있다. 로프를 잡고 조심스럽게 내려간다. 잠시 후 안부에 이르고, 완만한 오르막이 이어진다. 등로 주변에는 소나무와 잡목이 섞여 있고, 땅은 얼어서 미끄럽다. 바람은 계속 분다. 잠시 후 낮은 봉우리에 이르고(07:45), 바로 내려간다. 다시 완만한 능선을 오르내리다가 뾰족봉을 향해 속도를 낸다.

 고도가 높아질수록 소나무가 많아진다. 가파른 오르막이 이어지더니 502봉에 이른다(08:10). 정상은 온통 눈으로 덮였고, 몇 개의 표지기만 보인다. 내려간다. 햇빛이 나오기 시작한다. 잠시 후 무명봉을 넘고(08:19), 내려간다. 눈길이지만 등로는 뚜렷하다. 오히려 눈이 없을 때보다도 더 뚜렷한 것 같다. 발자국이 있어서다. 비석이 세워진 해주 오씨 묘지를 지난다(08:22). 묘지와 비석 사이로 등산객이 지나다닌 흔적이 역력하다. 이래서는 안 된다. 최소한 묘지 밖으로 진행해야 할 것이다. 잠시 후 다시 봉우리 정상에 선다. 436봉이다(08:27). 좌측으로 내려선다. 짧은 급경사 내리막이다. 눈이 얼어서 미끄럽다. 아이젠을 착용할까 말까를 고민만하다가 그대로 간다. 안부에 이르고(08:35), 직진으로 오른다. 다시 무명봉에 이르고(08:52), 좌측으로 내려간다. 역시 급경사 내리막이다. 곧이어 삼거리인 사기점고개에 이른다(09:18).

 고개에는 안양산죽산악회에서 만든 코팅된 표지판이 땅에 떨어져 있어 소나무 밑에 놓고 인증샷을 날린다. 이정표도 있는데(작점고개 3.1) 삼거리에서 좌측은 작점리로 내려가는 임도이고, 우측은 목장으로 이어지고, 대간길은 직진으로 이어진다. 넓은 임도를 따라 10여 분 정도 오르다가 우측 산으로 오른다. 완만하던 능선이 가파른 오르막으로 변한다. 잠시 후 시멘트 포장도로에 이른다(09:48).

이런 높은 산중에 시멘트 도로가 있다는 것이 이상하다. 하지만 묘함산에 중요시설이 있다는 걸 감안하면 이해가 된다. 이곳에서 대간은 시멘트 도로를 따라 아래로 내려가야 한다. 5분 정도 내려가다가 좌측으로 틀어지는 지점에서 대간길은 우측 산 아래로 이어진다. 초입에 표지기가 있다. 이 산으로 내려가면 다시 원래의 시멘트 도로와 만난다. 처음부터 시멘트 도로만 따라서 내려가도 된다는 계산이다.

계속 시멘트 도로를 따라 내려간다. 우측에 공사 현장이 보인다. 이미 들어선 시설물도 있다. 휴게시설을 설치하는 것인지? 좌측 나뭇가지에 '황금골'이라고 적힌 표지판이 걸려 있다. 좀 더 내려가니 좌측 아래에 묘지 2기가 보이고 그 다음에는 아담한 납골당이 자리 잡고 있다. 시멘트 도로 좌측에 묵밭처럼 보이는 공간이 있다. 대간길은 이곳으로 이어진다(10:14). 잠시 후 능선으로 이어지고, 여러 기의 묘지가 나오면서 계속 소나무 숲길을 걷게 된다. 완만한 능선을 따라 내려가면 2차선 포장도로에 이른다(10:28). 작점고개다. 작점고개는 영동군 추풍령면과 김천시 어모면을 잇는데 2차선 도로로 포장되어 있다. 새가 많고 유기점이 많아서 붙여진 이름이다.

내려선 지점에서 도로를 건너 우측으로 30m 정도 내려가면 작점고개 표석과 정자, 백두대간 안내지도, 휴식시설이 있다. 이곳에서 대간길은 산으로 이어진다. 잠시 휴식을 취하고 바로 오른다. 돌계단을 오르면 대간길은 좌측으로 꺾이면서 한참 동안 완만한 능선길로 이어진다. 빽빽한 소나무숲길이 이어지기도 한다. 오르막을 한참 동안 올라 봉우리 정상에 이른다(11:06). 무좌골산이다. 정상에는 안양산죽회에서 설치한 표지판과 삼각점이 있다. 좁은 공터는 모두 눈으로 덮였고 얼마간의 잡목이 있다. 우측으로 내려간다. 능선을 따라 한참 동안 내려가니 안부사거리에 이른다(11:34). 갈현고개다. 갈현고개는 왼쪽의 추풍령면 소야마을과 오른쪽의 김천시 능점마을을 잇는다. 좌우측 모두 사람이 다닌 흔적이 있다.

직진으로 긴 오르막이 시작된다. 바위가 있는 봉우리에 이른다. 바위 앞에 사각형으로 된 이상한 시설물이 있다. 신도들이 기도하는 곳? 모르겠다. 무섭기도 해서 확인도 않고 발길을 돌린다. 내려가다가 바로 오른다. 폐헬기장인 듯 보이는 공터가 나타난다. 바닥은 완전히 눈으로 덮였다. 계속해서 직진으로 오른다. 좌우로 이어지는 임도를 만난다. 계속해서 오른다. 바람이 또 일기 시작한다. 어떤 곳에서는 흔하게 보이던 목의자가 오늘은 하나도 없다. 잠시 엉덩이를 붙일 곳이 없다. 그렇다고 눈 위에 앉을 수는 없는 노릇. 계속 진행한다.

가파른 오르막이 길게 이어진다. 정상이겠지, 하면 다시 오르막이 시작되기를 반복. 바위가 나오더니 드디어 정상에 이른다(12:42). 687봉이다. 힘겹게 올라온 정상에는 아무것도 없다. 하얀 눈만 온 산을 덮고 있다. 우측으로 한참을 내려가니 안부에 이르고, 이어서 헬기장에 이른다(12:56). 헬기장을 지나니 용문산 정상이다(12:57).

용문산 정상에서(12:57)

정상에는 정상석, 삼각점, 이정표가 있다(국수봉 2.3). 이곳 역시 온통 하얀 눈이다. 내려간다. 바위가 있는 급경사 내리막이다. 통나무 계단이 눈으로 덮여 있어 아주 불편하다. 안부에 이르고, 오르니 이정표가 나타난다(국수봉 1.9). 이곳에서 우측으로 내려가니 다시 안부에 이르고, 또 오른다. 오르내림을 반복하다가 힘겹게 오르막 끝에 올라서니 무명봉이다(13:33).

이곳에도 이정표가 있다(국수봉 1,490m). 거리가 미터 단위로 표기된 것이 특이하다. 대간길을 종주하다 보면 무명봉에 자주 서게 된다. 결코 낮은 봉이 아닌데도 이름 없는 무명봉으로 부른다. 얼마나 서러울까? 인간 세계도 별반 다르지 않다. 묵묵히 제 역할을 다하는 사람, 어디에서든 신독을 실천하는 사람, 이루되 드러내지 않는 사람들을 세상은 무능인 취급한다. 무명봉에서 우측으로 내려가니 이곳도 통나무 계단으로 이어진다.

잠시 후 안부사거리에 이르고(13:41), 이곳 이정표는 우측으로는 용문산기도원 490m, 좌측은 웅복리, 직진으로는 국수봉이 1,210m 남았다고 알린다. 직진으로 오른다. 가파른 오르막이 시작되고 주변은 잡목이 대세다. 다시 무명봉 갈림길에 이른다(14:07). 이정표가 있다. 좌측으로 국수봉이 650m라고 알린다. 650m도 지금처럼 기력이 바닥난 상태에선 짧은 거리가 아니다. 도대체 오르내림의 끝은 어디지? 좌측으로 내려가다가 오른다. 사방이 온통 눈이다. 참나무가 가지치기된 곳에 이른다. 암벽과 함께 로프가 나온다. 어렵게 올라서니 국수봉 정상이다(14:37). 국수봉은 충북과 경북의 경계로 낙동강과 금강의 분수령이며 상주의 젖줄인 남천의 발원지이다.

정상석에는 국수봉이 아닌 '웅이산'이라고 적혀 있다. 상주시장이 세운 백두대간안내판도 있다. 이곳부터는 상주 땅인 셈이다. 정상석 뒷면에 적힌 이 산에 대한 설명이 이색적이다. "예로부터 우리 민족

은 그 고장에 우뚝 솟은 산을 신성시하였다. 상주에서는 그런 산이
이 국수봉이다. 이 산은 백두에서 지리까지 뻗어가는 한반도의 중심
에 선 산이다. 이곳 사람들은 이 산의 정기로 태어났고 이 산 기슭에
묻혔다."라고 적혀 있다. 좌측으로 내려간다. 통나무 계단으로 이어
진다. 한참을 내려가니 안부에 이른다(14:58).

껍질이 특이한 나무가 있어 촬영하고, 다시 오른다. 10여 분 만에
684봉에 이른다(15:12). 정상에는 부산낙동산악회에서 세운 표지판,
그 옆에 삼각점이 있다. 완만한 능선을 따라 한참 내려가니 오늘 종
점인 큰재에 이른다(15:50). '신곡리'라는 마을 표석과 백두대간 안내
지도가 있고, 그 앞에는 생태교육원이 있다. 이 교육원은 백두대간상
에 있는 유일한 학교인 옥산초등학교 인성분교가 폐교되면서 조성되
었다. 넓은 부지에 교육관, 숙소동, 운동시설 등이 있다. 이곳에서 대
간길은 교육장 가운데를 관통해서 이어진다.

생각보다 빨리 마무리한 것 같다. 어려운 코스는 아니었지만 봉우
리 사이의 표고차가 커서 힘이 들었다. 평일이어서 사람 얼굴을 보지
못한 싸늘한 하루였다. 날도 많이 저물었다.

(오늘 걸은 길)

추풍령→금산 502봉→435봉→사기점고개→작점고개→갈현→687
봉→용문산→국수봉→684봉→큰재(19.67km, 8시간 44분)

(교통편)

*갈 때

1. 동서울터미널, 서울고속버스터미널에서 김천행 버스: 자주 있음.

2. 김천시외버스터미널에서 추풍령행 시내버스: 06:30부터 자주 있음.

*올 때

1. 큰재에서 공성면 옥산: 버스 2회. 옥산에서 김천 또는 상주까지: 버스 자주 있음.

2. 김천에서 서울까지: 버스 자주. 김천역에서 서울역까지 기차: 자주 있음.

열넷째 구간(큰재에서 신의터재까지)

2016. 2. 5(금), 맑음

어제에 이은 연속 종주. 백두대간 14구간은 큰재에서 신의터재까지이다. 큰재는 상주시 공성면 옥산과 모동면 신천리를 잇는 잿등이고, 신의터재는 상주시 내서면 낙서리와 화동면 이소리를 잇는 잿등이다. 이 구간에는 회룡재, 개터재, 윗왕실임도, 백학산, 지기재, 신의터재 등의 산과 잿등이 있다. 이 구간은 걷기 편한 능선이 계속된다. 흙길에 긴 솔숲까지 이어진다. 구간 거리가 24km이지만 소요시간은 9시간 정도면 충분하다. 그만큼 등로가 평탄하다. 드디어 이 구간부터 속리산권에 들어선다. 현재 걷는 곳은 상주 땅이다. 상주에서도 서쪽에 위치한 내서면과 화동면의 경계쯤이다. 남북으로는 상주의 중간지대쯤이다. 백두대간 남한지역 전체 길이가 700km 정도 되는데 그중 69km가 상주 땅에 있다면 상주가 차지하는 비중을 대충 짐작할 수 있을 것이다.

전날 13구간을 마치고 김천으로 돌아와서 시외버스터미널 인근에 있는 찜질방에서 하룻밤을 보내고, 새벽에 버스와 택시를 이용하여 큰재로 이동하여 14구간 종주를 시작했다.

김천터미널에서(06:15)

새벽 5시. 찜질방을 나선다. 바로 옆 건물에 있는 24시 설렁탕집에서 뼈다귀탕으로 든든하게 속을 채우고 터미널로 향한다. 이젠 김천 새벽길도 익숙해졌다. 도보로 10여 분 만에 터미널에 도착. 첫버스가 출발하는 6시 35분까지는 충분한 시간이 있기에 화장실에서 양치질까지 한다. 6시 30분에 터미널 출구 앞에 선다. 아침 7시 전에 출발하는 버스는 모두 이곳에서 승차하기 때문이다. 5분 후면 상주행 버스가 출발한다. 그런데 6시 35분이 지나고 40분이 지나도 버스가 오지 않는다. 매표소에 달려가 확인한다. 그때서야 큰 실수임을 안다. 7시 전까지는 시내버스만 출입문 쪽에서 승차하는 것이다. 상주행 버스는 시내버스가 아니다. 에고 에고……. 부랴부랴 7시행 표로 바꾼다.

7시 25분에 옥산에 도착, 버스에서 내리자마자 옥산 택시를 불러 큰재로 향한다. 큰재에는 7시 35분에 도착. 생태교육장 입구를 몇 컷 촬영하고 바로 14구간 종주에 나선다. 들머리는 생태교육장 안으로 이어진다. 교육장 중앙로를 따라 진입한다. 좌우 양쪽의 시설물들을 관찰한다. '참관의 집'이 보이고 드디어 교육장 맨 끝 쪽의 정자까지 확인한다. 교육장을 빠져나가 산으로 오른다. 초입에 몇 개의 표지기가 보이고 완만한 흙길 오르막으로 이어진다. 산으로 들어서자마자 보호석이 있는 묘지가 나온다. 바람끝이 몹시 차다. 흙길이 전부 얼어 버렸다. 뒷동산 같은 곳으로 올라선다. 낮은 봉에서 내려서서 오르니 묘지가 있는 낮은 봉우리에 서게 된다(07:58). 앞에는 비교적 높은 봉우리가 떡 버티고 서 있다.

계속 오르내림을 반복한다. 잠시 후 시멘트 포장도로에 이른다(08:13). 이정표가 있다(우측 회룡목장 120m). 이 시멘트 포장도로는 회룡목장으로 진입하는 도로이고, 대간길은 우측 시멘트 도로다. 다행이도 좀 전에 높은 봉우리로 보이던 산은 피하게 된다. 1분 정도 진행하니 도로 우측에 이정표가 나온다(회룡재 2.1). 이곳에서 직진길은 회룡목장으로 가는 길, 대간길은 우측 산으로 이어진다.

눈이 얼어서 미끄럽다. 햇빛이 유난히 밝은 것이 오늘도 날씨는 좋을 것 같다. 완만한 능선을 오르내린다. 마을 뒷산 같은 완만한 능선이다. 좌측 아래로는 계속해서 회룡목장이 이어진다. 낮은 봉우리에서 내려서니 안부. 안부에서 통나무 계단을 오르니 또 낮은 봉우리. 좌측 회룡목장에서는 소 울음소리가 들려온다. 다시 무명봉에 올라서니(08:32) 거리표시가 없는 이정표가 있다. 직진은 회룡재, 우측은 광골, 골가실이라고 적혀 있다. 내려간다. 낙엽송 지대와 솔숲이 이어지고 걷기 좋은 길이 계속된다.

한참 후에 회룡재에 이른다(08:53). 좌우는 임도이다. 이곳 이정표는 직진으로 개터재 1.7, 좌측은 공성봉산, 후방은 큰재가 3.9km라고 알린다. 또 한쪽에는 지기재산장을 알리는 표지판이 있다. 혹시 필요할지 몰라 촬영해 둔다. 임도를 건너 산으로 오른다. 이어지는 산길 역시 완만한 능선. 고도차가 거의 없는 능선을 오르내린다. 10여 분 만에 안부에 이른다(09:04). 안부 좌측은 밭인데, 좌우에 모두 길이 있다.

다시 산으로 오른다. 솔숲 안으로 이어진다. 오르내림 끝에 봉우리 정상 직전에 이르고, 정상을 비껴서 우측 옆등으로 진행한다. 약간의 너덜도 있다. 잠시 후 개터재에 이른다(09:30). 개터재에도 좌우에 길이 있다. 직진은 윗왕실과 백학산으로 이어진다. 이곳이 '백두대간 옛고개'라고 표지판에 적혀 있다. 지기재산장 광고판이 이곳에도 있다. 직진으로 오른다. 여전히 완만한 능선이 이어진다. 얼핏 앙상한 나무가 눈에 띈다. 기다림에 지친 듯하다. 그렇지만 실망할 필요는 없을 것이다. 쉬 봄이 올 테니.

10여 분 만에 노간주나무가 있는 봉우리에 이른다(09:40). 노간주나무에 상주시청에서 이름표를 붙여 놨다. 노간주나무는 관상용이며 목재는 조각재로, 잎과 열매는 약재로 쓰인다고 설명해 놨다. 한 수 배운다. 완만한 능선을 오르내린다. 눈길이 이어지기도 한다. '백두대간등산로'라고 적힌 안내판이 나온다. 또 낮은 무명봉을 넘고 내려가니(09:57) 다시 완만한 능선이 기다리고 있다. 길을 놔두고 눈밭으로 가야만 한다. 길은 얼어서 미끄럽기 때문이다. 언제 내린 눈인지는 몰라도 녹을 새가 없을 것 같다. 이번에는 비교적 긴 오르막이 시작된다. 긴 오르막 끝에 다시 무명봉이다(10:17). 무명봉에서 내려가니 걷기 좋은 길이 이어진다. 완만한 능선을 오르내린다.

또 작은 봉우리(10:28). 이곳에도 '백두대간 등산로'라는 안내판이 있다. 노간주나무도 보인다. 내려간다. 잠시 후 윗왕실 임도에 이른다(10:47). 이곳은 동물 이동로로 연결되어 있다. 아래 임도는 공성면 효곡리와 외남면 소상리를 잇는 도로인데 산불예방과 화재 때 신속한 조치를 위해 만들었다고 한다. 이곳에도 이정표(백학산 2.9)와 지기재산장 안내판이 있다. 오른다. 무명봉에서 내려서다가 좌측에 묘지가 있는 곳에서 좌측으로 오른다. 긴 오르막이 시작된다. 노간주나무가 많은 무명봉에 이른다(11:44). 내려가다가 오르니 눈길이 이어지고 또 긴 오르막이 시작된다. 이정표가 나온다. 백학산이 248m 남았다고 알린다. 좌측으로 오른다. 고도차가 거의 없는 능선이다. 정상이 보이기 시작하더니 잠시 후 백학산 정상에 이른다(12:11).

백학산 정상에서(12:11)

정상에는 정상석과 이정표 그리고 나무의자 두 개가 있다. 약간의 공터도 있다. 바람이 세다. 이곳 백학산은 615m인데도 이번 14구간에서 가장 높은 산이고, 유일하게 정상석이 있다. 이정표가 가리키는 대로 지기재 방향으로 내려간다. 긴 내리막이다. 경사가 급하진 않지만 눈이 언 내리막이라 조심스럽다. 한참 만에 백학산 임도에 이른다(12:31). 임도는 하얗게 눈으로 덮였다. 이곳 이정표는 지기재가 5.8km 남았음을 알린다.

임도 아래쪽으로 내려간다. 임도 좌측은 얕은 계곡이다. '졸졸졸' 물 흐르는 소리가 들린다. 50m 정도를 내려가니 갈림길이 나오고 등로는 그 갈림길 사이의 산으로 이어진다. 이곳에서도 완만한 능선을 오르내린다. 긴 솔숲이 이어진다. 걷기 좋은 솔숲을 30분 이상 걷다가 삼거리에 이른다(13:23). 좌측은 밭이고 우측에도 길이 있다. 다시 산으로 오른다. 산에서 내려가니 잠시 밭 가장자리를 따라 걷게 되다가 다시 산으로 진입한다.

다시 밭 가운데를 통과하다가 시멘트 도로를 따라 60m 정도 진행하니 2차선 포장도로에 이른다. 개머리재다(13:41). 개머리 형태를 닮았다고 하는데 현지에서 보니 그렇지가 않다. 이곳에서 등로는 앞쪽에 보이는 이동통신탑으로 이어진다. 도로를 건너 이동통신탑을 향해 나아간다. 묘지 1기를 지나고 이어서 이동통신탑을 지난다. 좌측은 농원이다. 검정색 물탱크를 좌측에 두고 산으로 오른다. 역시 완만한 오르막. 큰재에서부터 지금까지 계속 완만한 능선이다. 어느 구간보다도 걷기 편한 길의 연속이다.

산 중턱쯤 올랐는데 좌측에 계단식으로 된 공터가 층층으로 조성되어 있다. 혹시 전에 이곳이 무슨 집터, 아니면 밭이었는지? 긴 오르막이 이어지고, 오르막을 넘으니 묘지 2기가 나오고, 계속 오르니 정상에 작은 바위들이 있다. 계속 진행하다가 내려가니 임도처럼 넓은 길을 만난다. 임도를 따라서 150m 정도 가다가 다시 우측 산으로 진입한다. 비교적 가파른 오르막. 통나무 계단이 나오고 그 옆에는 로프가 설치되어 있다. 작은 바위들도 보인다.

잠시 후 무명봉 정상에 이른다(14:15). 바로 내려간다. 잠시 넓은 길이 이어지다가 등로는 좌측 산길로 이어진다(14:19). 다시 작은 봉우리 정상이다(14:24). 정상에는 특이하게도 평상이 있다. 좌측으로 내려간다. 작은 바위들이 나타난다. 비교적 가파른 내리막이다. 역시 로프가 있다. 낙엽송 지대를 지나고, 이번에는 과수원이다. 시멘트 도로를 따라 내려간다. 이곳에서 약간의 주의가 필요하다. 시멘트 도로를 따라 내려가되, 좌측이 아닌 우측 시멘트 도로를 따라 내려가야 한다. 다 내려가면 2차선 포장도로에 이른다. 지기재에 도착한 것이다(14:45). 지기재는 상주시 모서면과 내서면을 잇는 금강과 낙동강의 분수령이며, 도로 옆에는 그 분수령 표지판이 있다. 버스정류소도 있고 백두대간 종합안내도도 보인다.

지기재에서 등로는 2차선 포장도로를 건너 시멘트 도로를 따라 진행하게 된다. 바로 출발한다. 넓은 시멘트 도로에 들어서자마자 우측 울타리에 걸린 수많은 표지기들이 바람에 흔들거린다. 계속 진행하니 우측에 대밭이 나오기도 한다. 시멘트 도로를 따라 계속 가다가 산 아래에 있는 마을 직전에 이르면 우측에 공사 현장이 나오는데, 이곳에서 등로는 산으로 이어진다. 공사장으로 진입하는 초입에 표지기 1개가 보인다. 이후에 공사가 끝나면 이곳이 어떻게 변할지는 모르겠지만, 마을 직전에서 우측 산으로 오른다는 생각으로 등로를 찾으면 될 것이다. 공사장을 넘어 산으로 오르니 능선으로 이어진다. 잠시 후 능선 갈림길에 이르는데(15:20), 이곳에 이정표가 있다(좌측으로 신의터재 3.2). 좌측으로 진행한다. 이번에 바닥이 암반으로 된 곳에 이른다. 로프도 있다. 암반을 넘으니 능선 정상이다(15:28).

이곳 이정표는 우측 아래로 신의터재를 안내하고 있다. 우측으로 내려간다. 암반이 깔려 있다. 이번에도 이정표가 있는 임도에 이른다(15:40). 이젠 신의터재가 2.2km 남았다. 임도를 따라 우측으로 진행한다. 좌측은 밭이다. 임도가 끝나는 곳에서 등로는 산으로 이어진다. 다시 완만한 능선을 오르내린다. 역시 걷기 좋은 길이다. 걸을수록 가벼워지고 걸을수록 무거워지는 신비한 길을 걷는다.

한참을 오르다가 오르막 끝에 이른다(15:59). 아마도 오늘 구간의 마지막 오르막인 것 같다. 이젠 신의터재가 1.2km 남았다. '문화식당'을 알리는 광고판도 보인다. 이것도 촬영해 둔다. 내려가니 한 번 더 오름길이 이어진다. 이정표를 또 만난다(신의터재 0.6). 송전탑을 지나고 다시 솔숲으로 이어지더니(16:09), 잠시 후 포장도로가 보이기 시작하고 드디어 이번 구간의 종점인 신의터재에 이른다(16:17).

신의터재에는 여러 상징물들이 있다. 잿등 표석은 말할 것도 없고 비석, 정자, 백두대간종합안내도 등이 있다. 그런데 유별난 것은 신의터재 명칭 혼용에 대한 설명문이다. 이곳 신의터재가 전에는 '신의티'로 불리기도 했다. 최초 1996년에 상주시장이 '신의터재'로 표석을 세웠는데 2009년에 화동면 산악회에서 반론을 제기하여 '신의티'로 표석을 세웠다고 한다. 그런데 역사학자들의 의견은 신의터재가 맞다고 하여 현재는 혼용되고 있다. 그래서 설명문까지 세워 놓았다. 해당 지역에서는 특별한 사정이 있겠지만 등산객들에게는 혼용으로 인한 혼돈이 없어야 할 것이다.

하루를 마감하는 시각, 서쪽 하늘에 떨어지는 햇살이 아름답다. 하루 종일 편한 길을 걸었다. 사전 조사에서 나타난 대로 이번 구간은 봉우리 사이의 표고차가 작아서 긴 거리임에도 힘들지가 않았다. 높은 봉이 없었을 뿐만 아니라 흙길에 솔숲이 이어지는 등 걷기 좋은 길의 연속이었다. 내일 모레면 민족 최대의 명절인 설날이다. 지금쯤 전국의 가정에선 설맞이 준비에 들떠 있을 것이다. 나도 설이 기다려진다.

(오늘 걸은 길)

큰재→생태교육장→회룡재→개터재→윗왕실임도→백학산→백학산 임도→개머리재→지기재→신의터재(24.47km, 8시간 42분)

(교통편)

***갈 때**

1. 서울에서 김천까지

- 동서울터미널과 서울고속버스터미널에서 김천행 버스 자주 있음.

- 서울역에서 김천역까지 열차: 06:05(무) 06:10(새)…22:15(무) 22:50(무)

2. 김천에서 큰재까지

- 김천시외버스터미널에서 상주행 버스: 자주(첫차 06:35, 옥산에
  서 하차)

- 옥산에서 큰재까지: 버스 하루 2회만 운행(옥산택시: 054-
  532-4230)

*올 때

1. 신의터재에서 상주터미널까지: 이소버스정류소 이용(도로에서
   18분 거리).

2. 상주에서 서울고속터미널, 동서울행 버스: 06:00~22:00까지
   자주 있음.

열다섯째 구간(신의터재에서 비재까지)

2016. 2. 27.(토), 하루 종일 흐림

크게 변했다. 아깝다는 생각을 떨칠 수 없다. 풍부한 성량은 기본이고 완벽한 음악적 테크닉, 멜로디를 자유자재로 가지고 놀 수 있는 재능을 타고난 가수 패티 김을 두고 하는 말이다. 1985년쯤에 부른 「못잊어」와 요즘 부르는 「못잊어」를 들어 보면 금방 알 수 있다. 그런 노래가, 그런 가수가 지금은 달라졌다. 다르게 들린다. 팔순을 바라보게 된 어쩔 수 없는 훈장 때문이다. 태어나면 누구나 받게 되는 그 훈장 때문에. 그래서 아까운 것이다. 더 오래 남아 있어야 할 것이 변해야만 한다는 그런 사실이 아쉽다.

반면, 하루 빨리 사라져야 할 것임에도 꾸역꾸역 연명하고 있는 것들이 있다. 전 국민의 지탄을 받고 있는, 눈치 없게도 시대의 요구를 전혀 읽지 못하는 이 땅의 정당(政黨)과 그 정치인들이다. 누구를, 어느 당을 편들 생각은 추호도 없다. 요즘 국회의원들 하는 꼴을 봐라. 공천, 대권, 친노, 비노, 비박, 친박, 광주, 대구, 필리버스터……. 누구를 위한 짓들인가, 뭣들 하자는 건가. 그런데 언론은, 공공 미디어들은 왜 이런 패거리들의 못된 행동에 금쪽 같은 시간을, 공간을, 전파를 할애하는가? 합법적 행위도 당리당략도 전략전술도 다 때가 있다. 아무리 푼수들이라지만 분수를 알아야 할 것이다. 지금이 어느 때인가.

이틀 연속 15, 16구간을 넘었다. 신의터재에서 비재, 비재에서 속리산 천왕봉까지다. 대간길도 이제 본격적으로 속리산권역으로 들어섰고, 이틀 연속 상주 땅을 밟았다. 이번 종주에서 비산비야(非山非野)라는 황홀한 순간을 맞기도 했고, 또 백두대간 능선상에 있는 유일한 연못이라는 못재를 두 눈으로 확인하기도 했다. 그런데 날씨가 문제였다. 출발 전에 충분히 일기예보를 확인하고 날을 택했지만 허사였다. 비재에서 속리산 문장대까지 걷기로 한 둘째 날엔 펑펑 쏟아지는 눈 때문에 목표지점 3km를 눈앞에 두고 천왕봉에서 내려와야만 했다.

첫날 넘은 15구간은 신의터재에서 비재까지이다. 신의터재는 상주시 내서면 낙서리와 화동면 이소리를 잇는 잿등이고, 비재는 상주시 화남면 동관리와 평온리를 잇는 잿등이다. 이 구간에는 무지개산, 윤지미산, 화령재, 봉황산 등의 그리 높지 않은 산과 잿등이 있다. 이 구간 역시 14구간에 이어 비산비야라 할 수 있을 정도로 걷기에 전혀 부담이 없는 능선이 이어진다. 최소한 화령재까지는 콧노래를 부르며 내달릴 수 있는 아늑하고 포근한 그야말로 걷기 좋은 흙길이 계속된다.

점촌 버스터미널에서(01:08)

심야버스라서 대수롭지 않게 생각하고 당일 3시쯤에 예매했는데, 맨 뒷좌석 한 자리만 남아 있다. 하지만 선택의 여지가 없어 눈 딱 감고 예약. 육감상 이때부터 조금은 이상한 기분. 동서울터미널에서 밤 11시에 출발하는 상주행 심야버스 맨 뒷좌석에 승차. 시동을 걸자마자 궁둥이를 파고드는 엔진소리에 불안 불안. 내일 하루 종일 걸으려면 승차시간만이라도 푹 자야 하는데…….

염려는 기우에 불과. 한강을 언제 건넜는지도 모르게 잠에 빠졌고, 눈이 떠졌을 때는 버스 안에 불이 환하게 켜지고, 놓고 내리는 물건 없이 안녕히 가시라는 안내방송이 울리면서 사람들이 하나둘씩 내리던 순간. 정신없이 부랴부랴 앞선 사람들을 따라 내린다. 화물칸에서 배낭을 꺼내자 버스는 떠나고……. 이때가 다음날 새벽 1시 08분. 택시 승강장에 설치된 관광안내판을 보자 정신이 번쩍 든다. '관광은 문경새재…….' 이상하다. 상주에서 왜 문경 홍보를 하나? 사방을 아무리 둘러봐도 지난번에 봤던 상주 터미널이 아니다. 갑자기 불안해지기 시작. 터미널 정문을 찾아가서 확인해 본다.

아닌 게 아니라 점촌 터미널이다. 세상에……. 버스 안에 갑자기 환하게 불이 켜지고 승객들이 모두 내리기에 비몽사몽간에 따라 내린 게 화근이었다. 비는 보슬보슬 내린다. 먼저 내린 승객들은 다 떠났고 생전 처음 본 점촌 바닥에 혼자 남겨진다. 이걸 어떻게 하나? 빨리 상주로 달려가야 오늘 종주가 순조로울 텐데……. 후회? 한탄? 자책? 다 필요 없다. 엎질러진 물. 위기 때 침착하지 못한 평소의 성격 탓이다.

일단 불빛이 보이는 곳으로 찾아간다. 편의점이다. 학생으로 보이는 점원이 반긴다. 이것저것 물었다. 여기가 어디인지? 아침에 상주행 첫 버스는 몇 시에 있는지? 이곳에 찜질방은 있는지? 점원은 아무것도 모른다. 스마트폰을 열어 찾는 성의를 보인다. 차라리 내가 찾는 게 나을 것 같다. 자초지종을 설명하고 편의점 의자에 앉아 스마트폰을 뒤지기 시작했다. 이곳은 문경시 모전동이다. 옛 점촌읍이다.

상주행 아침 첫 버스는 6시 35분에 있다. 찜질방은 없다. 어찌할까?

아침 7시 10분 상주에서 출발하는 신의터재행 버스를 타야만 하는데……. 점원 말에 의하면 이곳에서 상주까지는 30분 정도 걸린다. 그렇다면 이곳에서 6시 35분 버스를 타고 가면 간신히 가능할 것 같다. 믿고 기다리는 수밖에. 6시가 되자 버스터미널로 향한다. 상주행 첫 버스는 6시 35분이다. 좀 더 빠른 버스, 좀 더 빠른 방법을 묻는 나에게 매표소 여직원은 '이것 타세요. 제일 빠른 것이에요.' 톡 쏘듯 말한다. 아주 고압적이다. 평상시의 말투인지는 모르겠지만 그렇게 들린다. 소리 없이 꼬리를 내리고 물러서야만 하는 내 모습이 처량하다. 상주에는 6시 59분에 도착. 10분 정도의 여유 시간이 있어 점심용 김밥 두 줄을 사서 버스에 오른다. 항시처럼 맨 앞줄 우측에 자리 잡는다. 7시 43분에 신의터재에 도착.

신의터재에서(07:43)

주변은 온통 하얀 눈. 지금도 조금씩 내리고 있다. 잿등 표석, 신의터재 명칭 혼용 사유를 알리는 알림판, 분수령이라는 표지판 등을 서둘러 몇 컷 촬영하고 바로 들머리로 향한다. 백두대간을 넘다 보면 분수령이라는 표지판을 자주 보게 된다. 분수령은 물이 갈라지는 곳이라는 의미다. 그래서 백두대간 능선은 좌우에 있는 강의 발원지가 되는 것이다. 이곳 좌측은 금강의, 우측은 낙동강의 발원지다.

15구간 들머리는 버스에서 내린 지점에서 우측 위로 이어지는 시멘트 도로다. 입구에 '←화동 상주→'라고 적힌 아담한 표지판이 있다. 시멘트 도로를 따라 오른다(07:47). 10여 미터를 오르다가 시멘트 도로를 버리고 우측 흙길로 방향을 튼다. 눈 덮인 넓은 흙길이다. 등로 좌우에는 계속해서 묘지들이 있다. 숲속으로 들어선다. 넓은 길로 이어지다가 바로 세로로 바뀐다. 숲속은 조용하다. 통나무 계단 오름길이 나온다(07:55). 가파른 오르막이 이어지더니 이정표가 나온다(화령재 11.4, 4시간). 눈이 쌓인 완만한 능선을 오르내린다. 정말 걷기 좋다. '정말'이란 단어를 꼭 써야만 정확한 표현일 것 같다.

두 번의 봉우리를 더 넘으니 안부에 이른다(08:05). 안부에서 두 번째 이정표를 발견한다(화령재 10.8). 주변에 묘지와 소나무가 있다. 안부를 가로질러 오른다. 오르막을 넘어서니 낙엽송 지대다. 만약 이곳에 눈이 없다면 낙엽송의 적갈색 잎이 깔린 갈색 길을 볼 수 있을 텐데……. 그러나 대신 눈 덕분에 설경을 감상하지 않는가? 원래 세상 이치가 그런 것이다. 하나를 얻으면 하나를 잃게 되는. 희생할 줄도 알아야 하는 것이다.

이곳이 명당인 듯 오르는 내내 주변에 묘지가 있다. 서어나무 군락지라고 적힌 표지판이 나온다. 좌측에는 로프가 설치되었고, 이정표는 화령재 10.0km를 가리킨다. 완만한 능선 오르막이 시작된다. 좌측에는 '입산금지'라고 적인 표지판이 있다. 사유지인 모양이다. 긴 오르막은 계속된다. 네 번째 이정표(화령재 9.7)를 만나고(08:23), 내려간다. 좌측에는 노간주나무 군락지라고 적힌 표지판이 있다.

잠시 후 넝쿨이 나오면서 묵밭 같은 곳을 통과한다. 그 좌측으로는 농가가 보인다. 임도가 나온다. 임도를 따라 40m 정도를 걷다가 좌측 산으로 오른다. 무명봉에 이른다(08:38). 이곳에도 이정표가 있다(화령재 8.8). 무명봉에서 내려와 또 무명봉을 넘는다. 내려간다. 한동안 완만한 능선을 걷는다. 한참을 가다가 갈림길에 이른다(09:01). 우측 200m 위쪽에 무지개산이 있지만 빠듯한 일정 때문에 그냥 간다. 갈림길에서 좌측으로 내려간다. 작은 봉우리를 넘고(09:07) 내려가는데 눈이 내리기 시작한다. 좌측에 잣나무 조림지가 있다(09:12).

이어서 안부사거리다(09:15). 이곳에도 이정표가 있다(직진 화령재 6.7, 좌측 300m에 블루베리 농장). 직진으로 오른다. 통나무 계단을 넘으니 무명봉에 이른다(09:26). 무명봉에서 내려가는데 그새 눈이 그쳤다. 오르막 끝에 다시 무명봉에 이르고 계속해서 낮은 봉우리들을 넘는다. 안부에서 오르니(09:44) 우측에 묘지 1기가 있다. 오르막이 계속된다. 이정표가 나오고(화령재 3.8), 이곳 우측도 낙엽송 지대다.

직진으로 오르는데 날이 밝아진다. 긴 오르막은 계속되고 우측 아래로부터 자동차 소리가 들려온다. 드디어 해가 나왔다(10:06). 좌측 아래에서도 자동차 소리가 들린다. 잠시 후 낙엽송 지대를 지나 조그마한 바위가 있는 암봉에 이르니(10:16) 윤지미산이 지척이다. 계속해서 오른다. 드디어 해가 나와서 그림자가 생겼다. 날마다 보는 그림자지만 오늘 보는 그림자는 특별하다. 혼자서 걷는 게 아니다. 이런저런 생각 속에 어느덧 윤지미산 정상이다(10:27).

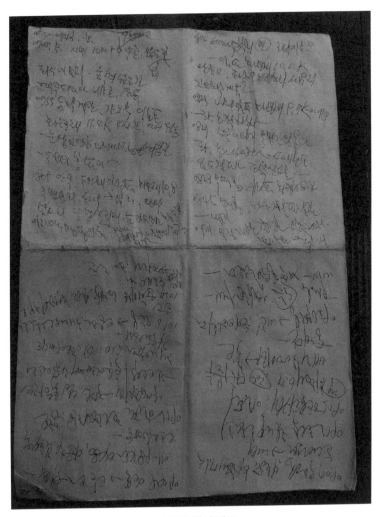

15구간 종주 당시 메모
(첫 구간부터 마지막 구간까지 전부 이런 식으로 메모를 했다)

윤지미산 정상에서(10:27)

정상에는 정상석과 이정표가 있다(화령재 2.9). 청원 상주간 고속도로가 내려다보인다. 대간길 발걸음은 특별하달 수 있다. 명상과 사유가 저절로 이뤄진다. 긴 걸음이어서만은 아니다. 백두대간이라는 민족의 역사와 문화가 뿌리 내린 터전을 걷기 때문일 것이다. 걸음걸음에서 뿌듯함을 느낀다. 좌측으로 내려간다. 아주 가파른 급경사. 로프를 잡고 내려간다. 우측으로는 청원 상주간 고속도로가 갈수록 가까이 다가선다. 차량이 많다. 안부에서 다시 낮은 봉을 넘고 내려가니 보호석이 2개 있는 묘지 위쪽을 통과한다. 좌측에 밭이 나오더니 등로는 바로 산속으로 이어진다. 다시 봉우리 정상(10:59). 조금 아래에는 원형묘 1기가 있다. 내려간다. 다시 낮은 봉을 넘고 내려가니 우측의 고속도로가 더 가까이 다가선다. 잠시 후 임도에 이른다(11:07). 이곳 이정표는 화령재가 1km 남았음을 알린다. 도로를 따라 우측으로 150m 정도 가다가 좌측으로 휘어지는 지점에서 우측 산으로 오른다.

봉우리에 이르러 삼각점을 발견한다. 내려가다가 다시 낮은 봉을 넘고 내려가니 터널 위를 지나게 된다(11:17). 낙엽송이 있는 낮은 봉에서 내려가니 통나무 계단이 나오고, 잠시 후 화령재에 도착한다(11:26). 화령재에는 큰 표지석과 작은 표지석, 정자와 간이 화장실이 있다. 상당히 넓은 공터도 있다. 이곳 정자에서 잠시 휴식을 취한 후 출발한다(11:44).

이곳에서 대간길은 간이 화장실 옆에 있는 좌측의 산으로 이어진다. 산으로 들어서니 바로 낙엽송이 보인다. 그런데 산길 등로는 잠시 이어지다가 도로와 다시 만나기 때문에 처음부터 좌측의 도로를 따라가도 무방하다. 도로 좌측에 화서태양발전단지가 보인다. 좀 더 내려가니 수청거리삼거리에 이른다(11:55). 이곳에서 등로는 좌우측 도로의 중간에 있는 산길 오르막으로 이어진다. 오르막에 올라서니 문화여인숙 안내판이 있고, 잣나무가 나온다. 계속해서 완만한 능선 오르막이다. 걷기 좋은 솔숲이다.

봉우리를 하나 넘은 후 바위가 있는 봉우리에 이른다(12:28). 바로 내려간다. 좌측 골짜기는 자작나무 군락지다. 한참을 진행하니 봉황산 갈림길에 이른다(12:56). 이곳 이정표는 봉황산까지 50분이 소요됨을 알린다. 좌측으로 오른다. '백두대간'이라고 적힌 원목 표지판이 나온다. 이후에도 이런 표지판은 계속 나온다. 백두대간에 관심이 깊은 상주시청 덕분에 길 잃을 염려는 전혀 없다.

잠시 후 산불감시초소가 있는 봉우리에 이른다(13:02). 이곳에서는 견훤산성이 있다는 북쪽의 대궐터산 암봉이 보이고, 남쪽으로는 화서면 일대가 시원스럽게 내려다보인다. 내려간다. 응달쪽은 눈이 녹지 않았다. 두 번의 안부를 더 거쳐 긴 오르막이 이어진다. 암릉이 나오고 돌길이 이어진다. 다시 암릉을 만나(13:35) 좌측으로 우회한다. 안부에 이르고, 다시 오른다. 또 암릉이 시작되더니 봉황산 정상에 이른다(14:05).

봉황산 정상에서(14:05)

이곳 정상에 조선 중종의 태가 묻혔다고 해서 예전에는 태봉산이라고 불렀다. 정상에는 정상석과 삼각점, 봉황산 안내판이 있다. 빙 둘러앉을 수 있는 원형 탁자도 있다. 이곳에서 6명으로 구성된 백두대간 종주팀을 만난다. 일행 중 1명이 도중에 길을 잃어 한참 동안 알바를 하다가 이곳에서 다시 만나 쉬고 있는 중이라고 한다. 함께하는 모습이 보기 좋다. 이분들의 얼굴에서 행복함이 읽힌다. 맘이 맞는 벗들과 함께 하는 산길, 부럽다. 오늘 처음 보는 사람 모습이다. 오던 길을 되돌아본다. 산줄기가 끝이 없다. 모두 이 두 발로 걸어온 능선들이다.

단체 등산객들을 먼저 보내고 나는 잠시 후 뒤따른다. 내려간다. 다시 좀 전의 봉황산 정도의 높이를 가진 봉우리를 넘고 내려간다. 급경사 위험 표지판이 나온다. 암릉 지역을 좌측으로 우회하여 빠져나간다. 안부에 이르고, 또 암벽 때문에 좌측으로 우회한다. 다시 아주 큰 암벽이 있는 곳에서 역시 좌측으로 우회한다. 펑퍼짐한 등산로. 표지판이 있다. 90도 좌측으로 틀어서 내려간다(14:34). 짧은 암릉을 지나니 계속해서 완만한 능선 내리막이다.

다시 오르막이 시작되고(14:46), 우측은 파란색 노끈으로 출입을 통제하고 있다. 사유지란 의미다. 약초 재배단지인 것 같다. 잠시 후 660봉에 이른다(15:01). 백두대간 표지판이 있다. 이젠 오늘의 최종 목적지가 1시간 남았다. 내려간다. 안부에서 오르니(15:15) 또 암릉이다. 암릉을 지나 낮은 봉우리를 오르내린다. 연속되는 암릉에 한숨이 절로 나온다. 맑은 숲속이 한숨으로 오염될 것 같다. 산아 산아, 미안 미안.

안부에서 오르니(15:31) 완만한 능선 오르막이다. 소나무가 있는 무명봉을 넘고 내려간다(15:35). 우측은 낙엽송 지대(15:46). 목재 계단을 내려서니 바로 동물이동로에 이른다. 최종 목적지인 비조령에 도착한 것이다(15:54). 좌측으로 내려간다. 역시 목재 계단이다. 도로에 이르니 커다란 비조령 표시석과 안내도가 있다. 비조령은 날아가는 새의 형국이라 하여 비재, 비조재, 비조령이라 불렀으나 최근에는 많은 사람들이 비재라고 부른다고 한다.

오늘은 이곳에서 마치고, 찜질방이 있는 김천에서 1박 후 내일 16구간을 종주할 생각이다. 우측으로 20분 정도 내려가면 동관 교차로가 나온다. 그곳에서 버스를 타면 된다. 하루 종일 흐린 날씨 때문에 불안했던 2월의 마지막 토요일이 또 이렇게 지나간다.

(오늘 걸은 길)

신의터재→304봉→윤지미산→화령재→수청거리삼거리→봉황산→660봉→459봉→비재(19.11km, 8시간 11분)

(교통편)

* 갈 때

1. 동서울터미널에서 상주행 버스: 06:00~20:30까지 자주. 심야 23:00

2. 상주종합버스터미널에서 신의터재행 버스: 07:10부터 자주 있음.

* 올 때

1. 비재에서 동관교차로까지 도보(20분), 동관교차로에서 상주: 17:00, 18:30.

2. 상주에서 동서울: 06:00부터 22:00까지 32회 운행

열여섯째 구간 (비재에서 속리산 천왕봉까지)

2016. 2. 28.(일), 하루 종일 비, 진눈깨비 반복, 15시부터 함박눈

어느 가수의 열창에 눈물을 흘렸다. 환호가 아니고 눈물이다. 가능한가? 그렇더라도 예삿일은 아닐 것이다. 내가 그랬다. 지난 3월 5일 방송된 KBS '불후의 명곡' 프로그램에서 가수 서문탁이 부른 '대답 없는 너'를 듣고, 보면서다. 그렇게 잘할 수가 없었다. 그렇게 예뻐 보일 수가 없었다. 노래를 잘해서만이 아니다. 한 인간이 자기 능력의 최대치를 발휘하려고 안간힘을 쓰는 그 가상한 노력, 열정을 보았기 때문이다. 무엇이든 그렇게 해야 된다고 본다. 누구나 그렇게 살아야 된다고 본다. 결코 쉽지 않은 일이겠지만……

사람들은, 나도 여건·환경을 탓하곤 한다. '이 나이에 무슨…… 나는 뭐가 없는데, 뭐가 부족한데, 그럴 바엔 차라리, 이것저것 때문에.' 우리를 아주 연약하게 만들고 좌절시키는 것들이다. 나답게 살기 위해서는, 후회 없는 삶을 보내기 위해서는 반드시 극복해야 할 것들이다. 지금은 모를 것이다. '잘 산다는 것'이 뭔지를. 정말 중요하다.

어제에 이어 16구간을 넘었다. 16구간은 비재에서 속리산 천왕봉까지이다. 비재는 상주시 화남면 동관리와 평온리를 잇는 잿등이고, 천왕봉은 속리산의 최고봉으로서 상주시와 보은을 경계 짓고 있다. 이 구간에는 510봉, 못제, 갈령삼거리, 형제봉, 803봉, 피앗재, 703봉, 천왕봉 등이 있다. 이 구간은 그렇게 험하지는 않지만 암릉이 많고 오르내림이 심한 고봉들이 있어 비교적 힘이 든다.

김천 시외버스터미널에서(06:20)

새벽 05:00, 김천 스파밸리 찜질방을 나선다. 바로 앞 건물에 있는 24시 설렁탕집에서 아침을 해결하고 버스터미널로 향한다. 06:20, 김천 시외버스터미널에서 06:35에 상주행 시외버스에 승차. 승객은 나 혼자뿐. 07:22, 상주종합터미널 도착. 어제처럼 신속하게 점심용 김밥 두 줄을 구입. 07:40에 출발하는 화북행 버스에 승차. 오른쪽 제일 앞쪽에 자리를 잡는다.

습관적으로 오늘 날씨를 확인한다. 승객은 나를 포함해서 서너 명. 모두가 노인들. 미리 기사님께 동관교차로에서 내려 달라고 부탁을 해 둔다. 8시 33분, 동관교차로에서 하차. 교통 표지판이 가리키는 화남 방향으로 발길을 옮긴다. 약간의 경사가 있는 오르막. 아무도 없는 한적한 시골 산길. 8시 50분에 16구간 들머리인 비조령에 도착.

어제 왔던 곳이다. 간단히 주변 몇 컷을 촬영하고 오른다. 초입은 목재 계단. 날씨가 몹시 흐리다. 미세먼지인지 하늘도 뿌옇다. 계단 중간쯤 오르니 비조령 연원을 적은 안내문이 있다. 비조령은 동쪽의 동관과 서쪽의 장자동 사이의 령으로, 새가 나는 형국이어서 비조령이라고 부른다고 한다. 형제봉으로 향하는 방향도 표시되어 있다. 계속 목재 계단을 따라 오른다. 좌측은 소나무, 우측엔 낙엽송과 참나무가 섞여 있다.

목재 계단은 대략 5부 능선까지 이어지고, 이후에는 가파른 흙길로 바뀐다. 주변의 수종도 바뀐다. 소나무와 참나무가 보인다. 가파른 오르막 끝에서 잠시 내려가다가 다시 오른다. 다시 가파른 오르막이 시작되고, 그 끝에 허물어져 가는 묘지 1기가 나오더니 봉우리 정상에 이른다. 510봉 정상이다(09:16). 정상에는 몇 개의 표지기만 있을 뿐이다. 한참을 내려간다. 얼음길이라 아주 미끄럽다. 힘들게 올라왔는데 너무 쉽게 내려가 버린다는 생각에 아쉽다.

안부에 이른다. 안부 좌측에는 낙엽송. 초반부터 암벽이 길을 막는다. 넘을 수 없는 암벽, 우측으로 우회한다. 이번에도 암릉, 로프를 타고 오른다. 겨울 산 눈길에 암릉. 조심할 것이 많다. 전망암을 지나 오르니 좀 전의 510봉 정도의 높이를 가진 봉우리에 이른다(09:38). 아무런 표시가 없다. 조금 내려가다가 작은 암봉에 이르고, 내려가다가 바로 오른다. 잣나무가 많은 안부에서 못제를 향한 긴 오르막이 시작된다(09:55). 또 암릉이 이어지고, 안전을 위한 로프가 있다. 이정표가 나온다(10:11, 우측은 억시기, 직진 갈령삼거리 1.7). 우측에 또 낙엽송 지대가 나온다. 앞의 높은 봉우리에 압도되어 염려스런 마음으로 오른다. 가파른 오르막 직전에서 등로는 우측으로 우회한다. 휴~ 살았다. 잠시 후 백두대간 유일의 습지라는 못제에 이른다(10:18).

못제에서(10:18)

못제 설명문에 전설이 적혀 있다. "대간 마루금에 유일한 못. 약 오륙백 평 정도. 상주에서 후백제를 일으킨 견훤은 주변 지방을 장악해 나갔다. 이때 보은군의 호족인 황충 장군과 견훤은 세력 다툼을 하며 거의 매일 싸움을 벌였다. 하지만 싸움을 벌인 족족 황충은 패하고 만다. 이에 황충은 견훤의 힘이 어디서 나오는지를 캐기 위해 부하를 시켜 견훤을 미행했다. 황충의 부하는 견훤이 못제에서 목욕을 하면 힘이 난다는 것을 알아내어 이 사실을 황충에게 알렸다. 황충은 견훤이 지렁이의 자손임을 알고 소금 삼백 가마를 못제에 풀었다. 그러자 견훤의 힘은 사라졌고, 마침내 황충이 승리했다."라고.

이런 고지대에 이렇게 넓은 못이 있다는 것 자체가 신기하다. 못의 면적은 그리 넓지 않지만 봉우리를 돌아가면서 계속 나타난다. 이것을 다 합친다면 오륙백 평 정도는 과장은 아닌 것 같다. 못을 중심으로 의자 8개가 놓여 있다. 바닥은 눈과 잡초로 덮여 있어 얼른 봐서는 못인지 알 수 없다. 좌측에는 충북알프스로 오르는 오름길이 있다. 발길을 옮긴다. 잠시 후 헬기장이 나온다(10:27). 헬기장 모서리에는 작은 바위와 색이 바랜 억새들이 있어 겨울의 삭막함을 더한다. 내려간다. 작은 봉우리를 넘는다. 다시 봉우리 앞에서 좌측으로 우회하여 넘는다.

다시 세 번째 봉우리를 넘고 내려가다가 오르니 암릉 급경사 위험지대에 이른다(10:45). 좌측으로 우회한다. 이후에도 연속해서 두 개의 거대한 암릉을 좌측으로 우회하여 통과하고, 오르니 또 암릉이다. 역시 좌측으로 우회한다. 어제의 15구간과는 전혀 다른 지세다. 다시 봉우리를 넘고 내려가다가 오르니 갈령삼거리에 이른다(11:06). 삼거리에는 긴 의자 4개, 중앙에 원형의자가 1개 있다. 이정표도 있다(천왕봉 6.6, 형제봉 0.7, 우측으로 갈령 1.3). 또 다른 이정표는 쓰러져 있다. 나뭇가지에 매달린 '작약지맥분기점'이라는 준, 희씨가 설치한 표지판이 눈에 띈다.

잠시 휴식을 취한 후 좌측으로 내려간다(11:22). 안부에서 오른다. 금방이라도 눈이 내릴 듯 찬기가 돈다. 암릉을 지나는데 그새를 참지 못하고 눈이 내린다. 암봉을 돌아서 오르니 형제봉 정상이다(11:43). 우측으로 내려간다. 로프가 없는 눈길 암벽을 조심스럽게 내려간다. 급경사 내리막에 이어 오르다가 암봉 두 곳을 연속으로 우회해서 넘는다. 다시 오름길이 시작되고 803봉에 이른다(12:05). 아무런 표시가 없다. 눈길을 따라 한참 동안 내려가다가 다시 암릉을 오른다. 암릉을 오르내리다가 숲길로 들어선다. 들어서자마자 다시 암릉을 넘고 내려가니 피앗재다(12:24). 산죽과 낙엽송이 있다. 이곳에서 좌측은 만수리로 내려가는 길인데, 25분 정도 거리에 피앗재 산장이 있다. 이제 천왕봉까지는 5.6km. 완만한 오르막으로 오른다. 잠시 후 639봉에 이른다(12:33). 역시 아무런 표시가 없다. 잠시 휴식을 취한다.

자신이 원했던 삶을 사는 사람은 그리 많지 않다고 한다. 그런 것 같다. 나만 해도 그렇다. 다 팽개치고 이렇게 밤낮으로 산속을 헤매게 될 줄이야 누가 알았겠는가. 후회한다는 말이 아니다. 아무리 빨라도 내년까지는 이 짓이 계속되어야 할 것 같아서다. 우측으로 내려간다. 눈은 진눈깨비로 변한다. 일기예보는 저녁쯤에 눈이나 비가 온다고 했는데 ……. 한참 동안 완만한 능선을 오르내린다. 꽤 높은 봉우리를 넘고(12:44) 우측으로 내려가니 안부에 이르고, 긴 오르막을 오르니 667봉에 이른다(13:03). 정상에 약간의 공터가 있다.

좌측으로 내려간다. 완만한 능선을 오르내린다. 지금쯤이면 천왕봉이 보일 듯도 하건만 날씨 때문에 볼 수 없다. 답답하다. 오르막이 시작되고 암릉을 오르니 이번에는 703봉 정상이다(13:26). 정상은 특징이 없다. 주변 조망도 제로다. 궁핍한 정상에 위로를 남기고 내려간다. 헬기장이 나오고(13:38) 주변은 산죽이 진을 치고 있다. 내려가는 길에도 온통 산죽이다. 암릉길을 지나고 높은 봉우리를 넘는다(13:49). 봉우리에서 완만한 능선 길로 이어지고 잠시 후 전망암에 이른다(14:08). 불순한 날씨임에도 이곳에서 보는 주변 조망은 괜찮다. 지나온 대간길이 한 폭의 그림처럼 다가선다. 좌측 아래로는 대목리 계곡이 보인다. 바람이 점점 세차게 인다.

바로 오르니, 좌측 만수동에서 올라오는 길과 만난다. 계속해서 오르니 좌측에 묘지 1기가 나온다(14:42). 갈수록 오르막은 가팔라지고 주변은 온통 산죽이다. 체력이 많이 떨어졌음을 느낀다. 아침 식사가 부실했던 탓일까? 다시 암릉을 넘어 또 암봉에 이른다(14:47). 천왕봉이 얼마 남지 않았을 텐데도 여전히 깜깜무소식이다. 날씨 탓이다. 바로 내려간다. 4~5분을 내려가니 안부 갈림길에 이른다(14:52). 이곳에서 좌측으로 내려가면 윗대목골로 갈 수 있다. 이정표와 탐방안내도가 있다. 이젠 천왕봉이 200m 남았다. 체력은 고갈되었지만 200m라는 소식에 힘이 난다. 기어서라도 갈 수 있는 거리다. 바로 오른다. 역시 주변은 온통 산죽이다. 눈길 속에서도 언뜻언뜻 나무 계단이 보인다. 오르막은 갈수록 가팔라진다. 힘이 달려서 발자국 수를 세어 가면서 오른다.

좌측에서 올라오는 길과 만나는 합수점에 이른다(15:08). 갑자기 날이 어두워지고 내리는 눈이 굵어진다. 함박눈이다. 계속 오른다. 대형 '출입금지판'이 나타난다(15:18). 낯익은 안내판이다. 추억이 새롭다. 지금부터 6년 전인 2010년 4월 24일, 한남금북정맥 마지막 구간을 오를 때, 보은군 갈목리에서 출발하여 이 안내판을 넘어 천왕봉에 올랐었다. 남북으로 이어지는 백두대간 이 지점에서는 좌측으로 한남금북정맥이 갈래쳐 나간다. 좌측으로 이어지는 한남금북정맥은 안성의 칠장산에서 끝이 나는데, 칠장산에서는 다시 한남정맥과 금북정맥이 갈라져 나간다. 그래서 천왕봉은 한남금북정맥, 한남정맥, 금북정맥 등 3개 정맥의 뿌리를 내린 셈이다. 다시 출발. 위로 오르니 암봉인 속리산 천왕봉에 이른다(15:26).

천왕봉 정상에서(15:26)

정상은 갑자기 펑펑 쏟아지는 함박눈에 묻힌다. 주체할 수 없을 정도다. 일기예보와는 영 딴판이다. 그 눈 속에 외롭게 서 있는 정상석이 오늘따라 애처롭다. 눈 때문만이 아니다. 낙동강, 한강, 금강의 발원지라는 천왕봉의 명성에 비하여 턱없이 작은 정상석 때문이다. 6년 전, 한남금북정맥을 종주하면서 올랐을 때 이 정상석은 '천황봉'이라고 적혀 있었다. 그새 '천왕봉'으로 바뀌었다. 잘된 일이다. 조선이 일본의 속국이며 천황의 땅이라는 것을 드러내기 위해 그랬던 것이다.

평소 같으면 지금쯤 이곳에 등산객들로 바글바글할 텐데, 이제 막 내려가려는 두 분의 등산객만이 있을 뿐 황량하다. 이들에게 부탁해서 눈 내리는 설경을 배경으로 인증샷을 남긴다. 사진을 찍어 주고 부리나케 내려가는 등산객의 뒷모습을 보자 내 마음도 급해진다. 마치 뭔가에 쫓기는 심정이다. 억세게 내리는 눈이, 잿빛으로 변하며 어두워지는 날씨가 그렇게 만든다. 더구나 바로 옆에 설치된 '낙뢰다발지역'이라는 안내판이 더 두렵게 한다. 빨리 내려가라고 재촉하는 것만 같다.

더 이상 머무를 수가 없다. 바로 내려간다. 그런데 어떻게 해야 하나? 오늘 목표가 문장대까지인데. 문장대는 아직도 1시간 이상을 더 가야 한다. 산죽 사이로 내려가니 우측에 헬기장이 나온다(15:36). 이곳에서 탈출할까? 아니면 문장대까지 갈까? 망설여진다. 헬기장 우측으로 내려가면 상주시 화북면 장각동을 거쳐 상주로 들어갈 수가 있다. 거리는 4km 정도. 잠시 주춤한다. 어떻게 할까? 그런데 좌측 법주사로 내려가는 것보다 거리는 더 가깝지만 초행길이라 선뜻 내키지가 않는다. 탈출의 결정을 미루고, 일단 오늘의 최종 목적지를 향해 일단 가기로 한다. 잠시 후 법주사 갈림길에 이른다(15:41). 이정표가 있다(문장대 2.8, 법주사 5.1). 어떻게 할까? 갈수록 눈은 심하게 내리고 날은 어두워진다. 이곳에서 1시간 정도인 문장대를 갈 수는 있겠지만 여기에서 포기하기로 한다. 폭설과 어두워지는 날씨 때문이다.

아쉽지만 좌측의 법주사 쪽으로 내려가기로 한다. 눈은 쉬지 않고 내린다. 아직도 해가 있을 시각인데 주변은 어둑어둑해진다. 계속 내리막길이다. 익숙한 길이라 최대한 속도를 낸다. 내달린다. 상고암 갈림길을 지나고, 커다란 바위 아래도 통과하고, 통나무 다리도 건너고, 세심정을 지나 넓은 시멘트 길에 들어선다. 마음이 놓인다. 내리는 눈은 그칠 줄을 모른다. 세조가 목욕했다는 목욕소도 지나고, 2층으로 된 태평휴게소도 지난다.

넓은 수원지를 돌아서 내려가니 법주사에 이른다. 법주사 일주문을 지나 매표소까지 통과한다. 대로는 완전히 하얀 눈밭이 되었다.

어디까지가 도로인지 알 수 없을 정도다. 잠시 후 주변 상가의 불빛이 나타난다. 그러나 눈에 덮인 관광지는 쓸쓸하기만 하다. 이때쯤이면 장사하는 분들에게는 대목일 텐데. 손님들로 바글바글해야 할 음식점과 기념품점도 조용하기만 하다. 쌓인 눈을 치우는 모습도 보인다. 그칠 줄 모르는 눈길 속에서 속리산 버스터미널이 나타난다. 온몸에 쌓인 눈을 털지도 않고 바로 터미널 안으로 뛰어든다. 오늘의 산행이 끝나는 순간이다(17:15).

순조롭던 16구간 종주길이 천왕봉을 눈앞에 두고 갑자기 떨어진 체력 때문에 몹시 힘들었다. 일기예보와는 달리 낮부터 내린 폭설 때문에 당황했다. 목표지점을 눈앞에 두고 하산해야만 했던 특별한 날이었다. 왜 그랬을까? 겨울이 끝나가는 2월을 그냥 쉽게 보내긴 아쉬웠나? 이유가 있을 것이다. 고봉의 특별한 일기를 고려했어야 했다. 승리하면 조금 배울 수 있고, 패배하면 모든 것을 배울 수 있다고 했다. 오늘이 그런 날이다. 산길에서 또 한 수 배웠다.

(오늘 걸은 길)

비재→510봉→못재→갈령삼거리→형제봉→803봉→피앗재→639봉→667봉→703봉→안내판→속리산 천왕봉(12.07km, 6시간 46분)

(교통편)

* 갈 때

1. 동서울터미널에서 상주행: 06:00~20:30까지 자주 있음. 심야 23:00

2. 상주종합버스터미널에서 비재: 화북행 버스 이용(동관교차로에
   서 하차)

* 올 때

1. 천왕봉에서 속리산 버스터미널까지 도보 이동 후, 속리산버스터
   미널에서 강남, 동서울, 남부터미널(여러 곳 경유)행 버스 이용:
   06:25~19:15까지, 자주 있음.

열일곱째 구간(속리산 천왕봉에서 늘재까지)

2016. 3. 28.(월), 맑음

17구간 들머리 접근이 힘들게 되었다. 16구간을 고봉에서 마쳤기 때문이다. 폭설 때문에 불가피했지만 어찌됐든 마을에서 천왕봉까지 긴 오르막을 올라가서 시작하게 되었다. 17구간은 속리산 천왕봉에서 늘재까지다. 늘재는 상주시 화북면 용유리에서 입석리로 넘어가는 잿등이다. 17구간을 준비하면서 엄청난 고민을 했다. 고민거리는 세 가지였다. 들머리 접근 문제, 통행금지구역 통과 문제, 문장대에서 밤티재로 가는 고난도의 암릉지대다. 근 한 달여의 고민과 준비 끝에 겨우 나설 수 있었다. 특히 나 같은 단독 종주자들은 이 구간에서 고민이 클 것이다. 그래서 가급적 자세하게 정보를 알리고 싶다.

첫째, 17구간 들머리에 접근하는 루트는 두 가지가 있다. 보은군 법주사 쪽에서 오르는 코스(5.1km)와 상주시 화북 쪽에서 오르는 코스(5.4km)다. 이 중 상주시 화북 쪽에서 오르는 게 낫다고 본다. 이유는 화북에서 오르면 장각폭포, 칠층석탑, 장각동 신선마을, 장각계곡 등 볼거리가 많기 때문이다. 둘째, 문장대에서 늘재까지의 통행금지구역 통과 문제다. 문장대에서 감시인의 활동이 시작되기 전인 9시 이전에 통과하면 된다. 마지막으로, 문장대에서 밤티재 사이의 암릉지대 난이도다. 인터넷 정보에 의하면 이곳이 매우 위험한 것으로 알려지고 있는데, 위험하다기보다는 험한 암릉을 연속해서 로프를 타고 오르내려야 하기 때문에 많은 힘이 든다는 표현이 맞을 것이다.

17구간은 구간 거리가 짧아 아침 9시 전에만 문장대를 통과하면 오전 중에 마칠 수 있다. '모순', '대립'이라는 말이 있다. 산에서 출입통제구역을 만났을 때 생각나는 단어다. 산을 지키려는 자와 통제구역을 넘으려는 종주자들 모두 국토를 사랑하는 국민이다. 그런데 '비법 정탐방로'를 두고서는 양측의 생각이 대립한다. 넘으려고 하고, 막으려고 한다.

넘으려는 자들의 입장을 이해해야 할 것이다. 그들에겐 의미 있는 도전이고, 그 과정에서 성취와 성찰을 하게 된다. 지난 역사를 되돌아보면 알 수 있다. 모두가 무모하다고 했지만 1911년 아문센은 남극점에 도달하였고, 1492년 콜럼버스는 신대륙을 찾아 나섰다. 1969년 닐 암스트롱은 달 착륙에 성공했다. 위험한 도전이었고, 생명을 건 모험이었다. 세계는 위대한 도전이라며 찬사를 아끼지 않았다. 관계 기관은 무조건 금지만 할 게 아니라 제한적으로라도 통행을 허가하는 방안을 고민해야 할 것이다.

상주터미널에서(3. 27. 17:58)

긴 날을 고민했던 17구간. 그것으로 인해 엄청 쌓였던 스트레스. 드디어 숙소와 들머리를 향한 루트가 결정되자 한 달여의 번민을 끝내고 상주를 향해 출발한다. 동서울터미널에서 15:30에 출발한 버스는 17:58에 상주터미널에 도착. 터미널에서 18:15에 출발한 버스는 19:14에 화북 보건소 앞에 도착(19:14). 민박집을 찾느라 두리번거리는데 누군가 말을 걸어 온다. '전화하신 분이세요?'라고.

민박집에 여장을 풀고, 저녁식사를 위해 거리로 나선다. 시골치고는 저녁 불빛이 화려한 마을. 식당을 두 군데나 들렀지만 1인분은 안

된다는 것이다. 마지막으로 들른 추어탕집(장터추어탕). 반갑게 맞는다. 71세의 남자 사장과 55세의 여주인. 6년 전에 서울에서 내려왔다는 귀향인이다. 손맛인지 재료맛인지 추어탕 맛은 끝내준다. 하마터면 굶을 뻔한 저녁식사. 무엇인들 맛이 없으랴만……. 알람을 새벽 4시에 맞추고 일찍 잠자리에 든다.

3월 28일 새벽 4시 기상. 어둠 속에서 민박집을 나선다(04:30). 이곳에서 들머리까지는 상오1리, 장각폭포, 7층 석탑, 장각동 신선마을을 거쳐 산길을 타고 속리산 능선까지 올라가야 한다. 장각동 신선마을까지는 일반도로를 따르고, 이후부터는 산길을 올라가야 한다. 캄캄하다. 출발한다. 가끔씩 지나가는 자동차 불빛이 그렇게 반가울 수 없다. 점점이 멀리서 깜박이는 희미한 불빛조차도 든든한 원군이다.

학생수련장을 거쳐 상오1리 버스정류장에 도착(04:57). 이곳에서 차도를 버리고 우측 마을 진입 도로를 따라 진행한다. 캄캄해서 고요한 밤. 적막해서 더 무거운 밤이다. 곁눈질할 여유가 없다. 그래서인지 발걸음은 축지법을 쓰는 듯 빠르기만 하다. 장각폭포를 거쳐 장각동 신선마을에 도착(05:15). 마을 입구에 세워진 큼지막한 마을 표석이 또 그렇게 반가울 수 없다. 생각 없이 서 있는 돌일 뿐이지만 외딴곳 밤길에서 아는 사람을 만난 듯 반갑다.

이때 느닷없이 쾅쾅 짖어 대는 개들의 항의. 밤중 불청객의 침입을 규탄하는 것이리라. 괜히 불안하고 두렵고 고이 잠들어 있을 주민들에게 미안해진다. 개들에겐 본연의 임무겠지만 내겐 몹시 부담스럽고 죄송한 일이다. 고이 잠든 산속 마을의 평화를 깨는 것만 같아서다. 어둠 속에서도 알아챌 수 있다. 산속의 마을치고는 주택들이 비

교적 고급스럽다. 이제부터는 시멘트 길이 끝나고 산속 세로로 이어
진다.

이정표가 있다. 천왕봉 방향을 가리킨다. 산속으로 들어선다. 이제
부터 정말 혼자가 된다. 이따금씩 깜박거리던 불빛도 이젠 기대할 수
없다. 지금 이곳엔 어둠과 돌과 나무와 스산한 바람뿐이다. 거기에
멧돼지에 대한 두려움이 더해진다. 천왕봉을 향하는 오름길. 어둠 속
이지만 등로는 뚜렷하게 구별할 수 있다. 옆은 장각계곡. '촐촐촐' 흐
르는 물소리가 끊이질 않는다. 계곡은 좌측에 있다가 우측에 있다가
발걸음에 따라 신출귀몰한다. 구름다리를 두 번 건너고 외나무다리
를 한번 건너고 나서야 계곡은 끝난다.

갑자기 '멧돼지 출몰지역'이라는 경고판이 나온다. 지금은 멧돼지
에 신경 쓸 계제가 아니다. 어찌하든 9시 전에 문장대를 통과해야 한
다. 17구간 종주를 준비하는 동안 계속 나를 압박했던 것이 바로 이
것이었다. 그 압박, 그 스트레스를 오늘 시원하게 날려 버릴 것이다.
오르막길은 한동안 완만하게 이어지다가 천왕봉을 1.7km 남겨 놓은
지점에서부터 가팔라진다. 어둠도 가시기 시작한다. 막바지 피치를
올린다. 드디어 헬기장에 이른다(06:41). 한 달 전 16구간 종주 때 보
았던 그런 헬기장이 아니다. 그땐 바닥이 온통 눈이었는데 이젠 말끔
하게 제 모습을 드러낸다. 좌측으로 300m 지점에는 천왕봉이 자리
잡고 있고, 우측으로 조금 가면 17구간 들머리인 법주사 갈림길이 나
온다. 탁 트인 사방. 모든 게 잠든 것처럼 조용하기만 하다. 그 속에
내가 홀로 서 있다.

바로 출발한다. 법주사 갈림길에는 06:47에 도착. 여기까지는 16

구간 종주 때 이미 밟았던 땅. 비로소 이제부터 17구간 종주가 시작된다. 이곳에서 문장대까지는 고도차가 그리 크지 않다. 이정표에 나타난 거리는 2.8km. 1시간 정도면 도착할 것 같다. 날은 맑은 것 같은데 약간 바람이 있다. 고지대여서일까? 땅은 단단하게 얼어붙어 울퉁불퉁하다. 등로 주변은 온통 산죽. 꽁꽁 언 땅바닥. 질퍽하던 것이 그대로 얼어 버렸다. 이것도 잠시 햇빛이 나오면 녹임을 당해 유해질 것이다.

속도를 낸다. 바로 상고석문에 이른다(06:53). 기둥처럼 서 있는 두 암벽 사이에 지붕처럼 또 다른 바위가 얹혀 있다. 그 사이로 통과한다. 암릉이 이어진다. 목재 계단을 넘는다. 좌측에 두껍등 바위가 나오고, 우측으로는 도룡농 바위가 보인다. 목재 계단을 한 번 더 넘고 내려간다. 이번에는 고릴라 바위를 통과한다. 다시 목재 계단을 내려간다. 또 두 바위 사이의 협곡을 통과한다. 협곡을 통과하니 목재 계단이 기다린다. 앞쪽으로는 우뚝 선 입석대의 돌기둥이 보인다. 속리산의 새벽을 지키듯이 장엄하게 서 있다.

입석대는 임경업 장군이 7년간 수도 끝에 세운 것이라고 한다. 산죽 지대가 계속되고 다시 목재 계단이다. 조금 더 진행하니 '문장대 1.34킬로' 이정표가 눈에 들어오면서 약간의 공터가 있는 곳에 이른다(07:22). 경업대 갈림길이다. 이정표가 있다. 목재 계단을 따라 오른다. 잠시 후 신선대 휴게소에 이른다(07:29). 유리창에 붙어 있는 차림표와 이정표만 새벽을 지킬 뿐 아무도 없다. 당연히 문도 잠겼다. 주말이면 바글바글할 등산객들의 모습이 절로 그려진다. 그 모습이 그립기까지 한다.

법주사 쪽을 내려다본다. 운무 낀 아침 산하, 신선의 기분을 조금은 알 것 같다. 이런 곳을 그냥 지나쳐야만 하다니……. 아깝다. 그러나 어쩌랴, 문장대가 다급하게 기다리고 있으니……. 출발한다. 이젠 문장대가 1.1km 남았다. 돌계단을 따라 내려가다가 오른다. 또 돌계단을 오르고 내린다. 이런 상태가 반복된다. 천연 암반을 쪼아 만든 돌계단이 나온다. 이 공력, 대체 언제 누구의 희생이 있었기에 오늘 이처럼 편안하게 오를 수가 있을까! 대단하고 감사하다. 이후에도 돌계단 오르막 내리막은 계속된다. 그러는 사이에 문수봉에 이른다(07:43). 문수보살을 상징한다는 봉우리다.

문수보살은 사자를 타고 다니며 불교에서 지혜의 완성을 상징하는 화신이다. 내려간다. 로프가 있다. 잠시 후 문장대 탐방지원센터가 자리잡고 있는 공터에 이른다(07:49). 초소처럼 생긴 작은 시설물, 사각형의 탐방지원센터가 제일 먼저 눈에 띈다. 이곳의 좌측에는 법주사로 내려가는 길이 있고, 우측에는 시어동 화북분소로 내려가는 길이 있다. 먼저 직원이 있는지를 살핀다. 있을 리 없다. 지금이 몇 신데. 맘이 놓인다. 이젠 문장대는 맘대로 통과할 수 있게 됐다.

이곳에서 문장대는 200m 거리. 문장대를 향하여 오른다. 오름길 우측에 출입금지 안내판과 금줄이 설치되어 있다. 안내판과 금줄은 밤티재로 진입하지 말라는 것이다. 국립공원에서 통행금지구역으로 지정한 곳이다. 발각되면 예외 없이 과태료를 물린다. 이것 때문에 지금까지 고민을 했고, 스트레스를 받았다. 이것 때문에 새벽 어둠을 뚫고 지금 이곳을 넘는 것이다. 문장대를 향해 걸음을 재촉한다. 이후에도 출입금지 경고판은 몇 번 더 나온다. 두 개의 문장대 정상석이 서 있는 지점을 통과하고 철계단을 넘어 드디어 문장대에 도착한다(07:56).

문장대에서(07:56)

문장대는 원래 큰 암봉이 구름 속에 감추어져 있다고 해서 운장대라 불렀으나, 세조가 이곳에 올라 하루 종일 글을 읽었다 하여 문장대라고 부르게 되었다. 또 이곳을 세 번 오르면 극락에 갈 수 있다는 전설이 전해지고 있다. 설치된 안내판을 보면서 주변의 봉우리들을 회상해 본다. 모두 수 년 전에 이미 올랐던 봉우리들이다. 묘봉, 상학봉에 이르는 산줄기들……. 이 좋은 아침, 황홀한 이 조망을 혼자 누리기는 정말 아깝다.

우측 아래로는 헬기장이 뚜렷하다. 잠시 후에 밤티재를 향해 나아갈 때 반드시 거쳐야 할 첫 번째 관문이다. 헬기장에 이어 밤티재로 향하는 대간길 능선을 확인해 둔다. 설레게 하는 산줄기다. 자연은 참으로 위대하다는 생각을 또 떨칠 수 없다. 침묵만으로도 인간들을 감복시킨다. 불변함으로 또 인간들의 잔머리를 조아리게 한다. 어찌 따르지 않을 수 있겠는가!

시간이 급하다. 감시요원이 없다고 해서 안심하기에는 이르다. 밤티재에서 또 어떤 복병을 만날지도 모른다. 서둘러 내려간다. 철계단을 내려서니 좌측에 금줄과 경고판이 있다. 좌측 헬기장으로 향하는 길인데, 통행금지구역이니 가지 말라는 경고판이다. 별 생각이 다 든다. 이 선을 넘으면 불법인가? 이 순간부터 범법자가 되는가? 그러나 오래 망설이지 않는다. 넘어야 한다. 얼마나 고민했던 이 순간인

가. 일단 넘고 나중에 다시 생각할 것이다.

　순간 감시요원이 없다는 것은 알지만 누가 보는 것만 같아 왠지 불안하다. 날렵하게 금줄을 넘는다(08:03). 통행금지구역이지만 사람이 다닌 흔적은 뚜렷하다. 채 1분도 못 가서 헬기장에 이른다. 이곳에도 진행방향을 가로막고 있는 철문이 떡 버티고 있고, 철문에는 출입금지 경고판이 부착되어 있다. 그 옆으로는 로프로 금줄까지 설치했다. 절대 넘어가지 말라는 엄명이다. 위반 시 과태료 10만원을 부과한다는 설명까지……

　그렇다고 마음이 약해질 리 없다. 바로 넘는다. 다시 무인감시카메라가 나타난다. 나를 봤는지 센서가 음성 메시지를 보낸다. 되돌아가라고 한다. 무시하고 진행한다. 말로만 듣던 험한 암릉구간이 눈앞에 나타난다(08:09). 대간 종주자들 사이에서 위험 구간으로 소문이 자자한 곳이다. 거대한 암벽이 앞을 막는다. 첫 번째로 등장하는 장애물이다. 배낭을 벗어야만 통과할 수 있다. 배낭을 벗고 간신히 몸을 빼내 넘는다. 시작은 순조롭다. 이제 겨우 시작일 뿐.

　내려가는 곳에도 로프가 설치되어 있다. 로프를 타고 내려간다. 어떤 곳에선 네 발로, 또 로프에 의지해 오르고 내리길 반복한다. 이런 식으로 쉽지 않은 험한 암릉이 5~6번 계속된다. 그때마다 로프를 이용해 암릉 장애물을 통과한다. 인터넷 정보에 의하면 굉장히 위험하게 묘사되었는데 실제 보니 꼭 그렇지만은 않다. 위험도는 그렇게 심하지 않고 대신 힘은 든다. 로프만 탈 수 있으면 누구나 넘을 수 있을 정도다.

　로프를 타고 마지막 암릉을 통과하니(09:10) 계속 내리막길이 이어진다. 이젠 살 것 같다. 흙길에 낙엽이 깔려 있다. 이전의 암릉과는 천양지차다. 비단길이다. 한 20여 분을 내려가니 앞에 역삼각형 모양의 입석바위가 있는 암봉에 이른다(09:32). 916봉이다. 암봉을 넘고 내려가니 등로 우측에 흰색 줄이 계속 이어진다. 무슨 줄인지는 몰라도 한동안 계속된다. 혹시 선답자가 후답자를 위해서 등로를 표시한 것은 아닐까? 그럴지도 모르겠다. 그렇다면 감사할 일이다.

다시 암릉이다. 이곳에도 로프가 있다. 로프를 타고 내리니 안부에 이르고(09:37), 또 암릉이 시작된다. 다시 내리막길이 한참 동안 이어진다. 낙엽이 쌓인 걷기 좋은 길이다. 바위가 나타나고 바위에 청색으로 대간길이라고 직진 표시를 해 놓았다. 이곳이 말로만 듣던 견훤성 갈림길이다. 대간 종주자가 표시를 해 놓은 것 같은데 대단한 성의다.

표시된 대로 직진으로 나아간다. 묘지 1기가 나오고서부터 다시 걷기 좋은 길이 이어진다. 잠시 후 파묘 흔적이 있는 곳을 지나니 또 갈림길이다(10:04). 이곳에서 직진길은 생태통로를 지나 밤티재를 건너는 대간길이고(밤티재 감시초소도 이쪽에 있다) 우측은 밤티재 절개지를 따라 밤티재로 내려가는 길이다. 갈림길에서는 초소가 보이지 않아 감시원이 있는지 확인할 수 없다. 숨소리조차 죽여 가며 우측으로 내려간다. 감시초소를 피하기 위해서다. 이곳만 무사히 통과하면 오늘 작전은 성공이다.

연속해서 묘지 2기가 나오고 출입통제 철망이 있는 곳에 이른다. 철망을 넘으면 밤티재에 닿는다. 이곳에서 좌측 감시초소 쪽을 살펴보았지만 조용하기만 하다. 철망을 넘는다(10:01). 재빠르게 도로를 건너 맞은편 산속으로 들어선다. 산속은 종주자들이 지나간 흔적이 역력하다. 뒤도 돌아보지 않고 숨도 쉬지 않고 오른다. 작전 성공. 무사히 밤티재를 넘었다. 밤티재는 상주시 화북면 아랫늘티와 중벌리를 잇는 잿등이다. 지금은 2차선 도로가 개설되어 아주 가끔씩 자동차가 지나가기도 한다. 오늘 이것을 위해 얼마나 많은 고민을 했던가. 홀가분하고 허탈하기까지 하다. 잠시 휴식을 갖는다. 피로가 몰려오고 배가 고프다. 이제야 아침 겸 점심을 먹는다.

다시 출발이다(10:28). 5분 정도 오르니 원래의 대간길 능선과 합류한다(10:33). 합류 지점에는 약간의 공터가 있고 수많은 표지기들이 있다. 오늘 처음 보는 표지기들이다. 표지기들을 보니 이제야 비로소 대간 종주를 하는 기분이 든다. 공터에서 뒤돌아 밤티재를 바라본다. 아무 일 없다는 듯 조용하기만 하다. 감시초소도 보이지 않는다. 나뭇가지에 매달린 수많은 표지기를 보니 뭔가 압박에서 해방된 기분이다.

내게 있어서 표지기는 대간길이나 마찬가지다. 문장대에서 이곳까지 오는 동안 하나도 보이지 않던 표지기가 이곳에는 이렇게 자유롭게 걸려 있다. 갑자기 마음이 편해진다. 이젠 최고 편한 마음으로 걷자. 쉬고 싶으면 쉬고, 주변도 둘러보면서 여유를 갖자. 그동안 쫄던 마음도 푹 내려놓자. 계속 오른다.

걷기 좋은 흙길이 이어진다. 주변에 소나무도 많다. 밤티재를 지나고서부터 산속의 많은 변화를 느낀다. 길도, 수종도, 올려다보는 하늘까지도 달리 보인다. 산속에서는 계절의 변화를 훨씬 쉽게 알아챌 수 있다. 벌써 봄이 온 듯하다. 완만하던 능선이 끝나고 가파른 오르

막이 시작된다. 큰 바위들이 연속해서 나온다. '탐방로 아님' 표지판
이 있는 곳에서 암릉을 우회한다. 우회하니 다시 암릉이 이어진다.
마지막 암릉을 우측으로 돌아 오르니 696봉에 이른다(11:02).

696봉 정상에서(11:02)

정상에는 삼각점이 있다. 오늘 처음 보는 삼각점이다. 뒤를 돌아보
니 지나온 능선이 뚜렷하다. 문장대와 지나온 암릉구간도 뚜렷하다.
잠시 이곳에서 쉰다. 이제는 백세시대라고 한다. 어찌 보면 우리에게
특혜다. 나이 60이 넘어도 새로운 꿈을 꿀 수 있다. 또래들이 이 특
혜를 제대로 누렸으면 좋겠다. 주어진 여건에 순응하듯 살지만 말고
적극적으로 꿈을 펼쳤으면 좋겠다. 젊은 시절 묻어야만 했던 꿈이 있
다면 이제라도 꺼냈으면 좋겠다.

다시 내려간다. 늘재로 내려가는 방향을 알려 주는 표지판이 보인
다. '탐방로 아님'이라고 적힌 표지판 위에 누군가 '늘재'라고 적어 놓
았다. 표지판이 가리키는 대로 우측으로 내려간다. 10여 분을 내려가
니 다시 봉우리. 아마도 629봉인 듯. 내려간다. 안부에서 오르니 다
시 걷기 좋은 길. 한참 동안 내려가다가 봉우리를 하나 더 넘고 또 내
려간다(11:39).

앞쪽에 마을이 보인다. 윗늘티 마을이다. 마사토가 깔린 미끄러운
길이 이어진다. 짧지만 급경사 내리막이 시작된다. 가파른 내리막길
이 끝나고 또 걷기 좋은 길로 이어진다. 여전히 내리막길이다. 주변
에는 그리 크지도 곧게 자라지도 못한 굽은 소나무들이 많다. 다시
한 번 급경사 내리막이 이어지더니 좌측에 낙엽송들이 보이기 시작

한다.

좀 더 내려가니 좌측 아래에는 청색지붕 주택이 보이고, 다시 완만한 오르막에 이르니 좌측에 묘지 1기가 보인다. 작은 봉우리를 넘은 후 안부에서 마지막 봉우리를 넘고 내려간다(11:48). 잠시 후 오늘의 마지막 지점인 늘재에 도착한다(11:50). 늘재에는 거대한 백두대간 표시석, 낙동강과 한강을 가르는 분수령 표지판이 설치되어 있다. 표지판에는 "이곳에 비가 내리면 우측으로 흐르는 빗물은 낙동강으로 가고, 좌측으로 흐르는 빗물은 한강으로 간다"라고 적혀 있다. 백두대간 표석 뒤에는 성황당이 있고, 성황당 좌측으로 다음 구간이 이어진다. 오늘은 이곳에서 마치기로 한다.

생각보다 어렵지 않게 마친 것 같다. 민박집에서 능선을 찾아 오르던 캄캄한 새벽길도 그렇고, 불안했던 문장대에서 밤티재까지의 통제구간도 그렇고……. 산은 내 안의 나를 찾아가는 무아의 길이라고 했다. 오늘의 행로, 짧지만 긴 추억으로 남을 것 같다. 어려운 구간을 무사히 마쳐 다행이다. 날씨는 완연한 봄날이다.

(오늘 걸은 길)

속리산천왕봉→헬기장→비로봉→입석대→신선대→1016봉→1018봉→문수봉→문장대→916봉→밤티재→696봉→629봉→늘재 (16.5km, * 접속구간 5.0 포함. 7시간 20분)

(교통편)

* 갈 때

1. 동서울터미널에서 상주행 버스: 06:00~20:30까지 자주. 심야 버스 23:00

2. 상주종합버스터미널에서 화북행 버스: 07:40~18:15까지 7회

3. 화북에서 17구간 초입(속리산 능선상에 있는 법주사 갈림길)까지: 도보

* 올 때

1. 윗늘티버스정류장에서 상주 터미널까지 군내버스: 09:23, 12:53, 18:08

2. 상주에서 강남 또는 동서울행 버스: 06:00부터 22:00까지 32회 운행

열여덟째 구간(늘재에서 버리미기재까지)

2016. 4. 15.(금), 맑음

벌써 추억이 되어 버렸다. 겨우 엊그제 일인데. 그만큼 고민이 깊었었다는 걸까? 백두대간 17, 18구간 이야기다. 17구간은 문장대에서 밤티재를 통과하는 문제로, 18구간은 대야산 직벽을 로프 타고 내려가는 문제로 오랫동안 고민을 했고 불안했었다. 끝내고 나니 이렇게 편안한 것을. 두고두고 아름다운 추억으로 남을 것 같다.

대간길에서 가장 위험하다는 18구간을 넘었다. 18구간은 늘재에서 버리미기재까지다. 늘재는 상주시 화북면과 괴산군 청천면 사이의 잿등이고, 버리미기재는 우측의 문경시 가은읍 옻나무골과 좌측의 괴산군 상관평을 잇는 잿등이다. 이 구간에는 청화산, 895봉, 갓바위재, 조항산, 고모재, 889봉, 밀재, 대야산, 촛대봉, 불란치재, 곰넘이봉, 675봉 등의 높고 낮은 산과 잿등이 있다.

이 구간은 위험하고 힘이 든다. 대야산 정상에서 경사도가 80도가 넘는 절벽을 로프를 타고 내려가야 하고, 구간 내내 암벽과 암릉을 넘어야 한다. 평이한 능선이 거의 없다. 또 이 구간은 출입통제구간이기 때문에 감시인의 눈을 피해야 하는 이중고가 있다. 반면 암릉구간인 만큼 곳곳에 천혜의 전망암이 많아 경상도와 충청도 땅의 수려한 자연 경관을 하늘 높은 곳에서 내려다 볼 수 있다.

대간꾼들의 관심사인 대야산의 직벽 문제를 최대한 정확히 알리고 싶다. 이 구간을 준비 중인 분들의 고민과 불안을 알고 있기 때문이다. 결론은 위험하지만 악천후가 아니라면 큰 염려 없이 직벽을 내려갈 수 있다는 것이다. 인터넷 정보에 의하면 직벽은 80도 정도이고 절벽의 길이는 70~100m라고 표현하는데 직벽이 80도 정도인 것은 맞다. 그러나 절벽 길이가 70~100m라는 것은 연속되는 3개 절벽의 합이 그렇다는 것이다.

늘재에서(05:10)

무거운 마음으로 집을 나선다. 17구간 들머리 진입문제도 고민거리였지만 대야산 직벽을 내려가는 문제가 더 골칫거리다. 4월 14일 오후 상주터미널에 도착하여, 화북행 시내버스를 타고 민박집에 도착(19:17). 민박집 주인께 내일 새벽 일정을 부탁하고 일찍 잠자리에 든다. 새벽 4시에 기상. 아침식사를 간단히 마치고 배낭을 꾸리는 중에 민박집 주인의 신호가 온다. 바로 출발하자는 것이다. 들머리인 늘재까지는 주인의 오토바이를 타고 가기로 했다. 이른 새벽이라 택시가 없어서다. 주인의 허리를 잡고 차가운 밤길을 달린다. 벌거벗은 두 손이 시리다. 이게 대체 무슨 꼴인가? 늘재에는 5시 10분에 도착.

늘재 주변에는 대형 백두대간 표석과 성황당이 있고, 그 반대편에는 낙동강과 한강의 분수령임을 알리는 표지판이 있다. 잿등에서 도로를 따라 좌측으로 진행하면 귀빈래 마을과 입석리가 나오고 청주로 들어가는 길이 이어진다. 우측으로 진행하면 상주시 화북면 아랫늘티와 장암리가 나온다. 아직까지도 사방은 캄캄. 도로 윗쪽에 서 있을 백두대간 표석과 그 뒤에 있을 성황당의 모습이 보이지 않을 정도다. 민박집 주인은 안산하라는 인사를 남기고 늘재를 떠난다.

어둠 속에 나 혼자다. 의외로 바람이 세다. 예상 못했던 추위가 엄습한다. 4월인데……. 오늘 날씨가 맑을 거라는 예보까지 확인했는데……. 그런 드센 바람도 어둠은 데려가지 못한다. 어둠은 한참 동안 늘재를 지키다가 점차 물러나려 한다. 어둠 속에 갇혔던 백두대간 표석도 성황당 지붕도 점차 윤곽을 드러낸다. 출발할 시점이다. 어둠 속에서 늘재 주변 몇 곳을 촬영하고 성황당과 유래비 사이를 지나 초입을 통과한다(05:19). 초입에는 어둠 속에서도 몇 개의 표지기들이 자신들의 존재를 알린다. 이곳으로 지나가라는…….

바람은 여전히 그대로다. 초입에서 표지기가 있는 곳을 지나자 등로 좌측에 그물이 보인다. 그물을 좌측에 두고 위로 오르니 이정표가 나타난다(05:25). 오늘 처음 보는 이정표다(청화산 2.2). 완만한 오름길은 한 사람이 걸을 정도의 세로다. 등로 주변엔 어둠 속에서도 만개한 진달래의 모습이 보이고 주변의 소나무들도 존재를 알린다. 조금 오르니 또 이정표가 나온다. 그런데 청화산이 2.4km라니……. 뭔가 잘못됐다. 오를수록 줄어야 할 거리가 늘고 있다. 갈수록 경사도는 심해지고 암반이 자주 나온다. 가파른 곳에는 예외 없이 로프가 설치되었다. 청화산을 오르는 길이 힘든다는 것은 알고 있지만 벌써부터 암반이라니……. 오늘 하루가 쉽지 않을 것 같다.

전망암이 나온다. 등은 벌써 땀에 젖었다. 바람은 계속 불지만 이젠 추위 따위는 사라졌다. 오히려 윗도리를 벗어야 할 지경이다. 큰 암벽이 눈앞에 다가선다(05:41). 이곳에서 등로는 우측으로 90도 틀어서 이어진다. 산허리를 돌아 우측 능선까지 가는 셈이다. 산허리 끝에 이르자 등로는 다시 좌측으로 90도 틀어서 위쪽으로 이어진다. 건너편 능선을 따라 오르는 셈이다. 원래 산줄기가 그래서인지 아니면 암벽 때문인지는 모르겠지만 조금은 이상하다.

이곳에서의 오름길도 바윗길이다. 가파른 암벽을 오르도록 로프가 설치되어 있다. 잠시 후 '정국기원단'이라는 제단에 이른다(05:49). 누가 봐도 좋은 터다. 소위 말하는 명당이다. 대형 표석이 있고 양쪽에 향로처럼 보이는 석물이 있다. 이곳은 대간 종주자들 사이에 널리 알려진 곳이다. '정국기원단'이라는 표석 때문이다. '정국(靖國)'이라는 말이 일본에서는 야스쿠니로 쓰인다. 그런데 그 '정국'이라는 단어가 이곳 제단에 사용되고 있어서다.

섣부른 판단은 혼란의 와중에 또 다른 혼란을 야기할 수 있어 조심스럽지만, 표석에 새겨진 글귀들을 소개한다. 이곳의 표석에는 '백두대간 중원지', '백의민족 성지', '부실기조 삼파수'라는 글귀들이 있다. 정국이라는 단어는 어지러운 나라를 태평하게 한다는 뜻이고, 백두대간 중원지라는 말은 백두대간의 중간지점으로서 경관이 으뜸이라는 뜻이며, 삼파수라는 말은 속리산 문장대에서 흘러내리는 물이 한 줄기는 동쪽으로 흘러 낙동강이, 또 한 줄기는 남쪽으로 흘러 금강이, 나머지 한 줄기는 서쪽으로 흐르다가 북으로 가서 남한강으로 들어간다는 뜻이라고 한다. 그리고 이 표석은 농원을 경영하는 어느 개인이 이곳에 '지구촌 어머니 사랑동산'이라는 이름을 가진 관광명소를 개발하기 위하여 세웠다고 한다.

이곳 정국기원단에 서서 지나온 길을 되돌아본다. 문장대를 비롯한 속리산 주능선, 좌측의 늘티마을과 우측의 귀빈래마을이 그림처럼 다가선다. 다시 오른다. 가파른 오르막에 이어 또 암벽이 나온다. 로프를 타고 오른다. 벌써부터 양 어깨가 뻐근하다. 암벽은 또 다른 암벽을 낳아 계속해서 이어진다. 암벽을 넘으니 전망암이 나온다. 이런 현상은 반복된다. 그 사이에 나도 모르게 몇 개의 봉우리를 더 넘는다. 지도상에 나타난 570봉과 750봉인 것 같다. 이번에는 봉우리가 뚜렷한 870봉에 이른다(06:31). 이곳을 지나서도 산더미 같은 암벽을 또 만난다. 우측으로 틀어 오른다. 가파른 오르막이 시작되더니 역시 이곳에도 로프가 있다.

짙게 깔린 구름을 뚫고 붉은 태양이 모습을 드러낸다. 모처럼 햇빛을 보니 반갑기 그지없다. 바람은 여전히 심하게 분다. 안개인지, 미세 먼지인지 날씨가 좋지 않다. 암벽을 오르내리느라 벌써 힘이 다 빠졌다. 가도 가도 청화산 정상은 소식이 없다. 오를수록 더 도망가는 것만 같다. 이젠 아예 정상을 기다리지 말아야지 하면서도 두 눈은 어느새 또 위쪽을 올려다보게 된다. 그러는 사이에도 쉼 없이 움직인 발길은 어느새 헬기장에 이른다(06:44). 헬기장을 지나 계속 오르니 '조항산 4.2킬로'라고 적힌 표지판이 눈에 들어오면서 청화산 정상에 도착한다(06:45).

청화산 정상에서(06:45)

이중환은 택리지에서 "산의 높고 큼은 속리산에 미치지 못하나 수석의 기이함은 속리산보다 훌륭하다"고 이곳 청화산을 극찬했다. 바위로 된 정상에는 아담한 정상석이 세워져 있고 이정표가 있다(조항산 4.2). 좌측 아래로는 의상저수지와 왕승마을이 있다고 누군가 이정표 옆에 표시해 놓았다. 그쪽 방향으로 희미한 길도 보인다.

고지대라선지 바람이 세다. 바로 발길을 옮긴다. 완만한 능선을 따라 내려간다. 10여 분쯤 내려가니 976봉 삼거리에 이른다(07:01). 시루봉 분기점이기도 하다. 이곳에도 이정표가 있다(좌측 조항산 3.7, 직진 시루봉 3.1). 양쪽에 많은 표지기들이 걸려 있다. 자칫하면 등로가 헷갈려 길을 잃을 수도 있겠다. 대간길은 좌측 아래로 내려가야 한다. 직진은 시루봉으로 가는 길이다.

주변에는 키 작은 산죽들이 있다. 조항산을 향해 좌측으로 내려간다. 등로 주변에는 많은 산죽이 있고, 앞쪽으로는 조항산 암봉이 제 모습을 드러내기 시작한다. 895봉을 넘어 내려가니(07:18) 모처럼 걷기 좋은 길이 이어진다. 완만한 능선 내리막이다. 안부에서 오름길은 약간의 암릉이 있다. 바람은 여전히 세다. 낮은 봉우리 몇 개를 넘은 후 858봉에 이른다(07:36). 역시 이곳도 바람이 세다. 바로 내려간다.

암릉 절벽 앞에 당도하여 우측으로 틀어 내려간다. 다시 오름길에 암릉이 시작되더니 잠시 후 암봉에 이른다(07:50). 암봉에서는 조항산과 대야산이 뚜렷하게 보인다. 내려간다. 급경사 내리막이다. 이곳에서도 좌측 아래의 의상저수지가 보인다. 가파른 오르막이 시작되더니 이번에는 전망암에 이른다(08:10). 의상저수지가 아주 가깝게 보인다. 뒤를 돌아본다. 청화산에서 이곳까지 이어지는 능선이 아주 뚜렷하다. 앞쪽으로는 조항산이 지척으로 다가선다. 계속 암릉길이다. 암릉 때문인지 다른 구간보다 훨씬 힘이 든다. 769봉에 이르고, 우측 옆등으로 진행한다.

잠시 후 갓바위재에 이른다(08:30). 이정표가 있다(조항산 1.1). 우측 아래는 문경시 농암면 궁기리 마을이다. 좌측의 의상저수지로 내려가는 길도 뚜렷하다. 조항산을 향해 직진으로 오른다. 4~50m를 오르자 헬기장이 나온다. 헬기장을 지나 잠시 편안한 길이 이어지는가 싶더니 돌길이 시작된다. 돌길에 이어 거친 암릉이다. 아주 험한 암릉이다. 로프가 설치되어 있다. 잠시 지나온 길을 되돌아본다. 의상저수지도 보이고, 청화산도 보인다. 청화산에서 시루봉으로 이어지는 능선도 뚜렷하다. 멀리서는 부드럽게만 보이는 저 능선도 실제로는 사이사이에 험한 암벽도 암릉도 있다는 것을 알고 있다. 산이 그런 것 같다. 계속해서 암봉을 오르고 내린다. 그때마다 로프에 의지한다. 조항산은 종주자들의 땀과 특별한 생각까지 요하는 것 같다.

반복되는 암릉길을 오르내린 끝에 조항산 정상에 이른다(09:21). 그런데 정상석이 보이지 않는다. 순간 당황한다. 정상에서 약간 좌측으로 틀어 대간 진행방향으로 이동하니 그때서야 정상석이 보인다. 숨겨진 것일까? 겸손한 것일까? 험한 암벽과 암릉을 어렵게 헤쳐 온 것에 비하면 너무나 소박한 정상석이다. 정상석 뒤쪽에는 산을 벗겨내서 돈벌이를 한 채석장이 보인다. 흉하다.

채석장 위쪽으로 마귀할미통시바위가 있는 암군도 보인다. 그 좌측 더 먼 곳으로는 대야산으로 이어지는 산줄기가 있다. 좌측으로 내려간다. 10여 분쯤 내려가니 905봉 갈림길에 이른다(09:35). 좌우 양쪽에 표지기가 있다. 이정표 외에 누군가 투명 비닐판에 이 근방 위치를 그려 놓았다. 이런 안내판이 자주 나타난다. 고마운 일이다. 이곳에서 좌측은 의상저수지로 내려가는 길이고, 대간길은 우측이다. 고모치가 0.9km란 걸 확인하고 우측으로 내려간다.

로프가 설치된 긴 내리막이 이어진다. 안부에 이르고, 오르는 길은 완만한 능선으로 바뀐다. 걷기 좋은 길이다. 능선의 좌측에도 우측에도 산을 깎은 흔적이 있다. 돈 때문에 백두대간이 죽어 가고 있다. 잠시 후 737봉에 이른다(09:51). 이곳에서 300m를 더 내려가면 고모치다. 바로 내려간다. 고모치에 내려서니 이정표가 떨어져 바닥에 뒹굴고 있다. 그런 속에서도 제 역할을 다하고 있다. 보기에 애처롭다(쓰러져서도 직진으로 대야산 3.8km, 고모샘이 우측 아래 10m 지점에 있다고 알린다).

고모치는 고모와 조카의 전설이 있는 사거리이다. 이곳에서 좌측은 괴산군 청천면 삼송리로, 우측은 문경시 농암면 궁기리로 내려가는 길이다. 우측 아래 10m 거리에 있는 고모샘으로 내려가 석간수 두 컵을 연거푸 마시고 올라온다. 이곳의 고모샘은 흔치 않은 석간수일 뿐만 아니라 웬만해서는 마르지 않는다고 한다. 종주자들에겐 오아시스나 다름 없다. 바로 대야산을 향해 직진으로 오른다. 가파른 오르막이 잠시 후 완만한 능선 오르막으로 바뀐다. 우측 위쪽으로 채석장이 보이고, 그 위쪽에 마귀할미통시바위가 있는 암벽이 보인다. 산 전체가 암릉이다. 다시 가파른 오르막이 시작되더니 889봉에 이른다(10:34).

889봉 정상에서(10:34)
이곳에서 대간길은 좌측이고, 우측은 마귀할미통시바위를 지나 둔덕산을 거쳐 시루봉으로 이어진다. 좌측으로 내려간다. 잠시 후 가파른 오르막이 시작되고 854봉에 이른다(10:51). 정상에서 좌측으로 내려가니 전망암에 이른다. 큰 바위를 우측으로 돌아 오르니 계속해서 바위가 나온다. 돼지코바위, 구멍이 파진 바위도 나온다. 자연현상이란 참으로 미묘하다. 849봉에 이르고, 완만한 내리막길을 걷다가 다시 봉우리를 하나 넘고 내려가니 밀재다(11:41).

밀재는 사거리 길이 뚜렷한 잿등이다. 이정표도 있고(월영대 1.9, 대야산 1.0) 탐방안내도도 있다. 대야산 길목인 만큼 넓은 공간도 있다. 좌측은 농바위골로서 괴산군 청천면 삼송리에 이르고, 우측은 동쪽 다래골로서 용추계곡을 지나 가은읍 완장리 벌바위 마을로 이어진다. 그런데 우측 월영대 방향으로 내려가는 길에는 요즘 도시 근린공원에서 흔히 볼 수 있는 인조 멍석이 깔려 있다. 이런 깊은 산중 등산로에까지……. 낭비가 아닐까? 오히려 산행의 참뜻을 훼손하는 것은 아닐까? 해당 지자체의 좀 더 깊은 고민이 필요할 것 같다.

너무 피곤하다. 이곳에서 이른 점심을 먹고 휴식을 취하기로 한다. 백두대간에서 가장 위험하다는 대야산 직벽을 무사히 통과해야 할 거사를 대비해서다. 점심을 먹는 동안 몇 명의 등산객이 대야산을 향해 오른다. 평일임에도 등산객이 있다는 건 대야산이 이 지역 명산임을 암시한다. 휴식을 취한 후 오르기로 했던 생각을 바꿔 바로 오른다. 마음이 편치 않아서다. 아침나절에 그렇게 심하게 불던 바람도 멎고 날씨는 초여름처럼 덥다. 대야산으로 향하는 오름길은 목재 계단으로 이어진다. 완만한 목재 계단을 따라 오른다(12:16).

계단이 끝나고 흙길을 걷다가 바위를 넘기도 한다. '식생복원중'이라고 적힌 출입금지안내판도 보인다. 안내판을 무시하고 오른다. 오늘은 하루 종일 암벽을 타고 내리는 것 같다. 가파른 오르막도 나오고 완만한 능선이 이어지기도 한다. 여러 형상을 한 바위들이 나타나기도 한다. 발바닥을 닮은 바위도, 자라목 형상을 한 바위도 나타난다. 암벽과 암벽을 잇는 구름다리도 보인다. 여유를 갖고 오른다면 이 귀한 절경들을 맘껏 감상할 수 있을 텐데 아쉽다.

대야산 정상 직전에 이정표가 있다. 정상 직전에서부터 별 생각이 다 스친다. 자연 앞에 인간은 미약하다, 언제나 겸손해야 한다……. 바위들을 한참 오르다가 감시카메라가 있는 대야산 정상에 이른다 (13:15).

대야산 정상에서(13:15)

정상에는 정상석과 삼각점이 있다. 정상석 뒤쪽은 출입금지 울타리가, 울타리 뒤에는 감시 카메라가 설치되어 있다. 사방 조망은 환상적이다. 하늘 속에 봉우리가 떠 있는지, 봉우리 사이를 하늘 조각들이 넘나드는지. 그 경계가 애매하다. 눈으로는 주변을 감상하면서도 마음은 온갖 생각으로 복잡하다. 출입금지 구역인데 정말 넘어야만 하는가? 과연 그렇게 불안했던 직벽을 무사히 내려갈 수 있을까? 온갖 불길한 생각들이 교차한다.

어지럽고 복잡하다. 좀 전부터 이곳 정상에 남아 있던 젊은이가 아직도 자리를 지키고 있다. 이 젊은이에게 부탁해서 대야산 정상석을 배경으로 인증샷을 날린다. 그런데 출입금지 울타리를 넘으려는 순간까지도 이 젊은이는 정상에 그대로 있다. 혹시 감시원은 아닐까? 내가 대간 종주자란 걸 눈치 채고 감시하려는 것은 아닐까? 모든 생각을 접고 감행한다. 신속하게 울타리를 넘는다.

목책 울타리를 넘는 순간 바로 감시카메라에서 경고음성이 들리기 시작한다. 넘지 말라는 것이다. 되돌아가라는 것이다. 발견되면 과태료 처분을 받는다는 것이다. 흔들리지 않기로 했다. 울타리를 넘어 쏜살같이 바위길을 내달린다. 뒤도 돌아보지 않았다. 설령 그 젊은이가 감시인이라 하더라도 나는 그대로 내달릴 생각이다. 감시카메라를 통과하자마자 또 한 번 가슴을 섬뜩하게 하는 경고판이 눈앞에 다가선다. '출입금지' 경고판이다. 이것마저도 한눈에 거절하고 내달린다.

몇 분이 지났는지 모른다. 로프가 나타난다. 망설이지 않고 로프를 타고 가볍게 내려선다. 이런 상황이 두 번쯤 있었을까? 어느 순간 직벽 절벽 위에 내가 서 있음을 알게 된다. 큰 바위에 로프가 둘러쳐져 있고, 그 로프는 직벽 아래로 내려져 있다. 이곳부터가 종주자들에게 마의 구간인 대야산 직벽 절벽이다. 이걸 타고 내려가야 한다. 불안하다. 무섭다. 스틱을 접어 배낭에 단단히 고정시키고 배낭끈을 한번 더 조이고 내려선다.

인터넷에 떠도는 정보로는 100m 직벽이라고 했지만 2~30m 정도의 직벽이 3개로 나눠져 있다. 처음 2개는 상당히 위험하다. 위험하지만 젊은이들이라면 충분히 해낼 수 있을 정도다. 단, 겨울이나 궂은 날씨에는 피해야 할 것 같다. 직벽을 무사히 내려서고도 내려가는 길이 약간은 험하다. 험한 길이 끝나면서 완만한 능선 내리막이 이어진다. 봉우리를 하나 넘고 내려서서 다시 작은 봉우리 3개를 넘고 내려가니 양쪽에 로프가 설치된 목재 계단길이 이어진다.

잠시 후 안부에 이른다(14:07). 표식은 없지만 촛대재인 것 같다. 어떤 표식도 없이 '출입금지'라고 적힌 플래카드만 보인다. 안부에서 오르니 또 암릉이 나온다. 암릉을 오르다가 뒤돌아본다. 아찔했던 대야산이 그대로 나를 내려다보고 있는 것만 같다. 저걸 내려왔으니……. 이번 구간이 어렵다는 것은 대야산 직벽 절벽 때문만이 아니다. 계속되는 암벽과 암릉 때문에 구간 전체가 힘이 든다.

로프를 타고, 힘겹게 바위를 기어오르다가 파묘 흔적을 지나니 촛대봉 정상이다(14:21). 정상에는 정상석, 표지기 그리고 만개한 진달래가 주변에 널려 있다. 내려선다. 등로 주변은 참나무가 많고, 등로는 참나무잎으로 덮여 있다. 잠시 후 불란치재에 이른다(14:38). 불란치재의 옛 이름은 '불한령'으로 춥지 않은 고개를 의미하는 데 이유가 있다. 대야산과 장성봉에 가로막히고, 촛대봉과 곰넘이봉 사이의 깊은 계곡에 위치해서 그렇다.

이곳에도 출입금지 플래카드가 있다. 위반 시 벌금에 처한다는 경고문과 함께. 불란치재 좌우 양쪽에 길 흔적이 뚜렷하다. 좌측으로는 괴산군 상관평으로, 우측으로는 문경시 가은읍 벌바위로 내려갈 수 있다. 이곳에서 직진으로 오른다. 오르는 등로엔 참나무 잎이 깔려 있다. 잠시지만 걷기 괜찮은 길이 이어지더니 폐헬기장에 이른다(14:49). 헬기장은 마른 억새로 덮여 있다.

헬기장에서 약간 좌측으로 틀어 내려간다. 내려가자마자 오름길이 시작되고 또 암릉이 이어진다. 이제부터는 오늘 구간의 마지막 봉우리가 될 곰넘이봉을 바라보며 오른다. 지겹고 힘이 든다. 이상한 것을 발견한다. 색깔이 있는 액체가 든 주사기 모양으로 된 것이 나뭇가지에 매달려 있다. 대체 뭘까? 나무를 살리는 영양제? 아니면 병충해 방지를 위한 약? 암릉을 오르는 동안 로프를 잡아야만 오를 수 있는 곳이 나오고, 미륵바위를 지난다(14:59).

이곳에서도 뒤돌아보면 조금 전에 지나온 대야산의 거대한 몸체가 마치 나를 지켜보고 있는 것만 같다. 미륵바위를 지나고 계속 가파른 오르막 암벽을 넘어서니 733봉에 이른다(15:14). 이곳에서는 곰넘이 봉이 지척으로 다가선다. 벌써부터 염려가 된다. 다시 또 가파른 암벽을 넘어서야 한다는 불안감이다. 정말 힘이 든다. 힘겹게 암릉을 기어올라 곰넘이봉에 올라선다(15:30).

곰넘이봉 정상에서(15:30)

곰넘이봉은 완전히 바위봉이다. 암반 위에 정상석이 놓여 있다. 그런데 이상하다. 정상석이 고정되어 있지 않고 움직인다. 이동식이다. 마치 누군가 어디에서 가져다 놓은 것 같다. 이곳에서 둘러보는 사방 조망도 시원스럽다. 위쪽으로는 다음 구간에 넘게 될 장성봉과 막장봉이 보이고, 우측으로는 벌바위 마을이, 좌측에는 멀리 작은 군자산의 모습까지 보인다. 바로 내려간다. 역시 암릉으로 된 가파른 내리막길이다. 힘이 들고 위험하기도 하다.

안부에 이르러 오르다가 암봉인 675봉 직전에서 좌측으로 우회해서 내려간다(15:55). 다행이다. 한참을 내려가는데 도로가 보이기 시작한다. 버리미기재다. 다 온 걸 알게 되니 다리 힘이 절로 난다. 잿등 중앙에 자리잡은 감시초소가 보인다. 혹시 있을지도 모를 감시인을 피하기 위해 스틱도 끌지 않고 소리를 죽여 가며 내려간다. 초소를 피해 좌측으로 내려서니 계곡에 이르고 그 너머가 바로 오늘 구간의 종점인 버리미기재다.

산자분수령이란 말이 있다. 대간길은 물을 건너지 않는다는 뜻이다. 그런데 오늘은 계곡을 건넌다. 감시초소를 피하기 위해서다. 물이 철철 흐르는 계곡에서 땀에 전 몸을 씻고 감시초소에서 좌측으로 한참 떨어진 도로 위로 올라선다. 버리미기재에 도착한 것이다(16:05). 잿등 정상에는 감시초소가 있다. 도로를 따라 가은 방향인 우측으로 진행한다. 감시초소 안에 사람은 없다. 오늘이 평일이기 때문일 거다. 이 도로를 따라 계속 내려가면 벌바위 버스정류소에 이른다.

　드디어 그렇게 염려했고 불안했던 18구간이 무사히 마무리된다. 시원하고 기쁘기까지 하다. 뭔가 경쟁에서 승리한 기분이다. 사람들은 무엇을 할 때 늘 시간을 탓하곤 한다. 시간이 없다고, 너무 촉박하다고. 나도 그랬다. 잘못된 생각이다. 일단 시도는 해야 한다. 누구에게나 하루는 똑같이 24시간이 주어진다. 그 속에서 어떤 이는 이룰 것을 다 이룬다.

　* 벌바위 버스정류소를 향해 내려가던 중 지나가는 가은파출소 순찰차에 편승, 계획보다 이른 시각에 가은읍에 도착. 다음 구간 교통편을 확인 후 아자개장터를 구경.

(오늘 걸은 길)

늘재→870봉→청화산→976봉→895봉→886봉→조항산→고모재→889봉→854봉→밀재→대야산→촛대봉→불란치재→679봉→곰넘이재→675봉→버리미기재(17.49km, 10시간 55분)

(교통편)

* 갈 때

1. 동서울터미널에서 상주행 버스: 06:00~20:30까지 자주. 심야
버스 23:00

2. 상주버스터미널에서 화북 보건소: 군내 버스 이용(07:40~18:15
까지 7회)

* 올 때

1. 벌바위에서 가은읍까지 군내버스: 07:20, 09:10, 11:10, 13:20,
17:50, 19:25

2. 가은읍에서 동서울터미널까지: 09:00, 13:50, 18:30

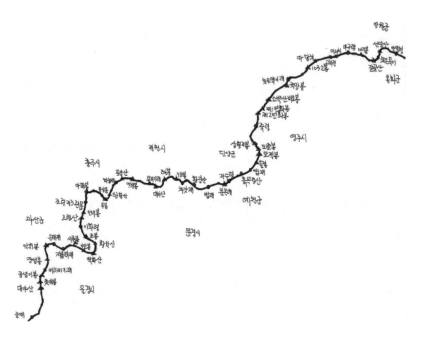

버리미기재에서 박달령까지

열아홉째 구간(버리미기재에서 지름티재까지)

2016. 5. 12.(목), 맑음

세월호 참사 때 읽은 감동적인 기사를 아직도 기억하고 있다. 침몰하는 배 안에서 어느 여학생은 부모와 문자 메시지를 주고받으며 '걱정하지 말라'고 했다. 또 휴대폰이 불통이 된 다른 친구들의 부모에게까지 문자 메시지를 보내 주었다. 생사가 갈리는 일촉즉발의 상황에서 그런 침착함과 남을 위한 배려심은 어디에서 나오는 걸까? 보통 사람들도 그런 위기상황에서 남을 위해 그렇게 행동할 수 있을까?

대간 종주는 하루 종일 산길을 걸어야 한다. 가도 가도 사람 한번 만나기 어려운 깊은 산속에서다. 그때 어떤 일이 벌어질지 모른다. 도움을 받아야 할 일이, 도와야 할 일이 생길 수도 있다. 그런 경우 보통 사람들은 어떻게 행동할까? 그런 때를 생각하게 된다.

5월 12, 13일 이틀간에 걸쳐 백두대간 19, 20구간을 넘었다. 19구간은 버리미기재에서 지름티재까지이다. 버리미기재는 문경시 가은읍 옻나무골과 괴산군 상관평을 잇는 잿등이고, 지름티재는 괴산군 구왕봉과 희양산 사이에 있는 잿등이다. 이 구간에는 장성봉, 852봉, 804봉, 821봉, 은티재, 구왕봉 등의 높은 산과 잿등이 있다. 이 구간은 다른 구간보다 약간 더 힘이 들고 주의가 필요하다. 많은 암릉을 로프를 타고 오르내려야 하기 때문이다. 한 가지 유념할 것은 이 구간도 통제구간이어서 들머리 진입은 가급적 감시가 소홀할 것으로 예상되는 평일을 택하는 것이 좋을 것이다.

버리미기재에서(09:55)

세 가지 의문 겸 기대를 안고 19구간 종주에 나선다. 버리미기재 감시초소에 지킴이가 있을까? 오늘 저녁 민박집에 대한 기대, 그리고 내일 무사히 이화령까지 갈 수 있을지 여부다. 아침 6시 30분 동서울터미널에서 출발한 문경행 버스는 정확히 8시 29분에 문경터미널에 도착. 마치 정해진 시간을 다 채우려는 듯 거북이처럼 느릿느릿 달려서다.

문경터미널에서 8시 40분에 출발한 가은행 버스도 정확하게 8시 58분에 가은터미널에 도착한다. 매표소로 달려가 매표소 아저씨와 반갑게 인사를 나눈다. 구면인 까닭이다. 지난번 18구간 종주를 마치고 터미널에서 다음 교통편을 확인하면서 인사를 나눴었다. 이곳에서 벌바위까지는 버스로, 벌바위에서 버리미기재까지는 도보로 이동하여 9시 55분에 도착.

잿등 중앙에는 등산객 출입을 통제하는 감시초소가 있다. 먼저 감시초소를 확인해 본다. 텅 비었다. 다행이다. 평일이어서 그럴 것이다. 이젠 오를 입구를 찾아야 한다. 잿등 좌우 산자락은 철조망으로 막아 버렸다. 등산객들을 통제하기 위해서다. 어디를 뚫고 올라야 할지? 이곳 저곳을 살펴본다. 괴산 쪽으로 10여 미터를 내려가면 철조망이 끝나는 지점에 공간이 있다. 이곳으로 들어가면 된다(10:05).

들어가자마자 우측으로 이동하여 계곡을 건넌다. 다행히도 계곡에 물은 별로 없다. 그런데 계곡을 건너도 길 흔적이 없다. 그러나 좀 전에 문경 쪽에서 올라간 흔적을 보았기 때문에 등로가 있을 거란 확신을 가지고 위쪽으로 오른다. 아니나 다를까 문경 쪽에서 올라오는 길을 발견한다. 세로다. 길을 만나서도 누가 볼세라 뒤도 돌아보지 않고 오른다. 3~4분 동안 가파른 오르막을 오른 후, 어떤 누구도 터치할 수 없을 지점에 이르렀을 때 배낭을 내려놓고 잠시 숨을 고른다.

은근히 염려했던 한 가지가 해결되었다. 많은 대간 종주자들이 이곳에서 같은 고민을 했을 것이다. 장비를 점검하고 본격적으로 오른다. 날씨는 아주 맑다. 신록이 무성하다 할 만큼 나뭇잎도 푸르다. 완만한 능선 오르막. 바위가 나오더니 전망암에 선다. 뒤돌아본다. 지난번에 넘어온 곰넘이봉, 대야산까지 푸른 숲으로 변해 버렸다. 다시 오른다. 이젠 진달래도 자취를 감췄다. 가끔씩 보이는 철쭉마저도 색이 바랠 대로 바랬다.

봄이 가고 있다. 오는 듯 하던 봄, 벌써 가려 한다. 벌써……. 흙길이 이어지는가 싶더니 어느새 바위가 나오고, 그 사이를 돌아 오른다. 큰 바위가 나오고 장성봉(1)지점이란 표지판을 만난다(10:45). 집채만 한 바위를 우측으로 돌아 오르니 암릉으로 이어지고, 로프를 타고 오른다. 로프가 끝나고도 계속 암벽은 이어진다. 완만한 능선 오르막으로 바뀌더니 다시 바위가 나온다.

바위는 언제 어떻게 생성됐기에 이 높은 곳에 이렇게 거대한 바위들이 이리도 많을까? 바위도 자라는 걸까? 쓰러진 고목을 발견한다. 보는 순간(10:55) 2012년 볼라벤 태풍 때 사고가 생각난다. 그 해 9월 1일이었다. 담양의 어느 산속에서 실종 사고로 119 신세까지 져야 했다. 갈림길에 이른다(10:57). 이곳에도 장성봉(2)지점이란 표지판이 있다(10:57). 이후에도 이런 표지판은 계속 나온다.

버리미기재를 알리는 알림판은 땅에 떨어져 있고, 우측으로 내려가는 길이 보인다. 갈림길에 이르러서 직진으로 오른다. 전망암은 계속 나온다. 완만한 오르막을 오르는 사이에 장성봉(3)지점 표지판이 나오더니 잠시 걷기 좋은 길이 이어진다. 다시 장성봉(4)지점에 이른다. 약간의 공터가 있고 주변은 쪽동백으로 환하다. 내려가다가 오르니 다시 갈림길(11:30). 장성봉119솔라표시등을 발견, 바로 지나간다. 전망암에서 직진으로 오르니 드디어 장성봉 정상에 도착한다(11:35).

장성봉 정상에서(11:35)

장성봉은 문경시 가은읍과 괴산군 청천면에 걸쳐 있는 산이다. 능선 아래에는 예전에 수정광산으로 쓰던 석굴 4~5개가 있다고 한다. 넓은 공터가 있는 정상에는 정상석, 삼각점, 출입금지판, 이정표가 있다. 정상에서 바라보는 주변 조망도 좋다. 북서쪽으로는 막장봉이, 북동쪽으로는 구왕봉과 희양산까지 시야에 잡힌다. 이곳에서 대간길은 좌측 절말 쪽으로 이어지는데 주변 여건을 보면 직진일 것처럼 보인다. 직진방향으로도 표지기가 있어서다. 좌측으로 내려간다(11:50). 여러 개의 표지기가 나오기 시작한다. 안심하고 내려가니 이정표가 나온다(11:56, 막장봉 0.7). 등로 양쪽은 쪽동백으로 장식된 걷기 좋은 길. 호사한다. 혼자 걷기는 아까운 꽃길이다.

잠시 후 막장봉 갈림길에 이른다(12:09). 막장봉은 좌측에 있다. 대간길은 우측으로 이어진다. 우측으로 진행하니 출입금지안내판이 나온다. 위반 시 벌금이 50만 원. 넘지 말라는 뜻으로 목책 울타리가 설치되어 있다. 지도상으로는 이 근방이 852봉인데 확실치가 않다. 걷기 좋은 길이 시작된다. 멧돼지들이 파헤친 흔적이 길다. 조금은 겁이 난다. 등로는 가파른 오르막으로 이어지고 암릉이 나오더니 827봉에 이른다(12:33). 고사목과 쪽동백도 보인다. 이곳에서 점심을 먹고 잠시 휴식을 취한다(12:56).

다시 출발한다. 바로 전망암이 나온다. 다시 완만한 능선을 오르내린다. 무명봉 직전에서 우측으로 우회하여 안부에서 오르니 804봉에 이른다(13:12). 정상에는 아무런 표시가 없고, 바닥에는 바위가 깔려 있다. 내려간다. 안부에서 오르니 무명봉에 이르고(13:19), 전망암이 있다. 무명봉에서 내려가다가 괴상하게 생긴 바위를 만난다(13:29). 마치 인위적으로 조각한 것 같다. 괴상한 바위를 지나 암릉을 오르니 다시 바위가 있는 봉우리에 선다(13:31).

이곳이 809봉인가? 내려간다. 다시 완만한 능선을 오르내린다. 잡목 숲길이다. 잠시 후 787봉에 이른다(13:57). 정상에는 조그만 바위가 있다. 내려가다가 바위봉을 넘고(14:09) 내려가니 이번에는 돌길이 이어진다. 돌길이 끝나면서 바위길이 연속된다. 이렇게 지루한 길이 계속될 때는 나도 모르게 자신에게 생각이 멈추게 된다. 자신을 돌아보게 된다. 자신이 대견하기도, 후회가 앞설 때도 있다. 누구나 가끔은 자신만의 시간이 필요할 것 같다. 요즘 같은 초음속 세계에서 허우적거리는 현대인에겐 어쩌면 필수가 아닐까. 산길을 걷는 것도 좋은 방법일 것이다.

바위길에 이어 산죽이 있는 안부에 이른다. 안부에서 오르다가 내려가니 폐헬기장이 있는 안부에 이른다. 헬기장에는 마른 억새만 자리를 지키고 있다. 다시 멧돼지 흔적이 나타난다(14:20). 식량이 궁

할 땐가? 불안해서 호루라기를 몇 번 불어 준다. 마음이 놓인다. 오르다가 봉우리를 넘고 내려가니 암릉이 이어진다. 한쪽에 국립공원이라고 적힌 시멘트 기둥이 있다. 건설부 시절에 세웠을 것이다. 재료가 시멘트이고 사각이어서 그렇다. 잔돌이 많은 등로가 이어지더니 잠시 후 821봉에 이른다(14:49). 좌측에 있는 악휘봉으로 가는 갈림길이다. 갈림길에는 삼각점이 있고, 이정표는 부셔져 땅에 떨어져 있다. 대간길은 우측으로 이어진다.

우측으로 내려간다. 다시 출입금지 안내판이 있는 갈림길에 이른다. 이곳이 마분봉으로 가는 갈림길이다. 이곳에서도 우측으로 진행한다. 잠시 후 820봉 정상에 이른다(15:15). 좌측으로 내려간다. 긴 내리막이 이어진다. 돌길이 끝나고 걷기 좋은 길이 이어진다. 좌측에 넓적한 바위가 있는 곳을 지난다. 잘고 가늘은 소나무 숲이 이어진다. 갑자기 가파른 오르막이 시작되더니 722봉에 이른다(15:35). 정상에는 약간의 공터, 소나무, 표지기가 있다. 정상에서 철계단을 따라 좌측으로 내려간다(15:45). 다시 암릉지대를 오른다. 무명봉을 넘고 내려가니 슬랩지대. 슬랩구간을 내려서니 돌길이 이어진다. 다시 암릉이 나타나고 로프를 타고 내려간다. 악천후에는 쉽지 않을 것 같다. 주의가 필요한 곳이다. 잠시 후 은티재에 이른다(16:16).

은티재에서(16:16)

이곳에서 좌측으로 내려가면 은티마을이다(2.3km). 우측엔 낙엽송이 있다. 산림유전자원보호구역이라는 입간판이 세워져 있고, 우측 방향은 봉암사 스님들의 기도처이기에 출입을 금지한다는 목책이

둘러쳐져 있다. 다시 오른다. 완만한 능선오르막이다. 잡목이 그늘을 만들어 주는 잡목숲길이다.

잠시 후 주치봉에 이른다(16:52). 정상에는 넓은 공터가 있고 표지판이 보인다. 우측으로 내려간다. 참나무숲길이 이어지더니 안부에 이른다. 호리골 고개다. 봉암사 안내문이 세워져 있다. 안부에서 직진으로 오르니 보호석이 두 개나 있는 묘지에 이른다. 좌측으로 내려가는 희미한 길이 보이고 묘지 우측 끝에는 이정표가 있다. 구왕봉까지 50분이 소요된다고 적혀 있다(이곳이 내게는 잊지 못할 장소가 될 줄은 걷는 당시에는 상상도 못했다. 자세한 내용은 20구간에서 밝힌다).

계속 진행한다. 완만한 능선 오르막이 이어진다. 큰 바위를 지나 무명봉을 넘고 내려가니 암릉지대다. 구왕봉이 보이기 시작한다. 오름길이 이어지고 전망암에 이르러 잠시 휴식을 취한다(17:34). 앞쪽 풍경은 한 폭의 명화다. 그래서 이곳을 전망암이라 부르는 모양이다. 내려가다가 다시 오르니 좌측으로 은티마을이 보이기 시작한다. 계속해서 오른다. 멋진 고사목이 있는 곳에 이른다(17:58). 계속 오른다. 바로 마당바위에 이른다(18:00). 이곳에서는 좌측 아래의 은티마을 일대가 한눈에 들어온다. 오늘 저녁을 보낼 마을이다. 저곳 어느 집이 내가 묵을 민박집일지……. 체력이 고갈된 듯한 느낌. 죽을 힘을 다해 오른다. 오르다 쉬다를 반복한 끝에 간신히 구왕봉 정상에 이른다(18:09).

정상에는 정운산악회에서 세운 정상석이 무심하게 서 있다. 이런 곳을 왜 그렇게 기를 쓰며 올라왔을까? 반겨 줄 이 누가 있다고? 순

간의 안도가 끝나면 그걸로 끝인데. 곧바로 또 다른 정상을 찾아나서
야 하는데……. 인생처럼 말이다. 정상은 늘 그렇게 잠깐이었다. 그
래도 어리석은 인간인지라……. 이곳 정상에서 휴식을 취한 후 좌측
으로 내려간다. 급경사 내리막이다. 역시 로프가 있다. 바로 전망암
에 이른다(18:32). 이곳에서 오늘 처음으로 등산객을 만난다. 키가
작은 58년 개띠 생이라는 대간 종주자다. 팔뚝이 다른 사람 두 배는
넘어 보인다. 배낭무게만 24kg이라는데, 오늘 저녁을 이곳 구왕봉
정상에서 비박을 하고 내일 버리미기재까지 간다고 한다. 서로가 희
양산을 배경으로 사진을 찍어 주고 헤어진다.

이곳 전망대에서는 바로 앞에 있는 희양산의 거대한 암벽덩어리와
오른쪽 아래 봉암사계곡이 뚜렷하게 나타난다. 희양산은 산 전체가
바위로 되어 있다. 석양에 반사되어서인지 빛나는 듯하다. 진안의 마
이산과는 비교할 수 없이 큰 바위 덩어리다. 내일 저곳을 오를 것이
다. 바로 내려가니 암릉이 시작된다. 로프를 타고 내려가야 할 곳이
자주 나온다. 하는 수 없이 스틱을 접고 본격적으로 로프를 타고 내
린다. 위험해서다. 이곳도 겨울철이나 악천후에는 피해야 할 곳이다.

어렵사리 암릉 지대를 통과한다. 우측으로 목책이 나타난다. 아무
쓸모가 없을 것으로 보이는 목책이다. 조금 더 내려가니 좌측에 산불
감시초소가 나타나고 잠시 후 오늘의 마지막 지점인 지름티재에 이
른다(18:54). 주변은 깨끗하게 정비되어 있다. 좌측 은티마을로 내려
가는 길과 직진 방향인 희양산으로 오르는 길도 정비되어 있다. 이
곳에 있는 이정표에는 좌측으로 은티마을이 3.0, 직진으로 희양산이
1.5km라고 적혀 있다. 역시 우측은 목책으로 둘러쳐져 있고 경고문

이 있다. 봉암사 스님들의 기도 정진에 방해가 되니 일반인들의 출입을 금지한다는 메시지다. 목책 너머에는 검정색 막사가 있다. 스님들의 기도처로 보인다.

7시가 넘었다. 힘든 하루였다. 생각보다 1시간 정도 더 걸렸다. 오늘은 이곳에서 마치고 은티마을을 찾아 좌측으로 내려간다. 한 구간을 마무리하는 이 쾌감. 고민하지 않고, 땀 흘려 보지 않은 사람은 모를 것이다.

* 지름티재에서 은티마을까지 도보 이동(50분), 민박집에서 숙박 후 다음날 20구간 종주

(오늘 걸은 길)

버리미기재→장성봉→830봉→852봉→827봉→804봉→809봉→787봉→821봉→820봉→722봉→은티재 683봉→구왕봉→지름티재(12.23km, 8시간 59분)

(교통편)

*갈 때

1. 동서울터미널에서 문경터미널: 06:30~00:00까지 자주 있음. 심야 23:00

2. 문경터미널에서 가은터미널까지: 07:55, 08:40, 09:50~19:00까지 11회

3. 가은에서 벌바위까지 버스: 09:10, 11:10, 13:20, 17:50, 19:25

4. 벌바위에서 버리미기재까지: 도보로 이동(25분 정도 소요)

*올 때

1. 지름티재에서 은티마을(3km)을 거쳐 연풍까지는 도보(또는 택시) 이동

2. 연풍에서 괴산까지 버스: 07:15(시외)~19:20까지 12회

3. 괴산에서 동서울까지: 06:05부터 19:55까지 자주 있음.

스무째 구간(지름티재에서 이화령까지)

2016. 5. 13.(금), 오전 흐리고 짙은 안개. 오후 갬

이번 구간 종주에서 계시를 받았다고 하면 뜬금없는 소리라고 할지도 모른다. 그렇지만 그렇게 느꼈다. 5월 13일 이른 아침(05:24) 민박집에서 나와 20구간 들머리인 지름티재를 찾아 나섰다. 오르는 도중에 길을 잘못 들었음을 알았다. 하지만 다른 방법이 없어 계속 올라가야만 했다. 그런데 도착한 곳은 목적지인 지름티재에서 산등성이 하나를 비껴선 곳. 그리고 그곳은 어제 이미 지나간 구왕봉 직전의 묘지가 있는 곳이었다.

그곳에서 지름티재를 찾아가기 위해서는 다시 구왕봉을 넘고 위험한 암릉지대를 로프를 타고 내려가야만 한다. 어제는 2시간이 걸려 그곳까지 갔었다(보통은 1시간 정도 소요되나 매우 지친 상태여서). 이런 상황에서 그냥 구왕봉을 넘어 지름티재로 가는 것과 아니면 다시 원위치로 내려가 제대로 된 길을 찾아 지름티재를 찾아 오르는 것을 두고 한동안 망설였다.

고민 끝에 그냥 구왕봉을 넘기로 했다. 출발한지 10여 미터쯤 갔을 때 뭔가 허전했다. 머리에 쓰고 있던 모자가 없어졌음을 알았다. 머리에도 손에도 없었다. 분명히 머리에 쓰고 올라왔었는데……. 또 다른 고민이 생겼다. 모자를 포기해야 하나, 찾으러 내려가야 하나? 찾으러 내려가기로 했다. 그 모자는 나의 산길 종주 10년과 함께한 분신과도 같았기 때문이다. 한참을 내려가니 거짓말처럼 길바닥에 모자가 떨어져 있지 않는가! 그때의 반가움이란……. 이왕 내려왔으니 구왕봉으로 오르는 것을 포기하고 제대로 된 길을 찾아 지름티재로 오르기로 결정.

계속 내려가니 이번에도 거짓말처럼 제대로 된 길이 발견되어 지름티재로 올라갈 수 있었다. 이 상황을 어떻게 이해해야 할지? 모자를 떨어뜨리지 않았더라면 나는 그냥 힘들게 구왕봉을 넘어 지름티재로 갔을 것이다. 모자를 잃어버렸기에 위험한 구왕봉을 넘지 않게 되고, 시간은 더 걸렸지만 안전한 산행을 할 수 있었던 것이다. 구왕봉을 넘지 말라고 모자가 떨어졌던 게 아닐까? 지금 생각해도 아찔하다. 귀중한 삶의 지침을 터득했다. 소중한 것을 소중하게 여기라는, 물 흐르듯 순리대로 살아가라는 평범한 진리를 체험했다.

20구간은 지름티재에서 이화령까지이다. 지름티재는 괴산군 구왕봉과 희양산 사이를 가르는 잿등이고, 이화령은 문경시 문경읍과 괴산군 연풍면 사이에 있는 고개다. 이 구간에는 희양산, 905봉, 888봉, 사선봉, 이만봉, 곰틀봉, 사다리재, 981봉, 평전치, 백화산, 황학산, 조봉 등의 높고 낮은 산과 잿등이 있다. 이 구간도 힘이 든다. 암릉지대가 많아 자주 로프를 타야 하기 때문이다. 길 찾기에 주의할 곳이 몇 군데 있다. 사선봉 직전 잣나무군락지가 있는 갈림길, 이만봉에서 좌측으로 내려가는 길, 황학산 정상에서 좌측 길 등이다.

이번 20구간은 남에서 북으로 곧게 이어지는 게 아니고 많이 굽었다. 전체적인 지형을 이해하고 출발하면 도움이 될 것이다. 예를 들자면 이렇다. 서울에서 강릉을 갈 때 직선으로 바로 가는 것이 아니라 서울에서 목포까지 내려갔다가 포항을 거쳐 동해안을 따라 다시 강릉으로 올라가는 그런 식이다. 실제로 20구간이 그렇다. 잣나무군락지가 있는 곳에서 바로 이화령으로 가는 것이 아니라, 백화산까지 내려갔다가 다시 백화산에서 이화령으로 올라가는 것이다. 출발 전에 반드시 한번쯤은 개념도를 살펴볼 필요가 있다.

민박집을 나서다(05:24)

민박집을 나선다(05:24). 몹시 흐린 날씨. 가늘은 빗물이 뺨에 닿는다. 개들이 짖는다. 마을을 벗어나 마을을 내려다본다. 띄엄띄엄 보이는 가로등만 희미한 빛을 발할 뿐, 마을은 적막에 싸여 있다. 평화 그 자체다. 지름티재를 찾아가는 길은 계속 오르막. 그런데 어제 내려오면서 감지했던 길 분위기와는 사뭇 다르다. 아직 날이 밝지 않아서일까? 몇 번의 시행착오를 거쳤지만 제 길을 찾을 수 없다. 그냥 계곡으로 오르기로 맘먹고 계곡을 따라 오른다. 계곡을 사이에 두고 희양산과 구왕봉이 이어지고, 그 사이에 지름티재가 있어서다. 오를수록 생소한 계곡이 나타나지만, 그래도 간간이 나타나는 표지기가 있어 희망을 갖고 오른다.

40분이 지나고 50분이 지나도 지름티재는 나타나지 않고 어느덧 능선에 진입. 그런데 낯익은 능선이다. 보호석이 두 개 있는 묘지 옆에 구왕봉을 가리키는 이정표가 세워져 있다. 그때서야 생각난다. 어제 구왕봉을 오르면서 지나간 그 지점이다. 순간 머릿속이 하얗게 비어 버린다. 지름티재에서 거대한 산등성 하나를 비껴서 올라와 버린 것이다. 이걸 어찌하나? 딱 한 시간을 헛걸음한 것이다. 방법은 두 가지다. 이곳에서 어제처럼 구왕봉을 다시 넘어 지름티재로 넘어가는 것과 다시 은티마을로 내려가서 지름티재를 찾아 오르는 것이다.

고민을 거듭했지만 쉽게 결론을 내릴 수 없다.

마침내 결정을 내린다. 그냥 이곳에서 구왕봉을 넘어 지름티재로 내려가기로 한다. 아쉬움을 뒤로하고 구왕봉을 향해 무거운 발걸음을 옮긴다. 10여 미터를 갔을까? 뭔가 허전하다. 머리에 쓰고 있어야 할 모자가 없다. 손에도 머리에도 모자가 없다. 분명히 민박집에서 나올 때는 모자를 쓰고 나왔는데. 계곡을 오르다가 어디에선가 떨어트린 것이다. 땀이 나서 순간 모자를 벗었던 기억은 난다. 그렇다면 어디에서? 아무리 기억을 더듬어도 생각나지 않는다. 메모를 하기 위해 순간적으로 펜을 잡으면서 손에 쥐고 있던 모자를 놓아 버렸을 수 있겠다는 추측까지 해 본다. 그런데 어찌해야 하나? 포기? 아니면 찾으러 가야 하나? 포기할 수는 없다. 10년 이상 정이 든 모자다. 나의 산길 걷기와 생사를 같이 한 분신이나 다름없다. 찾으러 가야 한다.

오던 길을 되돌아 내려간다. 한참을 내려가니 예상대로 등로에 모자가 떨어져 있는 것이 아닌가! 이렇게 기쁠 수가! 그런데, 이젠 어떻게 해야 하나? 다시 올라가서 구왕봉을 넘어 지름티재로 가야 하는가, 아니면 마을로 내려가 다시 지름티재를 찾아 올라가야 하나? 맘 편하게 먹기로 한다. 그냥 내려가서 다시 원점에서 찾아 오르기로 한다. 내려가면서 틈만 보이면 우측으로 향할 것이다. 어쩌면 지름티재로 오르는 길, 어제 내려왔던 그 길을 만날 수도 있다는 생각에서다.

아니나 다를까 우측으로 빠지는 길이 나오고, 임도처럼 넓은 길로 이어지더니 한참 동안 진행하니 어제 마을로 들어서던 그 초입에 이르는 것이다. 이제부터는 이 길을 따라 산속으로 오르기만 하면 된다. 여기서부터는 훤히 알고 있는 길이다. 중턱쯤 오르다가 어제 내려오면서 세수까지 했던 그 지점을 발견하고 또 그곳에서 세수를 하고 오른다. 우여곡절 끝에 지름티재에 무사히 도착(07:51).

지름티재에서(07:51)

오늘 이 실수. 자책하고 싶지 않다. 그래도 얻은 게 있기 때문이다. 하나의 계시를 받은 것 같다. 순리대로 살라는. 처음 길을 잘못 들어 보호석이 두 개 있는 묘지에 이르렀을 때는 황당했었다. 뒤늦게 모자까지 잃어버린 것을 알고는 그야말로 멘붕상태. 그러나 그 순간 모두 포기하고, 실리를 계산하지도 않고, 유불리를 따지지도 않고 모자를 찾으러 갔다. 그 결과 그 모자가 최악의 상태를 모면해 준 것이다. 길을 잘못 들어 능선까지 올라가버린 것은 큰 실수지만, 도중에 모자를 떨어트린 것은 뭔가 모를 계시임에 틀림 없다는 생각이다. 모자를 떨어트리지 않았다면 어떻게 됐을까를 생각해 본다. 또 모자를 포기하고 계속 구왕봉을 향해 올랐더라면 어떻게 되었을까도 생각해 본다. 모자가 나를 살린 것이다.

지름티재는 조용하기만 하다. 구왕봉 쪽에 있는 산불감시초소도 그렇고, 목책 너머에 있는 봉암사 기도처도 그렇다. 날씨는 몹시 흐리다. 여전히 가늘은 빗물이 뺨에 앉는다. 사방은 안개로 덮여 10여 미터 앞도 분간이 어렵다. 바로 눈앞에 있는 구왕봉도 희양산도 볼 수 없다. 짙게 깔린 안개 때문이다.

봉암사와 희양산을 방어하느라 묵묵히 제자리를 지키고 있는 목책의 모습이 짠하게 다가선다. 저 목책들은 등산객들의 출입을 막고자

비가 오나 눈이 오나 저렇게 서 있는 것이다. 봉암사 스님들의 기도 정진에 방해가 되지 않도록 말이다. 그간 단체 산행객들의 웅성거림이 스님들의 수도정진에 방해가 됐을지도 모른다. 그러나 그건 예전 이야기가 아닐까? 지금은 구호를 외친다든가, 하는 산행 행태는 많이 없어졌다. 그래서 저런 목책들의 역할도 이젠 불필요하지 않나 하는 생각이다.

20구간 종주가 시작되는 출발선에 섰다. 희양산을 향해 우측의 목책을 따라 오른다(08:05). 잠시 후 우스운 광경을 목격한다. 썩은 나뭇가지 몇 개가 집채만 한 거대한 바위를 받치고 있는 것처럼 해 놨다. 누군가가 장난삼아 해 놨겠지만 익살스럽다. 드디어 그 유명한 암릉지대가 시작된다. 여기저기 로프가 이어지고 있다. 심한 안개 속에서도 좌측 아래의 은티마을이 내려다보인다. 조금 전까지만 해도 내가 저 마을 안에 있었다. 뒤돌아보니 구왕봉은 여전히 안개 속이다. 잠시 후 암벽 사이를 통과한다(08:20). 거대한 소나무가 나타난다. 굵고 단단해 보이는 밑동, 옆으로 뻗은 수많은 가지는 그동안 겪었을 풍상을 말하는 것만 같다. 어느 위대한 한 인간의 참모습을 떠올리게 한다.

다시 암릉이 시작된다. 잠시 너덜을 오른다. 너덜은 바로 끝이 나고 또 암릉이 이어진다. 로프가 없으면 도저히 오를 수 없는 그런 곳이다. 새벽부터 내리던 이슬거리는 아직도 계속이다. 긴 로프, 짧은 로프가 반복된다. 급경사, 완경사 절벽이 반복된다. 이곳 암릉지대를 보니 대야산 직벽이 생각난다. 대야산만이 위험한 것이 아니다. 이곳은 훨씬 길이가 길다. 침착해야 할 것 같다. 오르고 지치기를 수 없이 반복한 끝에 겨우 줄타기 곡예가 끝나고 능선 갈림길에 이른다 (08:59).

갈림길엔 이정표가 있다. 우측은 희양산 정상, 좌측은 대간길(시루봉 3.0). 순간 고민을 한다. 우측의 희양산 정상을 올라갔다 와야 하나 말아야 하나? 두 가지 이유로 오름을 포기한다. 첫째는 올라가도 지금은 안개 때문에 아무것도 볼 수 없다. 두 번째 이유는 대간길이 아니라는 것이다. 대간길을 향해 좌측으로 진행한다. 그래도 약간의 아쉬움은 남는다.

이제부터 대간길은 방향을 확 바꿔 북동쪽을 향한다. 완만한 능선길이다. 등로 양쪽에 있는 산죽을 따라 내려간다. 좌측에는 자연석들로 보이는 담벼락이 길게 이어진다. 성벽인 것 같다. 성벽을 좌측에 두고 따라 내려간다. 이정표가 나온다(09:18, 시루봉 2.2). 이곳에도 은티마을로 내려가는 길이 있다. 다시 완만한 능선길이 이어진다.

무명봉을 하나 넘고 내려가다가(09:25) 오르니, 다시 봉우리 정상에 이른다(09:35). 905봉이다. 앞쪽의 뾰족봉이 또 불안하다. 저걸 어찌 넘나? 905봉에서 내려가 안부에서 직진으로 오르다가 두 번의 무명봉을 넘으니 키 큰 잣나무가 군락진 갈림길에 이른다(10:11). 보통 시루봉 삼거리라고도 부르는 곳이다. 이곳에 있는 이정표는 좌측으로 은티마을을(50분), 우측으로는 시루봉을(20분) 알려준다.

이곳 잣나무 숲 아래서 잠시 휴식을 취하면서 앞으로 갈 길을 정리해 본다. 여기서부터 대간길은 다시 동쪽으로 확 틀어진다. 직선으로 바로 간다면 이화령까지의 거리가 얼마 되지 않지만 동쪽 방향으로 백화산까지 갔다가 백화산에서 다시 북서쪽으로 올라가서 이화령까지 가게 된다. 한마디로 빙 돌아서 가는 것이다. 이곳에서도 대간 길 등로에 주의가 필요하다. 좌측과 직진 방향 모두에 표지기가 있다. 그러나 대간길은 좌측도, 직진도 아니다. 우측으로 가야 한다. 우측으로 진행하니 표지기 몇 개가 나를 인도한다. 30m 정도를 진행하다가 좌측으로 이어지는 돌길을 따라서 산으로 오른다. 얼마쯤 오르니 돌길이 끝나고 쪽동백숲에 이른다. 완만한 능선 오르막은 잠시로 끝나고 다시 돌길로 바뀐다. 한참을 오른 끝에 사선봉 정상에 이른다 (10:50).

사선봉 정상에서(10:50)

정상에는 표지판이 땅에 떨어져 있고 소나무 고사목이 있다. 이곳에서도 대간길은 남동쪽으로 틀어지면서 이어진다. 땅에 떨어진 표지판을 보고도 어찌할 수 없어 그냥 이만봉으로 향한다. 마음이 아프다. 잠시 후 시루봉 갈림길에 이른다(10:02). 좌측으로 시루봉이 20분, 직진으로 이만봉을 표시하는 이정표가 있다. 그런데 언제부턴가 이정표에 '거리'보다는 '분'으로 된 표시가 많다. 뭔가 잘못된 것 같다. '분'보다는 '거리'로 표시하는 것이 맞다고 본다. 사람에 따라 걷는 속도가 다르기 때문이다. 국가지점번호판도 있다. 이곳이 이만봉 8지점이다. 직진으로 오른다. 완만한 능선을 오르내리다가 전망암을 지난다. 10여 분 만에 또 이정표를 만난다(11:12, 직진 이만봉 0.8, 좌측 도막 2.3). 이곳은 국가지점번호 7지점이다.

바위가 나온다. 암봉 직전에서 우측으로 우회하여 넘으니 길게 누워 있는 바위를 만난다. 다시 암봉을 우회하니 로프가 기다리고 있다, 또 줄타기가 시작된다. 암릉이 끝나고, 다시 누워있는 긴 바위가 있는 곳에 이른다. 역시 전망암으로 손색이 없는 곳이다. 국가지점번호 6번이 있는 곳에서 점심을 먹는다(11:28). 앞에는 이만봉 정상이 우뚝하다. 점심을 일찍 먹는 이유가 있다. 때를 놓치면 힘이 빠져 걸을 수가 없어서다.

민박집에서 싸 준 점심이다. 흰밥에 세 가지 반찬을 은박지에 정성스럽게 싸 주셨다. 평소 나의 식습관과는 많은 차이가 있지만 앞으로 갈 길을 생각해서 남김없이 먹는다. 물 반 밥 반을 먹으면서 애써 짠 것을 희석시킨다. 점심시간을 이렇게 길게 갖는 것도 큰 변화다. 서둘지 않게 된 것이다. 속도보다는 휴식을 더 생각하게 되었다. 다시 출발이다(11:55). 바위를 지나니 벌목지대가 나온다. 이만봉을 향하여 오른다. 로프를 타고 내려가니 다시 바위 지대의 오름이 시작된다. 잠시 후 이만봉 정상석이 나를 맞는다(12:11).

이만봉은 임진왜란 때 2만에 이르는 수많은 가구가 이 골짜기로 피난을 온 데서 붙여진 이름이다. 정상에는 괴산군에서 세운 깨끗한 정상석이 있고, 그 옆에는 국가지점번호판이 있다(제5지점). 정상 주변은 잡목들을 모두 제거해 버려 깨끗하다. 그런데 이곳에서도 등로 찾기에 주의가 필요하다. 외관상 보이는 표시가 없기에 직진으로 가기 십상인데, 등로는 좌측으로 이어진다.

정상석 받침판에 그렇게 표시되어 있다. 백화산은 좌측에 있다고. 그런데 대개의 종주자들은 정상석 받침판을 보지 않고 그냥 지나친다. 좌측으로 내려간다. 내내 흐리던 날씨가 어느새 해가 나와 덥기 시작한다. 이곳에서부터는 칼날 능선이 이어진다. 계속 암릉이다. 걷기가 아주 불편하다. 20여 분 만에 곰틀봉 정상에 이른다(12:41). 고사목에 곰틀봉이라고 적혀 있는 것이 이색적이다. 이곳에서 둘러보는 조망도 황홀하다. 가은읍 완장리 일대까지 내려다보인다.

내려간다. 칼날 암릉은 계속된다. 완만한 내리막이다. 잠시 후 사다리재에 이른다(12:58). 좌측은 분지안말이고(1.9) 백화산은 직진 방향에 있다(4.8). 직진으로 오른다. 역시 돌길이다. 무명봉을 넘고 오르내리기를 수없이 반복한다. 완만한 능선이 이어지기도 하지만 여전히 돌길이다. 981봉이 가까이 보이는 무명봉에 이르고(13:33), 바로 내려간다. 안부에서부터 완전한 돌길로 이어지는 오르막을 오른다. 드디어 981봉 정상이다(13:51). 이곳은 뇌정산으로 가는 갈림길이기도 한다.

이곳에도 이정표가 있다(백화산 2.1, 이화령 9.1, 뇌정산 2.6). 돌길로 이어지는 능선을 넘는다. 별 특징이 없는 작은 봉우리들을 몇 개 넘는다. 잠시 후 평전치에 이른다(14:13). 평전치는 문경시 마성면 상내리와 괴산군 연풍면 분지리 안말과 경계를 이룬다. 상내리 한실마을은 천주교 성지로서 교인들이 1866년 병인박해 당시 대원군의 박해를 피해 몸을 숨겼던 곳이다.

이정표가 보인다(백화산 1.2, 이화령 8.2). 이화령이 8.2km라면 아직도 4시간 정도는 더 가야 할 것 같다. 마냥 앉아 있을 수만은 없다. 바로 출발한다(14:20). 백화산을 향하여 직진으로 오른다. 앞에 우뚝 선 1,012봉이 올려다 보인다. 암릉이 계속되고 심한 곳에는 로프가 설치되어 있다. 길고 가파른 오르막이 계속된다. 암릉이 이어지더니 드디어 암봉인 1,012봉을 우회하여 오른다(14:51). 정상에는 아무런 표시가 없다. 평전치에서 올려다 볼 때의 기대와는 너무나 큰 차이다.

내려간다. 다시 안부에 이른다(14:57). 만덕사 갈림길이기도 하다. 우측으로는 만덕사가 1.2, 직진으로는 백화산이 0.4km라고 이정표에 적혀 있다. 백화산이 400m 남았다. 힘을 내자고 스스로에게 최면을 건다. 직진으로 오른다. 또 암릉이다. 역시 로프에 의지해서 오른다. 잠시 후 전망암에 이른다(15:07). 희양산에서 이만봉을 거쳐 이곳까지 이어지는 백두대간의 마루금이 한 폭의 그림처럼 아름답다. 조금 후에 만나게 될 백화산도 지척으로 다가선다. 전망대에서 한동안 주변을 감상하다가 오르니, 백화산 정상이다(15:15).

백화산 정상에서(15:15)

백화산은 괴산군과 문경시에 걸쳐 있는 산으로(1,063m) 괴산군에서 가장 높다. 겨울철에 눈 덮인 산봉우리의 모습이 하얀 천을 씌운 듯이 보여 붙여진 이름이다. 부근에는 높은 봉우리들이 많다. 이미 지나온 이만봉, 희양산 등이 그것들이다. 정상에는 정상석과 삼각점이 있고, 좌측 아래쪽에는 헬기장이 있다. 북쪽으로 주흘산까지 조망된다.

좌측으로 내려간다. 바로 헬기장에 이른다. 완만한 능선을 따라 내려가니 옥녀봉 갈림길에 이른다(15:25). 우측에는 마원리(3.4)와 옥녀봉(2.6)이 그리고 직진 방향으로는 황학산(1.7)이 있다. 내려간다. 이곳에서부터는 대간길이 다시 북서쪽으로 확 틀어진다. 완만한 능선 내리막이 이어진다. 걷기에 좋다. 그런데 그것도 잠시, 다시 눈앞에 암봉이 다가선다. 암릉에도 로프가 설치되어 있고, 우측 바위 사이로 내려가는 길에도 로프가 있다. 둘 중 어느 곳으로 가도 한곳에서 다시 만난다.

선택이 가능하다. 이젠 오르는 것은 질색이라 우측 바위 사이로 로프를 타고 내려간다. 바위 사이를 내려서서도 한바탕 암릉이 이어진다. 암릉을 통과하니 등로는 다시 걷기 편한 길이다. 잠시 후 헬기장에 이른다(15:42). 헬기장에서 조금 내려가니 흿드메 삼거리다(15:45). 이젠 황학산이 0.7km 남았다. 내려간다. 걷기 편한 길이 계속된다. 안부에 이르러, 오르니 무명봉에 이른다(15:50).

정상에는 소나무가 있다. 내려가다가 안부에서 긴 오르막을 오르니 황학산 정상석이 지친 나를 반긴다(16:02). 정상에는 정상석과 공터가 있다. 공터는 풀 한 포기 없는 맨땅이다. 잠시 휴식을 취한다. 지난날들을 되짚어 본다. 지금 잘 살고 있는 걸까? 무엇이 나를 이런 산속으로 떠밀었을까?

후회투성인 지난 시절. 중요한 것일수록 막심한 후회로 다가선다. 이제는 모든 것이 그리울 뿐이다. 후회도 시간이 지나면 그리움으로 변하는 모양이다. 다시 내려간다. 직진으로도 표지기가 있지만 대간길은 좌측 아래로 이어진다. 좌측으로 발길을 옮기니 바로 표지기들이 나타난다. 완만한 능선길을 따라 내려간다. 참나무 숲길이다. 10분 정도 내려가니 안부 갈림길에 이른다(16:15). 우측에는 낙엽송이 있고, 좌측은 분지안말로 내려가는 길이다. 이화령을 향하여 직진으로 오른다. 참나무 숲길은 계속된다. 잠시 후 862봉에 이른다(16:26). 정상에는 아무런 표시가 없다. 바로 내려간다. 걷기 좋은 길이다. 다행이다. 이렇게 지쳤을 때 편한 길을 만났으니…….

주변은 온통 풀들로 뒤덮여 있다. 사이사이에 참나무가 있다. 잠시 후 우측에 전망암이 있는 곳에 이른다. 문경읍 각서리 마을 일대가 뚜렷하다. 높은 시멘트 기둥 위에 세워진 고속도로가 장관이다. 북동쪽으로는 주흘산이 보이기도 한다. 주흘산, 내게는 잊지 못할 추억이 서린 산이다. 언제 다시 오를 수 있을지. 갈 길을 계속 간다. 역시 걷기 편한 길이다.

잠시 후 작은 계곡을 만나서 건넌다. 계곡엔 약간의 물이 있다. 좌측은 낙엽송 지대다. 절로 감탄사가 나올 정도로 걷기 좋은 길은 계속된다. 우측에 습지가 나타난다(16:42). 큰 웅덩이다. 넓고 물이 많다. 물 색깔이 까맣다. 까맣지만 자세히 보면 그렇게 오래된 물은 아니다. 최근에 비가 와서일까? 웅덩이 주변은 온통 낙엽송. 낙엽송을 따라 계속 진행한다. 안부에 이르러서 오르니 폐헬기장이 나온다(16:59). 헬기장엔 마른 억새만 무성하다. 바로 내려간다. 계속되는 낙엽송 지대. 정말 걷기 좋은 길이다. 이런 길만 계속된다면 일주일이라도 계속 걸을 수 있겠다. 다시 헬기장에 이른다(17:05). 계속해서 오른다. 조봉 정상에 이른다(17:06).

조봉 정상에서(17:06)

정상에는 아담한 정상석이 있다. 바로 내려간다. 고도차가 크지 않은 능선을 오르내린다. 다시 무명봉에 이르고(17:12), 내려간다. 급경사 내리막으로 이어지다가 완만한 긴 내리막길로 바뀐다. 안부에서 오르고 내리기를 반복한다. 다시 헬기장을 만난다(17:35). 바로 내려간다. 앞에는 높은 봉우리가 떡 버티고 서 있다. 겁부터 난다. 저걸 또 올라야 하나? 지레 겁을 먹었는데 오름길 직전에서 등로는 우측 옆등으로 이어진다. 다행이다. 처음에 급경사 내리막으로 이어지다가 바뀌어 계속 옆등을 타고 진행한다. 간간이 급내리막이 이어지기도 한다. 방공호가 자주 나타난다. 한참을 내려가다가 시멘트 계단을 만난다. 우측엔 로프가 설치되어 있다. 계단을 따라 내려서니 드디어 오늘의 종점인 이화령에 도착한다(17:48).

이화령은 충주권과 점촌지역을 연결하는 교통의 요지이기도 하다. 동물이동로를 중심으로 문경시와 괴산군 지역으로 갈린다. 우측의 문경 쪽에는 문경 시내를 굽어볼 수 있도록 전망대를 설치했고, 백두대간 등산안내도와 이화정이라는 정자가 있다. 또 '문경새재는 귀사랑고개'라는 표석이 있다. 괴산 쪽에는 '백두대간이화령'이라는 거대한 표석이 있고 그 옆에는 '백두대간 이화령을 잇다'라는 표석이 있다. 휴게소가 있고 넓은 주차장이 있다. 주차장 난간에서 괴산군 연풍 쪽을 내려다보면 마치 한 폭의 그림처럼 아름답게 보인다. 이화령 아래에 터널을 뚫어 이화령 고갯마루는 이제 교통이 뜸하다. 대신 드라이브코스로 유명해졌다. 지금 이 시각에도 자전거 하이킹족들의 경쾌한 움직임이 공간을 가르고 있다.

등에 땀이 고인 만큼 해도 많이 기울었다. 오늘은 이곳에서 마치기로 한다. 염려했던 백두대간 19, 20구간 종주가 이렇게 무사히 막을 내린다. 산행 중 힘에 겨울 때는 절망의 순간을 맞기도 하지만, 언제나 이 시각이면 벌써 또 그런 길이 그립기도 하다. 석양에 물든 문경 쪽의 고속도로가 볼수록 아름답다.

(오늘 걸은 길)

지름티재→975봉→905봉→963봉→이만봉→곰틀봉→사다리재→981봉→평전치→1012봉→백화산→904봉→황학산→862봉→777봉→조봉→681봉→이화령(18.21km, 9시간 57분)

(교통편)

*** 갈 때**

1. 동서울터미널에서 괴산행 버스: 06:50부터 20:10까지 22회 운행

2. 괴산에서 연풍까지: 06:30, 08:05, 10:00, 11:25, 13:20, 14:45, 16:20, 18:10

3. 연풍에서 은티마을은 택시나 도보로, 지름티재까지는 도보로 이동

*** 올 때**

1. 이화령에서 문경터미널까지: 버스 없음. 택시 이용(011-536-2822)

2. 문경터미널에서 동서울행 버스: 06:50~19:40까지 13회 운행

스물하나째 구간(이화령에서 하늘재까지)

2016. 6. 17.(금), 오전에 안개가 많았음

어느 목회자의 글을 읽었다. 어느 날 숲길을 걸으면서 행복감을 느꼈다고 했다. 숲속에서 보는 나무, 풀, 흙, 돌, 바람, 하늘이 한 식구이자 친구, 애인 같았다고 했다. 죽어서도 이들과 함께할 것이라고 했다. 수의도 없이 알몸 그대로 자연 속에 묻히고 싶다고 했다. 공감한다. 나도 산길을 걸을 때면 마음이 편해진다. 저절로 그 속에 빠져든다. 세속의 잡다한 것들을 잊고 주변 것들에만 집중하게 된다. 그래서인지 10여 년 이상을 산길을 걷고 있지만 아직도 다음 산길이 기다려진다.

21구간 종주를 마쳤다. 이화령에서 하늘재까지이다. 이화령은 문경읍과 괴산군 연풍면을 잇는 고개이고, 하늘재는 문경읍 관음리와 충주시 상모면 미륵리를 잇는 고개이다. 이 구간에는 조령산, 신선암봉, 923봉, 조령 제3관문, 마패봉, 북암문, 동암문, 부봉, 959봉, 평천재, 탄항산, 모래산 등의 높고 낮은 산과 잿등이 있다. 이 구간에서 특별한 시도를 했다. 역으로 진행한 것이다. 원래대로라면 이화령에서 하늘재로 올라가야 하지만 반대로 하늘재에서 이화령으로 내려갔다. 이유는 현지 들머리까지 버스로 이동이 가능하고 현지의 야영 여건이 좋아서다.

이 구간은 길고 암릉지대라서 많은 시간이 소요된다. 새벽부터 출발해야 당일에 마칠 수 있다. 그런데, 의도는 좋았지만 부분적인 실패였다. 도중에 길을 잘못 들어 마패봉을 놓친 것이다. 동암문에서 직진해야 북문에 이어 마패봉을 거쳐 조령제3관문으로 가게 되는데, 동암문에서 좌측 길을 택한 바람에 동화원으로 우회하여 제3관문으로 가게 된 것이다. 많이 아쉬웠다. 이 구간에는 1.2km가 연속되는 암릉지대가 있고, 몇백 미터가 되는 거리를 계속 로프를 타야 한다. 겨울철에는 가급적이면 피해야 할 것이다. 하루 전날 문경에 도착하여 하늘재로 이동, 포암마을 정자에서 1박한 후 다음날 새벽 5시부터 종주를 시작했다.

하늘재에서(05:10)

6월 16일. 동서울터미널에서 16:20에 출발한 버스는 문경에 18:19에 도착. 김밥 2줄을 구입한 후 18:50에 출발하는 포암행 버스에 오른다. 종점인 포암에는 19:20에 도착. 해질 녘 포암마을은 조용하다. 마을 뒤쪽에는 웅장한 바위산이 떡 버티고 있다. 포암산이다. 이곳에서 21구간 들머리인 하늘재까지는 걸어서 10여 분 거리. 하늘재를 향하여 오른다. 오르는 중에 좌측에 있는 두 가구의 주택을 발견한다. 평범한 민가 같지는 않다. 10여 분 만에 하늘재 도착. 하늘재에는 '하늘재공원지킴터'가 있고 포암산등산안내도, 이정표 그리고 계립령유허비가 있다. 유허비에는 이곳 계립령의 유래와 가치 등 시사적인 내용이 들어 있다. 그 요지를 옮긴다.

"영남과 기호지방을 연결하는 중추적인 역할을 맡아 역사의 온갖 풍상과 애환을 간직해 온 이 고개가 계립령이다. 신라가 북진을 위해 개척한 계립령은 신라의 대로로서 죽령보다 2년 먼저 열렸다. 계립령을 넘어서면 곧바로 충주에 이르고 그곳부터는 남한강의 수운을 이용하여 한강 하류까지 일사천리로 나갈 수 있는 길로서 삼국시대에 신라는 물론 고구려 백제가 함께 중요시한 지역으로 북진과 남진의 통로였으며 신라는 문경 지방을 교두보로 한강 유역 진출이 가능하였고 이곳 계립령을 경계로 백제와 고구려의 남진을 저지시켰다. 임진왜란과 정유재란 병자호란을 거치면서 조령로가 험준한 지세로 군사적 요충지로 중요시되자 계립령로의 중요성은 상대적으로 점차 멀어지게 되어 그 역할을 조령로에 넘겨주게 되었다."

유허비 뒤쪽 숲속에는 하늘재 산장이 있는데 인기척이 없다. 공원지킴터 뒤쪽 위에는 거대한 하늘재 표석이 세워져 있다. 계단을 통해 표석이 세워진 공터로 올라가 내일 새벽부터 오르게 될 21구간 초입을 미리 확인한다. 다시 공원지킴터가 있는 곳으로 내려와서 텐트를 칠 곳을 물색했으나 어쩐지 어디도 맘에 들지 않는다. 다시 마을로 내려간다. 어둑해진 후 도로변 정자에 텐트를 펼친다. 그런데 밤이 문제였다. 밤새 비행기 소리에 몇 번을 깼는지 모른다.

6월 17일. 새벽 4시에 기상하여 하늘재로 향한다(05:00). 산속은 깊은 잠에 빠졌다. 새소리 하나 들리지 않고 바람조차 멎었다. 05:10에 하늘재에 도착. 바로 공원지킴터 옆에 있는 계단을 통해 오른다. 하늘재 표석이 있는 공터의 분위기가 아주 묵직하다. 어둠이 아직 가시지 않은 탓일까? 바로 출발한다(05:16). 공터에서 내려가니 좌측 숲속에 물탱크가 보인다. 바로 갈림길이 나오고, 위쪽으로 오른다. 왠지 숲속이 으시시하다. 우측엔 낙엽송이 군락지어 있다. 경사 완만한 흙길이다. 우측으로 옆등을 타고 오른다. 옆등도 잠시이고 바로 좌측으로 틀어서 위로 오른다. 썩은 통나무 계단으로 이어진다. 계단을 넘으니 좌측에 목책 울타리가 있다. 그 너머는 오미자밭이다. 계단이 나오고 오르막 경사가 심해지더니 모래산 정상에 이른다(05:32).

정상에는 이정표와 삼각점이 있고 주변에는 방공호가 있다. 우측으로 내려간다. 마사토가 깔려 있어 미끄럽다. 모래산이라는 이유를 알겠다. 조금 내려가다가 오르니 완만한 오르막이 시작된다. 그런데 신기하게도 등로에 쌍 삼각점이 있다. 40cm 정도 간격을 두고 두 개의 삼각점이 나란히 있다. 10년 넘게 산줄기 종주를 하고 있지만 처음 보는 현상이다.

계속 오른다. 주변은 소나무와 잡목이 섞여 있다. 날씨는 몹시 흐리다. 짙은 안개 때문에 가시거리가 아주 짧다. 잠시 후 집채만한 바위가 앞을 막는다. 좌측으로 우회한다. 이번에는 선돌처럼 보이는 대형 바위가 우뚝 서 있는 곳에 이른다(06:09). 석문을 통과하니 암벽에 '추락주의'라는 경고판이 있다. 정상 바닥에 암반이 깔린 무명봉에 이른다(06:24). 기막히게 멋진 고사목이 살아 있는 듯이 서 있다. 죽어서도 제 역할을 하고 있는 고사목. 고사목을 볼 때마다 생의 과정이 생각난다. 5분 정도 지나니 탄항산에 이른다(06:30).

탄항산 정상에서(06:30)

탄항산은 문경읍 평천리에 있는 산으로 하늘재를 사이에 두고 포암산과 마주하고 있다. 정상에는 2002년도에 산들모임산악회에서 세운 정상표시석과 이정표가 있다(부봉삼거리 2.7). 정상에서 하늘재 방향으로 조금 내려가면 조선시대 통신수단이었던 탄항봉수대 터가 남아 있다고 했는데 오면서 보지 못했다. 내려간다. 갈림길에 이른다. 대간은 직진으로 이어진다.

다시 갈림길이 나오고(06:55), 이곳에도 이정표가 있다(부봉삼거리 1.9). 좌측으로 내려간다. 흙길인 등로 주변에는 참나무가 많다. 날은 덥지만 바람이 솔솔 일고 있어 다행이다. 대간 종주길에서는 많은 것을 보고 들을 수 있다. 보이지 않는 것도 들을 수 있다. 덤불 속에서 어렵사리 자라고 있을 야생화들의 불평도 들을 수 있고, 발자국 소리에 경계심을 품고 전투태세를 갖출 멧돼지들의 분노를 읽을 수 있고, 바람에 실려 오는 동해 바다 갈매기들의 원망 섞인 노래 소리도 들을 수 있다. 그럴 때마다 미안해져 저벅거리는 등산화 소리를 죽이게 된다.

로프가 나오더니 평천재에 이른다(06:59). 평천재는 문경시 평천리에서 탄항산을 오를 때 거치는 잿등이다. 로프가 설치되어 있고, 희미한 사거리 흔적이 있다. 이곳에서 좌측은 월항마을을 거쳐 평천리로 내려가는 길이고, 우측은 동암문과 미륵리로 내려가는 길이다. 직진으로 오른다. 가파른 오르막으로 시작하다가 잠시 주춤, 다시 가파른 오르막으로 변한다. 오르막 끝에 계단으로 이어진다(07:24). 계단을 넘으니 959봉 정상이다. 이젠 부봉 삼거리가 1.0km 남았다. 이곳에서 좌측은 주흘산으로 가는 방향이다. 짙은 안개 때문에 주흘산은 형체마저도 알아 볼 수 없다. 계단을 지나 철 난간에 이르니, 부봉 삼거리가 지척이다. 스릴 있고 화려한 난간이다. 이 난간이 없으면 이곳은 굉장히 힘이 들고 위험하겠다. 철 난간 덕분에 쉽게 통과한다.

좌측 11시 방향으로는 부봉이 보인다. 철 난간이 끝나고 부봉 삼거리에 이른다(08:05). 이정표가 있다. 좌측에 부봉으로 오르는 계단이 보이고, 500m 거리에 부봉이 있다. 대간길은 우측으로 틀어서 내려가야 한다. 이곳에서 잠시 쉬다가 우측으로 내려간다. 내려가는 등로 우측에는 축성의 흔적이 있다. 10여 분 만에 동암문에 이른다(08:26). 성터 흔적이 역력하고 주변에는 낙엽송이 있다. 사거리다. 이정표는 없지만 우측은 미륵리로 내려가는 길이고, 좌측은 뚜렷한 길이 나 있고 수많은 표지기들이 걸려 있다. 표지기들이 가리키는 대로 좌측으로 내려간다. 그런데 이곳에서 큰 실수를 하게 될 줄이야……

대간길은 직진인데 수많은 표지기들이 있다는 것만 보고 아무 의심 없이 좌측으로 내려간 것이다. 더구나 표지기들이 계속해서 나오기에 조금도 의심할 수가 없었다. 그런데 가도 가도 봉우리는 나오지 않고 산죽이 나오더니 밀림 속으로만 빠져든다. 계곡까지 건너게 된다. 자작나무가 나오기도 하고 소나무 숲도 거친다. 갈림길이 나온다(08:53).

한참을 내려가니 아주 넓은 비포장도로를 만난다. 이곳에서 등산객을 만나고서야 길을 잘못 든 것을 안다. 마패봉으로 가야 할 길을 동화원으로 내려와 버린 것이다(09:26). 큰 실수다. 좀 전의 동암문에서 직진은 생각도 못하고 표지기가 많은 좌측으로 내려온 것이 실수였다. 하는 수 없이 바로 3관문으로 가기로 한다. 동화원에서 넓은 흙길을 따라 오른다. 산책하는 사람들이 많다. 고즈넉한 산책길이다.

맨발로 걷는 이도 있다. 잠시 후 3관문에 이른다(09:47).

조령 3관문에서(09:47)

스피커에서 울리는 음악과 산책 중인 사람들로 3관문 주변은 생기가 돈다. 3관문을 통과하여 주변을 살펴본다. '문경새재과거길'이라는 표석이 있고, 그 옆에는 '문경관문'에 대한 설명문이 있다. '백두대간 조령'이라고 적힌 큼지막한 표석도 있다. 문경관문에 적힌 내용을 요약한다. "이 관문은 영남지방과 서울 간의 관문이며 또한 군사적 요새지이다. 삼국시대에는 이보다 동쪽의 계립령이 중요한 곳이었는데, 고려 초부터는 이곳 초참을 혹은 새재라고 하므로 조령이라 이름하고 중요한 교통로로 이용하였다. …… 문경에서 충주로 통하는 제1관문을 주흘관, 제2관문을 조곡관, 제3관문을 조령관이라 부른다."

우측에 있는 마패봉을 넘지 못한 게 영 아쉽기만 하다. 마패봉의 명칭 유래가 재미있어서 큰 기대를 하고 왔는데 말이다. 마패봉은 암행어사 박문수가 이 산을 넘을 때 조령 3관문에서 쉴 때 마패를 관문 위의 봉우리에 걸어 놓았다고 하여 부르게 된 이름이다. 아쉬움을 안고 조령3관문에서 좌측으로 나아간다.

산자락에 조령약수가 있다. 물병에 들어 있는 물을 다 비우고 새로 가득 채운다. 조령약수는 청운의 꿈을 안고 한양길을 넘나들 때 갈증을 해소시켜 주는 역사 속의 명약수라고 한다. 다시 오른다. 바로 성황당이 나오고 우측으로 계단이 이어진다. 계단이 끝나고 우측으로는 성터 흔적이 이어진다. 잠시 후 '진입금지' 안내판이 나온다. 안내판을 무시하고 5분여를 오르니 깃대봉이 0.42라고 적힌 이정표가 나오고, 10분 정도를 더 오르니 깃대봉 입구에 이른다(10:35).

입구는 삼거리인데 우측은 깃대봉으로, 대간은 좌측으로 이어진다. 깃대봉이 이곳에서 10분 정도 거리에 있지만 대간길에서 벗어나 있어 바로 좌측 대간길로 향한다. 바로 813봉에 이른다(10:37). 정상에 있는 삼각점만 확인하고 바로 내려간다. 10여 분을 내려가니 전망암에 이른다(10:49). 주변에 119솔라표시등이 보이고 이곳에서부터 암릉이 시작된다.

로프가 설치되어 있다. 암릉이 끝나고 완만한 능선을 오르내린다. 이번에는 너럭바위 전망암에 이른다(11:07). 고사목이 쓰러져 있고, 솔라표시등 8번이 있다. 다시 큰 바위가 있는 봉우리를 넘고, 신선암봉10지점이라고 적힌 봉우리에 이른다(11:12). 795봉 갈림길이다. 괴산소방서에서 세운 국가지점번호 신선암봉10지점이라는 안내판이 있다. 내려가니, 오름길이 시작되면서 다시 암릉으로 이어진다. 로프를 타고 오른다. 다시 너럭바위 전망암에 이른다(11:43). 좌측으로는 마패봉이 지척으로 다가선다. 오르지 못한 봉우리여서인지 볼수록 아쉽다. 암릉을 넘으니 돌계단이 이어진다. 잠시 후 문경새재2관문갈림길에 이른다(11:57). 119솔라표시등 9번이 세워져 있고, 놀라운 것은 이곳에서부터 암릉구간 1.2km가 시작된다는 것이다. 단단히 각오를 해야 할 것 같다.

우측 암벽으로 오른다. 예고한 대로 암릉이 시작된다. 국가지점번호 신선암봉11지점을 통과하고, 이어서 좌측에 석문이 보인다. 암릉은 계속된다. 봉우리 정상이다. 923봉인 것 같은데 확인할 길이 없다. 이정표에는 조령산이 3.07km라고 적혀 있다. 3km만 더 가면 암릉이 끝난다는 암시다. 버텨 보자. 좌측으로 내려간다. 암릉은 끝없이 이어진다.

바위 속에 살다가 고사목으로 변한 소나무가 보인다. 고사목을 볼 때마다 드는 생각이 있다. 인생과 똑같다는 것이다. 인간도 결국은 저렇게 된다. 사고가 자주 발생한다는 '위험지역' 표지판이 나온다. 두께가 20센티미터 정도 되어 보이는 벽처럼 생긴 바위가 나온다. 어떻게 저런 바위가 생겼을까? 자연 발생적인 것 같은데 신기하다. 사방이 예술품이다. 상상할 수 없는 작품들이 사방에 널려 있다. 아무도 봐 주지 않는 이런 깊은 산중에, 이곳을 찾는 이에게 주는 선물일지도 모르겠다. 자연은 위대한 것이라고 시위라도 하는가?

이번에는 928봉에 이른다(12:58). 지도에는 923봉으로 표시된 봉우리가 있는데 그 봉우리인지도 모르겠다. 약간의 공터가 있고 특이한 정상표지판이 있다. 표지판은 목재인데, 빨간색 물감으로 글씨가 적혀 있다. 어느 개인이 설치한 것 같다. 소박하지만 대간 종주자들에게는 아주 귀한 선물이다. 이런 것들로 인해 위치를 알게 되고 주변 지형을 이해하게 되고 작은 것의 소중함도 깨닫게 된다.

내려간다. 계속되는 위험지역 암릉이다. 계속해서 로프를 탄다. 잠시 후 바위 사이에 꿋꿋하게 자라고 있는 멋쟁이 소나무를 발견한다. 위험해서 소나무 근처는 갈 수 없다. 먼 곳에서만 감상하고 자리를 뜬다. 바위 사이에서 도대체 뭘 먹고 사는 걸까? 그러면서도 저렇게 멋진 자태를 유지하고 있으니……. 안부에서 오르다가(13:16) 긴 내리막으로 이어진다. 역시 로프를 타고 내려간다. 산죽이 나오더니 또 이정표가 나온다(조령산 2.0). 평범한 능선이라면 1시간 정도면 갈

수 있겠지만 암릉이라 어떨지 모르겠다.

꾸구리바위 갈림길이라는 안부에 이른다(13:27). 이정표를 통해 새로운 지명들이 나타난다(좌측은 꾸구리바위 2.0, 우측은 한섬지기 2.0, 직진 오르막엔 신선암봉 0.3). 앞쪽으로 보이는 신선암봉에 기가 질린다. 저 봉우리까지 300m 거리를 로프를 타고 올라가야 한다. 그나마 다행인 것은 계속 직선이 아니고 도중에 약간 우측으로 우회하여 오른다는 것이다. 다행이다. 로프의 연속이다. 매 순간 로프를 타야 한다. 몇 번을 가다 쉬다를 반복한 끝에 드디어 신선암봉에 이른다(14:10).

신선암봉 정상에서(14:10)

신선암봉은 괴산군 원풍리와 문경읍의 경계에 위치하는 산봉우리다. 남쪽으로는 조령산이, 북쪽으로는 깃대봉이 연결되어 있다. 이곳에서 우측으로 내려가면 용소골과 절골에 이를 수 있다. 잠시 바위에 걸터앉는다. 눈앞에 펼쳐지는 기암괴석은 말 그대로 기묘하고 장엄하다. 선경이 따로 없다. 신선이 된 기분이다. 그저 이 자리에 있는 것만으로도 행복하다. 정상에는 아담한 정상석과 이정표가 있다. 등산객도 두 명이나 있다. 이곳에 있는 젊은 등산객에게 부탁해서 정상석을 배경으로 인증샷을 날린 후 내려간다.

너럭바위를 지난다. 좌우측은 낭떠러지다. 넓은 바위를 타고 내려가면서도 위험을 느낄 정도다. 이번에는 칼날 바위 위를 걷게 된다. 위험의 연속이다. 다시 등산객을 만난다. 나를 기다렸다는 듯이 보자마자 묻는다. 도저히 힘이 딸려서 더 이상 갈 수 없어 마을로 내려가야겠다면서 "마을로 내려가려면 어디로 빠져야 되느냐?"고 묻는다. 좀 전에도 비슷한 사정을 가진 등산객을 만나 같은 질문을 받았었다. 그분은 어제 너무 많은 술을 마셔서 더 이상 갈 수 없다고 했다. 내 처지와 비슷한 사람들이다. 나도 속마음은 그냥 중단하고 아무데나 드러눕고 싶은 심정이다. 그런데 나도 초행이라 지도를 보면서 절골로 내려가라는 말밖에 해 줄 수가 없다.

시간이 많이 지체된 것 같다. 너무 자주 쉰 탓이다. 안부에 이른다 (14:52). 좀 전의 신선암봉에서 1km 정도 온 지점이다. 평소보다 두 배 정도 시간이 걸린 것 같다. 이제 조령산이 760m 남았다. 조령산만 넘으면 이화령까지는 편안하게 걸을 수 있다고 했다. 마지막 힘을 내야 할 순간이다. 지금부터 760m를 또 로프를 타고 올라야 한다. 생각만으로도 아찔하다. 바로 로프타기가 시작된다. 조령산을 넘기 위해서는 먼저 앞에 있는 봉우리부터 넘어야 한다. 마치 앞 봉우리는 등산객들을 시험하는 것만 같다.

간신히 조령산 직전 봉을 넘고 내려선다. 안부에 이정표가 있다. 이젠 진짜 조령산이 380m 남았다. 직진으로 오른다. 긴 계단이 보인다. 다행이다. 언제부터인가 힘든 오르막에서 계단을 만나면 그렇게 반가울 수가 없다. 그냥 가파른 오르막보다는 균등한 간격으로 오름길이 이어지는 계단이 더 오르기 쉬워서다. 100걸음씩 오르고 쉰다는 최면을 건다. 계단 초입에 누군가 272라는 숫자를 적어 놓은 것을 보고서 계단 수를 헤아렸지만 일치하지 않는다. 드디어 조령산 정상에 이른다(16:02).

조령산 정상에서(16:02)

조령산은 괴산군 연풍면과 문경시 문경읍과의 경계선상에 자리 잡은 명산으로 능선 남쪽 백화산과의 경계에는 이화령이 있고 북쪽 마패봉과의 경계인 구 새재에는 조령 제3관문이 있다. 정상의 넓은 공터에는 정상석과 이정표 그리고 여성 산악인 지현옥을 추모하는 목재로 된 추모비가 있다. 지현옥 씨는 한국을 빛낸 전도 유망한 여성 산악인인데 히말라야 등정 중 불의의 사고사를 당했다. 지현옥 씨는 히말라야 가셔브룸 1, 2봉, 에베레스트, 칸첸중가, 안나푸르나, 북미 매킨리 등을 오른 산악인이다. 잠시 명복을 빈다.

이곳 이정표에 나타난 대로 여기에서 이화령까지는 2,880m인데 걷기 편안한 길이다. 마음이 놓인다. 바로 내려간다. 좌측은 잣나무 지대가 이어진다. 한참을 내려가니 넓은 헬기장이 나오고(16:20), 내려서니 바로 갈림길이다. 우측은 신풍마을 동편 절골에서 촛대바위를 경유하여 올라오는 길이고, 이화령은 좌측으로 내려가야 한다.

이젠 이화령이 2,420m 남았다. 이젠 남은 거리보다는 언제 조령샘물이 나올지가 더 기다려진다. 그동안 갈증에도 참았었다. 좌측으로 내려가니 긴 계단이 시작된다. 주변은 잣나무 일색. 계단이 끝나고 좀 더 내려가니 기다리던 조령샘이 나온다(16:29). 배낭을 내려 놓고 잠시 쉰다. 배가 차도록 약수를 들이키고 두 병 모두 가득 채워 내려간다. 40m 정도를 내려가니 이정표가 나오면서 대간길은 우측으로 이어진다. 너덜지대를 통과하고 다시 헬기장처럼 생긴 곳을 지난다(16:50). 이곳에서는 좌측으로 내려간다. 이젠 이화령이 1,200m 남았다. 다시 너덜지대를 지나고 또 작은 돌탑들이 여러 개 세워져 있는 곳을 지난다.

다시 한번 더 너덜지대를 지나고 아치형 설치물을 통과한다. 아치에는 많은 표지기들이 걸려 있다. 이화령이 가깝다는 암시다. 산불감시초소를 지나고 조령산등산안내도와 이화정이라는 정자를 통과하니 이화령이다(17:15). 며칠 만에 다시 찾은 이화령인가. 문경새재귀사랑고개비가 제일 먼저 눈에 띈다. 문경 쪽에서 터널을 통과하여 괴산 쪽으로 향한다. 괴산쪽 넓은 주차장에는 몇 대의 차량만 있을 뿐 한산하다. 예상과 다르다. 내일이 주말이 시작되는지라 많은 사람들로 붐빌 줄로 알았는데……. 백두대간이화령 표석만 촬영하고 다시 문경 쪽으로 되돌아와서 문경택시를 불러 놓고 휴식을 취한다.

힘든 하루였다. 아쉬운 하루였다. 암릉이 많아서 힘들었고 마패봉을 놓친 것이 영 마음에 걸린다. 그동안 1대간 9정맥을 종주하는 중에 종주 코스를 역으로 시도해 보기는 오늘이 처음이다. 나름 현명한 판단이라고 생각했지만 실수였다. 좀 더 사전 조사를 충실히 하지 못한 게 아쉽다. 곧 장마가 시작되고 날은 더 더워질 것이다. 아직 반도 마치지 못했다. 이번 여름을 어떻게 이겨내느냐가 관건이 될 것이다.

(오늘 걸은 길)

하늘재→766봉→탄항산→평천재→955봉→부봉→동암문→763봉→북암문→마패봉→조령3관문→깃대봉→937봉→889봉→조령산→조령샘→759봉→이화령(18.36km, 12시간 5분)

(교통편)

* 갈 때

1. 동서울터미널에서 문경행 버스: 06:30~00:00까지. 심야 23:00

2. 문경터미널에서 하늘재까지: 포암행 버스 이용(자주 있음. 막차 18:50)

* 올 때

1. 이화령에서 문경터미널까지: 버스 없음. 택시 이용(011-536-2822)

2. 문경터미널에서 동서울까지: 06:50~19:40까지 13회 운행

스물두째 구간(하늘재에서 차갓재까지)

2016. 6. 30.(목), 하루 종일 흐림

감격이었다. 눈물이 날 뻔했다. 백두대간 중간지점을 통과한 것이다. 문경시 동로면에 위치한 981봉 정상에서 10여 분 정도 북진한 지점에서 백두대간 중간지점임을 알리는 표석을 발견했다(2016. 6. 30. 17:28). 그 순간 몸이 날아갈 듯 기뻤다. 작년 9월 지리산 천왕봉에서 첫발을 내디딘 이후 10개월 만이다. 전체 거리 734.65km의 반인 367.325km를 올라온 것이다.

지난주에는 22, 23구간을 넘었다. 22구간은 하늘재에서 차갓재까지이다. 하늘재는 문경시 문경읍 관음리와 충주시 수안보면 미륵리를 잇는 잿등이고, 차갓재는 문경시 동로면 생달리에서 명전리로 넘어갈 수 있는 잿등이다. 이 구간에는 포암산, 관음재, 937봉, 1,032봉, 1,034봉, 1,062봉, 부리기재, 대미산, 1,051봉, 새목재, 981봉 등의 높고 낮은 산과 잿등이 있다. 이 구간에는 길이 헷갈릴 만한 곳이 두 군데 있다. 첫째는 관음재와 838봉에 이어 나오는 능선삼거리(마골치)이고, 또 한군데는 1,051봉 갈림길이다.

대간길 종주가 쉽지 않다는 걸 새삼스레 느낀 날이었다. 산줄기 타기의 요령은 무궁무진한 것 같다. 아마 대간 종주가 모두 끝나야 조금이라도 알 것 같다. 이번 구간에서도 큰 실수를 했다. 움푹한 안부에서 잠시 쉰다는 것이 배낭을 짊어진 채로 앉아서 그대로 잠이 들었다. 깜짝 놀라 눈을 떴을 때는 진행방향을 가늠할 수가 없었다.

하늘재에서(05:04)

6월 29일 수요일. 동서울터미널에서 16:20발 문경행 버스에 오른다. 버스에 오르는 순간부터 이상 기류 감지. 맨 앞좌석에서 두 할머니의 격한 언쟁이 시작. 통로를 막아 버린 할머니들 때문에 버스에 오르려는 승객들이 올 스톱. 발단은 사소한 짐 때문. 상대방의 짐 때문에 좌석이 불편해진 다른 할머니의 자기 권리를 찾으려는 항의. 그런데 놀라운 것은 버스가 출발하자마자 언제 그랬느냐는 듯, 오래된 친구처럼 화기애애하게 대화. 그 대화는 버스가 문경에 도착할 때까지 계속……. 알 수 없는 이런 심리. 좋은 것 같기도 하고……. 버스는 열심히 달렸는데도 문경에는 18:26에 도착. 버스에서 내리자마자 지난번처럼 김밥 두 줄을 구입, 터미널 대기석에서 먹던 중에 포암행 버스가 오자 바로 승차.

18:50에 출발한 버스는 19:30에 종점에 도착. 나를 내려놓은 버스는 쏜살같이 되돌아가고, 관음리 포암마을 산속에 홀로 남는다. 지난번에 이어 벌써 두 번째. 모든 게 그대로인데 변한 게 있다. 도로변 살구가 노랗게 익었고 일부는 바닥에 떨어져 있다. 우측의 '꿈그린 농원' 건물도 그대로이고 오늘 저녁을 묵을 이곳 정자도 그대로다. 배낭을 정자에 내려놓고 하늘재에 올라가 본다. 텐트 칠 때까지는 아직 여유가 있어서다.

하늘재까지는 10여 분 거리. 먼저 하늘재 산장을 기웃거린다. 문은 굳게 잠겨 있다. 주변 몇 컷을 촬영하고 산장 아래에 있는 계립령 유허비를 살펴본다. 지난번에도 봤지만 그때는 그냥 인증 정도였다. 하늘재는 참 유서 깊은 길목이다. 신라가 한강 유역 진출을 위해 서기

156년에 개척했다는 길이다. 지금은 잊혀 가고 있지만 예전에는 일국의 흥망성쇠를 좌우할 진출로였었다.

좌측에 있는 공원지킴터 역시 오늘도 감시인은 없다. 평일일 뿐만 아니라 근무시간이 지나서일 것이다. 하늘재 표석까지 살펴보고 다시 포암마을 정자로 내려간다. 정자 맞은편의 꿈그린 농원 관리인이 살구나무 아래에서 살구를 줍고 있다. 친해지고 싶어서 말을 붙여 보지만 쉽게 입을 열지 않는다. 말이 없는 분이다. 묻는 말에 간신히 대답만 할 뿐이다. 주말에는 이곳도 많은 사람들이 찾는다고 한다. 단풍철에도 등산객이 많다고 한다. 내가 묻는 말이 귀찮아서인지 살구를 줍다 말고 농원 건물 안으로 들어가 버린다. 객이 주인을 내쫓은 샘. 조금은 미안하다. 정보도 얻고 눈인사라도 나눌 생각이었는데……. 당신은 귀찮았던 모양이다. 가로등이 켜지기 시작한다. 이젠 텐트를 쳐도 될 것 같다.

밤새 요란한 비행기 소리는 지난번과 마찬가지였다. 역시 깊은 잠을 이루지 못했다. 핸드폰 알람에 맞춰 새벽 4시에 기상. 텐트를 철거하고 배낭을 꾸려 오른다. 종주길의 출발은 이를수록 좋다. 그래야만 여유롭게 걸을 수 있다. 하늘재에는 05:04에 도착. 하늘재는 잿등과 하늘이 맞닿아 있다고 해서 붙여진 이름으로 우리나라에서 가장 오래된 고갯길이다. 새벽 공기여서일까? 물방울처럼 맑고 투명하다. 주변은 아직도 잠이 덜 깬 듯 고요하다. 좌측에 자리 잡은 공원지킴터가 제일 먼저 눈에 들어오고 그 맞은편에 이정표도 보인다. 초입으로 다가가서 이정표를 확인한다. 포암산이 우측으로 1.6km 거리에 있고, 직진으로 내려가면 미륵리 주차장이 1.5km임을 알린다. 포암산을 향해 우측으로 오른다. 통나무 계단을 넘어서니 좌측으로 틀어 오르게 된다.

완만한 오르막. 주변에 교통호가 있다. 너덜길이 이어지고 우측에는 옛 성벽처럼 보이는 석축이 있다. 주변은 잡목들. 한참을 오르다가 갈림길에 이른다. 좌측으로는 뚜렷한 길이 이어지고, 직진은 크고 작은 돌들로 쌓여진 돌길이 계속된다. 좌측으로 진행한다(05:18). 좌측으로 3~4분을 오르자 파이프를 통해 물이 내리는 하늘샘에 이른다(05:22). 파이프로 내린 물이 큰 대야에 가득 차서 흘러내릴 정도다. 샘 좌측에는 거대한 반석이 있다. 마치 무슨 제단처럼 보인다. 바로 오른다. 이곳에서 오르는 길은 두 곳. 초행자는 망설일 수 있다. 대간길은 직진이다. 그런데 우측으로도 길 흔적이 있으나 통행하지 말라는 의미로 작은 울타리가 설치되어 있다. 아마도 포암산의 신령한 기운 보호를 위해 마을에서 설치한 것 같다. 등산객들은 이 뜻을 존중해야 할 것이다.

직진으로 오른다(05:29). 돌길이 이어지고 가파른 오르막으로 변한다. 이제 산속에도 빛이 들어왔다. 빛이 등장했다기보다는 어둠이 사라졌다는 것이 더 맞을 것 같다. 산속에 낮 시대가 열린 것이다. 큰 바위가 나오더니 철계단이 이어진다. 계단을 통과하니 암릉지대가 시작된다. 다시 철계단이 나오고(05:43) 그 끝에 이정표가 있다(포암산 1.1). 암릉은 계속되고 잠시 후 돌탑이 나오고 노송도 보인다. 뒤돌아서면 지난번에 오른 탄항산이 한눈에 들어온다.

잠시 후 능선 갈림길에 이른다(06:06). 이곳에도 이정표가 있다(포암산 0.9). 좌측은 미륵리로 내려가는 방향이고 대간길은 우측으로 이어진다. 우측으로 오르니 119센터에서 설치한 현 위치 알림판이 있다(월악 13-2. 043-653-3250, 043-119). 다시 철계단을 넘어서니 너덜이 시작되고 주변에는 소나무들이 많다. 포암산이 500m 남았다는 이정표를 통과하니 다시 4번째 철계단이 나온다. 철계단이 끝나자 철난간이 이어진다. 위험한 암릉지대는 대부분 철계단이나 난간이 설치되어 있다. 안개는 자욱, 주변 시야는 거의 제로 상태다. 잠시 후 포암산 정상에 이른다(06:34).

포암산 정상에서(06:34)

포암산은 충주시 수안보면과 문경읍에 걸쳐 있는 산으로 월악산국립공원의 가장 남쪽에 있다. 정상에는 넓은 공터가 있고 그 가운데에 정상석과 이정표(만수산 5.0), 그리고 작은 돌탑이 세워져 있다. 커다란 정상석은 돌을 쌓아올린 곳에 설치되어 있다. 안개 때문에 주변 조망은 불가하다. 이정표가 가리키는 대로 좌측으로 내려간다. 안부를 지나 다시 오른다. 짙은 안개는 여전하다.

주변은 산죽이 깔려 있고 단풍나무, 싸리나무도 보인다. 또 이정표가 나온다(만수봉 4.6). 완만한 능선길이 이어지고, 산죽이 계속 나온다. 이어서 관음재에 도착한다(07:05). 이곳에서 좌측은 만수봉으로 가는 길, 대간길은 직진이다. 직진으로 오른다. 주변은 도토리나무가 많다. 산속은 마치 세상과 단절된 듯 고즈넉하기만 하다. 그런 숲 사이를 향기 잃은 여름 바람이 넘나든다.

만수봉을 알리는 이정표가 계속 나온다. 아마도 이 근방에서는 만수봉이 꽤 알려진 산인 것 같다. 직진으로 오르니 완만한 능선으로 연결되고 한참을 진행하니 838봉에 이른다(07:21). 내려가는 길은 완만한 능선으로 이어지고 다시 이정표가 나오면서(만수봉 3.1) 걷기 좋은 길이 이어진다. 잠시 후 안부갈림길에 이른다(07:43). 갈림길에서 직진으로 오르니 이정표가 또 나온다. 주변에 산죽이 나오고 좀 더 진행하니 목책 울타리가 나온다. 마골치에 도착한 것이다(07:50).

이곳에서 약간의 주의가 필요하다. 좌측으로는 표지기도 있고 이정표에도 언급되어 있는데, 우측은 표지기도 없을 뿐만 아니라 목책 울타리가 설치되어 출입을 막고 있다. 위반 시 과태료를 처분한다는 경고문도 있다. 자칫 방심하면 좌측으로 진행하기가 쉬울 텐데 우측의 울타리를 넘어서 진행해야 한다. 잠시 망설이다가 울타리를 넘어 우측으로 오른다. 가파른 오르막으로 이어지고, 잠시 후 937봉에 이른다(08:12).

정상에는 아무런 표식이 없고, 대간길은 우측으로 이어진다. 우측으로 내려가다가 안부에서 오르니 938봉에 이른다. 이곳에도 삼각점이 있다. 드디어 해가 나오기 시작한다. 급경사 내리막으로 내려가다가 안부에서 오르니 돌길이 시작된다. 돌길을 힘겹게 오르니 이번에는 884봉에 이른다(08:36). 정상에는 작은 바위만 있다. 바로 내려가다가 안부에서 오르니 가파른 오르막이 또 시작된다. 오르막 끝에 897봉에 이른다(09:01).

897봉에서 내려가니 한동안 걷기 좋은 길이 이어지다가 안부에 이른다(09:23). 안부에는 돌무더기와 바위가 있다. 직진으로 오르니 전망암이 나온다. 우측의 문경시 관음리 일대가 내려다보인다. 다시 돌길이 이어진다. 날씨는 계속 흐리다. 구름이 잔뜩 끼어 있고 주변은 잡목일색이다. 잠시 후 무명봉에 이른다(09:45). 이곳에서도 등로 찾기에 주의가 필요하다. 지도에는 대간길이 직진으로 이어질 것처럼 보이지만 좌측이 대간길이다. 이곳에서 간식을 먹은 후 좌측으로 진행한다. 빗방울이 떨어지기 시작한다. 오후 늦게 비가 온다고 했는데……. 완만한 능선을 따라 계속 진행한다.

잠시 후 809봉에 이른다(10:15). 정상에는 많은 표지기들이 있다. 우측 아래에 관음리 마을이 보인다. 내려간다. 직벽 내리막을 로프를 타고 내린다. 비슷한 직벽이 연속해서 나타난다. 한참 후에 844봉에 이른다. 정상에는 넓은 공터가 있다. 바로 내려가니 완만한 오르막이 길게 이어진다. 좌측은 너덜지대다. 긴 오르막 끝에 1,032봉에 이른다(11:28). 주변은 잡목 숲. 고도차가 거의 없는 능선이 길게 이어진다. 비슷비슷한 봉우리가 나타난다. 1,034봉은 언제 지났는지도 모르는 새에 1,062봉에 이른다(11:59). 정상에는 삼각점이 있고 주변에는 특이하게도 자작나무가 있다. 대간 숲길은 신비 그 자체다. 언제 봐도 풋풋함을 간직한 채 길손을 맞는다. 이래서 오늘도 내일도 사람들이 산길을 찾는지 모르겠다.

내려간다. 긴 내리막 끝에 안부에 이른다(12:25). 이곳이 부리기재로 생각하고 잠시 쉬기로 했는데 나도 모르는 새에 배낭을 멘 채로 잠이 들었다. 쉬지 않고 내달린 탓에 피로가 겹쳤다. 깜짝 놀라 일어나 갈 길을 찾았지만 방향 감각을 상실. 어느 쪽이 진행방향인지? 나아간 길은 반대 방향이었다. 이미 왔던 길인 1,062봉으로 되돌아간 것이다. 우습지도 않고, 크게 낙담하지도 않았다. 그 순간의 심신 상태가 그대로 반영된 것이다. 다시 잠시 졸았던 그 안부로 내려가서 다시 오른다. 중요한 것을 깨닫는다. 숲이 무성하고 더위가 심한 요즘 같은 때에는 산행 중에 쉬더라도 진행 방향을 확실히 기억해 두고 쉬어야 한다는 것을. 가급적이면 앞뒤의 구분이 불확실한 안부보다는 오르고 내림이 뚜렷한 곳에서 쉬어야 할 것이다.

1시간 정도의 알바를 한 탓에 몸은 피곤하지만 자위하며 계속 오른다. 봉우리를 하나 넘고 내려가니 다시 안부에 이른다. 그런데 이게 웬일인가? 이곳이 부리기재인 것이다(12:25). 부리기재라고 새겨진 뚜렷한 이정표까지 있다. 이곳 이정표는 우측은 문경시 중평리 박마을을, 그리고 직진은 대간길인 대미산으로 가는 방향을 가리킨다. 직진으로 오른다. 완만한 능선길이 이어지고, 한참을 진행하니 우측에 전망암이 나온다. 우측 아래로 여우목이 내려다보인다. 전망암을 지나 한참을 가니 대미산 정상이다(15:07). 대미산은 문경읍 중평리와 관음리에 걸쳐 있는 산이다. 문경시에서 가장 높은 산으로 이름만큼이나 아름다운 산이다. 정상석이 있고, 출입금지를 알리는 경고판이 있다. 우측 숲속에는 문경대간이 시작된다고 알리는 표지판이 있다.

대간길은 좌측으로 이어진다. 10여 분을 내려가니 우측으로 내려가는 샛길이 나오더니 몇 걸음을 더 진행하니 나무에 '눈물샘'이라는 표지판이 부착되어 있다. 대간 종주자들에게는 익숙한 샘물이다. 식수가 그리 급하지는 않지만 표지판을 부착한 '설나그네'라는 분의 성의가 고마워 100여 미터 아래에 있는 샘을 확인하러 배낭을 내려놓고 내려간다. 눈물샘은 생각보다 먼 거리에 있고, 샘물은 충분하지가 않다. 파이프로는 물이 내리지 못하고 바닥으로 떨어지고 있다. 이런 상태로는 식수로 적합할 것 같지가 않다. 샘 옆 숲속에는 눈물샘의 유래가 적힌 표지판이 있다. 다시 올라와서 대간길로 향한다. 등로 주변의 숲이 무성하다. 바닥이 보이지 않을 정도다. 스틱과 손으로 숲을 헤치면서 진행한다. 여름 바람에 간지러진 숲을 톡톡 치면서 걷는다. 잠시 후 1,051봉 정상에 이른다(15:50).

<u>1051봉에서(15:50)</u>

정상에서 직진은 문수봉으로 가는 길이고, 대간길은 우측으로 이어진다. 한쪽에는 '백두대간 충청북도'라고 적힌 목재기둥이 쓰러져 있다. 그런데 이곳도 등로 잇기에 상당한 주의가 필요한 곳이다. 우측으로 진행하면 숲으로 덮인 헬기장이 나오는데, 헬기장 어디에도 진행할 길이 보이지 않는다. 숲이 무성해서다. 그러나 우측 모퉁이 바닥을 자세히 보면 약간의 흙이 보이는 곳이 있다. 그곳으로 나가면 된다.

10여 미터 정도를 숲속을 뚫고 나아가면 뚜렷한 등로가 나타난다. 등로를 따라 내려가니 낙엽송 지대가 이어진다. 잠시 후 새목재에 이른다(16:15). 새목재에서 오르면 바로 숲속에 있는 헬기장을 지난다. 계속해서 오르다가 봉우리를 넘으니 낙엽송 지대가 길게 이어진다. 잠시 후 826봉에 이른다(16:55). 826봉에 이어 공터가 있는 981봉에 이른다(17:18). 정상 주변에는 도토리나무가 많다. 바로 내려간다. 등로 주변의 숲들이 무성하다.

10여 분을 내려가니 크고 육중한 돌기둥 같은 것이 나타난다. 백두대간 중간지점을 알리는 표석이다. 이렇게 반가울 수가! 백두대간 중간지점을 통과하는 순간이다. 감동이다. 눈물이 날 지경이다.

작년 9월에 시작한 백두대간 종주길도 이젠 반이 지나고 종점을 향해 치달리게 되었다. 표석에는 "천왕봉과 진부령을 표시하고 각각 367.325km, 경기평택여산회 백두대간 구간 종주대. 대간거리는 포항 셀파산장 실측거리 참고(접속구간 제외). 2004년 5월 11일"이라고 적혀 있다.

백두대간 중간지점을 알리는 표석

지금까지 367.325km를 걸었고 앞으로도 367.325km가 남았다는 말이다. 어쨌든 감격스럽다. 계속해서 내려간다. 잠시 후 안부에 이른다(17:36). 안부에서 오르니 이번에는 923봉에 이른다. 923봉에도 약간의 공터가 있고 이곳에서 야영한 흔적도 보인다. 내려간다. 쓰러진 나무들이 자주 나온다. 쪽동백 군락지를 지난다. 풀이 무성하여 불확실하지만 묘지인 것으로 보이는 지점을 지나니 다시 낙엽송 지대에 이른다. 굵은 낙엽송들이 대단지에 걸쳐 숲을 이룬다. 64번 송전탑을 지나니(18:15) 우측으로 내려가는 샛길이 있다. 안생달로 내려가는 길이다. 송전탑을 지나 낮은 잔등을 넘으니 바로 차갓재에 이른다(18:21).

오늘의 최종 목적지에 도착했다. 차갓재에도 백두대간 중간지점을 알리는 표석이 있다. 좀 전의 중간지점 표석과는 상당한 거리 차이가 있지만 그럴 수 있다고 생각된다. 이곳에서 우측으로 내려가면 안생달 마을에 이른다. 아직도 해가 있을 시각이지만 숲속이라선지 어둠이 깃들고 있다. 오늘은 이곳에서 마치기로 한다. 안생달 마을로 내려가(18:35) 하룻밤을 보내고 내일 다시 23구간을 종주할 생각이다.

(오늘 걸은 길)

하늘재→포암산→관음재→937봉→938봉→884봉→897봉→844봉→1032봉→1034봉→1062봉→부리기재→대미산→1051봉→새목재→981봉→923봉→차갓재(19.0km, 13시간 17분)

(교통편)

＊갈 때

1. 동서울터미널에서 문경까지: 06:30~00:00까지 자주.

2. 문경터미널에서 포암까지 버스 이동(막차 18:50) 후 하늘재까지

는 도보 이동(10분)

* 올 때

1. 안생달에서 점촌을 거쳐 문경으로 이동(08:20부터 18:45까지 10회).

2. 문경터미널에서 동서울행 버스: 06:50~19:40까지 13회 운행

스물셋째 구간(차갓재에서 저수령까지)

2016. 7. 1.(금), 오전 흐림, 오후 비

어제에 이은 연속 종주. 백두대간 23구간을 넘었다. 장맛비를 흠뻑 맞으며 진행. 등산화는 물론 속내의까지 물 범벅. 비 덕도 봤다. 종일 혼자였다. 안개에 젖은 황장산의 비경도 혼자서 독차지했다. 혼자 보기에 아까운 비경, 누군가 그리웠다.

23구간은 차갓재에서 저수령까지이다. 차갓재는 문경시 동로면 생달리에서 명전리로 넘어가는 잿등이고, 저수령은 예천군 상리면 용두리와 단양군 대강면 울산리를 잇는 잿등이다. 충북과 경북의 경계 지점이기도 하다. 이 구간에는 황장산, 감투봉, 황장재, 1,004봉, 폐백이재, 벌재, 돌목재, 문복대 등 높고 낮은 산과 잿등이 있다. 이번 구간도 특별히 위험하거나 어려운 지점은 없다. 다른 구간과 비교해서 구간 거리도 짧다.

암릉 지대가 있기도 하나 그런 곳마다 철계단이 설치되어서 종주에는 전혀 지장이 없다. 주의해야 할 것은, 통제지역이 많다는 것, 또 요즘 같은 여름철에는 숲이 무성해서 등로 바닥이 보이지 않을 수도 있다는 것이다. 종주를 마치고 마을로 내려갔을 때, 나그네를 맞는 따뜻한 인심을 확인했다. 교통편을 묻기 위해 무작정 어느 집 마당으로 들어섰는데, 빗물에 잠긴 초라한 나그네를 경계할 만도 했지만, 달랐다. 사람이 우선이었다. 또 한 수 배웠다. 산골에서 또 한 분의 스승을 만난 것이다. 비 덕분이다.

차갓재에서(05:35)

날이 몹시 흐리다. 금방이라도 비가 내릴 것만 같다. 민박집 주인이 챙겨 주신 진한 오미자차를 마신 후 민박집을 나선다(05:15). 두 번째 시멘트 도로 끝 지점에서 좌측의 산으로 오른다. 무성한 풀숲을 헤치고 20여 분을 오르니 어제 22구간을 마쳤던 차갓재에 도착한다(05:35). 짙은 안개로 앞뒤 분간이 어려울 정도다. 어제 확인한 백두대간 중간지점 표석을 다시 한번 촬영하고 바로 오른다.

초입부터 낙엽송 지대를 걷는다. 완만한 능선으로 이어지다가 오를수록 가파르다. 갈수록 안개도 짙어진다. 원형의 공터와 잡목이 있는 작은 봉우리를 넘고(05:50), 내려가니 다시 낙엽송 지대가 나오다가 잠시 후 작은 차갓재에 이른다(06:01). 작은 차갓재 공터는 출입금지 구역인 듯 철망이 에워싸고 있다. 우회하여 공터로 들어간다. 넓은 공터에 이정표(황장산 1.8), 출입금지안내판, 황장산 탐방로안내도, 목의자 4개가 있다. 평소에 많은 등산객들이 이용하는 듯 깨끗하게 정돈되어 있다. 좀 전의 차갓재와 작은 차갓재가 확연하게 대비된다. 차갓재에는 백두대간 중간지점임을 알리는 표석 외에는 아무것도 없었다. 그래서 구간을 끊을 때 차갓재가 아닌 작은 차갓재에서 끊는 것이 낫겠다는 생각이다. 안생달 마을로 내려갈 때도 이곳 작은 차갓재가 더 편리할 것 같다.

작은 차갓재에서 오른다(06:05). 50m 정도를 진행하니 바로 헬기장이 나온다. 헬기장을 지나니 잣나무 숲으로 들어가게 되고, 이어서 긴 인조목 계단길로 연결된다. 계단길이 끝나니 주변은 잡목이 나타나고, 잠시 후 철재 계단으로 이어진다. 안개는 갈수록 짙어지고 이젠 시야가 아예 제로 상태다. 그러는 새에 전망대에 이른다(06:23). 날씨만 좋다면 우측 아래 안생달 마을이 시원스럽게 내려다보일 텐데, 지금은 휘날리는 안개만 보인다. 다시 오른다. 암릉은 계속되지만 위험한 곳은 철재 계단이나 난간이 설치되어 오르기에는 지장이 없다. 이정표도 주기적으로 나온다. 이젠 황장산이 0.6km 남았다. 이정표가 있는 곳에서 우측으로 오른다. 이곳에도 철난간이 설치되어 있다. 다시 가파른 암릉길이 이어지다가 황장산 정상에 이른다(07:05).

황장산 정상에서(07:05)

황장산은 문경시 동로면의 북부에 있는 산이다. 월악산국립공원 동남단에 있는 산으로 조선 말기까지 작성산이라 불렀고, 또 일제강점기에는 일본 천황의 정원이라 하여 황정산이라고도 불렀다. 조선시대에 대미산을 주령으로 하는 이 일대가 국가가 직접 관리·보호하는 산인 봉산으로 지정된 데서 산 이름이 유래하였다. 대원군이 이 산의 황장목을 베어 경복궁을 지었다는 설도 있다.

정상의 넓은 공터에는 정상석과 목의자 6개 그리고 이정표가 있다. 공터는 깨끗하게 청소되어 있고 특이한 것은 이정표에 대간길 표시가 없다는 것이다. 그 이유를 알 것도 같다. 이곳이 통제구간이기 때문이다. 내려간다(07:14). 암릉으로 이어지고 또 철계단이 나오더니 잠시 후 갈림길에 이른다. 이정표와 출입금지 안내판이 있다. 직진은 대간길인 감투봉으로, 우측은 안생달로 내려가는 길이다. 그런데 직진방향으로는 높은 철망으로 봉쇄되어 더 이상 진행할 수가 없다. 철망을 넘지 말라는 경고문도 있다.

그렇다고 주저앉을 수는 없는 법. 방법은 있다. 우측 철망이 끝나는 지점에 약간의 틈이 있다. 이곳에서 배낭을 먼저 벗어 던지고 빠져나가면 된다. 바로 암릉이 시작된다. 감투봉으로 오르는 길은 초입부터 암릉이다. 잠시 후 감투봉에 이른다(07:40). 감투봉에서 좌측으로 우회하여 내려간다. 잠시 후 넓은 공터가 있는 황장재에 이른다(07:53).

황장재는 문경시 동로면 생달리에서 단양군 대강면 방곡으로 넘어가는 잿등이다. 좌측은 문안골로 내려가 방곡으로 가게 되고, 우측은 생달리로 가는 길이다. 직진으로 나아간다. 완만한 능선길이 이어지더니 잠시 후 헬기장에 이른다(08:12). 계속 오르니 985봉에 이르고(08:17), 이곳에서도 암릉은 계속된다. 다시 안부에 이르러, 직진으로 오른다. 안개가 갈수록 심해진다. 시야는 완전히 제로 상태. 이젠 빗방울까지 떨어지기 시작한다.

주변은 단풍나무가 많다. 암봉인 1,004봉에 이르고(09:40), 그대로 진행한다. 신기한 바위들이 계속해서 나타난다. 거대한 짐을 쌓아 놓은 것처럼 보이는 바위, 층층이 겹으로 쌓인 바위 등이 있다. 이 중 하나가 치마바위일 텐데 어느 것인지 모르겠다. 계속 내려간다. 여전히 암릉길이다. 표지기가 많은 곳에 이른다. 이곳에서도 약간의 주의가 필요하다.

지도상으로는 대간길이 직진으로 이어질 것처럼 표시되어 있지만 대간길은 직각으로 틀어 우측으로 내려가야 한다. 약간 경사가 가파른 내리막이다(10:05). 10여 분을 내려가니 안부에 이르는데(10:15),

폐백이재다. 폐백이재는 옛날에 귀신이 나온다 해서 혼자서는 다니지 않던 고개다. 넓은 공터가 있고 대간길은 직진으로 이어진다. 이곳에서 아점을 먹는다. 아점으로 20여 분 정도를 지체한 후 다시 출발한다(10:36).

폐백이재에서 능선길로 오르니 바로 작은 봉우리에 이르고, 내려가다가 바로 오르니 928봉 직전 봉우리에 이른다. 동로면 일대가 시원스럽게 내려다보인다. 계속 진행하니 928봉에 이르고, 이어서 928봉보다 더 높은 봉우리에 이른다(11:01). 정상 주변은 상수리나무가, 공터에는 작은 돌들과 표지기가 많다. 우측 내리막으로 진행한다. 낮은 봉우리 3개 정도를 오르내리니 헬기장 표시가 뚜렷한 곳에 이르고, 계속 진행하니 터널처럼 생긴 동물이동로를 지나게 된다. 벌재에 도착한 것이다(11:30). 벌재는 문경시 동로면과 단양군 대강면을 잇는 잿등이다. 잿등 아래로는 지방도로 59번이 지난다. 벌재는 1930년 도로가 개설된 이후 83년 동안 산맥이 단절되었다가 산림청의 백두대간 마루금 생태축 복원사업에 따라 2013년 7월 복원되었다.

이곳에도 출입금지 안내판과 플래카드가 걸려 있다. 바로 완만한 능선을 따라 오르니 '식생복원 시범사업지'라는 대형 안내판이 나오고, 이어서 돌계단이 이어진다. 돌계단을 넘고 내려가니 아치형 다리가 나온다. 이 다리는 산봉우리와 산봉우리를 연결하는 다리이다. 다리 아래로는 시멘트 도로가 지난다. 다리를 건너 우측 아래를 내려다보니 벌재 아래를 지나는 59번 지방도로와 정자도 보인다.

바로 산으로 오른다. 묘지 1기가 나오더니 가파른 오르막이 시작된다. 잠시 후 이정표가 나온다(문복대 3.2). 완만한 능선 오르막이 계속되다가 무명봉에 이른다(문복대 2.5). 정상에는 상수리나무가 많다. 내려간다. 완만한 내리막으로 시작해서 급경사 내리막으로 변한다. 좌측은 낙엽송, 우측은 잣나무 지대다. 잠시 후 돌목재에 이른다. 직진으로 긴 오르막이 시작된다. 한참을 올라도 끝이 없다. 지금까지 정맥과 대간을 종주하면서 경험한 오르막 중 가장 긴 오르막인 것 같다. 그러나 가파르지 않은 게 다행이다.

한참을 오른 후 무명봉에 이른다(13:05). 이렇게 높은 봉우리인데 이름이 없다는 것이 이상할 정도다. 내려간다. 바로 앞에는 또 다른 무명봉이 기다리고 있다. 조금 전보다 더 높은 봉우리다(13:12). 약간의 공터가 있는 정상에서 내려간다. 5분 정도를 내려가니 안부에 이른다(13:17). 안부에는 바위가 있다. 오르는 등로 주변에도 작은 바위들이 있다. 오르막 끝에 전망암에 이르고(13:20), 우측을 내려다보니 문경시 동로면 석항리 일대가 한폭의 그림처럼 다가선다. 무거워진 발걸음을 재촉한다. 빗방울이 굵어진다. 암봉에 이르러 우회한다. 숲이 무성하여 바닥이 보이지 않는다. 숲길을 헤쳐 나아간다. 우의를 착용했지만 바지는 이미 다 젖었다. 잠시 후 문복대 정상에 이른다 (13:57).

문복대 정상에서(13:57)

문복대는 문경 땅으로 들어오는 길목에 위치하여 복을 불러오는 문과 같은 산이라 해서 붙여진 이름이다. 정상 주변은 온통 숲으로 덮였고 바위 위에 정상석이 세워졌다. 빗방울은 갈수록 굵어진다. 서둘러 내려간다. 이곳도 바닥이 보이지 않을 정도로 우거진 숲길이다.

두 손 두 발로 헤치면서 나아간다. 앞의 숲만 보일 뿐 아무것도 볼수 없다. 큰 바위가 나오기도 한다. 그때마다 우회한다. 봉우리를 넘고 급경사 내리막을 내려가니 갈림길이 나오고, 갈림길에서 오르다가 다시 봉우리를 넘고 내려서니 아치형 시설물이 기다리고 있다. 길이는 5미터 정도. 그 안으로 통과한다. 지난번 이화령을 내려설 때도이런 시설물이 있었다. 그때 그 시설과 비슷하다. 아마도 문경 오미자를 홍보하기 위한 시설물인 것 같다. 시설물을 통과하니 넓은 임도처럼 보이는 안부에 이른다(14:30).

안부는 넓고 좌측으로 넓은 도로가 이어진다. 이곳에서 또 실수를하게 된다. 이곳이 저수령으로 착각하고 좌측으로 난 넓은 시멘트 도로를 따라 내려간 것이다. 시멘트 도로 끝에 넓은 2차산 포장도로가나오고 포장도로 좌측으로 내려가니 소백산 관광목장 정문이 나온다. 관광목장은 굳게 잠겨 있다. 운영이 중단된 것 같다.

길을 잘못 들었음을 알고서 다시 조금 전의 안부(옛 저수령임)로되돌아와서, 숲속에 걸린 표지기가 가리키는 대로 능선으로 오른다. 비는 계속 내리고 마음은 급한데 오르막 능선은 끝날 기미가 보이지않는다. 몰아치는 비 때문인지 길게만 느껴진다. 한참 동안 오르다가내려간다. 갑자기 길바닥에 깔린 표석을 발견한다. 표석에는 '해맞이 제단'이라고 적혀 있다. 앞쪽으로 도로가 보이면서 '용두산등산로 2.7km'라는 이정표를 발견하고 내려서니 오늘의 최종 목적지인 저수령에 도착한다(15:20).

바로 앞에 저수령 표석, 정자, 예천군 관광안내도가 보이고, 그 위쪽에는 어둡게 보이는 시설이 있다. 주유소인지 휴게소인지 빗속이라 구분이 안 된다. 비는 계속 내린다. 이미 속내의와 등산화까지 물범벅이 되었다. 앞에 보이는 저수령 표석만 겨우 촬영하고서 일단 비를 피해 도로 건너편에 있는 정자로 들어간다. 비는 계속 내리고 빗물은 갈수록 굵어진다. 좀처럼 그칠 것 같지 않다.

교통편을 확인하기 위해 장대비를 맞으며 2km가 넘는 예천군 용두리 마을로 내려간다. 빗속에 잠긴 마을은 쏟아지는 빗소리뿐 개미새끼 하나 보이지 않는다. 무작정 대문이 열려 있는 집으로 들어간다. 60대 아주머니는 빗속에 서 있는 나에게 서둘러 처마 밑으로 들기를 권했고, 뜨거운 커피를 내왔고, 시장기를 달래라고 설탕물에 옥수수 알갱이 삶은 것을 내왔다. 초라한 몰골의 나그네를 의심하고 경계할 만도 했겠지만 용두리 마을은 달랐다. 사람이 우선이었다. 또 한 수 배웠다. 산골에서 또 한 분의 스승을 만난 것이다. 비 덕분이다.

(오늘 걸은 길)

차갓재→작은차갓재→황장산→감투봉→황장재→985봉→1004봉→치마바위→폐백이재→928봉→벌재→돌목재→문복대→옛저수령→해맞이제단 표석→저수령(14.14km, 9시간 45분)

(교통편)

＊갈 때

1. 동서울터미널에서 점촌(06:00~23:00, 30분 간격), 점촌에서 안생달까지는 시내버스로(06:00~18:00, 10회), 안생달에서 차

갓재까지는 도보로 이동(20분)

* 올 때

1. 저수령에서 용두리 음달마을까지 도보(2km), 음달마을에서 예
   천까지는 군내버스 이용(06:00~19:20까지 7회), 예천터미널에
   서 동서울로(06:40~19:40까지 15회)

스물넷째 구간(저수령에서 죽령까지)

2016. 7. 19.(화), 구름 많음

소위 '화두'라는 게 있다. 화두는 시대마다, 분야마다, 계층에 따라 다를 수 있다. 굳이 요즘의 화두를 찾자면 '힐링'이지 않을까 싶다. 힐링의 방식은 사람마다 다를 수 있다. 어떤 이는 아내와 분위기 있는 카페에서 커피를 마실 때, 도시 청년이라면 시골에 가서 농사일을 거들고 보람을 느낄 때, 또 어떤 사람은 친한 친구들과 맛집에서 근사한 식사를 할 때 힐링된다고 할 수 있을 것이다. 나는 어떤가? 아내의 마음이 행복해 보일 때, 두 자식이 제 역할을 다한다고 생각될 때, 내 일이 계획대로 진행되어 갈 때 흐뭇함을 느낀다. 또 있다. 산줄기 종주 산행에서 길을 잃지 않고 무사히 날머리에 이르렀을 때도 아주 뿌듯함을 느낀다.

백두대간 24, 25구간을 넘는 일로 한동안 고민했다. 장마와 더위 사이를 예의 주시하다가 날을 잡았다. 일기예보를 믿고서 결정했다. 장마철임에도 비가 내리지 않고 비교적 덥지 않은 그런 날로. 24구간은 저수령에서 죽령까지이다. 저수령은 경북 예천군 상리면과 충북 단양군의 경계를 가르는 잿등이고, 죽령은 영주와 단양을 잇는 잿등이다. 이 구간에는 촛대봉, 투구봉, 시루봉, 흙목정상, 솔봉, 묘적봉, 도솔봉, 삼형제봉, 1,291봉 등의 높고 낮은 산과 잿등이 있다.

구간 거리는 19.3km. 하루치 종주 거리로는 적정하나 도솔봉에서 삼형제봉을 거쳐 1,291봉으로 이동하는 지점은 경사가 심하고 험한 암릉과 돌길로 이어져 굉장히 힘이 든다. 그래서 국립공원관리소에서는 묘적령에 알림판을 세워 놓았다. 저수령에서 묘적령까지 온 등산객들은 더 이상 진행하지 말고 좌측의 단양군 대강면 사동리로 하산하라고. 실제로 이 구간에서는 두 곳에서 탈진으로 인한 사망사고가 발생했다. 이 점 유념해야 할 것이다. 특히 홀로 종주하는 사람들은 더욱 그렇다.

7월 18일 월요일. 동서울터미널에서 오후 2시 40분에 출발한 버스는 예천 터미널에는 5시 30분에 도착. 음달리행 버스가 출발하기까지는 여유가 있다. 터미널 근처 식당에서 식사를 하면서 여유를 부리다보니 금세 6시에 가깝다. 부리나케 버스정류장으로 달린다. 버스는 이미 대기하고 있다. 뛰어가서 오른다. 하마터면 놓칠 뻔……. 15분 정도를 달렸는데, 가는 방향이 이상하다. 기사님께 물었다. 용두 음달리행이 맞냐고. 아니란다. 청천벽력이다. 뒤에 있는 차를 타야되는데 잘못 탔다고 한다. 내려서 예천여고 앞으로 가서 막차를 타라고 한다.

순전히 내 잘못이다. 행선지는 보지도 않고 출발 시간만 보고 맨 앞에 있는 버스에 올라탔던 것이다. 예천여고 앞 정류장까지 되돌아와서 막차를 기다린다. 막차는 아직도 한참을 기다려야 한다. 빈 시간에 시장에 들러 내일 점심용 김밥을 준비한다. 버스를 놓친 덕분에 김밥을 구입하게 된다. 덕분? 한심한 생각이다. 버스는 저녁 7시 25분에 예천여고 앞에 도착, 버스에 오른다. 막차가 이렇게 반가운 것도 처음이다. 이제서야 맘이 놓인다.

시간 때울 겸해서 내일 자료를 꺼낸다. 이미 여러 번 봤던 자료다. 마치 수험생이 된 기분이다. 버스는 저녁 8시가 조금 넘어서 종점에 도착. 그런데 버스가 선 곳은 용두 음달리가 아니고 용두리다. 막차는 음달리까지 안 간다고 한다. 제기랄……. 저수령까지는 걸어야 한다. 많이 어두워졌다. 산속 시멘트 길. 혼자다. 미세한 자연의 소리마저도 섬뜩, 귀가 쫑긋해진다.

무섭다. 이럴 때마다 맘속으로 최면을 건다. 내가 그렇듯 저들도 나를 무서워할 거라고. 밤 8시 45분에 저수령에 도착. 인적없이 고요한 밤. 홀로다. 저수령 표석, 정자, 각종 홍보물들이 어둠 속에서도 확인된다. 지난번에 23구간을 마치면서 빗속에서 봤던 그대로다. 정자 좌측으로 좀 떨어진 곳에 지금은 폐허가 된 휴게소 건물과 주유소가 있다. 마치 유령의 도시를 연상케 한다. 흉물이다. 자연의 소리만 간간이 들려오는 저수령. 조용하다 못해 무서움까지 엄습한다. 내일 아침에 오를 초입만 확인한 후 정자에 텐트를 친다. 밤이 깊어간다.

저수령에서(05:15)

7월 19일 화요일. 배낭을 꾸리니 새벽 5시. 출발한다(05:15). 초입은 정자 우측에 있는 배수로 옆. 썩어 문드러진 통나무 계단으로 오른다. 안개가 자욱하다. 계단을 통과하니 등로가 뚜렷하다. 지난번 비에 씻겨서 패인 곳이 많다. 많은 비가 왔던 모양이다. 주변엔 낙엽송이 울창하다. 낙엽송 사이를 짙은 안개가 자유자재로 넘나든다.

10분 정도 오르니 첫 봉우리에 이른다(05:27). 무명봉이다. 내려가다가 바로 오른다. 이정표가 나온다(05:36. 촛대봉 0.3, 투구봉 0.7,

단풍나무군락지 0.8). 가파른 오르막이 시작된다. 로프가 설치되었고 바위도 나온다. 다시 봉우리에 선다(05:50). 촛대봉이다. 정상에는 단양군에서 세운 정상석이 있다. 약간의 공터와 바위도 있다. 이 정표에는 투구봉 0.74, 솔봉 12.43이라고 적혀 있는데 투구봉 표시는 조금 전의 표시와는 맞지 않다.

여전히 안개가 자욱해서 아무것도 볼 수 없다. 내려간다. 완만한 능선이 이어진다. 투구봉에 이른다(06:10). 정상에는 바위와 이정표가 있다(시루봉 1.46). 내려간다. 가파른 오르막이 시작되고 다시 무명봉에 이른다(06:31). 5분 정도를 내려가다가 오르니 시루봉이다(06:37). 정상목을 겸한 이정표가 있다(배재 1.85). 약간의 공터도 있다. 내려가다가 하늘의 붉은 기운을 발견한다. 해가 나오려나 보다. 키 작은 산죽이 보이기 시작하고 완만한 능선 오르막이 이어진다. 헬기장 흔적으로 보이는 곳을 지난다(07:02). 우측은 잣나무 지대다. 잠시 후 1,084봉에 도착한다(07:09).

1084봉에서(07:09)

이곳에도 약간의 공터가 있다. 이젠 배재가 0.65km 남았다. 어느새 해가 나와 있다. 내려간다. 한참동안 진행하니 배재에 이른다(07:25). 배재 좌측은 단양군 대강면 남조리, 우측은 예천군 상리면 야목이다. 우측 길이 뚜렷하지만 대간길은 직진이다. 직진으로 올라 무명봉을 거쳐 싸리재에 이른다(07:53). 이곳에서 직진은 흙목정상이 1.2, 우측은 원용두 마을이 1.93km다. 좌우측 길이 뚜렷하다. 특이한 것을 발견한다. 그네가 있다. 휴식을 겸해서 그네에 앉아 본다.

초등학교 시절이 생각난다.

다시 직진으로 오른다. 주변은 잡목이 우거지다. 약간의 공터와 바위가 있는 봉우리에 이른다(08:16). 내려가다가 오르면 짧은 암릉이 나오기도 한다. 다시 완만한 능선이 이어진다. 잠시 후 주목이 있는 정상에 이르고, 바로 흙목정상을 알리는 이정목이 나타난다. 삼각점도 있다. 하나의 이정목에 여러 가지가 주렁주렁 달려 있다. 흙목정상의 높이(1,070m), 싸리재 0.95, 임도 0.85, 가재봉 2.2, 뱀재 0.55, 헬기장 1.8 등이다. 이정목이 참 힘들겠다. 거리 표시가 소수점 두 자리까지 표기된 것도 특이하다.

직진으로 내려간다. 풀이 무성한 안부에서 오르니 바로 암릉이 시작된다. 암릉이 끝나고 송전탑을 지나(09:03) 내려가니 안부삼거리에 이른다(09:19). 큰 바위가 있다. 좌측으로 내려가는 길이 뚜렷하고, 좌측에 단양군 대강면 남조리 마을이 보인다. 바로 올라 완만한 능선을 오르내린다. 10여 분 만에 헬기장에 이른다(09:30).

이어서 솔봉에 도착한다(10:20). 정상에는 부산낙동산악회에서 설치한 표지판이 있고, 삼각점과 약간의 공터도 있다. 이곳에서 10여 분간 휴식을 취한 후 내려간다(10:34). 완만한 능선 내리막으로 이어진다. 이어서 오르니 모시골정상이다(10:54). 이정표가 있다(묘적령 1.7, 모시골마을 1.7). 직진으로 내려가니 능선갈림길에 이른다(11:02). 의자 두 개가 있다. 마침 잘됐다. 식사 장소를 찾던 중이었다. 이곳에서 식사를 마치고 휴식까지 취한 후 출발한다(11:48). 다시 의자 두 개 있는 곳에 이르고(12:02), 내려간다.

통나무 계단을 지나 완만한 능선을 오르내린다. 우측은 낙엽송 지대다. 다시 의자 2개가 있는 곳이 또 나온다. 완만한 오르막이 시작되더니 '마루금치유숲길' 안내판이 있는 곳에 이른다(12:19). 안내판 옆에는 탐방로 안내도가 있다. 마루금치유숲길이란 영주시와 예천군의 경계에 위치한 고항재에서 대간 능선의 묘적령을 연결한 코스로 백두대간 마루금을 걸어볼 수 있는 숲길을 말한다. 오른다. 묘적령을 알리는 이정표가 나온다(12:30). 누군가 이정표에 붉은 물감으로 묘적령이라고 적어 놨다. 이정표는 도솔봉 2.6, 죽령 8.6, 좌측의 사동리는 3.7km라고 알린다. 죽령이 8.6km 남았으니 앞으로 4시간 정도면 도착할 수 있겠다.

그 옆에는 알림판이라는 제목으로 경고의 글이 있다. 요지는 저수령에서 이곳 묘적령까지 오느라고 체력이 소진되었을 텐데 앞으로 남은 구간은 더 험준하고 시간도 7시간 정도 걸리니 이곳에서 가까운 사동리로 하산하라는 것이다. 2014년 11월에 이 구간에서 탈진으로 인한 인명 사고가 발생했다는 사실도 적시하고 있다. 다시 한번 주변을 둘러본다. 그 무엇도 말이 없다. 무심한 게 아니다. 한심하다는 듯 나에게 경계의 눈초리를 보내는 것만 같다.

조금은 불안해지려 한다. 옆에 있는 119구조대 안내판에 적힌 긴급 연락처를 입력하고 도솔봉으로 향한다. 발걸음이 무겁다. 안부를 넘어 계속 오르니 암봉에 이른다(12:45). 우측 아래 영주시 봉현면이 시원스럽게 내려다보인다. 벌써 예천군을 지나 영주 땅으로 들어섰다. 능선 좌측은 여전히 단양군 대강면. 계속 진행한다.

암봉이 또 나오고, 10여 분을 더 진행하니 묘적봉 정상에 이른다(13:07). 바위 위에 정상석이 세워졌다. 그리고 그 아래에는 백두대간 묘적봉 방위표시가 새겨진 동판이 있다. 죽령이 이제 7.9km 남았고, 도솔봉은 지척이다. 우측으로는 풍기읍이 한 폭의 그림처럼 나타난다. 내려간다. 목재 데크로 이어지다가 목재 계단이 나온다. 잠시 후 출입금지를 알리는 알림판이 나온다. 금지기간이 무려 2028년까지이다. 이젠 출입금지 알림판을 봐도 무뎌졌다. 잘못된 생각인데……. 암릉이 시작되고 계단이 이어진다. 처음에는 철계단이 나오더니 돌계단으로 바뀐다. 다시 철계단이다. 그러는 사이에 헬기장에 이른다(14:32). 내려간다. 역시 계단이 설치되어 있다. 긴 계단을 오르니 암봉으로 된 도솔봉 정상에 이른다(14:36).

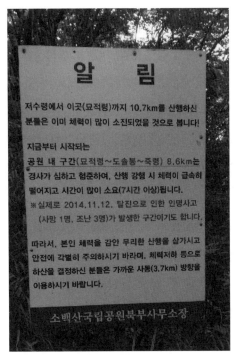

묘적령에 세워진 알림판

도솔봉 정상에서(14:36)

도솔봉은 단양군 대강면과 영주시 풍기읍에 걸쳐 있는 산이다. 정상에는 '백두대간 도솔봉'이라고 적힌 아담한 정상석이 있고 주변은 목책으로 둘러쳐져 있다. 삼각점이 있고 '추락주의'라는 경고판도 있다. 북쪽으로는 소백산 주릉이, 남서쪽으로는 단양군 대강면 사동리로 이어지는 계곡이 내려다보인다. 내려간다. 도솔봉 정상을 오르던 길로 되돌아와서 직진으로 진행한다. 암릉이 시작된다. 아주 험한 길이다. 안부갈림길에 이른다(15:06). 이정표가 있다(죽령 5.4). 돌길이 계속된다. 오르막 내리막이 반복되고 계속 돌길이다. 정말 힘이 든다. 오르고 내리기를 수없이 반복. 삼형제봉 중 첫 번째 봉인지는 불분명하지만 봉우리 정상에 이른다(15:55). 내려가다가 안부에서 다시 오른다. 등로는 계속해서 삼형제봉 아래 암릉길을 오르내린다.

지루하다. 긴 능선 때문만은 아니다. 반복되는 똑같은 오르막과 내리막, 특징 없는 봉우리들 탓이다. 아니, 어쩌면 날머리의 이정표가 조금이라도 빨리 나타났으면 하는 갈급함 때문인지도 모른다. 형제봉 중 마지막 봉이라고 생각되는 봉우리에 이른다. 이곳 이정표는 죽령이 3.9km라고 알린다. 내려간다. 안부에서 직진으로 오르니 1,291 암봉 아래에 이른다(16:16).

2014년 11월에 이곳에서 사망한 어느 분의 추모비가 보인다. 명복을 빈다. 조금 더 진행하니 출입금지 안내판이 있다. 더 이상은 오르지 말라고 한다. 위험하다고. 주변은 산죽 천지다. 우측으로 조금 진행하니 이정표가 나온다(죽령 3.4). 내려간다. 도솔봉에서 이곳까지 오면서 정말 힘들었다. 저절로 욕이 나올 정도다. 묘적령 알림판이 사동리로 하산하라고 한 이유를 알 것 같다. 이제부터는 계속 내려가는 길이다. 한참을 내려가니 바닥 전체가 시멘트인 헬기장이 나온다 (17:03). 군부대 헬기장이다.

다시 6분을 더 내려가니 샘터에 이른다(17:11). 이곳 샘터에도 어느 조난자의 추모비가 있다. 이 구간에서 두 분이나 사고를 당한 것이다. 이젠 죽령이 1.3km 남았다. 샘은 석간수인데 비교적 물이 많다. 그런데 '음용불가'라는 경고판이 있다. 그러나 어쩌랴. 일단 맘껏 마시고 두 병 가득 채워서 내려간다. 가파른 내리막에 이어 긴 낙엽송 지대가 이어진다. 한참을 내려가니 오늘의 종점인 죽령에 이른다 (17:59). 죽령에는 '백두대간 죽령'이라고 적힌 표석, 영주시에서 설치한 '영남관문죽령'이라는 표석, 죽령옛길에 대한 안내문 그리고 죽령주막 좌측 위에 정자가 세워져 있다. 평일인데도 주막에서는 풍악이 울려 퍼진다. 통행하는 차량과 나들이 나온 사람들도 많다.

죽령주막에서 단양 쪽으로 100m 정도 가면 넓은 주차장과 휴게소가 있고 토산품판매점이 있다. 내일 오르게 될 25구간 들머리를 미리 확인해 둔다. 죽령에는 주막과 휴게소가 있어 식사, 식수 확보, 핸드폰 충전이 가능하고 정자가 있어 야영하기에 여건이 좋다. 오늘은 이곳에서 마친다. 안개 자욱한 저수령에서 출발하던 때가 떠오른다. 힘든 하루였다. 이렇게 또 하루가 지나간다.

(오늘 걸은 길)

저수령→1081봉→투구봉→시루봉→1084봉→배재→싸리재→흙목정상→솔봉→모시골정상 →1011봉→묘적봉→1185봉→도솔봉→삼형

제봉→1291봉→죽령(20.18km, 12시간 44분)

(교통편)

＊갈 때

1. 동서울터미널에서 예천(06:40~20:30, 11회), 예천터미널에서
   음달리(06:00, 08:40, 11:00, 16:00, 18:00, 19:20), 음달리에
   서 저수령까지는 도보로(50분)

＊올 때

1. 죽령에서 단양까지: 06:45, 07:45, 12:55, 17:05(고수대교에서)
2. 단양에서 서울까지: 07:30부터 18:30까지 12회 운행

스물다섯째 구간(죽령에서 고치령까지)

2016. 7. 20.(수), 하루 종일 안개 자욱

어제에 이은 연속 종주. 25구간을 넘었다. 죽령에서 고치령까지이다. 죽령은 영주와 단양을 잇는 잿등이고, 고치령은 영주시 단산면 좌석리와 마락리를 잇는 잿등이다. 이 구간에는 연화봉, 비로봉, 국망봉, 상월봉, 늦은맥이재, 1,061봉, 1,032봉, 마당치, 형제봉 등의 높은 산과 잿등이 있다. 이 구간은 잘 알려진 소백산 구간으로 거리는 상당히 길지만(25.5km) 봉우리 사이의 경사는 완만하다. 들머리인 죽령에서 천문대까지는 시멘트로 포장되었고, 천문대에서 비로봉을 지나 어의곡리 갈림길까지는 계단길이 대부분이다. 국망봉에서 상월봉을 지나 고치령까지는 도중에 1,032봉과 형제봉을 오를 때만 긴 오르막이 있을 뿐 대부분 완만한 능선을 오르내리게 된다. 비로봉은 소백산의 최고봉(1,439m)으로 정상의 넓은 초지는 사시사철 장관을 이룬다.

죽령에서 출발(04:15)

새벽 3시에 울린 핸드폰 알람에 맞춰 기상. 간단히 아침을 때우고 죽령 정자를 나선다(04:15). 주변은 캄캄하고 안개는 자욱하다. 전날 그렇게 떠들썩하던 죽령 주막은 언제 그랬느냐는 듯 조용하다. 휴게소와 토산품점을 차례로 지나 들머리인 넓은 시멘트길로 들어선다. 초입에는 소백산국립공원안내도와 이정표가 있다. 이정표는 어둠 속에서도 제 역할을 하느라고 비로봉까지 11.3km임을 알린다. 시멘트 길을 따라 오른다. 100여 미터를 오르니 좌측 모퉁이에 탐방지원센터가 있다. 헤드랜턴에 비춰지는 아담한 시설. 그 옆에는 출입금지 안내문도 함께 있다. 산에는 무슨 놈의 금지가 이렇게도 많은지 이곳도 예외는 아니다.

한참을 오르니 점차 어둠이 걷히고 발길은 바랑고개 전망대 앞에 멎는다(05:05). 우측 아래 영주시 풍기면은 안개 속에 잠겨 있다. 계속 오른다. 소백산강우레이더관측소 타워가 보이기 시작한다. '백두대간 제2연화봉'이라고 적힌 거대한 표석을 만난다. 이정표는 좌측으로 가라고 알린다. 진행 방향을 착각하고 관측소 건물 안으로 들어가는 실수를 범한다. 길을 잘못 든 것을 안 관측소 직원은 나를 8층 전망대까지 데리고 가서 실제 등로를 망원경으로 보여 주면서 자세하게 설명해 주신다. 이렇게 고맙고 미안할 수가!

감사 인사를 드리고 관측소를 나선다. 제2연화봉 표석이 있는 곳에서 시멘트길을 따라 좌측으로 진행한다. 완만한 오름길이 계속 된다. 이젠 날도 밝았다. 천문대를 지나던 중(06:46) 정문 20m 후방에 음수대가 있어 양껏 마시고 빈 병도 가득 채운다. 2분 정도를 더 오르자 시멘트 길이 끝나면서 갈림길이 나온다. 소백산국립공원안내도와 이정표가 있다. 비로봉을 향하여 좌측으로 진행한다.

폐타이어를 깔아 놓은 좁은 길이다. 등로 양쪽으로는 숲이 우거지다. 다시 산길로 접어들면서 돌길을 걷는다. 며칠 전에 내린 비로 곳곳이 패였고 아직도 미끄럽다. 한참을 내려가다가 오르니 제1연화봉 직전 공터에 이른다(07:25). 연화봉 오르는 길은 완만한 긴 계단으로 연결되어 있다. 바로 오른다. 주변은 키 작은 잡목들뿐. 풀속으로 이어지는 긴 계단의 모습이 보기에 좋다. 제1연화봉에 도착한다 (07:36). 정상은 조금 위에 있지만 오를 수가 없다. 출입금지 구역이다. 공터에는 이정표와 출입금지 안내판이 있다. 야생식물 서식지를 보호하기 위해서 2026년까지 출입을 금지한다고 적혀 있다.

계단으로 내려간다. 잠시 후 1,382봉 입구에 이른다(07:59). 역시 계단으로 이어진다. 계단이 끝나고 봉우리 정상에 이른다(08:05). 정상에는 이곳이 '아고산지대'임을 알리는 알림판이 있다. 소백산의 아고산지대는 바람이 세고 비나 눈이 자주 내려서 키 큰 나무가 잘 자랄 수 없고, 바람과 추위를 잘 견디는 야생식물들이 잘 자란다고 한다. 내려가다가 이정표를 만나(08:27. 비로봉 1.0) 오른다. 오름길은 스펀지처럼 부드럽고 완만하다. 걷기에 참 편하다. 10여 분을 더 진행하니 비로봉 입구다(08:38). 이젠 비로봉이 600m 남았다. 목책 울타리를 따라 오른다. 주목관리초소가 나오더니 잠시 후 비로봉 정상이다(08:53).

비로봉 정상에서(08:53)

정상에는 영주와 충북에서 각각 세운 정상석이 있고 주변에 의자가 여러 개 놓여 있다. 돌탑도 보이고 이정표도 있다. 마침 야생화를 찍기 위해 이곳을 찾은 야생화 전문 사진사를 만난다. 어제부터 지금까지 산속을 걸으면서 처음 만나는 사람이다. 인증샷을 부탁하니 흔쾌히 수락한다. 덕분에 전문 사진사의 모델이 되는 영광을 누린다.

소백산은 참 부드럽다는 느낌이다. 탐방로가 잘 정비되어 있고, 갖가지 안내판도 곳곳에 있다. 숲과 풀밭도 아름답게 가꿔졌다. 둘러보는 주변 조망은 어떤 필설로도 부족할 정도다. 사방이 탁 트여 시원스럽다. 비로봉의 아늑함에 자리를 뜨기 싫다. 아쉬움을 남긴 채 국망봉으로 향한다. 북쪽 능선으로 내려가는 길은 계단으로 이어진다. 드넓은 초지 가운데를 지난다.

갈림길에 이른다(09:09). 좌측은 어의곡으로(4.7), 우측은 국망봉으로 가는 길이다(2.7). 이정표가 가리키는 대로 우측으로 내려간다. 완만한 내리막이다. 철계단이 이어지고 철쭉나무 군락지가 나온다. 이번에는 바위길로 변한다. 숲속과 풀밭이 반복된다. 경사 완만한 등로를 오르락내리락한다. 한참동안 진행하니 초원지대가 나오면서 또 갈림길에 이른다(10:36). 이정표와 출입금지 안내판이 있다. 어의곡 갈림길에서 이곳까지 오는 길은 숲속과 풀밭이 반복되고 있다. 숲속은 경사는 심하지 않지만 크고 작은 돌길이어서 걷기가 영 불편하다. 좌측에 있는 국망봉을 향하여 오른다. 계단길이 이어지더니 국망봉 정상에 이른다(10:45). 정상은 암봉으로 정상석과 국망봉에 대한 안내문이 있다.

국망봉은 단양군 가곡면과 영주시 순흥면에 걸쳐 있는 봉우리다 (1,421m). 신라 말 경순왕이 고려에 자진하여 항복하자 이에 반대한 마의태자가 속세의 영예를 버리고 은거지를 찾아 금강산으로 가는 도중에 이 산에 당도하여 옛 도읍인 경주를 바라보며 망국의 눈물을 흘렸다고 한다. 이곳 정상에서도 사방으로 시원스러운 조망이 펼쳐진다.

남서쪽으로는 비로봉으로 이어지는 백두대간이 한눈에 들어오고, 북동쪽으로는 상월봉, 북쪽은 신선봉의 거대한 암봉이 시야에 들어온다. 또 남쪽으로는 영주시내 일대가 내려다보인다. 바로 우측으로 내려간다. 상월봉을 향하여 내려가는 길은 완만한 능선 내리막이다. 풀밭이 나오기도 하고 빽빽한 숲속길이 나오기도 한다. 수많은 바위들이 모여 있는 곳을 지나니 갈림길에 이른다(11:05). 직진은 상월봉으로 오르는 길, 좌측은 바로 늦은맥이재로 내려가는 길이다.

갈림길에서 좌측으로 내려간다. 완만한 내리막길이 계속된다. 갑자기 안개가 짙어지기 시작하더니 20여 분을 내려가니 갈림길에 이른다(11:30). 늦은맥이재다. 좌측에는 율전으로 내려가는 길이 뚜렷하다. 공터에 쉼터가 조성되어 있고 통나무로 된 평상 비슷한 것이 있다. 이정표(좌측으로 율전 4.5, 우측으로 마당치 6.5와 고치령 9.0)와 출입금지안내판도 있다. 직진으로 오른다. 2분 정도를 오른 후부터는 계속해서 완만한 능선을 오르내린다. 안개는 계속해서 짙게 깔리고 바람까지 일기 시작한다. 비가 온 뒤라선지 화려한 독버섯들이 자주 보인다. 완만하지만 내리막이 계속되고, 가끔씩 봉우리에 직면하지만 대부분 봉우리 중간에서 우회한다.

공터가 있는 안부에 이른다(11:59). 이곳에서도 직진으로 오른다. 헬기장을 지나(12:13) 내려가니 이정표가 또 나온다(고치령 7.1). 계속 진행하다가 봉우리에 직면하여 좌측으로 우회하여 통과한다(12:32). 계속해서 작은 봉우리들을 오르내리다가 연화동 갈림길에 이른다(12:39). 이곳에도 이정표가 있다. 우측은 좌석리 연화동이 3.0, 직진은 고치령이 6.1km임을 알린다. 직진으로 오르자마자 헬기장에 도착한다(12:40). 헬기장에서 오르다가 봉우리 직전에서 또 우측으로 우회한다. 내려가면 암릉이 나오면서 급경사 내리막으로 이어진다. 약간은 지루하다. 누군가 먼저 걸었을 이 길, 그분도 이곳에서 나와 같은 생각을 했을까? 다시 이정표가 나오면서 또 긴 오르막이 시작된다. 긴 오르막 끝에 1,032봉에 이른다(13:45).

1,032봉 정상에서(13:45)

이젠 고치령이 3.4km 남았다. 우측으로 10여 분을 내려가니 암봉에 이른다(13:58). 암봉에는 마치 선돌처럼 우뚝 솟은 바위와 소나무가 있다. 암봉 좌우는 낭떠러지다. 암봉에서 우측으로 조심스럽게 내려가니 마당치에 이른다(14:09). 마당치는 풀이 무성하다. 이제 고치령은 2.8km 남았다. 직진으로 긴 오르막이 시작된다. 오르막 초반은 가파르다가 오를수록 완만해진다. 20여 분간 오르니 형제봉 갈림길에 도착한다(14:30).

형제봉은 좌측으로 멀리 떨어져 있다. 더 이상 오르지 못하도록 로프가 설치되어 있고, 로프 너머에는 출입금지안내판이 있다. 우측으로 내려간다. 등로는 완만한 내리막이다. 10여 분을 내려가니 헬기장이 나온다(14:41). 헬기장을 지나고서도 계속 내리막길이다. 낮은 봉우리들을 오르내리면서 한참을 내려가니 오늘의 종점인 고치령에 이른다(15:08).

고치령은 태백산이 끝나고 소백산이 시작되는 지점이다. 고치령에는 이정표, 고치령 표석, 누에고치 형상을 한 석물이 함께 나란히 있다. 도로 건너편에는 산령각이 있고 금줄이 쳐져 있다. 이 산령각은 단종과 그의 숙부인 금성대군에 얽힌 슬픈 역사가 서린 곳이다. 산령각 우측에 안내문이 있어 요약한다.

"고치령 성황당은 단종의 숙부인 금성대군에게 제사를 지내는 곳이다. 건물은 6.25 전쟁 때 불에 타서 1966년도에 다시 지었으나 2001년에 또 불로 소실되었다. 지금 건물은 2004년도에 새로 지었다. 보통의 서낭당은 한 마을에서만 받드는 데 비해 이 서낭당은 부석, 단산을 비롯한 영주 인근 지역에서 많은 주민들이 찾아와 치성을 드린다." 고치령은 포장되지 않은 맨 땅 그대로다. 그러나 도로 양쪽으로 조금만 내려가면 양쪽 모두 포장도로로 이어지고 있다. 왜 고치령만 포장하지 않고 그대로 두었을까? 뭔가 이유가 있을 것 같다.

오늘은 이곳에서 마친다. 이곳에서 4km 정도 떨어진 좌석리까지는 도보로 이동해야 한다. 서둘러야 할 것 같다.

(오늘 걸은 길)

죽령→1145봉→제2연화봉→1383봉 →제1연화봉→1395봉→1405봉→비로봉→1380봉→국망봉→상월봉→늦은맥이재→1061봉→마당치→1032봉→고치령(24.83km, 10시간 53분)

(교통편)

＊ 갈 때

1. 동서울터미널에서 단양: 06:59~18:00까지 1시간 간격

2. 단양터미널에서 죽령까지: 06:45, 07:45, 12:55, 17:05

＊ 올 때

1. 고치령에서 좌석리까지 도보(50분), 좌석리에서 영주: 07:50,
   13:00, 18:20, 3회

2. 영주에서 동서울터미널: 06:15~21:45까지 30분 간격

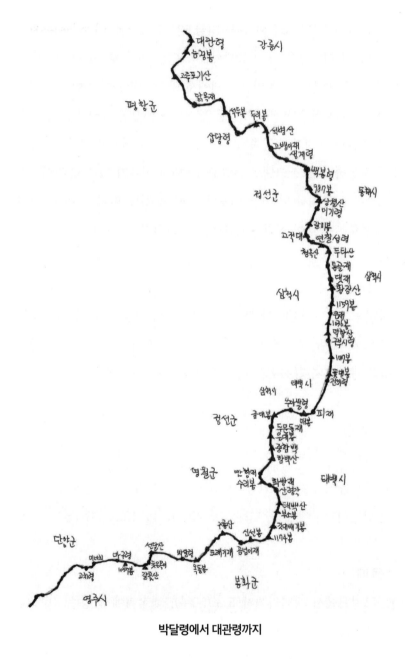

대관령
능경봉
고루포기산
강릉시
평창군
닭목재
연두봉
두로봉
삽당령
석병산
고병이재
삽계령
백봉령
정선군
987봉
동해시
상향산
이기령
갈미봉
고적대
연철삼령
청옥산
두타산
통골재
삼척시
댓재
황장산
삼척시
1159봉
은재
1046봉
덕향산
건의령
1007부
풍명봉
전의령
삼척시
태백시
우와쌀령
정선군
금대봉
피째
매봉
동문동재
중참백
함백산
영월군
만항적
수리봉
화박재
산령각
대백시
태백산산
부소봉
단양군
구룡산
신선봉
깃대배기봉
미태피
다구령
선달산
1174봉
고치령
105기봉
갈곶산
초옥우여
박덜령
5래기깨
곰넘이재
옥돌봉
봉화군
영주시

박달령에서 대관령까지

스물여섯째 구간(고치령에서 도래기재까지)

2016. 10. 9.(일), 맑음

인생사 정말 쉽지 않다. 지금 잘 살고 있는지 모르겠다. 살다 보면 가끔 선택의 순간에 직면한다. 그때마다 고민이 길어지지만 잘한 결정으로 귀결된 것은 그리 많지 않다. 최근에도 결정이 있었다. 잘한 결정인지는 몇 년 후에야 판가름 날 것 같다. 9월부터 시작하려던 국토종단 계획을 내년 4월로 연기한 것이다. 몇 푼의 돈 때문이었다.

원래 계획대로라면 지금쯤 강원도 고성 통일전망대를 넘었을 텐데……. 그 결정 하나로 이후 많은 변화가 예상된다. 물론 얻은 것도 있을 것이다. 그러나 잃은 것이 훨씬 더 많고 클 것이다. 우선 정해진 삶의 시간표가 순차적으로 뒤로 밀렸다. 밀린 것들은 때를 놓치게 된 것에 다름 아니다. 그 파급효과가 얼마나 클지는 예측할 수 없다. 일이란 다 때가 있는 법이다.

충격적인 소식 하나. 신선한 충격이다. 미국의 대중가수 밥 딜런이 노벨문학상을 받았다. 대중가수로는 처음이라고 한다. 노벨상은 아무나 받을 수 있는 상이 아니다. 뚜렷한 업적이 있어야만 한다. 밥 딜런은 우리나라의 학생운동에도 영양을 준 포크 가수이자 음유시인이다. 세상이 그를 그렇게 부른다. 밥 딜런의 업적 중 으뜸은 대중음악 가사의 수준을 한 단계 끌어 올려, 사랑과 이별 중심의 대중음악에 반전과 평화의 메시지, 세대 의식과 저항정신 등을 담아 낸 것이라고 한다.

상을 받기 위해 치밀한 계획을 세우고 활동하진 않았을 것이다. 자기 영역 안에서 꾸준히 이상을 추구하는 한 우물을 팠을 것이다. 그 결과가 오늘의 노벨상 수상으로 이어졌을 것이다. 세상이, 사회가 이 러해야 한다. 상 받을 사람이 상 받아야 하고 벌 받을 사람이 벌 받아 야 한다. 밥 딜런! 그대의 노벨상 수상을 축하한다.

지난주에 백두대간 26, 27구간을 넘었다. 두 구간 모두 각각 24km가 넘는 장거리 구간이다. 26구간은 고치령에서 도래기재까지 이다. 고치령은 영주시 단산면 좌석리와 단양군 영춘면 의풍리를 잇 는 잿등이고, 도래기재는 봉화군 춘양면 서벽리와 우구치리를 잇는 잿등이다. 이 구간에는 950봉, 1,097봉, 미내치, 마구령, 1,057봉, 934봉, 갈곶산, 늦은목이, 선달산, 박달령, 1,015봉, 옥돌봉 등 높고 낮은 산과 잿등이 있다. 이 구간도 봉우리 사이의 고도차가 그리 크 지 않아 어렵지 않게 넘을 수 있다. 특히 출발 지점인 고치령에서 늦 은목이까지는 500m 간격으로 이정표가 잘 갖춰져 있고, 도중에 식 수를 보충할 수 있는 샘이 세 군데나 있다. 다만, 마지막 봉우리인 옥 돌봉에서 자칫하면 진행 방향을 헷갈릴 수도 있어 주의가 필요하다.

10월 8일 토요일. 두 구간 연속 종주를 위해 하루 전날 고치령으로 출발. 배낭에는 야영 장비를 가득 채운 탓으로 터질 정도로 빵빵. 동 서울터미널에서 14:15에 출발한 버스는 영주에 17:10에 도착. 들머리 인 고치령까지는 버스와 택시를 타야 한다. 좌석리까지는 버스를, 좌 석리에서 고치령까지는 택시를 이용하거나 걸어가야 한다(4km). 그 런데 영주에서 정류장을 잘못 찾아 좌석리행 막차를 놓쳤고, 차선책으로 단산으로 가기로 결정. 부랴부랴 서둘러 18:40에 출발하는 단산행 막차에 신승. 단산면 옥대리에는 19:18에 도착. 주변은 이미 캄캄. 텐트를 칠 정자를 찾기 위해 마을 어귀로 직행. 다행히도 바로 발견. 텐트를 설치하고, 김밥으로 석식을 해결한 후 개인택시 황 기사님에게 내일 아침 5시까지 와 달라는 부탁을 해 놓고 내일 자료를 일독 후 텐트 전등을 소등. 낯선 땅 옥대리에서 밤을 보낸다.

고치령에서(05:30)

새벽 3시 반 기상. 텐트를 철거 중인데 자동차 헤드라이트가 정자를 강타한다. 황 기사님 택시 불빛이다. 부랴부랴 텐트를 철거하고 택시에 승차, 고치령으로 향한다. 아직도 주변은 캄캄, 한밤중이다. 택시는 옥대리를 벗어나 좌석리에 진입. 이곳에서 고치령까지는 4km. 고치령이 가까워지고, 의외의 광경에 깜짝 놀란다. 생각지도 않은 불빛이 고치령을 대낮처럼 밝히고 있다. 고치령 산신각 앞에서 굿판이 벌어진 것이다. 고치령에서 굿을 하면 효험이 크다는 소문은 옛날부터 자자. 오늘 그 현장과 마주쳤다(05:30).

택시는 내가 내리자마자 내려간다. 산속에서 혼자가 된다. 다행인 것은 굿판의 불빛에 고치령이 밝아졌다. 이 굿이 없다면 이곳은 암흑지대나 다름없을 텐데. 작은 천막 안에서는 여전히 신나게 굿판이 한창이다. 무슨 사연일까? 누구를 달래는, 무엇을 소원하는 굿일까?……

고치령이 기도에 대한 효험이 크다는 것은 어제 오늘의 이야기가 아니다. 아주 오래전부터 전국 방방곡곡에 소문이 났을 정도다. 이유가 있다. 고치령은 단종과 그의 숙부인 금성대군과 밀접한 관련이 있다. 단종과 금성대군이 영월과 순흥에 각각 유배되었을 때, 두 사람은 고치령을 오가며 연락을 주고받았다고 한다. 그러다가 단종 복위 운동을 준비 중 거사가 발각되어 두 사람 모두 죽음을 당했다. 이런 사연을 안타까워한 백성들은 단종을 태백산의 산신으로, 금성대군을 소백산의 산신으로 모시기로 하고 이곳 고치령에 산신각을 세웠다.

한동안 굿을 구경하다가 출발한다. 들머리는 산신각의 좌측에 있다. 랜턴이 없다면 아무것도 보이지 않을 정도로 사위는 캄캄하다. 산등으로 오르자마자 잡풀로 덮인 헬기장이 나타난다. 헬기장에서 우측으로 오른다. 완만한 능선 오르막이다. 조금은 쌀쌀한 날씨. 랜턴 불빛에 의지해 최대한 신중하게 오른다. 초반에 길을 잃지 않도록……. 다시 헬기장에 이른다(05:58). 무슨 팻말이 보인다. 수목 보호를 위해 출입을 금지한다는 안내문이다. 과거 헬기장이었던 훼손지에 다시 나무를 심어 복원하는 것이다. 지금은 공터로 보이지만 이런 프로그램이 착실히 시행된다면 몇 년 후에는 원래의 무성했던 숲 모습을 되찾을 것이다. 잘하는 일이다. 헬기장에서 내려가다가 오르니 주변은 참나무 일색이다.

약간의 바람이 일고, 완만한 능선 오르막은 계속된다. 컴컴한 산중에서도 이정표는 놓치지 않고 발견한다(마구령 7.5). 겨우 500m 올라왔다. 완만한 오르막은 계속되고 잠시 후 950봉 갈림길에 이른다(06:17). 이곳에서 대간길은 좌측으로 휘어지면서 내려가게 된다. 좌측으로 진행하다가 숲 사이로 떠오르는 해를 발견한다(06:31). 주변도 이미 많이 훤해졌다.

등로는 여전히 흙길이고 주변은 참나무 그대로다. 솔솔 이는 바람에 약간의 싸늘함이 묻어난다. 잠시 후 877봉에 이른다(06:46). 이곳에도 출입금지안내판이 있다. 바로 내려간다. 낮은 봉우리를 오르내린다. 877봉에서 조금 가면 미네치라는 잿등이 있다고 했는데 흔적을 못 찾고 지나쳤다. 낮은 봉우리를 오르내리면서 다시 과거 헬기장이었던 곳 두 곳을 지나고 오르니 1,097봉에 이른다(08:01). 이곳 정상도 과거에 헬기장이었다. 훼손지 복원 때 심은 나무들이 빽빽하다. 출입금지 안내판이 있는 것도 마찬가지다.

내려간다. 여기까지 올라오면서 이 구간의 특징이 감지된다. 500m 간격으로 이정표가 있다. 더 재미있는 것을 발견한다. 어느 분이 잃어버린 모자를 또 다른 등산객이 주워서 등로 옆에 막대기를 세워 걸어놓았다. 아름다운 모습이다. 1,097봉에서 내려가니 이정표가 나온다(마구령 1.0). 계속 내려간다. 비가 올 듯하던 날씨가 어느새 갰다. 급경사 내리막이 시작되더니 도로가 보이기 시작하고 등로 좌우로 로프가 설치된 길이 이어진다. 계단을 내려가니 마구령이다(08:28). 마구령은 영주시 부석면 임곡리와 남대리를 연결해 주는 잿등으로, 경상도에서 충청도와 강원도로 통하는 관문이다. 이 길은 장사꾼들이 말을 몰고 다녔던 길이라고 해서 마구령이라고 부르게 되었다.

마구령은 맨땅이지만 좌우 도로는 넓게 포장되었다. 좀 전의 고치령과 마찬가지다. 산림청에서 세운 큼지막한 마구령 표석과 백두대간 안내도, 나무의자가 있다. 이정표는 우측은 임곡리, 좌측은 남대리를 가리키고 직진 방향은 늦은목이(5.9)를 알린다. 바로 오른다.

돌계단이 끝나면 폐타이어로 형성된 교통호가 나오고 잠시 후 894봉에 이른다(08:47).

이곳도 전망이 괜찮은 헬기장이다. 앞으로 가게 될 대간길이 시야에 들어오고 부석면 임곡리 마을이 내려다보인다. 바로 내려간다. 등로 주변에 아름드리 소나무가 보이기 시작한다. 쓰러진 소나무도 있다. 오르막에 이르러 돌길이 시작된다. 등로 주변은 여전히 참나무류가 주종이다. 우측 아래로는 마을이 보인다. 낮은 봉우리 하나를 넘고 내려가다가 암릉에 이르러 우측으로 우회한다.

안부에 이르러(09:30) 다시 오른다. 바위지대가 시작된다. 잠시 후 1,057봉에 이른다(09:37). 정상에는 약간의 공터와 바위가 있다. 벌써 단풍이 든 나무도 있다. 금년 들어서 처음 보는 단풍이다. 내려가는 길에서도 우측 아래에 마을이 보인다. 물푸레나무가 보이기도 한다. 자작나무와 비슷해서 헷갈릴 수 있다. 잠시 후 또 헬기장에 이른다. 헬기장에서 내려가니 늦은목이가 3.9km 남았다고 알리는 이정표가 있다.

다시 안부에서 완만한 능선을 오르내리다가 934봉에 이른다(09:53). 내려간다. 급경사 내리막이다. 이곳에서도 낮은 봉우리를 오르내린다. 주변은 여전히 참나무 류가 주종이다. 간간이 소나무가 나오기도 하고 키 작은 잡목들도 보인다. 늦은목이가 1.9km 남은 지점에서 이른 점심을 먹는다(10:26). 아침식사 후 아무것도 먹지 못했다. 배가 고파서 걷기가 힘들다. 점심으로 20분 정도를 허비. 오늘 구간이 12시간이 넘게 걸릴 텐데 이런 지체는 사치다. 서두른다(10:51). 이곳에서도 완만한 능선을 오르내리다가 966봉에 이른다

(11:09).

갈곶산 정상에서(11:09)

966봉에는 이곳이 갈곶산임을 알리는 이정표가 있다. 직진 방향에
는 고목이 쓰러져 있고 흰 천으로 출입을 통제하고 있다. 그 너머에
는 출입금지 안내판이 있다. 대체 무엇이기에? 궁금해진다. 이곳에
서 대간길은 좌측으로 이어진다. 출입금지에 대한 궁금증을 안고 늦
은목이로 향한다. 내려가는 등로 좌측은 낙엽송 지대다(11:27). 한참
을 내려가니 좌우길이 뚜렷한 안부사거리에 이른다(11:31). 늦은목이
다. 이정표가 있다(직진은 선달산 1.9, 우측은 오전리, 좌측은 남대
리). 늦은목이라는 지명이 참 재밌다. 단순하고 순수하다. 옛사람들
의 선견지명이 놀랍다. 컴퓨터에 찌든 현대인들이 이런 지명을 상상
이나 할 수 있을까?

이곳에서 쉬고 있는 6명의 사람들을 만난다. 이들은 내 배낭을 보
더니 비박하느냐고 묻는다. 그렇다고 하니까 산에서 비박하지 말라
고 한다. 등산객인줄로만 알고 별 생각 없이 대답했는데, 알고 보니
이들은 등산로를 정비하는 국립공원 직원들이다. 세상 참 무섭다. 이
런 깊은 산중에서도 말을 가려서 해야만 하니……. 나와 대화를 마친
이들은 좌측 남대리 방향으로 내려간다.

이곳에 특이한 안내문이 있다. 9자락(방물길)에 관한 안내문이다.
보부상들의 애환이 서린 글이다. 그대로 옮긴다. "9자락은 저잣거리
삶과 애환이 서려 있는 보부상들이 걷던 길이다. 소금, 미역, 고등어
등을 이고 지고 12령 고갯길을 넘어 봉화에서 다시 잡곡으로 바꾸어

사흘 밤낮을 이 길을 넘나들었는데, 산길을 가다보면 산적을 만나 낭패를 보기도 했다고 한다. 가다가 물가에서 밥을 해 허기진 배를 채우며 간 고등어 한 토막을 불에 그슬려 먹기도 했으나 대부분은 소금을 찍어 먹으며 힘겹게 고갯길을 걷던 보부상들. 그들의 애환이 서려 있는 9자락은 한평생 등짐과 봇짐을 진 선조들의 눈물이 스며들어 있는 길이다."

어렵지 않게 그 시절의 모습이 상상된다. 내가 지금 그 길을 걷고 있다. 우측 아래 30m 지점에는 '늦은목 옹달샘'이 있다. 내려가서 식수를 보충하고 올라온다. 그런데 이곳 옹달샘 표석을 읽어 보니 범상치 않다. 이 옹달샘은 내성천 109km의 발원지로서 봉화군과 영주시와 예천군을 지나 문경시 영순면 달리지에서 낙동강과 합류한다고 한다. 이곳 좌측은 영주시 부석면, 우측은 봉화군 춘양면인데 이곳 늦은목까지는 소백산 국립공원에 속한다. 그래서인지는 몰라도 이곳까지는 500m마다 이정표가 있어 대간 종주자들에게는 큰 도움이 되고 있다. 다시 긴 오르막이 시작된다. 노송이 등장하기도 한다. 소위 말하는 춘양목이다. 오르는 길 중간 중간에 돌계단이 이어진다. 멧돼지가 등로를 파헤친 흔적도 나온다. 최근의 소행인 것 같다.

이곳에서도 물푸레나무가 등장한다. 흔적이 뚜렷하지 않은 갈림길을 만나기도 한다. 이제부터 등로 좌측은 강원도 영월군 땅이다. 잠시 후 어래산으로 가는 갈림길에 이른다(13:07). 갈림길에는 선달산-어래산 등산로를 안내하는 안내판이 있고, 좌측에는 수많은 표지기들이 걸려 있다. 위쪽으로 오르니 선달산에 이른다(13:15).

선달산은 영월군 김삿갓면과 봉화군 물야면 및 영주시 부석면에 걸쳐 있는 산이다. 정상에는 산림청에서 세운 커다란 정상석과 이정표가 있다(박달령 5.0). 또 한쪽에는 자작나무가 군락지어 있고, '백두대간의 가치'를 설명한 안내문도 있다. 정상에 서니 차분해짐을 느낀다. 말 없는 산이지만 산도 사람이 그리웠을 것이다. 몇 날이 가도 찾는 이가 없을 테니. 나를 포근하게 감싸는 것만 같다. 내려간다.

안부에 이르러 다시 오른다. 암릉지대가 이어지다가 잠시 후 1,246봉에 이른다(13:34). 전망이 거의 없는 1,246봉에서 내려가니 이정표(박달령 3.9)와 선달산 옹달샘을 알리는 표지판이 세워진 갈림길에 이른다(13:46). 옹달샘은 이곳에서 우측으로 150m 아래에 있다. 갈림길에는 표지기도 많고 낙엽도 쌓여 있다. 내려간다. 듬성듬성 바위길이 나온다. 이때마다 우회한다. 목재 계단이 이어지고, 약간의 공터가 있는 무명봉에 이른다(14:08). 정상에는 돌이 많다. 직진으로 내려간다. 낙엽이 깔린 길이다. 가을임을 알게 한다. 가끔 암릉길이 이어지기도 한다. 이후 완만한 능선을 오르내리다가 의자 2개가 있는 곳에 이른다(14:28).

이곳에 참나무식별안내판이 있다. 아주 반가운 자료다. 종주길에 자주 보게 되는 참나무인데 그 종류를 정확히 몰라 대충 참나무, 상수리나무 등으로 얼버무렸었다. 이제부터는 이 자료만 기억하면 그런 실수는 안 할 것 같다. 참나무 종류가 여섯 가지다. 갈참나무, 굴참나무, 떡갈나무, 졸참나무, 상수리나무 그리고 신갈나무다. 이런 걸 모르고 그동안 대충 뭉뚱그려서 기록을 했으니……. 큰 실수였다.

내려간다. 낮은 봉우리를 오르내리다가 다시 무명봉에 이르고(14:46), 무명봉에서 내려가다가 상수리나무 고목을 만난다. 이어서 상수리나무 군락지를 지난다(14:50). 군락지는 한동안 더 이어진다. 통나무 계단을 자주 오르내린다. 지겨울 정도다. 다시 의자가 놓여 있는 무명봉에 이른다(15:01). 정상에서 내려가니 우측 아래로 저수지가 보인다(15:16). 완만한 내리막으로 이어지고 싸리나무 군락지를 걷는다. 잠시 후 박달령에 도착한다(15:27).

박달령에서(15:27)

박달령은 봉화군 물야면 오전리와 영월군 하동면을 이어 주는 잿등이다. 해발 1,000m가 넘는 험준한 고개로 지난날 보부상들이 이 고개를 넘나들면서 경상도와 강원도의 물물 이동처로 활용했던 고개다. 좌우로 넓은 도로가 이어지고, 중앙에 산림청에서 세운 표석이 있다. 표석 뒤에는 쉼터가 있고 그 우측에는 성황당이 있다. 헬기장과 간이 화장실이 있고 당연히 이정표도 있다(옥돌봉 3.0).

이곳에서 우측 도로를 따라 100여 미터를 내려가면 샘터가 있다고 하는데 식수가 남아 있어 그냥 오른다. 이곳은 쉼터와 샘터가 있어 비박 장소로도 좋을 것 같다. 오름길은 완만한 능선길로 이어지고 잠시 후 1,015봉에 이른다(15:40). 내려가는 길 주변에도 싸리나무와 상수리나무가 많다. 완만한 능선 내리막이다. 몸통에 '금강소나무'라고 적힌 표지판을 달고 있는 소나무가 있는 곳(15:45)을 지나 계속 내려간다.

10여 분 만에 무명봉에 이르고(15:56), 완만한 능선을 오르내린다. 통나무 계단과 로프가 설치되어 있다. 로프를 잡고 오르니 능선 갈림길이다(17:07). 이곳에 의자 2개와 이정표가 있다(우측은 주실령, 좌측은 옥돌봉 0.28). 갈림길에서 좌측으로 진행하니 옥돌봉에 이른다 (17:17). 정상에는 봉화산악회에서 세운 정상석과 이정표가 있다.

정상석 좌측 아래에는 헬기장이 있고, 헬기장을 지나면 바로 옥석산이라는 대형 안내판이 있다. 이 안내판이 진행 방향을 헷갈리게 한다. 옥돌봉과 옥석산 표지판이 있는 곳은 엄연하게 방향이 다른데 양쪽 모두에 표지기가 있어서다. 그러나 대간길은 옥돌봉 정상석을 지나 직진으로 내려가야 한다. 옥돌봉 정상석 옆으로 내려간다. 이곳에서 약간의 지체가 있었다. 서두른다. 한참을 내려가니 갈림길에 이른다(17:45). 대간길은 우측이다.

내려선 지 4분 만에 무명봉에 이르고(17:49), 무명봉에서 내려가니 좌측에 낙엽송 지대가 나온다. 10여 분을 더 내려가니 이정표가 나온다(17:57, 도래기재 1.4). 날이 많이 어두워졌다. 진달래 군락지를 지난다. 이어서 통나무 계단과 로프가 설치되어 있는 곳을 지난다. 이젠 등로가 거의 보이지 않을 정도로 어둡다. 계속해서 계단과 로프가 나오더니 마지막에 데크 계단이 나오고서 오늘의 종점인 도래기재에 도착한다(18:23). 도래기는 서벽리 북서쪽에 있는 마을 이름으로 이 마을에 조선시대에 역이 있어 도역리라 부르다가 도래기로 통용되었다고 한다. 어둠이 짙게 깔렸다. 주변에 도래기재 안내판이 있고, 양 산줄기를 잇는 동물이동로가 마치 터널처럼 설치되어 있다. 오늘은 이곳에서 마친다.

다음 구간을 잇는 들머리를 미리 확인해 둔다. 내일도 새벽에 출발하기 때문이다. 오늘 하루에 감사한다. 무엇을 붙잡고 전력을 다해 매진할 수 있다는 것, 정말 고마운 일이다. 이젠 잘 곳을 확보해야 한다. 이곳에서 동물이동통로를 지나 우측 방향으로 도로를 따라 100여 미터 정도 내려가면 좌측에 장승 2개와 정자가 있다. 이곳 정자에 텐트를 칠 것이다. 새벽부터 강행군이었다. 피로가 몰려온다.

(오늘 걸은 길)

고치령→950봉→미네치→1097봉→마구령→894봉→1057봉→934봉→갈곶산→늦은목이→선달산→1246봉→박달령→1015봉→옥돌봉→도래기재(26.0km, 12시간 53분)

(교통편)

* 갈 때

1. 동서울터미널에서 영주: 06:15~21:45까지 30분 간격
2. 영주에서 좌석리(54번 버스), 좌석리에서 고치령까지는 도보 (4km)

* 올 때

1. 도래기재에서 봉화군 춘양면 서벽리: 도보 이동(4.5km)
2. 봉화 시외버스터미널에서 동서울터미널: 08:10~18:40까지 6회

스물일곱째 구간(도래기재에서 화방재까지)

2016. 10. 10.(월), 맑음

또 대통령 선거일이 다가온 모양이다. 벌써 색깔 논쟁, 종북몰이가 시작됐다. 국회고 방송이고 신문지상을 가릴 것 없이 판이 있는 곳은 난리다. 꾼들 좋아 났다. 때를 만난 것이다. 무식하고 무능하고 뻔뻔스러운 국회의원 나리들, 정치인들이 원인 제공한 짓거리다. 지금이 그럴 때인가? 북핵과 사드 배치의 논란을 그토록 외면할 수 있는가? 대기업의 경쟁력이 외환위기 직후보다 더 떨어졌다는 사실을 모를까? 어려운 국내외 실정을 이토록 외면할 수 있을까?

세상 참 별천지다. 죽도록 일만 하고도 힘들게 사는 사람이 있는가 하면, 주둥이 나불대며 패거리 지어 부화뇌동하면서 호의호식하는 사람들이 수두룩하다. 시켜만 준다면 무보수로 국회의원 할 사람들이 많을 것이다. 정말 잘 할 사람들 말이다. 이참에 이런 사람들로 모두 바꿔야 되는 것 아닌가?

어제에 이은 연속 종주. 백두대간 27구간을 넘었다. 27구간은 도래기재에서 화방재까지다. 도래기재는 봉화군 춘양면 서벽리와 우구치리를 잇는 잿등이고, 화방재는 태백과 영월군 상동읍을 잇는 잿등이다. 이 구간에는 구룡산, 고직령, 곰넘이재, 신선봉, 차돌배기 삼거리, 깃대배기봉, 부쇠봉, 태백산, 사길령 등의 높고 낮은 산과 잿등이 있다. 이 구간도 봉우리 사이의 고도차가 그리 크지 않고 평지 같은 걷기 좋은 길이 길게 이어지기 때문에 어렵지 않게 넘을 수 있다. 이제 그동안 숨가쁘게 달려온 경북지역을 벗어나 비로소 강원도 땅을 걷게 된다. 민족의 영산인 태백산도 오른다. 굳이 어려움을 찾자면, 들머리인 도래기재에 접근할 수 있는 대중교통이 없다는 것이다. 그래서 나처럼 홀로 종주하는 사람들은 연속 종주를 택하고 도래기재에서 야영을 한다.

도래기재에서(05:01)

어제의 장거리 걸음으로 피로했던지 텐트를 치자마자 곯아떨어져 새벽 3시에 기상. 낯선 산속의 두려움도 초저녁에 텐트 안으로 들어가자마자 온데간데없이 사라지고 평온한 밤을 보냈다. 기상과 동시에 무사했다는 안도감을 느낀다. 아무도 없고, 아무 소리도 들리지 않는 깊은 산속 터널 앞. 무섭다면 무서울 수도 있는 곳이다. 모든 이에게 감사드린다.

텐트 밖으로 나와 보니 무순으로 자리를 지키고 있는 수목들의 모습이 숙연하다. 산속이 원래 이런가? 아무 것도 보일 리 없다. 들릴 리도 없다. 다시 텐트 안으로 들어와서 오늘 걷게 될 자료를 살핀다. 27구간 역시 26구간 못지않게 길다. 하지만 강원도 땅에 접어들었다는 뿌듯함, 민족의 영산 태백산을 오른다는 기대감에 설렘이 앞선다. 서두른다. 아침밥부터 먹어 둔다. 배낭 무게를 줄인답시고 가벼운 쿠키를 구입했지만 실패작이다. 물 없이는 넘어가질 않는다. 오늘 식수 부족이 예상된다. 텐트를 철거하고 도래기재로 향한다(04:51).

도로에 접어들어 모퉁이에 있는 장승 2개를 촬영해 보지만 어둠 속이라 사진은 검정 일색이다. 2차선 포장도로를 따라 오른쪽으로 오른다. 100여 미터의 거리가 무척 멀게 느껴진다. 동물이동통로를 통과, 어제 26구간을 마친 지점에 이른다(04:58). 이곳에서도 주변을 촬영해 보지만 역시 검정으로 나타난다. 바로 출발한다(05:03). 캄캄한 밤중, 아무것도 보이지 않는다.

초입은 동물이동로가 설치된 좌측 절개지다. 길은 통나무 데크계단. 헤드랜턴으로 사방을 비추면서 조심스럽게 오른다. 이정표에 구룡산이 있지만 거리 표시는 없다. 표지기도 하나둘씩 나타난다. 잠시 후 긴 통나무 계단이 이어진다. 어제와 달리 바람 한 점 없이 잔잔하다. 10여 분을 오르니 금강송이 나타난다. 우측 아래에는 마을이 있는지 불빛이 반짝인다. 지도상으로는 봉화군 춘양면 서벽리다. 잠시 후 오르막이 끝나고 작은 봉우리에 선다. 바로 내려가다가(05:29) 밋밋한 안부에 이르러 평평한 길을 걷게 된다. 다시 오르막이다.

간간이 짐승 울음소리가 들린다. 멧돼지 소리는 아닌 것 같다. 완만한 능선 오르막이 끝나고 임도에 이른다(05:48). 자동차도 다닐 수 있을 정도로 넓다. 이곳에 왜 임도가 필요할까? 금강송 수송을 위해? 임도에는 이정표(구룡산 3.92)와 의자 두 개가 가장자리에 놓여 있다. 동쪽이 불그스레해진다. 어둠이 벗겨지고 있는 것이다. 임도를 건너 산으로 오른다. 계단이 시작되는 완만한 오르막이다. 다시 의자 두 개가 있는 봉우리에 이른다(06:05). 내려가다가 작은 봉우리 두 개를 더 넘고 긴 계단을 오르니 공터가 있는 봉우리에 이른다(06:22). 이곳에 영주 국유림관리사업소에서 표시목을 세워 놓았다(도래기-구룡산 3-5, 054-636-4240). 내려간다.

다시 안부에 이르고 계단을 따라 오르니 헬기장 표시가 있는 봉우리에 이른다(06:31). 바로 내려간다. 언제 떴는지 해가 나와 있다. 먼 곳 산들이 가깝게 보인다. 오늘 날씨가 좋을 것 같다. 다시 의자 두 개가 있는 곳에 이르고(06:37), 내려가다가 완만한 능선을 오르내린 다. 잠시 후 또 임도에 올라선다(06:47). 임도에는 쉼터와 의자 두 개 가 있고 구룡산 안내도도 있다. 이정표도 있다(구룡산 1.56, 도래기 재 3.98). 임도 좌우는 넓은 도로로 이어진다. 임도를 건너 산으로 오 른다. 초입은 계단. 진달래 군락지가 나오더니 가파른 오르막이 시작 된다. 금강송이 쓰러져 있다(07:15). 의자 두 개가 있는 곳을 지나 계 속 오른다. 바위가 나오고 암릉이 이어지기도 한다. 잠시 후 구룡산 정상에 이른다(07:45).

구룡산 정상에 설치된 삼각점 (종주 당시 메모지와 함께 촬영)

정상에는 비교적 넓은 공터와 헬기장이 있다. 정상석과 삼각점이 있고 구룡산 유래가 적힌 안내판과 이정표도 있다(태백산 14.2). 오늘 구간의 하이라이트인 태백산이 이젠 14.2km 남았다. 앞으로 7시간 정도는 더 가야 할 것 같다. 바로 내려간다. 한동안 평지 같은 길이 이어지다가 완만한 능선 내리막으로 바뀐다. 참나무 군락지가 나오고 사이사이에 물푸레나무도 있다. 과거에 밀림지대였던 것처럼 헝클어진 넝쿨이 등로를 막기도 한다.

숲속은 맑은 기운이 가득하다. 흠뻑 들이마신다. 뱃속이 맑아지는 것 같다. 맑은 날씨가 그동안 억눌렸던 마음을 뻥 뚫어 준다. 걸음을 재촉한다. 구룡산에서 출발한 지 20여 분 만에 고직령에 이른다(08:09). 고직령에도 의자 세 개와 이정표가 있다(곰넘이재 3.65). 직진으로 완만한 능선을 오르내린다. 역시 넝쿨이 있다. 낮은 봉우리를 넘고 내려가니 산죽이 나온다. 안부에 이르러, 오르면서 연거푸 낮은 봉우리 세 개를 넘으니 곰넘이재다(08:45).

곰넘이재에서(08:45)

곰넘이재는 경상도에서 강원도로 들어가는 중요한 길목으로 옛날에는 태백산 천제를 지내러 가는 관리들의 발길이 끊이지 않던 곳이다. 우측은 참새골이다. 의자가 세 개 놓여 있고 좌우길이 뚜렷하다. 그 옛날 우리 조상들의 발걸음을 상상하며 신선봉으로 향한다. 목재 계단으로 이어진다. 계단에 올라서니 임도처럼 넓은 길이 이어진다. 완만한 오르막이다. 주변에는 키 작은 산죽이 나오기도 한다.

낮은 봉우리 여러 개를 넘으면서 계속 오른다. 길은 여전히 넓다.

넓은 길이 끝나면서 등로는 산속으로 이어지고 세로를 따라 오른다 (09:21). 좌측에 있는 묘지를 지나면서부터 또 산죽이 나온다. 가파른 오르막이 시작되더니 계단과 로프가 나온다. 한참을 오르니 신선봉 정상이다(09:48). 정상에는 묘지 1기가 있다. 표지판도 보인다. 우측으로 내려간다. 급경사 내리막이 이어지고 바위가 나온다. 낮은 봉우리를 오르내리다가 긴 내리막을 내려와서 다시 오른다(10:25). 위치를 알리는 위치목이 있다(부쇠봉-구룡산 5-16).

잠시 후 차돌배기 삼거리에 이른다(10:54). 이곳에도 이정표가 있고 약간의 공터 그리고 의자가 다섯 개나 있다. 좌측으로 진행한다. 잠시 후 갈림길이 나오고, 좌측으로 진행한다. 그런데 표지기는 우측에만 있다. 조심해야 할 곳이다. 좌측으로 옆등을 타면서 진행한다. 안부에 이른다(11:18). 이정표와 부쇠봉-구룡산 5-13이라는 표지목이 있다. 내리막길에 산죽이 있다.

가을 숲길은 아무리 걸어도 지루하지가 않다. 내리막이 있고, 갈림길이 나오고, 불그스레 변색하는 나뭇잎에 감탄하고, 운수가 좋을 때는 새파란 산죽도 만날 수 있어서다. 다시 안부에 이른다. 이곳에도 나무의자 네 개가 있다. 이곳 좌측 아래에 샘이 있다고 했다. 식수가 떨어진지 이미 오래. 배낭을 내려놓고 좌측 아래로 샘을 찾으러 내려간다. 산죽이 온 산을 덮고 있다. 계곡까지 내려가서 찾아보았으니 샘은 보이지 않고 계곡수만 흐른다.

이것저것 가릴 게재가 아니다. 계곡수를 가득 채워 올라온다. 안부에 올라와 식수가 확보된 김에 이른 점심을 먹는다. 음식이 넘어가지 않아 물을 말아 삼킨다. 긴 의자에 누워 잠깐 쉰다는 것이 깜빡 잠이 들었다. 깨고 보니 12시 30분을 넘고 있다. 서둘러 출발한다. 잠시 후 길고 가파른 오르막이 시작된다.

30여 분간을 힘겹게 오르니 봉우리 정상이다(13:05). 1,174봉인지 확신할 수 없다. 내려가다가 바로 오른다. 바닥이 이상하다. 판자가 깔려 있다. 이런 곳에 왜 판자가? 잠시 후 전망대에 이른다. 역시 판자가 깔렸다. 오른지 5분 만에 깃대배기봉에 이른다(13:21). 정상석과 이정표가 있다. 좌측으로 진행한다. 완만한 능선 오르막이 이어진다. 잠시 후 깃대배기봉 정상석이 또 나온다(13:35). 이게 웬일일까? 어디가 진짜 정상인가? 높이에는 큰 차이가 없다. 직진으로 진행한다. 완만한 능선, 걷기 좋은 길이 이어진다. 다시 판자가 깔린 길이 이어진다.

알고 보니 이곳은 생태학습장이다. 그동안의 의문이 풀린다. 산 전체에 키 작은 산죽이 깔려 있고, 등로는 거의 평지나 다름없다. 이런 길이라면 이틀이고 삼일이고 쉬지 않고 걸을 수 있겠다. 한참을 가다가 평지도 끝이 난다(13:51). 오르막이 시작된다. 부쇠봉과 태백산이 보이기 시작한다. 부쇠봉 아래에 이르자 좀 더 가팔라진다(14:21). 잠시 후 갈림길에 이른다(14:30). 우측은 백천계곡 방향이고 대간길은 직진이다. 직진으로 오르니 천제단 갈림길에 이른다(14:37). 좌측이 천제단으로 가는 길이다(1.0).

이곳에서 바로 좌측의 천제단으로 가도 되지만 부쇠봉을 다녀오기로 한다. 직진으로 오른다. 전망대가 나오고 좀 더 오르니 부쇠봉이다(14:49). 정상에는 삼각점이 두 개나 있고 정상 너머에 헬기장이 있다. 최근에 조성했는지 깨끗하다. 다시 좀 전의 천제단 갈림길로 내려와 1.0km 떨어진 천제단으로 향한다. 이제부터는 천제단을 보면서 걷는다. 천제단 하단에 이른다(15:09). 간단히 살피고 바로 오른다. 데크 계단이 이어지고 잠시 후 천제단에 이른다(15:15).

태백산 정상에서(15:15)

천제단 옆에 설명문이 있다. 천제단은 우리 조상들이 하늘에 제사를 지내기 위하여 설치한 제단이다. 태백산 정상부에 위치한 천제단은 천왕단을 중심으로 북쪽에 장군단, 남쪽에는 그보다 규모가 작은 하단의 3기로 구성되어 있다. 천왕단에 대한 설명도 있다. 천왕단은 둘레 27.5m, 높이 2.4m, 좌우 폭 7.36m, 앞뒤 폭 8.26m의 타원형 계단을 자연석으로 쌓았다.

돌로 만든 단이 아홉 단이라 하여 9단탑이라고도 부르고, 매년 개천절에는 이곳에서 제사를 받드는데, 중앙에 태극기와 칠성기를 꽂고 주변에는 13천기와 28숙기를 세우며 9종류의 제물을 갖춘다고 한다. 정상에는 정상석과 이정표가 있다. 평일이어서인지 서너 사람의 등산객만 보인다. 천왕단에 올라가 정성을 다해 기도드린다. 내려와 천왕단을 둘러보고 있는 노부부에게 부탁해 정상석을 배경으로 인증샷을 날린다. 이 높은 곳을 찾은 노부부의 모습이 참 좋아 보인다. 발걸음을 옮기자마자 장군봉에 도착한다(15:28). 이곳에도 제단과 정상석이 있다. 여기에서도 정성껏 기도를 드린다.

이미 수많은 사람들이 찾았을 제단이다. 그때마다 산은, 제단은 모든 이를 동등하게 맞았을 것이다. 부자나 빈자나, 능력자나 무능력자나 차별 없이 따스함을 안겼을 것이다. 그게 산이고 자연이다. 이제 오늘의 종주길도 마무리 시점이다. 이때면 나타나는 조급증일지 모르지만 서둘러야 할 것 같다. 아직도 화방재까지는 한참을 더 가야 한다. 바로 내려간다. 등로 주변은 온통 주목 천지다. 마치 주목 전시장 같다. 돌길과 계단이 연속된다. 많이 불편하고 힘이 든다. 한참을 내려가니 유일사 쉼터에 이른다(15:56). 이정표가 있다(사길령 2.5). 바로 오른다. 봉우리를 넘고 내려가니 안부에 이른다(16:15). 이곳에도 이정표가 있다(사길령 1.9). 이어서 유일사 갈림길에 이른다.

갈림길에서 좌측은 군사격장이니 출입하지 말라는 경고판이 있다. 우측은 유일사매표소로 내려가는 길이다. 직진으로 오른다. 고만고만한 봉우리 다섯 개를 넘고 내려가니 산령각에 이른다(16:41). 이곳 이정표에는 사길령 0.5km라고 적혀 있다. 태백산 산령각 유래가 적힌 안내판이 있다. 옛날에 사길령은 경상도에서 강원도로 들어오는 가장 가까운 길이었다고 한다. 그래서 길손의 왕래가 많았는데 산이 험하여 맹수와 산적 등이 자주 출몰하기에 그들은 고갯길의 무사안전을 위하여 고갯마루에 당집을 짓고 제사를 올리게 되었다고 한다. 지금도 매년 음력 4월 15일에 태백산신령에게 제사를 올린다.

우측으로 내려간다. 잠시 후 사길령에 이른다(16:45). 사길령 유래가 적힌 돌탑이 있다. 큰 돌 위에 또 다른 큰 돌이 얹혀 있고, 그 돌에 사길령 유래가 적혀 있다. 바로 화방재로 향한다. 좌측의 밭 가운데로 통과하니 산으로 이어진다. 낙엽송 지대를 지나 내려간다. 잠시 후 오늘의 종점인 화방재에 이른다(16:59). 화방재는 남쪽의 태백산과 북쪽의 함백산 사이에 있는 고갯길이다. 이곳에는 어평재 민박, 산모롱이 식당, GS칼텍스 주유소, 어평방범초소와 몇 채의 민가가 있다. 태백으로 들어가는 버스정류장도 이곳에 있다.

오늘은 이곳에서 마친다. 새벽부터 꼬박 12시간이 걸린 셈이다. 이 곳 민박집에 물어보니 태백으로 들어가는 버스가 6시에 이곳을 지난 다고 한다. 고민도 많았고 기대도 컸던 26, 27 구간을 이렇게 마친다. 만물은 홀로 존재하지 않는다. 인연이라는 수많은 그물망으로 우리 모두는 연결되어 있다. 오늘처럼 낯선 산속을 찾은 것도 어떤 인연이 그리하도록 했을 것이다. 오늘을 함께한 모든 이에게 감사드린다.

(오늘 걸은 길)

도래기재→1256봉→구룡산→고직령→1231봉→곰넘이재→신선봉 →차돌배기→1174봉→깃대배기봉→부소봉→태백산천제단→1174봉 →산령각→화방재(24.2km, 11시간 56분)

(교통편)

*** 갈 때**

1. 동서울터미널에서 봉화(07:40~18:10), 봉화에서 서벽리(06:00 ~18:55)

2. 서벽리에서 도래기재까지는 도보 또는 택시(4.5km)

*** 올 때**

1. 화방재에서 태백 시외버스터미널까지: 시내버스 이용

2. 태백 시외버스터미널에서 동서울터미널까지: 06:00~23:10, 자 주 있음.

스물여덟째 구간(화방재에서 삼수령까지)

2016. 10. 30.(일), 맑음

'비선 실세', '문고리 권력'이라는 단어가 요즘 시중을 도배하고 있다. TV만 틀면, 신문 쪼가리만 넘기면 그렇다. 어제도 그랬고, 오늘도 마찬가지다. 국가 통치를 비상식적인 점술에 의존했다는 말까지 있다. 사실이 아니길 바라지만 놀라지 않을 수 없다. '이건 나라가 아니다'라는 말까지 나왔다. 그것도 국가 통치의 큰 부분을 담당하고 있는 고위 정치가의 입에서다.

수습하는 과정도 가관이다. 여야가 이전투구하는 모습도 마찬가지다. 여당 내 친박, 비박의 암투도 정말이지 볼썽사납다. 대통령의 사과가 두 번이나 나왔다. 앞으로 한 번 더 나올 거란다. 어찌하다 저런 사람을 대통령이라고 뽑았을까, 하는 자괴감은 이제 와서 아무 소용이 없다. 선거는 또 있다. 우리 국민, 그땐 달라질까? 그렇지 않을 것이란 게 더 큰 문제다. 지금의 난국이 심각하다. 현 상황이 어느 정도인가? 지금 당장 무엇이 필요한가? 대통령 개인의 권력 유지인가? 여야의 권력 투쟁인가? 국가 보전과 국민의 안위를 눈곱만큼이라도 생각하는가? 해도 너무한다. 뭔가 들고 당장 뛰쳐나가고 싶은 심정이다. 나만의 생각은 아닐 것이다.

며칠을 겨누다가 어렵게 날을 잡아 28, 29구간을 넘었다. 28구간은 화방재에서 삼수령까지이다. 화방재는 영월군 상동읍과 태백을 잇는 잿등이고, 삼수령은 태백시 적각동에 있는 한강·낙동강·오십천의 분수령으로 태백과 하장을 이어 주는 35번 국도상에 있다. 이 구간에는 수리봉, 1,238봉, 만항재, 함백산, 은대봉, 두문동재, 금대봉, 1,256봉, 쑤아발령, 매봉산 등의 높은 산과 잿등이 있다.

이 구간에는 종주자들의 관심을 끌 만한 신비한 산과 풍경들이 있다. 매봉산은 백두대간과 낙동정맥이 갈라지는 분기점이고, 많은 풍력발전기와 드넓은 고랭지 채소밭이 있다. 개인적으로는 지난 2014년도에 낙동정맥 종주를 시작하면서 한번 올랐던 곳이다. 함백산 정상에 서면 주변 조망이 그야말로 시원스럽다. 남쪽으로는 만항재와 태백산이, 동쪽으로는 태백시가 내려다보이고, 북쪽으로는 중함백이 지척으로 다가선다. 그 외 금대봉과 은대봉, 두문동재와 쑤아발령 등 사연이 있는 봉우리와 잿등이 있다.

10월 29일(토), 청량리역에서 밤 11시 25분에 출발한 정동진행 기차는 다음날 새벽 3시 5분에 태백역에 도착. 날씨는 예상보다 춥지는 않다. 태백역은 지지난해 낙동정맥 종주를 비롯하여 이미 몇 번 왔던 곳. 기차에서 내린 승객이 모두 역사를 빠져 나가고 혼자 역 대기실에 남는다. 이 시각에 찜질방에 들어가기는 어중간하다. 고민 끝에 식당으로 가서 버스 출발시까지 대기하기로 한다.

역 광장에 설치된 온도계가 섭씨 1도를 가리킨다. 터미널 근처에 식당을 잡는다. 의외로 손님이 많다. 그것도 외지 손님이 아니라 대부분 이 지역 사람들이다. 이맘때면 강원도의 명산을 찾는 등산객들이 많을 텐데……. 혹시나 했는데 등산복 차림은 한 사람도 없다. 식당에서 6시까지 대기하다가 터미널로 이동한다. 터미널 화장실에서 간단히 양치질만 하고 바로 화방재행 버스에 오른다. 승객은 나 포함 두 사람. 버스는 6시 47분에 화방재에 도착.

화방재에서(06:47)

화방재는 봄에 진달래가 만발하여 마치 꽃방석 같다 하여 붙여진 이름이다. 민박과 식당을 하는 어평휴게소가 있고 그 앞에는 주유소가 있다. 휴게소 맞은편에는 어평방범초소, 그 뒤에는 민가 두 채가 있다. 민가 좌측에는 만항재를 넘어 고한, 사북으로 가는 지방도로가 이어진다. 조금은 쌀쌀한 날씨. 지난번 27구간을 마칠 때 본 화방재와는 영 분위기가 다르다. 조용하고 싸늘하다. 사람도 자동차 한 대도 보이지 않는다. 일요일의 이른 아침인 탓이다. 들머리는 두 민가 사이에 난 좁은 길이다. 둘 중 우측 집은 폐가 상태다. 두 집 사이로 오르니 바로 산으로 이어진다. 등로는 좁은 풀밭. 좌측에는 초록 그물망이 설치되어 있다. 완만한 능선을 오르니 낙엽송 지대. 동네 뒷산을 오르는 기분이다. 오르막이 끝나니 좀 더 완만한 능선이 이어진다. 등로 좌측에는 잡목이, 우측은 낙엽송 지대다.

묘지 1기를 지나면서부터 가파른 오르막이 시작된다. 해가 나오기 시작한다. 그런데 오를수록 안개는 짙어진다. 가파른 오르막을 한참 오른 끝에 봉우리 정상에 선다. 수리봉이다(07:19). 정상석과 이정표가 있고 주변은 온통 안개가 점령해 버렸다. 주변의 잡목들은 표정 없이 자리만 지키고 있다. 내려가는 길은 산죽길. 백두대간등산안내도가 설치된 곳을 지나 오르니 다시 봉우리 정상이다(07:36). 1,238봉이다. 이곳도 산죽들이 진을 치고 있다. 내려가는 길은 자연석으로 된 돌계단이다. 돌계단이 나뭇잎에 묻혀 걸리적거린다. 주변은 여전히 산죽과 잡목들이다.

바람이 인다. 다시 꽤 높은 무명봉을 넘고서부터(07:47) 완만한 능선을 오르내린다. 낙엽송 지대를 오르는데 태양과 안개가 나왔다 들어가기를 반복한다. 묘지 2기가 있는 곳을 지날 때까지도 완만한 능선 오르막은 계속된다. 오르막 끝에 공군시설물이 설치된 봉우리에 이른다(08:06). 군사시설을 둘러치고 있는 철조망에는 접근금지와 사진촬영을 금한다는 경고문이 있다. 철조망을 따라서 우측으로 진행한다. 공군 시설물을 지나니 시멘트 도로가 이어진다. 잠시 후 도로 좌측에 '만항재'라고 적힌 안내문이 있다. 안내문에 의하면 만항재는 정선군 고한읍과 영월군 상동읍 그리고 태백시가 만나는 지점에 위치한 고개인데, 함백산 줄기가 태백산으로 흘러내려가다가 잠시 숨을 고른 곳이라고 한다.

만항재는 해발 1,330m로 지리산 정령치나 운두령보다도 높다. 우리나라에서 포장도로가 놓인 고개 가운데 가장 높은 곳에 위치해 있다. 만항재에는 야생화 공원이 조성되어 있고, 매년 야생화 축제가 열릴 정도로 야생화 천국이다. 그런데 만항재는 이 안내문이 설치된 곳보다도 약간 위에 위치해 있다. 도로를 따라서 내려간다. 바로 만항재에 도착한다(08:16). 만항재는 넓은 공간에 사방으로 도로가 이어진다. 좌측은 영월군 상동읍, 우측은 함백산과 태백시로 가는 길이다. 또 만항재 표석과 상징물, 송전탑 그리고 하늘숲공원 쉼터, 휴게소 등이 있다. 이곳에서 대간길은 우측 도로로 이어진다. 3~4분을 내려가니 넓은 공터가 있는 삼거리에 이른다. 교통안내소와 함백산 관광안내도가 있다. 이곳에서 대간길은 관광안내도 좌측에 난 길이다. 초입에는 원기둥처럼 보이는 낮은 시멘트 기둥 두 개가 박혀 있다. 차량 출입 통제용이다. 바로 오르자마자 낙엽송 지대가 시작되고 좌측에는 송전탑, 우측에는 평상이 보인다.

완만한 오르막을 오르니 봉우리 정상에 이르는데(08:38), 이곳에서는 함백산 정상이 아주 가깝게 올려다 보인다. 바로 내려간다. 이제부터는 함백산을 올려다보면서 걷는다. 안부에서 오르니 91번 송전탑과 묘지 1기를 지나고 목재 계단을 내려서니 공터에 이른다. 공터 좌측은 만항재에서 내려오는 도로가 이어진다. 다시 산으로 오른다. 잠시 후 함백산기원단을 통과한다(08:58).

태백산 천제단처럼 돌로 된 기원단 옆에는 텐트 두 동이 설치되어 있고, 텐트 안에서는 말소리가 새어나온다. 아마도 기도하는 사람들인 것 같다. 기원단 옆에는 안내문이 있다. 태백산 천제단은 국가의 부흥과 평안을 위해 왕이 천제를 지내던 민족의 성지인 반면 이곳 함백산기원단은 옛날 백성들이 하늘에 제사를 올리며 소원을 빌던 민간 신앙의 성지였다. 과거에는 함백산 일대에 광부 가족들이 이주하여 살았고, 그 광부들이 지하막장에서 석탄을 생산하던 중 잦은 지반 붕괴 사고로 목숨을 잃게 되자 가족들이 이곳에 찾아와 무사안전을 기도했었다.

함백산기원단을 지나 내려가자 바로 삼거리에 이른다(08:59). 이정표가 있다(태백선수촌 1.0, 함백산과 KBS중계탑 1.0). 이곳에 태백선수촌이 있을 줄이야……. 재직 중에 꼭 한번 가 보려고 했던 곳인데, 여기에서 보게 되다니……. 함백산을 향해 직진으로 오른다.

오르는 길은 시멘트 포장도로. 초입에는 바리게이트가 설치되어 한쪽 가장자리로 통과한다. 60m 정도를 가다가 시멘트 도로는 좌측으로 빠지고 대간길은 직진으로 이어진다. 이제부터는 다시 산길이다. 목재 계단을 지나 돌길에 이르니, 함백산 정상이 지척이다. 등로 양쪽은 작은 말뚝으로 통제하고 있다. 계속되는 돌계단. 가파른 돌길에 너덜지대까지 나온다. 힘겹게 오르니 함백산 정상이다(09:43).

함백산 정상에서(09:43)

함백산은 태백시 소도동과 정선군 고한읍에 걸쳐 있는 산이다. 오대산, 태백산 등과 함께 태백산맥에 속하는 고봉이다. 부근은 국내 유수의 탄전지대이며, 산업선인 태백선 철도가 산의 북쪽 경사면을 지난다. 바위로 된 함백산 정상에는 정상석과 안내 조형물, 돌탑과 KBS중계소, 이정표 등이 있다. 마침 정상에 올라와 있는 부녀 등산객에게 부탁해 정상석을 배경으로 인증샷을 날리고 내려간다. 바로 시멘트 도로가 나온다.

이 도로는 KBS중계소까지 이어지는데, 이 도로를 이용하면 자동차로 함백산 정상까지 올라갈 수 있다는 계산이 나온다. 도로 건너편에는 헬기장이 있는데 바닥이 철판으로 된 신기한 헬기장이다. 헬기장에서 내려가니 바로 주목군락지가 나온다. 주목 군락지를 지나 봉우리 직전에서 좌측 옆등을 타고 진행한다. '두문동재 5.0km' 표지판이 눈에 들어오면서 안부에 도착한다(10:11).

안부에서 오르니 가파른 오르막이 시작되고, 오르막 끝에 중함백 정상에 이른다(10:21). 정상에는 정상표지목과 이정표가 있다. 이제

은대봉까지는 3.1km 남았다. 배낭을 내려놓고 잠시 쉰다. 아무리 생각해도 신기하다. 내가 어쩌다가 이런 낯선 산속을 헤매게 되었는지가. 일이 년도 아니고 벌써 12년째다. 그것도 혼자서. 직장 동료의 지나가는 말 한마디에 이렇게 된 것 같다. 인연은 늘 그렇게 소리 없이 맺어진다.

내려간다. 바위가 나오고 주변에는 잡목이 무성하다. 잠시 후 바위가 있는 전망대에 이른다. 이곳에 있는 이정표는 샘물쉼터가 1.5km 남았다고 알린다. 내려간다. 완만한 능선 내리막이다. 자작나무 군락지를 지나니 쉼터에 이른다(10:47). 평상이 두 개나 있고 이정표도 있다(직진 두문동재 2.9, 우측 샘터 0.2, 좌측 적조암 2.1). 우측 200m 거리에 샘터가 있다고 했지만 식수가 충분해서 그냥 직진으로 오른다. 완만한 능선 오르막이 시작되고, 이후에도 한동안 이런 능선을 오르내린다.

등로 주변은 잡목만 있을 뿐 그 흔한 소나무 보기가 참 어렵다. 안부에서 오르니(10:58) 등로 양 옆은 산죽이 도열한다. 가파른 오르막이 시작되고, 로프까지 설치되어 있다. 다시 가파른 오르막을 넘으니 이번에는 길고 완만한 능선이 시작된다. 잠시 후 은대봉에 도착한다(11:34). 은대봉은 정선군과 태백시의 경계에 있는 산으로 함백산 봉우리 중의 하나인 상함백산을 가리킨다.

두문동재를 사이에 두고 금대봉이 있고, 이곳 은대봉 너덜샘에서 낙동강을 이루는 첫 물방울이 시작되었다고 한다. 정상에는 헬기장, 정상석, 삼각점, 평상 두 개와 이정표(두문동재 0.9)가 있다. 주변은 키 작은 잡목들뿐이다. 몹시 배가 고프다. 새벽 4시에 식당에서 이른 아침을 먹고 지금까지 빈속이다. 이곳에서 점심을 먹고 출발한다 (12:03). 15분 정도를 내려가니 임도사거리에 이른다(12:18). 임도를 건너 직진으로 오르다가 내려가니 급경사 내리막이다. 잠시 후 두문 동재에 이른다(12:27).

두문동재에서(12:27)

두문동재는 우측의 태백과 좌측의 정선군 고한을 잇는 38번 국도 가 지나는 잿등이다. 일명 싸리재라고도 부른다. 표석과 산불감시초 소가 있다. 이곳에서 대간길은 도로를 건너 직진으로 오르게 되는데 길은 자동차도 다닐 수 있을 정도로 넓다. 그런데 초소 앞에 있는 관 리인의 거들먹거림이 몹시 신경 쓰인다. 등산로를 이탈할까 봐서 그 러는지, 아니면 자신이 관리인임을 알아 달라는 고자세인지는 모르 겠다. 잠시 후 갈림길에 이른다(12:44). 대간길은 우측이고 좌측은 고목나무샘으로 가는 길이다. 우측으로 오른다. 좁은 산길이 시작된 다. 등로 양쪽은 로프로 등로 이탈을 막고 있다. 이곳에서는 '금대봉, 대덕산 자연생태보전 지역'이라고 적힌 안내판이 자주 나온다. 완만 한 능선을 따라 오른다. 잠시 후 금대봉 정상에 이른다(12:58).

금대봉은 태백시와 정선군 및 삼척시에 걸쳐 있는 산이다. 한강과 낙동강의 발원지인 검룡소와 용소, 제당굼샘을 안고 있는 의미 있는 산이다. 산중에는 주목을 비롯하여 각종 원시림이 빽빽하다. 이 산과 대덕산 일대는 환경부가 자연생태계 보호지역으로 정했을 정도다. 천연기념물 하늘다람쥐가 서식하는 것을 비롯해 꼬리치레도롱뇽의 집단 서식지가 있고 식물도 풍부해 모데미풀, 한계령풀, 가시오갈피

등 희귀식물이 자라고 있다.

이 산 기슭에 있는 제당굼샘과 고목나무샘물골의 물구녕 석간수와 예굼터의 석간수에서 솟는 물이 지하로 스며들어 검룡소에서 다시 솟아 나와 514km의 한강발원지가 된다고 한다. 정상에는 정상석과 삼각점 그리고 이정표가 있다. 삼수령을 향해 우측으로 내려간다. 가을 산, 가을 숲, 가을을 걷는 길. 정말로 좋다. 산이, 숲이, 가을 길이 괜히 좋은 게 아니다. 수많은 것들의 희생과 노력과 양보가 어우러진 결과다. 숲만 해도 그렇다. 얼핏 보기엔 키 큰 나무로만 이뤄진 것 같지만 그 속에는 수만 가지 생명체들의 끊임없는 발버둥이 있기에 우리에게 그런 푸르름과 편안한 휴식처를 줄 수 있는 것이다.

숲속에는 키 작은 야생화도 있고 말 없는 바위도 있다. 땅 속을 기는 보잘것없는 미물도 있고 야생 동물도 있다. 나뭇가지들도 시원한 바람과 청량한 공기가 깃들 수 있는 공간을 만들어 낸다. 모두가 조화롭게 어우러져 우리가 부러워하는 산, 숲이 이뤄진다. 인간 세상은 어떤가? 어떠해야 하는가? 산을 닮아야 할 것이다. 숲에서 배워야 할 것이다.

내려가는 길은 낙엽이 깔린 돌길이다. 미끄럽다. 잠시 후 이정표가 나온다(삼수령 6.4). 점점 종점에 가까워진다. 다시 안부를 지나 오르면서부터는 한동안 완만한 능선을 오르내린다. 20분이 넘게 오르내리다가 다시 넓은 안부에 이른다(13:51). 쑤아밭령이다. 쑤아밭령 안내판이 맨 먼저 눈에 띈다. 쑤아밭령은 한강 최상류 마을 창죽과 낙동강 최상류 마을인 화전을 잇는 백두대간상의 고개라고 적혀 있다. 이정표에는 우측으로는 용연동굴이 3.3, 좌측에는 검룡소가 1.4,

직진으로는 삼수령이 4.9km라고 적혀 있다.

이곳에서 오늘 처음으로 단풍이 든 나무를 본다. 삼수령을 향해 직진으로 오른다. 완만한 능선과 가파른 오르막이 반복된다. 주변에 산죽도 있다. 비단봉 직전에 있는 안부에서부터는 아주 가파른 오르막이 시작된다. 암릉이 나오기도 한다. 힘겹게 암릉을 넘어서니 비단봉이다(14:31). 정상석이 맨 먼저 보인다. 그런데 정상석이 설치된 곳은 이 봉우리에서 가장 높은 곳이 아니다. 왜 이곳에 정상석을 세웠을까?

바로 내려간다. 한참을 내려가니 매봉산의 고랭지 채소밭에 이른다(14:52). 이곳에도 이정표가 있다(바람의 언덕 1.3, 매봉산 2.0). 이곳에서부터는 등로 찾기에 주의가 필요하다. 가급적 자세히 기록하려고 한다. 배추밭 가장자리를 따라 내려가면 조그만 다리가 나온다. 이 다리는 작은 골짜기를 연결하는 폭 1m 길이 2m 정도의 아주 작은 다리다. 다리를 건너면 소나무 숲이 나오고, 소나무 숲을 통과하면 두 개의 다리를 더 건넌 후 오르게 된다.

오름길에 있는 물푸레나무 군락지를 지나면 시멘트 도로에 서게 된다. 이곳에서 좌측으로 시멘트 도로를 따라 가다가 우측에 하늘색 주택이 있는 곳을 향하여 흙길로 오르면 된다. 이때부터는 풍력발전기가 돌아가는 것을 보면서 오르게 된다. 명심할 것은 비단봉에서 내려와 만나게 되는 배추밭에 서서 앞쪽을 쳐다보면 바람의 언덕 풍력발전기가 돌아가는 것이 보인다. 이 풍력발전기 옆으로 대간길이 이어진다고 생각하면서 오르면 실수하지 않을 것이다.

풍력발전기를 옆에 두고 걷는 이 길이 참 좋다. 다시 이정표가 나온다(15:10). 계속 오른다. 배추밭 가장자리를 따라 오르다가 산길로 진입한다. 잠시 후 오르막 끝에 이르고(15:28), 엄청나게 큰 매봉산 표석이 나타난다. 그런데 이곳이 매봉산 정상은 아니다. 정상은 1km 를 더 가야 한다. 풍력발전기를 보면서 풍력발전기 오른쪽을 따라 진 행한다. 잠시 후 바람의 언덕 표석이 있는 곳에 이른다(15:35).

많은 사람들이 있다. 가족 단위 관광객이다. 이곳에서 앞쪽에는 매 봉산 정상이 우뚝 서 있다. 이제부터는 시멘트 도로를 버리고 매봉 산을 바라보면서 산길로 진입한다. 산길을 한참동안 오르니 삼거리 에 이른다. 매봉산 정상과 낙동정맥 분기점으로 가는 갈림길이다. 이 곳에서 매봉산 정상은 우측(위쪽)으로 50m 정도 위에 있고, 좌측으 로 내려가면 낙동정맥과 백두대간의 분기점이 나온다. 정상을 향하 여 위쪽으로 오른다. 잠시 후 매봉산 정상에 이른다(15:54). 매봉산 은 태백시 창죽동과 화전동에 걸쳐 있는 산이다. 산정 부근에서 북쪽 사면 사이에는 고위평탄면이 넓게 나타나는데, 이곳까지 도로가 개 설되어 있고 대규모로 고랭지채소가 재배되고 있다. 정상에는 정상 석과 삼각점 그리고 산불감시무인카메라가 설치되어 있다.

이곳에서는 태백산과 함백산까지도 다 보인다. 내려간다. 좀 전에 올라왔던 갈림길을 거쳐 이정표가 가리키는 대로 작은 피재 방향으 로 내려간다. 돌계단이 이어진다. 낙엽이 깔려 자칫 발을 헛디딜 수 도 있겠다. 미끄럽기까지 하다. 앞쪽으로 고랭지 채소밭이 보이기 시 작하고 드디어 채소밭 맨 위 가장자리에 이른다. 우측은 낙엽송 지대 다. 밭 가장자리를 따라 내려간다. 잠시 후 시멘트 도로를 만나 내려 간다. 낙동정맥 등산로 안내도가 세워진 곳에 이르고, 이곳에서 시멘트 도로를 버리고 산길로 진입한다. 진입하자마자 다시 배추밭 가장자리를 따라 걷다가 산길로 내려간다. 잠시 후 백두대간과 낙동정맥이 갈라지는 갈림길에 이른다(16:20).

백두대간과 낙동정맥이 갈라지는 갈림길에서(16:20)

감개무량하다. 이곳은 2014년 5월 24일(토) 낙동정맥 종주 첫날에 왔던 바로 그 자리이다. 그날 산행기로 적었던 당시의 소감을 그대로 옮긴다.

"분기점은 백두대간상의 1,145봉 직전에 위치하고 있다. 분기점에는 낙동정맥 분기점을 알리는 표지석이 세워져 있는데, 표지석에는 '낙동정맥 예서 갈래 치다'라고 적혀 있다. 낙동정맥의 유래를 알리는 안내판과 많은 표지기들도 있다. 또 부산 건건산악회에서 설치한 이정표도 세워져 있다. 이정표에는 구봉산이 0.85라고 적혀 있다. 이곳에서 위쪽을 올려다보면 바람의 언덕에 설치된 풍력발전단지의 거대한 바람개비가 아주 가깝게 보인다. 올라가 직접 보고 싶지만 포기한다. 수많은 표지기들 속에 나의 표지기도 하나 건다. 분기점을 알리는 표지석 앞에 서서 고개 숙여 기도를 드린다. 낙동정맥을 종주하는 동안 내내 무사하게 해달라고……."

감회가 새롭다. 갈림길에는 2014년 산행기에 나타났듯이 분기점임을 알리는 표석과 이정표 그리고 수많은 표지기들이 있다. 이곳에서 좌측은 삼수령, 우측은 낙동정맥을 따라 구봉산을 향하여 내려가는 출발점이다. 좌측으로 내려간다. 지금부터 내려가는 길은 전에 낙동정맥 종주를 시작하기 위해 이미 올라왔던 길이다. 정말이지 추억이 새롭다. 한참 동안 내려가니 임도와 만난다. 임도를 건너 다시 산길로 내려선다. 주변은 낙엽송 지대. 다시 시멘트 도로를 만난다 (16:37). 시멘트 도로를 따라 120m 정도 내려가다가 다시 우측의 산길로 들어선다. 또 시멘트 도로로 내려서서 도로를 따라 내려간다. 잠시 후 이번 구간의 마지막 지점인 삼수령에 도착한다(16:38).

삼수령은 백두대간과 낙동정맥의 분기점이며 한강·낙동강·오십천의 발원지이다. 삼수령이라는 이름은 이곳에 떨어지는 빗물이 북쪽으로 흘러 한강을 따라 황해로, 동쪽으로 흘러 오십천을 따라 동해로, 남쪽으로 흘러 낙동강을 따라 남해로 흐르는 분수령이라 하여 붙여진 이름이다. 또 하나의 이름이 전하는데, 삼척 지방 백성들이 난리를 피해 이상향으로 알려진 황지로 가기 위해 이곳을 넘었기 때문에 '피해 오는 고개'라는 뜻으로 피재라고도 부른다.

정상에는 전망대 구실을 하는 삼수정이라는 정자와 화장실, 휴게소 등이 있고 주변은 공원으로 꾸며져 있다. 긴장이 풀려서인지 이젠 한 걸음도 움직일 수 없다. 바로 휴게소에 들러 컵라면으로 시장기를 달래고, 내일 필요한 식수도 미리 확보해서 오늘 밤을 보낼 삼수정 정자로 향한다. 내일 새벽 출발을 대비해 초입도 미리 확인해 둔다. 초입에는 수많은 표지기들이 걸려 있다.

오늘은 여기서 마친다. 볼거리가 많았다. 함백산, 금대봉, 쑤아밭령, 풍력발전기 등 하나같이 귀한 것들이다. 이것들과 함께 해서 행복했다. 이렇게 또 10월의 마지막 일요일을 보낸다. 잠시 후 어둠이 내리면 삼수정에 텐트를 칠 것이다.

(오늘 걸은 길)

화방재→수리봉→1238봉→만항재→함백산→중함백→은대봉→두문동재→금대봉→1256봉→쑤아밭령→비단봉→매봉산→1145봉→피재(21.45km, 9시간 51분)

(교통편)

* 갈 때

1. 동서울터미널에서 태백: 06:00~23:00까지 자주 있음.
2. 태백 시외버스터미널에서 화방재: 06:25~22:15까지 자주 있음.

* 올 때

1. 삼수령에서 태백 시외버스터미널까지: 07:40~19:00까지 8회
2. 태백 시외버스터미널에서 동서울터미널까지: 06:00~23:10까지 자주 있음.

스물아홉째 구간(삼수령에서 댓재까지)

2016. 10. 31.(월), 종일 흐림. 오후 늦게 빗방울

어제에 이은 연속 종주. 백두대간 29구간은 삼수령에서 댓재까지다. 삼수령은 태백시 적각동에 있는 한강·낙동강·오십천의 분수령이고, 댓재는 삼척시 하장면과 미로면을 잇는 잿등이다. 이 구간에는 노루메기, 건의령, 푯대봉, 1,055봉, 구부시령, 덕항산, 지각산, 자암재, 1,059봉, 큰재, 1,062봉, 1,159봉, 1,105봉, 황장산 등의 높은 산과 잿등이 있다.

이 구간은 고봉이 많지만 넘기 어려울 정도로 험한 구간은 없다. 그런데 이 구간은 거리가 길다(26.1km). 그래서 새벽 일찍 출발해야 하루에 마칠 수가 있고, 날머리인 댓재에서 삼척으로 들어가는 막차를 탈 수 있다. 그리고 딱 한 군데에서는 등로 잇기에 상당한 주의가 필요하다. 자암재를 지나 고랭지 배추밭에 이르면 청색으로 된 대형 물탱크 두 개가 있는 시멘트 도로에 이르는데, 이곳에서 큰재를 찾아가는 길이 헷갈릴 수 있다.

삼수령에서(05:41)

금년 들어서 가장 추웠다는 날씨와 텐트가 날릴 정도로 매서운 바람 때문에 밤새 뒤척이다 새벽 3시에 일어나 방수 우의까지 껴입고 잤으나 속수무책, 너무 추웠고 바람이 무서울 정도였다. 큰 교훈을 얻었다. 텐트 설치는 반드시 바람의 방향을 고려하라는. 스스로가 너무 어리석었다. 매봉산 바람의 언덕 바람 통로에 텐트를 치는 우를 범했으니……

강풍 때문에 텐트를 붙잡고 실랑이를 하다가 새벽 5시가 되어 겨우 텐트 철거에 성공. 여전히 깜깜한 밤중. 그러나 출발해야 한다 (05:41). 오늘 걷게 될 긴 거리 때문이다. 정자 옆에 있는 초입에는 수많은 표지기들이 나뭇가지에 걸려 있다. 어제 저녁 미리 확인했었다. 고도차가 거의 없이 평평한 산을 잠시 오르다가 바로 내려간다. 주변은 아무것도 보이지 않지만 헤드랜턴에 의지해 길 흔적을 따라간다.

잠시 후 시멘트도로와 만난다(05:48). 이정표가 있다(건의령 6.1). 시멘트 도로에서 우측으로 진행한다. 약간 경사가 있는 오르막. 바로 내리막으로 바뀌고 조금 내려가니 공터가 있는 곳에 이른다(06:03). 이곳이 노루메기이다. 이곳에도 이정표가 있다(건의령 5.7). 여기까지 20여 분을 오면서 10여 분 정도를 알바했다. 밤길이어서다. 간간이 표지기도 있기에 낮이라면 등로 찾기가 그리 어려울 것 같지는 않다.

이곳에서 등로는 시멘트 도로를 버리고 좌측 산길로 이어진다. 통나무 계단으로 오른다. 봉우리를 넘고, 안부에서 올라 통나무 계단을 넘어 다시 봉우리에 선다(06:15). 아마도 이 두 봉우리가 961봉과 945봉인 것 같다. 밤길이라 알 수가 없다. 봉우리에서 내려가니 완만한 능선이 길게 이어지고 이번에는 완만한 능선 오르막이 또 길게 이어진다.

점차 어둠이 걷힌다. 긴 오르막 끝에 다시 봉우리에 선다(06:29). 960봉이다. 삼각점이 있다. 내려가다가 임도를 건너(06:40) 좌측 산으로 내려가니 이정표가 나온다(건의령 3.7). 등로 양쪽은 산죽이 깔려 있고 이젠 소나무도 제법 보인다. 다시 이정표를 만난다(06:50). 이정표에는 우측은 '345KV울태송전선로 25호 0.2'라고 적혀 있고, 대간길은 좌측이다. 좌측으로 올라 묘지 1기를 지나니 다시 이정표 (건의령 3.0)가 있는 갈림길에 이른다.

좌측으로 진행한다. 통나무 계단이 나오고 경위도 좌표가 표시된 표지목이 있는 곳에 이른다(07:21). 이젠 건의령이 1.8km 남았다. 걷기 좋은 길이 이어진다. 완만한 능선길에 낙엽이 깔려 있다. 주변에 소나무가 많다. 10여 분을 오르자 구식 안테나가 있는 봉우리에 이른다(07:31). 내려간다. 좌측은 낙엽송 지대. 잠시 후 우측에 묘지 1기가 나타난다. 6~7분을 내려가니 안부사거리에 이른다(07:38). 이젠 건의령이 500m 정도 남았다.

직진으로 진행하니 좌측에 마을이 보인다. 태백시 상사미동 마을이다. 돌계단을 넘고 내려가다가 돌길을 오른다. 낙엽송이 나오고 소나무가 많다. 잠시 후 풀이 무성한 곳에 이른다. 건의령이다(07:49). 건의령은 태백시 상사미동과 삼척시 도계읍 점리를 이어주는 잿등이다. 건의령이라는 이름은 고려말 삼척으로 유배 온 공양왕이 근덕 궁촌에서 살해되자 고려의 충신들이 고갯마루에 관복을 걸어 놓고 다시는 벼슬자리에 나서지 않겠다고 하며 이 고개를 넘어 태백 산중으로 몸을 숨겼다 해서 붙여진 이름이다. 앞에는 마치 목장지처럼 풀이 무성하고 백두대간 안내도와 이정표가 있다(구부시령 6.8). 그나저나 산길 거리표시가 좀 이상하다. 좀 전에 '건의령 500m'라는 이정표를 보고 찾아왔는데, 실제 걸은 거리는 1km도 넘을 것 같다. 한참을 걸었다. 우측에는 지방도로가 지나고 있다.

건의령에서 산길로 바로 오른다(07:56). 돌계단으로 시작되고 좌측에는 표지기가 많이 걸려 있다. 지금부터는 태백시와 삼척시의 경계 지점을 걷게 된다. 소나무 군락지를 지난다. 우측으로 배추밭과 도로가 보인다. 902봉을 언제 지났는지 모르게 지나 버렸다. 잠시 후 푯대봉 삼거리에 이른다(08:17).

이정표가 있다(구부시령 5.7, 덕항산 6.8, 푯대봉 0.1). 삼거리에서 약간의 주의가 필요하다. 이곳에서 등로는 우측으로 90도 틀어서 내려가야 한다. 그런데 자칫 방심하면 직진 방향으로 나아가기 쉽다. 왜냐하면 직진 100m 거리에 푯대봉이 있고, 그쪽으로 표지기가 많이 있어서다. 푯대봉을 다녀오기로 하고 직진으로 향한다. 푯대봉에는 조그만 정상석과 삼각점 그리고 산불감시무인카메라가 있다(08:20). 산불감시카메라를 둘러싼 철망에는 수많은 표지기들이 걸려 있다. 대부분의 대간 종주자들이 이곳을 들렀다는 증거다.

푯대봉 삼거리로 돌아와서 이정표가 가리키는 대로 덕항산을 향하여 우측으로 내려간다. 완만한 내리막이다. 주변에 소나무가 자주 보인다. 그리 높지 않은 봉우리들을 넘는다. 잠시 후 951봉에 이른다(08:45). 이정표(덕항산 3.3)를 확인하고 직진으로 내려간다. 돌길이다. 좌측 아래에 배추밭이 보인다. 내려가다가 오르니 무명봉 정상이다(08:56). 이정표(구부시령 4.2, 덕항산 5.3)가 있는데, 뭔가 이상하다. 좀 전의 이정표와 거리 표시가 일치하지 않는다. 다른 기관에서 각기 이정표를 설치한 탓이다. 쯧쯧……. 좌측으로 내려간다. 좌측은 철망이 설치되어 있다. 잠시 후 안부에 이른다. 고사목이 많다. 이곳도 좌측은 철망이 설치되어 출입을 통제하고 있다. 아마도 고랭지 채소밭을 준비 중인 것 같다. 가파른 오르막이 시작된다. 997봉에 가까이 왔을 때 햇빛이 구름을 뚫고 잠깐 비치더니 이내 사라진다. 무명봉을 넘고 오르니 완만한 능선이 이어지고, 내려가다가 다시 오르니 997봉에 이른다(09:28).

997봉 정상에서(09:28)

정상에는 약간의 공터와 표지기가 있다. 내려간다. 우측은 거의 90도 낭떠러지다. 위험하다. 잠시 후 안부에 이른다. 그런데 이상하다. 불필요한 곳에 로프가 설치되어 있다. 좀 전의 90도 낭떠러지라면 당연히 울타리가 필요하겠지만 이런 곳은 아닌 것 같다. 낭비며 백해무익하다. 안부에서 오른다. 낮은 봉우리에 이른다. 이곳에도 로프가 설치되어 있다. 도대체 울타리가 있어야 할 이유를 모르겠다. 내려가다가 안부에서 다시 오른다.

봉우리 허리를 돌아 오른다. 싸리나무 군락지를 지나 다시 안부에 이른다(09:45). 한참을 가다가 다시 안부에 이르러, 직진으로 오른다. 가파른 오르막이다. 날씨는 새벽부터 계속 흐리다. 아직까지 햇빛을 보지 못했다. 바람도 여전하다. 온몸으로 바람을 맞으며 걷는다. 잠시 후 1,017봉에 이른다(09:58). 이젠 구부시령이 1.8km 남았다. 우측으로 내려간다. 급경사 내리막이다.

안부에 이르러 가파른 오르막을 넘는다. 우측에 또 불필요한 로프 울타리가 있다. 내가 잘못 생각한 걸까? 계속해서 로프 울타리가 나오는 것을 보니 뭔가 이상하다. 다른 목적이 있는지도 모르겠다. 다시 가파른 오르막을 넘어서니 1,055봉에 이른다(10:28). 정상에는 약간의 공터가 있고 표지판, 돌, 참나무가 있다. 내려간다. 완만한 능선 내리막이다. 낙엽송 지대를 지나 구부시령이 0.3km 남았다는 이정표를 만난다(10:37). 잠시 후 구부시령에 도착한다(10:45). 구부시령에는 안내판, 돌무더기, 이정표가 있다.

안내판에는 "옛날 고개 동쪽 한내리 땅에 기구한 팔자를 타고난 여인이 살았는데, 서방만 얻으면 죽고 또 죽어 무려 아홉 서방을 모셨다고 한다. 그래서 아홉 남편을 모시고 산 여인의 전설에서 이곳을 구부시령이라고 하였다"라고 적혀 있다. 덕항산이 이젠 1.1km 남았다는 이정표를 확인하고서 다시 오른다. 댓재가 12.5km 남았다는 이정표가 세워진 곳에서 좌측으로 내려간다(10:55). 안부에서 점심을 먹고(10:57), 출발한다(11:20). 등로 주변이 파헤쳐져 있다. 멧돼지 소행이다. 가파른 오르막이 시작된다. 좌측은 낙엽송 지대다. 잠시 후 덕항산 정상에 이른다(11:33). 덕항산은 태백 하사미와 삼척 신기면 경계에 있는 산으로 화전할 수 있는 평평한 땅이 많다. 정상에는 덕항산 표지판, 삼각점, 백두대간등산안내도가 있고 이정표도 있다(쉼터 0.4).

이곳에서 잠시 휴식을 취한다. 산에 올 때마다 가족들 생각이 떠나질 않는다. 이기주의자라고 지적하던 아내가 특히 그렇다. 부족한 가장이었음을 인정한다. 만회할 길이 있을런지……. 내려간다. 등로 우측은 낭떠러지이고 그 아래로는 도로가 보인다. 10여 분 만에 쉼터에 이른다(11:44). 이정표가 있다(환선봉 1.4).

특이한 것은 우측 아래로 철제 계단이 설치되어 있다는 것이다. 알고 보니 이유가 있다. 이곳 우측 아래가 바로 대이리 계곡이다. 대이리 계곡은 원시림의 아름다움을 아직도 간직하고 있어 요즘 피서지로 각광을 받고 있다. 쉼터에서 직진으로 오른다. 우측은 계속 낭떠러지다. 가파른 오르막이 시작되고 로프가 설치되어 있다. 잠시 후 무명봉에 이른다(12:01). 우측 아래에 대이리 계곡 주차장이 보인다. 내려간다. 넝쿨이 많다. 안부에 있는 이정표는 환선봉이 0.5km 남았음을 알린다. 다시 오른다. 우측 아래는 여전히 낭떠러지다. 관광용 케이블카처럼 보이는 물체가 계곡을 지난다.

돌길이 나오더니, 급기야 암릉으로까지 이어진다. 가파른 오르막이 시작되더니 환선봉 정상에 이른다(12:24). 정상에는 정상석과 이정표가 있다. 우측으로 조금 이동하니 절벽 위에 서게 된다. 우측 아래의 대이리 계곡이 내려다보이고, 북쪽으로는 풍력발전기와 고랭지 채소밭이 보인다. 황홀한 조망을 뒤로하고 자암재로 향한다. 완만한 능선길로 내려가니 이정표가 나오고(자암재 1.4), 우측으로 틀어서 내려간다.

한참을 내려가니 낙엽송 지대가 나오고 등산로를 유도하는 로프까지 있다. 잠시 후 옛 헬기장에 이른다(12:41). 헬기장은 키 큰 쑥대로 가득차서 외관상으로는 헬기장인지 알 수가 없다. 이젠 자암재가 0.9km 남았다. 바로 오른다. 이어서 작은 봉우리를 오르내린다. 잠시 후 자암재에 이른다(12:58). 이정표(큰재 3.4, 좌측은 귀내미, 우측은 환선굴)가 가리키는 대로 직진으로 오른다.

완만한 능선 오르막이다. 오르막 끝에 1,036봉에 이른다(13:18). 이제 큰재가 2.7km 남았다. 1,036봉에서 내려가니 암릉이 나오고 돌길이 시작된다. 이어서 고랭지 채소밭에 이른다(13:22). 앞에 보이는 고랭지 채소밭과 풍력 발전기 그리고 그 아래에 위치한 귀내미 마을이 마치 잘 그려진 한 폭의 수채화 같다. 배추밭 가장자리를 따라 내려가다가 산길로 오른다. 좌측에는 그물망이 설치되어 있다. 잠시 후 무명봉에 이른다(13:34). 무명봉에서 3~4분을 내려가니 시멘트 도로에 이른다(13:37). 이정표가 있고(큰재 1.8) 도로 건너편에는 대형 청색 물탱크가 두 개 있다. 좌측 아래에는 귀내미 마을이 있고 대간길은 우측으로 이어진다. 귀내미 마을은 본래 원시림이 울창한 산이었는데 1985년 삼척시 하장면에 광동댐이 생기면서 광동리를 비롯해 조탄리 등에 흩어져 살던 주민들이 집단으로 이주해서 마을이 형성되었다.

그런데 빗방울이 떨어지기 시작한다. 도로를 따라 우측으로 오른다. 시멘트 도로를 따라 40m 정도 가다가 도로를 버리고 우측 산길로 진입한다. 산길은 쑥대와 싸리나무가 완전히 점령해 버렸다. 잠시 후 다시 원래의 시멘트 도로를 만나 위쪽으로 오른다. 위쪽으로 오르면 직진도로는 끝나고 대신 도로는 좌측으로 이어진다(좀 전의 대형 물통 두 개가 있는 곳에서 바로 시멘트 도로를 따라 올라와도 이곳까지 오게 된다). 좌측 도로를 따라 오르다가 이정표가 있는 곳에서 도로를 버리고 산길로 오른다.

산길에는 주목, 억새, 싸리나무가 많다. 잠시 후 오르막이 끝나고 봉우리에 이른다(14:10). 1,059봉인 것 같다. 내려간다. 이제부터는 좌측에 있는 풍력발전기를 보면서 걷는다. 잠시 후 임도를 만나 진행한다. 좌측은 어린 주목 단지다. 임도를 따라 진행하다가 백두대간 등산안내도가 있는 곳에서 다시 좌측의 산길로 진입한다. 길 흔적이 희미하다. 이곳에서 최대한 집중해서 내려가야 한다. 풀숲을 헤치며 내려간다. 한참을 내려가니 도로와 만난다. 도로 좌측으로 내려가니 큰재에 이른다(14:30).

큰재에서(14:30)

큰재에는 아주 높은 안테나가 있고 이정표도 있다(황장산 4.4, 댓재 5.0). 오른다. 완만한 오르막이다. 낙엽송 지대가 나오고, 완만한 능선 오르막은 계속된다. 잠시 후 1,062봉에 이른다(15:04). 표지판이 나무 둥치에 걸려 있고, 황장산이 3.5km 남았다고 알리는 이정표가 있다.

낙엽이 쌓인 완만한 내리막이 계속된다. 주변은 여전히 잡목 숲. 잠시 후 다시 삼각점과 이정표가 있는 1,159봉에 이른다(15:23). 날씨만 좋다면 이곳에서 삼척시내와 동해시가 보인다고 했는데, 오늘은 아니다. 흐린 날씨 때문이다. 내려간다. 그런데 웬일인가? 햇빛이 나오기 시작한다. 새벽부터 흐리던 날씨가 갑작스럽다. 완만한 능선 내리막이 계속되고 안부에서 다시 오르니 산죽이 보이기 시작한다. 오르막 끝에 무명봉에 이른다(15:54). 정상에는 공터가 있다. 백두대간 안내판과 산죽도 있다. 이젠 황장산이 1.5km 남았다.

내려가다가 오르니 오르막 우측은 낭떠러지다. 다시 산죽이 나오기 시작하더니 1,105봉에 이른다(16:11). 서둘러 내려간다. 급경사 내리막은 완만한 능선으로 바뀐다. 다시 오르니 황장산이다(16:33). 그런데 이곳 황장산에 큰 기대를 하고 올라왔는데 정상석은 고사하고 표지판조차도 없다. 삼각점과 이정표만 있을 뿐이다. 까닭 없이 기대만 컸다. 이젠 600m만 내려가면 오늘의 종점인 댓재다.

정상에서 내려다보니 댓재로 올라오는 도로가 하얀색으로 나타난다. 내려간다. 급경사 내리막이다. 로프가 설치되어 있고, 돌길이 이어진다. 돌길을 힘겹게 내려가니 이곳에도 키 작은 산죽 부대가 등장한다. 잠시 후 오늘 산행의 대미를 장식하는 댓재에 이른다(16:53). 댓재 도로개통기념비와 표석 그리고 이정표가 보인다. 또 민박을 겸하는 휴게소가 있고 도로 건너편에는 산신각이 있다. 이곳은 두타산 산행 기점이기도 하다. 두타산 산행 안내문이 있다. 식수용 수도꼭지도 보인다. 다음 구간은 도로를 건너 산신각 옆으로 오르면 된다.

날이 갑자기 어두워지기 시작하고 쌀쌀해진다. 하루 종일 흐렸으나 산행에는 별 지장이 없었다. 26km가 넘는 장거리라서 염려했으나 무사히 마쳐 다행이다. 모든 것들에게 감사한다. 하장으로 들어간 버스가 이곳으로 되돌아오면 그 버스를 타고 삼척으로 들어갈 것이다. 날은 급속도로 어두워지고 추워진다.

* 댓재에서 버스를 기다리고 있는 동안 천사 같은 청년을 만났다. 어둡고 찬바람이 횡행하는 벌판에서 추위에 떨면서 버스를 기다리는데, 인근에서 작업 중이던 청년이 와서 자기 차에 들어가 추위를 피하라고 한다. 작업이 끝나면 삼척까지 데려다 주겠다는 것이다. 청년은 자동차에 히터를 빵빵하게 틀어 놓고 작업장으로 다시 가고, 어둠이 댓재를 완전히 덮은 후 청년은 작업을 마치고 와서 나를 삼척 시외버스터미널까지 데려다 주었다. 요즘 세상에 이런 청년이 또 어디에 있겠는가.

(오늘 걸은 길)

피재→961봉→960봉→건의령→푯대봉삼거리→1017봉→1055봉
→구부시령→1007봉→덕항산→지각산→1036봉→1059봉→1159봉
→1105봉→황장산→댓재(26.1km, 11시간 12분)

(교통편)

* 갈 때

1. 동서울터미널에서 태백: 06:00~23:00까지 자주 있음.

2. 태백 시외버스터미널에서 삼수령까지: 06:10~19:00까지 8회

* 올 때

1. 댓재에서 삼척 시외버스터미널: 08:53, 15:03, 18:13

2. 삼척 버스터미널에서 동서울터미널까지: 06:15~19:27까지 24회

서른째 구간(댓재에서 이기령까지)

2016. 11. 13.(일), 흐림

나라 안이 어수선하다. 대통령의 국정농단 때문이다. 언론은 말한다. 대통령은 공조직을 팽개치고 사인(私人)과 한통속이 되어 정부조직을 사유화하고, 사면권을 악용해 기업으로부터 돈을 받아내는 등 국정을 농단하고 헌정을 문란하게 했다고. 결국 국가를 사당화했고 헌법정신을 위배했다는 것이다. 그래서 대통령이 자격을 상실했다는 것이다.

'이게 나라냐?'라는 말이 대세다. 전 국민의 심정을 대변한 것이다. 정말이지 나라가 멈춰 있다. 국민들은 대통령의 퇴진을 요구한다. 대통령은 거부하고 있다. 대통령 1인과 5천만 국민의 대치 정국이다. 앞이 보이지 않는다. 1인이 중요한가 5천만이 중요한가! 답은 명확하다. 국제 정세도 우리에게 우호적이지 않다. 미국은 새 정부가 들어선다. 주변 경쟁국들은 발 빠르게 움직인다. 일본 아베는 일착으로 트럼프를 만나고 왔다. 중국의 시진핑은 철옹성을 구축할 태세다.

우리만 멈춰 있다. 역으로 달리고 있다. 언론이 연일 성토한다. 대학교수들의 시국선언도 잇따르고 있다. 학생들까지 나섰다. 직장인, 어린아이까지 대동한 주부, 전 국민이 들고 일어섰다. 광화문 광장엔 100만 명이 모였다. 대통령의 퇴진을 요구한다. 급기야 검찰 특별수사본부는 오늘 최순실 등을 구속 기소하면서 대통령이 상당 부분 이들과 공모 관계에 있다고 밝혔다. 지금 중요한 역사적인 순간이 흐르고 있다. 훗날, 우리는 기억할 것이다. 2016년 가을날 광화문의 함성을. 그리고 자신의 행동을. 내 나라가 위태로울 때에 나는 이렇게 행동했노라고.

지난주에 백두대간 30, 31구간을 연속해서 넘었다. 댓재에서 백복령까지이다. 이 구간을 넘으려는 단독 종주자들은 많은 고민을 할 것이다. 하루에 넘기에는 벅찬 거리(29km)이고, 두 구간으로 나누기에는 약간 짧아서다. 그래서 나는 고민 끝에 두 구간으로 나누고(댓재에서 이기령, 이기령에서 백복령) 이기령에서 야영하기로 했다. 야간 산행이 두렵고, 14시간이 넘는 장거리를 하루에 걷기가 힘들어서다. 결과는 만족이었다.

30구간은 댓재에서 이기령까지이다. 댓재는 삼척시 하장면과 미로면을 잇는 잿등이고, 이기령은 동해시와 정선을 잇는 잿등이다. 이 구간에는 햇댓등, 1,028봉, 1,243봉, 두타산, 박달령, 청옥산, 연칠성령, 망군대, 고적대, 갈미봉, 1,143봉 등의 높고 낮은 산과 잿등이 있다. 이 구간도 이정표가 잘 되어 있어 무난하게 마칠 수 있고, 고적대를 지나면서부터 나타나는 암벽 비경은 어디에 내놔도 손색이 없을 정도로 수려하다. 다만 한 가지 맘에 걸리는 것은, 구간의 종점인 이기령에서의 야영 문제이다. 주변에 무속인들이 설치한 낯선 설치물들이 현란하게 널려 있고, 또 깊은 산골이라 핸드폰이 터지지 않기 때문이다.

댓재에서(08:07)
11월 12일 토요일. 청량리역에서 밤 11시 25분에 출발한 정동진행

기차는 다음날 새벽 04:05에 동해역에 도착. 날씨는 포근하다. 역사 대기실에서 시내버스 출발 시까지 기다리기로 한다. 6시쯤 동해역을 나서 삼척으로 가는 버스정류장으로 향한다. 정류장은 역 앞 50m 지점에 있다(CU 편의점 맞은편). 06:15에 출발한 버스는 06:35에 삼척버스터미널에 도착. 이곳에서 댓재로 들어가는 버스는 7시 30분에 있다. 1시간 정도의 빈 시간을 이용해 아침 식사를 한다. 나는 종주 때의 아침 식사는 특히 중히 여긴다. 그날의 에너지를 채우는 것이기 때문이다. 그런데 식당 음식이 신통찮다. 7시 30분에 출발한 하장행 버스는 꾸불꾸불 오르막을 힘겹게 올라 08:07에 댓재에 도착. 나와 함께 부부 등산객이 내린다. 두 분은 나와는 반대 방향으로 올라간다. 아마도 함백산 등산객인 것 같다.

댓재는 나에게 좋은 추억을 남긴 곳이다. 지난번 29구간 종주를 마치고 삼척으로 들어가는 버스를 기다리고 있을 때 나를 삼척까지 태워다 준 청년이 있었다. 그날 이후, 삼척이라는 도시와 그 청년의 모습은 내내 나의 머릿속에 선한 천사로 자리잡았다. 오늘도 그 청년의 마음을 걸음걸음에 새기며 걸을 것이다. 날씨는 포근하지만 몹시 흐리다. 댓재의 아침 풍경 몇 컷을 촬영하고 바로 출발한다.

들머리는 산신각 우측이다. 댓재-백복령 구간을 준비하면서 많은 고민을 했다. 긴 거리 때문이다. 29km가 넘는 거리를 한 구간으로 끊는 사람들이 있다. 대부분 자기 차량으로 움직이는 산악회 소속 회원들이다. 반면, 나처럼 대중교통을 이용하는 사람들은 그럴 수가 없다. 산신각을 지나자마자 키 작은 산죽이 나온다(08:09). 이어서 듬성듬성 돌계단이 이어진다. 산죽이 보이지 않을 때쯤 돌길로 변한다.

첫 번째 이정표를 만난다(두타산 6.1). 이제부터는 두타산을 향해 오른다. 등로는 가파른 오르막으로 변하고 주변은 소나무 군락지로 바뀐다. 바람 한 점 없이 조용하다. 이정표가 있던 지점에서 10여 분 만에 햇댓등에 도착한다(08:28).

정상에는 표석과 이정표가 있다(두타산 5.7). 우측 아래에 댓재로 올라오는 도로가 보인다. 좀 전에 버스를 타고 올라오던 바로 그 도로다. 좌측으로 내려간다. 등로 주변은 잡목이 대세다. 안부에서 완만한 오르막으로 오르니 소나무가 많은 곳에 이르는데(08:40), 이곳에도 이정표가 있다(두타산 5.2). 완만한 능선 오르막이 계속된다. 934봉에 이르러 우측 산허리로 진행한다. 최근에 등로를 정비한 흔적들이 뚜렷하다. 말뚝에 로프가 설치되었다. 또 산죽이 나오면서 잠시 후 안부에 이른다. 안부에서 오르다가 또 이정표를 만난다(두타산 4.8). 주변은 참나무가 주류다. 로프가 나오더니 오르막 막바지에 암릉이 이어진다. 암릉 끝에 1,028봉에 이른다(09:09). 정상은 안개가 자욱하다. 이정표가 있다(두타산 3.9). 작은 빗방울이 뺨에 닿는다. 날씨가 몹시 흐려 불길한 예감이 든다. 날씨만 좋다면 두타산이 한눈에 들어올 텐데 아쉽다.

내려간다. 우측에 큰 바위가 있다. 산죽 지대를 지나자 잠시 후 무뚝뚝한 무명봉에 이른다(09:21). 정상에는 삼각점과 약간의 공터가 있다. 바로 내려간다. 소나무 군락지를 지나 1,021봉에 이른다. 빗방울이 그치고 잠시 햇빛이 나오기 시작한다. 산죽길을 걷다가 다시 무명봉에 이른다(09:42). 무명봉 정상에도 잡목과 약간의 공터가 있다. 내려가는 길에는 노송이 많고 다시 산죽길이 이어진다.

내리막 끝에 안부에 이른다. 통골재다(09:51). 주변에 잡목이 많다. 길이 뚜렷한 좌측은 삼척시 하장면 변천리로, 희미한 우측은 미로면 구룡골로 내려가는 길이다. 직진으로 오르니 가파른 오르막이 시작된다. 이곳도 최근에 등로를 정비한 것 같다. 가파른 오르막이 끝나면서 이정표가 나타난다(두타산 1.4). 잠시 오르다가 1,243봉 직전에서 갈림길에 직면한다. 능선을 따라 정상으로 오르는 길과 우측 옆등으로 진행하게 되는 두 길이다. 당연히 옆등을 택한다. 이런저런 생각에 빠진 채 두타산 정상에 이른다(11:07).

두타산 정상에서(11:07)

정상에는 넓은 공터, 정상석, 묘지 1기, 이정표가 있다(청옥산 3.7, 무릉계곡 6.1). 정상에서 부부 등산객의 도움으로 인증샷을 남긴다. 두타산은 동해시 삼화동 남서쪽에 있는 산으로 동해시와 삼척시 경계에 위치한다. 두타는 불교용어로서 속세의 번뇌를 버리고 불도 수행을 닦는다는 뜻이다. 이곳 두타산과 청옥산은 2008년 11월 14, 15일 양일간에 오른 적이 있다. 그때는 무릉계곡을 통해 입장권을 구입해서 올라왔고, 감시인을 만나 제지를 당하기도 했다. 그때 기록한 두타산 정상에서의 소회 부분을 그대로 옮긴다.

"정상은 넓은 공터로 이루어졌다. 신기하게도 한가운데에 무덤이 있다. 무슨 무덤이기에 이런 곳에? 그 위쪽으로는 지형도와 정상 표시석이 있다. 지형도는 알아볼 수 없을 정도로 다 헤졌다. 사방의 산들이 두타산 아래에 있다. 좌측을 봐도 우측을 봐도 산뿐이다. 동해

바다가 시원스럽게 보인다고 했는데 오늘은 볼 수 없다. 날씨 탓이다. 앞으로 가게 될 박달령과 청옥산이 가까이 보인다. 이 넓은 공터에, 이 높은 정상에 나 혼자다. 정적이 감돈다. 정상 표시석을 카메라에 담고 점심을 먹는다. 고지대라선지 바람이 더 분다. 다시 겉옷을 꺼내 입고 출발하기로 한다. 1차 목적지는 눈앞에 보이는 박달령이다. 내리막길이다. 키 작은 산죽들이 양쪽에 도열해 있다. 이곳에서 200m를 더 내려갈 것을 생각하니 아찔하다. 그만큼 내려가면 그만큼을 올라가야 하기 때문이다."

청옥산을 향해 좌측으로 내려간다. 험한 돌길에 이어 계단이 이어진다. 주변은 잡목이 주류다. 잠시 후 안부에 이른다(11:32). 안부에서 오르다가 배가 고파서 이른 점심을 먹는다. 다시 안부에서 오르니(11:45) 바닥에 깔린 듯 키 작은 산죽들이 계속 나온다. 잠시 후 무명봉에 이른다(12:01). 완만한 능선을 오르내린다. 심한 안개 때문에 주변 조망은 엄두도 못 낸다. 계속해서 산죽과 함께 걷는다. 금방이라도 눈이 내릴 듯하다. 그렇지만 날씨는 포근하다.

잠시 후 박달재에 이른다(12:15). 공터와 잡목, 이정표가 있다(청옥산 1.4). 이곳에서 우측으로 내려가면 무릉계곡에 갈 수 있다. 바로 오른다. 능선에서 좌측으로 진행하니 문바위재에 이른다(12:29). 바위와 쓰러진 나무 그리고 이정표가 있다(청옥산 1.1). 너덜길이 이어지고, 능선을 만나서 우측으로 오르니 가파른 오르막이 시작된다. 잠시 후 학등에 이른다(13:08). 이어 좌측에 샘터를 알리는 이정표가 보이더니 바로 청옥산 정상에 이른다(13:10). 정상에는 넓은 공터, 정상석, 이정표(고적대 2.3), 헬기장, 통신시설 안테나가 있다.

　이곳에서도 함께 등산 온 두 청년의 도움을 받아 다른 등산객과 함께 인증샷을 남긴다. 두 청년을 보니 생각난다. 미래는 오는 것이 아니라 만들어가는 것이라고 했다. 정해진 것은 아무것도 없다. 나 하기 나름이다. 소위 '3포세대'라는 요즘 청춘들의 절규가 안쓰럽다. 그들에게 조심스럽게 전하고 싶다. 그래도 길은 있다고.

　이곳 청옥산 역시 2008년 11월 15일 두타산에 이어 오른 적이 있다. 정상은 삼거리 갈림길이기도 하다. 우측이 대간길이다. 우측으로 내려간다. 등로에 물기가 서려 있어 약간은 미끄럽다. 잠시 후 안부에 이르고, 5~6분을 올라가니 연칠성령에 이른다(13:37). 연칠성령은 험준한 일곱 산등성이 마치 일곱별처럼 연이어 있다 해서 작명되었다. 돌탑과 연칠성령 안내판, 이정표가 있다(고적대 1.0). 우측은 무릉계곡 하산길이고 대간길은 직진이다. 망군대를 지나 암릉으로 이어진다. 로프가 설치되어 있다. 힘겹게 올라 고적대에 이른다(14:17).

고적대에서(14:17)

　정상에는 정상석, 삼각점, 이정표(무릉계곡관리사무소 7.7)가 있다. 고적대는 동해시, 삼척시, 정선군의 분수령을 이루는 산이다. 신라 고승 의상대사가 수행했다고 전해진다. 잠시 휴식을 취한다. 지난날들을 되돌아본다. 지금까지 살아오면서 특정인을 미워하지는 않았는지, 그들에게 상처는 주지 않았는지 모르겠다. 이젠 그들에게 기쁨을 줄 수 있는 방법을 찾고 싶다. 이런 넋두리를 이끌어내는 산이 고맙다.

고적대에서 내려간다. 암릉길이 이어지고, 연속해서 돌길과 계단길이 이어진다. 진달래 군락지에 이어 기암절벽으로 이루어진 전망대에 이른다(14:40). 전망대를 지나 10여 분을 더 진행하니 사원터 삼거리에 이른다(14:51). 우측은 사원터로 가는 길이고 대간길은 좌측이다. 좌측으로 진행하니 로프가 설치된 암릉이 이어지고, 자작나무 군락지를 지난다. 우측 암릉의 비경을 감상하며 걷는다(15:20).

다시 자작나무 군락지를 만난다(15:24). 10여 분을 더 진행하니 갈미봉 정상이다(15:36). 약간의 공터가 있는 정상에는 어린 주목이 자라고 있고 특이하게 생긴 정상 표지판이 있다. 직진으로 내려간다. 돌길이 이어지고 계단길, 낙엽길이 차례로 나타난다. 한마디로 걷기 힘든 길이다. 다시 완만한 능선을 오르내린다. 낮은 봉우리 직전에서 좌측 옆등으로 진행한다. 이번에는 너덜지대가 나온다. 나무의자 두 개가 설치된 곳에 이르고(16:31), 바로 자작나무 군락지를 지난다(16:33). 이어서 솔숲길로 진입한다. 특이한 등로를 발견한다. 바닥에 돌이 깔려 있다. 대체 어떤 곳이기에 이렇게 돌을 깔아 놨을까? 그것도 바닥이 평평할 정도로 질서 있게. 다시 갈림길이다(16:48).

역시 이곳에도 나무의자 두 개가 있다. 이젠 오늘의 목적지도 얼마 남지 않았다. 갈림길에서 우측으로 내려간다. 솔숲으로 들어간다. 솔숲 사이에는 산죽이 깔려 있다. 산죽이 있는 솔숲을 지나니 이번에는 산죽이 깔린 낙엽송 지대를 지난다. 계속 내리막길이다. 이어서 잡목 숲속에 산죽이 깔려 있는 길을 지난다. 마치 의도적으로 수목을 지정하여 식목한 것처럼 보인다. 걷기 좋은 길이다. 다시 산죽이 깔린 솔숲에 이르더니 잠시 후 오늘의 종점인 이기령에 도착한다(17:08). 이곳에서 특이한 광경을 목격한다. 깊은 산속임에도 돌탑이 있고, 돌탑 주변에는 빨강 노랑 파랑 등 갖가지 색깔의 천들이 만국기처럼 걸려 있다. 금줄도 보인다. 돌탑에는 소원을 빌고 있는 듯한 여성 형상의 대형 인형이 묶여 있다.

바로 옆에는 소형 평상이 네 개나 있다. 암튼 분위기가 이상하다. 이곳에서 좌측으로는 임계 부스베리(5.8), 우측으로는 동해 이기동(6.5킬로미터)으로 내려갈 수 있다. 또 좌측 위로 150m 지점에는 샘이 있다. 이곳 안내판에는 "이기령은 관직을 꿈꾸며 한양으로 떠나던 이들과 거상을 꿈꾸던 보부상이 지나가던 길이다. 상인들은 영동에서는 소금, 정선과 삼척 하장 쪽에서는 삼베 같은 것을 가지고 이기령을 넘었다. 이후에는 동해와 정선 임계 주민이 장을 보고자 넘나들던 길이기도 하다. 또 이곳에는 국시뎅이가 있는데, 국시뎅이란 옛길 고개를 넘나드는 사람들이 행로의 무사안전을 기원하기 위하여 돌을 주워 침을 뱉고 쌓은 돌무더기이다."라고 적혀 있다.

오늘은 이곳에서 마친다. 이곳에서 야영하고 내일 백복령까지 진행할 계획이다. 주위의 낯선 조형물들과 함께 긴 밤을 보내야 한다는 것이 약간은 염려된다.

(오늘 걸은 길)

댓재→햇댓등→1028봉→1021봉→목통령→1243봉→두타산→박달령→청옥산→연칠성령→망군대→고적대→사원터갈림길→갈미봉→1143봉→898봉→이기령(18.1km, 9시간 1분)

(교통편)

*갈 때

1. 청량리역에서 동해역: 07:05, 09:10, 14:13······ 23:25

2. 동해역 앞에서 삼척 버스터미널: 06:15부터 자주

3. 삼척 버스터미널에서 댓재까지: 07:30, 13:30, 16:30

*올 때

1. 이기령에서 우측의 동해시 이기동까지는 도보로 이동(6.1km)

2. 이기동에서 버스를 이용, 동해 버스터미널이나 기차역으로 이동

서른하나째 구간(이기령에서 백복령까지)

2016. 11. 14.(월), 맑음

어제에 이은 연속 종주. 31구간은 이기령에서 백복령까지이다. 이기령은 동해시와 정선을 잇는 잿등이고, 백복령은 정선군 임계면과 강릉시 옥계면을 잇는 잿등이다. 이 구간에는 상월산, 원방재, 862봉, 1,022봉, 987봉 등의 산과 잿등이 있다. 이 구간은 거리가 짧아 맘 편하게 넘을 수 있다. 굳이 어려운 점을 들자면, 들머리와 날머리에서의 교통 사정이다.

이기령에서(06:00)

아침 6시에 눈을 떴다. 늦잠 잔 이유가 있다. 두 가지다. 첫째는 오늘 구간 거리가 짧아서 여유가 있었고, 둘째는 어젯밤 잠을 설쳤기 때문이다. 잠을 설친 이유는, 실제인지 비몽사몽간인지는 몰라도 잠자는 동안 놀랄 일이 있었다. 밤중에 누군가 텐트 밖에서 두 손으로 내 머리를 꽉 짓누르는 것이었다. 깜짝 놀라서 소리 지르며 그 손을 밀쳐 냈던 것으로 기억된다. 실제가 아니겠지만, 지금까지도 그 순간의 기억이 뚜렷하다. 텐트 옆에 있는 무속인들의 설치물들이 두렵긴 했었다. 잠자리에 들기 전에도 그랬고, 잠이 들면서도 그 생각에 사로잡혔었다. 그것 때문이었을까? 어쨌건, 자고 일어나선 아무 일도 없었다.

이기령의 새벽은 조용하다. 아무 소리도 들리지 않는다. 바람조차도 이곳에선 멈춘 듯하다. 핸드폰도 터지지 않는 산속이다. 아침을 간단히 해결하고, 텐트를 철거하고 장비를 챙기니 7시가 막 넘는다. 이기령의 기이한 설치물들을 다시 한번 둘러보고 출발한다(07:13). 초입은 텐트를 설치했던 평상 바로 뒤에 있다. 주변엔 참나무가 많고 등로는 참나무 잎이 깔린 낙엽길이다. 완만한 능선 오르막이 시작된다. 날씨는 어제완 전혀 딴판, 아주 맑다. 상쾌한 아침이다.

참나무 숲은 바로 솔숲으로 바뀐다. 오르막 끝에 솔숲은 산죽이 깔린 솔숲으로 바뀐다. 걷기 좋은 길이다. 산죽 깔린 솔숲길은 다시 그냥 솔숲길로 바뀌고 완만한 오름길도 가팔라지기 시작한다. 잠시 후 좌측으로 이어지는 능선을 만나 오른다(07:35). 해가 이미 올라와 있다. 3~4분을 진행하니 상월산에 도착한다(07:39). 정상은 헬기장으로 조성되었고, 정상 표지판과 삼각점 그리고 이정표가 있다(백봉령 9.1). 그런데 지도상에는 백복령으로 표기되어 있는데 이곳 이정표에는 백봉령으로 되어 있다. 의아스럽다. 더구나 관청에서 표기한 것인데.

원방재를 향해 내려간다. 등로 우측은 심한 낭떠러지이고 좌측은 완경사를 이룬다. 우측 낭떠러지에는 목책이 설치되어 있다. 이곳에서도 한반도 지형의 특색인 동고서저를 확인하게 된다. 급경사 내리막을 내려가니 전망 좋은 곳에 나무의자가 놓여 있다. 의자를 보니 어제와는 뭔가 다르겠다는 인상을 받는다. 뭣이든지 첫인상이 중요하다.

오르다가 낮은 봉우리를 넘고 오르니 돌계단과 로프가 설치된 가파른 오르막이 시작된다. 막 지나온 뒤쪽에서 멧돼지 울음소리가 들린다. 한참을 오른 끝에 상월산에 도착한다(08:07). 조금 전의 상월산은 무엇이고, 이곳 상월산은 또 무엇인가? 헷갈린다. 조금 전의 상월산 표지판은 관에서, 이곳의 표지판은 부산낙동산악회에서 설치했다. 어느 곳이 더 신빙성이 있을까?

정상에는 고사목이 쓰러져 있고 의자도 1개 있다. 또 키 작은 소나무가 있고, 이곳 역시 우측은 낭떠러지에 목책 울타리가 설치되어 있다. 이곳에서 등로는 90도를 틀어 좌측으로 내려간다. 안부에서 오르다가 낮은 봉우리를 넘고 내려간다. 앞쪽에서 멧돼지 울음소리가 또 들려온다. 긴 능선 내리막이 이어진다. 통나무 계단이 나오는데, 아주 불편하다. 계단 아래쪽이 많이 패였다. 주변은 잡목 일색이다. 내리막을 다 내려가니 주변은 낙엽송 지대로 바뀐다. 잠시 후 원방재에 도착한다(08:40).

원방재에서(08:40)

원방재는 우측의 동해시 신흥동과 좌측의 정선군 임계면 부수베리를 잇는 잿등이다. 원방재 표지판과 의자 두 개가 있고, 좌측에는 임도가 있다. 표지판에는 좌측의 임도를 따라 150m를 올라가면 야영장이 있다고 적혀 있다. 직진으로 오르니 완만한 능선 오르막이 길게 이어진다. 주변은 소나무 일색. 오르막 끝에서부터는 완만한 능선을 오르내린다. 우연히 진달래꽃을 발견한다(08:56). 11월에 진달래꽃을. 이상 기온 때문일까? 꽃들도 이젠 계절을 가리지 않는 것 같다. 암릉이 나오기도 한다. 큰 바위를 만나 좌측으로 돌아 오른다. 오르막이 계속 이어지다가 862봉에 도착한다(09:08). 정상에는 소나무가 빽빽하다. 바로 내려간다. 안부에서 오르니 참나무 낙엽길이 이어진다. 잠시 후 능선에 이르고(09:17), 우측으로 오른다. 등로 우측은 낭떠러지인데 소나무가 많다.

오르다가 바로 내려가니 분지 비슷한 곳을 지난다. 다시 오른다. 참나무 군락지를 지난다. 등로 주변엔 산죽이 깔려 있고 통나무 계단이 이어진다. 긴 오르막을 힘겹게 넘으니 1,022봉에 이른다(09:47). 정상에는 최근에 신설한 것처럼 보이는 깨끗한 헬기장이 있고, 사방이 탁 트여 시원스럽다. 우측으로 내려간다. 등로는 돌계단으로 된 솔숲길이다. 넝쿨이 나오기도 하고, 솔숲은 계속된다. 잠시 후 안부에 이르는데, 안부 좌우측은 길 흔적이 희미하다. 직진으로 오른다. 솔숲을 지나니 산죽이 나오고 많은 고사목이 보인다. 이어서 좌측으로는 낙엽송 지대가 이어진다. 오늘도 가을 바람에 흠뻑 젖은 낙엽송들을 곁눈질하면서 걷는다.

계속 오르니 좌우측에 번갈아 바위가 나온다. 가파른 오르막이 계속된다. 오르막 끝에서 능선을 따라서 조금 진행하니 우측에 전망암이 나온다(10:25). 지나온 1,022봉에서 내려오는 능선이 한눈에 들어온다. 아래쪽에 있는 저수지도 보인다. 저수지 너머로는 희미하지만 동해시와 동해 바다까지 보인다. 다시 오른다. 등로는 참나무 잎이 쌓인 완만한 능선 오르막. 백복령이 3.5km 남았다고 알리는 이정표가 나온다. 계속 오르니 987봉에 이른다(10:40). 정상에는 삼각점이 있다. 내려간다. 넝쿨이 나오기도 한다. 잠시 후 작은 바위와 소나무가 있는 무명봉에 이른다(10:47). 바로 내려간다. 솔숲길이 이어진다. 솔숲길에 이어 참나무 잎이 쌓인 길을 오르내리다가 이정표를 만난다. 이젠 백복령이 2.4km 남았다.

오르내림을 반복하다가 832봉에 도착한다(11:22). 832봉에서 내려가니 완만한 능선 내리막이 길게 이어진다. 등로 주변은 산죽이 깔린 참나무 군락지가 계속된다. 잠시 후 우측에 낙엽송 지대가 나타난다. 백복령이 1.3km 남았다고 알리는 이정표를 지나고, 주변에 돌이 쌓여 있는 안부를 지나 오른다. 오르막을 넘고 내려가니 앞쪽이 하얗다. 산 앞면 전체가 완전히 파헤쳐진 자병산의 모습이다. 산 허리가 싹둑 잘렸다. 산등까지도 하얗게 뒤엎어졌다. 참혹하다. 흉물로 변해 버렸다. 석회석 광산 개발을 한다는 한 시멘트회사의 무지가 빚은 참상이다. 산 깎기를 허가한 사람이나 시행자 모두 제정신인지 모르겠다.

우측에 포장도로가 보이기 시작하고, 오늘 구간의 마지막 봉우리를 향한다. 약간의 암릉이 나타나기도 한다. 무명봉에 이른다(11:54). 정상에는 잡목이 있고 나무의자 두 개가 있다. 역시 이곳도 우측은 낭떠러지이고 목책 울타리가 있다. 바로 내려간다. 225번 송전탑을 지난다. 다시 솔숲길이 이어지다가 오늘의 마지막 지점인 백복령에 도착한다(12:01). 도로 건너편에 큼지막한 백복령 표석이 있고, '아리랑의 고향 정선입니다'란 표석도 보인다. 바닥이 없는 사각 정자와 간이 화장실도 있다. 강릉 쪽으로 100여 미터를 이동하면 작은 휴게소도 있다. 여러 개의 교통 표지판도 보인다.

오늘은 이곳까지 계획되어 있다. 구간 끊기에 많은 고민을 했던 30, 31구간을 이렇게 마친다. 오늘도 산에게서 배운다. 침묵과 넉넉함과 변함없음을. 그런 산을 닮고 싶다. 이곳 백복령은 대중교통편이 열악하다. 임계나 동해로 나가는 버스가 아침과 저녁 두 번밖에 없다. 지나가는 차를 히치할 수밖에. 고역스런 순간이다. 가을이 점점 깊어간다.

(오늘 걸은 길)

이기령→상월산→원방재→862봉→1022봉→전망대→987봉→832봉→225번송전탑→백복령(11.0km, 4시간 48분)

(교통편)

＊갈 때

1. 청량리역에서 동해역까지 기차, 동해 송정서적 앞 버스정류장에서 이기동까지 시내버스(첫차 06:30), 이기동에서 이기령까지는 도보(6.1km)

＊올 때

1. 백복령에서 임계나 동해로 이동
- 임계에서는 정선이나 강릉으로 가는 버스를 이용하여 귀경
- 동해에서는 기차나 버스를 이용하여 귀경

서른두째 구간(백복령에서 삽당령까지)

2016. 12. 3.(토), 맑음

속보가 뜨고 있다. 박 대통령과 새누리당 대표, 원내대표와의 회동 결과다(12.7). 박 대통령은 탄핵소추가 가결되더라도 헌법재판소 과정을 지켜보겠다고 한다. 완전 실망이다. 이 어려운 시기에 국민을 섬긴다는 대통령이 할 소리인가? 국민은 안중에도 없다는 말인가? 나라가 어떻게 되더라도 상관없다는 말인가? 국회에선 지금 경제계 총수들을 모두 불러 국정조사 청문회를 하고 있다. 아홉 명의 기업 총수가 한자리에 불려나와 있다. 정말이지 볼썽사납다. 그나마 경제로 근근이 버텨 나가고 있는 이 나라인데, 이런 꼬락서니라니……. 나라 안이 텅 빈 셈이다. 외교도 국방도 경제도 제대로 자리를 지키고 있는 이가 없다. 주인 없이 흘러가는 나라가 되었다. 이게 정말 나라인가?

지난주에는 백두대간 32, 33구간을 넘었다. 32구간은 백복령에서 삽당령까지이다. 백복령은 강릉시 왕산면과 정선군 임계면을 잇는 잿등이고, 삽당령은 강릉시 옥계면과 왕산면 고단리를 잇는 잿등이다. 이 구간에는 생계령, 829봉, 922봉, 900봉, 고뱅이재, 908봉, 석병산, 두리봉 등의 높고 낮은 산과 잿등이 있다. 이 구간도 큰 어려움 없이 넘을 수 있다. 특별하게 위험한 곳도 없고, 길을 잃을 만한 곳도 없다. 이 구간에서는 몇 가지 특이한 것을 발견하게 된다. 먼저 '카르스트 지형'이다. 카르스트 지형은 우리나라에서는 삼척, 정선, 영월과 충북 단양 등지에 발달되어 있는데, 이번 구간이 바로 그 현장이다. 또 이 구간에는 천연기념물인 산양이 서식하고 있고, 조망처마다 큰 통나무 의자가 4개씩 설치되어 있다.

동해역에서(04:02)

12월 2일 청량리역에서 밤 11시 25분 정동진행 야간열차에 승차. 목적지인 동해역에는 다음날 새벽 4시에 도착. 예상과 달리 새벽 공기가 그리 차진 않다. 바로 역사로 들어간다. 이제는 익숙해진 동해역 승객 대기실. 화장실과 바로 연결되어진 승객 대기실은 아늑하다고 할 정도. 아침 버스 시각까지 어중간하게 남은 시간을 보내기에는 최적의 장소다.

먼저 백복령까지 타고 갈 버스정류장 위치를 확인해 둔다. 제일 중요한 일이다. 첫차를 놓치면 하루가 꽝이기 때문이다. 버스정류장은 역사에서 그리 멀지 않은 '우리들 연합의원' 바로 앞에 있다. 버스정류장을 확인하고 다시 역사로 되돌아와서, 핸드폰을 충전하면서 시간을 보내다가 5시 40분쯤 버스정류장으로 내려간다. 임계행 15-3번 버스는 7시 6분에 백복령에 도착. 간단히 주변 촬영만 하고 바로 산으로 오른다.

날씨는 맑지만 바람이 몹시 분다. 상당히 춥다. 동해 시내 날씨와는 사뭇 다르다. 겉옷을 하나 더 껴입고, 마스크까지 착용해서 완전히 얼굴을 가리고 출발한다. 초입은 백복령 표석과 사각 정자 사이에 난 좁은 산길이다. 조금 오르면 표지기가 나타나 대간 등로임을 확신하게 된다. 표지기가 있는 곳을 통과하자마자 등로는 위로 오르는 게 아니고 좌측 옆등으로 이어진다. 일반적으로 초입에서는 한없이 올라가는 게 상례인데 이곳은 좀 다르다. 오히려 내리막길 같은 기분이 들 정도다.

좌측 아래에 도로가 보인다. 내리막길로 이어지다가 잠시 후 공터가 있는 임도에 닿는다. 임도 우측에는 시멘트 공장이 있다. 이른 새벽부터 화물 트럭이 지나간다. 임도를 건너 산으로 오른다. 역시 이곳에도 표지기가 있어 길 찾는 데에는 어려움이 없다. 산에 진입해서도 위로 오르지 않고 우측으로 진행한다. 주변은 낙엽송이 쫙 깔려 있다. 바람이 세다. 갈수록 더 추운 것 같다.

평지나 마찬가지인 완만한 길을 걷다가 점점 고도가 높아진다. 잠시 후 44번 송전탑 아래를 통과한다(07:29). 바닥은 얼어서 부풀었다. 주변엔 희끗희끗 잔설이 보인다. 점차로 등로 경사도가 높아진다. 이제서야 산다운 산을 걷기 시작한다. 목재 계단이 나오다가 돌계단으로 바뀐다. 돌계단을 넘으니 우측 봉우리에 어디선가 자주 본 듯한 시설물이 나타난다. 아마도 산불감시초소인 것 같다.

좌측 아래에 송전탑이 있다. 내려가다가 또 좌측에 있는 송전탑을 발견한다. 계속 내려간다. 한참을 내려가니 '카르스트 지형'이라는 안내문이 나온다(07:52). 말로만 듣던 카르스트 지형을 지난다. 잠시 후 수많은 표지기가 긴 띠에 걸려 있는 곳에 이른다. 마치 표지기 전시장 같다(07:56). 여기가 특별한 곳인가? 약간 의아하다. 다시 오름길에 산죽이 나오더니 통나무 계단이 이어진다. 주변은 참나무가 대세다. 바람은 계속해서 불어 댄다. 어느새 해가 나와 있다. 잠시 후 786봉에 이른다(08:09).

786봉 정상에서(08:09)

정상에는 표지기와 잡목만 있을 뿐 황량하다. 바람이 심하다. 바로 내려가니 헬기장터에 이르고, 백두대간 경위도 표시목이 있다. 완만한 길로 내려가다가 안부에서 오르니 가파른 오르막이 시작된다. 잠시 후 762봉에 도착한다(08:23). 정상에는 묘지를 이장한 흔적이 있고 우측으로 마을이 내려다보인다. 강릉시 옥계면 산계리 마을이다. 내려간다. 완만한 내리막이 이어지고 좌측에 넓은 초지가 보이더니 생계령에 이른다(08:41). 넓은 공터, 대형 백두대간 안내문과 이정표가 있다. 백두대간상에는 가는 곳마다 비슷비슷한 백두대간 안내문이 있지만 이곳 안내문은 뭔가 다른 듯하다.

백두대간 정의부터가 그렇다. "백두대간은 백두산 장군봉에서 지리산 천왕봉까지 작은 내 하나 건너지 않고 높은 산의 능선으로만 연결된 총 연장 1,400킬로미터의 산줄기로 한반도의 등뼈라고 할 수 있다." 유래도 명쾌하다. "18세기 조선 영조대의 실학자 여암 신경준이 산경표에서 우리나라의 큰 산줄기를 1대간, 1정간, 13정맥으로 구분하여 정리하고, 이중 기둥이 되는 가장 커다란 산줄기를 백두대간으로 정하였다."라고. 좌측은 정선군 임계면 직원리, 우측은 강릉시 옥계면임을 알리는 표지판도 있다. 직진으로 오른다.

갑작스럽게 '산양 보호'를 알리는 플래카드가 나타나고, 좀 더 오르니 통나무로 된 의자 네 개가 나온다. 우측 산줄기에는 기암들이 한껏 자태를 뽐내고 있다. 계속 오르니 또 통나무 의자 네 개, 이어서 강릉서대굴 안내판이 나온다. 서대굴은 강원도 기념물 36호인데, 위치는 강릉시 옥계면 산계리라고 표시해 놓았다. 안내판이 있긴 하지만 서대굴이 어디에 있는지 짐작조차 하기 어렵다. 그런데 이 근방이라면, 이렇게 높은 곳에? 8부 능선쯤 될 것 같은데…….

잠시 후 무명봉에 이른다(09:13). 정상에는 경위도 좌표를 기록한 표시목이 있다. 내려간다. 등로 주변은 잡목이 주류를 이루고 그 사이사이에 노송도 보인다. 다시 오르니 829봉에 이른다(09:20). 정상에는 역시 통나무 의자 네 개가 있고, 우측 멀리로는 강릉시가가 아련하게 나타난다. 내려간다. 이곳도 한반도 지형의 특징인 동고서저 현상이 나타난다.

우측은 낭떠러지다. 카르스트 지형으로 협곡을 이루고 있다. 또 통나무 의자 네 개가 나타난다. 가는 곳마다 통나무 의자가 네 개씩 있다. 이곳 지자체만의 특징이다. 대간길 마루금은 혼자 걸어도 혼자가 아니다. 길을 안내하는 표지기가 있고 이정표가 있다. 눈을 즐겁게 해 주는 야생화가 있고 무념무상으로 하늘에 떠 있는 구름이 있다. 지친 마음을 달래 주는 시원한 바람과 청량한 공기도 있다. 모두가 조력자이고 동행자이다. 인간 세상 그 어디에서 이런 호사를 언감생심 누려보겠는가.

다시 오른다. 안부에서 오르니 싸리나무가 자주 보인다. 돌계단이 이어지고, 오르막이 가팔라지더니 잠시 후 922봉에 이른다(09:55). 정상에는 돌밖에 없지만 이곳에서 보는 주변 조망은 시원스럽다. 우측은 90도 절벽 낭떠러지다. 정상에서 조금 내려선 곳에 통나무 의자 네 개가 있다. 정상의 좁고 불편한 공간을 대신해서 이곳에 휴식처를 마련한 것 같다.

바로 내려간다. 등로는 아주 좁고 좌우측 모두 가파른 경사지다.

안부에서 오르니 931봉 정상이다(10:05). 정상에는 공간이 전혀 없다. 바로 내려간다. 이곳 주변에도 잔설이 남아 있다. 좌측 아래에 도로가 보인다. 완만한 능선 내리막이 이어지면서 마른 풀과 쑥이 나타나기도 한다. 또 통나무 의자 네 개가 나타난다. 좌측 아래 도로에 시선을 뺏긴 사이에 낮은 봉우리를 넘고, 이어서 900봉 정상에 이른다(10:27). 정상에는 삼각점, 경위도 좌표 표시목이 있다. 이곳에서 점심을 해결한다.

식사를 마치고(10:40) 정상에서 50m 정도를 내려가니 또 의자 네 개가 나오고, 등로는 우측으로 틀어서 내려가게 된다. 넝쿨지대를 지나니 산죽이 있는 안부에 이르고, 안부에서 오르다가 중턱쯤에서 좌측 옆등으로 진행한다. 잠시 후 고뱅이재에 이른다(11:01). 백두대간과 석병산에 대한 안내문, 통나무 의자 네 개 그리고 이정표가 있다. 그런데 이상한 것은 표시목에는 '고병이제'라고 적혀 있는 것이다. 만약 이곳이 잿등이라면 '고뱅이재'나 '고병이재'가 맞을 것 같은데…….

바로 오른다. 무명봉을 넘고 오르니 이번에는 908봉에 이른다(11:19). 이정표에는 이곳 위치를 '헬기장'으로 표시했다. 일월봉까지는 1시간 15분 걸린다는 표시도 있다. 가끔씩 이렇게 소요시간 표시를 해 놓은 곳이 있는데, 이런 걸 볼 때마다 다른 생각을 하게 된다. 소요시간은 사람마다 다를 수 있으니 차라리 거리 표시를 하는 게 낫겠다는…….

내려간다. 돌계단이 끝나더니 이번에는 돌길이 이어진다. 돌길이 끝나면서 산죽이 있는 안부에 이른다. 여기서부터는 완만한 능선을 오르내린다. 또 통나무 의자 네 개가 나오고, 좌측에 낙엽송 지대가 있는 곳을 지난다. 오름길은 계속되고, 석병산이 0.6km 남았다는 이정표가 나오더니 다시 통나무 의자 네 개가 있는 곳에 이른다. 조망처마다 의자가 놓여있다. 우측 방향의 조망이 시원스럽다. 완만한 능선길로 가다가 갈림길을 만난다. 갈림길에서 1~2분을 오르니 석병산 정상이다(12:10).

석병산 정상에서(12:10)

석병산은 정선군 임계면과 강릉시 옥계면에 걸쳐 있는 산이다. 두 개의 큰 봉우리로 되어 있는데 모두 암봉이다. 먼저 도착한 암봉 정상에는 삼각점과 작은 돌탑이 있고 두 번째 정상에는 정상석이 세워져 있다. 정상석이 있는 봉우리 아래에는 바위봉의 한 가운데가 둥글게 원형으로 구멍이 뚫려 있다. 소위 말하는 일월문이다. 뚫린 구멍을 통해 뒤편이 훤히 보인다. 정상에서 둘러보는 주변 조망도 황홀하다. 북쪽으로는 강릉시 일대와 동해바다가 보이고 북서쪽으로는 두리봉, 그 너머의 고루포기산과 능경봉까지 보일 정도다. 두 개의 정상을 살핀 후 다시 좀 전의 두리봉 갈림길로 내려와 우측의 두리봉을 향해 이동한다(12:22). 무명봉에 이르러 뒤돌아보니 석병산의 모습이 마치 병풍을 둘러친 것처럼 완전히 바위로 둘러쳐져 있다. 그래서 석병산이라고 했겠지만 말이다.

무명봉에서 내려가다가 안부에서 오르니 등로 양쪽에 산죽이 진을 치고, 잠시 후 다시 무명봉에 이른다(12:44). 그런데 이곳 봉우리에서 사진 촬영에 열중인 전문 사진가를 만난다. 이렇게 반가울 수가! 오늘 처음으로 사람을 만난다. 이분 덕분에 인증사진도 남긴다. 무명봉은 산죽으로 덮였고, 넓은 공터가 있다. 아마도 예전에는 헬기장으로 사용했던 것 같다. 이정표(두리봉 1.8, 삽당령 5.3)를 확인하고 바로 내려간다.

안부에서 봉우리 두 개를 넘고 한참을 더 오르니 두리봉 정상에 이른다(13:12). 정상에는 부산낙동산악회에서 설치한 정상 표지판이 나무에 걸려 있다. 또 특이하게도 평상 3개와 대형 탁자 5개가 있다. 이런 높고 깊은 산중에 탁자가 있는 이유를 모르겠다. 내려간다. 봉우리를 하나 넘고 계속 내려가니 주변에는 참나무가 많다. 한동안 완만한 능선을 오르내리는 동안 잔설이 보이기도 한다.

아주 긴 산죽 지대가 이어지더니(13:52) 다시 이정표가 나온다(삽당령 2.2). 계속 산죽길이 이어진다. 마치 산죽길 걷기 시합을 하는 것 같다. 잠시 후 삼각점이 있는 무명봉에 이르고(14:08), 내려서도 산죽길은 계속된다. 긴 산죽길도 끝이 나고(14:18) 다시 완만한 능선을 오르내린다. 다시 한번 무명봉을 넘고 우측으로 내려간다. 안부에서 오르다가 폐헬기장이 있는 봉우리에 이른다(14:35). 좌측으로 내려가니 통나무 계단이 이어지고, 바위가 있는 갈림길에서 또 좌측으로 내려간다.

다시 또 산죽길을 오르내린다. 이정표가 나온다(우측으로 삽당령 0.3). 이젠 삽당령도 거의 다 왔다. 우측으로 내려간다. 가파른 통나무 계단에 이어서 낙엽송 지대가 나온다. 잠시 후 임도에 이른다. 임도를 따라 좌측으로 내려간다(임도를 가로질러 내려가도 됨). 잠시 후 도로가 보이고 삽당령 매점이 보이면서 오늘의 종점인 삽당령에 도착한다(14:53). 표지석, 산신각, 매점, 도로안내판, 백두대간 안내판이 있고 좌측으로 100m 지점에는 동물이동로가 있다. 다음 구간 초입은 도로를 건너 백두대간 안내판이 설치된 곳으로 이어진다. 오늘은 이곳에서 마친다.

산이 좋다. 산은 돈과 벼슬을 요구하지 않는다. 경쟁도 시키지 않는다. 침묵으로 내게 평온을 안긴다. 이렇게 또 백두대간 한 구간이 줄어든다.

(오늘 걸은 길)

백복령→42,43번철탑→869봉→44,45번철탑→786봉→762봉→생계령→829봉→922봉→931봉→900봉→고뱅이재→908봉→석병산→두리봉→866봉→삽당령(18.5km, 7시간 47분)

(교통편)
＊갈 때
1. 청량리역에서 동해까지 기차(23:25까지 자주)
2. 동해에서 백복령: 우리들 연합의원 앞에서 임계행 15-3번 버스 이용

＊올 때
1. 삽당령에서 강릉시내: 매시 버스 1회 있음
2. 강릉에서 서울고속터미널: 06:00~22:20까지 23회 운행

서른셋째 구간(삽당령에서 대관령까지)

2016. 12. 4.(일), 하루 종일 흐림

어제에 이은 연속 종주. 백두대간 33구간은 삽당령에서 대관령까지이다. 삽당령은 강릉시 옥계면과 왕산면 고단리를 잇는 잿등이고, 대관령은 강릉시 성산면과 평창군 대관령면 횡계리 사이에 있는 고개다. 이 구간에는 862봉, 979봉, 석두봉, 960봉, 990봉, 화란봉, 닭목령, 고루포기산, 능경봉 등의 높고 낮은 산과 잿등이 있다. 이 구간도 넘기 어려울 정도로 험한 지역은 아니지만 거리가 길어서 신경을 써야 한다. 특히 하루해가 짧은 동절기에는 더욱 그렇다. 이 구간은 크게 네 부분으로 나눠 볼 수 있다. 출발지인 삽당령에서 방화선 지점까지, 방화선에서 닭목령까지, 닭목령에서 고루포기산까지, 고루포기산에서 대관령까지이다. 이 중 닭목령에서 고루포기산까지가 오르막이 길어서 약간 힘이 든다.

삽당령에서(06:09)

강릉 시내 찜질방에서 새벽 3시에 기상. 오늘 넘을 33구간 자료를 살핀 후 4시 30분에 찜질방을 나섰다. 시간적 여유를 갖고 움직인다. 5시 38분쯤에 출발하는 첫 버스를 놓치지 않기 위해서다. 어제 저녁에 미리 확인해 둔 김밥집으로 향한다. 그런데 황당하다. 홀에 전등을 켜고 일은 하면서도 문은 열어 주지 않는다. 영업 준비시간이기 때문이란다.

사정 끝에 일단 전날 말아 놓은 김밥이라도 달라고 해서 챙기고서,

마음속으로 신뢰할 수 없는 악덕 사장이라고 딱지를 붙여 놓고 버스 정류장으로 향한다. 도중에 편의점에 들러 컵라면으로 아침식사를 보충한다. 5시 20분쯤 교보생명 앞 버스정류장에 도착. 버스를 기다리는 동안 찬바람이 횡횡하는 어둠 속에서 김밥을 먹는다. 고단행 508번 버스는 5시 38분에 정류장에 도착. 첫 버스를 탔다는 안도감에 마음이 놓인다. 이젠 28km가 넘는 오늘 구간을 해지기 전에 넘는 일만 남았다.

굽이굽이를 돌아서 힘겹게 오른 버스는 6시 9분에 삽당령에 도착. 어둠 속에 나를 내려놓은 버스는 쏜살같이 고단으로 향한다. 버스가 사라진 주변은 어둠과 적막뿐. 그 속에 혼자 남는다. 어제 커피를 마셨던 작은 매점도 어둠 속에 잠겼다. 생각보다 추위는 덜한 것 같다. 바람도 그렇다. 주변을 한번 둘러 본다. 33구간 들머리는 백두대간 종합안내판 우측으로 이어진다. 바로 출발한다. 헤드랜턴 하나만을 믿고 오른다(06:13). 완만한 능선 오르막이 이어진다. 초반부터 산죽이 등장한다. 헤드랜턴에 비치는 등로는 희미할 뿐 확신을 주지는 못한다.

간간이 나타나는 표지기가 큰 힘이 된다. 출발 전에 숙지했던 지형도는 이런 상황에서는 무용지물이다. 사방이 어두워서다. 생긴 대로, 나타나는 등로만을 따라 올라간다. 길을 잘못 들면 알바할 각오다. 힘든 줄도 모르고 정신없이 오른다. 희미한 등로기에 느리지만 쉬지는 않고 오른다. 어느 순간 좌측 아래에 임도가 따라오고 있는 것을 발견한다. 어둠속에서도 앞쪽에 희미한 이동통신탑이 보인다. 한참을 진행하니 어느새 그 이동통신탑을 지나고 있다(06:44).

이동통신탑 있는 곳에서(06:44)

이동통신탑을 내려서니 임도에 이르고, 30m쯤 진행하니 이정표가 나온다. 대간 종주 중에 자주 보는 이정표지만 지금 만난 이정표는 각별하다. 오늘 처음 보는 이정표이기도 하고, 제대로 올라왔다고 확신을 주는 이정표이고, 주요 지점인 닭목령까지의 거리를 알려주는 반가운 이정표이기 때문이다(석두봉 4.7, 닭목령 13.2).

어느새 동이 트려 하고 시야도 살아난다. 등로는 임도를 버리고 좌측 산길로 이어진다. 개념도를 한 번 더 살핀 후 산으로 오른다(06:50). 산죽길 오르막을 넘어서니 10여 분 만에 승기봉에 이른다(07:00). 정상 표지판과 이정표가 있다(석두봉 4.2, 닭목령 12.8). 좌측으로 내려간다. 공터가 나오고 통나무 의자가 있다. 다시 봉우리를 넘어서니 의자가 세 개나 있고, 내려가니 긴 목재 계단이 시작된다. 계단이 끝나고 안부에서 오르니 완만한 능선오르막이 이어진다. 이곳도 산죽길이다. 우측 편에는 로프가 설치되어 있다. 낭떠러지이기 때문이다. 좌측 아래로는 멀리 임도가 보인다.

다시 무명봉을 넘고 내려간다(07:15). 계속 산죽길이다. 흐린 날씨지만 어제보다는 추위가 덜하다. 바람도 약하다. 긴 오르막이 시작되더니 경사가 가팔라지고 우측에는 로프가 설치되어 있다. 오르막 끝에 공터가 있는 봉우리 정상에 이른다(07:29). 내려간다. 노송 서너 그루가 시선을 끈다. 개간지처럼 훤하게 시야가 트인다. 알고 보니 방화선이다. 좌우로 각각 5m는 될 듯한 넓은 길이다. 등로 좌우에 잣나무가 있고, '산림청지정 잣나무 채종원'이라는 알림판이 나온다. 한동안 이어지던 방화선도 끝나고 다시 좁은 산길로 들어선다(07:48). 완만한 능선을 오르내린다. 주변은 잡목이 대세다. 바람이 점점 세차진다. 바위가 나오기 시작하더니 979봉 정상에 이른다(08:02). 정상에는 특이하게 생긴 안락의자 두 개가 있다. 이런 곳에 안락의자가?

대간길은 여러 가지를 보여 준다. 수목, 암석 등 눈에 보이는 것이 전부가 아니다. 시야 너머의 보이지 않는 곳까지 데려다 준다. 고향의 초가들도 보여주고, 친구와의 우정도 생각나게 하고, 어떤 때는 영원히 감추고 싶은 치부까지도 드러낸다. 그리움을 깨우쳐 주기도, 반성하게도 한다. 그래서 대간길은 학교에 다름 아니다. 바로 내려간다.

긴 내리막길을 내려서니 산죽길이 따라 나서고, 안부에서 오르니 역시 가파른 산죽길 오르막이 이어진다. 가파른 오르막에는 예외 없이 로프가 설치되어 있다. 아직까지도 해는 나올 생각을 않고 계속 흐린 날씨다. 가파른 오르막의 연속이다. 의자 네 개가 나오고, 긴 목재 계단이 이어진다. 계단을 오르면서 헤아려 보니 총 206계단이다. 길다. 하지만 계단이 없었더라면 상당히 힘이 들었을 그런 곳이다. 가파를 뿐만 아니라 암벽이 있어서다.

계단 끝에는 석두봉 정상이 기다리고 있다(08:23). 정상의 좁은 공간에는 정상석과 이정표가 있다. 우측에는 로프가 있다. 낭떠러지여서다. 사방이 시원스럽게 드러난다. 조금 있으면 도착하게 될 화란봉에서 능경봉으로 이어지는 능선이 나타나고, 능선 좌측으로는 고랭지 채소밭과 풍력발전기까지 보인다. 우측 멀리로는 강릉시내와 동해까지 보일 정도다. 이젠 닭목령까지는 8.5km 남았다. 이곳에 나의 표지기를 하나 걸고 내려간다. 돌길이 이어지다가 바로 오르막으로 연결된다.

오르막을 넘고 우측으로 틀어서 내려간다. 돌길을 지나 오르막을 넘으니 완만한 능선이 이어진다. 주변은 산죽이 산 바닥을 다 덮고 있다. 산죽길을 오르내리는 셈이다. 잠시 후 제5쉼터에 이른다 (08:54). 쉼터에는 표지판과 통나무 의자 네 개가 있다. 내려간다. 등로에는 참나무 잎이 넉넉하게 깔려 있다. 뽀삭뽀삭한 낙엽길이다. 약간은 미끄럽지만 느낌이 좋다. 주변에 노송이 나타나고 희끗희끗 잔설도 보인다.

완만한 오르막 끝에 960봉에 이른다. 바로 내려간다. 한바탕 노송지대가 이어지다가 안부에 이른다. 도미재다. 이정표가 있다(화란봉 4.2, 닭목재 6.3). 바로 오르니, 등로는 좌측 사면으로 이어지고 잠시 후 또 통나무 의자가 네 개 있는 곳에 이른다. 바로 내려선다. 노송지대가 나오더니 주변 수종은 다시 참나무로 바뀐다. 산죽이 계속 따라온다. 앞쪽에서 웅성거림이 들려와 잠시 멈칫했는데, 대간을 남진 중인 4050산악회 회원들이 내려오고 있다.

두 명이 조를 이룬 선두 두 사람을 만난다. 이들은 총 20명이 대관령에서 새벽 2시에 출발했다고 한다. 뒤에도 계속 팀원들이 따라오고 있다고 한다. 이들을 만나고 나니 한결 마음이 놓인다. 깊은 산중에 나 말고도 다른 사람이 있다는 것을 확인해서다. 사실은 어제는 많은 기대를 했었다. 최소한 한 팀 정도는 만날 줄 알았다. 그런데 오늘 기대하지도 않은 사람들을 만난 것이다. 잠시 후 '비상대피로'라는 표지판을 발견한다(09:17). 표지판의 의미를 정확히는 알 수 없다. 길을 잃거나 해가 질 경우에는 이곳에서 대피를 하라는 건지, 아니면 이곳에서 좌측으로 하산하라는 것인지?

대피소 표지판이 있는 곳에서 직진으로 내려간다. 또 쉼터가 나온다(09:22). 역시 통나무 의자 네 개, 공터, 이정표가 있다. 내려간다. 안부에 이른다. 좌측은 낙엽송 지대. 긴 오르막이 시작되더니 제8쉼터에 이른다(09:48). 소나무, 쉼터 표지판, 통나무 의자 네 개가 있다. 계속 오른다. 1,006봉 직전에서 우측으로 내려간다.

노송지대가 나오고 참나무 낙엽길이 이어진다. 이번에는 돌길이 나오고 다시 소나무 숲길로 바뀐다. 잠시 후 안부에 이른다(10:04). 화란봉을 향해 오른다. 가파른 오르막이 시작되더니 역시 로프가 있다. 잠시 후 화란봉 갈림길에 이른다(10:37). 대간 등산안내도와 이정표가 있다. 우측으로 130m를 진행하면 화란봉이고, 좌측으로 2.1km를 가면 닭목령이라고 알린다. 화란봉이 130m라는 가까운 곳에 있지만 오르는 것을 포기하고 닭목령으로 향한다. 해가 지기 전까지 대관령까지 가야 하기 때문이다. 1~2분 정도 오르니 제9쉼터가 나온다(10:39).

1,000고지는 될 것 같은 높은 봉우리에 있는 쉼터다. 역시 이곳에도 통나무 의자 네 개가 있다. 앞쪽 고랭지 채소밭이 아주 가까이 보인다. 내려간다. 큰 바위가 나오다가 긴 목재 데크 계단이 이어진다. 바위가 나오고 급경사 내리막이 이어진다. 역시 로프가 설치되어 있다. 다시 바위, 노송들이 나오고 급경사 내리막은 계속된다. 좌측에 자작나무 군락지가 나오고(11:01), 이어서 노송 군락지가 나온다. 좌측은 잣나무 지대다. 안부에서 오르니 좌측에 묘지 1기가 나오더니 다시 잣나무 지대에 이른다. 내리막 우측은 노송, 좌측은 잣나무 지

대다. 앞쪽 산 중턱은 전체가 벌거숭이다. 잠시 후 임도에 이른다. 임도를 건너니 좌측에 무밭이 있다. 무 수확이 끝났다. 주인이 취할 것은 다 취하고 버려진 것들이다. 무 하나를 실례한다. 너무 먹고 싶어서다. 걸으면서 껍질을 벗겨 먹는다. 겨울 산중에서 먹는 무 맛, 꿀맛이다. 계속해서 내려가니 닭목령에 이른다(11:19).

닭목령에서(11:19)

닭목령은 강릉시 왕산면과 대기2리 닭목이에 있는 고개인데, 지금은 2차선 도로가 지나고 있다. 고개의 생김새가 닭의 목처럼 길게 생겨서 붙여진 이름이다. 민가 한 채와 닭목령 표석, 산신각, 장승, 농산물간이집하장, 등산안내도가 있다. 바로 출발한다. 포장도로를 건너니 임도는 산길로 이어진다. 좌측은 모두 고랭지 밭이다. 수확이 끝나고 벌거벗은 채 내년을 기다리고 있다. 산길은 임도로 바뀐다. 한참을 오르니 임도가 끝나고 산길로 이어진다. 돌계단이 있는 곳에서 이른 점심을 먹는다. 김밥을 꺼내니 새벽 김밥집 주인의 냉담한 말투와 표정이 떠오른다. 신뢰가 얼마나 중요한지를 모르는 주인이었다. 식사를 마치고 출발한다(11:50). 완만한 산길에는 간간이 노송이 나온다. 좌측은 낙엽송 지대. 잠시 후 산죽으로 덮인 봉우리를 넘으니 임도가 나타난다(12:16).

200m 정도를 가다가 좌측의 산으로 오른다. 우측 아래에는 고랭지밭, 민가 한 채, 창고가 있다. 노송 세 그루가 있는 곳을 지나니 목재 계단이 나오고 가파른 오르막이 시작된다. 잠시 후 봉우리 정상에 이른다(12:33). 956봉이다. 정상에는 왕산 제1쉼터가 1.1km 남았

다고 알리는 이정표가 있다. 내려가다가 오르니 노송 세 그루가 나온다. 계속해서 오른다. 한동안 완만한 능선 오르막이 이어진다.

좌측에는 계속해서 노송이 나온다. 다시 쉴 만한 공터가 있는 곳에 이른다(12:49). '산불을 이겨낸 낙락장송이 있는 곳'이라는 표지판이 있다. 철의자가 네 개 있고 실제로 검게 그을린 노송이 세 그루 있다. 직진으로 오른다. 좌측 산 위에 있는 풍력발전기가 보인다. 잠시 후 왕산1쉼터에 이른다(12:59). 목의자 두 개와 이정표가 있다(2쉼터 1.7). 직진으로 오른다. 가파른 오르막이 이어지고 돌계단이 나온다. 오르막 끝에 노송 군락지에 이른다.

내려가다가 오르니 스테인리스 의자 두 개가 나온다. 계속해서 오른다. 바위지대가 나오고, 돌길, 바위, 노송이 차례로 나온다. 잠시 후 왕산 제2쉼터에 이른다(13:49). 목의자 두 개와 이정표가 있다. 계속해서 오른다. 잠시 후 35번 송전탑을 만나고(14:05), 계속해서 오르니 주변에서 가장 높은 봉우리에 선다(14:11). 그런데 아무런 표시가 없고, 전봇대만 보인다.

임도를 따라 300m 정도 내려가다가 임도를 버리고 우측 산으로 오른다. 봉우리에서 내려가니 스테인리스 의자 두 개가 또 나온다. 안부에서 오르니 좌측으로 풍력발전기와 고랭지 밭이 가깝다. 송전탑을 통과하니 고루포기산 정상에 이른다(14:26). 고루포기산은 평창군 대관령면과 강릉시 왕산면의 경계를 이룬다. 여기까지 오르느라 정말 힘들었다. 고루포기산 안내문이 있다. 고루포기산은 다복솔이라는 키가 작고 가지가 많은 소나무들이 배추처럼 포기를 지어 많이 난다고 해서 붙여진 이름이다. 정상석, 삼각점, 목의자 2개, 이정표가 있다(전망대 1.0, 능경봉 5.3).

6분정도 휴식을 취하고 내려간다. 바로 갈림길이 나와서 우측으로 진행한다. 또 갈림길이다(14:46). 돌탑, 스테인리스 의자 2개 그리고 이정표가 있다(전망대 0.6, 좌측으로 오목골 1.6). 직진으로 내려간다. 종점이 가까워질수록 발걸음은 무거워지지만 마음만은 가벼워진다. 집에 갈 수 있다는 생각 때문이다. 낮은 봉우리 두 개를 넘고 오르니 전망대에 이른다(14:57). 영동고속도로와 횡계리 일대가 한 폭의 그림같이 아름답다. 이정표는 능경봉이 4.2km 남았다고 알린다. 내려가다가 좌측에 있는 연리지 나무를 발견한다(15:06).

급경사 내리막으로 이어지고 로프가 설치되어 있다. 다시 돌길로 이어지더니 이정표가 나온다(15:13). 직진으로 내려간다. 낮은 봉우리를 넘고 내려가니 쉼터에 이른다. 이곳에도 이정표가 있다(샘터 0.4). 계속해서 내려가니 갈수록 영동고속도로가 가까이 다가선다. 다시 쉼터에 이른다(15:29). 안부에 이르러(16:01), 20여 분을 더 오른 끝에 행운의 돌탑에 이른다.

돌탑 안내문에는 "선조들은 험한 산길을 지날 때마다 길에 흩어진 돌들을 하나씩 주워 한 곳에 쌓아 길을 닦고……이처럼 우리 선조들의 풍습을 오늘에 되살려 역사의 발자취를 따라 백두대간인 이곳을 등산하는 모든 이들의 안녕과 행운을 기원하고자 여기에 행운의 돌탑을 세우게 되었습니다. 이곳을 지나실 때마다 이 돌탑에 정성을 담아 돌 하나를 쌓으시고 백두대간의 힘찬 정기를 받아 건강과 행운을 나눌 수 있기를 기원합니다."라고 적혀 있다. 나도 작은 돌 하나를 올려놓고, 계속 오른다. 10여 분 만에 능경봉 정상에 이른다(16:35).

능경봉 정상에서(16:35)

정상에는 정상석과 이정표, 정상 조금 아래에 헬기장이 있다. 우측으로는 강릉시내와 동해 바다가 내려다보이고 좌측의 횡계리 일대가 그림처럼 아름답다. 바로 내려간다. 헬기장을 지나니 바위가 나온다. 속도를 낸다. 급속도로 어두워져서다. 급경사 내리막으로 이어진다. 로프가 설치되어 있다. 돌계단을 지나 완만한 길로 내려가니 임도에 이른다. 임도에는 산불감시초소와 샘터가 있다. 좀 더 내려가니 갈림길에 이른다. 좌측은 시멘트 도로를 따라 내려가게 되고, 우측은 능경봉등산로입구로 가는 좁은 길이다. 능경봉등산로 입구를 향하여 평평한 등로를 따라 한참을 가니 영동고속도로 준공비를 만난다. 해질녘의 옅은 어둠 속에 묵직한 기념비가 우뚝 서 있다. 33구간 종점인 대관령에 다 온 것이다(17:10).

이곳에서 영동고속도로 기념비를 촬영하고 좌측의 옛 대관령 휴게소로 내려간다. 광장은 황량하다. 몇 대의 차량이 주차되었으나 단층 건물들은 폐업 중임을 알리듯 침묵 속에 검정 물체로만 남아 있다. 그 가운데에서도 좌측에 있는 평화통일기원시비가 눈에 띄고, 앞쪽의 낮은 건물 뒤쪽으로 보이는 거대한 풍력발전기만이 아직도 이곳이 살아 있음을 알린다. 점점 어둠이 깔리기 시작하고 바람이 세차다. 오늘은 이곳에서 마치고, 횡계로 내려가야 한다.

동절기이고 거리가 길어서 염려했던 구간을 무사히 마쳐 다행이다. 오늘의 산길에서 얻은 게 뭘까? 늘 말이 없는 산은 자유를 주고 안식을 준다. 오늘 함께한 모든 것들에 감사드린다.

(오늘 걸은 길)

삽당령→979봉→석두봉→960봉→도미재→1006봉→화란봉→전망대→닭목재→956봉→왕산1,2쉼터→고루포기산→대관령전망대→능경봉→대관령(27.1km, 11시간 1분)

(교통편)

* 갈 때

1. 서울고속터미널에서 강릉: 06:00~23:40까지 40회(청량리역에서 기차도 있음)

2. 강릉시외버스터미널에서 삽당령: 07:00부터 18:00까지 11회

* 올 때

1. 옛 대관령휴게소에서 횡계터미널까지 버스: 10:50, 11:50, 14:20

2. 횡계에서 동서울터미널: 06:50~18:00, 18:35, 19:10, 19:45, 20:20

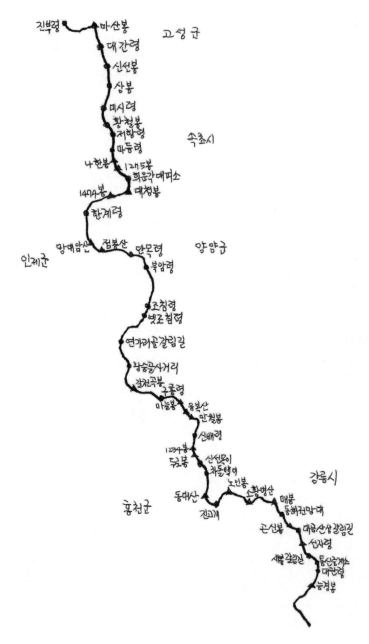

진부령 · 마산봉
대간령
신선봉
상봉
마사령
황철봉
저항령
마등령
나한봉 · 1275봉
희운각 대피소
1474봉 · 대청봉
한계령
망대암산 · 점봉산 · 단목령
북암령
조침령
뱃조침령
연가리골갈림길
왕승골사거리
갈전곡봉 · 구룡령
마늘봉 · 응복산
만월봉
신배령
1234봉 · 신선목이
닭봉 · 좌돌백이
노인봉 · 황병산
동대산 · 소황병산 · 매봉
진고개 · 동해전망대
곤선봉 · 대용산상 · 갈림길
선자령
새봉 갈림길 · 통신중계소 · 대관령
능경봉

고성군
속초시
양양군
인제군
강릉시
홍천군

대관령에서 진부령까지

서른넷째 구간(대관령에서 진고개까지)

2017. 5. 2.(화), 맑음

사람들은 성공을 위해, 인정받기 위해 조급해한다. 그래서 빠른 성공을 위해 편법을 쓰고, 샛길의 유혹에 빠지기도 한다. 심지어 원래의 목표를 갈아치우면서까지 물불을 가리지 않는다. 이런 사람일수록 빠르다는 이유로 마음에도 없는 목표를 덜컥 움켜쥐기 쉽다. 본질이 변질된 목표는 진정한 목표가 아니다. 그건 답이 아니다. 후회하게 될 것은 불을 보듯 뻔하다.

시간이 걸리더라도 원래의 목표를 향해 뚜벅뚜벅 나아가야 한다. 이렇게 이룬 성공이 진정한 성공이고 후회가 없다. 이게 답이다. 세상 사람들이 그렇게 어리석지 않다. 흑백을 가릴 줄 안다. 보석은 언젠가는 빛을 발하게 되고 사람들은 그것을 알아본다. 산줄기 종주의 세계에도 이런 우를 범하는 사례가 있어서 하는 소리다.

백두대간 34구간을 넘었다. 33구간을 넘은 지 4개월 만이다. 이유가 있다. 국립공원 통제기간이었고, 겨울철 폭설을 피하기 위해서였다. 5월 15일까지인 통제기간이 아직 끝나지 않았지만 조급함을 견딜 수 없어 그냥 나섰다. 그래서였을까? 실수의 연속이었다. 동서울터미널에서 출발한 버스가 장평터미널에서 정차하는 사이 잠시 내렸더니 버스가 떠나 버렸고, 또 산행 중 소황병산에서 노인봉을 찾지 못해 1시간 이상을 지체하기도 했다. 종주 마지막 지점에서는 당황한 끝에 아무것도 촬영하지 못하고 내달리는 우를 범하기도 했다. 사전 준비가 부족했고 평소 위기 상황에서 침착하지 못한 탓이다.

34구간은 대관령에서 진고개까지이다. 대관령은 강릉시 성산면과 평창군 대관령면의 경계에 있는 고개이고, 진고개는 강릉시 연곡면 삼산4리 솔내와 평창군 도암면 병내리 사이에 있는 고개로 백두대간 줄기인 동대산과 노인봉 사이에 있다. 이 구간에는 선자령, 곤신봉, 동해전망대, 매봉, 1,156봉, 1,172봉, 소황병산, 노인봉 등의 고산과 대관령목장, 삼양목장 등이 있다. 이 구간에서는 내내 풍력발전단지와 목장의 드넓은 푸른 초지를 보면서 걷게 되고, 고도 차가 크지 않은 평탄한 등로가 계속된다. 그런데 매봉에서부터 노인봉까지는 비탐방구간으로 지정되어 감시가 심해 주의가 필요하다.

횡계 터미널에서(08:50)

숙고 끝에 당일 산행으로 결정. 동서울터미널에서 06:25에 출발한 버스는 횡계 터미널에는 08:50에 도착. 버스를 타고 가다가 씻을 수 없는 수모를 당했다. 중간 경유지인 장평에서 버스가 정차한 사이에 잠시 내렸는데, 버스가 나를 두고 떠나 버렸다. 버스에 배낭이 그대로 있는데……. 부랴부랴 택시로 다음 경유지인 진부까지 쫓아가서 겨우 승차. 승객을 확인하지 않고 떠난 기사 잘못인지, 내 잘못인지는 아직도 애매. 이 때문인지 오늘 산행에 불길한 예감이 엄습. 횡계터미널에서 대관령 초입까지는 택시로 이동(09:10).

초입에는 대관령국사성황당이라고 적힌 거대한 표석이 있고, 그 옆에는 선자령 등산로 안내도와 이정표가 있다. 34구간 초입은 블록 담장 위에 초록색 철망이 설치된 담벼락 우측으로 이어진다. 초입에는 많은 표지기들이 걸려 있고 통나무 계단이 이어진다. 계단 양쪽은 로프가 설치되어 있다. 등산안내도를 확인하고 출발한다. 오르는 길은 비포장도로. 50m 정도를 진행하니 바로 통나무 계단으로 이어진다. 계단 우측은 낙엽송, 좌측은 담벼락이다. 산세는 완만한 오르막.

잠시 후 갈림길에 이른다(09:18). 이정표가 있다(선자령 4.2). 좌측으로 진행한다. 날씨는 더없이 맑다. 맑은 정도가 아니라 덥다. 등로 주변에는 주목이 많다. 5~6분을 진행하니 등로는 시멘트 도로로 바뀐다. 앞에 보이는 통신탑을 보면서 진행한다. 잠시 후 많은 표지기가 걸린 KT대관령중계소에 이른다(09:29). 이곳에서 등로는 좌측으로 이어진다. 시멘트 도로는 계속된다. 이어서 감시카메라가 설치된 무선 통신중계소 갈림길에 이른다(09:36).

이곳에도 이정표가 있다(선자령 3.2). 시멘트 도로를 버리고 좌측 산길로 진행한다. 주변은 온통 주목 천지다. 다시 한번 갈림길에 이른다(09:42). 새봉 갈림길이다. 이정표와 뉴밀레니엄을 기념하는 주목 식재 표석도 있다. 좌, 우 어디로 가도 선자령에 이른다. 새봉을 들르기 위해 좌측 평탄면을 포기하고 우측 오르막으로 진행한다. 3~4분을 오르니 새봉이다(09:46). 이정표, 전망대, 철탑이 있고, 전망대 데크에 텐트 1동이 설치되어 있다. 전망대에서 강릉 쪽을 바라보지만 흐린 날씨 때문에 별로다.

바로 출발한다. 새봉을 출발하고서부터는 수많은 야생화를 만난다. 야생화마다 이름을 달고 있다. 시간만 충분하다면 이들과 친해지고 싶지만 그럴 수 없음이 아쉽다. 시간이 부족하다는 것, 종주 산행 때마다 느낀다. 조금 전의 새봉 갈림길에서 좌측으로 오르는 길과 만나는 합류지점에 이른다. 이제부터 풍력발전기가 보이기 시작한다. 좌측은 주목군락지, 우측은 키 작은 산죽들이 무성하다. 목초지가 나오더니 대관령 하늘목장에 들어선다.

하늘목장은 1974년에 조성된 약 1,000만 제곱미터 규모의 목장으로 대관령 최고봉인 선자령과 연결되어 있다. 목초지 건너편으로 우뚝 선 선자령이 보인다. 하늘목장을 지나 목초지 가운데로 진행하니 선자령이 지척이다. 감시카메라가 있는 출입문도 지난다. 우측에 녹색 펜스로 둘러친 시설물이 있다. 카메라 같기도 하다. 나무들은 아직도 혹독한 추위에서 벗어나지 못한 듯 새싹 하나 없이 앙상한 가지만 달고 있다. 대관령의 혹독한 추위를 고발하는 듯하다. 잠시 후 선자령에 도착한다(10:17).

선자령에서(10:17)

선자령은 해발 1,157m로 매우 높은 봉우리다. 하지만 해발 고도 840m인 대관령휴게소에서부터 오르기 때문에 그리 힘들지는 않다. 선자령이 등산객들에게 관심을 끄는 것은 많은 눈과 거센 바람, 그리고 탁 트인 조망 때문이다. 정상에서 바라보는 주변 조망은 환상적이다. 남쪽으로는 발왕산, 서쪽으로 계방산, 서북쪽으로 오대산, 북쪽으로 황병산이 바라보인다.

정상의 넓은 공터에는 드문드문 돌들이 널려 있고 작은 바위도 몇 개 있다. 거대한 정상석, 삼각점, 이정표(매봉 6.8), 기상관측장비 그리고 헬기장도 있다. 의외인 것은 정상에 아무도 없다는 것이다. 평일이긴 하지만 그래도 선자령의 명성을 고려하면 어느 정도 등산객이 있을 줄 알았는데……. 북서쪽으로 이어지는 드넓은 목초지와 장관을 이루는 풍력발전기가 서운함을 대신 달래 준다.

정상에서는 삼거리로 길이 나 있다. 이 중에서 대간길은 좌측으로 이어진다. 목초지와 풍력발전기가 어우러진 풍경화를 가슴에 담고 곤신봉으로 향한다. 매봉으로 이어지는 능선이 시원스럽다. 능선을 잇는 풍력발전기가 마치 자기들을 따라오라고 하는 것 같다. 헬기장을 지나면 바로 산길로 내려서게 된다. 좌측 아래로 건물이 보인다. 목장 관리동인 것 같다. 등로 주변에는 진달래와 잡목이 많다. 봄인데도 잡목들은 잎사귀 하나도 틔우지 못하고 앙상하게 남아 있다. 애처롭다. 이곳 기후 때문일 것이다.

잠시 후 임도에 이른다. 임도에는 매봉 6.5km를 알리는 이정표가 있다. 우측으로 진행한다. 임도를 버리고 우측 산길로 올라 걷다가 다시 임도와 합류한다. 임도를 따라 100m 정도를 걷다가 에코그린 캠퍼스(주) 출입금지 안내판이 있는 곳에서 임도를 버리고 다시 산길로 오른다. 그런데 안내판이 한마디로 가관이다. 협박문이나 다름없다. 출입금지를 알리면서 위반 시 벌금이란다. 일종의 협박이다.

국유지를 임차해서 사용하고 있는 주제에 이 나라 주인인 국민들에게 협박하고 있다. 목초지를 무단 통과해서는 안 되겠지만 그러려면 다른 대책이 있어야 할 것이다. 무턱대고 가지 말라고 하면 어쩌란 말인가? 이와 관련해서 정부도 부화뇌동해서는 안 될 것이다. 5~6분을 걷다가 다시 임도 교차점을 만나 우측의 목초지 가장자리를 따라 오른다. 다시 목초지를 걷는다.

이번에는 대관령 하늘목장 우측 가장자리를 따라 오른다. 종주자들이 다닌 흔적도 보인다. 북서쪽 위로는 다음 봉우리인 곤신봉이 보인다. 목초지를 가로질러 지름길로 가고도 싶지만 최대한 대간길을 따르고 싶어 목초지 가장자리를 따라 간다. 잠시 후 현 위치가 '대공산성'이라고 적힌 이정표가 바닥에 쓰러져 있는 곳에 이른다(10:59). 우측으로 사람이 다닌 흔적이 있다. 잠시 대간길 방향에 대한 고민을 하다가 목초지 가장자리를 따라 계속 위로 오른다.

오르막이 끝나고 임도에 이른다. 임도를 따라 진행하니 임도 옆에 '곤신봉'이라고 적힌 정상석이 나타난다(11:14). 곤신봉은 다른 봉우리와 달리 풀밭이 형성되어 있다. 정상 바로 옆에는 거대한 풍력발전기가 있다. 곤신봉의 북쪽에는 소황병산, 남쪽에는 능정봉이 있고, 그 사이에 선자령과 대관령이 위치해 있다. 정상석 뒤에는 약간의 바위가 있을 뿐 주변은 전부 목초지이고 임도로 이어지기 때문에 이곳이 산봉우리라는 것이 실감이 안 난다.

계속해서 임도를 따라 내려간다. 임도 아래쪽에는 드넓은 목초지가 있다. 가끔씩 목장을 관리하는 차량들이 임도를 지난다. 그때마다 뿌연 먼지를 일으킨다. 그 먼지를 다 뒤집어쓰며 걷는다. 10여 분이 넘게 임도를 따라 걷다가 삼거리에 이른다(11:32). 해발 1,140m를 알리는 표석이 있고 그 뒤에는 영화 「태극기 휘날리며」 촬영지라고 적힌 안내판이 있다. 맞은편에는 '친환경 유기축산 유기초지 생산단지'라고 적힌 입간판이 있다.

표석 우측으로 난 길은 그 유명한 바람의 언덕으로 오르는 오름길이다. 주변에는 관광객으로 보이는 사람들과 주차할 장소를 찾느라 어슬렁거리는 관광버스가 있다. 의외다. 평일임에도 관광객이 있다니……. 목장 홍보 겸 목장 측에서 초치한 관광객일 것이다. 이곳 삼거리에서 바람의 언덕으로 오르지 않고 우측으로 임도를 따라 진행한다. 잠시 후 다시 1,150m 지점을 알리는 표석을 만나고, 그 옆에는 앞뒤로 바람의 언덕과 동해전망대를 동시에 알리는 안내판이 있다. 이곳에서도 바람의 언덕을 오를 수가 있다. 이곳에서 동해전망대는 지척이다. 셔틀버스 회차 지점을 지나자 동해 전망대에 이른다 (11:41). 강릉 쪽을 향해 전망대가 설치되었고, 전망대에는 비교적 많은 관광객들이 웅성거린다. 모두들 사진 찍기에 바쁘다. 날씨 탓으로 강릉 시내가 흐릿하게 보인다.

전망대 우측 아래의 낡은 쉼터는 사람들이 이용하지 않는 듯 지저분한 낙서가 많다. 그런데 신기한 것은 이곳 전망대에 바람이 하나도 없다는 것이다. 의외다. 더운 날씨 탓일까? 한편으론 다행스럽기도 하다. 북쪽으로는 풍력발전기들의 행렬이 장관을 이루고 서쪽으로는 삼양목장의 드넓은 목초지가 한 폭의 그림처럼 내려다보인다. 이곳 좌측 아래에는 동양 최대 규모의 목초지를 자랑한다는 대관령 삼양목장이 있다. 이곳에서 점심을 해결하고 매봉으로 향한다. 임도를 따라 내려간다. 출입금지 안내판이 자주 보인다. 경고판을 볼 때마다 불안하다. 언제 누가 나타나 제지할지 몰라서다. 한참을 가다가 '우유와 고기입니다(들어가지 마세요)'라는 입간판이 있는 곳에서 임도를 버리고 우측의 목초지 가장자리를 따라 오른다. 좌측 목초지 아래는 임도가 계속 이어지고 있어 임도를 따라 가도 될 것 같다.

잠시 후 다시 임도로 내려선다. 임도를 따라 오르다가 다시 목초지에 진입한 후에 가장자리를 따라 걷다가 이번에는 산으로 진입한다. 날이 무척 덥다. 초여름 날씨다. 산길에는 철 지난 진달래가 한창이다. 남쪽 산은 지금쯤 진달래가 끝날 무렵일 텐데 이곳은 지금이 한창이다. 산 정상에 이른다(12:24). 정상에는 공터가 있고 그 가운데에는 소규모 돌무더기가 있다. 그 옆에는 출입금지 안내판과 철조망이 설치되어 있다. 많은 표지기도 있고 만개한 진달래도 군락지어 있다.

이곳이 매봉일까? 한참을 고민했지만 확신할 수 없다. 좌, 우 양쪽으로 길이 나 있다. 우측은 철조망이 설치되었지만 사람이 다닌 흔적이 뚜렷하고 좌측은 표지기가 매달려 있지만 흔적은 미미하다. 어느 쪽으로 가야 하나? 이곳이 매봉 맞을까? 양쪽을 왔다 갔다 반복해 보지만 결론은 알 수 없다. 한참을 지체한 후 철조망이 설치된 우측으로 진행한다. 판단은 적중했다. 길은 희미하지만 갈수록 정상이 나올 것이라는 확신은 강해진다. 마침내 매봉이라는 표지판을 발견한다(12:40).

매봉 정상에서(12:40)

정상에는 사각 시멘트 기둥 위에 흰색 페인트로 '매봉'이라고 적힌 정상 표지판이 있다. 그 옆에는 삼각점도 있다. 시설물이 철거된 흔적이 보인다. 오늘의 경험으로 봐서는 백두대간 종주자들이 매봉 정상의 정확한 위치를 찾기가 쉽지 않을 것 같다. 모르긴 해도 좀 전의 공터를 매봉으로 알고 그냥 지나간 사람들이 많을 것이다. 나도 그곳에서 많은 고민을 하지 않았더라면 그냥 지나쳤을 것이다.

매봉 정상을 찾느라 시간이 지체되었지만 다행이다. 내려간다. 조금 전의 공터로 되돌아가서 그 좌측 아래로 임도를 찾아 내려간다. 등로 흔적은 희미하지만 무조건 아래쪽으로 내려가면 임도가 나타난다(12:54). 잠시 후 임도에 이르고, 따라 오른다. 한참동안 진행한 후 임도가 끝나는 지점에 감시카메라가 설치되어 있다. 선답자들의 산행기에서 본 그 감시카메라다. 이 카메라를 피하기 위해 20여 미터 전방에서 좌측의 샛길로 진행한다. 감시카메라를 무용지물로 만들어 버리는 순간이다. 고소하다. 불법을 저지르고도 순간 짜릿한 쾌감이 드는 것은 웬일일까?

삼양목장 목초지 가장자리를 따라 내려간다. 내려가는 도중에 '백두대간 훼손지 복원 중'이라는 입간판을 자주 본다. 가장자리에는 녹슨 철조망이 설치되어 있다. 철조망 안쪽으로 걷는다. 출입 통제지역을 진입한 것도 불법이고, 사유 목장지를 걷는 것도 규정 위반이란 걸 알고 있다. 그러나 어쩌랴…… 목초지를 따라 내려가는 중에 목초지 안에 드문드문 서 있는 군계일학 소나무를 볼 수 있다. 말 그대로 명품 소나무다. 소나무를 칭송할 때 늘 사용하는 고고함 그대로다. 좌측 아래쪽에 삼양목장 관리동 건물이 보인다. 잠시 후 통신중계소 비슷한 구조물을 만나고 계속 목초지 가장자리를 따라 내려간다. 목초지 길이 끝나고 산으로 진입한다. 초입에는 출입금지 안내판이 있고, 넘지 말라는 울타리도 있다.

목책 울타리를 넘어 산으로 오른다(13:42). 모처럼 완만한 능선 오르막이 이어진다. 오르다가 등로는 좌측 사면으로 이어진다. 이곳 우측 위의 봉우리가 1,156봉이다(13:51). 계속해서 완만한 능선이 이어진다. 오르내리기를 반복한다. 걷기 좋은 길이 계속된다. 이런 식으로 1,172봉도 정상으로 오르지 않고 좌측 사면으로 통과한다(14:24). 등로 주변에는 진달래가 많고 참나무 류가 주종을 이룬다.

다시 완만한 능선 오르막으로 이어지고 우측에는 얕은 계곡이 있다. 적은 양이지만 물도 흐른다. 오를수록 계곡은 뚜렷해지고 이곳에도 출입금지 안내판이 있다. 안내판에는 이곳은 소황병산 늪지대로서 특별보호구역이므로 2027년까지 출입을 금한다고 적혀 있다. 그런데 일본어가 보이는 것은 왜일까? 이곳까지 일본인들이 드나든다는 말인가? 아리송하다. 출입금지 안내판이 있고, 목책 울타리까지 설치되어 있지만 울타리 너머에는 사람들이 지나간 흔적이 있다.

보호해야 할 늪지대라면 지켜야 할 것이다. 안내판이 있는 계곡을 지나니 오르막은 점점 가팔라지고 한참을 오른 후 능선 갈림길에 이른다. 이곳 갈림길에서도 잠시 머뭇거린다. 대간길이 좌측인지 우측인지를 몰라서다. 하지만 우측은 목책이 설치되어 있고, 좌측엔 길이 뚜렷하여 좌측으로 진행한다. 한참을 오른 후 넓은 초지가 펼쳐지는 소황병산 정상 진입로에 이른다. 이곳에도 감시카메라가 있다. 카메라에 찍히지 않기 위해 우측 샛길을 통해 초지 안으로 들어선다. 초지는 엄청나게 넓다. 어디가 정상인지 구분이 어려울 정도다.

한참을 망설인 끝에 시설물이 보이는 곳은 모두 다가가서 확인해 본다. 우측 끝에 설치된 '백두대간불법산행통제초소'에도 들린다. 조심스레 다가가서 보니 감시 직원은 없다. 다시 소황병산 초지 중앙에 설치된 희미한 시설물을 찾아 나선다. 다가서는 순간 나도 모르게 환호성이 터진다. '소황병산'이라고 적힌 정상 표지판을 발견한 것이다(15:33). 인터넷에서 본 선답자들이 올린 그 표지판이다. 표지판을 보는 순간 모든 것이 다 해결된 듯 긴장이 풀린다.

소황병산 정상에서(15:33)

소황병산 정상을 확인했으니 이번에는 노인봉을 찾아가야 한다. 사방을 둘러보고 수없이 개념도를 살펴보아도 어느 곳이 노인봉인지 확신할 수가 없다. 바로 앞쪽에 있는 거대한 봉우리가 노인봉인 것으로 착각하고 찾아 나선다(앞쪽에 있는 봉우리는 황병산이다). 그렇지만 이곳에서도 장애물을 만난다. 출입금지 안내판을 만난 것이다.

이번에는 격이 다른 금지판이다. 군부대시설이니 접근조차 하지 말라는 것이다. 시간은 흐르고 진퇴양난에 빠진다. 방법이 없다. 군부대를 찾아가서 물어보는 수밖에. 황병산 쪽으로 난 군용 도로를 따라 오르니 부대가 나오고, 경비병이 제지를 한다. 부대 안에는 거대한 표석이 있다. 황병산 표석이다. 사정을 설명하니 경비병이 상관에게 전화로 연락하고, 상관이 나와서 자세하게 안내한다. 여기는 민간인의 접근이 금지되는 공군부대라고. 설명을 듣고서야 내가 착각했음을 알게 된다. 노인봉을 찾아가려면 소황병산 정상에서 바로 조금 전의 백두대간불법산행통제초소로 되돌아가야 했던 것이다.

시간이 많이 지체되었지만 이제라도 등로를 알게 되어 다행이다. 소황병산으로 돌아와서 백두대간불법산행통제초소로 향한다. 초소 뒤쪽에는 목책 울타리가 설치되었고 출입금지 안내문도 보인다. 이곳에도 '산림유전자원 보호구역'이라는 안내판이 있다. 서둘러 목책 울타리를 넘는다. 오늘 너무 많은 출입금지구역을 침범한다. 노인봉으로 향한다(16:02). 이제부터는 앞만 보고 달리기로 한다. 시간이 없어서다. 염려된다. 오늘 목적지까지 갈 수 있을런지……. 속도를 낸다. 괴상하게 생긴 바위도 확인하고, B-6이라고 적힌 비표도 보게 된다. 무슨 표시인지는 모르겠다. 평지처럼 아늑한 산길을 한참동안 내달린다. 이번에는 B-2라고 적힌 비표도 발견한다. 산림유전자원 보호구역 안내판이 나오고, 이곳에서부터 완만한 능선은 오름길로 바뀐다.

낮은 봉우리 서너 개를 오르내린 후 무명봉에 이른다. 무명봉을 내려서면서 또 감시카메라를 만난다. 이번에는 피하지 않고 바로 내달린다. 마음이 급해서다. 이젠 노인봉대피소가 얼마 남지 않았다. 기세당당하던 햇볕도 꼬리를 내리고 어느새 그늘이 내려앉았다. 10여 분을 내려가니 노인봉 무인관리대피소에 이른다(17:31). 혹시 감시인이 있을까 염려했지만 다행히도 없다. 대피소에는 출입금지안내판, 대피소 준수사항 그리고 이정표가 있다. 이정표에는 노인봉이 0.3, 진고개탐방지원센터가 4.0km라고 적혀 있다. 바로 내려간다. 돌계단이 이어진다. 바로 노인봉 삼거리에 이른다. 이정표가 있다(노인봉 0.2, 진고개탐방지원센터 3.9). 이곳에서 노인봉은 우측으로 200m 거리에 있다. 원래는 노인봉 정상을 들를 계획이었지만 그냥 내려간다. 시간이 너무 지체되어서다.

삼거리를 지나니 완만한 내리막이 이어진다. 이곳에서도 멋진 소나무가 나타난다. 바닥에서부터 줄기가 두 개로 뻗어 오르는 특별한 소나무다. 그 옆에는 진고개가 2.9km라고 알리는 표지판도 있다. 동대산이 보이기 시작하고 진고개를 알리는 이정표가 자주 나타난다. 진고개가 가까워진 것이다. 안전 쉼터를 지나니 긴 데크 계단이 나타난다. 계단 바닥에는 폐타이어 조각이 깔려 있다. 계단 주변은 잎사귀 없는 잡목들이 무성하다.

계단을 내려서니 진고개 휴게소 건물이 보이기 시작한다. 한바탕 숲지대를 지나 고위평탄면에 이른다. 좌측에 고위평탄면 안내문도 있다. 잠시 걷기 좋은 길이 이어지다가 돌계단이 나타난다. 이어서 한창 공사 중인 공사판을 지나고 오늘의 최종 목적지인 진고개 휴게소에 도착한다(18:49). 그런데 진고개에 도착하는 순간 택시가 내려가고 있다. 소리치며 달려가 택시를 붙잡는다. 이 택시를 놓치면 따로 택시를 불러야 하기 때문이다. 진고개 주변 상황을 촬영도 못하고, 둘러보지도 못하고 서둘러 진고개를 떠난다.

겨울 내내 고민했던 34구간을 허둥지둥 마친다. 오늘 하루 힘들었지만 진부령 정상에 한 발짝 더 다가섰다는 것에 위안을 삼는다. 이렇게 5월 초순의 하루를 보낸다.

(오늘 걸은 길)

대관령→통신중계소→새봉→선자령→대공산성갈림길→곤신봉→1114봉→동해전망대→1163봉→매봉→1172봉→소황병산→노인봉산장→1243봉→진고개(25.8km, 9시간 39분)

(교통편)

*갈 때

1. 동서울터미널에서 횡계: 06:25~19:25까지 자주 있음.

2. 횡계터미널에서 대관령 초입: 10:30, 11:40, 14:00

*올 때

1. 진고개에서 진부터미널까지: 진부택시 이용(버스 없음)

2. 진부 터미널에서 동서울: 07:10~20:40까지 자주 있음.

서른다섯째 구간(진고개에서 구룡령까지)

2017. 5. 20.(토), 맑음

살다 보면 한번쯤은 좌절할 때가 있다. 이때 이를 딛고 일어서는 사람이 있고, 그대로 쓰러지는 사람이 있다. 쉬운 성공은 없다. 고난과 역경은 나를 패배시키는 장애물이 아니라 단련시키는 촉매다. 대부분 견딜 수 있을 정도의 어려움이 주어진다. 산줄기 종주도 마찬가지다. 중도 포기자가 있고 완주자가 있다. 역경을 이겨내는 사람이 있고, 굴복하는 사람이 있다.

백두대간 35구간을 넘었다. 큰 상처와 교훈을 남긴 걸음이었다. 당초 2박 3일간 두 구간 종주를 목표로 출발했는데 간신히 한 구간만 마치고 쓰라린 상처와 후유증만 안고 돌아왔다. 사고였다. 두로봉에서 길을 잃고 약 4시간 동안 산속을 헤매다가 예정에도 없던 신배령 산속에서 밤을 보내야만 했다. 정신을 가다듬고 새벽 2시 40분, 구룡령을 향해 재시도했으나 역부족. 이미 지쳐 버린 몸 상태로는 더 이상 움직일 수가 없었다. 탈진 상태에서 간신히 구룡령에 도착한 때가 아침 8시 40분. 더 이상은 걸을 수 없는 상태. 다음 구간을 포기하고 귀경하기로 결정. 큰 교훈을 얻었다.

35구간은 진고개에서 구룡령까지이다. 진고개는 강릉시 연곡면 삼산4리 솔내와 평창군 대관령면 병내리 사이에 있는 고개이고, 구룡령은 홍천군 내면 명개리와 양양군 서면 갈천리를 잇는 고갯길이다. 이 구간에는 동대산 1,421봉, 1,296봉, 1,383봉, 두로봉, 1,234봉, 신배령, 만월봉, 응복산, 1,281봉, 1,261봉, 아미봉, 약수산, 1,218봉 등의 높은 산과 잿등이 있다. 이 구간은 한마디로 쉽지 않다. 표고차가 큰 봉우리가 많고, 대중교통이 없어 들머리와 날머리 접근이 쉽지 않고, 또 두로봉에서 신배령까지는 연중 통제되기 때문이다.

진고개에서(07:09)

2박 3일간 두 구간 종주를 목표로 집을 나선다. 동서울터미널에서 20:05 강릉행 버스에 승차. 강릉에 도착하자마자 이용한 적이 있는 동아사우나로 직행. 1박 후, 다음날 아침 강릉터미널에서 진부행 첫차에 승차. 진부에서 진고개까지는 택시로 이동(24,000원), 진고개에는 07:09에 도착. 진고개는 현재 노인봉과 동대산을 잇는 생태통로 건설이 한창이다.

오대산국립공원을 알리는 대형 입간판과 평창군과 강릉시를 알리는 행정 안내판도 눈에 띈다. 진고개정상휴게소 앞 넓은 주차장은 오늘따라 썰렁하다. 토요일임에도 주차된 차량은 몇 대 없다. 날씨는 쾌청. 무더위가 예상된다. 이곳에서 들머리는 도로 건너편 등산안내도가 설치된 곳이다. 아침 풍경을 간단하게 촬영한 후 서둘러 동대산을 향하여 오른다(07:17). 초입에는 통나무 계단이 설치되어 있다. 계단을 통과하면 좌측은 바로 밭이다.

밭 가장자리를 따라 이내 산속으로 들어선다. 계수대를 통과한다. 이어서 공사현장을 만난다. 주변에 공사 자재들이 어지럽게 널려 있다. 본격적인 숲길 오름이 시작된다. 완만한 능선은 이내 돌계단으로 바뀐다. 주변에는 키 작은 산죽들과 단풍나무가 대세다. 돌계단이 끝나면서 흙길로 바뀐다. 흙길도 잠시, 오르막이 가팔라지면서 설상가상 다시 돌길에 이어 돌계단으로 이어진다. 주변에 쪽동백이 많고, 등로엔 멧돼지들이 파헤친 흔적이 많다.

돌계단과 목재 계단이 반복되더니 어느 순간 로프까지 나온다. 초반부터 땀을 쏟는다. 잠시 후 갈림길에 이른다(08:34). 동피골야영장에서 올라오는 구곡동 갈림길이다. 이정표가 있다(동피골 야영장 2.6, 동대산 100m). 정상을 향해 우측으로 오른다. 잠시 후 동대산 정상에 도착한다(08:40).

동대산 정상에서(08:40)

동대산은 강릉시 연곡면과 평창군 진부면·대관령면 경계에 있는 산이다. 주위에는 노인봉·서대산·호령봉·두로봉 등이 솟아 있다. 정상에는 해발 1,433m를 알리는 정상석과 삼각점 그리고 헬기장이 있다. 이곳까지 올라오는 데 생각보다 많은 시간이 걸렸다. 거리는 1.7km밖에 되지 않지만 표고차가(474m) 크기 때문이다. 올라오는 동안 이정표는 자주 보였다. 바로 내려간다. 완만한 능선 내리막이다. 등로 주변에는 참나무 고목이 많다. 원시림으로 착각할 정도다. 등로는 멧돼지들이 이곳저곳을 파헤쳐 놓아 어지러울 정도다. 안부에 이르러 오르니 '두로봉 6.1킬로' 표지판이 눈에 들어오면서 1,421봉 정상에 이른다(08:54). 이곳에도 헬기장이 있다. 내려간다. 오래된 고목, 이정표와 119구조대 위치목도 계속 나온다.

잠시 후 1,406봉에 이른다(09:05). 정상에는 잡목이 있고, 119구조대 위치목이 있다. 내려간다. 바위를 지나 안부에서 오르니 무명봉에 이른다(09:33). 무명봉에서 내려서니 약간의 공터가 있는 곳에 이른다. 다시 무명봉에 도착한다(09:48). 이정표가 있다(두로봉 4.5). 우측으로 내려간다. 주변은 잡목뿐. 날씨가 무척 덥다.

다시 안부에서 올라 이번에는 1,296봉에 이른다(09:59). 특별한 것이 없어 바로 내려간다. 완만한 능선이 또 이어진다. 돌길에 이어 잠시 후 차돌백이 표지판이 있는 곳에 이른다(10:10). 이곳에서 100여 미터를 더 진행하니 차돌이 나온다. 신기하게도 하얗고 거대한 바위가 네 개나 운집해 있고 주변에 작은 바위도 여럿 있다. 이 하얀 바위가 석영이라는 설명문이 그 옆에 있다. 이정표는 두로봉이 4.0km 남았음을 알린다. 내려간다. 완만한 능선을 오르내린다.

한참을 가다가 우연히 좌측에 있는 시설을 발견한다. 조난자 대피 시설이다. 한 사람 정도가 바람을 피할 수 있는 공간이 있고, 그 안에는 비상약품과 동계 피복이 있다. 상당한 배려다. 이 지역이 조난당할 수도 있는 그런 지역이란 암시다. 완만한 능선 오르막이 계속되다가 1,262봉에 이른다(10:40). 정상에는 헬기장이 있고 좀 더 진행하니 이정표가 나온다(두로봉 3.0, 동대산 3.7). 이곳에서 잠시 휴식을 취한 후 출발한다(11:09). 완만한 능선 내리막이 계속된다. 8분만에 1,234봉을 지나(11:17) 한참을 내려가니 안부에 이른다.

신선목이에 도착했다(11:26). 상당한 공터와 탐방로안내문이 있다. 또 좌우측으로 이어지는 길 흔적도 보인다. 좌측은 평창군 신선골, 우측은 강릉시 연곡면으로 이어진다. 안부에서 직진으로 오르니 가파른 오르막이 시작된다. 날이 무척 덥다. 산길을 걷다 보면 계절의 변화를 쉽게 알 수 있다. 녹음과 기온 때문이다. 벌써 여름이 온 듯하다.

로프가 나오고 돌길이 이어진다. 지금까지 오면서 소나무를 한 번도 보지 못했다. 거의가 단풍나무 등 잡목이었다. 오르막이 힘들어 자주 쉰다. 이번에는 두로봉이 0.8km 남았다는 이정표를 지나고, 내려가다가 오르니 1,383봉에 이른다(12:35). 1,383봉에도 헬기장이 있다. 대간길에 무슨 헬기장이 이렇게 많은지……. 완만한 길로 내려가다가 갈림길에서 10여 분을 오르니 두로봉 정상이다(13:01).

두로봉 정상에서(13:01)

정상에는 이정표(좌측 비로봉 5.8)와 탐방로 안내도 그리고 출입금지 판이 있다. 이곳에서부터 신배령까지는 출입금지구역이다. 다행히도 지키는 사람은 없다. 출금 로프를 넘어 내려가니 헬기장과 두로봉 정상석이 있는 곳에 이른다. 이곳에도 사방이 출입금지 안내문이 있다. 목책을 넘는다. 급경사 내리막에 돌길이 이어진다.

그런데 이곳에서 큰 실수를 하게 된다. 두로봉에서는 진행방향으로 두 개의 길이 있다. 좌, 우측 길이다. 목책을 넘어서면 바로 이어지는 우측 길과 좌측으로 좀 이동해야 보이는 좌측 길이다. 대간길은 좌측 길이다. 그런데 무심히 목책을 넘으면 바로 보이는 우측 길로 내려가기 쉽다. 한참을 내려가다가 뭔가 이상함을 느끼고 사방을 뒤졌으나 허사. 좌로 가다가 우로 가다가 내려가다가 올라가다가 어떤 식으로든 길을 찾아보려고 숲속에서 네 시간 정도를 헤맸으나 결국 실패. 거의 탈진 상태에서 간신히 두로봉 정상으로 복귀(17:52).

이젠 어떻게 해야 하나? 시간이 너무 흘러 후퇴도 전진도 어려운 상황. 몸도 지쳤고, 날도 저물었다. 길에서 길에게 또 다른 길을 물으며 하루를 보내는 사람이 나 말고 또 있을까? 몸은 지칠 대로 지쳐 더 이상 움직일 수 없다. 어찌하든 오늘 구룡령까지 가야 하는데……. 고민 끝에 전진을 택한다. 정신을 가다듬고 정상에서 진행방향을 다시 살피니 좌측으로 난 대간길이 보인다. 이렇게 쉬운 걸 놔두고 무턱대고 우측으로 내려갔으니…….

좌측 길을 따라 신배령으로 향한다. A-1이라는 표지판이 나타난다. 신배령까지는 거의 평지나 다름없이 걷기 좋은 길이다. 탈진한 사람조차도 걸을 수 있는 그런 길이다. 앞뒤좌우를 돌아보지 않고 앞만 보고 달린다. 해가 지고 어둠이 깔리기 시작한다. 마음이 조급해진다. 그러는 사이에 신배령에 도착한다(19:26). 이곳에도 출입금지 안내판이 있다. 배낭을 내려놓고 한참을 고민한다. 더 갈 것인지, 이곳에서 야영을 할 것인지를. 더 이상 걸을 힘도 없지만 배가 고프고 졸려서 움직일 수가 없다. 일단 잠부터 자야 할 것 같다. 잠을 자고 체력을 회복한 후 다시 출발하기로 한다. 배가 고프지만 아무것도 먹을 수 없다. 입에 넣는 것은 모두 토할 정도다. 텐트를 치고 핸드폰 알람을 밤 12시에 맞춰 놓고 바로 잠 속으로 빠진다.

5월 21일 일요일. 핸드폰 알람에 맞춰 눈을 뜨니 정확하게 밤 열두 시. 그새 날짜가 바뀌었다. 주변은 달빛 한 틈 보이지 않는 깜깜한 칠흑. 반사적으로 몸을 일으키지만 무게는 천근만근. 뱃속부터 채운다. 먹을 것은 오이가 전부다. 다른 것은 넘어가지도 않는다. 뱃속을 대충 채우고 텐트를 철거하니 새벽 두 시가 넘는다. 개념도를 꺼내 갈 길을 점검하고 장비를 챙기니 새벽 2시 40분. 출발한다. 캄캄한 산길, 그것도 인적이라곤 상상할 수도 없는 깊은 산속. 무섭기도 하다. 오로지

헤드랜턴 하나에 의지해서 한 발짝 한 발짝 나아간다. 두렵지만 가급적이면 빨리 구룡령에 도착해야 한다는 생각이 머릿속에 꽉 차 있다. 그래서 오늘 중으로 조침령까지는 꼭 가야 한다는 생각뿐이다.

완만한 오르막이 시작된다. 그런데 언제 나의 움직임을 포착했는지 멧돼지들이 울부짖기 시작한다. 하기야 이런 숲속에서는 저런 멧돼지들이 원주민이다. 침입자인 나로서는 뭐라 할 입장이 못 된다. 헤드랜턴에 비치는 등로는 그런대로 갈 만하다. 다행인 것은 이곳 능선에 별다른 샛길은 없다는 것이다. 헷갈릴 만한 갈림길이 없다는 뜻이다. 그래서 아무리 깜깜한 밤중이라도 랜턴만 있으면 길을 잃지는 않을 것 같다. 시커먼 물체가 랜턴에 잡힌다. 이정표다(03:10). 만월봉이 1.3km 남았다고 알린다. 이정표 아래에는 고사목이 쓰러져 있다. 우측 동해바다는 고깃배들의 불빛이 반짝인다. 불빛을 보니 반갑고 든든해진다. 바람도 솔솔 불어준다. 불빛과 바람. 이 순간엔 정말 고마운 존재들이다.

내 나이 64세. 이 순간을 꼭 기억하고 싶다. 어쩌다가 이런 꼭두새벽에 이런 깊은 산중을 헤매게 되었는지. 뭣 때문에 이런 짓을 해야만 하는지를. 계단이 시작된다. 계단이 나온다는 것은 오르막이 가팔라지기 시작한다는 것이다. 정상이 가까워 온다는 것이다. 한동안 조용하던 멧돼지들이 다시 울부짖는다. 대장 멧돼지가 일행들에게 무슨 신호를 보내는 것만 같다. 전투태세를 갖추라는 것인지, 대피태세를 갖추라는 것인지는 모르겠다. 나는 공격할 생각이 전혀 없으니 제발 좀 잠자코 있었으면 좋겠다. 그런데 자꾸 불안한 것은 등로가 계속 멧돼지가 울부짖는 쪽으로 향한다는 것이다. 암튼 조심조심 살피면서 한 걸음씩 나아간다. 어느덧 만월봉에 도착한다(03:57).

만월봉 정상에서(03:57)

정상에는 삼각점이 있고 '백두대간등산로안내도'가 있다. 그 옆에는 통나무를 둘로 쪼개서 만든 벤치도 두 개 놓여 있다. 내려간다. 바로 이정표가 나온다. 좌측은 통마름, 우측으로는 응복산이 1.5km 남았다고 알린다. 잠시 후 등로는 우측으로 내려가게 되고 이후부터는 완만한 능선을 오르내린다. 그런데 나도 모르게 깜짝 놀란다. 얼마전까지만 해도 우측의 동해바다 위에 떠 있던 조각달이 어느새 내 등뒤에 떠 있는 것이 아닌가?

실은 놀랄 일도 아니다. 달도 기울고 내 위치도 시시각각 변하고 있다는 것을 망각한 것이다. 달에게만 그 자리에 그대로 있으라는 내 생각……. 쓴웃음이 절로 나온다. 긴장한 탓일거다. 긴 오르막이 시작된다. 응복산을 향한 가파른 오르막이다. 목재 계단이 나오더니 로프까지 나온다. 가파름도 절정에 이르고 잠시 후 응복산 정상에 이른다(04:51). 삼각점이 있고 구리 동판으로 된 정상표지판이 이정표와 함께 있다(구룡령 6.71).

어느새 날이 밝아온다. 안개에 묻혔지만 밤새 어둠 속에 숨어 있던 능선의 식구들이 하나둘씩 제 모습을 드러낸다. 조각달도 서쪽을 찾아 달리는 모습이 역력하다. 이젠 헤드랜턴을 꺼도 될 것 같지만 아직까지는 짐승들을 향한 경고가 필요할 것 같아 계속 착용한다. 바로 내려간다. 등로는 좌측으로 이어진다. 돌길이다. 아래쪽에서 웅성거리는 소리가 들려온다. 올라오는 등산객들이다. 어제 오늘 통틀어 처음 보는 사람 모습이다. 새벽에 구룡령에서 출발한 산악회 소속 단체 종주자들이다.

나를 보고 깜짝 놀란다. 어디서 오느냐고 묻는다. 이들에게 되물었다. 구룡령에 장사하는 분들이 있더냐고. 자기들이 출발할 때는 없었다고 한다. 그럴 것이다. 이들도 새벽에 출발했을 테니. 내가 구룡령에 도착할 때쯤이면 장사하는 분들이 와 있기를 바랄 뿐이다. 그래야만 탈진 상태인 이 몸을 회복시키고 그래야만 원래 계획대로 오늘 조침령까지 갈 수 있을 테니. 이들에게 꼭 하고 싶은 말이 있었으나 차마 못했다. '물 좀 여유가 있느냐?'였다.

안부에 이르고, 오르니 1,281봉 정상이다(05:10). 완만한 내리막으로 한참을 내려가니 다시 안부에 이르는데, 이곳에도 이정표가 있다(구룡령 5.12, 약수산 3.7). 직진으로 오른다. 완만한 오르막 끝에 마늘봉에 이른다(05:47). 바로 내려간다. 잠시 후 안부에 이르고, 이곳에서부터 또 가파른 오르막이 시작된다. 한참동안 오른 끝에 1,261봉에 이르고, 정상에는 로프가 설치된 자그마한 바위가 있다.

이정표도 있다(구룡령 3.98, 약수산 2.6, 응복산 2.73). 거리가 소수점 둘째자리까지 표시된 것이 특이하다. 구룡령까지 이어지는 능선이 뚜렷하다. 내려간다. 바윗길이다. 완만한 능선이지만 힘이 딸려 발걸음 떼기조차 어렵다. 무얼 먹을 수는 없지만 뭔가를 먹어야 할 것 같다. 물이 좀 남긴 했지만 구룡령까지 가야 할 길이 창창해서 함부로 마셔 버릴 수도 없다.

다시 안부에 이르고, 오르니 아미봉에 도착한다(06:47). 아미봉에도 이정표가 있다(구룡령 3.32). 좌측으로 내려간다. 잠시 후 다시 안부에 이르는데, 순간 깜짝 놀란다. 안부는 나뭇가지로 길을 막았고 그 뒤에는 건장한 사람이 제복 비슷한 옷을 입고 서 있는 것이 아닌 가. 내가 당황해서 놀라니(이분이 국립공원 감시인으로 알았음) 그분 이 다가와 나를 안심시킨다. 자기는 양양에서 온 약초꾼이라면서, 대 체 이 시각에 어디에서 오느냐고 묻는다. 20년 이상 이곳에서 약초를 캐고 있지만 이 시각에 진고개쪽에서 이곳을 통과하는 사람은 처음 본다는 것이다.

그러면서 탈진 상태인 내 몰골을 보더니 자기 망태에서 약초를 꺼 내 준다. 곧 회복될 것이라면서. 이분의 설명을 듣고서 희망과 절망 적인 것 두 가지를 알게 된다. 희망적인 것은 구룡령에는 장사꾼들이 없어도 약수터가 있으니 식수를 구할 수 있다는 것이고, 절망적인 것 은 지금 이런 몸 상태로는 조침령까지는 절대로 갈 수 없으니 포기하 라는 것이다.

약초꾼과 헤어져 약수산을 향해 오른다. 초입부터 긴 오르막이 시 작된다. 한참을 오른 끝에 능선에 이른다. 능선에 올라서니 구룡령을 향해 이어지는 능선들이 뚜렷하다. 그런데 약수산 정상까지는 앞으 로도 넘어야 할 봉우리들이 무수하다. 저 봉우리들을 모두 넘어야 한 다……. 하늘을 올려다본다. 용 모양의 구름이 맑은 하늘에 떠 있다. 얼마 전에도 봤던 그런 구름이다. 나를 따라 이곳으로 왔는지, 이곳 에서 나를 기다리고 있는지? 분명한 건 많은 것들이 지금 나와 함께 하고 있다는 것이다. 지금 이 능선에 아무도 없지만 절대 혼자가 아 니다. 나올 듯 말 듯한 약수산 정상은 힘겹게 여러 개의 봉우리들을 넘게 한 뒤에야 겨우 제 모습을 드러낸다(07:52).

정상에는 삼각점과 구리 동판으로 된 정상 표지판이 있다. 이곳에서 바라보는 전망은 시원스럽다. 뒤쪽으로는 조금 전에 지나온 응복산이 바라보이고, 앞쪽으로는 희미하지만 점봉산까지 보인다. 바로 내려간다. 20분 이상을 내려가다가 오르니 무명봉에 이른다(08:17). 바로 내려가니 쉼터가 나온다(08:22). 이정표가 있다(구룡령 0.6). 우측으로 내려간다. 걷기 힘든 가파른 계단길이다. 한참을 내려가니 구룡령이 0.3km 남았다고 알리는 이정표가 나오고 표지기가 뭉치로 걸려 있는 곳에 이른다. 이곳에서도 한참을 내려가니 홍천 산림홍보전시관인 신식 건물이 나타나고 건물 좌측으로 진행하니 큼지막한 구룡령 표석이 나타난다. 구룡령에 다 온 것이다(08:40).

구룡령에서(08:40)

정상에는 홍천 산림홍보전시관이 산기슭에 있고 그 아래에는 대형 구룡령 표석이 있다. 처음 보는 구룡령은 의외다. 상상했던 것과는 완전히 딴 판이다. 차량이 주차되어 있고 약초와 음료를 파는 간이 매대까지 있다. 인적 없이 한적한, 그야말로 하늘을 나는 새와 산속을 헤집는 동물들만 있는 줄 알았는데 그게 아니다. 예전에는 이곳에도 양양과 홍천을 오가는 버스가 1회 운행되었다는데 이젠 그마저 없어졌다. 우선 허기를 달래기 위해 음식을 주문하고 나도 모르게 그 자리에 쓰러졌다. 장사하시는 분이 놀라 내 손을 잡고 지압을 시작하니 그때서야 조금씩 회복된다.

오늘 조침령까지 가기로 한 원래의 계획은 포기한다. 이런 몸 상태로는 도저히 불가능해서다. 이번 사고는 약으로 작용할 것이다. 오늘의 실패를 결단코 사고로만 끝내지 않을 것이다. 이젠 귀경길을 고민해야 한다. 홍천이나 양양으로 나가야 되는데 이곳에는 노선 버스가 없다. 그런데 희망적인 것은 어제 이곳에서 3,200명이라는 대규모 선수들이 참가한 자전거 대회가 있었다고 한다. 그래서 오늘 그때 설치한 시설물과 쓰레기들을 인제군청 직원들이 치우고 있는 중이다. 책임자를 만나 사정을 말하니 흔쾌히 수락한다. 자기들이 작업을 마치려면 좀 더 시간이 걸리고 또 이 도로를 따라 계속 내려가면서 쓰레기를 수거해야 하는데, 그래도 좋다면 인제까지 태워 주겠다는 것이다.

이렇게 감사할 수가! 인제고 홍천이고를 따질 게재가 아니다. 작업하는 직원 모두에게 시원한 캔커피를 대접하고 나도 그들의 작업을 거들어준다. 작업이 끝나자 청소차를 타고 인제군 산속 도로를 일주하는 행운(?)을 누린다. 쓰레기 수거가 끝나자 책임자는 나를 원통터미널까지 데려다 준다. 이들과 감사의 작별인사를 나누고 가벼운 마음으로 터미널 매표소로 향한다. 25시간이 넘게 걸린 구룡령 구간. 이렇게 막을 내린다.

(오늘 걸은 길)

진고개→동대산→1421봉→1406봉→1296봉→1383봉→두로봉
→1234봉→신배령→만월봉→응복산→1281봉→마늘봉→1261봉
→1280봉→약수산→구룡령(23.5km, 18시간 9분)

(교통편)

* 갈 때

1. 동서울터미널에서 강릉: 06:32~23:05까지 자주 있음.

2. 강릉에서 진부까지는 시외버스, 진부에서 진고개까지는 택시 이용

* 올 때

1. 구룡령에서 명개리까지는 도보, 명개리에서 홍천 내면까지는 군 내버스(06:40, 09:00, 13:00, 18:25), 내면에서 홍천터미널까지 는 시내버스 이용(07:20~18:00까지 8회)

2. 홍천터미널에서 동서울터미널: 07:10~20:40까지 자주 있음.

서른여섯째 구간(구룡령에서 조침령까지)

2017. 5. 27.(토), 맑음

"당신 지금 행복하신가요?" 나이 60이 넘으면 흔히 들을 수 있는 질문이다. 답은 간단치가 않다. 여러 가지를 고려해야 하기 때문이다. 건강은 괜찮은지, 아내와 관계는 원만한지, 자녀 결혼은 다 시켰는지, 노후대책은 확실한지, 하는 일은 잘 되는지 등 따질 게 많다.

이 질문을 나에게로 돌려보자. 바로 답할 수 있다. "그렇다"이다. 갖출 것 다 갖춰졌고 걱정거리가 없어서가 아니다. 하고 싶은 일을 지금 하고 있어서다. 잘 산다는 것, 별 것 아니다. 해야 할 일을 다 하고, 하고 싶은 일을 해서 죽음 앞에 섰을 때 후회가 없다면 그런 삶이 잘 산 삶이 아닐까? 나는 우리나라 중심 산줄기 타기를 10년이 넘게 계속하고 있다. 오래전부터 맘 먹었던 과제다. 오늘도 다음 구간 자료를 살피며 아침을 시작했다.

백두대간 36, 37구간을 넘었다. 36구간은 구룡령에서 조침령까지이다. 구룡령은 홍천군 내면 명개리와 양양군 서면 갈천리를 잇는 고갯길이고, 조침령은 양양군 서부에 위치한 고개로 서면 서림리와 인제군 기린면 진동리의 경계를 이룬다. 이 구간에는 1,121봉, 1,066봉, 갈전곡봉, 왕승골삼거리, 1,059봉, 옛조침령 등 높은 산과 잿등이 있다. 이 구간은 평범한 구간이기에 무난하게 넘을 수 있다. 굳이 어려움을 들자면 들머리인 구룡령까지 대중교통이 없다는 것이다. 하루 전날 출발해서 구룡령에서 1박 후 다음날 새벽부터 36구간 종주를 시작했다.

5월 26일 금요일. 동서울터미널에서 2시 5분에 출발한 홍천행 버스는 3시 30분에 홍천터미널에 도착. 이곳에서 구룡령까지는 몇 번의 버스를 더 타야 한다. 홍천터미널에서 4시 30분에 내면행 버스에 오른다. 5시 39분에 내면에 도착. 이곳에서 명개리행 버스 출발시까지는 시간적 여유가 있어 주변을 둘러본다. 정류장 앞에는 파출소와 면사무소가 있다.

마을 안쪽으로 내려가니 의외로 상가가 번성하다. 음식점도 있고 슈퍼도 있다. 미리 알았더라면 이곳에서 식사를 할 텐데……. 그런데 특이한 것은 서울에서 홍천까지 버스요금이 6,600원인데 관내인 홍천에서 내면까지는 8,400원이다. 거리도 더 짧고 소요시간도 적을 뿐만 아니라 그렇다고 더 좋은 버스도 아니다. 이유가 있겠지만 나 같은 외지인으로서는 쉽게 납득이 가지 않는다. 보통 관내에서는 군내버스로 1,200원 정도면 타고 다녔는데…….

내면에서 6시 25분에 출발한 명개리행 막차는 6시 46분에 명개리 마을 입구 삼거리에 도착. 이곳에서 구룡령까지는 버스가 없다. 내면에는 택시도 없다. 걸어갈 수도 있지만 거리도 상당하고 이틀간 종주를 위해서는 힘을 비축해야 하기 때문에 명개리 마을 승용차를 이용하기로 한다. 미리 확인해 둔 명개리 이장에게 전화로 협조를 구한다. 삼거리에서 기다리라고 한다. 10분 내로 가겠다면서…….

구룡령 정상에서(19:30)

구룡령 정상에는 오후 7시 30분에 도착. 이장님께 감사 인사와 정중한 사례를 하고 헤어진다. 이젠 구룡령도 어둠이 깃들기 시작한다. 양양 쪽에 설치된 동물이동로가 석양에 물들고 있다. 바로 일주일 전에 봤던 구룡령 표석도 다시 한번 확인해 본다. 그런데 이곳에서 의외의 현장을 목격한다. 도로가에 세워진 트럭. 그 안에서는 60대가 넘어 보이는 부부가 저녁을 준비하고 있다. 소위 박스 카로 여행을 다니는 부부다. TV에서 봤던 그런 장면이다. 대체 이들은 무슨 이유로 이런 인적 없는 깊고 높은 잿등에 차를 세웠을까?

한편으로는 솔찬히 다행스럽다. 한적한 잿등에 나 말고 다른 사람이 있다는 자체만으로 충분히 위안이 되기 때문이다. 내일 새벽에 출발하게 될 들머리를 미리 확인하고, 들머리 우측에 있는 약수터에서 식수를 보충한 후 텐트 칠 곳을 물색한다. 적지는 바로 나타난다. 산림홍보전시관 처마 밑이다. 전시관은 밤중이라 아무도 없다. 처마 밑이라 짐승의 공격도 피할 수 있고, 비가 와도 문제가 없다. 텐트를 치고 저녁식사를 마친 후 집에 안부 전화를 하고 바로 취침에 들어간다.

5월 27일 토요일. 새벽 3시에 기상. 텐트를 철거하고 홍보전시관을 나선다(04:40). 60대 부부가 잠들어 있는 트럭은 아직도 한밤중이다. 36구간 들머리는 구룡령 표석이 있는 곳에서 홍천 방향으로 50여 미터 내려가면 바로 약수터 옆에 있다. 가파른 오르막에 세워진 긴 목재 데크다. 입구는 막대기로 단단하게 막아 놓았다. 목재 데크 우측에는 약수터, 좌측에는 빛바랜 등산안내도가 있다. 바로 출발한다. 목재 데크를 막아 놓은 막대기를 넘어 오른다. 데크를 넘어서니 바로 이정표가 나온다(조침령 21.0, 10시간). 우측으로 능선을 찾아 나선다. 길은 험하지 않다. 완만한 산길을 오르내린다. 첫 번째 봉우리에 이르고(05:01), 바로 내려간다. 완만한 오르내리막이 계속된다.

키 작은 산죽이 보이기 시작하고 주변엔 참나무들이 많다. 등로는 좁지만 걷기는 괜찮다. 해가 뜨려는지 우측 동해바다 쪽에 붉은 빛이 감돈다(05:12). 잠시 후 두 번째 봉우리에 선다(05:13). 이곳에서 일출 장면을 맞는다. 오늘 날씨가 맑을 것 같다. 내려가자마자 구룡령 옛길 정상에 이른다(05:21). 십자로 된 옛길 표지목이 세워져 있고 이정표도 있다. 우측은 양양, 좌측은 명개리, 직진은 갈전곡봉을 가리킨다. 그 옆에는 구룡령 옛길 안내판이 있다. 옛길 정상에서 직진으로 오른다. 돌계단이 이어진다. 바람 한 점 없는 맑은 날씨. 오르다가 바로 내려간다. 안부에서 다시 오르니 1,121봉에 이른다(05:38).

직진으로 내려간다. 돌길이다. 긴 산죽밭이 이어지고 등로 주변엔 쪽동백과 참나무가 많다. 안부에 이르러서 오르니 무명봉에 이른다(05:56). 무명봉에는 통나무 의자와 이정표가 있다(갈전곡봉 2.0, 1시간). 우측으로 내려가자마자 안부에 이르고, 안부에서 무명봉을 하나 넘고 오르니 1,066봉에 이른다(06:29). 내려간다. 바로 아래에 이정표가 있다(갈전곡봉 0.75, 갈전약수터 2.3). 잠시 후 안부에 이르고, 가파른 오르막이 시작된다. 등로 양쪽에는 로프가 있다. 오르막 끝에 갈전곡봉에 이른다(06:52).

갈전곡봉에서(06:52)

갈전곡봉은 인제군 기린면과 홍천군 내면에 걸쳐 있는 봉우리다. 정상에는 넓은 공터와 통나무 의자, 부산낙동산악회에서 매단 갈전곡봉 표지판이 있다. 이정표도 있다(가칠봉 3.0, 조침령 17.05). 이곳에서 잠시 휴식을 취한 후 출발한다(07:07). 급경사 내리막에 통나무 계단이 설치되어 있다. 계단은 사이사이가 빗물에 패였다. 계단을 내려서니 바위가 나온다. 바위를 지나 한참을 가다가 안부에서 오르니 산죽밭이 있는 무명봉에 이른다. 내려가다가 안부에서 긴 통나무 계단을 오르니 통나무 의자 5개가 있는 무명봉에 이른다(07:46). 주변에는 산죽과 넝쿨들이 많다. 내려가는 길에도 넝쿨이 이어지고 자작나무도 보인다. 다시 오르막이 시작되더니 이번에는 삼각점이 있는 봉우리에 이른다(08:11). 정상에는 이상한 비닐 뭉치가 있다. 뭘까? 조난자를 위한 것일까? 별 생각이 다 든다.

바로 내려간다. 안부에서 오르니 이번에도 통나무 의자 2개가 설치된 봉우리에 이른다(08:25). 바로 내려간다. 조금 전의 비닐 뭉치가 머릿속을 떠나지 않는다. 봉우리마다 놓여 있는 통나무 의자도 마찬가지다. 산림청의 배려인 것 같다. 대간 종주자들의 안전을 위한 것일 거다. 완만한 능선을 오르내리다가 통나무 계단을 넘어서니 또 통나무 의자 2개가 있는 봉우리에 이른다(08:40). 특징 없이 비슷비슷한 봉우리들이 연속된다. 봉우리에서 내려가니 로프가 설치된 통나무 계단이 이어지고 고요한 숲속 길이 이어진다. 등로 주변에 키 큰 산죽이 나오고, 내리막길이 계속된다. 주목도 보인다. 앞쪽에 높은 봉우리가 떡 버티고 서 있다.

잠시 후 왕승골사거리에 이른다(08:59). 넓은 공터가 있는 사거리에는 백두대간 안내판과 통나무 의자 3개 그리고 이정표가 있다(우측은 왕승골, 좌측은 조경동, 직진은 조침령 12.9). 갈천리 왕승골로 내려가는 우측 길도 뚜렷하다. 대간길은 직진이다. 사거리에서 완만한 길로 올라서니 산죽밭이 이어진다. 우측 봉우리에는 비석이 있는 묘지가 있다. 이렇게 깊고 높은 산봉우리에 묘지를 쓴 사람은 대체 어떤 사람일까? 봉우리에서 내려가자마자 오르게 되고, 바위봉을 지나니 무명봉에 이른다(09:31). 다시 한번 통나무 계단을 지나 산죽 숲을 뚫고 오르니 968봉이다(09:53). 정상은 공터가 있는 삼거리다. 이정표 위에 누군가 태극기를 꽂아 두었다. 조경동으로 내려가는 좌측길이 뚜렷하다.

우측으로 내려간다. 30m쯤 내려가니 삼각점이 나타난다. 계속 내려가니 안부에 이르고, 안부에서 통나무 계단을 오르니 산죽이 있는 무명봉에 이른다. 무명봉에서 내려가니 완만한 능선 오르막이 이어지고, 긴 통나무 계단을 오르니 다시 무명봉에 이른다(10:32). 무명봉에서 내려가는데 날이 점차 맑고 밝아진다. 안부에서 긴 오르막을 오르니 약간의 공터가 있는 무명봉에 이른다(10:43). 정상에는 산죽과 잡목들이 있다. 내려가는 듯하다 바로 오르니 키 작은 산죽들이 바닥에 깔려 있고 좀 더 오르니 공터가 있는 봉우리에 이른다. 완만한 능선 내리막이 계속되고 산죽을 베어 낸 자리가 나오더니 다시 키 작은 산죽이 깔린 곳을 지난다. 잠시 후 연가리골샘터 갈림길에 이른다(11:06).

연가리골샘터 갈림길에서(11:06)

연가리골샘터는 옛날부터 재앙을 피하려는 사람들이 모여들었던 곳이다. 공터가 있는 갈림길에는 통나무 의자와 이정표가 있다. 나무 쪼가리들도 널려 있다. 좌측에 샘터가 있다고 하는데 확인은 못했다. 이곳에서 간식을 먹으며 약간의 시간을 보낸다. 다시 출발이다 (11:38).

완만한 오르막이 시작된다. 무명봉 하나를 넘어서니 956봉에 이른다(12:01). 정상에는 약간의 공터와 참나무, 단풍나무가 있다. 급경사 내리막이 이어지고 좌측에 로프가 있다. 급경사 내리막 끝에 산죽이 시작되고, 안부에서 오르면서 특별한 산죽을 발견한다. 꽃이 핀 산죽이다. 지금까지 산속을 걸으면서 꽃 핀 산죽은 처음 본다. 다시 로프가 설치된 통나무 계단이 시작된다. 등로가 파헤쳐진 곳이 자주 나온다.

긴 오르막 끝에 1,061봉에 이른다(12:54). 정상에는 쓰러진 나무들과 잡목들이 있다. 조금 내려가니 공터가 나오고 목재 의자가 있다. 이어서 키 작은 산죽이 온 산을 덮고 있는 산죽 지대에 이른다. 잠시 후 안부에 이르고(13:10), 직진으로 오르니 955봉이다(13:19). 정상에는 공터가 있고 통나무 의자도 있다.

이정표 한쪽 날개가 떨어져 땅바닥에 뒹군다. 애처롭다. 내려간다. 돌길이 시작되더니 급경사 내리막으로 이어진다. 잠시 후 썩어 가는 통나무 의자가 있는 안부에 이른다(13:33). 직진으로 오르막을 넘으니 계속해서 내리막으로 이어지고 급경사 내리막이 이어지다가 완만한 내리막 끝에 다시 안부에 이른다(13:54). 바람불이 삼거리다. 넓은 공터가 있고, 통나무 의자 2개, 숲 안내문이 있다.

바람불이 삼거리에 있는 고사목 (인생의 마지막 모습을 보는 듯)

특이한 것은 가지가 하나도 없는 고사목이 우뚝 서 있다는 것이다. 인생의 마지막 모습? 애처로움을 넘어서 두려운 마음이 앞선다. 직진으로 오르니 이정표가 있는 안부에 이른다(14:19). 황이리 갈림길이다. 이젠 최종 목적지인 조침령까지는 4.1km 남았다. 대간길 마루금은 가도 가도 끝이 없고, 넘어도 넘어도 봉우리는 또 나온다. 직진으로 오른다.

무명봉을 넘으니 바위가 자주 나온다. 다시 통나무 의자가 있는 무명봉에 이르고(14:44), 계속 진행하니 전망봉이다(14:54). 좌측 아래로는 도로가 보인다. 내려간다. 돌길이 이어지고 산죽이 나온다. 다시 삼각점이 있는 무명봉에 이르고, 내려가니 쇠나드리다(15:12). 바람이 너무 심하게 불어 황소도 날아간다는 옛조침령이다. 이정표에 누군가가 쇠나드리라고 적어 놓았다.

주변은 산죽과 잡목이 무성하고 좌측은 바람불이로 내려가는 길이다. 직진으로 긴 오르막이 이어진다. 양쪽에 로프가 설치된 통나무 계단이 나오고, 잠시 후 가슴 아픈 현장을 목격한다. 이곳에서 사고사를 당한 어떤 분의 1주기를 맞아 60대 노인이 제를 올리고 있다. 작년 5월 이곳 산행 중에 사고를 당했다고 한다. 그렇게 갈망하던 백두대간 완주를 3구간 남겨놓고 당한 사고라서 더욱 안타깝다고 한다. 남의 일 같지가 않다. 위로와 명복을 빌어 드리고 조심스럽게 지나간다.

바위봉을 지나(15:38) 내려가니 느닷없이 목재 데크가 나온다. 능선을 건너는 일종의 다리인 셈이다. 목재 데크를 지나니 비포장도로에 이른다(16:02). 비포장도로를 따라 위쪽으로 진행한다. 조금 가다가 좌측에 최근에 신설된 것으로 보이는 깨끗한 헬기장을 발견한다. 100여 미터를 더 진행하니 우측에 공병여단에서 세운 조침령 표석이 있고, 100여 미터를 더 진행하니 '백두대간 조침령'이라고 새겨진 대형 표석이 나온다(16:07). 조침령에 다 온 것이다.

조침령은 옛날부터 소금을 지어 나르던 고개인데, 잿등이 높고 험하여 새가 하루에 넘지 못하고 잠을 자고 넘었다고 해서 조침령이라고 부르게 되었다고 한다. 최근에 고개 밑으로 터널이 개통되었다. 아직도 낮 시간은 많이 남아 있다. 비교적 쉽게 36구간을 마친 것 같다. 기분이 상쾌하다. 산길을 걷는 날은 마음이 목욕하는 날이다. 그동안 찌든 마음속의 때가 깨끗하게 씻겨 나간다. 그런데 이곳에서 많은 고민을 하게 된다. 이어서 바로 37구간을 계속할 것인지 아니면 이곳에서 야영을 하고 내일 새벽에 출발할 것인지를. 일단 좌측의 진동리로 내려가서 텅 빈 식수통부터 채우고 차분하게 생각하기로 한다.

(오늘 걸은 길)

구룡령→1100봉→1121봉→1066봉→갈전곡봉→왕승골삼거리→968봉→연가리골갈림길→956봉→1059봉→955봉→옛조침령→조침령(21.25km, 11시간 27분)

(교통편)

＊갈 때

1. 동서울터미널에서 홍천까지: 06:15~22:40까지 자주 있음

2. 홍천터미널에서 내면까지 시내버스(08:00~18:40까지 7회), 내면에서 명개삼거리까지 군내버스(06:40, 09:00, 13:00, 18:25), 명개3거리에서 구룡령까지는 도보 이동

＊올 때

1. 조침령에서 진동2리까지 도보(1.2km), 진동2리에서 현리까지 버스(06:20, 12:30, 17:20), 현리에서 동서울터미널까지는 시외버스 이용(07:50, 09:20, 11:40)

서른일곱째 구간(조침령에서 한계령까지)

2017. 5. 27.~28.(토~일) 맑음

36구간을 마치고 그날 오후에 연속해서 37구간을 넘었다. 37구간은 조침령에서 한계령까지다. 조침령은 양양군의 서부에 위치한 고개로 양양군 서면 서림리와 인제군 기린면 진동리의 경계를 이루고, 한계령은 인제군 북면과 양양군 서면과의 경계에 있는 고개이다. 이 구간에는 1,018봉, 1,133봉, 1,136봉, 북암령, 1,020봉, 단목령, 962봉, 점봉산, 망대암산, 1,158봉, 만물상 암릉길 등 높고 낮은 산과 잿등 그리고 길고 험한 암릉이 있다.

이 구간은 종주자들을 설레게도, 아주 고민스럽게도 한다. 천상의 화원이라 불리는 점봉산이 있고, 비탐방구간으로 지정되어 24시간 철저하게 출입을 통제하는 단목령이 있어서다. 단목령을 통과하더라도 또 한 군데 신경 써야 할 곳이 있다. 만물상 암릉길이다. 어떤 사람들은 백두대간 중 가장 위험한 암릉길이라고도 한다. 직벽으로 이뤄지는 긴 암릉을 계속해서 로프를 타고 진행해야 하기 때문이다. 만물상 암릉길을 통과하면 마지막으로 주의해야 할 곳이 또 있다. 구간의 날머리에 해당하는 한계령 감시초소다. 별 생각 없이 내려가다보면 감시초소와 맞닥뜨리게 된다. 그럴 경우 백발백중 걸린다.

요즘은 구간 하나하나가 정말 신경 쓰인다. 들고 나는 교통편도 어렵지만 출입통제 구간 단속이 너무 심해서다. 백두대간 골인 지점인 진부령까지 큰 사고 없이 마무리하겠다는 나 자신의 의지도 심적인 부담으로 작용한다. 이게 바로 홀로 종주하는 자들이 감수해야 할 고통이다. 백두대간도 이젠 세 구간 남았다. 갈수록 어려운 것 같다. 실수도 연속된다. 말년에 몸조심하라는 말, 새삼 절감한다. 정확한 정보를 갖고 한 걸음 한 걸음 최대한 신중하게 걷는 수밖에. 골인 지점인 진부령정상의 거대한 표석을 내 품에 안기 전까지는.

조침령에서(2017. 5. 27. 17:55)

36구간을 마치고 좌측의 진동계곡으로 내려가 이틀 치 식수를 빵빵하게 보충하니 갑자기 부자가 된 듯하다. 그런데 막상 37구간을 계속하기로 결정은 했지만 셈법이 복잡하다. 관건은 단목령이다. 단목령을 무사히 통과하기 위해서는 새벽 5시 이전에 그곳을 통과해야 한다. 그러려면 최대한 단목령 가까이 가서 기회를 엿봐야 한다. 이 시각에 출발해야 하는 이유다. 조침령 초입에는 목재 데크가 깔려 있고 그 우측엔 무인카메라가 돌고 있다.

목재 데크를 통과하는 사람들은 어김없이 찍힌다. 카메라에 미세한 움직임만 포착되어도 방송 멘트가 나온다. 출입통제 구간이니 되돌아서라는 기계음이다. 카메라를 피해 목재 데크 우측의 비포장도로를 따라 내려가다가 카메라 통제 범위를 벗어난 지점에서 산으로 오른다. 37구간 등로에 안착한다. 등로는 목재 데크. 목재 데크가 끝나면 바로 삼각점이 나타나면서 흙길로 바뀐다.

흙길을 따라 조금 오르니 전망대가 나온다. 군 시설인 듯 주변에 초소가 있다. 무사히 감시카메라를 통과했다는 안도감에 전망대에 배낭을 내려놓고 잠시 양양군 서면 일대를 내려다본다. 몇 시간 후에 벌어질 대참사를 조금도 알아채지 못하면서. 다시 오른다. 완만한 오르막이 이어지고 10여 분 만에 첫 번째 봉우리에 선다(18:11). 바로 내려가니 이정표가 나온다(단목령 9.8). 조침령에서 겨우 600m를 올라왔을 뿐이다.

내려가다가 오르니 10여 분 만에 두 번째 봉우리에 이른다(18:22). 바로 내려간다. 주변에는 참나무가 많다. 잠시 후 안부에 이르고, 긴 오르막이 시작된다. 통나무 계단이 이어지고 오르막 끝에 다시 봉우리 정상이다(18:44). 아마도 943봉인 것 같다. 이곳에서 대간길은 좌측으로 90도 꺾이면서 내려간다. 내려가다가 오르니 돌길이 시작되고 잡목들이 시야를 가린다. 우측에는 양수발전소와 동해바다가 보인다. 날도 어두워진다. 얼마를 더 가다가 멈춰야 할지 벌써부터 고민이다. 랜턴을 꺼내야 될 것 같다. 잠시 후 또 봉우리에 이른다(19:10). 1,018봉인 것 같지만 확실하지 않다.

1018봉에서(19:10)

정상에서 내려가다가 안부에서 긴 오르막을 오른다. 로프가 설치되어 있다. 다시 봉우리 정상이다(19:42). '전봉26'이라고 적힌 119구조대 표시목이 있다. 단목령은 이제 6.8km 남았다. 내려간다. 산속은 벌써 어둠이 점령했다. 갑자기 좌측 숲속의 하얀 물체가 랜턴에 잡힌다. 깜짝 놀라 자세히 보니 양수발전소상부댐 안내문이다. 출입금지를 알린다. 조금만 이상한 것이 나타나도 오싹해진다. 계속해서 오른다.

어둠이 짙어져 텐트 칠 장소를 찾아야 할 것 같다. 앞쪽에선 내 움직임을 포착한 멧돼지가 계속해서 울부짖는다. 나를 경계하는 것인지, 공격하려는 것인지는 알 수 없다. 신경 쓰인다. 멧돼지 주 활동무대는 움푹 패인 안부일 것이다. 안부를 피해 텐트 칠 만한 곳을 찾아야 한다. 하지만 가도 가도 그런 곳은 나타나지 않는다. 오르막은 계속되고 텐트 칠 만한 공간은 없고…….

계속해서 오른다. 캄캄한 산속은 밤 9시가 넘고 있다. 그새 1,133봉과 1,136봉을 넘었다. 밤중이라 봉우리 구분이 어렵다. 다시 봉우리 정상이다(21:02). 119 구조대 표시목에는 단목령이 4.8km라고 적혀 있다. 우측 멀리 동해바다 고깃배 불빛이 찬란하다. 산속에서는 이런 불빛이 상당한 위로가 된다. 이곳에 텐트를 치기로 한다. 공간은 넉넉하지 않지만 조금만 다듬으면 한 사람 눕기에는 그런대로 가능할 것 같다. 또 봉우리 정상이라서 멧돼지 공격을 피하기에도 좋은 곳이다. 만일을 대비해서 텐트 앞뒤로 스틱을 하나씩 세우고 텐트 안에는 밤새 전등을 켜 놓기로 한다.

자정이 되자 핸드폰 알람은 어김없이 나를 깨운다. 착한 핸드폰. 텐트 안 전등에게도 감사를 표한다. 밤새 나를 지켜 줬다. 텐트 밖으로 나와 본다. 바람이 약간은 차갑다. 텐트 앞뒤로 세워 놓았던 스틱 하나가 쓰러졌다. 짐승들 소행 같지는 않다. 바람 때문이었을 것이다. 동해바다를 바라본다. 휘황찬란하던 불빛은 여전하다. 대충 뱃속을 채우고 출발 준비를 한다. 산중 밤길이라 등로와 개념도를 살피느라 많은 시간을 보냈다. 텐트를 철거하고 출발한다. 날이 바뀌어 5월 28일 새벽 2시 18분이 지나고 있다. 캄캄한 한밤중의 산속. 이젠 헤드랜턴 하나에 모든 걸 맡긴다. 적당하게 바람이 분다. 최대한 조심스럽게 한 걸음 한 걸음 나아간다.

이런 곳, 이런 상황에서는 한번 길을 잃으면 끝장이다. 속도가 늦더라도 안전하게 움직여야 한다. 이게 최선이고 빠른 길이다. 내리막 오르막을 반복하고 돌길도 오르내린다. 갑자기 이정표가 랜턴에 잡힌다(02:30). 단목령이 4.4km라고 알린다. 등로에 박혀 있는 삼각점을 발견한다(02:48). 바로 내려간다. 속도는 상당히 느려진다. 갑자기 수많은 표지기가 랜턴에 잡힌다(02:55). 이정표도 있다(단목령 3.76). 이곳이 봉우리 정상인지도 확실치 않다. 사방이 캄캄해서다.

내려간다. 한참동안 내려가는 걸 보니 좀 전 봉우리가 상당히 높았던 모양이다. 목재 계단을 지나고 긴 내리막을 타고 내리니 '북암리 2.5km' 표지판이 눈에 들어온다. 북암령에 이른 것이다(03:22). 북암령에는 상당히 넓은 공터와 이정표가 있다(좌측 진동계곡, 우측 북암리 2.5, 직진 단목령 2.9). 직진으로 조금 오르자 등로는 가파른 오르막으로 변한다. 밤이라서 그럴까? 경사도가 아주 심한 것 같다.

오르막 끝에 봉우리 정상이다(03:57). 시간상으로 봐서 이곳이 1,020봉인 것 같다. 이젠 단목령이 2.4km 남았다. 밤길이지만 계획대로 나아가고 있다는 것을 알 수 있다. 1시간 정도면 단목령에 도착할 것 같다. 약간 속도를 낸다. 5시 전에 단목령에 도착해야 하기 때문이다. 바로 내려간다. 길고 완만한 내리막이 이어진다. 1,020봉을 지나 20여 분 만에 875봉에 이른다(04:21). 이젠 단목령이 1.4km 남았다. 바로 내려간다. 동이 트려는지 밝아지기 시작한다. 좌측으로 방향을 틀며 내려간다. 이정표가 나온다(04:41, 단목령 0.4). 이정표를 확인하고 마지막 오르막을 넘는다. 오르막 끝에서 내려서니 앞쪽에 시설물이 보이기 시작한다. 단목령 초소다. 발소리를 죽여 가며 살핀다. 아무도 없다. 맘 놓고 내려간다. 드디어 노심초사 애태우던 단목령에 도착한다(04:49).

단목령에서(04:49)

단목령은 우측의 오색 초등학교와 좌측의 진동삼거리를 잇는다. 이곳에 백두대간 종주자들의 저승사자격인 그 무시무시한 감시초소가 있다. 감시초소와 함께 출입금지 안내문이 있고, 점봉산으로 오르는 길목에는 출입 통제 목책이 설치되어 있다. 그런데 이곳에서 맘 놓고 주변을 촬영하고 있는데 갑자기 두 사람이 나타나면서 그 자리에 서 있으라고 한다. 마치 범인 다루듯이. 국립공원 감시인이다. 세상에 이럴 수가! 순간 하늘이 노래진다. 한바탕 훈계를 듣고 주민등록증까지 제시한다. 과태료가 부과된다는 명령조와 함께 좌측의 진동삼거리 방향으로 끌고 간다.

이때 다섯 명의 종주자들이 또 단목령에 도착한다. 이들은 아무것도 모르고 감시의 소굴에 제 발로 들어선 것이다. 감시인들은 이들에게도 나에게 했던 것처럼 똑같은 조치를 한다. 감시인에 이끌려 쫓겨났지만 이대로 물러설 수는 없다. 여기서 물러나면 지긋지긋한 이 길을 다음에 또 와야 한다. 그때라고 무사히 통과한다는 보장도 없다.

이곳에서 기다렸다가 나중에 붙잡힌 다섯 명의 등산객들과 대책을 의논할 생각이다. 예상대로 그들이 왔다. 이들은 청주에서 온 산악회 소속 회원들인데, 총 40여 명이 조침령까지 와서 나머지는 통제가 없는 오색에서 점봉산으로 오르기로 하고 그중 베테랑격인 이들 5명만 조침령에서 밤새 걸어서 이곳 단목령으로 온 것이다. 이들은 내가 감시인과 서 있는 것을 보고서도 등산객인줄로 알고 의심 없이 내려왔다는 것이다.

이들과 상의하니 이들도 같은 생각이다. 이대로 물러설 수 없다는 것이다. 진동삼거리 쪽으로 한참을 내려와서 감시인의 시야에서 완전히 벗어난 지점에서 다시 점봉산을 오르기로 한다. 길은 아예 없다. 무조건 풀숲을 헤치며 산으로 올라야 한다. 기대도 안 했지만 오르막은 너무 험하고 가파르다. 계곡과 능선을 수없이 반복해서 넘었지만 점봉산은 나타나질 않는다. 어디쯤에 있는지조차 알 수 없다. 그런데 문제는 나다. 체력이 고갈된 내가 이들과 속도를 맞추지를 못한다. 그럴 수밖에 없다. 이들은 그저 맨몸이나 다름없는 가벼운 차림이지만 나는 그게 아니다. 무거운 박배낭을 짊어지고 있다. 더구나 이들은 산악회 회원 중에서도 최고의 베테랑들이 아닌가.

서너 시간을 헤맨 후 계속해서 뒤처지는 나를 보고 이들이 제안을 한다. "지금 상황이 매우 어렵다. 점봉산이 어디쯤인지도 알 수 없다. 찾아가더라도 몇 시간이 걸릴지 모른다. 이런 속도면 우리 모두가 사고를 당한다. 우리들은 맨몸이니 속도를 내서 어떻게 해서든지 점봉산을 찾아보겠지만, 당신은 이쯤에서 하산하는 것이 좋을 것 같다."라는 것이다. 백 번 맞는 말이다. 내 체력 상태를 봐서는 당연히 그렇게 해야 될 것이다. 마음은 아팠지만 그렇게 하겠다고 하고서 이들과 헤어진다. 대장인 듯한 분의 결정은 옳았다. 자기들을 위한 것이기도 하지만 나를 위한 순수한 결정이었을 것이다.

이젠 산속에서 나 혼자다. 체력은 완전히 고갈된 상태. 내려가기에도 힘이 들 정도다. 어떻게 어디로 내려가야 할지도 모른다. 휴식을 겸해서 그 자리에서 한참동안 생각을 한다. 내려가면 어디로 갈 것인지? 이곳에서 중단을 하면 나중에 어떻게 다시 올 수 있을지를 냉정하게 생각한다. 결론은 그래도 내려가는 것이 최선이라고 생각된다. 계곡으로 내려가기도, 비탈로 내려가기도 하는 등 갖가지 시도를 해 보지만 힘들기는 마찬가지다.

산속은 몇십 년 동안 사람이 밟지 않은 땅이라서 푸석푸석하기도 하고 쌓인 돌들도 금세 무너져 내린다. 내려가면서도 머릿속은 복잡하다. 대간 완주를 위해서는 단목령은 언젠가 넘어야 하는데, 이제 가면 언제 다시 올 것인가? 다시 오더라도 그때 걸리지 않고 통과한다는 보장도 없다. 이대로 내려간다고 해서 마을을 찾는다는 보장도 없다. 얼마를 더 가야 마을이 나올지도 모른다. 내려가는 것이 오르는 것보다 더 힘들다는 생각까지 든다.

다시 생각한다. 지금까지 산속에서 헤맨 다섯 시간도 아깝지만 그래도 아직은 시간이 남아 있다. 앞으로 3시간 이내에 점봉산을 찾기만 하면 오늘 목적지인 한계령까지도 갈 수 있겠다는 계산을 해 본다. 어차피 내가 가야 할 길이다. 누가 대신 이 길을 걸어 주겠는가? 내가 한 선택에선 고통도 희생도 내 몫이다. 그렇다면 다시 오르자. 나를 믿는다. 이런 생각을 거듭한 끝에 마음을 고쳐먹는다. 다시 점봉산을 찾기로 한다. 물론 실패할 경우 그때는 대형 사고다. 생각하기조차 싫은 조난 사고가 되는 것이다. 각오를 하고 모험을 하기로 한다. 배낭에 있는 오이를 꺼내 허기를 달래고 다시 오른다.

이때가 10시 30분. 지금까지는 청주팀 다섯 명이 이끄는 대로 목적지를 향해 최단거리를 찾아 나서는, 계곡과 능선을 반복해서 넘는 방식을 따랐지만 이제부터는 내 방식대로 오를 것이다. 내 방식이란 무조건 최고 높은 봉우리를 향해 오르는 것이다. 최고봉에 서면 주변이 보일 것이고, 그 주변에서 가장 높은 봉우리가 점봉산일 것이라는 생각에서다. 내 생각은 맞았다. 가장 가까운 최고봉에 올라서니 우뚝 솟은 또 다른 최고봉이 보인다. 최소한 50%의 확신을 갖고 그 최고봉을 향해 오른다. 오를수록 확신의 가능성은 높아간다. 오색에서 올라오는 등로를 발견하고서는 99% 확신을 갖는다. 점봉산 정상 100여 미터 아래에서 내려오는 등산객들을 만난다. 이들에게 물었다. 점봉산이 맞다고 한다. 이렇게 기쁠 수가!!!

점봉산 정상에서(11:55)

정상은 바람이 심하다. 정상석, 삼각점, 이정표가 보인다(귀둔 4.8, 곰배령 3.3, 단목령 6.2). 설악산 대청봉에서 안산으로 이어지는 서북능선이 보이고, 바로 아래로는 조금 있으면 도착하게 될 망대암산과 오색의 만물상 암릉이 코앞으로 다가선다. 좌측으로는 작은 점봉산으로 이어지는 능선이 뚜렷하고, 북동쪽으로는 오색일대와 양양시내까지 내려다보인다. 점봉산은 인제군 기린면과 양양군 서면에 걸쳐 있는 고봉이다. 한계령을 사이에 두고 설악산 대청봉과 마주보며 설악산국립공원 중 남설악의 중심이 되는 산이다. 식물자원의 보고로서 생태적 가치가 큰 산이다. 다양한 식물을 비롯하여 참나물·곰취 등 여러 가지 산나물이 자생하며 일명 천상의 화원으로 불리기도 한다.

오늘 하루 벌어진 일들을 생각해 본다. 단목령을 무사히 넘기 위해 멧돼지 공격의 위험을 무릅쓰고 산봉우리에서 야영하던 일, 단목령에서 감시인에게 걸려 주민등록증을 제시하던 일, 청주 산악회 팀을 만나 계곡과 능선을 반복해 오르던 일, 이들로부터 하산하라는 제안을 받던 수모, 위험을 무릅쓰고 하산 길을 돌려 혼자서 다시 점봉산을 찾아 나서던 일들.

3시간이면 오를 수 있는 점봉산을 배가 넘는 6시간이 걸려 찾았다. 한 편의 드라마를 연상케 한다. 반성도 하고 자위도 한다. 애초에 단목령에서 머뭇거리지 않고 서둘러 통과했더라면 감시인에게 걸리지 않을 수도 있었다. 처음부터 내 방식대로 올랐더라면 훨씬 시간을 단축할 수도 있었다. 큰 위험이 따르긴 하지만 포기는 맨 나중에 해도 된다는 걸 알았다. 일단은 최선을 다한다는 것이 얼마나 중요한지도 체득했다. 위험한 도박일 수도 있지만 자신의 똥고집에 감사하기도 한다.

정상에서 우측으로 내려간다(12:08). 바로 망대암산이 내려다보인다. 급경사 돌길이 이어진다. 주변에는 철쭉이 꽉 차 있다. 잠시 후 등로는 완만한 능선길로 바뀌고 주목이 나온다. 주목 군락지대를 지나니 완만한 내리막으로 이어지고 좀 더 내려가니 갈림길이 나온다. 갈림길에서 우측으로 암릉길을 오르니 망대암산 정상에 이른다 (12:47).

망대암산 정상에서도 시원스런 조망이 펼쳐진다. 만물상 암릉이 뚜렷하고 뒤쪽으로는 점봉산으로 이어지는 편안한 능선이 올려다 보인다. 대간길 숲속은 이미 여름으로 변했다. 내려간다. 역시 암릉길이다. 갈림길에 이른다. 그런데 표지기가 없다. 이곳에서는 암릉을 끼고 우측으로 향하면 등로가 나타난다(13:08). 한동안 급경사 내리막이 이어지더니 완만한 능선길로 바뀐다. 주변은 산죽이 계속되고 잡목도 많다. 바람도 점점 거칠어진다.

한참을 내려간 후 십이담갈림길에 이른다(13:56). 이곳에서 우측은 주전골로 내려가는 길인데, 출입금지 표지판이 있다. 대간길은 직진이다. 직진 길 주변은 말라 죽은 산죽이 밭을 이룬다. 이런 광경도 처음이다. 완만한 능선 오르막은 계속되고 주변은 산죽 지대다. 잠시후 바위가 있는 공터에 이른다(14:22). 잠시 바위에 드러누워 지친 몸을 달랜다. 엄청 긴 오르막이 시작된다. 평소 같으면 평범한 능선으로 보였을 오르막이 왜 이리도 가파르고 길게만 느껴지는지……. 오르막은 돌길로까지 이어지더니 1,158봉에 도착한다(14:51). 특징이 없는 정상에서 바로 내려간다. 10여 분 만에 만물상 암릉길에 도착한다(15:05). 백두대간 코스 중에서 제일 위험하다는 그 암릉이다.

초입부터 우뚝 솟은 암릉이 앞을 막는다. 그렇지만 필요한 곳마다 우회길이 있다. 또 위험한 곳에는 로프가 설치되어 있다. 암릉을 타는 데 생각보다 많은 시간이 걸린다. 어렵게 암릉길을 벗어나니 급경사 내리막이 이어진다. 마지막 지점에 가까워지면 잘 걷던 발걸음도 조급해지는데, 지금이 그때다. 급경사 내리막을 따라 한참 내려가니 한계령 감시초소 직전에 이른다.

이곳에서도 주의해야 한다. 별 생각 없이 내려가다가는 감시초소와 맞닥뜨리게 되는데, 그럴 경우 백발백중 걸린다. 감시초소 150m 정도 직전에서 좌측으로 빠져서 최대한 몸을 낮춰서 내려가야 한다. 좌측으로 내려가면 한계령 낙석철망에 이르고(17:01), 철망 한쪽에

한 사람 정도가 빠져나갈 개구멍이 있다. 체면 불구하고 이 개구멍으로 빠져 나가면 된다. 도로에 내려서서 양양 쪽으로 진행한다. 잠시 후 한계령 휴게소에 이른다(17:19). 백두대간 37구간을 마무리하는 순간이다.

휴게소 앞 광장은 역동적이다. 많은 사람과 차량들이 오간다. 화장실에서 간단하게 씻고 음식부터 주문한다. 배가 끊어질 정도로 아프고 고프다. 바람이 심하게 분다. 대청봉으로 오르는 초입 계단은 하산하는 사람들의 발길이 끊이질 않는다. 아무리 생각해도 드라마 같은 하루였다. 어쩌면 지금까지도 점봉산 어느 산속을 헤매고 있을지도 모른다. 생각할수록 아찔하다. 짜릿하기도 하다. 대간 종주, 인생사와 비슷하다. 바람이 갈수록 거칠어진다.

(오늘 걸은 길)

조침령→943봉→1018봉→1133봉→1136봉→북암령→1020봉→단목령→856봉→962봉→점봉산→망대암산→십이당계곡갈림길→1158봉→한계령(23.9km, 18시간 6분)

(교통편)

* 갈 때

1. 동서울터미널에서 현리터미널: 08:15~17:36까지 자주, 현리에서 진동2리(조침령터널 앞): 06:20, 12:30, 17:20, 조침령터널 앞에서 조침령까지는 도보(1.2km)

* 올 때

1. 한계령에서 동서울터미널: 09:40~19:30까지 12회(휴게실에서 매표)

서른여덟째 구간(한계령에서 희운각대피소까지)

2017. 6. 24.(토), 흐리다가 한때 심한 비

대간 종주의 마지막 발걸음이 되기를 바라면서 3일 연속 종주 계획으로 집을 나섰다. 세 구간은 한계령에서 희운각대피소(38구간), 희운각대피소에서 미시령(39구간), 미시령에서 진부령정상까지다(40구간). 3일 연속해야 하는 이유가 있다. 숙소와 비탐방구간으로 지정되어 단속이 심한 미시령 통과문제 때문이다.

첫날인 6월 24일 38구간을 넘었다. 38구간은 한계령에서 희운각대피소까지다. 한계령은 인제군 북면과 양양군 서면과의 경계에 있는 고개이고, 희운각대피소는 설악산 대청봉을 넘어 공룡능선 직전에 있는 대피소다. 이 구간에는 1,307봉, 1,397봉, 1,474봉, 끝청봉, 중청봉, 대청봉 등의 고봉이 있다. 당일 출발해서도 마칠 수 있을 정도로 거리는 짧지만 관심거리가 많다. 평소에는 쉽게 접근하기 어려운 용아장성능과 공룡능선의 기암괴석을 감상할 수 있고 또 끝청, 중청, 소청, 대청봉을 넘게 되며 중청대피소, 희운각대피소 등 설악산에 있는 몇 개의 대피소를 지나기도 한다. 특히 등산객들의 로망인 대청봉을 오른다는 것이다. 오르기 전에 반드시 신경 써야 할 게 있다. 대피소 예약이다. 그런데 이게 만만치가 않다. 워낙 경쟁률이 치열하다보니 쉽사리 기회가 오지 않는다.

한계령에서(08:45)

세 구간 연속 종주는 이번이 처음이다. 동서울터미널에서 아침 6시

25분에 출발한 버스는 인제와 원통을 거쳐 한계령에는 8시 45분에 도착. 휴게소 한쪽에 세워진 '백두대간 오색령' 표석이 제일 먼저 눈에 띈다. 3일 연속 종주임을 감안해서 휴게소에 들러 아침 식사를 든든하게 한다. 구름이 많으나 날씨는 비교적 맑다. 출발한다(09:20). 38구간은 휴게소 좌측에 있는 시멘트 계단을 오르면서부터 시작된다. 이 계단을 108계단이라고도 부른다.

계단이 끝나면 '설악루'라는 누각이 다가선다. 주변에는 설악산국립공원 안내도가 있고 배낭 무게를 잴 수 있는 저울도 있다. 재미 삼아 무게를 재 본다. 15킬로그램. 평상시보다 더 나간다. 계속해서 오르니 위령비가 나오고 이어서 탐방지원센터를 지난다. 탐방지원센터를 대하니 어쩐지 기분이 좋지 않다. 지난번 단목령에서의 굴욕 때문이다.

탐방지원센터에는 곁눈도 주지 않고 바로 오른다. 돌길이 이어지고 바로 철계단이 나온다. 이어서 흙길이 잠시 이어지더니 암릉이 시작된다. 벌써부터? 이후에도 등로는 철계단, 흙길, 암릉이 반복된다. 다시 철계단을 넘으니 이정표가 나온다(09:51. 대청봉 7.8). 다시 긴 돌길을 따라 오르니 능선에 진입한다(10:18). 우측으로 진행한다. 좌측 방향에는 귀떼기청이 있다. 계속 귀떼기청을 바라보면서 오른다. 잠시 후 1,307봉에 이른다(10:23).

토요일이어선지 등산객이 많다. 대부분이 중청을 거쳐 대청봉을 오르려는 사람들이다. 오늘 하루는 이런 등산객들과 함께 할 것 같다. 항시 혼자였는데……. 내려간다. 역시 돌길이다. 잠시 후 흙길로 바뀌고 오르막에 이르러 목재 계단이 이어진다. 주변에는 벚나무와 잡목들이 많다. 다시 긴 목재 계단이 이어진다. 계단을 넘으니 귀떼기청이 코앞으로 다가선다. 등로는 여전히 돌길과 계단이 반복된다.

등로 주변에서 잎사귀가 하얗게 변색된 나뭇잎을 발견한다. 원래 그런 잎인가? 유심히 살폈지만 아니다. 병든 잎사귀다. 잠시 후 한계령 삼거리에 이른다(11:23). 넓은 공터에서 많은 사람들이 쉬고 있다. 그 속에 다람쥐도 섞여 있다. 사람들이 흘린 음식물을 얻어 먹기 위해서다. 이정표도 있다(귀떼기청봉 1.6, 대청봉 6.0). 대청봉을 향해 오른다. 등로 좌측에는 용아장성능이 자리잡고 있다. 좀 더 진행하니 주목군락지가 나온다. 잠시 완만한 능선이 이어지고 다시 암릉길을 오르니 1,397봉에 이르는데 등로는 도중에 우측으로 우회하게 된다. 1,397봉을 지나면서 좌측에 펼쳐진 용아장성능을 좀 더 가까운 위치에서 바라보게 된다. 너덜과 암릉이 반복해서 나오고 고사목도 눈에 띈다.

다시 공터에 이르고(12:46), 이곳에도 이정표가 있다(대청봉 4.2). 공터를 지나니 더 넓은 공터에 이른다(13:01). 이제 대청봉이 3.7km 남았다. 그런데 이곳에서 희소식을 듣는다. 먼저 와서 쉬고 있던 등산객으로부터다. 내가 대피소 예약을 못 했다는 사정을 듣고 이 등산객은 자기가 소청대피소에 4석을 예약했는데 한 사람이 불참해서 1석이 빈다면서 내 의사를 묻는다. 듣던 중 최고로 반가운 소리다. 대피소 예약에 실패해서 비박하려던 참인데 뜻밖에 고민거리가 해결된 것이다. 희운각대피소가 아니고 소청대피소라는 약간의 아쉬움은 있지만 말이다.

이분들과 이야기를 마치고 다시 오르기 시작한다. 그런데 자리에서 일어서자마자 비가 쏟아진다. 일기예보는 월요일에 비가 온다고 했는데 예상과 다르다. 부랴부랴 우의를 꺼내 입고 오른다. 우의를 준비하지 못한 등산객 일부는 갑자기 쏟아지는 비를 몽땅 맞으며 어쩔 줄을 몰라 한다. 비를 맞는 모습이 딱하다. 앞만 보고 오른다. 우의를 착용하긴 했지만 바지는 이내 젖어들기 시작한다. 중청봉의 둥그런 시설물이 보이기 시작한다. 1,474봉을 지난 것 같은데 언제 지났는지도 모르겠다.

비는 갈수록 세차다. 바로 그칠 비가 아니다. 내리는 비를 생각할수록 정말 다행이란 생각이 든다. 이런 날 산중에서 비박했더라면 어찌 됐을까? 생각할수록 이분들에게 고맙다. 이분들 중 한사람은 이곳 원통에 사는 분인데, 산행 경력이 대단하다. 완만한 능선길이 한참동안 이어지기도 한다. 한참을 오른 끝에 온통 너덜로 이뤄진 끝청에 이른다(14:21). 주변이 트였지만 비 때문에 아무것도 볼 수 없다. 서두른다. 완만한 능선에 이어 다시 암릉길이다. 30여 분을 오른 끝에 중청에 도착한다(14:51).

중청봉 정상은 군 시설이 있어 오를 수 없다. 우측으로 우회하여 내려간다. 잠시 후 끝청갈림길에 이른다. 이곳에서 조금 내려가니 중청대피소에 이른다(15:01). 중청대피소는 운무와 빗속에 푹 파묻혀 있다. 비가 내리는 탓인지 토요일임에도 등산객들이 그리 많지 않다. 이곳에서 600m 떨어진 대청봉 정상이 우뚝하다. 잠시 쉬는데 비가 그치려 한다. 배낭은 대피소 모퉁이에 내려놓고 일행과 함께 대청봉으로 향한다. 오르는 길은 폐타이어가 부착된 계단. 앙증맞은 소규모 돌탑이 보이기도 한다. 600m의 거리는 생각보다 짧다. 경사가 완만해서일 것이다. 잠시 후 대청봉 정상에 도착한다(15:38).

대청봉 정상에서(15:38)

대청봉은 설악산 최고봉이다. 높이는 1,708m로 남한에서는 한라산, 지리산에 이어 세 번째로 높다. 정상은 일출과 낙조로 유명하고, 기상 변화가 심하고 바람이 강하고 온도가 낮다. 정상에서는 동해가 한눈에 내려다보인다. 바윗돌로 엉킨 대청봉 정상. 바위로 된 정상석이 서 있다. 정상석을 배경으로 인증 사진을 찍는다.

사방을 둘러보지만 오늘은 명성만큼 화려하지가 않다. 날씨 탓이다. 원래 계획은 이곳에서 희운각으로 내려가려고 했지만 갑자기 소청대피소에 숙소가 마련되어 소청대피소로 내려가기로 한다. 중청대피소로 내려와서(15:38) 배낭을 챙겨 소청대피소로 향한다. 용아장성과 공룡능선이 운무 속에 묻혀 있다. 상념에 잠길 틈도 없이 소청봉에 이른다(16:33). 삼거리이고 이정표가 있다(우측 희운각대피소 1.3, 좌측 소청대피소 0.4).

이곳 삼거리에서도 몇 컷을 촬영하고 좌측 아래로 내려간다. 소청대피소에는 16:53에 도착. 규모는 아담하지만 환상적인 곳에 자리잡고 있다. 그야말로 명당이다. 바로 아래에는 용아장성능과 공룡능선이 이어진다. 말 그대로 코앞이다. 말로만 듣던 공룡능선을 눈앞에서 내려다보게 된다. 손으로 만질 수 있듯이 가깝다. 그 웅장함이 보는 나를 압도한다. 이곳 아래에는 우리나라에서 가장 높은 지대에 위치하고 있다는 봉정암이 있다. 규모가 작은 탓일까? 아니면 대청봉에서 한쪽으로 비켜 서 있는 때문일까? 숙박객은 그리 많지 않다. 이제부터는 일행과 따로 행동한다. 이분들 덕분에 생각지도 않은 대피소에서 편하게 밤을 보낼 수 있음을 생각하면 한없이 고맙다. 나는 내일 새벽에 일찍 출발해야 하기에 이쯤에서 이분들과 작별 인사를 나누고 잠자리로 향한다.

평소에 이런 생각을 자주 한다. '잘 산다는 게 뭘까?' '어떻게 살아야 잘 사는 걸까?'라는. 내 주변을 둘러보기도, 관련 서적을 뒤져 보기도 했다. 하지만 아직도 잘 모르겠다. 사람은 죽기 직전에 자신의 삶을 평가할 것이다. 그때 조금이라도 후회를 덜 하도록 살아야 하지 않을까? 지금 걷고 있는 대간길도 그런 차원의 프로젝트다. 3일 연속 종주의 첫날이 지나고 있다. 비는 아직도 그치지 않고 내린다. 내일은 날씨가 좋아야 할 텐데…….

(오늘 걸은 길)

한계령→1397봉→1474봉→끝청봉→중청봉→대청봉→희운각대피소(10.03km, 7시간 33분)

(교통편)

* 갈 때

1. 동서울터미널에서 한계령: 06:25~00:00까지 자주(2시간 10분).

서른아홉째 구간(희운각대피소에서 미시령까지)

2017. 6. 25.(일), 맑다가 19:30부터 비

어제에 이은 연속 종주. 39구간은 희운각대피소에서 미시령까지이다. 희운각대피소는 대청봉을 넘어 공룡능선에 진입하기 직전에 있고, 미시령은 인제군 북면과 고성군 토성면 경계에 있는 잿등이다. 이 구간에는 무너미 고개, 신선봉, 천화대, 공룡능선, 마등령, 저항령, 황철봉 등의 높은 산과 잿등이 있다. 그러나 뭐니뭐니 해도 이 구간에서의 관심은 공룡능선의 거대한 암봉과 황철봉 주변의 끝없는 너덜지대다. 그리고 비탐방구간으로 지정되어 철저하게 통제하고 있는 미시령을 어떻게 넘느냐도 큰 관심사다. 당초의 기대와 염려는 크게 다르지 않았다. 공룡능선의 기묘한 암봉은 듣던 명성 그대로였고 지금 당장 관광 코스로 개발해도 손색이 없을 정도였다.

암봉 하면 당연히 금강산 일만 이천 봉이 떠오르겠지만 금강산 못지않을 거라는 생각이다. 또 마등령 이후부터 끝을 모르고 이어지는 긴 너덜지대는 종주자들 사이에서 흔히 회자되고 있는 악명 그대로였다. 이 구간을 넘으면서 새로운 사실도 발견했다. 관계 기관에서는 비탐방구간을 엄격하게 통제하고 있지만, 대책 없이 통제만 하는 것은 아닌 것 같다.

넘기 어려운 암봉은 우회도로를 조성하거나 로프를 설치해서 사고를 방지하도록 했고, 너덜지대나 대간길 찾기에 어려운 곳에는 나일론 줄이나 전선, 폴대 등을 설치하거나 이어 놓아 대간길을 잃지 않도록 했다. 또 야간 종주자들을 위해서는 곳곳에 야광등과 같은 소품도 설치해 놓았다. 이런 점에 대해서는 감사드린다. 또 이 구간에서도 등로 잇기에 주의해야 할 곳이 있다. 마등봉 정상에 이르면 등로는 좌측으로 90도 틀어 이어지는데 정상에서는 직진으로만 길이 보일 뿐이다. 그래서 많은 종주자들이 무심코 직진할 수 있다. 잘못이다. 좌측 아래 너덜을 향해 내려가야 한다.

소청대피소에서(04:50)

새벽 3시에 기상. 어제 비에 젖은 물품들이 아직도 그대로 척척하다. 배낭을 대충 챙기고 취사장으로 나온다. 조금이라도 배낭 무게를 줄여 볼 요량으로 오이 등 무게가 나가는 것부터 해치운다. 식사를 마치고 대피소 앞에 선다. 만물이 잠들어 사방은 고요하다. 짙은 운무만이 주변을 어른거린다. 용아장성능과 공룡능선이 운무에 덮여 위쪽 반만 드러내고 있다.

오늘 저 공룡능선을 타게 된다. 암봉만 보면 겁에 질릴 정도다. 하지만 암봉 아래로는 등로가 있다고 했기에 큰 걱정은 않는다. 제발 비만 오지 않기를 바랄 뿐이다. 또 황철봉의 너덜을 무사히 통과할 수 있기를, 미시령에서 감시인에 걸리지 않기를 바란다. 꾸물거리다 보니 지체됐다. 용아장성능을 그대로 두고 떠나는 게 아쉬워 그 웅장한 위용을 마음속에 꾹꾹 눌러 담는다. 초면인 나를 대피소에 머물 수 있도록 해 준 분께도 마음속 인사를 드리며 출발한다(04:50).

어제 내려오던 길을 오른다. 돌길이다. 내려올 때보다 힘이 더 드는 것은 당연지사. 잠시 후 소청봉 삼거리에 이른다(05:12). 삼거리는 설악동 쪽에서 시작되는 천불동계곡 등산로와 인제군 용대리에서 시작되는 백담계곡 등산로가 만나는 지점이기도 하다. 좌측으로 희운각대피소를 향해 내려간다. 돌길에 이어 철계단이다. 내려가면서도 계속 공룡능선을 쳐다본다. 암봉 윗부분만 보인다. 저 암봉을 오늘 무사히 넘어야 할 텐데…….

돌길과 철계단이 반복되다가 어느새 희운각대피소에 도착한다 (06:03). 희운각대피소는 희운 최태묵 선생이 사재를 털어 세웠다. 1969년 2월 14일 희말라야 원정을 위해 설악산 죽음의 계곡에서 훈련 중이던 대원 10명 전원이 눈사태로 사망하자 이곳에 대피소를 세우면 사고를 방지할 수 있겠다는 생각에서였다. 대피소는 평온하고, 탐방로 안내도 옆에 온도계가 설치된 것이 특이하다. 앞마당 수도꼭지에서는 물이 졸졸 내린다. 누군가 쓰고 잠그질 않은 모양이다. 소청대피소에서는 수도꼭지가 어디에 있는지조차 모를 정도로 물이 귀했었는데…….

공룡능선을 향해 희운각대피소를 빠른 걸음으로 통과한다. 내려가는 길은 돌길이다. 돌길을 지나니 잠시 후 전망대가 나온다. 만경대 전망대다. 언제 설치했는지는 몰라도 엉성하기 짝이 없다. 사방에 안전 줄을 설치했지만 위험하기까지 하다. 전망대를 지나니 무너미고개에 이른다(06:25). 우측은 천불동계곡을 경유하여 비선대로 가는 길이고, 대간길은 좌측 공룡능선쪽이다. 이정표가 있다(마등령삼거리 4.9). 좌측으로 향한다. 완만한 오름길이 이어지다가 가파른 오르막이 나오고 로프가 설치된 암릉길이 나온다. 암봉 아래로는 우회길이 있다. 가파른 암릉을 오르는 곳에는 로프가 설치되어 있다. 연속되는 암릉길을 넘으니 신선봉 안부에 이른다(06:58). 이곳에도 이정표(마등령삼거리 4.1)와 119구조대에서 설치한 표시목이 있다(현 위치 설악 03-08, 033-119).

눈앞으로 공룡능선이 펼쳐지고, 잠시 후 도착하게 될 천화대는 암봉과 기암괴석이 어우러져 한 폭의 그림처럼 다가선다. 갑자기 신선이 된 기분이다. 암봉과 암봉을 따라 휘돌아 춤을 추는 운무가 나를 그렇게 만든다. 이곳에 멈춰 이들과 그냥 놀고 싶다. 대간 종주의 참맛을 여기서 다 보는 것 같다. 어느 분이 말했다는 글귀가 생각난다. '금강산은 수려하나 웅장하지 못하고, 백두산은 웅장하나 수려하지 못하며, 설악산은 웅장하고 또한 수려하다'라는.

내려가는 길은 급경사. 암릉길이 나오고 잦은바위골 갈림길에 이른다. 갈림길을 지나 다시 암릉길을 오른다. 119 구조대 표지목(설악 3-7)과 이정표가 또 나온다(마등령삼거리 3.6). 암봉 아래로 돌길 오르막이 시작된다. 로프를 타고 암릉을 오른다. 10여 분을 진행하니 나무가 하늘을 가르는 듯한 풍경을 연출하는 암릉을 넘게 된다(07:39). 이곳에서는 대간길을 따로 구분할 필요가 없을 것 같다. 가는 곳이 대간길이고 서는 곳이 명 포토존이다. 이 구간 전체가 그렇다. 아마도 설악산 자체가 그럴 것이다. 다시 가파른 암릉길이 이어지고 한참을 올라가니 1,275봉 안부에 이른다(09:02).

1275봉 안부에서(09:02)

봉우리 정상은 암봉이라 오를 수 없다. 안부는 넓은 공터로 이뤄졌고 공터에는 다람쥐들이 수시로 드나든다. 이정표도 있다(마등령삼거리 2.1, 비선대 5.6). 우측으로 내려간다. 그런데 대체 공룡능선은 언제 끝이 나려는가? 거리로 따지면 진작 끝났을 텐데……. 공룡능선은 설악산 마등령에서 신선암까지인데 외설악과 내설악을 남북으로 가르는 설악산의 대표적인 능선이다. 2013년도에 대한민국 명승 103호로 지정되었다. 그 생긴 모습이 공룡이 용솟음치는 것처럼 힘차고 장쾌하다 해서 공룡릉이라 부르게 되었다고 한다. 속초시와 인제군의 경계이기도 하다. 내려가는 길은 급경사 내리막. 한참을 내려가다가 오르니 암릉이 이어지고 마등령삼거리가 1.7km 남았다는 이정표를 만난다(09:25).

주변의 암봉들은 보면 볼수록 환상적이다. 이런 암봉은 금강산에만 있는 줄로 알았는데, 그게 아니란 걸 이곳에서 똑똑히 확인한다. 백두대간의 진면목을 이곳 설악산에서 제대로 보는 것 같다. 이래서 사람들이 대간 종주에 나서는 걸까? 암릉을 오르내리다가 나한봉 안부에 이른다. 이곳에서 한바탕 너덜을 지나니 완만한 내리막 능선이 이어진다. 한참을 내려간 끝에 마등령삼거리에 이른다(11:05). 마등령은 속초시와 인제군의 경계를 이룬다. 예전에는 북쪽의 미시령, 남쪽의 한계령과 더불어 태백산맥을 가로지르는 주요 교통로였는데, 지금은 동쪽으로는 비선대와 서쪽으로는 백담계곡을 잇는 주요등산로로 이용되고 있다. 대청봉 아래쪽의 희운각에서 시작되는 공룡능선이 끝나는 지점이기도 하다.

삼거리에는 이정표가 있고(우측은 설악동탐방지원센터 6.5, 좌측은 오세암 1.4) 삼거리 풀밭에는 어느 학교에서 단체로 온 등산객들이 모여 앉아 식사를 하고 있다. 교사, 학생, 학부모들이 다 모였다. 이곳에서 좌측은 오세암을 거쳐 백담사로 내려가는 길이고, 우측은 설악동탐방지원센터로 내려가는 길이다. 대간길은 직진이다. 등산객들 틈에 끼어 나도 이곳에서 점심을 먹는다. 좌측으로 내려가면 샘터가 있다면서 등산객들 일부가 물을 뜨러 내려가지만, 나는 갈 길이 바빠 포기한다. 식사 중인 단체 등산객들을 보니 참 보기에 좋다. 교사, 학생, 학부모들이 함께하는 트레킹인 것 같다.

사실 나는 걷기 예찬론자 중의 한 사람이다. 걷기 운동은 여러 가지 이점이 있다. 기본 체력을 다지는 데 좋은 것은 물론이고, 마음이 복잡할 때나 얽히고설킨 생각 정리에도 크게 도움이 된다. 방 안에서 아무리 용을 쓰면서 머리를 써도 해결되지 않던 난제들도 걷기만 하면 저절로 풀린다. 특히 노랫말이나 곡을 쓸 때가 그렇다. 이제는 풀리지 않는 문제가 있거나 새로운 글감 발굴이 필요할 때는 일부러 밖에 나가 걷는다.

대간길을 향해 직진으로 오른다. '국립공원특별보호구역안내'라는 대형 안내판이 세워진 곳에 이른다. 이곳에서 우측은 설악동으로 내려가는 계단이 이어지고, 직진 방향은 대간길인데 출입금지 구역이다. 또 법을 어겨야만 하는 순간이다. 이 금줄을 넘어야만 대간길을 이어갈 수 있다. 눈 딱 감고 금줄을 넘는다. 조금 오르니 사각형으로 된 판이 나온다. 마치 소형 헬기장을 조성하려고 기초공사를 해 놓은 것처럼 보인다. 사각 판을 지나니 완만한 능선 오르막이 이어지고 모처럼 흙길을 밟게 된다. 빽빽한 잡목 숲을 통과하니 바로 마등봉 (1327봉) 정상에 이른다(11:59).

마등봉 정상에서(11:59)

정상에는 외대 산악회에서 세운 아담한 정상석과 삼각점이 있다. 그런데 이곳에서 상당한 주의가 필요하다. 정상에서 보이는 길은 직진으로 난 좁은 길밖에 없다. 그런데 이 길은 대간길이 아니다. 대간길은 정상 10여 미터 전방에서 좌측으로 내려가야 한다. 나는 무심코 정상에서 직진으로 난 길을 따라 내려가다가 잘못 든 것을 알고 30분 정도를 알바한 끝에 마등봉 정상으로 되돌아 와서 대간길로 향했다.

순간 지난 두로봉에서 길을 잃고 헤매다가 탈진 상태에 이르던 사건이 떠올라 가슴이 철렁한다. 마등봉 정상에서 내려가면(12:34) 바로 키 작은 잡목들이 나오고 이어서 너덜지대가 시작된다. 희미하지만 너덜사이로 등로가 형성되어 있다. 종주자들의 거듭된 발걸음으로 난 자국이다. 지그재그로 너덜지대를 통과하니 주목군락지가 나오면서 숲길이 이어진다. 이후 숲길과 짧은 너덜길이 반복된다. 한동안 걷기 좋은 흙길이 이어지기도 한다.

다시 안부에 이르러(12:57) 등로는 직진으로 이어진다. 암릉이 시작되고 다시 안부를 지나(13:09) 오르니 다시 너덜이 이어진다(13:42). 너덜 위쪽으로는 거대한 암봉이 능선을 이룬다. 이번에는 암봉 사이의 안부에 이른다(14:03). 안부에는 약간의 공터가 있고 주변에는 돌들이 있다.

안부에서 직진으로 오른다. 계속 암릉이 이어진다. 드디어 암릉을 따라 내려가는 듯한 곳에 이른다(14:25). 그런데 착각이다. 여전히 암릉 오름길은 계속된다. 끝을 모를 암릉이 계속된다. 질렸다. 또 한 번 더 너덜이 나타나고, 이 너덜을 지나니 암봉 꼭대기로 이른다. 이렇게 방향을 전환할 때마다 선답자의 표지기가 안내를 해 준다. 이렇게 고마울 수가! 이런 표지기가 없다면 대간길 종주는 어려울 것이다. 아예 불가능할지도 모른다. 표지기를 건 선답자에 대한 감사가 절로 나온다.

암봉 꼭대기에서 대간길은 반대편으로 이어진다. 암봉을 넘어서니 앞쪽에는 황철봉이 우뚝 서 있다. 황철봉 아래도 너덜지대다. 저 너덜지대를 통과해야 황철봉을 넘게 된다. 겁부터 난다. 보는 것만으로도 사기가 꺾인다. 암봉 꼭대기에서 내려가는 등로도 너덜지대다. 여기에서 황철봉까지 계속 너덜지대인 셈이다. 비가 오려는지 갑자기 날씨가 흐려진다. 염려된다. 어떤 경우라도 너덜지대를 통과할 때 까지는 비가 오지 않아야 될 텐데……. 거대한 너덜지대를 통과하니 숲길로 이어지고 저항령에 이른다(15:27). 저항령은 인제군 북면 용대리 방면에서 속초시 설악동 신흥사 쪽으로 넘어갈 수 있는 잿등이다. 아무런 표식이 없다. 비탐방구간이기 때문이다.

좌우측 길이 뚜렷하다. 좌측 백담사 쪽으로 내려가면 샘터가 있다고 해서 식수를 보충하러 내려가다가 그냥 되돌아왔다. 가는 도중에 멧돼지의 소행으로 보이는 흔적들이 너무 많아서다. 저항령으로 되돌아 와서 바로 황철봉으로 향한다. 완만한 숲길로 올라가니 바로 너덜지대가 시작된다. 이곳 너덜도 거대한 바위들의 집합체다. 정해진 길은 없다. 바위와 바위 사이를 건너야 한다. 그 틈새는 어둡고 깊고 신비롭기까지 하다. 틈새 바닥은 보이지가 않는다. 빠지면 그것으로 끝이다. 신경이 곤두선다.

황철봉은 인내의 한계를 시험하는 것만 같다. 하지만 부분 부분

페인트로 표시된 곳이 있고 선답자의 표지기가 있어 정신만 차리면 등로 잇기에는 큰 어려움이 없을 것 같다. 너덜을 반복해서 오르니 대형 바위들로 이루어진 암봉에 이르는데 이곳이 황철남봉이다(16:49). 황철남봉에서 숲길로 들어선다. 완만한 능선길이 이어지고 바로 황철봉 정상에 이른다(17:04).

황철봉 정상에서(17:04)

황철봉은 인제군 북면 용대리 방면의 설악산에 있는 봉우리이다. 설악산 북주능선(대청봉에서 북쪽으로 마등령~저항령~황철봉~미시령~신선봉~진부령까지)에 있는 봉우리로 이 구간은 자철이 많은 황철봉으로 인하여 나침반이 제대로 기능하지 않는다고 한다. 산행할 수 없는 출입금지 지역이다. 정상에는 표지판과 삼각점이 있다. 표지판은 '산신령'이라는 닉네임을 가진 분이 주도해서 설치한 것 같다.

황철봉에서 내려가는 길은 완만한 능선. 잠시 후 다시 너덜지대가 나온다. 이때에도 옆에 따라오는 전선이 있어 길을 잃지 않고 진행할 수 있다. 또 야간 등반자들을 위한 야광 안내등도 보인다. 고마운 것들! 다시 너덜지대가 나오고, 오르니 황철북봉인 1,319봉에 이른다(17:42). 정상 표지판과 삼각점이 있다. 정상에서 내려간다. 대간길은 좌측으로 90도 틀어서 이어진다. 잠시 후 긴 너덜지대 초입에 이른다.

광활한 너덜지대를 내려다보니 두렵기까지 하다. 길은 없다. 무심한 돌과 바위들만 무질서하게 놓여 있다. 이제 남은 시간도 얼마 없다. 어디로 어떻게 가야 하나? 다행인 것은 가늘은 나일론 줄이 너덜위를 잇고 있다는 것이다. 처음엔 뭔지 몰랐는데 알고 보니 이 줄이 등로 역할을 하는 것이다. 이렇게 고마울 수가! 이 줄 역시 관계 기관 측에서 야간 등반자들을 위해 설치한 것 같다. 엄격하게 출입통제를 하는 것을 봐서는 밉지만 이런 속 깊은 배려도 있다. 너덜이 끝나고 등로가 숲으로 이어질 때도 나일론 줄은 계속 나온다. 나일론 줄 덕 분에 어렵지 않게 너덜지대를 통과한 셈이다. 너덜지대를 지나 숲속 에 들어서고 곧 안부에 이른다(18:29).

안부에는 작은 돌무더기가 있고 우측에는 천연보호구역이라고 적 힌 시멘트 기둥이 서 있다. 안부에서 직진으로 오른다. 완만한 오르 막이 이어지고 오르막 끝에 무명봉에 이른다. 무명봉에서 한참 동안 을 내려가니 갑자기 숲에 태극기가 나타난다. '육이오전사자유해발 굴현장'이다. 그런데 이곳에는 진행 방향을 알려 주는 아무런 표식이 없다. 순간 당황한다. 날은 시시각각 어두워지는데…….

개념도를 보면 직진으로 이어질 것 같은데 아무리 뜯어 봐도 직진 으로는 길 흔적이 없다. 한참을 망설이다가 좌측으로 내려간다. 희미 하지만 이어지는 길은 좌측밖에 없어서다. 그런데 한참을 가다가 다 시 한번 조금 전과 비슷한 곳에 이른다. 역시 아무런 표식이 없다. 이 번에도 좌측으로 진행한다. 좌측으로만 길이 있어서다. 완만한 내리 막길을 한참동안 내려가도 표지기는 물론이고 어떤 표식도 나타나지 않는다.

갈수록 불안감은 커진다. 시간은 흐르는데……. 이렇게 시간에 쫓 길 때는 두 발만 바쁜 게 아니고 마음이 너무 아프다. 하지만 다른 방 도가 없어 계속 내려간다. 어쩌면 자포자기 상태인지도 모른다. 대간

길이 아니라도 좋다. 아래쪽으로 향하니 마을이라도 나왔으면 하는 심정이다. 그런데 제대로 내려온 것을 확인하게 된다. 미시령에 다 왔음을 알리는 폴대 세 개를 발견한 것이다(19:16). 3개의 폴대는 이동형무인감시계도시스템 폴대, 국립공원출입금지를 알리는 경고판, 나머지 하나는 아무런 표식이 없이 맨 꼭대기에 카메라인 듯한 뭔가가 부착되어 있는 폴대다.

이렇게 후련할 수가! '이제 살았다' 하는 안도의 숨을 내쉰다. 그런데 이곳에서도 주의가 필요하다. 직진으로 내려가면 바로 미시령 감시초소가 있기 때문이다. 그래서 셋 중 아무런 표식이 없는 표지목이 있는 곳에서 우측으로 내려가야 한다. 이 길로 내려가면 미시령 정상에서 속초 쪽으로 약간 내려온 지점에 도달하게 된다. 감시인의 눈을 피할 수 있는 곳이다. 우측으로 내려간다. 내려가는 길은 표시만 있지 풀숲이 너무 무성해서 바닥이 보이지 않는다. 어렵게 미시령 도로 직전에 도착한다(17:28).

미시령에서(17:28)

미시령은 예로부터 진부령·대관령·한계령과 함께 태백산맥을 넘는 주요 교통로였다. 그런데 2007년 5월에 미시령터널이 개통되어 교통로로서의 역할이 대폭 축소되었다. 국립공원관리공단에서는 미시령을 원상태로 복원키로 하고 예전의 휴게소를 철거하는 등 현재 복원 공사가 진행 중이다. 이곳에서 미시령 도로로 내려서지 않고 감시인들의 동태를 살핀다. 좀 더 굵은 빗방울이 떨어지기 시작한다.

미시령은 조용하다. 가끔씩 승용차와 트럭이 지나갈 뿐 거의 인적이 없다. 차량이 라이트를 켜고 운행할 정도로 어둠이 깔린다. 갈수록 빗방울도 굵어진다. 그칠 기미가 보이지 않는다. 도로 위 숲속에서 30분 이상 감시 상태를 살폈지만 아무런 낌새가 없다. 초소 안에 사람이 없는 것 같다. 미시령 울타리를 넘기로 한다(20:05). 계획된 작전 개시다.

도로 위 숲속에서 낙석방지 철망으로 내려가서 우측으로 3~4미터 정도 이동하니 조그마한 틈이 있다. 이 틈으로 빠져나가 미시령 도로에 내려선다. 다행히도 차량도 사람도 없다. 재빠르게 미시령 정상으로 향한다. 우측은 과거에 휴게소가 있던 곳인데 뭔가 새로운 개발이 진행 중이다. 잿등 정상 우측엔 감시초소로 생각되는 간이 시설이 있다. 불이 밝혀지지 않은 걸로 봐서 직원들은 없다. 그러나 서두른다. 혹시라도 어디에 잠복해서 지키고 있을지도 몰라서다.

정상에서 맞은편 미시령 표석을 어둠 속에서 촬영하고 배낭을 멘 채로 진부령 쪽의 낙석방지 철망을 순식간에 넘는다. 단목령에서의 실패를 반복하지 않기 위해 최대한 신속하게 행동한다. 어디서 이런 괴력이 나오는지, 내가 생각해도 철망 넘는 실력이 수준급이다. 그렇지만 지금 여유를 부릴 때가 아니다. 철망 너머에는 가파른 절개지가 기다리고 있다.

누가 볼세라 가파른 오르막을 있는 힘을 다해 오른다. 완만한 오르막에 이르러서는 내달린다. 어둠 속에서도 순간 우측에 있는 거대한 물체를 발견한다. 통신 중계기인 것 같다. 잠시 후 숲속으로 들어선다. 그때서야 맘 놓고 뒤를 돌아본다. 무사히 미시령을 넘었다는 안도의 한숨을 내쉰다. 숲속으로 들어섰지만 이 길이 제대로 된 길인지는 확신할 수 없다. 하지만 절개지에 이어지는 길만 쫓아왔으니 크게 틀리진 않을 것이다. 길을 따라 위쪽으로 오른다. 가는 비는 계속 내린다. 이젠 오늘 저녁을 보낼 숙소가 걱정된다. 숲속은 완전히 어둠이 깔렸지만 랜턴은 켜지 않고 그냥 오른다. 혹시 불빛 때문에 다 된 밥에 재 뿌리는 격이 될까봐서다.

그런데 아무리 올라가도 좀처럼 텐트를 칠 만한 장소가 나타나지 않는다. 비에 젖은 배낭은 갈수록 무거워지고 배가 고파서 더 이상 한 걸음도 움직일 수 없다. 그때 큰 바위 앞에 있는 조그만 공터가 나타난다. 무슨 표시인지는 모르겠지만 TP #1이라는 표식이 있다. 모르긴 해도 제대로 가고 있는 것 같다. 한결 마음이 놓인다. 이곳에서 오늘 밤을 보내기로 한다. 그런데 텐트를 치기에는 적절치가 않다. 좁고 바닥이 울퉁불퉁하고 경사지기 때문이다. 특히 염려스러운 것은 등로이기에 멧돼지의 통로가 될 수도 있다는 것이다. 그렇지만 지금은 그런 걸 따질 때가 아니다. 졸음이 밀려오고 배가 고파서 견딜 수가 없다. 다행인지 비는 더 이상 굵어지지 않고 가는 비 그대로다.

텐트 안으로 전달되는 빗물 떨어지는 소리를 듣는다. 하늘에서 직접 떨어지는 빗물이 아니라 나뭇잎에 모아져서 텐트 위로 떨어지는 물방울이다. 비에 젖은 배낭을 한쪽으로 밀쳐놓고 비상식량을 꺼냈지만 먹을 수가 없다. 바지도 다 젖고 상의도 앞쪽은 척척하다. 매트만 깔고 드러눕는다. 멧돼지의 공격이 두려워 전등불을 환하게 켜 놓은 채다. 몇 날을 고민했던 미시령 야간 통과 작전은 성공이다.

그런데 무사히 통과했다는 기쁨도 잠시, 이렇게 허전한 마음은 또 왜일까? 백두대간은 개방되어야 한다. 하늘길은 열려 있어야 한다.

백두대간은 우리 민족 삶의 원천이다. 그래서 국민 누구나 삶의 터전을 살피고 느껴서 감사해 하고, 길이 보전하는 마음을 갖도록 해야 할 것이다. 국립공원관리공단은 일부 지역을 통제하고 있다. 위반자에게는 과태료를 물리고 있다. 자연생태계 보호를 위해서란다.

생태계 파괴자가 등산객이란 말인가? 백두대간 종주자들이란 말인가? 아니다. 무자비하게 도로를 내고 개발이라는 미명하에 산을 깎고 허무는 악덕 자본들이다. 돈 벌이에 희생되어 산 절반이 사라져버린 추풍령 금산을 봐라! 산 전체가 하얗게 절단 난 강릉 자병산을 봐라! 돈벌이 때문에 우리 삶의 원천이 무너져 버렸다. 백두산에서부터 이어져 내려온 하늘길이 끊어지고 있는 것이다. 백두대간을 찾는 이들은 자연을 해치지 않는다. 나는 지리산 천왕봉에서부터 지금 이곳까지 오면서 단 한 번도 꽃 한 송이, 풀 한 포기 해치지 않았다.

딱 한 번 있었을지도 모르겠다. 길 없는 점봉산을 헤집고 오르면서다. 단목령에서 대간길을 통제한 감시인이 그렇게 시킨 셈이다. 대간로를 허용했다면 내가 왜 길 없는 점봉산을 헤집고 올랐겠는가. 왜 나뭇가지를 부러뜨리고 풀포기를 짓밟았겠는가. 하늘길이라는 백두대간은 산을 사랑하는 모든 이에게 돌려줘야 한다. 수많은 뭇 생명들이 깃들어 살아갈 수 있도록 우리 모두가 지켜야 한다.

백두대간 종주라는 길고도 먼 여정도 마지막을 향해 가고 있다. 내일이면 그 마지막 순간을 맞는다. 새벽 5시부터 시작된 하루의 종주길이 막을 내린다. 공룡능선의 기암괴석, 황철봉의 너덜지대, 등로를 안내하던 나일론 줄과 야광표지판 등 오늘 하루를 같이 한 고마웠던 것들이 새록새록 떠오른다. 3일 연속 종주의 둘째 날이 성공적으로 끝나고 있다.

(오늘 걸은 길)

희운각대피소→신선봉→공룡능선→마등령→마등봉→1327봉→너덜지대→저항령→너덜지대→황철남봉→황철봉→너덜지대→황철북봉→너덜지대→미시령(13.7km, 12시간 38분)

(교통편)

* 갈 때

1. 미시령에서 택시로 속초나 원통으로 나가 동서울행 버스 이용

    (원통에서 동서울행: 06:55~19:30까지 28회)

마지막 구간(미시령에서 진부령정상까지)

2017. 6. 26.(월). 오전 내내 비

"왜 산에 오르느냐?" 또 생각하게 하는 물음이다. 사람들은 대체적으로 산악인들의 도전 행위를 무모한 것으로, 더러는 부정적인 시각으로 본다. 생기는 것 없이 위험만 따르는 산을, 생명을 잃는 현실을 목격하면서도, 가족의 만류와 주변의 비난을 감수하면서까지 오르려하기 때문이다.

세계 최초로 8,000m급 14좌를 완등한 세계적인 등반가 라인홀트 매스너가 말했다. "등반은 산의 불확실성을 극복하는 행위이고 그 과정에서 깨달음을 얻는 것이다. 내가 오르려고 한 것은 14개의 정상이 아니라 그 방법이다."라고.

실제로 그랬다. 에베레스트 무산소 등정, 낭가파르바트 신루트 등정, 8,000m 3개봉 연속 등정, 가셔브룸 속공 등정. 모두가 8,000m 이상 고봉이다. 그만의 방식이었다. 정상만을 목적으로 했다면 이렇게 했겠는가? 그 과정에서 뭔가 얻으려고 했고, 실제로 얻어냈다. 나는 어떤가? 10여 년 이상을 우리나라 중심 산줄기를 넘고 있다. 혼자서다. 단 한 뼘도 빠뜨리지 않고 모두 걸었다. 모든 것을 기록하고 촬영했다. 처음부터 마지막까지 그렇게 했다. 나만의 방식이다.

백두대간 마지막 구간을 넘었다. 2015년 9월 13일 첫 발을 내디뎠으니 1년 9개월만이다. 대간 종주 여정을 기록하는 것도 오늘이 마지막이다. 뿐만 아니라 2006년부터 시작한 1대간 9정맥 종주 기록의 마지막 장이기도 하다. 12년간, 긴 날이었다.

백두대간 마지막 구간은 미시령에서 진부령정상까지이다. 미시령은 인제군 북면과 고성군 토성면 경계에 있는 잿등이고, 진부령정상은 인제군 북면과 고성군 간성읍 사이에 있는 잿등이다. 이 구간에는 상봉, 화암재, 신선봉, 대간령, 병풍바위봉, 마산봉 등 높고 낮은 산과 잿등이 있다. 이 구간을 넘는 동안 내내 비를 맞았다. 미시령에서 대간령까지는 비탐방구간이고, 상봉에서 신선봉까지는 대형 너덜이 정상까지 이어지며, 신선봉을 넘어서면 대간령까지는 아주 긴 내리막이 이어진다.

대간령에 도착하면 이전과는 전혀 다른 분위기를 느끼게 된다. 비탐방구간에서 해제되기 때문이다. 그런데 마지막 지점에 이르러 아쉬운 게 있다. 진부령정상이 아닌 곳에 백두대간 종주 기념공원이 있는데, 일부 종주자들은 이곳이 진부령정상인 줄로 알고 이곳에서 대간 완주 의식을 치른다. 다 마치지도 않은 상태에서 완주의 기쁨을 누리는 난센스가 벌어지는 셈이다.

미시령 숲속 텐트 안에서(04:00)

알람 소리에 눈을 뜬다(04:00). 텐트 한가운데에 매달린 전등이 졸린 몸을 일으키는 나를 지켜본다. '전등아 고맙다. 네가 밤새 나를 지켰구나.' 저절로 나오는 감사다. 밖을 나가 본다. 다행이도 밤사이에 큰 비는 오지 않았다. 몹시 배가 고파 비상식량으로 배를 채우고 텐트를 철거한다. 막 출발하려는 순간(05:11), 굵은 비가 내리기 시작한다. 난감하다. 비를 맞으며 10여 분을 기다렸지만 그치지 않는다. 갈수록 더 세차질 기세다. 텐트를 치고 안에서 기다릴까도 생각했지만 그냥 오르기로 한다. 잠시 지나가는 비가 아닌 것 같다. 등로 양 옆은 잡목이 우거지다. 잡목에 맺힌 물방울을 모두 털면서 오른다. 삽시간에 하의와 등산화는 척척해지고 배낭은 무거워진다.

아무리 올라도 상봉은 나타나지 않는다. 그때 조그마한 표지판을 발견한다(05:42). 'TP #2'. 옆에는 파이프가 꽂힌 샘터가 있고 샘 앞에는 약간의 공터가 풀숲으로 덮였다. 비박한 흔적도 보인다. 샘터 뒤쪽에는 폴대가 서 있다. '이동형 무인감시 계도시스템 폴대'라고 적혀 있다. 악착같은 조치다. 샅샅이 뒤져 비탐방구간에 들어선 종주자들을 모조리 색출하겠다는 의지다.

두렵기도 하다. 지금 내가 카메라에 찍히고 있는지도 몰라서다. 기다리는 상봉은 나타나지 않았지만 뭔가를 발견했다는 사실에 반갑기 그지없다. 빈 병에 식수를 채우고 다시 오른다. 굵은 비는 여전하다. 저절로 기도가 나온다. 더 이상 비가 오지 않게 해달라는. 그러다가 이내 맘을 고쳐먹는다. 지금 전국은 가뭄이 극심하다. 비를 기다리는 사람은 수없이 많다. 나 혼자만 그치기를 바라는지도 모른다. 안 된다. 비는 계속 내려야 한다.

오르고 올라도 기다리는 상봉은 나타나지 않는다. 그런데 어느 때부턴가 등로 옆으로 전선이 따라오고 있는 것을 발견한다. 마치 등로를 안내하는 길잡이 같다. 전선과 함께 오른다. 그때 우측 위에 있는 희미한 물체를 발견한다(06:34). 암봉이다. 무슨 봉인지 확인하고 싶은데 암봉에 접근할 수 있는 길이 없다. 좀 더 오르면 길이 나타나겠지, 하고 올라도 마찬가지다. 비가 너무 세차서 사진을 찍을 수도, 메모를 할 수도 없다.

상봉인지 아닌지도 모르고 그냥 계속 오른다. 비는 멈출 줄을 모른다. 육이오전사자유해발굴지역임을 알리는 표지판이 나오고, 이어서 헬기장을 지난다. 거대한 암릉을 지나고 다시 너덜이 시작된다. 너덜도 보통 너덜이 아니다. 돌덩이 하나하나가 소형 자동차만 한 큰 바위다. 미끄러워 위험하기까지 하다. 백두산에 이르는 길이라서 쉽게 내줄 수 없다는 심보일까?

그렇게 30여 분을 오르자 드디어 너덜로 봉우리를 이룬 상봉에 도착한다(07:07). 정상 돌탑에는 누군가 먹으로 '상봉'이라고 쓴 표석이 있고, 그 표석 앞에는 '드림1기 남누리'라고 적힌 또 하나의 아담한 표석이 있다. 정상에서는 신선봉이 가깝고, 북동쪽으로는 고성군 토성면 일대와 동해 바다가 훤히 보인다고 했는데 오늘은 아니다. 내리는 비 때문이다. 간신히 셀카로 인증 사진만 남기고 내려간다. 급경사 암릉길. 아주 미끄럽다. 촬영과 기록을 포기한 지 오래다. 다행인 것은 암릉마다 위험한 곳에는 로프가 설치되어 있다는 것. 수없이 로프를 타고 암릉을 내려선 끝에 잠시나마 완만한 능선길에 이른다. 그러나 다시 또 너덜지대.

너덜을 지나고 완만한 능선을 또 지나니 사거리 갈림길에 이른다. 화암재다(08:07). 화암재는 고성군 토성면 신평리와 인제군 마장터를 잇는 잿등이다. 아무런 표식이 없지만 좌우측 길이 뚜렷하다. 좌측은 마장터를 거쳐 소간령으로, 우측은 화암사로 내려가는 길이다. 직진으로 오른다. 완만한 오르막은 이내 급경사 오르막으로 바뀌고, 전망암을 지나니 다시 완만한 오르막으로 바뀌더니 곧 신선봉 갈림길에 이른다. 갈림길에서 대간길은 좌측으로 이어지고, 또 너덜지대가 시작된다. 이곳 너덜도 거대한 바위들이다. 빗속에서 거대한 바위 사이를 넘나든다. 두 발과 두 손을 동원해 기어오른다. 자칫 방심하면 등로를 잃을 수도 있겠다. 다행인 것은 바위에 페인트로 표식이 있다는 것이다. 한참을 오른 끝에 신선봉 정상에 이른다(09:07).

신선봉 정상에서(09:07)

신선봉은 설악산 북주능선에 있는 봉우리(1,204m)로 금강산 일만이천 봉 중 하나인데, 2003년 8월에 설악산국립공원으로 편입되었다. 정상 주변은 험한 바위들로 너덜지대를 이룬다. 또 조금 전의 상봉에서부터 이곳 신선봉까지는 멸종위기 1급인 산양과 2급인 삵의 서식지로 출입금지구역이다.

왜 그렇게 미시령에서 철저하게 출입통제를 했는지를 알 것 같다. 백두대간 종주! 절대 헛된 걸음이 되지 않도록 할 것이다. 종주의 모든 여정을 가슴속 깊이 새길 것이다. 미끄러운 빗길 암릉을 넘은 오늘을, 어둠을 틈 타 출입금지구역을 몰래 넘어야 했던 떨림의 순간들을, 추위와 강풍이 몰아치는 어둠 속에서 떨고 있던 나를 아무 조건 없이 삼척 터미널까지 자기 차로 데려다 준 어느 청년의 아름다운 마음을 절대 잊지 않을 것이다.

이곳 정상에서는 주변 조망이 시원스럽다고 했는데 오늘은 아니다. 방금 전에 지나온 상봉조차도 알아볼 수 없고, 토성면 일대와 동해 바다도 운무에 갇혀 있다. 아쉽지만 내려선다. 너덜을 따라 내려서니 완만한 능선길이 이어진다. 이어지는 급경사 내리막을 7~8분

동안 내려가니 다시 걷기 좋은 능선 내리막이다. 한참 동안 걷는다. 지루할 정도다. 잠시 후 군사시설이 보이더니 널찍한 헬기장 위에 선다. 주변은 온통 군사시설이다. 한참 내리막길을 걷다가 계곡 직전에 이른다. 좌우측은 파헤쳐져 있고 가운데에는 그늘막이 설치되어 있다. 출입금지 안내판과 금줄을 통과하니 앞쪽 숲속에서 뜬금없이 태극기가 나타난다. 대간령에 도착한 것이다(10:45).

대간령은 사거리로 인제군 북면과 고성군 토성면 사이에 있는 고개다. 옛날에는 한계령, 진부령과 함께 동서를 잇는 주요 교통로였다. 우측은 문암천으로, 좌측은 마장터를 거쳐 소간령으로 이어진다. 이곳에서 오늘 처음으로 이정표를 본다. 커다란 돌탑이 세 개나 있고, 주변은 육이오전사자유해발굴 작업이 한창이다.

안내문에는 "대간령은 신증동국여지승람에는 석파령이라고 기록되어 있으며 대간령, 새이령, 샛령이라고도 부른다. 지리산을 출발하여 신선봉과 마산봉을 연결하는 백두대간의 일부이며 핵심보호구간이다. 이 지역은 산양, 담비, 가막딱따구리, 박쥐나무, 정향나무 등 보호해야 될 귀중한 자원의 보고로서 탐방객들의 각별한 주의가 필요한 곳이다."라고 적혀 있다.

이제부터는 비탐방구간에서 벗어나게 된다. 통제 없이 자유롭게 걸을 수 있다. 이정표도 계속 나올 것이다. 직진으로 오른다. 한참을 오르니 완만한 오르막은 암릉길로 바뀌고, 잠시 후 암봉 정상에 이른다(11:29).

정상에서 내려가니 완만한 능선길로 이어지고, 커다란 암벽이 앞을 막는다. '등산로 폐지'라는 안내판이 있다. 좌측으로 우회한다. 이어서 너덜길이 나오고, 능선에 올라서니 또 암봉에 이른다(11:51). 이곳에도 등산로 폐지 안내판이 있다. 안내판을 무시하고 능선을 따라 한참을 내려가니 갈림길에 이른다(11:54). 이정표가 있다(병풍바위 1.5). 그런데 이상한 것은 병풍바위 방향은 직진인데 좌측에도 길이 나 있고 많은 표지기들이 걸려 있다. 병풍바위를 향해 직진으로 내려간다. 한참을 내려가다가 오르니 병풍바위에 이른다(13:06). 대간길은 우측이다. 우측으로 한참을 내려가다가 오르니 마산봉 갈림길에 이른다(13:40). 갈림길에서 우측으로 조금 오르니 마산봉 정상이다(13:43).

마산봉은 금강산 1만 2천봉 가운데 하나로 설경이 매우 뛰어나 고성 8경에 속한다. 정상에는 두 개의 정상석과 삼각점이 있다. 그런데 이곳에서 약간의 주의가 필요하다. 정상에는 진행방향을 알리는 어떤 표식도 없다. 마루금을 이어가기 위해서는 정상에서 조금 전의 갈림길로 다시 내려가서 이정표가 가리키는 대로 알프스 리조트 방향으로 내려가야 한다. 알프스 리조트로 가는 길은 급경사 내리막이다. 한참 후 완만한 능선길로 바뀐다.

잠시 후 오늘 처음으로 산죽을 보게 된다. 완경사와 급경사 길이 반복되고 간간이 큰 바위도 나온다. 한참을 내려가니 알프스 리조트 건물이 보이면서 수많은 표지기가 걸려 있는 곳에 이른다(14:45). 이곳에 나의 표지기도 하나 건다. 이제 대간길 종주도 막바지에 이르렀다. 여기까지 오면서 내 마음을 사로잡은 것은 자연의 불변성, 그 묵직함이다. 산은 언제 봐도 한결같고, 언제 와도 그대로 받아 주었다. 실수마저도 자각할 때까지 기다려 주었다. 산속에서 겸손해질 수밖에 없는 이유다.

잠시 후 알프스 리조트에 이른다(14:56). 건물은 폐건물처럼 보이고 주변에는 묘목이 심어졌다. 이정표가 보인다(진부령 정상 4.0). 이곳에서부터 진부령정상까지는 이정표가 잘 설치되어 있지만 약간은 신경을 써야 한다. 이곳에서 100m 정도를 진행하면 2차선 포장도로에 이른다(14:59, 진부령정상 3.9). 도로를 따라 좌측으로 조금 진행하면 또 이정표가 있는데 하필이면 진부령 정상을 알리는 이정표 날개가 떨어져 버렸다.

이곳에서 도로를 버리고 우측으로 진행한다. 우측으로 조금 가면 또 이정표가 나온다(15:08, 진부령 정상 3.5). 계속 진행하면 다시 풀숲에 있는 이정표를 발견하게 되는데(15:19, 진부령 정상 3.3), 이곳에서 상당한 주의가 필요하다. 풀밭으로 지나면 좌측에는 웅덩이 같은 것이 있고 등로는 우측으로 이어진다. 풀숲을 헤쳐 우측으로 내려서면 바로 피망을 재배하는 대단지 비닐하우스에 이른다.

하우스 가장자리를 따라 끝까지 진행하다가, 끝에서 좌측의 새로운 비닐하우스 단지로 진입하여 중앙 통로로 나가면 시멘트 도로에 이른다. 시멘트 도로를 따라 좌측으로 진행하면 우측에 군부대가 나오면서 또 이정표가 나온다(15:22, 진부령 정상 3.1). 이곳에서 대간 길은 시멘트 도로를 버리고 우측의 산길로 이어진다. 산길 우측에는 군부대 철조망이 있다. 철조망을 따라 오른다.

산을 넘으면 흘리 삼거리다(15:32, 진부령 정상 1.8). 삼거리에서 우측으로 진행하면 양쪽에는 스키 대여점과 음식점들이 즐비하다. 도로를 따라 20분 정도 진행하면 백두대간 종주 기념 공원에 이른다

(15:51). 기념공원에는 표석과 각종 기념물들이 전시되어 있다. 그런데 이곳이 백두대간 최종 종착지는 아니다. 진부령정상은 이곳에서 도로를 따라 계속 진행하다가 좌측으로 커브를 돌면 도로 우측에 많은 표지기들이 걸려 있는 곳이 나온다. 이곳에서 우측 아래로 내려가면 잠시 후 진부령정상에 이른다(16:08).

백두대간 종주 골인 지점에서

진부령 정상에서(16:08)

진부령은 고성군 간성읍과 인제군 원통을 잇는 46번 국도가 지나는 고갯마루이다. 정상 우측에는 강원도를 상징하는 곰 상과 대형 백두대간 진부령 표석이 있고, 좌측에는 진부령 미술관과 버스정류장이 있다. 오늘 새벽부터 내리던 비는 아직도 부슬부슬 내린다. 백두대간 종주를 마치는 순간이다(2017. 6. 26. 16:08). 이 순간을 기념하기 위해 플래카드를 준비했다. 그런데 주변에 사진을 찍어 줄 사람이 없다. 인근의 식당으로 달려가서 사정 이야기를 하니 흔쾌히 수락하신다. 부락민의 도움으로 인증 사진을 남기고 다시 식당으로 향한다. 역사적인 순간이 지나고 있다. 백두대간 종주를 마치는 순간임은 물론 비로소 12년간 이어 온 1대간 9정맥 종주라는 대장정이 막을 내리는 순간이기도 하다.

이곳에 서기 위해 고심하며 준비했던 날들이 주마등처럼 스친다. 종주 첫날부터 지금까지 진행해 온 과정들이 영상처럼 흐른다. 이 기쁨을 어떤 말로 표현할 수 있을까? 몸이 붕 뜨는 기분. 뭔지 모를 희열에 콧노래가 절로 나온다. 그동안 나 때문에 맘고생으로 날밤을 지새웠을 가족들의 얼굴이 제일 먼저 떠오른다. 미안하고 정말 고맙다. 그리고 나의 1대간 9정맥 종주를 지켜보며 십여 년이 넘도록 많은 격려를 보내준 산우들에게도 고마움을 전한다. 이념 때문에 민족의 젖줄인 백두대간이 두 동강이 났기에 오늘은 이곳에서 멈추지만, 끊어진 이 길이 언젠가 저 북쪽의 백두산까지 이어지기를 소망한다.

1대간 9정맥 종주, 참으로 먼 길이었다. 1대간 9정맥 홀로 종주, 너무 위험한 여정이다. 무엇이 나를 이 길로 이끌었을까? 어째서 도중에 포기를 못했을까? 이 길을 통해서 나는 무엇을 얻었는가? 황금 같은 시절에 주말을 반납하면서, 거액의 경비를 투자하면서, 생명의 위험까지도 감수하면서까지 이 길을 끝까지 가야만 했던 이유가 과연 무엇이었을까……. 세계적인 산악인 라인홀트 메스너는 말했다. "나는 산을 정복하려고 온 게 아니다. 또 영웅이 되어 돌아가기 위해서도 아니다. 두려움을 통해서 이 세계를 알고 싶고 또 새롭게 느끼고 싶다."라고. 그렇다. 나도 한계에 부딪쳐 뭔가를 확인하고 싶다. 그것에 나의 모든 것을 불태우고 싶다.

마지막 산행기를 적고 있다. 2006년 2월부터 이어져 온 산행기다. 아홉 개의 정맥과 백두대간을 두 발로 직접 걸었다. 한 구간도, 한 뼘도 빠뜨리지 않았다. 걸으면서 모든 것을 기록하고 촬영했다. 들머리와 날머리의 지형 등 환경, 오르막 내리막 커브길 흙길 암릉, 등로 주변의 수목 묘지 바위, 들고 날 때의 교통편과 그날의 날씨까지도 기록했다. 대단한 자료가 될 것으로 확신한다. 지금까지 없던 기록이 될 것이다. 앞으로도 쉽게 나오지 않을 기록이 될 것이다. 무지하고 무던하고 무모한 사람만이 할 수 있는 기록이 될 것이다. 이 순간 마음 속 깊이 솟구치는 이 뿌듯함을 영원히 간직하고 싶다. 그런데 이 감동의 순간에 왠지 모를 허전함이 밀려든다. 왜일까? 언젠가 더 긴 이야기를 할 날이 있을 것이다.

(오늘 걸은 길)

미시령→암봉→상봉→화암재→신선봉→대간령→암봉→병풍바위봉→마산봉→알프스리조트→2차선포장도로→흘리삼거리→백두대간종주기념공원→진부령정상(15.6km, 10시간 57분)

(교통편)

＊갈 때

1. 동서울터미널에서 원통: 06:30~21:10까지 34회, 원통에서 미
   시령까지는 택시 이용

＊올 때

1. 진부령 정상에서 원통: 07:00, 08:20~16:10, 17:10, 18:40,
   19:50(원통 출발 시각)
2. 원통에서 동서울까지: 06:55~19:30까지 28회 운행

3.

백두대간 종주를 마치면서

백두대간 종주를 마쳤다. 2015년 9월 13일 지리산 천왕봉에 첫 발을 내디뎠으니 1년 9개월만이다. 동시에 12년간 계속해 온 내 나라 중심 산줄기(1대간 9정맥) 종주 역정도 끝이 났다. 처음부터 끝까지 혼자서 걸었다. 대간 종주의 마지막 지점인 진부령정상에 도착하던 그 순간(2017. 6. 26. 16:08)은 영원히 잊지 못할 것이다. 진부령 정상석을 가슴에 품기 위해 그동안 얼마나 많은 능선과 암릉과 잿등을 넘었던가.

먼 길이었다. 험한 길이었다. 감개무량하고 시원하다. 대간 종주를 마쳐서 시원한 게 아니고 이젠 사고 없이 마쳐야 한다는 압박에서 벗어날 수 있어서 개운하다. 진부령정상 표석을 마주하는 순간 제일 먼저 떠오른 것은 가족들 얼굴이었다. 10여 년 이상을 산속으로만 떠도는 가장에 대한 걱정으로 날밤을 세웠을 가족들이다. 미안하고 고맙다. 처음 출발 당시의 그날이 아직도 생생하다. 심야버스로 서울 남부터미널에서 출발하여 새벽 3시에 중산리에 도착해서 어둠을 뚫고 천왕봉을 오르던 일. 도중에 감격의 일출을 맞던 일 등……. 바로 엊그제만 같다.

나에게 백두대간 종주는 어렴풋한 희망사항이었다. 그 희망사항은 2006년 2월 첫 번째 정맥 종주를 시작할 때부터 늘 머릿속에 있었다. 많은 사람들이 백두대간 종주를 언급할 때 나는 정맥을 먼저 치켜들었다. 백두대간은 자신이 없어서였다. 이렇게 시작된 나의 산줄기 종주는 한두 개의 정맥 종주가 성공적으로 끝나면서 자신감이 붙고 욕심도 생겼다. 해서 백두대간 종주는 자연스럽게, 당연한 수순인 것처럼 내게 주입되고 실행에 옮겨졌다. 그렇게 시작된 백두대간 종주길, 그렇게 시작된 발걸음은 족쇄가 되어 나를 655일간의 긴 수렁으로 몰아넣었다. 간수 없는 숲속의 감옥에 갇히게 된 것이다. 대체 무엇이 나를 그런 길로 내몰았을까? 얻은 게 뭔가?

　백두대간을 완주한다는 것은 쉬운 일이 아니다. 나의 경우 가장 큰 어려움은 사고 발생에 대한 불안감이었다. 인적 없는 산길을 밤이고 낮이고 혼자서 걸어야만 했으니 당연하다. 단독 종주에 대한 가족들의 반대와 가정에 대한 무관심이라는 자책감 또한 견디기 힘들었다. 과중한 배낭 무게, 멧돼지의 기습공격과 야생진드기에 대한 공포, 그 외 비탐방구간 통과문제도 골칫거리였고 막대한 경비 또한 무시할 수 없었다.

　백두대간을 흔히 하늘이 낸 '하늘길'이라고 부른다. 누구나 시작은 할 수 있어도 아무나 완주할 수 있는 길은 아니다. 하루 종일 물 한 모금 마시지 못하고 걸어야 할 때도 있고, 몇 날을 걸어도 사람 얼굴을 보지 못할 수도 있다. 미치지 않고는 절대 할 수 없는 자신과의 싸움이다. 뚜렷한 목표의식과 의지가 없이는 이룰 수가 없을 것이다. 지금 생각하면 정말 무모한 일이었다. 지금 이렇게 두 손과 발이 멀

쩡한 것이 이상할 정도다. 그동안 알게 모르게 나를 깨우쳐 주고 지켜 준 그 어떤 분이 계신다고 확신한다. 항상 감사하는 마음으로 살아갈 것이다.

지나온 발걸음이 아직도 생생하다. 세 번째 구간에 오를 때다. 들머리인 성삼재에 새벽 4시에 도착했으나 사방은 칠흑 같이 어둡고 몸을 날려 버릴 것만 같은 강풍은 미친 듯이 날뛰고……. 어둠과 강풍 속에서 혼자만의 두려움을 견딜 수 없어 성삼재 화장실로 대피하여 날이 샐 때까지 기다려야만 했다. 여덟 번째 구간인 덕유산을 넘을 때다. 삿갓재 대피소 직원의 만류가 있었으나 뿌리치고 강행하다가 갑자기 등로가 사라져 버린 상황을 맞기도 했다. 폭설로 산 전체가 하얗게 눈밭으로 변해 버린 것이다. 그때를 생각하면 지금도 가슴을 쓸어내리게 된다.

22구간에서는 하루 종일 능선을 오르내리다가 너무 졸려서 배낭을 멘 채로 잠시 앉아서 쉰다는 것이 그만 깜빡 잠이 들었고, 깨어나서는 방향 감각을 잃고 오던 길로 되돌아가는 어처구니없는 실수를 하기도 했다. 28구간에서는 태백 바람의 언덕과 직통하는 피재 정자에 텐트를 치고 자다가 한밤중 불어 닥친 강풍에 텐트가 날아갈 뻔하기도…….

35구간인 진고개에서 구룡령을 넘어갈 때는 두로봉에서 길을 잃고 4시간 동안 산속을 헤매다가 계획에 없던 신배령 산속에서 밤을 보내야만 했고, 대간 종주의 대미를 장식한 38, 39, 40구간에서는 3일 연속 빗속을 걸었고, 감시가 심한 미시령을 넘기 위해 군사작전을 방불케 한 야간의 우중 침투작전은 두고두고 잊지 못할 추억으로 남을 것 같다.

어려움만 있었던가? 아니다. 아주 큰 걸 얻었다. 두 가지다. 첫째, 나 자신이 어떤 사람인지를 제대로 확인하였다. 다음으로는 내 나라 중심 산줄기를 한 뼘도 빠뜨리지 않고 모두 걷고, 확인하고 그 모든 것을 생생하게 기록할 수 있었다. 그래서 1대간 9정맥 종주에 뜻이 있는 사람들에게 꼭 필요한, 생생한 정보를 제공할 수 있게 되었다. 특히 단독 종주를 계획하고 있는 사람들에게 이 자료는 금쪽같은 정보가 될 것이다. 지난 12년간에 걸친 1대간 9정맥 종주 과정이 새록새록 떠오른다. 무모했지만 어찌 보면 내 인생에서 가장 잘한 선택일지도 모르겠다.

주변인들로부터 이젠 무엇을 할래, 라는 질문을 받는다. 아직 세 가지가 남아 있다. 최우선 과제가 12년간에 걸친 1대간 9정맥 종주 기록을 정리하여 세상에 내놓는 일이다. 그래서 이 길을 걷고자 하는 사람들에게 이제는 이 길이 보다 쉬운 길이 될 수 있도록 나의 작은 힘을 보태고 싶다. 다음으로 해야 할 일이 나를 더 정확히 확인하는 일을 할 것이다. 자신의 능력이 어느 정도인지, 자신이 어떤 사람인지도 모른 채 생을 마칠 수는 없기 때문이다. 마지막으로는 가족을 위해 큰 역할을 하고 싶다. 지금까지는 나를 위한 일만 해 왔던 것 같다. 항시 미안한 마음을 안고 살아왔다. 앞으로 몇 년이 더 걸려야 이 것들을 다 이룰지는 알 수 없다. 시간이 지나면 반드시 이뤄진다는 보장도 없다. 그러나 뛸 것이다. 나를 찾는 일, 나를 완성시키는 일이기 때문이다.

2019. 5. 조지종

참고문헌

조석필, (1997), 『태백산맥은 없다』, 서울: 도서출판 사람과 산

신성순, (2001), 『백두대간 100배 즐기기』, 서울: 중앙M&B

김성배, (2003), 『한반도의 등줄기 백두대간을 가다』, 서울: 눈빛

안강, (2004), 백두대간 첫마당
(blog.naver.com/kstkim65/5652249)

장성규, (2008), 『백두대간의 역사』, 서울: 한국학술정보(주)